金樓子 譯註

文淵閣四庫全書本

金樓子 譯註

南朝 梁 元帝 蕭繹 撰
金萬源 標點·校勘·譯註

역락

서 문

필자는 중국의 고전과 관련하여 폭넓은 지식과 다양한 정보의 체계적인 자료를 구축하고자 하는 욕심에, 다음과 같은 4종의 총서 역주서를 세상에 선보인 적이 있다.

중국고전총서1 고사편 : ≪산당사고 역주≫ 20책 (2014)
중국고전총서2 어휘편 : ≪사물기원 역주≫ 2책 (2015)
중국고전총서3 인물편 : ≪씨족대전 역주≫ 4책 (2016)
중국고전총서4 도서편 : ≪사고전서간명목록 역주≫ 4책 (2017)

이상 4종의 총서를 발간한 뒤로 필자는 이를 바탕으로 고문헌에 대해 보다 깊이 있는 탐구를 시도해 보고자 하는 마음이 생겼다. 이 책은 이러한 동기를 완수하기 위한 작업으로, ≪백호통의白虎通義 역주譯註≫와 ≪독단獨斷·고금주古今注·중화고금주中華古今注 역주譯註≫에 이어 세 번째로 얻은 결과물이다.

이 책 ≪금루자金樓子≫ 6권은 남조南朝 양梁나라 때 황제인 원제元帝 소역蕭繹(508-554)이 황제에 즉위하기 전에 지은 저서로, 중국 고대의 제도와 문화에 관한 자신의 견해를 정리한 것이다. 사서史書나 서지書誌의 기록에 의하면 원래 20권이라고 하였는데, 현전하는 것은 6권 15편인 것으로 보아 상당 부분 실전된 것으로 보인다. 또 오랜 세월에 걸쳐 전래되면서 오자誤字나 탈자脫字·연자衍字가 발생하였고, 문장이 뒤섞이는 과정을 겪는 바람에, 현전하는 서책은 온전한 형태를 갖추지 못 하고 있다. 이에 본고에서는 사고전서본을 바탕으로 교감할 것은 교감하고, 보충할 것은 보충하여 재정리하였다.

이 책의 역주 작업은 기존의 역주서와 마찬가지로 '표점(구두점) 정리→교감→각주→번역'의 순차를 밟아 진행하였다. 이러한 일련의 작업은 개인의 천학비재淺學非才한 역량에 의존하였기에, 오류가 있을 수 있다. 독자제현의 냉엄한 지적이 있으리라 생각한다. 끝으로 이 책의 출간을 위해 물심양면으로 도움을 주신 모든 분들에게 고개 숙여 깊은 감사의 인사를 올린다.

2020년 8월 31일
강원도 강릉시 청헌재淸軒齋에서 필자 씀

일 러 두 기

1 문연각사고전서본 ≪금루자金樓子≫의 본 교감 및 역주 작업에서 사용한 기호와 차서는 아래와 같다.

■ : 권제목 예) ■金樓子卷一

□ : 장제목 예) 興王篇一(1 흥왕편)

▶ : 장제목 아래 부록의 원문原文

▷ : 장제목 아래 부록의 역문譯文

● : 각 항목의 원문原文

○ : 각 항목의 역문譯文

2 이 책에 보이는 속자俗字나 통용되지 않는 이체자異體字는 저자의 의도나 문맥을 해치지 않는다고 판단되면 가급적 정자正字로 교체하였다.

3 일상적인 한자어나 반복하여 출현하는 한자어인 경우는 우리말 뒤에 한자를 생략하였고, 원문에 동일한 한자어가 명기되어 있을 경우도 가급적 우리말 뒤에 한자를 반복하여 명기하지 않았다. 다만 각주에서는 모든 한자어 뒤에 괄호로 독음을 달았는데, 우리말 독음은 본음本音이 아닌 두음법칙頭音法則에 준한 한글사전식 표기법에 의거하였음을 밝힌다. 한자어 뒤에 특별히 독음이나 해설을 보충할 때는 괄호를 사용하였지만, 한자를 우리말 뒤에 병기할 때는 괄호를 사용하지 않았다.

4 각주는 양적인 문제 때문에 권卷이 바뀔 때마다 새 번호로 시작하였다. 각주의 내용도 독자들의 편의를 위해 각 권을 단위로 새로 달았으나, 같은 권 안에서는 처음 출현할 때만 각주를 달고 재차 출현하였을 경우는 중복을 피하기 위해 각주를 달지 않았다. 아울러 각주의 내용은 문맥을 이해하는 데 도움이 되는 내용을 위주로 기술하였다.

5 고유명사, 즉 인명人名이나 지명地名·서명書名·직명職名·연호年

號 등의 경우 문장의 이해에 필요하다고 판단되는 경우에는 각주를 달았지만, 일반적으로 널리 알려졌거나 본문을 통해 어느 정도 윤곽을 인지할 수 있는 경우는 생략하였다. 단 현전하는 문헌으로 고증할 수 없는 경우는 그 연유를 밝혔다.

6 인명의 경우 자字나 호號·자호自號·묘호廟號·시호諡號·봉호封號·관호官號 등 별칭으로 표기된 경우, 특별한 경우가 아니면 독자들이 이해하기 쉽도록 일괄적으로 별칭을 앞에 적고 실명을 뒤에 적었으며, 본문에서 시대를 밝히지 않은 경우는 왕조명을 괄호로 병기해 시간적인 이해를 돕도록 하였다. 아울러 저자나 편자의 경우 생졸연대를 괄호로 표기하되 불분명한 경우는 생략하였음을 밝힌다.

7 지명의 경우 지금의 성省 단위 행정 체계는 명청明清 때부터 윤곽이 잡히기 시작하였다. 따라서 비록 고대의 행정 구역명과 현대의 행정 구역명에 다소 차이가 있더라도 고대 명칭을 그대로 사용하되 현대의 성 명칭을 괄호로 병기해 공간적인 이해를 돕고자 하였다.

8 서명의 경우 사고전서본四庫全書本과 속수사고전서본續修四庫全書本·사고전서존목총서본四庫全書存目叢書本 등의 명칭을 위주로 표기하였다. 단 십삼경주소본十三經注疏本은 '주소注疏'라는 명칭을 생략하고, ≪역경易經≫ ≪서경書經≫ ≪시경詩經≫ ≪좌전左傳≫ ≪공양전公羊傳≫ ≪곡량전穀梁傳≫ ≪주례周禮≫ ≪의례儀禮≫ ≪예기禮記≫ ≪논어論語≫ ≪맹자孟子≫ ≪효경孝經≫ ≪이아爾雅≫ 등 통용 명칭을 사용하였다. 또한 예문의 출처를 밝힐 때 원전의 서명·편명·권수 등은 사고전서본을 기준으로 하였음을 밝힌다.

9 본 역주서에서의 음가音價는 한글 독음을 기준으로 하되 한글 독음과 고대 중국의 반절음反切音 및 현대한어병음現代漢語拼音상의 음가가 불일치할 경우는 한글 독음과 반절음 혹은 한어병음을 병기함으로써 독자의 이해를 돕는 방향으로 작업을 하였음을 밝힌다.

참 고 문 헌

1. 사전류

≪漢韓大辭典≫ 동양학연구소 한국: 단국대학교출판부(2008)
≪韓國漢字語辭典≫ 동양학연구소 한국: 단국대학교출판부(1996)
≪漢韓大字典≫ 한국: 민중서관(1983)
≪中韓辭典≫ 고대민족문화연구소 한국:고려대학교출판부(1993)
≪漢語大詞典≫ 漢語大詞典編纂委員會 中國: 上海辭書(1986)
≪中文大辭典≫ 中文大辭典編纂委員會 編 臺灣: 中華學術院(1973)
≪四庫大辭典≫ 李學根・呂文郁 編 中國: 吉林大學出版社(1996)
≪二十六史大辭典≫ 馮濤 編 中國: 九洲圖書出版社(1999)
≪十三經大辭典≫ 吳楓 編 中國: 中國社會出版社(2000)
≪中國歷史大辭典≫ 中國歷史大辭典編纂委員會 中國: 上海辭書(2000)
≪中國古今地名大辭典≫ 謝壽昌 等 編 中國: 商務印書館(1931)
≪中國歷代職官辭典≫ 沈起煒・徐光烈 編 中國: 上海辭書(影印本)
≪中國古代文學家字號室名別稱辭典≫ 張福慶 編 中國: 華文出版社(2002)
≪中國文學家大辭典≫ 譚正璧 編 中國: 上海書店(1981)
≪中國文學家列傳≫ 楊蔭深 臺灣: 中華書局(1984)
≪中國文學大辭典≫ 傅璇琮 等 編 中國: 上海辭書(2001)
≪中國詩學大辭典≫ 傅璇琮 等 編 中國: 浙江教育出版社(1999)
≪中國詞學大辭典≫ 馬興榮 等 編 中國: 浙江教育出版社(1996)
≪中國曲學大辭典≫ 齊森華 等 編 中國: 浙江教育出版社(1997)
≪唐詩大辭典≫ 周勛初 編 中國: 鳳凰出版社(2003)
≪宋詞大辭典≫ 王兆鵬・劉尊明 主編 中國: 鳳凰出版社(2003)
≪元曲大辭典≫ 李修生 主編 中國: 鳳凰出版社(2003)
≪詩詞曲小說語辭大典≫ 王貴元 主編 中國: 群言出版社(1993)
≪中國古典小說鑑賞辭典≫ 谷說 主編 中國: 中國展望出版社(1989)

≪中國哲學大辭典≫ 方克立 編 中國: 中國社會科學出版社(1994)
≪中國哲學辭典≫ 韋政通 編 中國: 水牛出版社(1993)
≪中國典故大辭典≫ 辛夷・成志偉 編 中國: 北京燕山出版社(2009)
≪中華成語大辭典≫ 中國: 吉林文史出版社(1992)
≪宗教辭典≫ 任繼愈 編 中國: 上海辭書(1981)
≪佛教大辭典≫ 任繼愈 編 中國: 江蘇古籍出版社(2002)
≪佛經解說辭典≫ 劉保全 著 中國: 河南大學出版社(1997)
≪中華道教大辭典≫ 胡孚琛 編 中國: 中國社會科學出版社(1995)
≪十三經索引≫ 葉紹均 編 臺灣: 開明書店(影印本)
≪諸子引得≫ 臺北: 宗靑圖書出版公司(影印本)

2. 원전류

≪四庫全書簡明目錄≫ 淸 于敏中 等 撰 中國: 上海古籍(1995)
≪四庫全書叢目提要≫ 淸 紀昀 撰, 王雲五 主編 臺灣: 商務印書館(1978)
≪文淵閣四庫全書≫ 淸 乾隆帝 勅撰 中國: 上海古籍(1995)
≪續修四庫全書≫ 編纂委員會 編 中國: 上海古籍(1995)
≪四庫全書存目叢書≫ 編纂委員會 編 中國: 齊魯書社(1997)
≪四庫未收書輯刊≫ 編纂委員會 編 中國: 北京出版社(1998)
≪四庫禁毁書叢刊≫ 編纂委員會 編 中國: 北京出版社(1998)
≪全上古三代秦漢三國六朝文≫ 淸 嚴可均 編 中國: 中華書局(1999)
≪全唐文≫ 淸 董皓 編 中國: 上海古籍(2007)
≪先秦漢魏晉南北朝詩≫ 逯欽立 編 中國: 中華書局(1982)
≪全漢三國晉南北朝詩≫ 丁福保 編 臺灣: 世界書局(1978)
≪全唐詩≫ 淸 康熙帝 勅撰 中國: 中華書局(1999)
≪全宋詩≫ 北京大學古文獻硏究所 編 中國: 北京大學出版社(1998)
≪全宋詩索引≫ 北京大學古文獻硏究所 編 中國: 北京大學出版社(1999)
≪御定詞譜≫ 淸 康熙帝 勅撰 中國: 上海古籍(1995) 四庫全書本

≪北堂書鈔≫ 唐 虞世南 撰 中國: 上海古籍(1995) 四庫全書本
≪藝文類聚≫ 唐 歐陽詢 勅撰 中國: 上海古籍(2010)
≪初學記≫ 唐 徐堅 勅撰 中國: 中華書局(2010)
≪白孔六帖≫ 唐 白居易 撰 中國: 上海古籍(1995) 四庫全書本
≪太平御覽≫ 宋 李昉 勅撰 中國: 河北敎育出版社(2000)
≪太平廣記≫ 宋 李昉 勅撰 中國: 中華書局(1986)
≪冊府元龜≫ 宋 王欽若 勅撰 中國: 鳳凰出版社(2006)
≪玉海≫ 宋 王應麟 撰 中國: 廣陵書社(2002)
≪海錄碎事≫ 宋 葉廷珪 撰 中國: 中華書局(2002)
≪記纂淵海≫ 宋 潘自牧 撰 中國: 上海古籍(1995) 四庫全書本
≪古今事文類聚≫ 宋 祝穆 撰 中國: 上海古籍(1995) 四庫全書本
≪古今合璧事類備要≫ 宋 謝維新 撰 中國: 上海古籍(1995) 四庫全書本
≪職官分紀≫ 宋 孫逢吉 撰 中國: 上海古籍(1995) 四庫全書本
≪錦繡萬花谷≫ 宋 著者 未詳 中國: 上海古籍(1995) 四庫全書本
≪翰苑新書≫ 宋 著者 未詳 中國: 上海古籍(1995) 四庫全書本
≪喩林≫ 明 徐元太 撰 中國: 上海古籍(1995) 四庫全書本
≪天中記≫ 明 陳耀文 撰 中國: 上海古籍(1995) 四庫全書本
≪御定淵鑑類函≫ 淸 康熙帝 勅撰 中國: 上海古籍(1995) 四庫全書本
≪御定騈字類編≫ 淸 康熙帝 勅撰 中國: 上海古籍(1995) 四庫全書本
≪御定子史精華≫ 淸 康熙帝 勅撰 中國: 上海古籍(1995) 四庫全書本
≪御定佩文韻府≫ 淸 康熙帝 勅撰 中國: 上海古籍(1995) 四庫全書本
≪通典≫ 唐 杜佑 中國: 中華書局(1992)
≪御定續通典≫ 淸 康熙帝 勅撰 中國: 商務印書館(1935)
≪通志≫ 宋 鄭樵 撰 中國: 中華書局(1987)
≪御定續通志≫ 淸 康熙帝 勅撰 中國: 浙江古籍出版社(2000)
≪文獻通考≫ 元 馬端臨 撰 中國: 中華書局(1986)
≪御定續文獻通考≫ 淸 康熙帝 勅撰 中國: 商務印書館(1936)

3. 주석류

≪十三經注疏≫ 淸 紀昀 等 編 臺灣: 藝文印書館
≪說文解字注≫ 後漢 許愼 撰・淸 段玉裁 注 臺灣: 黎明文化事業公司
≪曹子建詩注≫ 魏 曹植 撰・黃節 注 臺灣: 藝文印書館
≪曹植詩解譯≫ 魏 曹植 撰・聶文郁 解釋 中國: 靑海人民出版社
≪阮步兵詠懷詩注≫ 魏 阮籍 撰・黃節 注 臺灣: 藝文印書館
≪嵇康集注≫ 魏 嵇康 撰・殷翔 郭全芝 注 中國: 黃山書社
≪陸士衡詩注≫ 晉 陸機 撰・郝立權 注 臺灣: 藝文印書館
≪陶淵明集校箋≫ 晉 陶潛 撰・楊勇 校箋 臺灣: 鼎文書局
≪謝康樂詩注≫ 宋 謝靈運 撰・黃節 注 臺灣: 商務印書館
≪鮑參軍詩注≫ 宋 鮑照 撰・黃節 注 臺灣: 藝文印書館
≪謝宣城詩注≫ 齊 謝朓 撰・郝立權 注 臺灣: 藝文印書館
≪謝宣城集校注≫ 齊 謝朓 撰・洪順隆 校注 臺灣: 中華書局
≪李白詩全譯≫ 唐 李白 撰 中國: 河北人民出版社(1997)
≪杜詩詳註≫ 唐 杜甫 撰・淸 仇兆鰲 注 中國: 中華書局
≪杜甫詩全譯≫ 唐 杜甫 撰・韓成武 譯 中國: 河北人民出版社(1997)
≪樊川詩集注≫ 唐 杜牧 撰・淸 馮集梧 注 中國: 上海古籍(1982)
≪詳注十八家詩抄≫ 淸 曾國藩 撰 臺灣: 世界書局
≪新譯唐詩三百首≫ 邱燮友 譯註 臺灣: 三民書局(1973)
≪增訂註釋全唐詩≫ 陳貽焮 主編 中國: 文化藝術出版社(1996)
≪二十四史全譯≫ 章培恒 等 譯 中國: 漢語大詞典出版社(2004)
≪資治通鑑全譯≫ 宋 司馬光 撰 中國: 貴州人民出版社(1993)
≪中國歷代名著全譯叢書≫ 王運熙 主編 中國: 貴州人民出版社(1997)
≪二十二子詳注全譯≫ 韓格平 等 主編 中國: 黑龍江人民出版社(2004)
≪孔子家語譯註≫ 王德明 譯註 中國: 廣西師範大學出版社(1998)
≪春秋繁露今註今譯≫ 前漢 董仲舒・賴炎元 註譯 臺灣: 常務印書館(1984)
≪鹽鐵論譯註≫ 前漢 桓寬 撰 中國: 冶金工業出版社(影印本)

≪法言註釋≫ 前漢 揚雄·王以憲 等 註釋 中國: 北京華夏出版社(2002)
≪潛夫論註釋≫ 後漢 王符·王以憲 等 註釋 中國: 北京華夏出版社(2002)
≪白虎通疏證≫ 後漢 班固·淸 陳立 注 中國:中華書局(1994)
≪古文觀止全譯≫ 楊金鼎 譯 中國: 安徽敎育出版社
≪두보 초기시 역해≫ 김만원(공역) 솔출판사(1999)
≪두보 지덕연간시 역해≫ 김만원(공역) 한국방송대출판부(2001)
≪두보 위관시기시 역해≫ 김만원(공역) 서울대학교출판부(2004)
≪두보 진주시기시 역해≫ 김만원(공역) 서울대학교출판부(2007)
≪두보 성도시기시 역해≫ 김만원(공역) 서울대학교출판부(2008)
≪두보 재주시기시 역해≫ 김만원(공역) 서울대학교출판부(2010)
≪두보 2차성도시기시 역해≫ 김만원(공역) 서울대학교출판문화원(2016)
≪두보 기주시기시 역해 1≫ 강민호(공역) 서울대학교출판문화원(2017)
≪두보 기주시기시 역해 2≫ 강민호(공역) 서울대학교출판문화원(2019)
≪두보 고체시 명편≫ 김만원(공역) 서울대학교출판문화원(2015)
≪두보 근체시 명편≫ 김만원(공역) 서울대학교출판문화원(2018)
≪山堂肆考 譯註≫(전20책) 김만원 도서출판역락(2014)
≪事物紀原 譯註≫(전2책) 김만원 도서출판역락(2015)
≪氏族大全 譯註≫(전4책) 김만원 도서출판역락(2016)
≪四庫全書簡明目錄 譯註≫(전4책) 김만원 도서출판역락(2017)
≪白虎通義 譯註≫ 김만원 도서출판역락(2018)
≪獨斷·古今註·中華古今註 譯註≫ 김만원 도서출판역락(2019)

4. 저술류

≪중국통사≫ 徐連達 等 著·중국사연구회 옮김 청년사(1989)
≪중국철학소사≫ 馮友蘭 著·문정복 옮김 이문출판사(1997)
≪중국 고전문학의 이해≫ 김학주 한국방송통신대학교출판부(2005)
≪중국문학사≫ 김학주·이동향 한국방송통신대학교출판부(1989)

≪중국시와 시론≫ 김만원(공저) 현암사(1993)
≪중국시와 시인≫ 김만원(공저) 사람과책(1998)
≪死不休-두보의 삶과 문학≫ 김만원(공저) 서울대학교출판문화원(2012)
≪中國文學發展史≫ 劉大杰 中國: 上海古籍(1984)
≪中國歷史紀年表≫ 臺灣: 華世出版社編著印行(1978)
≪東亞歷史年表≫ 鄧洪波 撰 中國: 嶽麓書院(2004)
≪中國類書≫ 趙含坤 中國: 河北人民出版社(2005)
≪中國古代的類書≫ 胡道靜 中國: 中華書局(2008)

◇四庫全書提要(사고전서제요)

●金樓子六卷，梁孝元皇帝撰．梁書本紀稱，“帝博總郡書，著述詞章，多行于世．其在藩[1]時，嘗自號金樓子，因以名書．”隋書經籍志·唐書·宋史藝文志，俱載其目，爲二十卷．晁公武讀書志[2]謂，其書十五篇．是宋代尙無闕佚．至宋濂諸子辨[3]·胡應麟九流緖論[4]所列子部，皆不及是書，知明初漸已湮沒，明季遂竟散亡．故馬驌撰繹史[5]，徵採最博，亦自謂未見傳本，僅從他書摭錄數條也．今檢永樂大典[6]各韻，尙頗載其遺文，核其所據，乃元至正[7]間刊本，勘驗序目，均爲完備．惟所列僅十四篇，與晁公武十五篇之數不合．其二南[8]五霸[9]

---

1) 在藩(재번) : 번국藩國에 있다. 즉 자신의 봉국封國에서 지내는 것을 말한다.
2) 讀書志(독서지) : 송나라 조공무晁公武가 고대 전적典籍에 관해 쓴 서지학 저서인 ≪군재독서지郡齋讀書志≫의 약칭. ≪독서지≫ 4권과 ≪후지後志≫ 2권은 조공무가 지었고, ≪고이考異≫ 1권과 ≪부지附志≫ 1권은 조희변趙希弁이 지었다. 다만 원나라 마단림馬端臨(약1254-1323)의 ≪문헌통고文獻通考≫에서 인용한 내용과 다른 부분이 많은 것으로 보아 여러 판본이 존재했을 것이다. ≪사고전서간명목록·사부·목록류≫권8 참조.
3) 諸子辨(제자변) : 명나라 송염이 제자백가에 대해 기술한 글 이름. 서문과 함께 그의 문집인 ≪문헌집文憲集≫권27에 수록되어 전한다.
4) 九流緖論(구류서론) : 명나라 호응린이 제자백가에 대해 서술한 책. 총 3권. 지금은 호응린의 총서인 ≪소실산방필총少室山房筆叢≫권11에서 권13에 수록되어 전한다.
5) 繹史(역사) : 청나라 마숙이 천지개벽부터 진秦나라 말엽까지의 역사를 기사본말체紀事本末體의 형식으로 편찬한 책. 총 160권. ≪사고전서간명목록·사부·기사본말류≫권5 참조.
6) 永樂大典(영락대전) : 명나라 성조成祖의 칙명으로 해진解縉 등이 영락永樂(1403-1424) 연간에 편찬한 총 22,877권의 총서叢書. 청나라 건륭제乾隆帝 때 사고전서四庫全書를 편찬하는 데 중요한 기틀이 되었으나, 1900년 의화단 사태 때 대부분 소실되고 800권만 남았다.
7) 至正(지정) : 원元 순제順帝의 연호(1341-1368).
8) 二南(이남) : ≪시경≫에 실려 있는 15국풍國風 가운데 주남周南과 소남召南을 아우르는 말. 결국 ≪시경≫을 가리킨다.
9) 五霸(오패) : 춘추시대 때 제후국 가운데 다섯 강국의 군주를 아우르는 말. 제齊나라 환공桓公·진晉나라 문공文公·초楚나라 장왕莊王·오吳나라 합려闔閭·월越나라 구천句踐을 가리킨다는 ≪순자荀子≫의 설, 제나라 환공·진나라 문공·진秦나라 목공穆公·초나라 장왕·오나라 합려를 가리킨다는 후한 반고班固의 ≪백호통의白虎通義≫의 설, 제나라 환공·진나라 문공·진나라 목공·송宋나라 양공襄公·초나라 장왕을 가리킨다는 ≪맹자≫의 설, 제나라 환공

一篇, 與說蕃篇, 文多複見, 或傳刻者亂其目, 而反佚其本篇歟! 又永樂大典, 詮次無法, 割裂破碎, 有非一篇而誤合者, 有割綴別卷而本篇反遺之者. 其篇端序述, 亦惟戒子・后妃・捷對・志怪四篇尚存, 餘皆脫逸. 然中間興王・戒子・聚書・說蕃・立言・著書・捷對・志怪八篇, 皆首尾完整. 其他文雖攙亂[10], 而幸其標目分明, 尙可排比成帙, 謹詳加裒綴, 參考互訂, 釐爲六卷. 其書於古今聞見事迹, 治忽[11]貞邪, 咸爲苞載, 附以議論, 勸戒兼資. 蓋亦雜家之流, 而當時周秦異書, 未盡亡佚. 其所徵引, 如許由[12]之父名耳, 兄弟七人十九而隱・成湯[13]凡有七號之類, 皆史外軼聞, 他書未見. 又立言・聚書・著書諸篇, 自表其撰述之勤, 所紀典籍源流, 亦可補諸書所未備. 惟永明[14]以後, 艷語盛行, 此書亦文格綺靡, 不出彼時風氣. 其故爲古奧[15], 如紀始安王遙光[16]一節, 句讀難施, 又成變體, 至於自稱 "五百年運, 余何敢讓?" 儼然上比孔子, 尤爲不經[17]. 是則瑕瑜不掩[18], 固不必曲爲諱爾. 乾隆[19]四十六年九月, 恭校上.

總纂官紀昀・陸錫熊・孫士毅・總校官陸費墀.

・송나라 양공・진나라 문공・진나라 목공・오나라 부차夫差를 가리킨다는 당나라 안사고顔師古의 설 등 여러 견해가 있다.

10) 攙亂(참란) : 어수선한 모양, 조리가 없는 모양.

11) 治忽(치홀) : 잘 다스리는 일과 소홀히 하는 일. '치란治亂'과 뜻이 유사하다.

12) 許由(허유) : 당唐나라 요왕堯王 때 은자로 알려진 전설상의 인물. 요왕이 왕위를 선양하려고 하자 하북성 기산箕山에 은거하였고, 구주장九州長을 맡기려고 하자 영수潁水에서 귀를 씻었다는 고사가 진晉나라 황보밀皇甫謐(215-282)의 ≪고사전高士傳・허유≫권상에 전한다.

13) 成湯(성탕) : 상商나라를 세운 자이子履의 시호謚號. 보통은 '탕왕湯王'이라고 한다.

14) 永明(영명) : 남제南齊 무제武帝의 연호(483-493).

15) 古奧(고오) : 글이 예스럽고 난해한 것을 이르는 말.

16) 始安王遙光(시안왕요광) : 남조南朝 남제南齊 종실 사람 소요광蕭遙光. '시안왕'은 봉호封號. 자는 원휘元暉. 동혼후東昏侯 때 반란을 일으켰다가 살해당했다. ≪남제서・종실열전宗室列傳≫권45 참조.

17) 不經(불경) : 법도에 어긋나다, 사리에 맞지 않다.

18) 瑕瑜不掩(하유불엄) : 옥의 티(瑕)가 광채(瑜)를 가리지 않다. 단점 때문에 장점을 평가절하해서는 안 된다는 말이다.

19) 乾隆(건륭) : 청淸 고종高宗의 연호(1736-1795).

○≪금루자≫ 6권은 (남조南朝) 양나라 원제(소역蕭繹 508-554)가 지었다. ≪양서・원제본기≫권5에 "원제는 각지의 서책을 널리 모으고 문장을 저술하여 세간에 유행시킨 것이 많다. 그가 변방에 있을 때 일찍이 스스로 호를 '금루자'라고 한 적이 있어서, 그참에 이를 서명으로 삼은 것이다"라고 하였다. ≪수서・경적지≫권34와 ≪신당서・예문지≫권59 및 ≪송사・예문지≫권205에서는 모두 이 책의 제목을 기재하면서 20권이라고 하였다. (송나라) 조공무의 ≪군재독서지・잡가류≫권3상에서는 이 책이 15편으로 되어 있다고 하였다. 이는 송나라 때까지는 아직 실전된 부분이 없다는 사실을 말해 준다. 심지어 (명나라) 송염의 ≪제자변≫이나 호응린의 ≪구류서론≫에서 열거한 자부에서도 모두 이 서책에 대해 언급하지 않은 것으로 보아, 명나라 초엽에 점차 소실되다가 명나라 말엽에 급기야 완전히 실전되었다는 것을 알 수 있다. 그래서 (청나라) 마숙은 ≪역사≫를 편찬하면서 가장 폭넓게 사료를 모았으면서도 스스로 전래본을 본 적이 없다고 하면서, 단지 다른 서책으로부터 몇 가지 조항만 채록했을 뿐이다. 이제 ≪영락대전≫의 각 운목을 검토해 보면 오히려 실전된 문장들을 상당수 기재하고 있는데, 그것들의 근거를 살펴보면 어디까지나 원나라 (순제) 지정(1341-1368) 연간의 간행본으로서 목차를 징험해 보면 모두가 완비되어 있다. 다만 열거한 것이 단지 14편이기에 조공무가 말한 15편이란 수치와 합치하지 않을 뿐이다. 그중 <이남오패편>과 <설번편>의 경우 문장상 중복되어 출현하는 것이 많은 것으로 보아, 어쩌면 간행하는 이들이 그 항목을 어지럽히면서 도리어 그 본편을 실전시킨 것인지도 모르겠다. 또 ≪영락대전≫의 경우 차례에 법도가 없어 찢어발기고 파쇄함으로써 같은 편이 아닌데도 멋대로 합친 것도 있고, 별권으로 갈라 엮으면서 본편이 도리어 유실된 것도 있다. 그중 각 편의 첫머리에서의 서술의 경우, 오직 <계자편> <후비편> <첩대

편> <지괴편> 등 네 편만이 여전히 잔존할 뿐 나머지는 모두 실전되고 말았다. 그러나 그중 <흥왕편> <계자편> <취서편> <설번편> <입언편> <저서편> <첩대편> <지괴편> 등 여덟 편은 모두 처음부터 끝까지 완전하다. 나머지 문장은 비록 어수선하기는 하지만, 다행히 제목이 분명하여 그래도 잘 정리해서 서책으로 완성할 수 있기에, 삼가 세심하게 모아서 참조하고 교정하여 6권으로 정리하였다. 이 책은 고금의 견문과 사적이나 치란과 선악에 대해 모두 포괄적으로 기재하면서 논의를 덧붙였기에, 권선징악을 겸비하고 있다. 대개 잡가류의 저서임에도 불구하고 당시 주나라와 진나라 때 기이한 서책들을 다 잃어버리지는 않았다. 이 책에서 인용한 내용 가운데 이를테면 '(당나라 요왕 때 은자인) 허유는 부친 이름이 허이許耳이고, 형제 7명이 열아홉 살에 은거하였다'나 '(상나라) 탕왕에게도 도합 일곱 가지 별호가 있다'와 같은 부류들은 모두 사서에 없는 미상의 견문으로서 다른 서책에는 보이지 않는 것들이다. 또 <입언편> <취서편> <저서편> 등에서는 스스로 성심성의를 다해 저술하였다고 밝히고 있고, 기술한 전적의 원류 역시 다른 서책에서 구비하지 못 한 내용들을 보충하기에 충분하다. 다만 (남조 남제 무제) 영명(483-493) 연간 이후로 미문이 성행하였기에, 이 저서 역시 문장의 풍격이 화려하여 그 당시의 풍조에서 벗어나지 못 하고 있다. 그중 일부러 예스럽고 난해하게 쓴 글들, 예를 들어 시안왕 소요광蕭遙光에 관해 기재한 단락의 경우 구두점을 찍기 어려운 데다가 또 변체를 이루고 있고, 심지어 스스로 "오백년의 국운을 내 어찌 감히 양보하리오?"라고 하고, 정색을 하고 위로 공자에 빗댄 것은 특히 불경스럽기 그지없다. 그러므로 장점과 단점이 함께 공존하기에 굳이 기피거리로 왜곡해서 볼 필요는 없을 듯하다. (청나라 고종) 건륭 46년(1781) 9월 삼가 교정하여 바치다.

총찬관 기윤·육석웅·손사의와 총교관 육비지 씀.

◇金樓子 原序(≪금루자≫ 원서)

●先生[20]曰, "余於天下爲不賤焉," 竊念臧文仲[21]旣歿, 其言立於世, 曹子桓[22]云, "立德著書, 可以不朽," 杜元凱[23]言, "德者非所企及, 立言或可庶幾." 故戶牖懸刀筆[24], 而有述作之志矣, 常笑淮南[25]之假手, 每蚩不韋[26]之託(原缺一字)由, 年在志學, 躬自搜纂, 以爲一家之言. 粤[27]以凡庸, 早賜茅社[28], 祚土[29]瀟湘[30], 搴帷[31]换服[32],

---

20) 先生(선생) : 여기서는 결국 제3자 화법의 형식으로서 저자인 원제元帝 자신을 지칭하는 것으로 보인다.

21) 臧文仲(장문중) : 춘추시대 노魯나라 대부 장손신臧孫辰. '문중'은 자.

22) 子桓(자환) : 삼국 위魏나라 문제文帝 조비曹丕(187-226)의 자.

23) 杜元凱(두원개) : 진晉나라 때 사람 두예杜預. '원개'는 자. 탁지상서度支尙書와 형주도독荊州都督 등을 역임하였고, ≪좌전左傳≫에 주를 단 것으로 유명하다. 박학하여 '두무고杜武庫'란 별칭을 얻었고, 정남대장군征南大將軍을 지냈기에 '두정남杜征南'으로도 불렸다. 고사성어 '파죽지세破竹之勢'의 장본인이기도 하고, 두보杜甫(712-770)가 자랑하던 조상이기도 하다. ≪진서·두예전≫ 권34 참조.

24) 刀筆(도필) : 칼과 붓. 옛날에 죽간에 글을 쓸 때 오자가 생기면 칼로 긁어낸 뒤 다시 쓴 데서 유래한 말로 결국 붓을 뜻한다.

25) 淮南(회남) : 전한 사람 유안劉安(B.C.179-B.C.122)의 봉호封號. 고조高祖 유방劉邦(B.C.247-B.C.195)의 막내아들 유장劉長이 받은 봉호인 회남왕을 습봉하였다. 신선술에 관심이 많아 수많은 고사를 남겼고, ≪회남자淮南子≫의 저자로 유명하다. ≪한서·회남려왕유장전淮南厲王劉長傳≫권44 참조.

26) 不韋(불위) : 전국시대 진秦나라 때 사람 여불위呂不韋(?-B.C.235). 조趙나라에 볼모로 잡혀간 장양왕莊襄王을 구출하여 문신후文信侯에 봉해졌다. 자신이 사통한 기녀를 장양왕에게 바쳐서 아들 영정嬴政(B.C.259-B.C.210)를 낳으니 이가 곧 뒤에 시황제에 올랐기에, 실제는 여불위의 사생아라는 속설도 있다. 상국相國에 올랐으나 태후太后와의 간통이 드러날까 두려워 자살하였다. 저서로 ≪여씨춘추呂氏春秋≫가 전한다. ≪사기·여불위전≫권85 참조.

27) 粤(월) : 발어사.

28) 茅社(모사) : 제후에 봉해질 때 천자에게서 받은 모토茅土로 세운 토지신을 위한 제단을 이르는 말. 여기서는 결국 양梁나라 원제元帝가 황제에 즉위하기 전 제후의 직책을 가리키는 것으로 보인다.

29) 祚土(조토) : 봉토를 하사하는 것을 이르는 말.

30) 瀟湘(소상) : 동정호로 흘러드는 상수湘水의 별칭. 물이 맑고 깊어서 이런 이름이 붙었다. 소수瀟水와 상수湘水 두 강물로 보는 설도 있다. ≪양서·원제기≫권5에 의하면 여기서는 결국 원제가 상동군왕湘東郡王에 봉해진 것을 가리키는 것으로 보인다.

31) 搴帷(건유) : 휘장을 걷어올리다. 후한 사람 가종賈琮이 (사천성) 기주자사夔

早攝神州33), 晩居外相34), 文案盈前, 書幌35)未輟, 俾夜作晝, 勤亦至矣. 其間屢事玄言36), 亟登講肆37), 外陳玉鉉38)之文, 內宏金疊(案, 疊疑罍.)之典, 從乎華陰之市39), 廢乎昌言40)之說, 其事一也. 六戒41)多務, 千乘42)糺紛, 夕望湯池, 觀仰月之勢, 朝瞻美氣, 眺非煙43)之色, 替於筆削44), 其事二也. 復有西園45)秋月, 岸幘46)擧杯,

---

州刺史로 부임할 때 수레를 가린 휘장을 걷어올려 백성들을 가까이 하였다는 ≪후한서・가종전≫권의 고사에서 유래한 말로 결국 관리로 임지에 부임하는 것을 비유한다.

32) 挟服(앙복) : 문맥상으로 볼 때 관복을 갖춰입는 것을 뜻하는 말인 '피복披服'인 듯하다. 자형의 유사성으로 인한 필사 과정상의 단순 오기로 보인다.

33) 神州(신주) : 천하를 이르는 말. 옛날에는 온세상을 '천하天下' '해내海內' '사해四海' '육합六合' '구주九州' '신주神州' '우주宇宙' 등 다양한 어휘로 표현하였다.

34) 外相(외상) : 외지에 있으면서도 정사를 주관하는 사람을 이르는 말.

35) 書幌(서황) : 서재. '황幌'은 휘장을 뜻한다.

36) 玄言(현언) : 노자老子나 장자莊子의 도가적 이치가 담긴 말을 이르는 말. 보통 '현학玄學'이라고 한다.

37) 講肆(강사) : 경전을 강론하는 장소를 이르는 말.

38) 玉鉉(옥현) : 옥으로 만든 솥의 손잡이를 가리키는 말로서 지위가 높은 대신大臣을 비유한다.

39) 華陰之市(화음지시) : 후한 사람 장해張楷가 ≪서경≫과 ≪춘추경≫에 정통하여 그를 따르려는 제자들이 저자를 이루었다는 ≪후한서・장해전≫권66의 고사에서 유래한 말로 학문적 성취를 상징한다. 장해의 자를 따서 '공초시公超市'라고도 한다.

40) 昌言(창언) : 바른 말이나 사리에 맞는 말을 뜻하는 말로서 후한 중장통仲長統이 고금의 세사에 대해 논한 글을 가리키기도 한다. 여기서는 도가의 서책과 상대적인 개념으로 사용된 듯하다.

41) 六戒(육계) : 문맥상으로 볼 때 서방의 이민족을 뜻하는 말인 '육융六戎'의 오기인 듯하다. 자형의 유사성으로 인한 필사 과정상의 단순 오기로 보인다.

42) 千乘(천승) : 수레 천 대. 제후의 지위를 비유한다. 천자는 수레 만 대를 거느리고, 제후는 수레 천 대를 거느리는 데서 유래하였다.

43) 非煙(비연) : 진하고 자욱한 구름을 이르는 말. ≪사기・천관서天官書≫권27의 "연기 같으나 연기가 아니고 구름 같으나 구름이 아니면서 진하고 자욱하며 흩어지고 구불구불한 것을 '경운'이라고 한다. '경운'의 출현은 반가운 조짐이다(若煙非煙, 若雲非雲, 郁郁紛紛, 蕭索輪囷, 是謂卿雲. 卿雲之見, 喜氣也)"라는 말에서 유래하였다.

44) 筆削(필삭) : 역사의 저술을 일컫는 말. '필'은 '쓰다'라는 뜻이고, '삭'은 '삭제하다'라는 뜻. ≪사기・공자세가孔子世家≫권47에서 "공자가 ≪춘추경≫을 지을 때 쓸 것은 쓰고 삭제할 것은 삭제했다(至於爲春秋, 筆則筆, 削則削)"고

左海[47]春朝, 連章離翰, 雖有欣乎寸錦[48], 而久棄於尺璧[49], 其事三也. 而體多羸病, 心氣頻動, 臥治[50]終日, 睢陽[51]得善政之聲, 足不跨鞍, 聊城[52]有却兵之術, 吾不解一也. 常貴無爲, 每嗤有待, 閒齋寂寞, 對林泉而握談柄[53], 虛宇遼曠, 玩魚鳥而拂叢蓍[54], 愛靜心, 彰乎此矣, 而候騎交馳, 仍麾白羽之扇[55], 兵車未息, 還控蒼兕之軍[56], 此吾不解二也. 有三廢學・二不解, 而著書不息, 何哉? 若非隱淪之愚谷[57], 是謂高陽[58]之狂生者也. 竊重管夷吾[59]之雅談・

한 말에서 유래하였다.

45) 西園(서원) : 천자의 동산인 상림원上林苑의 별칭이자 후한 말엽 하남성 업鄴에 있던 조조曹操(155-220)의 정원 이름. 뒤에는 제왕이나 고관의 정원을 상징하는 말이 되었다.

46) 岸幘(안책) : 두건(幘)을 걷어올려 이마를 드러내는(岸) 것을 이르는 말. 소탈하고 격의 없는 행동을 의미하는데, '안건岸巾'이라고도 한다.

47) 左海(좌해) : 동해의 별칭. 남향을 한 상태에서 왼쪽은 곧 동쪽을 가리킨다.

48) 寸錦(촌금) : 길이가 한 치 되는 비단을 이르는 말로 여기서는 사치스러운 생활을 비유하는 말로 쓰인 듯하다.

49) 尺璧(척벽) : 직경이 한 자 되는 구슬을 이르는 말로 훌륭한 문장이나 인재를 비유한다.

50) 臥治(와치) : 정사를 쉽게 처리하는 것을 비유하는 말. 전한 때 급암汲黯(?-B.C.112)이 병석에 누워서도 동해태수東海太守의 업무를 잘 처리했다는 고사에서 유래하였다. '와호臥護'라고도 한다.

51) 睢陽(수양) : 안휘성의 속군屬郡 이름. 여기서는 원제의 봉토를 가리키는 것으로 보인다.

52) 聊城(요성) : 성 이름. 전국시대 제齊나라 사람 노중련魯仲連이 연燕나라 장수를 설득해서 이 성을 돌려받았다는 ≪사기・노중련전≫권83의 고사로 유명하다. 여기서는 원제의 근무지를 가리키는 말로 쓰인 듯하다.

53) 談柄(담병) : 청담淸談을 나눌 때 손에 드는 총채를 이르는 말.

54) 叢蓍(총시) : 시초蓍草 덤불. 좋은 점괘나 징조를 상징한다.

55) 白羽之扇(백우지선) : 흰 깃털로 만든 부채. 고결하고 강직한 성품을 상징한다. 보통은 '백우선'이라고 한다.

56) 蒼兕之軍(창시지군) : 강력한 수군을 비유하는 말. '창시'가 돌진을 잘 하여 배를 전복시키는 전설상의 물짐승 이름인 데서 유래하였다.

57) 愚谷(우곡) : 은자의 별칭.

58) 高陽(고양) : 전한 때 사람 역이기酈食其(?-B.C.204)의 출신지이자 별칭. 역이기가 전한 고조高祖를 알현하려다가 사자使者로부터 '유생儒生을 만날 겨를이 없으시다'고 제지당하자, 자신은 유생이 아니라 하북성 고양高陽 출신의 술꾼이라며 발끈하였다는 ≪사기・역이기전≫권97의 고사에서 유래한 말로 술꾼이나 은자를 상징한다. 뒤에 진晉나라의 호주가好酒家인 산간山簡이 음주를

諸葛孔明[60]之宏論, 足以言人世, 足以陳政術, 竊有慕焉. 老氏[61]有言, "知我者希, 則我者貴矣." 有是哉! 有是哉! 裴幾原[62]·劉嗣芳[63]·蕭光侯[64]·張簡憲[65], 余之知己也. 伯牙[66]之琴, 嗟綠綺[67]之長, 廢巨卿[68]之驥, 驅白馬, 其安歸? 昔爲俎豆[69]之人, 今成介

즐기던 연못의 이름을 '고양지'라고 한 것도 여기서 유래하였다.

59) 管夷吾(관이오) : 춘추시대 제齊나라 사람. 환공桓公을 여러 차례 암살하려다가 실패하였으나, 포숙아鮑叔牙의 도움으로 환공 밑에서 재상에 올라 부국강병책으로 제나라를 강국으로 만들었다. 이름보다는 자인 '중仲'을 써서 관중管仲으로 흔히 불리며, 저서로 ≪관자管子≫ 24권이 전한다. ≪사기·관중전≫ 권62 참조.

60) 諸葛孔明(제갈공명) : 삼국시대 촉蜀나라에서 승상을 지낸 제갈양諸葛亮(181-234). '공명'은 자. ≪삼국지·촉지·제갈양전≫권35 참조.

61) 老氏(노씨) : 춘추시대 도가사상가인 노자老子에 대한 별칭.

62) 裴幾原(배기원) : 남조南朝 양梁나라 사람 배자야裴子野(469-530)의 별칭. '기원'은 자. 중서사인中書舍人을 지냈고, ≪송략宋略≫ ≪지략志略≫ 등의 저서를 지었다고 전한다. ≪양서梁書·배자야전≫권30 참조.

63) 劉嗣芳(유사방) : 남조 양나라 사람 유현劉顯의 별칭. '사방'은 자. 상서좌승을 지냈다. ≪양서·유현전≫권40 참조.

64) 蕭光侯(소광후) : 남조 양나라 사람 소여蕭勵의 별칭. '광'은 시호. 자는 문약文約이고 봉호는 오평후吳平侯. 광동성 광주자사廣州刺史를 지냈다. ≪남사·소여전≫권51 참조.

65) 張簡憲(장간헌) : 남조 양나라 사람 장찬張纘(497-549)의 별칭. '간헌'은 시호. 자는 백서伯緖. 장면張緬(490-531)의 동생으로 열한 살에 부양공주富陽公主를 아내로 맞아 부마도위駙馬都尉가 되었고, 이부상서吏部尙書에 올랐다. 후경侯景(503-552)의 난 때 호북성 강릉江陵으로 도망쳤다가 뒤에 악양왕岳陽王 소찰蕭詧(519-562)에게 살해당했다. ≪양서·장찬전≫권34 참조.

66) 伯牙(백아) : 춘추시대 초楚나라 때 사람. 성은 서徐씨이고 '백아'는 자이며 본명은 미상. 백아는 금을 잘 타고 종자기鍾子期는 감상을 잘 하였는데, 종자기가 죽자 백아가 금을 부수고 더 이상 연주하지 않았다는 '지음知音'의 고사가 ≪여씨춘추呂氏春秋·효행람孝行覽·본미本味≫권14에 전한다.

67) 綠綺(녹기) : 전한 사마상여司馬相如가 소유하였던 금琴 이름. 푸른 비단으로 포장한 데서 유래한 것으로 보인다. 명나라 장보張溥(1602-1641)의 ≪한위육조백삼가집漢魏六朝百三家集·진부현집晉傅玄集≫권39에 실려 있는 <금을 읊은 부의 서문(琴賦序)>에 "(춘추시대) 제나라 환공은 호종이란 금을 가지고 있었고, 초나라 왕은 요량이란 금을 가지고 있었으며, (전한) 사마상여는 녹기를 가지고 있었고, (후한) 채옹은 초미를 가지고 있었다. 모두가 훌륭한 악기이다(齊桓有鳴琴曰, 號鍾. 楚王有琴曰, 繞梁. 司馬相如有綠綺, 蔡邕有焦尾, 皆名器也)"라는 말이 있다.

68) 巨卿(거경) : 후한 사람 갑연蓋延(?-39)의 자. 후한 초 건국공신으로서 몸이

冑70)之士, 智小謀大, 功名其安在哉? 蓋以金樓子爲文也, 氣不遂文, 文常使氣, 材不値運, 必欲師心71), 霞間得語, 莫非撫臆. 松石能言, 必解其趣, 風雲元感, 儻獲見知. 今纂開闢已來, 至乎耳目所接, 卽以先生爲號, 名曰金樓子. 蓋士安72)之元晏73), 稚川74)之抱朴75)者焉.

○선생(나)이 말하길 "나는 천하 사람들에게 천박하지 않은 사람이 되겠다"고 하였는데, 속으로 생각해 보면 (춘추시대 노魯나라) 문중文仲 장손신臧孫辰이 생을 마치고 나서 그의 말이 세상에 인정을 받았고, (삼국 위魏나라) 자환子桓 조비曹丕가 "덕을 세우고 글을 지으면 영원히 사라지지 않을 것이다"라고 하였으며, (진晉나라) 원개元凱 두예杜預가 "덕이란 마음 먹는다고 미칠 수 있는 것이 아니지만, 입언은 어쩌면 바라는 대로 이룰 수 있는 것이리라"라고 하였다. 그래서 창문에 칼과 붓을 걸어두고서 저

거구이고 힘이 장사여서 광무제光武帝의 신임을 얻어 호아장군虎牙將軍에 임명되었다. ≪후한서・갑연전≫권48 참조.

69) 俎豆(조두) : 희생을 놓는 그릇과 절인 채소를 놓는 그릇. 제사에 사용하는 제기祭器를 뜻한다. 의미가 전이되어 예법禮法이나 의식儀式을 뜻하기도 한다.

70) 介冑(개주) : 갑옷과 투구. 훌륭한 무인을 상징한다.

71) 師心(사심) : 자기 마음을 스승으로 삼다. 즉 독창적인 방법을 모색하거나 스스로 옳다는 아집에 빠지는 것을 비유한다.

72) 士安(사안) : 진晉나라 사람 황보밀皇甫謐(215-282)의 자. 자호自號는 현안선생玄晏先生. 유학과 제자백가의 학설에 두루 정통하였고, 저서로 ≪제왕세기帝王世紀≫ ≪고사전高士傳≫ ≪침구갑을경鍼灸甲乙經≫ 등이 전한다. ≪진서・황보밀전≫권51 참조.

73) 元晏(원안) : 황보밀의 자호인 '현안玄晏'의 다른 표기. '원'은 청나라 강희제康熙帝의 이름(玄燁)을 피휘避諱하기 위해 고쳐쓴 것이다. 여기서는 뒤의 '포박'과 마찬가지로 황보밀의 저서를 가리키는 듯한데, ≪진서・황보밀전≫권51이나 ≪수서・경적지≫권33에 의하면 그의 저서로 ≪현안춘추玄晏春秋≫가 있었다.

74) 稚川(치천) : 진晉나라 때 도사 갈홍葛洪(284-363)의 자. 호는 '포박자抱朴子'. 진위 여부를 떠나 ≪포박자抱朴子≫ ≪서경잡기西京雜記≫ ≪신선전神仙傳≫의 저자로 유명하다. ≪진서・갈홍전≫권72 참조.

75) 抱朴(포박) : 갈홍의 호인 '포박자'의 준말. 여기서는 그의 저서인 ≪포박자≫를 가리킨다.

술에 뜻을 품게 되면서 언제나 (전한) 회남왕淮南王 유안劉安이 남의 손을 빌려 책을 지은 것에 대해 웃음짓고, 매번 (전국시대 진秦나라) 여불위呂不韋가 여러 가지 연유에 기탁(원본에는 '탁託'이란 한 글자가 빠져 있다)하여 책을 지은 것에 대해 비웃고는, 학문에 뜻을 두는 나이가 되자 몸소 서책들을 수집하여 일가의 말을 이루고자 하였다. 무릇 평범한 재주를 가지고서도 일찍이 제후의 직책을 하사받아 상수湘水 일대에서 봉토를 받았는데, 수레의 휘장을 걷어올리고 관복을 차려입고서 젊은 나이에 천하를 관장하고 만년에 외상의 직책을 차지하였기에, 공문서가 면전을 가득 채워도 서재에서의 임무를 그만두지 않은 채 밤을 낮으로 삼아가면서 무척 열심히 일하였다. 그러나 그 사이 누차 현학을 공부하여 자주 강단에 오르면서 밖으로는 고관의 글을 진열하면서도 안으로는 귀한 전고를 쌓았기에,(살펴보건대 '첩疊'은 아마도 '앵罌'의 오기인 듯하다) 화음의 저자를 이루고자 하여 유가의 학설을 폐기하였으니, 그 일이 첫 번째이다. 서방 이민족 때문에 일이 많고 제후들이 혼란을 일으켜도 저녁에 연못을 바라보며 달 구경할 태세를 살피고, 아침에 아름다운 일출을 바라보고 구름의 빛깔을 조망하면서 저서를 대신하였으니, 그 일이 두 번째이다. 또 서원에 가을 달이 있어 두건을 벗고서 술잔을 들고, 동해와 봄날 아침이 있어 계속해서 붓을 놓았기에 비록 사치스런 생활에 기뻐하면서도 오래도록 좋은 글을 포기하였으니, 그 일이 세 번째이다. 그리고 몸에 병이 많아지고 심기가 자주 흔들렸기에 하루종일 편히 누워서 정사를 펼쳐도 (안휘성) 수양군에서 선정을 베풀었다는 명성을 얻었고, 발로 안장 없은 말에 올라타지 못 하면서도 (산동성) 요성에서 병사를 물리치는 전술을 펼쳤으니, 이것이 내가 이해하지 못 하는 첫 번째 일이다. 또 늘 무위의 이치를 소중히 여기고 매번 기대를 거는 것에 대해 냉소를 지었기에 한적한 서재에서 적막하게 생활하며 숲과 샘물 앞에서 청담용 총채를 손에 쥐고 텅빈 집에서 조용히 지내며 물고기·새와 놀면서 시초를 흔들었으니 한적한 마음을 좋아하여 이를 통해 풀었으나, 척후병들이 번갈아 달리는 가운데 여전히 백우선을 휘두르고 전쟁이 멈추지 않은 가운데 계속 수군을 통솔하였으니, 이것이 내가 이해하지 못 하는 두 번째 일이다. 학문을 포기한 세 가지 행위와 이해할 수 없는 두 가지 일이 있음에도 쉬지 않고 글을 지은 것은 어째서이겠는가? 그러니 만약 속세를 등진 은자가 아니라면 고양 출신의 미친 서생이라고 부를 만하리라. 생각해 보면 (춘추시대 제齊나라) 관중管仲(관이오)의 우아한 담론이나 (삼국 촉蜀나라) 제갈공명(제갈양諸葛亮)의 위대한 이론이 인간 세상에 대해 이야기하고 정치술에 대해 진술하기 충분하다는 사실을 존중하여 남몰래 그들을 흠모해 왔다. (주周나라) 노자도 말하기를 "나를 아는 사람이 드물면 나라는 사람이 귀한 법이다"라고 하였다. 정말로 그런 일이 있도다! 정말로 그런 일이 있도다! 기원幾原 배자야裴子野·사방嗣芳 유현劉顯·광후光侯 소여蕭勵·간헌공簡憲公 장찬張纘은 나의 지기들이다. (춘추시대 초楚나라) 백아의 금도 (전한 사마상여司馬相如의) 녹기금의 뛰어난 소리에 한탄할 것이거늘, (후한) 거경巨卿 갑연蓋延의 천리마를 버린다면 백마를 몰아도 어디로 돌아갈 수 있으리오? 옛날에는 경전에 밝은 인재였다가 지금은 갑옷과 투구를 걸친 무사가 되었으나, 지혜가 부족한데 도모하는 일이 크다면 공명을 어찌 이룰 수 있으리오? 대개 '금루자'란 이름을 걸고 글을 지으려 하나, 기운이 문장을 이루지 못 하면 도리어 문장이 늘 기운을 부릴 것이고, 재능이 운명에 걸맞지 않으면 필시 아집에 빠지게 될 터이니, 자연 속에서 글을 얻는다 해도 모두가 억측일 뿐이리라. 소나무나 돌이 말을 할 줄 안다면 필시 그 취지를 이해할 것이고, 바람이나 구름이 느낄 줄 안다면 혹여 알아줄 수 있을 것이다. 이제 천지개벽 이래로 내 이목이 닿은 것까지 모두 모아 엮어서 선생

(나)을 호칭으로 삼아 ≪금루자≫라 이름짓는다. 그러면 아마도 (진晉나라) 사안士安 황보밀皇甫謐의 ≪현안춘추玄晏春秋≫나 치천稚川 갈홍葛洪의 ≪포박자抱朴子≫ 수준은 되지 않을까 싶다.

목 차

卷五

卷六

■金樓子卷一■

□興王篇一(1 흥왕편)

●粤若[1]稽古, 天皇氏・地皇氏・人皇氏[2], 分有十紀, 一曰九頭, 二曰五龍, 三曰括提,(案, 春秋元命苞[3]作攝提, 博雅[4]又作挺提.) 四曰合雒,(案, 博雅作雄.) 五曰連通, 六曰序命, 七曰修飛,(案, 春秋元命苞作循蜚.) 八曰因穆, 九曰禪通,(案, 春秋元命苞作提.) 十曰疏訖.(案, 春秋元命苞作仡.) 容成氏[5]・大庭氏・栢皇氏・中央氏・栗陸氏・驪連氏・赫蘇氏・宗盧氏・祝和氏・渾沌氏・昊英氏・有巢氏・朱襄氏・葛天氏・陰康氏・無懷氏.

○먼 옛날을 고찰해 보면 천황씨・지황씨・인황씨 시기를 10기로 나누는데, 첫 번째를 '구두기'라고 하고, 두 번째를 '오룡기'라고 하고, 세 번째를 '괄제기'(살펴보건대 ≪춘추원명포≫에는 '섭제기'로 되어 있고, ≪박아≫에서는 다시 '정제기'라고 하였다)라고 하고, 네 번째를 '합락기'(살펴보건대 ≪박아≫에는 '락雒'이 '웅雄'으로 되어 있다)라고 하고,

---

1) 粤若(월약) : 문장 첫머리에 쓰이는 발어사의 일종.

2) 天皇氏地皇氏人皇氏(천황씨지황씨인황씨) : 전설상의 임금인 삼황三皇에 관한 여러 설 가운데 하나.

3) 春秋元命苞(춘추원명포) : 저자 미상의 ≪춘추경≫에 관한 위서緯書 가운데 하나. 명나라 도종의陶宗儀(1316-약1396)의 ≪설부說郛≫권5상과 손곡孫瑴의 ≪고미서古微書≫권6・7에 잔권殘卷이 전하는데, ≪고미서≫에서는 '춘추원명포春秋元命包'라고 하였다.

4) 博雅(박아) : 북조北朝 북위北魏 장읍張揖이 ≪이아爾雅≫를 본떠 지은 사전류의 책인 ≪광아廣雅≫의 별칭. 수隋나라 때 조헌曹憲이 음석音釋을 달면서 양제煬帝 양광楊廣(569-618)의 이름을 피휘避諱하기 위해 ≪박아博雅≫로 개명한 데서 유래하였다. ≪광아≫와 ≪박아≫가 마치 별개의 서책처럼 전해졌으나 실은 같은 책이다. 총 10권. ≪사고전서간명목록・경부・소학류小學類≫권4 참조.

5) 容成氏(용성씨) : 전설상의 임금인 황제黃帝의 스승으로 알려진 인물. 춘추시대 노자의 스승이란 설도 있다. 이하 등장 인물들은 대개 전설상의 인물로서 그 유래에 대해서는 알려진 바가 드물다.

다섯 번째를 '연통기'라고 하고, 여섯 번째를 '서명기'라고 하고, 일곱 번째를 '수비기'(살펴보건대 ≪춘추원명포≫에는 '순비기'로 되어 있다)라고 하고, 여덟 번째를 '인목기'라고 하고, 아홉 번째를 '선통기'(살펴보건대 ≪춘추원명포≫에는 '통通'이 '제提'로 되어 있다)라고 하고, 열 번째를 '소흘기'(살펴보건대 ≪춘추원명포≫에는 '흘訖'이 '흘仡'로 되어 있다)라고 하였다. (그 외에도 전설상의 임금으로) 용성씨・대정씨・백황씨・중앙씨・율륙씨・여련씨・혁소씨・종로씨・축화씨・혼돈씨・호영씨・유소씨・주양씨・갈천씨・음강씨・무회씨가 있었다.

●太昊[6]帝, 庖犧氏[7], 風姓也. 母曰華胥. 燧人[8]之世有大跡, 出靁澤[9], 華胥履之, 生庖犧, 蛇身人首, 有聖德. 燧人氏沒, 庖犧氏代之, 繼天而王首.(案, 首原本作者, 今依帝王世紀[10]校改.) 德於木, 爲百王之先, 都陳. 至於共工[11], 覇而不已.(案, 此下疑有脫文.)

○(삼황 가운데 첫 번째 임금인) 태호황제는 씨가 '포희'(복희)이고, 성이 '풍'이다. 모친은 '화서'라고 한다. 수인 시대 때 커다란 발자국이 뇌택에서 나오자 화서가 이를 밟고서 포희씨를 낳았는데,

---

6) 太昊(태호) : 전설상의 임금인 삼황三皇 가운데 첫 번째 황제인 복희씨伏羲氏의 별칭. '태호太皞'로도 쓴다.

7) 庖犧氏(포희씨) : 삼황 가운데 첫 번째 황제인 복희씨伏羲氏의 별칭.

8) 燧人(수인) : 불을 발명하였다고 전하는 전설상의 인물. ≪상서대전尙書大傳≫에서는 수인燧人・복희伏羲・신농神農 등 삼황 가운데 첫 번째 인물로 설정하였다.

9) 靁澤(뇌택) : 하남성에 있는 연못 이름인 뇌하택雷夏澤의 약칭. '뇌靁'는 '뇌雷'의 이체자異體字. 우虞나라 순왕舜王이 즉위하기 전에 물고기를 잡던 곳으로 유명하다.

10) 帝王世紀(제왕세기) : 진晉나라 황보밀皇甫謐(215-282)이 삼황오제三皇五帝부터 삼국시대 때까지 역대 제왕에 대한 기록을 정리한 책. 총 10권. ≪수서・경적지≫권33 참조. 현재는 여러 문헌에 흩어져 있는 기록을 수집하여 재구성한 잔본殘本으로 속수사고전서續修四庫全書에 전한다.

11) 共工(공공) : 전설상의 인물. 전욱顓頊과 황제 자리를 다투다가 부주산不周山을 들이받아 하늘을 기울게 했다고 전한다.

뱀의 몸체에 사람의 머리를 하고서 성인의 덕을 갖추고 있었다. 수인씨가 세상을 뜨자, 포희씨가 그를 대신하여 천제의 뜻을 받아 여러 왕의 우두머리가 되었다.(살펴보건대 '수首'가 원본에는 '자者'로 되어 있는데, 이제 ≪제왕세기≫에 의거해 교정한다.) 목덕을 본받아 모든 왕의 선봉이 되어서 진 땅에 도읍을 정하였다. 공공씨 때에 이르러서는 패자의 위치에 올라 멈추지 않았다.(살펴보건대 이 아래로 실전된 문장이 있는 듯싶다.)

●炎帝[12], 神農氏, 姜姓也. 母曰女登. 爲少典[13]妃, 遊華陽. 有神龍, 感女登, 生炎帝, 人身牛首, 有聖德. 以火承木, 都陳, 遷魯, 嘉禾[14]生, 醴泉[15]出. 在位百二十年.

○(삼황 가운데 두 번째 임금인) 염제는 씨가 '신농'이고, 성이 '강'이다. 모친은 '여등'이라고 한다. 그녀는 소전의 아내가 되어 화산 남쪽 일대를 노닐었다. 그때 한 신룡이 나타나 여등과 접촉해서 염제를 낳게 하니, 사람의 몸체에 소의 머리를 하고, 성인의 덕을 갖추었다. 신농이 화덕으로 목덕을 계승하여 진 땅에 도읍을 정했다가 노 땅으로 천도하자, 상서로운 벼가 자라고 달콤한 샘물이 솟구쳤다. 왕위에 120년 동안 있었다.

●黃帝[16], 有熊氏, 號軒轅, 赤[17]曰帝鴻[18], 少典之子, 姬姓也. 又姓

---

12) 炎帝(염제) : 전설상의 임금인 삼황三皇 가운데 두 번째 황제인 신농神農의 별호이자 남방의 신.
13) 少典(소전) : 전설상의 임금인 신농神農의 부친, 황제黃帝의 부친 등 설이 일정하지 않다.
14) 嘉禾(가화) : 옛날 사람들이 길조로 여기던 특이한 모양의 벼를 가리키는 말. 혹은 품질이 좋은 쌀을 의미하기도 한다.
15) 醴泉(예천) : 태평성대에 나타난다는 전설상의 달콤한 물 이름.
16) 黃帝(황제) : 전설상의 임금. 삼황三皇 가운데 마지막 세 번째 임금이란 설도 있고, 오제五帝 가운데 첫 번째 임금이란 설도 있다.
17) 赤(적) : 문맥상으로 볼 때 '역亦'의 오기인 듯하다. 자형의 유사성으로 인한 필사 과정상의 단순 오기로 보인다.
18) 帝鴻(제홍) : 전설상의 임금인 황제黃帝의 별호.

公孫. 少典娶有蟜[19]女附寶. 見大電光繞北斗樞星[20], 照郊野, 附寶孕二十月, 生黃帝, 龍顏, 有聖德. 生而神靈, 弱而能言, 幼而徇(案, 史記作徇, 索隱曰, "一作濬.")齊[21], 長而敦敏, 成而聰明. 受國於有熊, 居軒轅[22]之邱, 廼與炎帝戰於阪泉[23]之野, 三戰然後得行其志. 屈軼草[24]生庭, 佞人入則指之. 又有景星[25]麟鳳之瑞, 乃以風后[26]配上台[27], 天老[28]配中台, 五聖配下台, 謂之三公. 置左右大監[29], 以治人. 得寶鼎, 興封禪[30], 帝座於元扈[31]之上, 太一[32]下來.(案, 別卷引此, 作來下.) 有大螻如羊, 帝曰, "土氣勝!" 故以土德王. 在位一百年. 有四妃, 生二十五子.

---

19) 有蟜(유교) : 전설상의 임금인 신농씨 모친의 성씨로 '유교有喬'로 표기한 문헌도 있다.
20) 樞星(추성) : 북두칠성 가운데 국자 모양의 맨끝에 위치한 첫 번째 별 이름.
21) 循齊(순제) : 기민한 모양, 슬기로운 모양.
22) 軒轅(헌원) : 땅 이름이자 황제黃帝의 별칭. 소재지는 미상.
23) 阪泉(판천) : 산서성 태원부太原府에 있는 산 이름. 황제黃帝가 신농神農이나 치우蚩尤와 전투를 치렀다는 전설상의 지명이기에 공업의 완성을 상징하기도 한다.
24) 屈軼草(굴일초) : 아첨꾼을 알아본다는 전설상의 풀 이름.
25) 景星(경성) : 태평성대에 나타난다는 상서로운 큰 별을 이르는 말.
26) 風后(풍후) : 황제黃帝 때 일곱 신하인 칠보七輔 가운데 한 사람으로서 시중侍中의 직책을 맡았다고 전하는 전설상의 인물. '칠보'는 풍후風后・천로天老・오성五聖・지명知命・규기窺紀・지전地典・역묵力墨(혹은 역목力牧)을 가리킨다.
27) 上台(상태) : 별 이름인 삼태성三台星 가운데 하나. 서쪽의 별을 이르는 말로 '사명司命'이라고도 한다. 가운데 별인 중태中台는 '사중司中'이라고 하고, 동쪽의 별인 하태下台는 '사록司祿'이라고 하는데, 사명은 벼슬을 관장하는 별로서 삼공三公 가운데 태부太傅(혹은 사도司徒)를 상징하고, 사중은 종실宗室을 관장하는 별로서 태사太師(혹은 태위太尉)를 상징하며, 사록은 봉작封爵을 관장하는 별로서 태보太保(혹은 사공司空)를 상징한다.
28) 天老(천로) : 황제黃帝 때 신하인데 '후토后土'로 표기한 문헌도 있다.
29) 大監(태감) : 벼슬 이름. 후대에는 환관의 별칭으로 쓰였다.
30) 封禪(봉선) : 제사의 종류. 천신天神에게 올리는 제사를 '봉封', 지신地神에게 올리는 제사를 '선禪'이라고 한다.
31) 元扈(원호) : 섬서성에 있는 산 이름인 현호산玄扈山의 다른 표기. '원元'은 청나라 강희제康熙帝의 휘諱(玄燁) 때문에 고쳐쓴 것이다.
32) 太一(태일) : 우주 만물의 근원이자 이를 관장하는 신을 뜻하는 말. '태일泰一'로도 쓰고, '태을太乙'이라고도 한다.

○(삼황 가운데 세 번째 임금인) 황제는 씨가 '유웅'이고, 호를 '헌원'이라고도 하고 또 '제홍'이라고도 하는데, 소전의 아들로서 성은 '희'이다. 또 성을 '공손'이라고도 한다. 소전은 유교씨의 딸인 부보에게 장가들었다. 커다란 번갯불이 북두추성을 감싸면서 들판을 비추는 것을 보고서는 부보가 12개월 동안 임신하여 황제를 낳았는데, 용의 얼굴에 성인의 덕을 갖추었다. 태어나면서부터 신령한 기운을 띠고, 아기 때부터 말을 하였으며, 어려서는 기민하였고,(살펴보건대 ≪사기≫에는 '순循'이 '순徇'으로 되어 있고, ≪사기색은≫에서는 "'준濬'으로 된 판본도 있다"고 하였다.) 자라서는 돈독하고 민활하였으며, 성인이 되어서는 총명하였다. 유웅씨에게서 나라를 건네받아 헌원의 언덕에 거처하다가 염제(신농)와 판천의 들판에서 전쟁을 벌였는데, 세 번이나 전투를 치른 뒤에야 자신의 뜻을 이룰 수 있었다. (아첨꾼을 알아본다는) 굴일초가 정원에 자라더니 간신이 입궐하면 그를 가리키곤 하였다. 또 경성과 기린·봉황의 상서로운 징조가 나타났기에 풍후를 상태성에 짝짓고, 천로를 중태성에 짝짓고, 오성을 하태성에 짝을 짓고는 이들을 '삼공'이라고 하였다. 좌우로 태감을 설치하여 사람들을 다스리게 하였다. 보정을 얻고 봉선을 세운 뒤, 황제가 현호산에 자리하자 태일신이 강림하였다.(다른 서책에서는 이를 인용하면서 '내하來下'로 적었다.) 양처럼 생긴 커다란 땅강아지가 나타나자 황제가 말했다. "토의 기운이 이기겠구나!" 그래서 토덕으로 왕에 올랐다. 제왕의 자리에 100년 동안 있었다. 네 명의 왕비를 두어 스물다섯 명의 아들을 낳았다.

●少昊[33]帝, 金天氏, 一號窮桑, 二曰白帝朱宣帝, 黃帝之子, 姬姓.

---

33) 少昊(소호) : 전설상의 임금인 오제五帝 가운데 첫 번째 황제인 금천씨金天氏의 별칭. '소호少皞'로도 쓴다. '오제'에 관해 전한 사마천司馬遷(B.C.135-?)은 ≪사기史記·오제본기五帝本紀≫권1에서 황제黃帝·전욱顓頊·제곡帝嚳·요堯·순舜을 가리킨다고 한 반면, 진晉나라 황보밀皇甫謐(215-282)은 ≪제왕세

母曰女節. 黃帝時, 有大星如虹, 下流華渚, 意感, 生少昊於窮桑[34]. 是爲元囂[35]. 姓姬氏, 或云己氏. 降居江水, 以登帝位, 以金承土, 都曲阜. 有鳳鳥之瑞, 以鳥紀官. 鳳鳥氏爲司曆正[36], 元鳥氏爲司分伯[37], 趙氏爲司至[38], 靑鳥氏爲司開[39], 丹鳥氏爲司閉[40], 祝鳩氏爲司徒[41], 雎(案, 左傳作雎.)鳩氏爲司空[42],(案, 左傳, 雎鳩氏司馬也, 鳲鳩氏司空也. 此疑有脫誤.) 爽鳩氏爲司寇[43], 鶻鳩氏爲司事[44], 五雉爲五工正[45], 九扈爲九農正[46], 天下大治焉.

○(오제 가운데 첫 번째 임금인) 소호황제는 씨가 '금천'으로 호를 '궁상'이라고도 하고, '백제주선제'라고도 하는데, 황제의 아들로

기帝王世紀·오제≫권2에서 소호少昊·전욱顓頊·제곡帝嚳·요堯·순舜을 가리킨다고 하는 등 설에 따라 차이가 있다. 여기서는 황보밀의 설을 따르고 있다.

34) 窮桑(궁상) : 소호少昊가 도읍을 정했다고 전하는 전설상의 고을 이름. 소재지는 미상.

35) 元囂(원효) : 제곡帝嚳의 조부인 소호少昊의 어렸을 때 이름인 '현효玄囂'의 다른 표기. '원'은 청나라 강희제康熙帝의 이름(玄燁)을 피휘避諱하기 위해 고쳐쓴 것이다.

36) 司曆正(사력정) : 역법을 관장하는 벼슬을 이르는 말.

37) 司分伯(사분백) : 사력정의 속관으로 춘분과 추분 때 업무를 관장하는 벼슬 이름.

38) 司至(사지) : 사력정의 속관으로 하지와 동지 때 업무를 관장하는 벼슬 이름.

39) 司開(사개) : 사력정의 속관으로 입춘과 입하 때 업무를 관장하는 벼슬 이름.

40) 司閉(사폐) : 사력정의 속관으로 입추와 입동 때 업무를 관장하는 벼슬 이름.

41) 司徒(사도) : 상고시대 관직의 하나로서 국가 재정과 관련한 업무를 관장하는 벼슬 이름. 주나라 때는 지관地官이었고, 후대에는 민부民部·호부상서戶部尙書에 해당한다. 한나라 이후로는 이 직명을 민정民政을 관장하는 삼공三公의 하나로 지정하기도 하였다.

42) 司空(사공) : 공사를 관장하는 벼슬 이름. 주周나라 때는 동관冬官으로서 치수와 토목공사를 관장하였고, 한나라 이후로는 태위太尉·사도司徒와 함께 삼공三公의 하나였다.

43) 司寇(사구) : 송사와 형벌을 관장하는 벼슬 이름. 주周나라 때 추관秋官의 장관으로서 형부상서에 해당하던 벼슬이었고, 후대에도 형부상서의 별칭으로 사용되었다.

44) 司事(사사) : 영조營造에 관한 업무를 관장하는 벼슬 이름.

45) 五工正(오공정) : 여러 가지 공사를 관장하는 벼슬을 이르는 말. '오공'에 대한 구체적인 내용은 알려진 바가 없다.

46) 九農正(구농정) : 각종 농사를 관장하는 벼슬을 이르는 말.

서 성은 '희'이다. 모친은 '여절'이라고 한다. 황제 때 무지개처럼 생긴 커다란 별이 나타나 아래로 화산 개울가로 흐르자, 여절이 거기에 마음으로 감응해 궁상에서 소호를 낳았다. 이가 곧 '현효玄囂'이다. 성은 희씨라고도 하고, 어떤 문헌에서는 기씨라고도 하였다. 강수로 내려가 머물다가 제왕의 자리에 올라 금덕으로 토덕을 계승하고, 곡부에 도읍을 정하였다. 봉황새가 출현하는 상서로운 징조가 나타났기에, 새 이름을 가지고 관직을 정하였다. 그래서 봉조씨가 사역정을 맡고, 현조씨玄鳥氏가 사분백을 맡고, 조씨가 사지를 맡고, 청조씨가 사개를 맡고, 단조씨가 사폐를 맡고, 축구씨가 사도를 맡고, 수(살펴보건대 ≪좌전≫에는 '저雎'로 되어 있다)구씨가 사공(살펴보건대 ≪좌전≫에는 저구씨가 사마를 맡고 시구씨가 사공을 맡았다고 되어 있다. 이 글에는 아마도 탈자나 오자가 있는 듯하다)을 맡고, 상구씨가 사구를 맡고, 골구씨가 사사를 맡고, 오치가 오공정을 맡고, 구호가 구농정을 맡으면서 천하가 잘 다스려졌다.

●帝顓頊, 高陽氏, 黃帝之孫, 昌意之子. 母曰女樞. 金天氏之末, 搖光[47]之星, 貫日如虹, 感女樞於幽房之宮.(案, 別卷作中.) 右脅有九色[48]毛, 生顓頊. 以水承金, 始都窮桑, 徙商邱[49].

○(오제 가운데 두 번째 임금인) 전욱황제는 씨가 '고양'으로 황제黃帝의 손자이자 창의의 아들이다. 모친은 '여추'라고 한다. 금천씨(소호) 말엽에 요광성이 해를 꿰뚫어 무지개 모양을 이루더니, 깊숙한 방이 있는 궁중에서 여추를 임신시켰다.(살펴보건대 다른 서책에는 '궁宮'이 '중中'으로 되어 있다.) 오른쪽 옆구리에서 여러 가지 색을 띤 털이 자라더니 전욱을 낳았다. 전욱은 수덕으로 금덕을

---

47) 搖光(요광) : 북두칠성 가운데 마지막 별 이름. '초요招搖'라고도 한다.
48) 九色(구색) : 오색五色, 즉 청·적·황·백·흑색에 녹색·자색·홍색·감색을 보탠 것을 이르는 말. 결국 여러 가지 색깔에 대한 총칭을 의미한다.
49) 商邱(상구) : 하남성의 속현屬縣 이름.

계승하여 처음에 궁상에 도읍을 정했다가 (하남성) 상구로 옮겼다.

●帝嚳, 高辛氏, 少昊之孫, 蟜極之子, 生而神靈. 自言其名曰夋.(案, 原本脫曰字, 今依帝王世紀校補.) 駢齒[50]. 以木承火[51], 都亳, 在位十年. 元妃[52]有邰氏女, 曰姜嫄, 生后稷[53]. 次妃有娀氏女, 曰簡翟,(案, 世本[54], 竹簡狄) 生契[55]. 次陳酆氏女,(案, 酆, 生民[56]詩疏引大戴記[57], 作鋒, 今刻本作隆.) 曰慶都, 生堯. 次陬訾氏女,(案, 大戴禮記, 陬作娵, 世本又作訾陬.) 曰常儀, 生子摯. 摯立, 不善, 乃立堯.

○(오제 가운데 세 번째 임금인) 제곡은 씨가 '고신'으로 소호의 손자이자 교극의 아들로서, 태어나면서부터 신령한 기운을 지녔다. 스스로 자기 이름을 '준'이라고 하였다.(살펴보건대 원본에는 '왈曰'자가 없기에, 이제 ≪제왕세기≫에 근거해서 수정차 보충한다.) 그는 덧니가

---

50) 駢齒(병치) : 덧니.

51) 火(화) : 오행상생五行相生은 목→화→토→금→수→목의 순서로 이어지므로 '수水'의 오기인 듯하다. 자형의 유사성으로 인한 필사 과정상의 단순 오기로 보인다.

52) 元妃(원비) : 본처本妻를 이르는 말. '원처元妻'라고도 한다.

53) 后稷(후직) : 원래는 우虞나라 순왕舜王 때 농사를 관장하던 벼슬 이름을 뜻하는 말인데, 여기서는 그 관직을 맡았던 주周나라 시조 기棄를 가리킨다.

54) 世本(세본) : 고대 사관史官이 전설상의 임금인 황제黃帝 때부터 춘추시대까지의 제후와 대부大夫들에 관해 기록한 사서史書. 총 15편. ≪한서·예문지≫ 권30 참조. ≪수서·경적지≫권33과 ≪구당서·경적지≫권46, ≪신당서·예문지≫권58 등에는 전한 유향劉向(약 B.C.77-B.C.6)의 2권본과 후한 송충宋衷의 4권본이 기록되어 있는데, 유사 저서이거나 위서僞書인 듯하다. 또 ≪송사·예문지≫를 비롯하여 송대 이후 서지書誌에 아무런 언급이 없는 것으로 보아 송나라 때 이미 실전된 것으로 보인다.

55) 契(설) : 우虞나라 순왕舜王 때 다섯 명의 명신名臣인 우禹·직稷·설契·고요皋陶·백익伯益 가운데 한 사람이자 상商나라의 시조.

56) 生民(생민) : ≪시경·대아大雅≫권24에 수록된 노래 이름.

57) 大戴記(대대기) : 전한 때 대덕戴德이 엮은 ≪대대예기大戴禮記≫의 준말. 총 13권. 북주北周의 노변盧辯이 주를 달았다. 현재 통용되는 대덕의 조카 대성戴聖의 ≪소대예기小戴禮記≫와 구분하기 위한 명칭이다. 고본古本 ≪예기≫의 204편을 85편으로 재편집하였으나, 47편이 실전되었다. ≪사고전서간명목록·경부·예류禮類≫권2 참조.

있었다. 목덕으로 수덕을 계승하여 박에다가 도읍을 정하고, 10년 동안 임금의 자리에 있었다. 본부인은 유태씨의 딸로 이름을 '강원'이라고 하는데, 후직을 낳았다. 다음 아내는 유융씨의 딸로 '간적簡翟'(살펴보건대 ≪세본≫에는 대나무 부수가 있는 글자인 '간簡'과 오랑캐를 뜻하는 글자인 '적狄'으로 적혀 있다)이라고 하는데, 설을 낳았다. 그 다음 아내는 진풍씨의 딸로('풍豐'자를 보면 <생민>의 주석에서 ≪대대예기≫를 인용하면서 '봉鋒'으로 쓰고 있고, 오늘날 판본에는 '융隆'으로 되어 있다) '경도'라고 하는데, 요를 낳았다. 그 다음 아내는 추자씨의 딸로(살펴보건대 ≪대대예기≫에는 '추陬'가 '추娵'로 되어 있고, ≪세본≫에는 다시 '자추訾陬'로 되어 있다) '상의'라고 하는데, 아들 지를 낳았다. 지가 즉위하였으나 선정을 베풀지 않았기에 요를 즉위시켰다.

●帝堯, 字放勛, 一名同成, 育陶唐氏帝嚳之子, 伊祁姓也. 母曰慶都, 爲嚳妃. 出觀河渚, 遇赤龍而孕, 寄伊長儒[58]家産[59], 甲申歲而生堯丹陵[60]也. 堯眉八采[61], 日角[62]方目, 足有元武[63]之字, 手有三河[64]之文. 豐下銳上[65], 就之如日, 望之如雲. 黃收[66](案, 收原本訛作攸, 今依史記校改.)純衣[67], 彤車白馬. 冬則鹿裘, 夏則絺葛. 采椽[68]不

58) 伊長儒(이장유) : 전설상의 인물. '유儒'는 '유孺'로 표기한 문헌도 있다.
59) 産(산) : 문맥상으로 볼 때 연자衍字인 듯하다. 다른 문헌에서 인용한 내용을 보면 이 글자가 없다.
60) 丹陵(단릉) : 요왕이 태어났다고 하는 전설상의 땅 이름. 소재지는 미상.
61) 八采(팔채) : 여덟 가지 색채. 결국 다양한 빛깔을 가리킨다.
62) 日角(일각) : 해처럼 돌기하다. 왼쪽 이마가 튀어나온 것을 비유하는 말로서 중앙의 복서伏犀・오른쪽의 월각月角과 함께 제왕의 관상을 가리킨다.
63) 元武(원무) : 전설상의 동물이자 북방의 신인 현무玄武의 다른 표기. '원'은 청나라 강희제康熙帝의 이름(玄燁)을 피휘避諱하기 위해 고쳐쓴 것이다. 현무는 거북과 뱀을 합쳐 놓은 듯한 형상을 하였다.
64) 三河(삼하) : 한나라 때 3개 군郡인 하내河內・하동河東・하남군河南郡 일대를 아우르는 말. 혹은 하북河北・하동・하남으로 보는 설도 있다. 12개 주 가운데 양주梁州 일대를 가리킨다.
65) 豐下銳上(풍하예상) : 아래턱이 넓고 정수리가 뾰족한 인상을 가리키는 말로 귀인의 관상을 나타낸다.
66) 黃收(황수) : 황색 면류관. 하夏나라 때 면류관을 '수收'라고 하였다.

斵，土階三等. 克明俊德，以親九族[69]. 九族旣睦，平章[70]百姓，百姓昭明，協和萬邦. 焦僥氏[71]來獻沒羽[72]. 常年[73]之人得神獸若羊，名曰獬豸，堯乃緝其皮，以爲帳. 分命羲仲・和仲[74]，日中[75]星鳥[76]，以殷仲春，日永星火[77]，以定仲夏，宵中[78]星虛[79]，以正仲秋，日短星昴[80]，以正仲冬. 時許耳之子，名曰由，字道開，一字仲武. 仲武黃白色，長八尺九寸，兄弟七人，十九而隱. 堯欲禪之，由乃洗耳. 是後景星曜於天，甘露降於地，朱草[81]生於囿，鳳凰止於庭. 以箑莆[82](案，說文[83]，箑作萐. 述異記[84]，莆作蒲. 宋書符瑞志，又作箑脯.)・

---

67) 純衣(순의) : 검은 색의 제복祭服을 이르는 말. '純'은 '치緇'와 통용자란 설도 있다.

68) 采椽(채연) : 상수리나무 원목으로 만든 서까래. 검소하고 소박한 생활을 상징한다.

69) 九族(구족) : 고조부高祖父부터 현손玄孫까지 9대를 가리키는 말. 즉 고조・증조・조부・부친・본인・아들・손자・증손・현손을 말한다. 결국은 일가친척을 두루 가리킨다. '구종九宗' '구속九屬' '구친九親'이라고도 한다.

70) 平章(평장) : 심의・검토하여 처리하는 것을 뜻하는 말로 여기서는 결국 잘 다스리는 것을 말한다.. 당송 때는 황제의 의사 결정에 함께 참여한다는 의미에서 재상의 직함인 동중서문하평장사同中書門下平章事의 약칭으로도 쓰였다.

71) 焦僥氏(초요씨) : 중국 서남방 일대 이민족이나 그 군주를 이르는 말.

72) 沒羽(몰우) : 화살의 살깃까지 돌에 박혀들어갈 정도로 강력한 화살을 이르는 말.

73) 常年(상년) : 전설상의 산 이름인 '상양常羊'의 오기인 듯하다. 자형의 유사성으로 인한 필사 과정상의 단순 오기로 보인다.

74) 羲仲和仲(희중화중) : 요왕 때 신하라는 전설상의 두 인물의 이름.

75) 日中(일중) : 낮의 길이가 밤의 길이와 같은 것을 뜻하는 말. 결국 춘분 시기를 가리킨다. 오전 11시에서 오후 1시 사이인 오시午時를 가리킬 때도 있다.

76) 鳥(조) : 이십팔수二十八宿 가운데 남방의 별자리인 주작朱雀 7수宿를 아우르는 말.

77) 火(화) : 대화성大火星. 이십팔수 가운데 동방 청룡靑龍 7수 중 다섯 번째 별자리인 심수心宿의 별칭.

78) 宵中(소중) : 밤의 길이가 낮의 길이와 같은 것을 뜻하는 말. 결국 추분 시기를 가리킨다.

79) 虛(허) : 이십팔수 가운데 북방 현무玄武 7수 중 네 번째 별자리 이름.

80) 昴(묘) : 이십팔수 가운데 서방 백호白虎 7수 중 네 번째 별자리 이름.

81) 朱草(주초) : 붉은 색을 띤 풀. 천하가 태평할 때 자란다는 상서로운 풀을 가리킨다.

82) 箑莆(삽보) : 상서로움을 상징하는 전설상의 풀 이름.

蓂莢[85]之瑞，都於平陽[86]，命羲仲・羲叔・和仲・和叔，掌四方. 在位四十一年. 洪水滔天，懷山襄陵[87]，四岳[88]擧鯀[89]，治水九年，績庸不成， 五十年乃更咨四岳， 得舜， 乃在璿璣[90]玉衡[91]， 以齊七政[92]，類[93]於上帝，禋於六宗[94]，望於山川，辨(案，古字辨徧通.)於羣

83) 說文(설문) : 후한 허신許愼(약 58-147)이 소전小篆 9,353자와 고문자古文字 1163자에 대해 음의音義와 유래를 해설한 책인 ≪설문해자說文解字≫의 약칭. 총 30권. ≪사고전서간명목록・경부・소학류小學類≫권4 참조. 송나라 서현徐鉉(917-992)이 주를 달았다.

84) 述異記(술이기) : 남조南朝 양梁나라 임방任昉(460-508)이 기이한 이야기를 모아 엮은 책으로 총 2권. 그러나 내용 중에 북제北齊와 관련된 고사도 있는 것으로 보아, 진나라 장화張華(232-300)의 ≪박물지博物志≫처럼 여러 사람의 손에 의해서 완성된 것으로 보인다. ≪사고전서간명목록・자부・소설가류小說家類≫권14 참조. ≪수서・경적지≫권33이나 ≪구당서・경적지≫권46, ≪신당서・예문지≫권59에서는 모두 남제南齊 조충지祖沖之가 지었으며 총 10권이라고 한 반면, ≪송사・예문지≫권206에서는 양나라 임방의 저서로 총 2권이라고 하였다. 후인의 위작僞作이라는 설도 있다.

85) 蓂莢(명협) : 초하루에 한 잎이 생겨서 보름날이 되면 열다섯 장의 잎이 자라고, 16일 뒤로는 한 잎씩 떨어져 그믐날이 되면 다 떨어진다는 전설상의 풀 이름. 당唐나라 요왕堯王이 이를 살펴서 역법曆法을 계산했다는 고사로 인해 '요명堯蓂'이라고도 한다.

86) 平陽(평양) : 산서성의 속군屬郡 이름.

87) 懷山襄陵(회산양릉) : 산을 감싸고 구릉에 넘치다. ≪서경・우서虞書・요전堯典≫권1의 기록에서 유래한 말로 홍수의 규모가 엄청난 것을 뜻한다. '회懷'는 '포包'를 뜻하고, '양襄'은 '출出'을 뜻한다.

88) 四岳(사악) : 사방의 제후를 가리키는 말.

89) 鯀(곤) : 하夏나라 우왕禹王의 부친으로 요왕堯王의 명을 받아 홍수를 막다가 죽었다고 전한다.

90) 璿璣(선기) : 북두칠성의 앞쪽 네 개의 별을 이르는 말. '선기璇璣'로도 쓴다.

91) 玉衡(옥형) : 북두칠성 가운데 다섯 번째 별의 이름. 앞의 '선기'와 함께 결국 북두칠성을 가리킨다.

92) 七政(칠정) : 해와 달과 목성・화성・토성・금성・수성 오성五星을 아우르는 말. 제사祭祀・반서班瑞(제후에게 서옥瑞玉을 돌려주는 일)・동순東巡・남순南巡・서순西巡・북순北巡・귀격예조歸格藝祖(귀국하여 건국 황제에게 고하는 일)의 일곱 가지 정사政事를 가리킬 때도 있다.

93) 類(유) : 천제에게 지내는 제사를 이르는 말. '유禷'와 통용자. 뒤의 '인禋'과 '망望'도 모두 제사 이름을 가리킨다.

94) 六宗(육종) : 제사 때 받드는 여섯 개의 신. 여러 가지 설이 있는데, 후한 마융馬融(79-166)은 천天・지地・춘春・하夏・추秋・동冬이라고 한 반면, 그의 제자인 정현鄭玄(127-200)은 성星・신辰・사중司中・사명司命・풍사風師・우

瑞.(案, 舜典作神.) 堯崩[95], 乃葬濟陰城, 廟居齊郡. 有栢樹, 死而更生焉. 舜攝政二十八年, 堯乃殂. 三年禮畢, 舜避丹朱[96]於河南, 諸侯朝覲[97]. 訟獄者不之丹朱而之舜, 舜曰, "乃天命也!" 初堯敎丹朱棊, 以文桑[98]爲局, 犀象爲子.

○(오제 가운데 네 번째 임금인 당나라) 황제 요는 자가 방훈이고, 일명 동성이라고도 하는데, 도당씨 제곡의 아들로 자랐고, 성은 '이기'이다. 모친은 '경도'라고 하는데, 제곡의 아내가 되었다. 그녀가 외출하여 황하 물가를 노닐다가 적룡을 만나 임신을 하게 되자, 이장유의 집에 맡겨졌다가 갑신년에 단릉에서 요를 낳았다. 요는 눈썹이 여덟 가지 색을 띠었고, 왼쪽 이마가 튀어나오고 눈이 사각형이며, 발에 '현무'라는 글자가 있고, 손에 '삼하'라는 문양이 있었다. 아래턱이 넓고 정수리가 뾰족하여 귀인의 관상을 타고났기에, 그에게 가까이 다가서면 마치 해를 마주하는 듯하고, 그를 멀리서 바라보면 마치 구름처럼 보였다. 황색 면류관(살펴보건대 '수收'자가 원본에는 '유攸'로 되어 있기에 이제 ≪사기·오제본기≫권1에 의거하여 바로잡는다)을 쓰고 검은 색 제복을 입고서 붉은 수레에 올라 백마를 몰았으며, 겨울에는 사슴 갖옷을 입고 여름에는 칡베옷을 즐겨 입었다. 상수리나무 원목의 서까래로 집을 지으면서 조각을 하지 않았고, 흙으로 계단을 만들면서 3층으로

사雨師라고 하였다.

95) 崩(붕) : 황제나 황후의 죽음을 이르는 말. ≪예기·곡례하曲禮下≫권5에 의하면 천자의 죽음은 '붕崩'이라고 하고, 공경公卿의 죽음은 '훙薨'이라고 하며, 대부大夫의 죽음은 '졸卒'이라고 하고, 사士의 죽음은 '불록不祿'이라고 하며, 평민의 죽음은 '사死'라고 하여, 신분에 따라 죽음에 대한 표현에도 차이를 두었다.

96) 丹朱(단주) : 당唐나라 요왕堯王의 아들 이름.

97) 朝覲(조근) : 신하가 천자를 알현하는 일을 아우르는 말. ≪주례·춘관春官·태종백大宗伯≫권18에 의하면 봄에 알현하는 것을 '조朝', 여름에 알현하는 것을 '종宗', 가을에 알현하는 것을 '근覲', 겨울에 알현하는 것을 '우遇'라고 하였다.

98) 文桑(문상) : 무늬가 있는 뽕나무. 즉 원목 그대로의 뽕나무를 뜻하는 말로 검소함을 상징한다.

만 설치할 정도로 검소하였다. 훌륭한 덕업을 잘 베풀어 일가친족을 화목하게 하였다. 일가친족이 화목해지면 백성들을 잘 다스렸고, 백성들이 화목해지면 각 나라들이 화평을 이루게 하였다. 초요씨가 (강력한 화살인) 몰우전을 바치러 방문하였다. 상양산의 사람들이 '해태'라고 하는 양처럼 생긴 신령한 짐승을 잡아서 바치자, 요왕은 도리어 그 가죽을 모아서 휘장을 만들었다. 또 각기 희중과 화중을 시켜서 춘분이 되어 별이 조성으로 되자 중춘을 바로잡았고, 해가 길어지면서 별이 대화성으로 되자 중하를 정하였으며, 추분이 되어 별이 허성으로 되자 중추를 바로잡았고, 해가 짧아지면서 별이 묘성으로 되자 중동을 정하였다. 당시 허이의 아들 허유許由는 자가 도개이면서 또한 자를 중무라고 하였다. 허유는 피부가 황백색을 띠면서 키가 무려 여덟 자 아홉치나 되었는데, 형제 일곱 명 모두 나이 열아홉 살에 은거하였다. 요왕이 자신에게 왕위를 선양하려고 하자, 허유는 (더러운 말을 들었다는 이유로) 귀를 씻었다. 그뒤로 경성이 하늘에서 빛을 발하고, 감로가 땅에 내렸으며, 주초가 울타리에 자라고, 봉황이 마당에 내려앉았다. 그래서 삽포(살펴보건대 ≪설문해자≫권1에서는 '삽翣'을 '삽萐'으로 적고 있고, ≪술이기≫권상에서는 '포莆'를 '포蒲'로 적고 있으며, ≪송서 · 부서지≫권27에서는 다시 '삽포翣莆'를 '삽포箑脯'로 적기도 하였다)와 명협이 자라는 상서로운 징조 때문에 (산서성) 평양군에 도읍을 정하고, 희중 · 희숙 · 화중 · 화숙에게 명하여 사방을 관장케 하였다. 왕위에 41년 동안 있었다. 홍수가 하늘까지 닿으며 산과 구릉을 집어삼키자, 사방의 제후들이 (순왕의 부친인) 곤을 추천하여 9년 동안 치수사업을 벌였지만 성과를 거두지 못 하였기에, 50년 뒤에 다시 사방의 제후에게 자문을 구해 순왕을 얻어서 마침내 북두칠성을 관찰하여 칠정을 바로잡은 뒤 천제에게 제를 올리고, 육종에게 제를 올리고, 산천에 제를 올려서 여러 상서로운 징조(살펴보건대 ≪서경 · 우서 · 순전≫권2에는 '서瑞'가

'신神'으로 되어 있다)를 두루 살폈다.(살펴보건대 고문자에서 '변辨'과 '편徧'은 통용자이다.) 요왕이 사망하자 (산동성) 제음성에 장사지내고, 제군에 사당을 세웠다. 그러자 측백나무가 죽었다가 다시 살아났다. 순왕이 28년 동안 섭정을 한 뒤 요왕이 사망하였다. 3년의 상례를 마치고 순왕이 하남 땅에서 단주에게 왕위를 양보하자, 제후들이 조알차 방문하였다. 옥사를 소송하는 이들이 단주를 찾아가지 않고 순왕을 찾아오자, 순왕이 말했다. "어디까지나 천명이라오!" 당초 요왕은 단주에게 바둑을 가르치면서 원목 그대로의 뽕나무로 바둑판을 만들고, 무소뿔과 상아로 바둑알을 만든 적이 있다.

●帝舜, 有虞氏, 龍顔大口, 圓天[99]日角, 出額重鼻, 足履龜文, 目重瞳子, 身長九尺一寸, 常夢擊天鼓[100]. 母曰握登, 早終. 瞽瞍[101]更娶, 生象. 象傲, 瞽瞍頑, 後母嚚, 咸欲殺舜. 使舜入井, 舜鑿井旁, 行二十里, 以孝聞. 三十而帝堯問可用者, 四岳咸擧舜. 堯於是降[102]以女娥皇・女瑩(案, 列女傳[103]竹英), 配之妻. 舜以觀其內, 使九男與處, 以觀其外, 二女不敢以貴驕事舜親戚, 甚有婦道. 堯九男皆益篤. 舜耕於歷山, 歷山之人皆讓畔. 耕地, 得金枝銀節. 漁於靁澤上, 人皆讓居. 陶於河濱, 河濱器皆不苦窳[104]. 一年而所居成聚, 二年成

99) 圓天(원천) : 원래는 둥근 하늘을 뜻하나 여기서는 머리 모양이 둥근 것을 비유하는 말로 쓰인 듯하다.
100) 天鼓(천고) : 천신이 우레소리를 낼 때 친다는 전설상의 북. 파도소리를 비유할 때도 있다.
101) 瞽瞍(고수) : 우虞나라 순왕의 부친이 장님인 데서 붙여진 별명.
102) 降(강) : 공주가 자신보다 신분이 낮은 사대부 집안에 시집가는 것을 이르는 말. '하강下降' '하가下嫁'라고도 한다.
103) 列女傳(열녀전) : 전한 유향劉向(약 B.C.77-B.C.6)이 귀감이 될 만한 여인들에 대해 기록한 전기류傳記類의 책으로 저자 미상의 속편 1권까지 총 8권이다. ≪사고전서간명목록・사부・전기류≫권6 참조.
104) 苦窳(고유) : 그릇에 구멍이 생기는 것 때문에 고민하다. 즉 품질이 열악한 것을 말한다.

邑, 三年成都. 堯乃試舜五典[105], 百官皆治, 布五敎於四方. 堯乃老, 使舜攝行天子政, 巡狩得擧用事, 卿雲[106]出, 景星見. 西王母[107]使使, 乘白鹿, 駕羽車[108], 建紫旗, 來獻白環之玦・益地之圖・乘黃[109]之駟, 綏耳・貫胷[110]之民, 來獻珠蝦. 旣陟帝位, 以土承火, 都平陽, 命禹爲司空, 棄[111]爲后稷, 契爲司徒, 咎繇[112]爲士, 垂[113]爲共工[114], 益[115]爲朕虞[116], 伯夷[117]爲秩宗[118], 夔[119]爲典樂[120], 龍[121]爲納言[122]. 庶績咸熙, 羣瑞畢集. 簫韶[123]九

---

105) 五典(오전) : 다섯 가지 질서. 부자父子・군신君臣・부부夫婦・장유長幼・붕우朋友, 또는 부・모・형・제・자子에 관한 일. '오교五敎' '오상五常' '오품五品'이라고도 한다.

106) 卿雲(경운) : 짙고 두터우면서 구불구불한 모양을 한 구름을 이르는 말. 상서로운 징조를 상징한다.

107) 西王母(서왕모) : 중국 전설에 나오는 불로장생不老長生을 상징하는 신녀神女 이름. 여신선들을 총괄하는 일을 관장하였다고 전한다.

108) 羽車(우거) : 선계의 수레를 이르는 말.

109) 乘黃(승황) : 신마神馬 이름.

110) 綏耳貫胷(수이관흉) : 서역에 있었다는 전설상의 나라 이름. '수이綏耳'는 '흡이闟耳'로 된 문헌도 있다.

111) 棄(기) : 주周나라의 시조로 알려진 인물.

112) 咎繇(구요) : 우虞나라 순왕舜王 때 옥사獄事를 관장하던 현신賢臣인 고요皋繇의 별칭. '구咎'와 '고皋'는 '허물' '죄악'을 뜻하는 말로 통용자이고, '요繇'는 '요陶'로도 쓴다.

113) 垂(수) : 전설상의 장인匠人 이름. 황제黃帝 때 사람이라고도 하고, 당唐나라 요왕堯王 때 사람이라고도 하는 등 문헌마다 차이가 있다. '수倕'로 된 문헌도 있다.

114) 共工(공공) : 백공百工을 관장하는 벼슬 이름.

115) 益(익) : 하夏나라 우왕禹王 때 신하 백익伯益.

116) 朕虞(짐우) : 산택山澤을 관장하는 벼슬 이름.

117) 伯夷(백이) : 우虞나라 순왕舜王 때 신하. 주周나라 강태공姜太公의 선조로서 주나라 무왕武王에게 간언했던 백이伯夷・숙제叔齊 형제와는 별개의 인물이다.

118) 秩宗(질종) : 종묘의 제사를 관장하는 벼슬 이름.

119) 夔(기) : 우虞나라 순왕舜王 때의 현신賢臣 이름이자 신화상의 외발 달린 짐승을 이르는 말.

120) 典樂(전악) : 음악을 관장하는 벼슬 이름.

121) 龍(용) : 우虞나라 순왕舜王 때의 현신賢臣 이름.

122) 納言(납언) : 황명의 출납을 관장하는 벼슬 이름. 후대의 시중侍中이나 간관諫官과 유사하다.

成[124], 鳳凰來儀, 擊石拊石, 百獸率舞. 生子商均, 不肖, 舜復禪禹, 入九疑山, 置銅劍一枚, 化爲礫. 今濟南歷城有祠, 太陽山有虞氏三石闕[125]也. 禹卽位, 後十五年, 舜乃殂. 禹讓商均, 避之陽城, 天下不歸商均而之禹. 初商均, 一名章鴒.

○(오제 가운데 다섯 번째 임금인 우나라) 황제 순은 씨가 '유우'로 얼굴은 용처럼 생기고 입이 커다랐으며, 머리가 둥글고 왼쪽 이마가 돌기하였으며, 이마가 나오고 코가 메부리였으며, 발에는 거북껍질 문양이 있고, 눈은 눈동자가 두 겹이었으며, 키는 아홉 자 한 치나 되어 늘 천신의 북을 두드리는 꿈을 꾸곤 하였다. 순왕의 모친은 이름이 '악등'으로 일찍 생을 마쳤다. 그래서 부친 고수가 다시 장가들어 상을 낳았다. 상은 건방지고 고수는 완고하였으며 계모는 어리석어 모두 순을 죽이려고 하였다. 순에게 우물에 들어가라고 하자, 순은 우물 옆을 뚫어 20리를 달아나 효행으로 이름을 떨쳤다. 서른 살이 되었을 때 요왕이 쓸 만한 인물에 대해 자문을 구하자, 사방의 제후들이 모두들 순을 추천하였다. 요왕이 이에 자신의 딸인 아황과 여영(살펴보건대 ≪열녀전≫권1에는 '영瑩'이 대나무 '죽竹' 부수의 '영筴'으로 되어 있다)을 시집보내 그의 아내로 삼게 하였다. 순은 궁안을 잘 살펴 요왕의 아홉 아들이 더불어 잘 지내게 하였고, 궁밖을 잘 살펴 두 아내가 감히 귀한 신분이라고 해서 자신의 일가친척을 교만한 태도로 대하지 못 하게 함으로써 아녀자의 도리를 지키게 하였다. 그러자 요왕의 아홉 아들도 더욱 성실한 자세를 보였다. 순이 역산에서 농사를 짓자 역산에 거주하는 백성들이 모두 농지를 양보하였다. 순은 농사를 짓다가 금조각과 은조각을 얻게 되었다. 뇌택에서 물

---

123) 簫韶(소소) : 우虞나라 순왕舜王 때의 음악 이름. 아름다운 음악을 상징한다.

124) 九成(구성) : 음악을 9절로 완성한 것을 이르는 말. 혹은 아홉 차례에 걸쳐 변주變奏하는 것으로 보는 설도 있다.

125) 石闕(석궐) : 돌로 쌓은 기둥을 이르는 말. '궐闕'은 '궐闕'의 속자俗字.

고기를 잡을 때도 사람들이 모두들 자리를 양보해 주었다. 황하 물가에서 도자기를 굽자 황하 물가에서 생산되는 도자기들 모두 품질이 열악하지 않았다. 1년 뒤에는 그의 거처에 취락이 생겼고, 2년 뒤에는 고을을 이루었으며, 3년 뒤에는 도시를 이루었다. 요왕이 마침내 순에게 모든 법전을 관장케 하자, 문무백관이 다 잘 다스려졌기에 사방에 오교를 선포하였다. 요왕은 연로해지자 순에게 천자의 정사를 대행케 하였는데, 천하를 순수하며 능력 있는 이들을 천거하자 경운이 나타나고 경성이 출현하였다. 그러자 서왕모가 사신을 보내 백록이 끄는 수레를 타고 우거를 몰면서 자색 깃발을 세우고서는 찾아와 흰 옥고리와 이로운 땅을 그린 지도, 그리고 신마 네 마리를 바쳤고, 수이국과 관흉국의 백성들이 찾아와 진주와 새우를 바쳤다. 순은 황제의 자리에 오르고 나자 토덕으로 화덕을 계승하여 (산서성) 평양군에 도읍을 정한 뒤 (하夏나라 군주인) 우를 사공에 임명하고, (주周나라 시조인) 기를 후직에 임명하고, (상商나라 시조인) 설을 사도에 임명하고, 고요를 사士에 임명하고, 수를 공공에 임명하고, 익을 짐우에 임명하고, 백이를 질종에 임명하고, 기를 전악에 임명하고, 용을 납언에 임명하였다. 그러자 수많은 업적이 빛을 발하고, 여러 상서로운 징조들이 다 모여들었다. <소소>를 연주하자 봉황이 날아와 예를 갖추고, 경쇠를 연주하자 온갖 짐승들이 찾아와 춤을 추었다. 아들 상균을 낳았으나 칠칠치 못 해 순왕이 다시 우왕에게 왕위를 선양하고는, (호남성) 구의산으로 들어가 구리검 한 자루를 두니 자갈로 변하였다. 지금은 제남 일대 역성에 사당이 있고, 태양산에 유우씨(요왕)의 석궐이 세 개 있다. (하나라) 우왕이 즉위하고서 15년 뒤에 순왕이 마침내 생을 마쳤다. 우왕이 상균에게 왕위를 넘기고 양성으로 물러났지만, 천하 사람들은 상균에게 귀순하지 않고 우왕을 따랐다. 당초 상균은 일명 '장익'으로도 불렸다.

●帝禹, 夏后氏, 名曰文命, 字高密. 母修己山行, 見流星貫昴, 意感, 又呑神珠薏苡[126], 胷坼而生禹於石坳, 夜有神光. 長於隴西大夏縣. 龍角珠庭[127], 虎鼻大口, 兩耳參鏤[128],(案, 淮南子[129]作漏. 別卷又作僂.) 首戴鉤鈐[130],(案, 別卷作鈎鈴.) 身長九尺九寸, 胷有黑子, 如玉斗[131]焉. 手長至膝, 脛無毛, 左手中十七黑子. 爲人敏給克勤, 其德不違, 其言可信. 聲爲律, 身爲度, 乃遂與益·后稷奉帝, 令諸侯百姓.(案, 史記, 作奉帝命, 命諸侯百姓.) 傷先人父鯀之功不成受誅, 乃勞身焦思, 過門不入, 而洪水平. 既陟元后[132], 以金承土, 都平陽, 或營安邑, 薄衣食而致孝於鬼神, 卑宮室而致美於黻冕[133]. 陸行乘車, 水行乘舟, 泥行乘橇[134], 山行乘檋[135]. 神鹿出於河水, 天錫元圭[136]. 乾吾國[137]獻裘, 毛有五采[138]. 復薦咎繇於天, 將以致禪, 會咎繇終,

---

126) 薏苡(의이) : 율무.
127) 龍角珠庭(용각주정) : 이마 한가운데가 융기隆起한 관상觀相. 상술相術에서는 제왕이 될 만한 귀한 상으로 여겼다. '일각언월日角偃月' '일각용안日角龍顔' '일각월정日角月庭'이라고도 한다.
128) 參鏤(삼루) : 구멍이 셋인 것을 이르는 말.
129) 淮南子(회남자) : 전한 회남왕淮南王 유안劉安(B.C.179-B.C.122)의 저서. 총 21권. 원명은 '회남홍렬淮南鴻烈'로 내편內篇 21권만 전하고 외편外篇 33편은 실전되었다. 후한 고유高誘가 주를 달았다. ≪사고전서간명목록·자부·잡가류雜家類≫권13 참조.
130) 鉤鈐(구검) : 이십팔수二十八宿 가운데 방수房宿에 속하는 별자리 이름.
131) 玉斗(옥두) : 북두칠성의 별칭.
132) 元后(원후) : 황제를 뜻하는 말. '원元'은 크다는 뜻이고, '후后'는 임금을 뜻한다.
133) 黻冕(불면) : 제사 때 입는 예복禮服과 예모禮帽를 아우르는 말.
134) 橇(교) : 진흙 썰매.
135) 檋(국) : 산행할 때 타는 가마. 징을 박은 덧신을 뜻한다는 설도 있으나, 여기서는 문맥상 부적절해 보인다.
136) 元圭(원규) : 공적이 있는 신하에게 하사하는 검은 옥으로 만든 홀을 이르는 말인 '현규玄圭'의 다른 표기. '원元'은 청나라 강희제康熙帝의 휘諱(玄燁) 때문에 고쳐쓴 것이다.
137) 乾吾國(건오국) : 서역 국가 가운데 하나로 추정되나 구체적인 내용은 알려지지 않았다. 박물군자가 밝혀주기를 기대한다.
138) 五采(오채) : 다섯 가지 화려한 색채. 즉 청색·적색·황색·백색·흑색. '오채五綵' '오색五色'이라고도 하며 상서로움을 상징한다.

復薦益. 禹殂, 葬會稽[139]. 廟中有鐵屧・鐵莢・石船, 廟裏有塗山[140]神姑之象, 珠璣爲帳, 寶玉琱華, 諸廟莫及. 當中山水之盛, 良辰吉日, 羅綺袨服[141], 滿橋梁之上, 皆金翠爲飾. 神又甚靈, 彼人所敬. 初禹娶塗山氏之女, 生啓, 三年禮畢, 益避啓, 人不歸益而歸啓. 一名建, 一名余, 母化而爲石. 啓卽位, 伐有扈氏[142], 啓庶兄[143]也. 夏禹氏絶, 少康[144]出於竇[145]之中, 復禹跡也.

○(하나라) 황제 우는 씨가 하우이고, 이름이 문명이며, 자가 고밀이다. 모친 수기가 산행을 하다가 유성이 묘성을 지나는 것을 보고서 감응을 받았고, 다시 신주와 율무를 삼키더니 가슴이 터지면서 움푹 패인 바위에서 우를 낳자, 밤에 신광이 나타났다. 우는 (감숙성) 농서군 대하현에서 성장하였다. 우는 이마 한가운데가 융기한 관상을 하였고, 코가 호랑이처럼 생기고 입이 컸으며, 양쪽 귀에 구멍이(살펴보건대 ≪회남자≫에는 '루鏤'가 '루漏'로 되어 있고, 다른 서책에서는 '루僂'로 표기하기도 하였다) 셋이고, 머리에는 구검(살펴보건대 다른 서책에는 '구검'이 '균령'으로 되어 있다)성을 이고 있는 듯하였으며, 신장은 아홉 자 아홉 치나 되고, 가슴에 마치 북두칠성처럼 생긴 검은 점이 있었다. 손은 길어서 무릎까지 닿고, 정강이에 털이 없으며, 왼손 한가운데에 열일곱 개의 검은 점이 있었다. 사람됨이 기민하고 성실하여 그 인품은 도리에 어긋나지 않

---

139) 會稽(회계) : 절강성의 속군屬郡이자 산 이름. 춘추전국시대 때는 절강성 소흥시紹興市 일대를 '회계'라고 하다가, 진한秦漢 때는 오군吳郡(강소성 소주시蘇州市 일대)으로 이전하였고, 후한後漢 이후로 다시 오군을 복원하면서 회계군 역시 원래 지역(절강성 소흥시 일대)으로 복원시켰다.

140) 塗山(도산) : 고대 소수민족 가운데 하나. 위치에 대해서는 절강성 소흥시紹興市 일대라는 설, 안휘성 방부시蚌埠市 일대라는 설, 사천성 중경시重慶市 일대라는 설 등 여러 가지가 있는데, 여기서는 전자를 가리키는 듯하다.

141) 袨服(현복) : 제사를 주관하는 사람이 입는 검은 옷을 이르는 말.

142) 有扈씨(유호씨) : 하夏나라 때 섬서성에 있었던 제후국 이름.

143) 庶兄(서형) : 배다른 형을 이르는 말.

144) 少康(소강) : 하나라 때 여섯 번째 황제로 상相의 아들.

145) 竇(두) : 정문이 아닌 작은 곁문을 이르는 말.

고, 그의 말은 신뢰가 갔다. 목소리는 곧 법령이 되고 행실은 곧 법도가 되더니, 급기야 익·후직과 함께 황제의 명을 받들어 제후와 백성들에게 명을 내렸다.(살펴보건대 ≪사기≫에는 '황제의 명을 받들어 제후와 백성을 통제하였다'로 되어 있다.) 그는 선조와 부친 곤이 공을 이루지 못 하고 사형을 당한 것을 가슴 아프게 생각해, 마침내 혼신의 힘을 다하고 노심초사해 가며 열심히 일을 하여 집을 지나쳐도 들어가지 않더니 홍수를 잠재웠다. 황제에 오르고 나서는 금덕으로 토덕을 계승하고서 (산서성) 평양군에 도읍을 정하였으나 간혹 안읍을 경영하기도 하였는데, 의복과 음식을 아껴 조상신에게 효도를 다하고, 궁실을 낮춰서 물자를 절약하는 대신 제복을 아름답게 꾸몄다. 육로를 갈 때는 수레를 타고, 수로로 갈 때는 배를 타고, 진흙길을 갈 때는 썰매를 타고, 산길을 갈 때는 가마를 탔다. 신령한 사슴이 황하에서 출현하고, 하늘이 검은 옥으로 만든 홀을 하사하였다. 건오국에서 갖옷을 바쳤는데, 털이 오색을 띠었다. 우왕은 또 하늘에 구요를 추천하여 왕위를 선양하려고 하였으나, 마침 구요가 생을 마치는 바람에 다시 익을 추천하였다. 우왕은 사망하고 나서 (절강성) 회계산에 묻혔다. 사당에는 쇠로 만든 신발과 열매·돌로 만든 배가 있고, 사당 내부에는 도산 신녀의 동상을 두고 아름다운 옥으로 장막을 만들었는데, 아름다운 보화들은 다른 사당이 미칠 수 없는 것이었다. 아름다운 산수에 걸맞게 좋은 시절이 되면 비단옷과 검은 제복을 입은 사람들이 교량을 가득 채웠는데, 모두들 황금과 비취로 장식하였다. 신 또한 무척 신령하여 그 지역 사람들이 모두 공손히 받들었다. 당초 우왕은 도산씨의 딸에게 장가들어 계를 낳았는데, 3년상을 마치고 익이 계에게 황제의 자리를 양보하자 사람들이 익에게 귀의하지 않고 계에게 귀순하였다. 계는 일명 '건'이라고도 하고, '여'라고도 하는데, 모친은 죽어서 돌이 되었다. 계는 황제의 자리에 오른 뒤 유호씨를 정벌하였는데, 유호씨는 바로 계의 서형이다. 하우씨의 혈통이 끊기자, 소강은 곁문으로 도망쳐 우왕의 발자취를 뒤따랐다.

●成湯, 姓子, 名履, 字天乙, 狼星[146]之精, 感黑龍而生. 高天廣角[147]隆準[148], 手有縱理, 如印綬之文. 豐下銳上, 皙而有鬚, 長九尺四寸八肘[149]. 凡有七號, 一名姓生, 二云履長, 三云瘠肚, 四云天成, 五云天乙, 六云地甲, 七云成湯. 成湯始居亳[150], 從先王居, 作商誥[151]. 湯征諸侯, 葛伯[152]不祀, 湯始伐之. 湯曰, "汝不能敬命, 予大伐殛之, 無有攸赦." 作湯征政由[153]. 伊尹阿衡[154], 阿衡欲干湯而無由, 乃爲有莘氏[155]媵臣[156], 負鼎俎[157], 以滋味說[158]湯, 致於王道. 湯謂之曰, "自進非道也." 乃令還其本居, 使人聘迎之, 五反然後從之, 任以國政. 白狼銜劍, 有神人身虎首, 獻玉鏡·白狐

146) 狼星(낭성) : 동쪽 하늘에 뜨는 별 이름.
147) 高天廣角(고천광각) : 정수리가 뾰족하고 이마가 넓으면서 융기한 귀한 관상을 뜻하는 말인 듯하다.
148) 隆準(융준) : 코가 오똑한 모양.
149) 肘(주) : 도량형 단위. 여러 설이 있는데 여기서는 한 치의 10분의 1을 뜻하는 말로 쓰인 듯하다.
150) 亳(박) : 상商나라의 건국자인 탕왕湯王이 도읍으로 정한 곳. '박'은 남박南亳(하남성 곡숙현穀熟縣)과 서박西亳(언사현偃師縣)이 있는데, 탕왕은 처음에 남박에서 즉위하였다가 뒤에 서박으로 천도하였다고 전한다.
151) 商誥(상고) : 상나라 탕왕의 명을 적은 글. 지금은 ≪서경·상서商書≫에 수록되어 전한다.
152) 葛伯(갈백) : 하夏나라 때 제후국인 갈나라의 군주를 이르는 말. 춘추시대 진秦나라의 조상으로 성은 영嬴으로 알려져 있다.
153) 政由(정유) : 다른 판본에 의하면 연자衍字인 듯하다.
154) 阿衡(아형) : 상商나라 때 이윤伊尹이 맡았던 관직 이름. '아阿'는 '의지하다'란 뜻이고, '형衡'은 '평형'을 뜻한다. 따라서 '왕이 균형을 맞추기 위해 의지하는 관리'라는 뜻으로 후대의 재상과 흡사한 직책이다. 그러나 ≪사기·은본기殷本紀≫권3에서는 '아형'을 이윤의 이름으로 보기도 하였다.
155) 有莘氏(유신씨) : 고대 부족국가 이름. 지금의 하남성 진류현陳留縣 북동쪽 일대에 있었다고 전한다.
156) 媵臣(잉신) : 시집갈 때 따라가는 신하나 몸종을 이르는 말.
157) 鼎俎(정조) : 세발솥과 도마. 즉 조리 도구나 음식 그릇에 대한 총칭.
158) 說(열) : 기쁘게 해 주다. '열悅'과 통용자.

九尾. 諸國貢玉盤, 入自北門, 遇女房[159], 作女房之歌.(案, 書序, 作遇女鳩·女房.) 林樹久不花, 一旦生如鳳翼. 湯出, 見野張網四面, 祝曰, "自上下四方, 皆入吾網." 湯曰, "噫! 盡之矣!" 乃去其三面, 祝之曰, "欲左左, 欲右右, 不用命, 乃入吾網." 諸侯聞之曰, "湯德至矣, 及於禽獸!" 當是時, 夏桀爲虐政淫荒, 而諸侯昆吾[160]氏爲亂. 湯乃興師, 率諸侯, 伐桀, 敗於有娀氏之墟, 犇[161]於鳴條[162]之野, 乃改正朔[163]服色, 朝諸侯. 崩, 葬於濟陰亳縣東北郭, 去縣三里, 冢高七尺. 漢哀帝時, 遣大司空[164]行湯冢. 又說曰, "殷湯無葬處." 此言非焉. 武丁[165]·大戊[166], 並賢君也.

○(상나라) 성탕은 성이 자이고, 이름이 이이며, 자가 천을로서 낭성의 정기가 흑룡에 감응하여 태어났다. 정수리가 높고, 이마가 융기하고, 코가 오뚝하면서, 손에 마치 도장끈 문양처럼 생긴 세로로 난 손금이 있었다. 아래턱이 넓고 정수리가 뾰족하여 귀인의 관상을 타고났으며, 피부가 희고 수염이 있으며, 키가 아홉 자 네 치 여덟 주나 되었다. 도합 일곱 가지 별호가 있었으니, 첫 번째는 '성생'이고, 두 번째는 '이장'이고, 세 번째는 '척두'이고, 네 번째는 '천성'이고, 다섯 번째는 '천을'이고, 여섯 번째는 '지갑'이고, 일곱 번째는 '성탕'이다. 성탕은 처음에 (하남성) 박읍에 거처를 정해 선왕의 거처를 따르면서 <상고>를 지었다. 탕

---

159) 女房(여방) : 뒤의 여구女鳩와 함께 상商나라 탕왕湯王 때의 현신賢臣.

160) 昆吾(곤오) : 전설상의 사람 이름. 산 이름, 부락 이름, 그릇 이름, 미석美石 이름, 칼 이름, 기물의 주조를 관장하는 벼슬 이름, 태양이 지나가는 남방의 땅 이름 등 다양한 의미로도 쓰였다.

161) 犇(분) : '분奔'의 고문자.

162) 鳴條(명조) : 산서성에 위치했던 고대 지명.

163) 正朔(정삭) : 정월과 초하루. 결국 역법曆法을 가리킨다.

164) 大司空(대사공) : 벼슬 이름. 소호少昊 때 처음 설치되었는데, 주周나라 때는 동관冬官으로서 치수와 토목공사를 관장하였고, 전한 때는 어사대부御史大夫의 별칭이었으며, 뒤에는 대사마大司馬(태위太尉)·대사도大司徒와 함께 삼공三公의 하나가 되었다. 명청 때는 공부상서工部尙書의 별칭으로도 쓰였다.

165) 武丁(무정) : 상商나라 제23대 왕으로 묘호廟號는 고종高宗.

166) 大戊(대무) : 상나라 제10대 왕 이름.

왕이 제후들을 정벌할 때 갈나라 군주가 제사를 올리지 않았기에, 탕왕이 처음으로 그를 정벌하였다. 그러면서 탕왕은 "그대가 나의 명을 받들지 않았기에, 내 그대를 확실하게 정벌하되 결코 용서하는 일이 없을 것이다"라고 말하고는 <탕정>을 지었다. 이윤이 아형의 직책을 맡았으나, 아형의 신분으로 탕왕에게 요구를 해도 받아들이게 할 방도가 없자, 마침내 유신씨의 종신이 되어 조리 기구를 짊어지고 맛있는 음식으로 탕왕의 마음을 즐겁게 하여 왕도를 이루게 하였다. 그러나 탕왕은 그에게 "스스로 승진하는 것은 도리가 아니오"라고 말하고는, 그를 본래 거처로 돌려보냈다가 사람을 시켜 그를 초빙하였는데, 이를 다섯 차례나 되풀이한 뒤에야 그를 받아들여 국정을 맡겼다. 그러자 흰 이리가 검을 입에 물고, 사람의 몸에 호랑이 머리를 한 신인이 나타나 옥거울과 흰 구미호의 꼬리를 바쳤다. 여러 나라에서 옥그릇을 바치며 북문으로 입궐하였고, 여방을 만나고는 <여방지가>를 지었다.(살펴보건대 ≪서경≫의 서문에는 '여구와 여방을 만났다'로 되어 있다.) 나무에 오래도록 꽃이 피지 않았다가도 하루아침에 봉황의 날개 모양으로 자라났다. 탕왕이 외출하였다가 사람들이 들판에 사방으로 그물을 치고서 "상하 사방으로부터 모든 것이 내 그물에 들어오도록 하시옵소서!"라고 축원하는 것을 발견하였다. 이에 탕왕은 "아! 모조리 잡으려나 보구나!"라고 말하고는, 도리어 그 중 삼면을 제거하고는 "왼쪽의 것을 잡으려면 왼쪽만 치고 오른쪽의 것을 잡으려면 오른쪽만 쳐야 하나니, 내 명령을 따르지 않는다면 오히려 내 그물에 걸려들 것이다"라고 축원하였다. 그러자 제후들이 이 말을 듣고서는 "탕왕의 덕이 지극하여 금수에게까지 미치는구나!"라고 하였다. 당시 하나라 걸왕이 잔학한 정사를 펼치고 음탕한 행위를 일삼았기에, 제후 곤오씨가 반란을 일으켰다. 탕왕이 이에 군대를 일으켜 제후들을 거느리고 걸왕을 정벌하자, 걸왕이 유웅씨의 땅에서 패하여 명조의 들판으로 도망쳤기에, 탕왕은 마침내 역법과 복색을 고치고 제후들의 조알을 받았다. 탕왕은 사망한 뒤 (산동성) 제음군 박현의 북동쪽 외곽 밖에 묻혔는데, 위치는 박현으로부터 3리 떨어져 있고, 무덤의 높이는 일곱 자에 불과했다. 전한 애제 때 대사공을 시켜 탕왕의 무덤을 시찰케 한 일이 있다. 또 혹설에 의하면 "은(상)나라 탕왕은 장지가 없다"고도 하는데, 이 말은 틀린 얘기다. 무정(고종)과 대무 모두 현명한 군주였다.

●周文王昌, 狼星之精. 母曰大任, 夢[167]長人感己, 有胎, 目不視惡色, 耳不聽淫聲, 以胎教之, 溲於豕牢, 生文王. 龍顏虎肩, 身長十尺, 胷有四乳. 卽位爲西伯[168], 有雀生鸇於殷城隅. 文王增修政, 三年四方諸侯皆服. 崇侯譖之於紂, 紂不納. 費仲[169]又言於紂, 欲誅之, 紂不從. 九年春三月, 率六州[170]諸侯, 朝於殷. 崇侯虎又譖之, 紂怒, 囚文王於羑里[171]. 雖有憂患, 方修先聖之業, 廣解六十四卦, 著其卦詞, 謂爲周易. 時謂西伯爲聖. 紂疑而未達. 長子伯邑考[172]質於殷, 爲紂御, 紂烹之爲羹, 賜文王以試之. 實聖當不食子羹. 文王得而食焉, 紂笑曰, "誰謂西伯聖者? 食其子而尙不知." 紂謂西伯曰, "譖汝者, 長鼻決耳也." 文王曰, "此崇侯虎之狀!" 紂赦文王. 四十三年春正月庚子朔, 文王在酆, 九州諸侯咸朝, 五緯[173]聚房心[174], 周之分野. 時有烏銜丹書[175], 集於周社. 文王乃獻洛西赤壤

167) 夣(몽) : '몽夢'의 고문자.
168) 西伯(서백) : 은殷나라 말엽 주周나라 문왕文王 희창姬昌의 봉호封號. '서방 제후의 패자'라는 뜻에서 '서패西覇'로도 읽는다.
169) 費仲(비중) : 은殷나라 주왕紂王 때의 총신寵臣.
170) 六州(육주) : 하夏나라 우왕禹王이 치수사업을 통해 획정한 구주九州 가운데 여섯 개 주를 이르는 말. 그러나 구체적으로 어느 주를 가리키는지는 불분명하다.
171) 羑里(유리) : 상商(은殷)나라 때 감옥을 이르는 말.
172) 伯邑考(백읍고) : 주周나라 문왕文王의 장남의 별칭. '백읍'은 봉호이고, '고'는 희고姬考의 이름.
173) 五緯(오위) : 목성·화성·토성·금성·수성, 즉 오성五星의 별칭.

之國方千里, 請除炮烙[176]之刑, 紂許焉. 賜以弓矢鈇鉞[177], 使專征. 天下大悅, 有鳳凰銜書而至, 文王稽首受命[178]. 是歲卽位, 化被江漢之域, 以受命之始年也.

○주나라 문왕 희창姬昌은 낭성의 정기를 타고났다. 모친은 이름이 대임으로 키다리가 자신과 접촉하는 꿈을 꾸고서 태기를 가지자, 눈으로 나쁜 색을 보지 않고 귀로 음탕한 소리를 듣지 않으면서 태교를 하더니, 돼지우리에서 소변을 보다가 문왕을 낳았다. 문왕은 얼굴이 용처럼 생기고, 어깨가 호랑이처럼 생겼으며, 키가 열 자나 되고, 가슴에 젖꼭지가 네 개였다. 서백으로 즉위하자 웬 참새가 은나라 성 모퉁이에서 새매를 낳았다. 문왕이 정사를 잘 펼치자 3년이 지나 사방의 제후들이 모두 복종하였다. 숭나라 군주가 (은나라) 주왕에게 그를 참언하였으나, 주왕이 받아들이지 않았다. 또 (주왕 때 총신인) 비중이 다시 주왕에게 상주하여 그를 죽이려 하였으나, 주왕이 그의 말을 따르지 않았다. 즉위한 지 9년 되던 해 늦봄 3월에 6주의 제후들을 거느리고 은나라를 조알하였는데, 숭후 호가 다시 그에 대해 참언하자, 주왕이 분노하여 문왕을 감옥에 가두었다. 문왕은 비록 우환을 겪었지만 선성의 덕업을 닦아 64괘를 해설하고, 각 괘의 해설서를 짓고는 ≪주역≫이라 이름붙였다. 그러자 당시 사람들이 그를 성인으로 생각하였다. 주왕은 의심을 품으면서도 이해하지 못 했다. (문왕의) 장남 백읍고가 은나라에 볼모로 잡혀 주왕의 마부를 지냈는데, 주왕이 그를 삶아 국으로 만들어서 문왕에게 하사하여 그를 시험하였다. 진정한 성인은 응당 아들의 육신으로 만든 국을 먹

---

174) 房心(방심) : 이십팔수二十八宿 가운데 동방 7수 중 두 별자리를 이르는 말.
175) 丹書(단서) : 붉은 글씨로 쓴 부적을 이르는 말. '단전丹篆'이라고도 한다.
176) 炮烙(포락) : 태우고 지지는 혹독한 형벌을 이르는 말.
177) 鈇鉞(부월) : 형벌 기구인 작두와 도끼를 아우르는 말. 지방 장관의 절대적인 권한을 상징한다.
178) 受命(수명) : 천명을 받다. 즉 황제에 즉위하는 것을 말한다. 신하가 황제의 명령을 받드는 것을 뜻할 때도 있다.

지 않는 법이다. 그러나 문왕은 그것을 받자 먹었다. 그러자 주왕이 웃으며 말했다. “누가 서백을 성인이라고 하는가? 자식을 먹으면서도 오히려 이를 알지 못 하거늘.” 주왕이 서백에게 말했다. “그대를 참언한 이는 코가 길고 귀가 찢어졌다오.” 문왕이 말했다. “이는 숭나라 군주 호의 생김새로다!” 주왕이 문왕을 사면하였다. 즉위한 지 43년 되던 해 초봄 정월 경자일 초하루에 문왕이 (섬서성) 풍읍에 거처하자, 구주의 제후들이 모두 그를 조알하니 오성이 방수와 심수의 자리에 모여들었는데, 바로 주나라의 분야에 해당한다. 당시 까마귀가 단서를 입에 물고 주나라 제단에 모여들었다. 문왕이 도리어 (하남성) 낙양 서쪽 붉은 땅이 있는 지역 사방 천 리를 바치고 불로 지지는 형벌을 면해 줄 것을 요청하자, 주왕이 이를 허락하였다. 그리고 활・화살・작두・도끼를 하사하여 그에게 정벌을 전담케 하였다. 천하 사람들이 기뻐하고 봉황이 글을 입에 물고 찾아왔기에, 문왕은 머리를 조아리고 천명을 받들었다. 그해에 천자의 자리에 올라 장강과 한수 일대에 교화를 펼치고 천명을 받은 첫 해로 삼았다.

●周武王發, 望羊179)高視, 齨齒, 生而有光. 太公180)・周公181)作輔. 武王渡河伐紂, 中流, 白魚182)躍入舟, 長一尺四寸.(一說云丹鯉, 未知孰

179) 望羊(망양) : 우러러보는 모양.

180) 太公(태공) : 주周나라 문왕文王의 스승이자 무왕武王 때 재상인 여상呂尙의 별칭. ‘태공’은 부친에 대한 존칭으로 문왕이 여상을 만나 “우리 선친께서 그대를 기다린 지 오래되었소(吾太公望子, 久矣)”라고 말한 데서 ‘태공망太公望’이란 별칭이 생겼고, 무왕武王이 재상에 임명하고서 ‘부친처럼 모셨다’는 의미에서 여상의 성을 붙여 ‘강태공姜太公’으로도 불렀다. 제齊나라를 봉토로 받았다. ≪사기・제태공세가≫권32 참조.

181) 周公(주공) : 주周나라 무왕武王 희발姬發의 동생이자 성왕成王 희송姬誦의 숙부인 희단姬旦에 대한 존칭. 성왕이 나이가 어려 섭정攝政을 하였고, 성왕이 성장한 뒤 물러나 노魯나라를 봉토封土로 받았다. ≪사기・노주공세가魯周公世家≫권33 참조.

182) 白魚(백어) : 은殷나라는 오행五行 가운데 수덕水德을 숭상하였는데, 물은 백색을 상징하므로 백어白魚가 주나라 무왕의 배 안으로 들어왔다는 것은 결

是.) 武王俯取以祭. 旣渡, 有火至於王屋, 流爲烏, 其色赤, 其聲魄云. 是時諸侯不期[183], 而會盟津[184]者八百, 諸侯皆曰, ("紂可伐也." 武王曰[185],) "未可." 乃還歸. 居一年, 聞紂昏亂, 暴虐滋甚, 殺王子比干, 囚箕子[186]. 太師[187]疵·少師[188]彊抱其樂器而犇周. 戊午師渡盟津, 諸侯咸會, 共(案, 古文共恭通.)行天罰. 甲子昧爽[189], 武王朝, 至於商郊牧野, 乃誓. 武王左仗黃鉞, 右秉白旄. 紂聞武王來, 亦發兵七十萬人, 距武王. 紂師雖衆, 皆無戰心, 心欲武王亟入. 及紂師皆倒兵以戰, 以開武王, 武王馳之, 持太白[190]旗以麾. 諸侯畢拜武王, 王乃揖[191]諸侯. 諸侯畢從武王, 至商國. 商百姓待於郊.

국 은나라가 주나라의 손아귀에 들어가는 것을 비유한다.

183) 期(기) : 1년. '기朞'와 통용자.

184) 盟津(맹진) : 지금의 하남성 맹현孟縣 남서쪽에 있던 나룻터 이름. 주周나라 무왕武王이 은殷나라 주왕紂王을 토벌할 때 제후들과 회맹會盟한 곳으로 유명하다. 원래는 '맹진盟津'이었는데, 후대에 잘못 표기하여 '맹진孟津'으로 바뀌었다는 설이 있다.

185) 曰(왈) : 다른 판본에 의하면 이상 일곱 자가 누락되었기에 보충한다. 문맥상으로 볼 때도 이 일곱 자가 있는 것이 자연스럽다.

186) 箕子(기자) : 은殷나라 때 왕족으로 이름은 서여胥餘이고, 기箕 땅의 자작子爵에 봉해졌다. 주왕紂王의 음란함을 간언하다가 받아들이지 않자 망명하였고, 주周나라 무왕武王에게 ≪서경·주서周書·홍범洪範≫을 전수하였다고 전한다. 주왕紂王의 이복형인 비간比干·미자微子와 함께 '삼인三仁'으로 칭송받았다. ≪사기·은본기殷本紀≫권3 참조.

187) 太師(태사) : 천자의 큰 스승이자 재상의 지위인 삼공三公, 즉 태사太師·태부太傅·태보太保 가운데 하나. 후대에는 태위太尉·사도司徒·사공司空을 삼공으로 설치하고, '큰 스승'이란 의미에서 삼공보다 높여 별도로 '상공上公'이라고 하면서 '삼사三師'를 세우기도 하였다.

188) 少師(소사) : 천자의 작은 스승인 삼고三孤, 즉 소사少師·소부少傅·소보少保 가운데 하나.

189) 昧爽(매상) : 어슴푸레한 새벽 시간대를 이르는 말.

190) 太白(태백) : 군사나 전쟁을 주관하는 별인 금성金星의 별칭. 고대 중국에서는 목성은 '세성歲星', 화성은 '형혹熒惑', 토성은 '진성鎭星', 금성은 '태백太白', 수성은 '신성辰星'이라고 불렀다. 당나라 때 시인 이백李白(701-762)의 모친이 태백성을 꿈에 보고서 이백을 낳았기에 이백의 자로도 쓰였다.

191) 揖(읍) : 두 손을 맞잡고 허리를 숙이는 인사법을 이르는 말. 두 손을 맞잡고 가슴까지 올리되 허리를 숙이지는 않는 가벼운 예법인 '공拱'보다는 정중하고, 엎드려서 절하는 '배拜'에 비해서는 비교적 가벼운 예법에 해당한다.

於是天錫黃鳥之旗, 遂入至紂死所, 武王身射之, 三發而後下車, 以輕劍擊之, 以黃鉞斬紂頭, 懸之太白之旗. 肅眘氏[192]獻石砮・楛矢[193], 苦庭[194]之國獻文犀・紫駞. 命釋百姓之囚, 表商容[195]之閭, 命南宮括[196], 散鹿臺[197]之財, 發巨橋[198]之粟, 以賑貧弱. 時夷雍之子, 名伯夷・叔齊, 不食周粟, 餓於首陽, 依麋鹿以爲羣. 叔齊起害鹿, 鹿死, 伯夷恚之而死.

○주나라 무왕 희발姬發은 늘 하늘을 우러러보는 자세를 취하고 덧니가 있는데, 태어나면서부터 빛을 발했다. 강태공과 주공이 그의 재상직을 맡았다. 무왕이 황하를 건너 (은나라) 주왕을 정벌할 때 중류에 이르자 흰 물고기가 배 안으로 뛰어들어왔는데, 길이가 한 자 네 치나 되었다.(일설에는 '붉은 잉어'라고도 하지만 어느 것이 맞는지는 알 수 없다.) 무왕이 고개를 숙여 그것을 집어서 제사를 지냈다. 황하를 건넌 뒤 불덩이가 무왕의 지붕에 이르더니 까마귀로 변했는데, 그 빛깔은 붉은 색이고, 그 울음소리는 귀신 같았다고 한다. 당시 제후들 가운데 1년도 되지 않아 (하남성) 맹진에 모인 자가 8백 명이나 되었는데, 제후들이 모두 "주왕은

---

192) 肅眘氏(숙신씨) : 중국 동북방의 흑룡강黑龍江과 송화강松花江 일대에 살던 소수민족 이름. 주周나라 때는 호시楛矢와 석노石砮를 공물로 바쳤다. ≪후한서・동이전東夷傳≫권115 참조. 시대마다 명칭이 바뀌어 주周나라 때는 숙신, 한나라 때는 읍루挹婁, 북조北朝 때는 물길勿吉, 수당隋唐 때는 말갈靺鞨, 송나라 때는 여진女眞이라고 하였다. '신眘'은 '신愼'의 고문자.

193) 楛矢(호시) : 호목나무로 만든 화살을 이르는 말. '호楛'는 화살을 만드는 데 쓰는 나무 이름.

194) 苦庭(고정) : 고대 이민족 국가 가운데 하나. 상세한 내용은 알려지지 않았다.

195) 商容(상용) : 은殷나라 주왕紂王 때 대부大夫로 직간直諫을 하다가 귀양을 간 것을 주周나라 무왕武王이 은나라를 멸망시킨 뒤 예우하였다. 노자老子의 스승으로도 알려져 있다.

196) 南宮括(남궁괄) : 주나라 무왕의 신하. 춘추시대 노魯나라 공자의 제자를 가리킬 때도 있다.

197) 鹿臺(녹대) : 은殷나라 마지막 임금인 주왕紂王이 재물을 보관하기 위해 하남성에 지었다는 누대 이름.

198) 鉅橋(거교) : 은나라 주왕이 하남성에 설치했던 곡식 곳간 이름.

정벌할 만합니다"라고 하였으나, 무왕은 "아직 아니 되오"라고 말하고는 결국 되돌아왔다. 1년이 지나 주왕이 정신이 혼미하여 폭정을 더욱 심하게 펼치더니, 왕자 비간을 살해하고, 기자를 감옥에 가두었다는 소식을 듣게 되었다. 그러자 태사인 자疵와 소사인 강强이 악기를 가지고서 주나라로 도망쳤다. 무오일에 군대가 맹진을 건너자 제후들이 모두 모여 공손한 태도로(살펴보건대 고문자에서 '공共'은 '공恭'의 통용자이다) 천벌을 집행하였다. 갑자일 새벽에 무왕이 입조하다가 상나라 교외의 목장에 도착해 맹서를 하였다. 무왕은 왼손에 황색 도끼를 들고 오른손에 흰 깃발을 잡았다. 주왕은 무왕이 도착했다는 소식을 듣자, 그 역시 군대 70만 명을 동원하여 무왕에 항거하였다. 주왕의 군대는 비록 숫자가 많았지만 모두 싸울 마음이 없었기에, 내심 무왕이 빨리 도착하기를 바랐다. 급기야 주왕의 군대가 모두 병기를 거꾸로 들고 싸우면서 무왕에게 길을 열어주었기에, 무왕이 말을 달려 태백성이 새겨진 깃발을 손에 들고 지휘하였다. 제후들이 모두 무왕에게 절을 올리자 무왕도 제후들에게 가볍게 인사를 하였다. 제후들은 모두 무왕을 따라 상나라 수도로 들어섰다. 상나라 백성들은 교외에서 그들을 기다렸다. 그러자 천제가 황조가 새겨진 깃발을 하사하였기에, 마침내 주왕이 죽을 장소로 들어가 무왕이 몸소 주왕에게 화살을 쏘았는데, 세 발을 쏜 뒤 수레에서 내려 날랜 검으로 그를 공격하고 황색 도끼로 주왕의 머리를 잘라 태백기에 매달았다. 숙신씨가 돌 화살촉과 호시나무로 만든 화살대를 바치고, 고정국에서 아름다운 무소뿔과 자색이 도는 낙타를 바쳤다. 무왕은 명을 내려 백성 가운데 죄수가 된 이들을 석방시키고, 상용의 가문을 표창하였으며, 남궁괄에게 명하여 녹대의 재물을 나눠주고, 거교의 곡식을 분배하여 가난한 이들을 구하게 하였다. 당시 (고죽국孤竹國의 군주인) 이옹의 아들들은 이름이 백이와 숙제였는데, 주나라 곡식을 먹지 않고 수양산에서 굶주리며 고라니·노루에 의지한 채 군락을 이루었다. 숙제가 일어나 사슴을 해치는 바람에 사슴이 죽자, 백이는 화병으로 사망하였다.

●漢高祖名季199), 父名執嘉 母曰合始, 入池中浴, 見玉鷄200)銜赤珠, 名曰玉英, 呑之有孕. 昔孔子夢三槐201)間豐沛202)邦有赤蛇, 化爲黃玉, 上有文曰, '卯金刀203)'字, 此其瑞矣. 帝美髭髥, 隆準, 容受直言, 好謀多欲, 平秦楚之難, 撥亂反正. 雖不修文學, 而性明達聰. 自監門戍卒, 見之如舊. 初從民心, 作三章之約. 天下旣定, 命蕭何次律令, 韓信申軍法, 張蒼定章程204), 叔孫通定禮儀, 陸賈造新語205). 又與功臣剖符作誓, 丹書鐵券206), 金匱石室207), 藏之宗廟. 雖日不暇給208), 規模宏遠矣.

○전한 고조(고제 유방劉邦 B.C.247-B.C.195)는 자가 계이고, 부

---

199) 季(계) : 전한 고조高祖의 본명이 유방劉邦이므로 여기서는 결국 자字를 가리킨다.

200) 玉鷄(옥계) : 전설상의 신령스러운 닭.

201) 三槐(삼괴) : 홰나무 세 그루. 고대 중국에서는 조정에 홰나무(槐)를 심어 삼공三公을 나타내고, 가시나무(棘)를 심어 구경九卿을 나타내는 관례가 있었기에 삼공을 상징한다.

202) 豐沛(풍패) : 한나라 고조高祖의 고향인 풍읍豐邑이 있는 패현沛縣을 가리키는 말.

203) 卯金刀(묘금도) : 한나라 고조의 성씨인 '류劉'자를 가리킨다.

204) 章程(장정) : 제도와 법규, 격식과 규정 따위를 이르는 말. 전한 사람 장창이 산술에 뛰어났기에 여기서는 제도의 정비를 가리키는 말로 쓰인 듯하다.

205) 新語(신어) : 구본舊本에는 전한 육가陸賈(약 B.C.204-B.C.170)가 왕도王道를 높이고 패도覇道를 억제하기 위해 지은 책으로 되어 있으나 후인의 위작일 가능성이 높다. 12편 총 2권. ≪사고전서간명목록·자부·유가류儒家類≫권9 참조.

206) 鐵券(철권) : 전한 고조高祖 이후 황제가 공신에게 대대로 특권을 누리도록 보장해 주기 위해 하사하던 부신符信을 가리키는 말. 둘로 쪼갠 뒤 반은 내장內藏에 보관하고, 반은 공신에게 하사하였다.

207) 金匱石室(금궤석실) : 쇠로 만든 궤짝과 돌로 만든 방. 국가의 주요 문서를 보관하는 시설을 가리킨다.

208) 日不暇給(일불가급) : 날마다 일용품을 댈 겨를이 없다. 시간이 촉박하거나 일이 매우 바쁜 것을 뜻한다.

친은 이름이 집가이다. 모친은 이름이 합시로서 연못에 들어가 목욕하다가, 옥계가 '옥영'이라고 하는 붉은 구슬을 입에 물고 있는 것을 발견하고는 그것을 삼켰다가 임신하였다. 옛날에 (춘추시대 노나라) 공자가 꿈에서 홰나무 세 그루 사이로 (강소성) 풍패 일대에 붉은 뱀이 나타났다가 황옥으로 변하더니, 그 위로 '묘' '금' '도' 세 글자가 새겨지는 것을 본 적이 있는데, 이것이 바로 그 상서로운 전조였다. 고조는 수염이 아름답고, 코가 오똑하였으며, 직언을 잘 받아들이고, 책략을 좋아하면서 의욕이 많아, 진나라와 초나라의 혼란을 평정하여 난리를 잠재워서 나라를 정상으로 되돌리고자 하였다. 비록 글재주와 학문을 닦지는 않았으나 천성적으로 총명하였다. 그래서 문지기나 수자리 서는 병사들도 그를 보면 마치 오랜 친구를 대하듯이 하였다. 당초 민심을 따라 3장의 서약서를 지었다. 천하가 안정을 찾고나자 소하에게 명하여 법령을 정리케 하고, 한신에게 명하여 군법을 재정비하였으며, 장창에게 명하여 여러 가지 제도를 확정케 하고, 숙손통에게 명하여 예법을 정리케 하였으며, 육가에게 명하여 ≪신어≫를 짓게 하였다. 또 공신들과 부신을 나눠갖고 서약을 한 뒤 붉은 글씨로 적은 철권을 만들어 금궤와 석실에 넣어서 이를 종묘에 소장하였다. 비록 시간이 촉박하긴 했지만 규모는 대단하였다.

●漢太宗[209]恒卽位, 宮室苑囿, 車騎服御, 無所增益, 有不便, 輒弛以利民. 嘗欲作露臺[210], 臺基已成, 將構, 召匠計之, 直[211]百金[212], 乃曰, "百金, 中人[213]十家之產也. 吾奉先帝宮室, 嘗羞之, 何以臺

---

209) 太宗(태종) : 전한 문제文帝 유항劉恒의 묘호.

210) 露臺(노대) : 지붕이 없는 누대. 전한 문제文帝가 비용이 많이 든다고 짓지 않았다는 고사에서 유래한 말로 제왕의 검소함을 상징한다.

211) 直(치) : 값어치가 나가다. '치値'와 통용자.

212) 百金(백금) : 금 백 근斤. '금金'은 '근斤'이나 '일鎰'과 같은 말로, '백금'은 실수實數라기보다는 '천금千金'이란 말처럼 많은 양의 금이나 거액을 강조하기 위한 표현이다.

爲[214]?" 身衣[215]弋綈[216], 所幸愼夫人[217], 衣不曳地, 幃帳無文繡, 常集上書囊, 以爲殿帷. 兵器無刃, 以示敦朴, 爲天下先. 葬霸陵, 皆瓦屋, 不以金銀銅鐵爲飾. 因山不起墳. 南粤尉佗[218]自立爲帝, 召佗兄弟, 以德懷之, 佗遂稱臣. 與匈奴[219]和親, 而背約入盜, 令邊備守, 不發兵深入, 恐煩百姓. 吳王濞[220]詐病不朝, 錫以几杖. 羣臣袁盎等諫雖切, 常假借[221]納用焉. 張武等受賂金錢, 覺, 更加賞賜, 以愧其心. 專務以德化民. 是以海內[222]殷富, 興於禮儀. 斷獄數百, 幾致刑措. 至於中宗[223]·憲帝, 樞機周密, 品式備具, 工巧器械, 先代莫及. 民畏其灋[224], 吏奉其職矣.

○전한 태종(문제) 유항劉恒(B.C.202-B.C.157)은 즉위하고서 궁실과 동산이나 수레와 복장을 더 늘리지 않았는데, 불편한 점이 있어도 늘 예산을 줄여 백성들을 도왔다. 그는 일찍이 노대를 짓고자 하였지만, 노대가 이미 완성되고서 구조물을 얹으려 하다가

---

213) 中人(중인) : 중류층의 백성을 가리키는 말. '중민中民'이라고도 한다.
214) 爲(위) : 의문조사.
215) 衣(의) : 입다. 동사이므로 거성去聲(yì)으로 읽는다.
216) 弋綈(익제) : 검은 색의 두터운 비단을 뜻하는 말. 소박한 옷차림을 상징한다.
217) 夫人(부인) : 황제의 후처後妻인 비빈妃嬪이나 제후의 적처嫡妻에 대한 존칭. 후에는 고관의 부인에 대한 존칭으로도 쓰였다.
218) 尉佗(위타) : 남월왕南越王 조타趙佗의 별칭. 진秦나라 때 광동성 남해현南海縣의 현위縣尉를 지냈기에 '위타尉佗'라는 별칭이 붙었다. ≪사기·남월위타열전南越尉佗列傳≫권113 참조. 앞의 '월粤'은 '월越'과 통용자.
219) 匈奴(흉노) : 중국 상고시대부터 북방에 살던 유목민족을 부르던 이름. 호족胡族이라고도 하였다. 귀방鬼方·훈육獯鬻·험윤獫狁의 후예라고도 하고, 몽고蒙古·돌궐突厥과 동일 종족이라고도 하는 등 여러 설이 있다.
220) 吳王濞(오왕비) : 전한 고조高祖 유방劉邦(B.C.247-B.C.195)의 형인 유중劉仲의 아들 유비劉濞(B.C.215-B.C.154). 문제文帝의 숙부이다. 대왕代王·패후沛侯를 거쳐 오왕吳王에 봉해졌다. ≪한서·오왕유비전≫권35 참조.
221) 假借(가차) : 사람을 너그럽게 대하다, 관용을 베풀다.
222) 海內(해내) : 천하를 이르는 말. 고대 중국인들이 사방이 바다였다고 생각한 데서 비롯되었다. 옛날에는 온세상을 '천하天下' '사해四海' '육합六合' '구주九州' '신주神州' '우주宇宙' 등 다양한 어휘로 표현하였다.
223) 中宗(중종) : 전한 선제宣帝 유순劉詢의 묘호.
224) 灋(법) : '법法'의 고문자.

장인을 불러 계산해 보고는 백금의 비용이 든다고 하자, "백금이면 중산층 열 가구의 재산에 해당하오. 내 선왕의 궁실을 이어받고서 늘 이를 부끄럽게 여겼거늘 어찌 누대를 지을 수 있겠는가?"라고 하였다. 문제 자신은 몸에 검은 비단옷을 걸쳤고, 총애하는 신부인은 의복이 땅에 끌리지 않게 하고, 휘장에 문양이 없이 늘 상소문을 담는 주머니를 모아서 전각의 휘장을 만들게 하였다. 병기에는 날이 없어 순박함을 보임으로써 천하의 모범을 보였다. 문제는 패릉에 묻히면서 모두 기와 지붕을 얹은 채 금·은·구리·쇠 등으로 장식품을 만들지 않았다. 또 산을 활용하였기에 봉분을 세우지 않았다. 남월왕 위타(조타趙佗)가 스스로 황제를 자처해도 위타의 형제를 불러서 덕으로 그들을 보듬자, 위타가 결국 신하를 자칭하였다. 흉노족과 화친을 맺었으나 약조를 어기고 도적질을 하러 쳐들어왔기에, 변방에 명을 내려 방비를 굳건히 하되 군대를 동원해 침입하지 않게 하였으니, 이는 백성들을 힘들게 할까 염려해서이다. 오왕 유비劉濞가 병을 사칭하면서 입조하지 않자 안궤와 지팡이를 하사하였다. 신하들 가운데 원앙 등이 간언을 강하게 해도 늘 관용을 베풀어 그들의 의견을 받아들였다. 장무 등이 금전을 뇌물로 받았다가 발각되어도 다시 상을 내려서 그들 스스로 부끄럽게 만들었다. 문제는 오로지 덕으로 백성을 교화하는 데 힘썼다. 이 때문에 천하 사람들은 풍요로움을 누리며 예법에 힘썼다. 수백 명의 옥사를 면제시키고, 형벌을 거의 그만두었다. 중종(선제)과 헌제에 이르러서는 국기가 주도면밀해지고, 법제가 정비되고, 기물이 정교해졌으니, 선대에 어느 누구도 이에 미칠 수 없었다. 백성들은 그가 만든 법제를 경외하였고, 관리들은 자신들의 직분을 잘 받들었다.

●世祖[225]文叔[226]，建平[227]元年十二月甲子夜，生於武帝故宮，有赤

225) 世祖(세조) : 후한 광무제光武帝 유수劉秀의 묘호廟號.

光照室，影如五麟七鳳．後望氣[228]蘇伯阿爲王莽使，至南陽[229]，遙見春陵[230]城郭，曰，“佳哉！美氣鬱鬱葱葱!”帝美鬚眉，身長八尺七寸，脚下有文，色如銀印，厚一分．更始[231]起兵，還春陵，遠望舍內火光，赫然屬天．夢乘龍，登天上，珠階玉闥，乃以三千人破王莽百萬衆．及卽位，故能平隗囂・公孫述等．在兵旣久，厭武事，常思息肩[232]．皇太子嘗問攻戰之事，帝對曰，“衛靈公問陳於孔子，孔子不對．非爾所及也.”每旦視事，日昃乃罷．斷遠方餉異味奇珍．功臣高枕，無所誅殺．引公卿[233]，講經論，夜分乃寐．太子諫曰，“陛下[234]

---

226) 文叔(문숙) : 후한 광무제의 자.

227) 建平(건평) : 전한 애제哀帝 때의 연호(B.C.6-3).

228) 望氣(망기) : 구름의 기운을 살펴서 길흉을 점치는 일.

229) 南陽(남양) : 한나라 때 하남성에 설치한 속군屬郡 이름.

230) 春陵(용릉) : 한나라 때 호남성 영원현寧遠縣 북쪽에 두었던 제후국諸侯國에서 유래한 고을 이름.

231) 更始(경시) : 전한 유현劉玄(?-25)의 별칭인 경시제更始帝의 약칭이자 연호. 유현은 후한後漢 광무제光武帝 유수劉秀(B.C.6-A.D.57)의 족형族兄으로 광무제가 왕망王莽(B.C.45-A.D.23)을 칠 때 경시장군更始將軍이었고, 제위에 올라 연호를 '경시'(23-24)라고 하였다. 뒤에 주색에 빠져 제위에 오른 지 2년만에 적미적赤眉賊에게 살해당했다. ≪후한서・유현전≫권41 참조.

232) 息肩(식견) : 어깨를 쉬게 하다. 즉 공무를 맡지 않고 편히 지내는 것을 말한다.

233) 公卿(공경) : 중국 고대 조정의 최고위 관직인 삼공三公과 구경九卿. 결국은 모든 고관에 대한 총칭이다. '삼공'은 시대마다 차이가 있는데, 주周나라 때는 태사太師・태부太傅・태보太保를 지칭하였고, 진秦나라 때는 승상丞相・어사대부御史大夫・태위太尉를 지칭하였으며, 한나라 때는 진나라의 제도를 답습하다가 애제哀帝와 평제平帝 때에 대사마大司馬・대사도大司徒・대사공大司空을 지칭하였으며, 후대에는 태사太師・태부太傅・태보太保를 '삼사三師'로 승격시키고 대신 태위太尉・사도司徒・사공司空을 '삼공'이라고 하기도 하였다. '구경'의 칭호도 시대마다 명칭과 서열에 차이가 있는데, 한나라 때는 태상太常・광록훈光祿勳・위위衛尉・태복太僕・정위廷尉・홍려鴻臚・종정宗正・대사농大司農・소부少府를 '구경'이라 하였고, 수당隋唐 이후로는 구시九寺, 즉 태상太常・광록光祿・위위衛尉・종정宗正・태복太僕・대리大理・홍려鴻臚・사농司農・태부太府의 장관을 '구경'이라고 하였다.

234) 陛下(폐하) : 황제에 대한 존칭. '섬돌 아래 공손히 자리한다'는 의미에서 유래하였다. 황제皇帝에게는 '섬돌 아래 있다'는 의미의 '폐하陛下'를, 친왕親王이나 제후에게는 '전각 아래 있다'는 의미의 '전하殿下'를, 고관에게는 '누각 아래 있다'는 의미의 '각하閣下'를, 그리고 신분이나 연령이 높은 사람에게는

有禹湯[235]之明，失彭聃[236]之福，願怡愛精神.” 帝曰，“我自樂之，不爲疲也.” 雖身濟大業，兢兢[237]如不及. 故能明愼政體，總覽權綱. 嘗有獻千里馬者，帝曰，“鸞旗[238]在前，屬車[239]在後，朕乘此，安之.” 乃以駕鼓車[240]. 初巡狩春陵，父老曰，“乞蠲[241]十年.” 帝曰，“天下艱難，三年已外，豈能自保?” 乃蠲三年. 退勳臣，進文吏. 身衣大絹，色無重采. 耳不聽鄭衛[242]之音，手不持珠玉之扇. 無私愛，左右無偏恩. 損池籞[243]，廢弋獵. 賜州國，並皆一札十行，成文細書[244]. 勤約之(風[245]，行於上下.) 嘗著瑞火籠賦，內外匪懈. 百姓寬息，戢弓矢，散馬牛，上(案，別卷引此，無上字.)信止戈爲武也.

○(후한) 세조(광무제 유수劉秀 B.C.6-A.D.57)는 자가 문숙으로 (전한 애제) 건평 원년(B.C. 6년) 12월 갑자일 밤에 무제의 옛 궁실에서 태어났는데, 붉은 빛이 방을 비추자 마치 다섯 마리 기린과 일곱 마리 봉황과 같은 그림자가 나타났다. 뒤에 구름의 기

'발 아래 있다'는 의미의 '족하足下'를 사용함으로써 상대방의 지위가 낮아질수록 점차 거리를 가까이하는 의미가 담겨 있다.

235) 禹湯(우탕) : 하나라 우왕禹王과 상나라 탕왕湯王을 아우르는 말.

236) 彭聃(팽담) : 하夏나라에서 은殷나라 말엽까지 8백 년을 살았다고 전하는 전설상의 인물인 팽조彭祖와 도가사상의 원조인 주周나라 때 사람 노담老聃(노자 이이李耳)를 아우르는 말.

237) 兢兢(긍긍) : 애쓰는 모양, 삼가는 모양.

238) 鸞旗(난기) : 천자의 의장儀仗에 사용하는 난새를 수놓은 깃발. 천자의 출행 시 '난기'를 실은 수레가 전면에서 길을 인도하였다.

239) 屬車(촉거) : 황제를 수행하기 위해 뒤따르는 수레를 일컫는 말.

240) 鼓車(고거) : 북을 설치하여 거리를 재는 데 사용하는 실용적인 수레를 이르는 말.

241) 乞蠲(걸견) : 세금의 감면을 요청하는 일을 이르는 말.

242) 鄭衛(정위) : ≪시경·국풍國風≫의 정풍鄭風과 위풍衛風을 지칭하는 말로 음란한 음악을 상징한다. 춘추시대 노魯나라 공자가 정풍과 위풍에 대해 음란하다고 평한 데서 유래하였다.

243) 池籞(지어) : 새를 유인하기 위해 궁중의 연못에 설치하는 새장이나 울타리를 이르는 말.

244) 細書(세서) : 잔글씨나 이를 이용해서 글을 쓰는 것을 이르는 말. '세細'는 '소小'의 뜻.

245) 風(풍) : 다른 판본에 의하면 이하 다섯 글자가 누락되었기에 첨기한다.

운을 살펴 길흉을 점치는 사람인 소백아가 왕망의 사신이 되어 (하남성) 남양군에 갔다가 멀리서 용릉의 성곽을 보고는, "아름답구나! 멋진 기운이 가득 어려 있구나!"라고 하였다. 광무제는 수염과 눈썹이 멋지게 생겼고, 신장이 여덟 자 일곱 치나 되었으며, 다리에 문양이 있는데, 빛깔이 은도장 같으면서 두께가 한 푼 가량 되었다. 경시제가 군대를 일으키고서 용릉으로 돌아와 멀리서 숙소의 화광이 번쩍이며 하늘까지 닿는 것을 보았다. 광무제는 용을 타고 하늘에 올랐을 때 옥으로 된 계단과 궁문이 있는 꿈을 꾸고는, 마침내 3천 명의 군대로 왕망의 백만 대군을 격파하였다. 즉위한 뒤에도 예전처럼 외효와 공손술 등 반군을 잘 평정하였다. 군대에서 오래 지내는 바람에 전쟁에 염증을 느껴 늘 휴식을 생각하였다. 황태자가 일찍이 전쟁에 대해 물었을 때, 광무제는 "(춘추시대 때) 위나라 영공이 공자에게 군대 진영에 대해 묻자 공자가 대답하지 않았느니라. 네가 미칠 수 있는 대상이 아니란다"라고 대답한 적이 있다. 매일 새벽부터 정사를 돌보다가 날이 저물어서야 파하곤 하였다. 또 먼 곳에서 기이한 진수성찬을 바치는 일을 중단시켰고, 공신들이 베개를 높이 베고 건방진 태도를 보여도 처벌하는 일이 없었다. 또 공경 등 대신들을 불러들여 경전의 이론을 강론케 하면 밤시간이 되어서야 비로소 잠자리에 들었다. 태자가 "폐하께서는 (하나라) 우왕이나 (상나라) 탕왕과 같은 지혜가 있으시지만, (은나라) 팽조나 (주나라) 노담 같은 홍복을 잃으실 수 있으니, 원하옵건대 정력을 아끼시옵소서"라고 간언하자, 광무제는 "내 스스로 그것을 즐기는 것이기에 피곤하지 않단다"라고 대답하였다. 비록 그 자신 대업을 이루었어도 마치 여전히 부족한 것처럼 부지런하였다. 그래서 정치의 요체에 대해 잘 알고, 권력의 속성을 두루 살필 줄 알았다. 일찍이 어떤 사람이 천리마를 바치자, 광무제는 "난기가 앞에 있고 촉거가 뒤에 있으니 짐은 이것을 타면 편안하오"라고 하였다. 그래서 결국 고거를 몰았다. 당초 용릉을 순수할 때 한 노인이 “10년 동안 세금을 감면해 주시옵소서”라고 하자, 광무제는 “천하가 어려움을 겪고 있으니 3년이 아니면 어찌 나라를 보전할 수 있겠는가?”라고 말하고는, 결국 3년 동안 감면해 주었다. 공신들을 물리치고 글재주가 뛰어난 관리들을 등용하였다. 또 자신은 거친 비단옷을 걸치면서 다양한 문양을 수놓지 않았다. 귀로는 음란한 음악을 듣지 않고, 손에는 진주가 장식된 부채를 들지 않았다. 사사로운 정을 베풀지 않아 주변 사람들을 편애하지 않았다. 또 연못 울타리를 철거하고, 사냥을 폐지하였다. 각 지역에 하사품을 내릴 때는 모두 서찰 한 장에 열 줄 가량을 채우면서 문장을 이룰 때는 잔글씨로 적었다. 그래서 검약의 풍조가 윗사람이나 아랫사람 모두에게 통용되었다. 일찍이 <상서로운 화룡을 읊은 부>를 짓자 궁궐 안팎 사람들 모두 해이한 마음을 먹지 않았다. 백성들이 편안함을 누려 전쟁 무기를 거두어들이고 말과 소를 푼 것도 황제가(살펴보건대 다른 서책에서는 이 글을 인용하면서 ‘상上’자를 쓰지 않았다) 전쟁을 그치게 하는 것이 진정한 ‘무’라는 것을 믿었기 때문이다.

●魏武帝曹操用師, 大較[246]依孫吳[247]之法, 而因事設奇, 量敵制勝, 變化如神. 自作兵書十餘萬言. 諸將征伐, 皆以新書從事, 臨時乂手[248]爲節度. 從令者克捷, 違教者負敗. 與虜對陣, 意思安閒, 如不欲戰然[249]. 及至決機[250]乘利, 氣勢盈溢. 故每戰必克, 取張遼・徐

---

246) 大較(대교) : 대개, 대체로.
247) 孫吳(손오) : 중국을 대표하는 병법가인 춘추시대 오吳나라 손무孫武와 전국시대 위魏나라 오기吳起를 아우르는 말. 그들의 저서로 ≪손자孫子≫ 1권과 ≪오자吳子≫ 1권이 전하나 위서僞書일 가능성을 배제할 수 없다.
248) 乂手(의수) : 문맥상으로 볼 때 손을 교차시켜 마주잡는 것을 뜻하는 말인 ‘차수叉手’의 오기인 듯하다. 자형의 유사성으로 인한 필사 과정상의 단순 오기로 보인다. 매우 공손한 태도를 상징한다.
249) 戰然(전연) : 두려워하는 모양, 떠는 모양.

晃於亡虜之中, 皆佐命立功, 列爲名將. 其餘拔出細微, 登爲牧守[251]者, 不可勝數. 是以創造大業, 文武並施. 御事[252]三十餘年, 手不捨書. 晝則講軍策, 夜則思經傳[253], 登高必賦, 被之管絃, 皆成樂章, 才力絶人. 手射飛鳥, 躬擒猛獸. 嘗於南皮[254]一日射雉六十三頭. 及造宮室, 繕治器械, 無不爲之法則, 皆盡其意. 雅性節儉, 不好華麗. 攻城拔邑, 得靡麗之物, 則悉以賜有功. 勛勞宜賞, 不吝千金[255], 無功望施, 分毫[256]不與. 四方所獻, 與羣下共之. 豫自制送終[257]衣服, 四篋而已.

○(삼국) 위나라 무제 조조(155-220)는 군대를 동원했을 때 대체로 (춘추시대 오吳나라) 손무孫武나 (전국시대 위魏나라) 오기吳起의 병법에 의지하였지만, 사안에 따라 기발한 계책을 세우고, 적의 역량을 헤아려 압승을 거두었으니, 마치 귀신처럼 임기응변에 능하였다. 그는 스스로 10여만 자에 달하는 병서를 지었다. 장수들은 정벌에 나서면 모두 새 병법서로 전쟁에 임하고, 때에 닥쳐 공손한 태도를 취하는 것을 하나의 법도로 간주하였다. 그래서 그의 명령을 따르는 자들은 승리를 거두고, 그의 가르침을 어기는 자들은 패배를 당했다. 적과 대치했을 때도 마음을 편안히 먹기에 전혀 두려워하지 않는 듯하였다. 급기야 계책을 결정하고 승기를 틈타면 기세가 더욱 충만하였다. 그래서 매번 전투

---

250) 決機(결기) : 중요한 정책이나 적절한 계책을 결정하는 일을 이르는 말.

251) 牧守(목수) : 지방 장관에 대한 총칭. '목'은 주州의 장관인 자사刺史를 뜻하고, '수'는 군郡의 장관인 태수太守를 뜻한다.

252) 御事(어사) : 국사에 힘쓰거나 그러한 업무를 관장하는 대신大臣을 이르는 말.

253) 經傳(경전) : 경서經書와 그 해설서를 아우르는 말.

254) 南皮(남피) : 하북성의 속현屬縣 이름.

255) 千金(천금) : 금 천 근斤. '금金'은 '근斤'이나 '일鎰'과 같은 말이고, '천금'은 실수實數라기보다는 많은 양의 금이나 거액을 강조하기 위한 표현이다.

256) 分毫(분호) : 미량, 소량을 이르는 말. 1호毫의 10배를 리釐, 1리의 10배를 푼分, 1푼의 10배를 촌寸, 1촌의 10배를 척尺, 1척의 7배를 인仞, 1척의 10배를 장丈이라고 하는 도량형 단위에서 유래하였다.

257) 送終(송종) : 죽은 이를 장사지내 주는 일을 이르는 말.

를 벌이면 반드시 승리를 거두더니 패망한 포로 속에서 장요와 서황 같은 인재를 얻었는데, 그들은 모두 조조의 명을 받들어 공적을 세우고서 명장의 반열에 오른 사람들이다. 그 외에도 미미한 능력을 가진 사람을 선발하여 자사나 태수의 자리에 오르게 한 사람들이 일일이 열거할 수 없을 정도로 많았다. 이 때문에 국가대업을 창달하고 문무를 함께 펼칠 수 있었다. 그는 30년 넘게 국사를 관장하면서도 손에서 서책을 놓지 않았다. 낮에는 군무를 관장하고 밤에는 경전을 공부하면서, 산에 오르면 반드시 운문을 지어 그것을 악기로 연주함으로써 모두 악장을 이룰 정도로 글재주와 체력이 남보다 뛰어났다. 손수 나는 새도 맞히고, 몸소 맹수를 사냥하였다. 일찍이 (하북성) 남피현에서 하루에 꿩 36마리를 잡은 적도 있다. 궁실을 짓고 기계를 제작하면 모두 하나의 모범 사례가 되었으니, 모두 창의성을 다 발휘해서이다. 천성적으로 절약을 중시하였기에 사치를 좋아하지 않았다. 성곽과 고을을 점령하여 화려한 기물을 손에 넣으면 모두 공을 세운 이들에게 하사하였다. 공적을 세워 마땅히 상을 받을 사람이라면 천금도 아끼지 않았지만, 공적이 없는데도 상을 받기를 희망하는 사람이라면 추호도 베풀지 않았다. 사방에서 바치는 것은 신하들과 공유하였다. 미리 손수 장례에 쓸 의복을 장만하면서도 상자 네 개를 채울 정도에서 그쳤을 뿐이다.

●晉世祖258)安世259), 少厲高行, 造次260)必於忠恕, 未曾有過言失色於人. 然而明達善謀, 能斷大事. 暨登大阼261)之日, 制强國, 御下262)有禮. 所以鎭壓內外, 緝靜四方, 威惠參洽, 文武必擧, 故天下

258) 世祖(세조) : 진晉나라 무제武帝 사마염司馬炎의 묘호廟號.
259) 安世(안세) : 진나라 무제 사마염의 자.
260) 造次(조차) : 가고(造) 머무는(次) 동작에서 유래한 말로 매우 다급하고 당황스러운 때를 가리킨다.
261) 大阼(대조) : 제왕의 자리를 이르는 말.

服焉. 承魏氏奢侈尅弊之後, 百姓思古之遺風, 帝旣謙儉寡慾, 亦雅識時變, 臨朝愷悌, 務崇簡泰. 有人餉雉頭裘[263]者, 卽令燒之. 朝庭輯睦[264], 輿居可觀. 故威服强吳, 規模宏遠, 雖饗國未久, 德洽於民矣. 其後惠懷[265]喪亂, 中宗[266]東渡[267], 所謂'五馬俱渡江[268], 一馬化爲龍'者也.

○진나라 세조(무제武帝 사마염司馬炎 236-290)는 자가 안세로 어려서부터 행동이 무척 고상하여 아무리 다급해도 반드시 충서의 마음을 유지하였기에, 일찍이 남에게 실언을 하거나 험악한 안색을 띤 적이 없었다. 그러나 두뇌가 명석하고, 계략이 뛰어났으며, 국가대사를 잘 판단하였다. 황제의 자리에 오르고서는 강국을 제압하고 수하를 통제할 때 예의를 갖추었다. 나라 안팎을 진압하고 사방을 평정하기 위해 위엄과 은혜를 적절히 안배하고 문무를 갖춘 인재를 모두 등용하였기에, 천하가 그에게 복종하였다. (삼국) 위나라가 사치를 부려 폐해를 조성한 뒤 백성들이 옛 시절을 그리워하는 풍조를 이어받아, 무제는 겸손하고 검소하며 욕심을 적게 가졌을 뿐만 아니라 평소 시대적 변화를 잘 간파하였기에, 조정에 임해서는 관용을 베풀면서 간소하고 편안한 정사를 펼치는 데 힘썼다. 누군가 치두구를 바치자 즉시 사람을 시켜 그것을 태워버린 일도 있다. 이에 조정에 화목한 분위기가 조성

---

262) 御下(어하) : 아랫사람을 부리다, 부하들을 통제하다.

263) 雉頭裘(치두구) : 꿩의 머리 깃털로 짜서 만든 특별한 갖옷. 태의사마太醫司馬 정거程據가 바치자 진晉나라 무제武帝가 예법에 맞지 않는다는 이유로 전각 앞에서 불태웠다는 고사가 ≪진서·무제본기≫권3에 전한다.

264) 輯睦(집목) : 화목하다, 화기애애하다. '집輯'도 '화和'의 뜻.

265) 惠懷(혜회) : 진나라 혜제惠帝 사마충司馬衷과 회제懷帝 사마치司馬熾를 아우르는 말.

266) 中宗(중종) : 진나라 원제元帝 사마예司馬睿의 묘호廟號.

267) 東渡(동도) : 동쪽으로 장강을 건너다. 즉 동진東晉 시기로 돌입한 것을 말한다.

268) 五馬俱渡江(오마구도강) : 서진西晉 원제元帝가 다섯 형제와 함께 남쪽으로 장강을 건너 강소성 건업建業(남경)에 동진을 세운 것을 가리킨다. 따라서 뒤의 '일마一馬'는 원제를 가리킨다.

되고 건물을 지으면 볼 만하였다. 그래서 강력한 오나라를 굴복시키고 훌륭한 제도를 마련하였으니, 비록 나라를 경영한 시기가 오래지 않아도 덕업으로 백성들을 만족시켰다. 그뒤 혜제와 회제가 나라를 혼란에 빠뜨렸지만, 중종(원제元帝)이 동쪽으로 장강을 건너 천도하였으니, 이른바 '다섯 마리 말이 함께 장강을 건넜는데, 그중 한 마리 말이 용이 되었다'는 것이다.

●宋高祖[269]德輿[270], 淸簡寡慾, 嚴整有度, 未嘗視珠玉輿馬之飾, 後庭無紈綺絲竹[271]之音. 寧州[272]嘗獻琥珀枕, 光色甚麗, 時諸將北征, 以琥珀治金瘡[273], 帝大悅, 命搗, 分付諸將. 平關中[274], 得姚興[275]從女, 有盛寵以廢事, 謝晦諫, 卽時遣出. 財帛皆在外府, 內無私藏. 宋臺建, 有司[276]奏, "東西堂施局脚床[277]·銀塗釘," 帝不許, 使用直脚床, 釘用鐵. 諸主出適, 遣送不過二十萬, 無錦繡金玉, 內外奉禁, 莫不節儉. 後孝武帝大明[278]中, 壞帝所居陰室[279], 於其處起玉燭殿, 與群臣觀之, 床頭有土鄣, 壁上掛葛燈籠. 廣州所部二千

269) 高祖(고조) : 남조南朝 유송劉宋 무제武帝 유유劉裕의 묘호.
270) 德輿(덕여) : 남조 유송 무제 유유의 자.
271) 絲竹(사죽) : 악기에 대한 총칭. '사絲'가 현악기의 재료이고, '죽竹'이 관악기의 재료인 데서 유래하였다.
272) 寧州(영주) : 감숙성의 속주屬州. 다른 판본에 의하면 '선주宣州'의 오기인 듯하다. 지리적으로도 안휘성의 속주인 선주라고 하는 것이 적절해 보인다.
273) 金瘡(금창) : 칼이나 창 따위의 금속 무기에 입은 상처를 뜻하는 말. '금상金傷' '금이金痍'라고도 한다.
274) 關中(관중) : 함곡관函谷關 서쪽의 전국시대 진秦나라 땅을 이르는 말로 지금의 섬서성과 사천성 북부 일대를 가리킨다. '관서關西'라고도 한다.
275) 姚興(요흥) : 오호십육국五胡十六國 후진後秦의 건국자인 요장姚萇의 장남으로 제2대 임금(394-415 재위)에 올랐다. ≪진서·요흥재기姚興載記≫권117 참조.
276) 有司(유사) : 모종의 업무를 전담하는 담당관에 대한 범칭. '소사所司'라고도 한다.
277) 局脚床(국각상) : 다리가 굽은 고급스러운 평상을 이르는 말.
278) 大明(대명) : 유송劉宋 효무제孝武帝의 연호(457-464).
279) 陰室(음실) : 제왕이 평소 거처하던 집을 일컫는 말.

石[280], 有獻入筒細布, 一端八丈, 帝旣見, 惡其精麗勞民力, 卽付所司, 彈牧守, 以布還之, 幷制嶺南[281], 勿作此布. 帝素有熱疾, 幷患金瘡, 末年尤劇, 坐臥常須冷物, 而未能得. 後人獻石床, 帝見喜之, 寢其上, 卽覺極, 以爲佳, 乃嘆曰, "木床猶用功不少, 況乃鐫石?" 卽還其人, 亦令毁之. 帝始遊軍[282]彭城, 置酒, 命紙筆, 賦詩曰, "先蕩臨淄[283]寇, 却淸河洛塵. 華陽[284]有逸驥, 桃林[285]無伏輪." 於是羣才並作也.

○(남조南朝) 유송 고조(무제武帝 유유劉裕 363-422)는 자가 덕여로서 청렴하고 욕심이 없고 태도가 엄정하고 법도가 있어, 일찍이 주옥으로 수레를 장식하는 것을 간과한 적이 없고, 뒤뜰에서 아름다운 악기로 음악을 연주한 일이 없었다. (안휘성) 선주宣州에서 일찍이 호박으로 만든 베개를 바쳤는데, 당시 여러 장수들이 북벌에 나서면서 호박으로 상처를 치유하자, 무제는 무척 기뻐하며 사람을 시켜 그것을 빻아서 장수들에게 나눠준 적이 있다. 관중 땅을 평정하면서 (오호십육국五胡十六國 후진後秦의 군

---

280) 二千石(이천석) : 한나라 때 봉록제도로 중이천석中二千石·이천석二千石·비이천석比二千石이 있었다. '중이천석'은 실제로 이천석이 넘는 반면, '이천석'은 성수成數로서 근접한 양을 뜻하며, '비이천석'은 '이천석에 근접한다'는 뜻으로 그보다 적은 양을 의미한다. 이에 대해 ≪한서·평제기平帝紀≫권12의 당나라 안사고顔師古(581-645) 주에서는 "그중 '중이천석'이라고 하는 것은 월 180휘를 뜻하고, '이천석'은 월 120휘를 뜻하며, '비이천석'은 월 100휘라고 한다(其稱中二千石者, 月百八十斛, 二千石者, 百二十斛, 比二千石者, 百斛云云)"고 설명하였다. 이를 '석石'으로 환산하면 '중이천석'은 2160석이 되고, '이천석'은 1440석이 되며, '비이천석'은 1200석이 된다. 예를 들어 구경九卿과 장수將帥는 봉록이 중이천석이고, 태수太守는 이천석이었다.

281) 嶺南(영남) : 오령五嶺, 즉 대유령大庾嶺·시안령始安嶺·임하령臨賀嶺·계양령桂陽嶺·게양령揭陽嶺 이남의 광동廣東·광서廣西 일대를 가리키는 말. '영외嶺外' '영표嶺表'라고도 한다. 주로 벽지나 유배지를 상징한다.

282) 遊軍(유군) : 타지에서 온 군대나 일정한 주둔지 없이 필요할 때 출격하는 군대를 이르는 말. 여기서는 그러한 활동을 한 것을 가리킨다.

283) 臨淄(임치) : 산동성의 속현屬縣 이름.

284) 華陽(화양) : 섬서성 화산華山의 남쪽, 즉 사천성 일대를 이르는 말. 화산의 동굴 이름이나 신선세계를 가리킬 때도 있다.

285) 桃林(도림) : 하남성에 있는 땅 이름.

주인) 요흥의 시녀를 얻어 총애를 베풀며 정사를 소홀히 하였다가도, 사회가 간언하자 즉시 그녀를 내보냈다. 재물이나 비단을 모두 궁밖의 창고에 두었기에, 궁안에 사사로이 소장하는 물품이 없었다. 송나라 누대가 세워지자, 담당관이 “동서 건물에 다리가 굽은 평상을 설치하면서 은 도금 못을 사용하시옵소서”라고 아뢰었지만, 무제는 이를 허락하지 않고 다리가 곧은 평상을 설치하고 못은 쇠못을 쓰게 하였다. 공주들이 시집갈 때는 단지 지참금을 20만 냥만 주고 비단이나 금옥을 주지 않았기에, 궁궐 안팎으로 이를 받들어 삼가며 모두 절약을 몸소 실천하였다. 뒤에 효무제 대명(457-464) 연간에 무제가 살던 생전의 집을 허물고 그곳에 옥촉전을 세우고는 신하들과 함께 구경하였는데, 평상 머리에는 흙을 빚어 만든 검소한 칸막이가 있고, 벽 위에는 칡으로 엮은 초라한 등롱이 걸려 있었다. (광동성) 광주를 관할하는 2천석 벼슬아치인 태수가 대롱에 담은 섬세한 베를 바쳤는데, 길이가 한 단에 8장에 이르자 무제가 이를 보고서는 그 화려함이 백성들을 고생시켰을 것이라는 사실을 무척 싫어하여, 즉시 담당관에게 넘겨서 해당 지방관을 탄핵케 하고 베를 주인에게 돌려주고는, 아울러 영남 일대에 명을 내려 이 베를 만들지 못 하게 하였다. 무제는 처음에 (강소성) 팽성에서 유격활동을 할 때 술자리를 마련하고서 종이와 붓을 준비케 하고는, 시를 지어 “먼저 (산동성) 임치현 일대의 반군을 소탕하고, 다시 황하와 낙수 일대의 먼지를 쓸어버리니, 화산 남쪽 일대에 빼어난 천리마가 나타나고, 도림 일대에 매복한 수레가 사라졌다네”라고 하였다. 그러자 다른 문인들도 함께 시를 지었다.

●宋太祖[286]義隆，年十四身長七尺三寸，好讀史書，善楷隸，能文章，溫和有人君之德. 及南面[287]負扆[288]，深以子民爲先，臺殿堂宇，無

286) 太祖(태조) : 남조南朝 유송劉宋 문제文帝 유의륭劉義隆의 묘호廟號.

所改易，爲吏長子孫，居官成姓，號明法令．時人謂有建安[289]·永平[290]之風．每至諸侯王[291]宴集，必先論國家政務．自朝訖晡[292]，廼設食，令此輩稍知饑寒也．經巡歷至上庫[293]，謂左右曰，"此庫內大有錢，殊可羨願．"左右曰，"此縣官[294]之物耳，何羨願邪?"帝曰，"此皆國家之物．吾奉先帝之祀，常懼羞之．四方豐稔[295]，倉粟皆紅，省租賦米五錢也．"

○(남조) 유송 태조(문제) 유의륭劉義隆(407-453)은 나이 열네 살에 이미 신장이 일곱 자 세 치에 달했는데, 사서를 읽는 것을 좋아하고, 해서와 예서를 잘 쓰고, 문장을 잘 지었으며, 성품이 온화하여 군주로서의 덕을 지니고 있었다. 황제의 자리에 올라 정사를 돌보면서는 백성을 사랑하는 것을 최우선 급무로 여겼기에, 전각이나 건물을 개축하지 않았고, 관리들의 장자나 장손을 위해서 관직을 마련하고 성씨를 하사하였으며, 법령을 명확히 하였다. 그래서 당시 사람들은 (후한 광무제) 건무建武(25-55)와 (명제) 영평(58-75) 때처럼 중흥의 기풍이 있다고 여겼다. 매번 제후와 군왕들이 연회에 모이면 반드시 먼저 국가의 정사에 대해

---

287) 南面(남면) : 남쪽을 향하다. 나이나 신분이 높은 사람의 위치에 서는 것을 뜻하는 말로 천자나 스승은 남향으로 앉고 신하나 제자는 북향으로 시립한 데서 유래하였다. 여기서는 결국 황제의 자리에 오르는 것을 말한다.

288) 負扆(부의) : 병풍을 등지다. 황제가 조정에 앉아 정사를 돌보는 것을 말한다.

289) 建安(건안) : 후한後漢 헌제獻帝의 연호(196-220). 따라서 문맥상으로 볼 때 이는 후한 광무제光武帝 때 연호인 건무建武(25-55)의 오기인 듯하다.

290) 永平(영평) : 후한後漢 명제明帝의 연호(58-75).

291) 諸侯王(제후왕) : 제후국의 군주를 이르는 말. 전국시대 초楚나라와 진秦나라 때부터 사용한 용어로 알려져 있다.

292) 晡(포) : 해가 지기 시작하는 오후 3시부터 5시까지의 시간대인 신시申時의 별칭.

293) 上庫(상고) : 황제의 창고를 이르는 말로 여기서는 결국 전대 왕조의 창고를 가리키는 것으로 보인다.

294) 縣官(현관) : 천자의 별칭. '현縣'이 왕기王畿 내의 현縣, 즉 도성을 가리키는 데서 유래하였다.

295) 豐稔(풍임) : 곡식이 잘 익다. 풍년을 뜻한다.

논의하곤 하였다. 아침부터 시작해 포시(신시申時)에 이르러서야 비로소 식사 자리를 마련함으로써 그 사람들이 다소나마 허기와 추위를 알게끔 하였다. 순수에 나섰다가 전대 황실의 창고를 들르게 되자 좌우 신하들에게 말했다. "이 창고에는 동전이 많으니 부러워할 만하구려." 좌우 신하들이 말했다. "이는 어디까지나 폐하의 물건이거늘 어찌 부러워하시나이까?" 그러자 문제가 말했다. "이는 모두 나라의 소유물이오. 내 선제의 제사를 모시면서 늘 삼가고 조심하였소. 천하에 풍년이 들어 곳간이 모두 붉은 곡물로 가득하니, 조세로 거둘 식량을 다섯 냥 가량 감면해야 하겠소."

●梁高祖武皇帝[296], 生而靈異, 有聖德. 頸光龍液, 舌文八字, 頂垂帶重邱, 額照日象, 有文在手曰'武帝', 幷上諱[297]三字. 始在髫髮[298], 便愛琴書, 容止進退, 自然合禮. 常與兒童鬭技, 手無所持, 躡空而立, 觀者擊節[299], 咸共稱神. 及遭獻太后[300]憂, 哭踊大至, 居喪之哀, 高柴[301]不能過也. 每讀孝子傳[302], 未嘗終軸[303], 輒輟書悲慟.

---

296) 武皇帝(무황제) : 남조南朝 양梁나라 고조高祖 소연蕭衍의 시호. 보통은 줄여서 '무제武帝'라고 한다.

297) 上諱(상휘) : 황제의 이름. 고조高祖의 성명이 두 자인 것으로 보아 여기서는 아마도 그의 성씨와 자인 '소숙달蕭叔達' 세 글자를 가리키는 듯하다.

298) 髫髮(초발) : 어린아이의 늘어뜨린 머리를 뜻하는 말로 어린 시절을 비유한다.

299) 擊節(격절) : 박자를 맞추다. 장단을 맞추다.

300) 太后(태후) : 황제의 모친에 대한 존칭인 '황태후皇太后'의 준말. 앞의 '헌獻'은 고조高祖 소연蕭衍의 모친인 장상유張尙柔의 시호. ≪양서·태조장황후전太祖張皇后傳≫권7 참조.

301) 高柴(고시) : 춘추시대 위衛나라 사람으로 공자의 제자. 자는 '계고季羔', 혹은 '계고季皐' '자고子羔' '자고子皐'라고도 하였다. 부친의 상여를 붙잡고 3년 동안 피눈물을 흘릴 정도로 효심이 지극했다고 전한다. ≪사기·중니제자열전仲尼弟子列傳≫권67 참조.

302) 孝子傳(효자전) : ≪수서·경적지≫권33과 ≪구당서·경적지≫권46, ≪신당서·예문지≫권58에 의하면 진晉나라 소광제蕭廣濟의 15권본과 왕소지王韶之(380-435)의 15권본, 남조南朝 유송劉宋 정집지鄭緝之의 10권본, 사각수師覺

由是家門愛重，不使垂堂[304]．登於晚年，探賾索隱[305]，窮理盡性，究覽墳籍[306]，神悟知機．讀書不待溫故，一閱皆能誦憶．所以馳騁古今，備該內外，辨解聯環，論精堅白[307]．沛國劉瓛，當時馬鄭[308]，上每析疑義，雅相推揖，深沈靜默，不雜交遊．所與往來，一時才雋，至於得人，門稱多士．居宇精肅，常有煙霧，垂簾拱帳，望者竦然[309]．六義[310]四始[311]，尤解禮體，登高必賦，莫非警策．弱冠升朝，令聞[312]籍甚[313]．太尉[314]王儉，齊國阿衡，欽上風雅[315]，請爲

授의 8권본, 종궁宗躬의 20권본, 우반좌虞盤佐의 1권본, 서광徐廣의 3권본, 양梁나라 무제武帝의 30권본 등 다양한 종류의 ≪효자전≫이 있었고, 송나라 이방李昉(925-996)의 ≪태평어람太平御覽≫의 경서도서강목經史圖書綱目에는 그 외에도 전한 유향劉向(약B.C.77-B.C.6)·진晉나라 주경식周景式·왕흠王歆의 ≪효자전≫도 보인다.

303) 終軸(종축) : 서축書軸을 마치다. 즉 서책을 끝까지 다 읽는 것을 말한다.

304) 垂堂(수당) : 대청 가장자리에 자리잡다. 무척 위태로운 상황을 가리키는 말이기에 '不使垂堂'은 결국 몸조심시키는 것을 말한다.

305) 探賾索隱(탐색색은) : 심오한 것을 찾아내고 숨은 뜻을 탐색하다. 도리와 이치에 밝은 것을 말한다.

306) 墳籍(분적) : 고분에서 나온 전적. 즉 삼황오제三皇五帝의 무덤에 나왔다는 전설상의 도서인 삼분오전三墳五典 같은 고서古書를 가리킨다.

307) 堅白(견백) : 전국시대 조趙나라 사람 공손용公孫龍이 내세운 학설로서 단단하고(堅) 흰(白) 돌은 손으로 만졌을 때는 단단한 것만 알고, 눈으로 보았을 때는 흰색만 알 수 있으므로 단단한 것과 흰 것은 별개라는 일종의 궤변을 가리킨다.

308) 馬鄭(마정) : 후한 때 대유大儒인 마융馬融(79-166)과 그의 제자인 정현鄭玄(127-200)을 아우르는 말로 결국 훌륭한 학자를 상징한다.

309) 竦然(송연) : 공손히 대하는 모양.

310) 六義(육의) : ≪시경≫의 체제인 '풍風'(15국풍國風) '아雅'(소아小雅·대아大雅) '송頌'(주송周頌·노송魯頌·상송商頌)과 표현법인 '부賦'(직서법) '비比'(비유법) '흥興'(감정이입법)을 아우르는 말.

311) 四始(사시) : ≪시경≫ 가운데 국풍國風의 첫 작품인 <관저關雎>와 소아小雅의 첫 작품인 <녹명鹿鳴>, 대아大雅의 첫 작품인 <문왕文王>, 송頌의 첫 작품인 <청묘淸廟>를 아우르는 말로 결국 ≪시경≫을 가리킨다.

312) 令聞(영문) : 훌륭한 소문을 이르는 말. '령令'은 '미美'의 뜻.

313) 籍甚(자심) : 자자하다. '자籍'는 '자藉'와 통용자.

314) 太尉(태위) : 진한秦漢 이래 군정軍政을 총괄하는 벼슬로, 대사마大司馬로 불리기도 하였다. 후에는 사도司徒·사공司空과 함께 삼공三公으로 불렸는데, 태위가 삼공 가운데 서열이 가장 높았다.

315) 風雅(풍아) : 멋스러운 기풍이나 풍모를 이르는 말.

戶曹屬[316]. 司徒[317]竟陵王[318], 齊室驃騎[319], 招納士林, 待上賓友之禮. 范雲時爲司徒記室[320], 深慕上德, 自結神遊, 驅車到門. 頃日驟至, 上嘗旦往報雲, 雲聞街衢洒掃[321], 喚呼淸道. 俄聞笳鼓之聲, 雲意天子出幸南苑, 尋[322]乃上遣通焉, 心獨怪之, 未敢言也. 上哲於知人, 慮無遺事. 歷司徒法曹[323]·祭酒[324]掾, 會輔友仁之賦[325]. 永明[326]九年, 出爲鎭西[327]諷議[328], 西[329]上述職[330], 行

---

316) 戶曹屬(호조속) : 재정을 관장하는 속관인 호조참군戶曹參軍의 별칭.

317) 司徒(사도) : 상고시대 관직의 하나로서 국가 재정과 관련한 업무를 관장하였다. 주나라 때는 지관地官이었고, 후대에는 민부民部·호부상서戶部尙書에 해당한다. 한나라 이후로는 이 직명을 민정民政을 관장하는 삼공三公의 하나로 지정하기도 하였다.

318) 竟陵王(경릉왕) : 남조南朝 남제南齊 무제武帝의 아들이자 문혜태자文惠太子의 동모同母 동생인 소자량蕭子良(460-494). '경릉왕'은 봉호. 문학을 좋아하여 많은 문인들을 거느렸는데, 사조謝朓(464-499)·왕융王融(467-493) 등과 함께 '경릉팔우竟陵八友'로 불렸다. ≪남제서·경릉문선왕소자량전竟陵文宣王蕭子良傳≫권40 참조.

319) 驃騎(표기) : 장군 가운데 하나인 표기장군驃騎將軍의 준말.

320) 記室(기실) : 후한 때부터 장표章表·서기書記·격문檄文 등을 관장하던 벼슬을 가리키는 말. 뒤에는 기실독記室督·기실참군記室參軍으로 불리기도 하였다.

321) 洒掃(쇄소) : 물을 뿌리고 쓸다. 즉 청소를 뜻한다.

322) 尋(심) : 이윽고, 얼마 안 있어.

323) 法曹(법조) : 고관 휘하에서 법률을 관장하는 벼슬인 법조참군法曹參軍의 약칭.

324) 祭酒(제주) : 국가의 교육을 총괄하고 제사를 주재하는 기관인 국자감國子監의 장관 이름 '국자제주國子祭酒'의 준말. 시대마다 차이가 있어 유림제주儒林祭酒·성균제주成均祭酒·국자제주國子祭酒·대사성大司成 등 다양한 명칭으로 불렸다.

325) 會輔友仁之賦(회보우인지부) : 다른 판본에 의하면 '회우보인지직會友輔仁之職'의 오기인 듯하다. '회우보인會友輔仁'은 ≪논어·안연顔淵≫권12의 "군자는 문장으로 친구를 사귀고 친구를 통해 인덕을 배양한다(君子以文會友, 以友輔仁)"는 고사에서 유래한 말로 군자의 품성을 상징한다.

326) 永明(영명) : 남제南齊 무제武帝의 연호(483-493).

327) 鎭西(진서) : 장군 명칭인 진서장군鎭西將軍의 준말.

328) 諷議(풍의) : 풍간하다, 간언하다. 그러나 ≪남사南史·양무제본기梁武帝本紀≫권6에 의하면 장군부의 속관인 '자의참군諮議參軍'의 준말 '자의'의 오기이다. 자형의 유사성으로 인한 필사 과정상의 단순 오기로 보인다.

329) 西(서) : 문맥상으로 볼 때 '내迺'의 오기인 듯하다.

過牛渚[331], 直暴風卒起, 入泊龍瀆[332], 旣波浪不可靜, 登岸逍遙, 四望梁山, 瞻眺墟落. 見一長老, 披儒服至, 揖上曰, "君龍顔虎步, 相不可言. 天下方亂, 四海[333]未一, 安蒼生者, 其[334]在君乎!" 上笑之曰, "觀公長者[335], 不容見戱." 俄而風靜, 此夕竟屆[336]姑熟[337]. 永明十年, 太祖[338]登遐[339], 上始承不豫[340], 便卽言歸. 輕舟仍發, 州府贈遺, 一無所受. 齊隋郡王[341]苦留, 一宿不許. 得單艇, 望星上路, 犯風冒浪, 兼行[342]不息. 雖狂飇地發, 高浪天湧, 船行平正, 常若安流, 舟中之人, 皆稱神異. 及舟漏臨沒, 叫不輟聲, 鵲頭[343]戍主[344]周達奉上一船, 犇波就路, 至京不踰二旬. 自在途, 便不盥櫛[345], 寢食俱廢, 憔憂易形, 視人不識. 望宅奉諱[346], 氣絶良

---

330) 述職(술직) : 제후나 지방관이 천자를 조알하여 직무를 보고하는 것을 뜻하는 말.

331) 牛渚(우저) : 안휘성에 있는 산이자 요새 이름.

332) 龍瀆(용독) : 시내 이름.

333) 四海(사해) : 천하를 이르는 말. 고대 중국인들이 사방이 바다였다고 생각한 데서 비롯되었다. 옛날에는 온세상을 '천하天下' '해내海內' '사해四海' '육합六合' '구주九州' '신주神州' '우주宇宙' 등 다양한 어휘로 표현하였다.

334) 其(기) : 추측 어기조사.

335) 長者(장자) : 나이나 신분, 인품이 높은 사람에 대한 존칭.

336) 屆(계) : 이르다, 도착하다. '지至'의 뜻.

337) 姑熟(고숙) : 안휘성 당도현當塗縣 남쪽에 있던 성 이름.

338) 太祖(태조) : 남조南朝 양梁나라 고조高祖 소연蕭衍의 부친인 소순지蕭順之의 묘호. ≪양서・무제본기≫권1 참조.

339) 登遐(등하) : 먼 곳으로 오르다. 사람의 죽음을 완곡하게 표현하는 말이다. 신선이 되는 것을 의미할 때도 있다.

340) 不豫(불예) : 기쁘지 않은 것을 뜻하는 말로 보통 죽음이나 병환을 의미한다. 여기서는 소연의 부친인 소순지가 생을 마친 것을 가리킨다.

341) 隋郡王(수군왕) : 남조南朝 남제南齊 때 종실 사람인 소자륭蕭子隆의 봉호. '수隋'는 '수隨'로도 쓴다.

342) 兼行(겸행) : 평소보다 배로 빨리 가다. 혹은 밤낮을 가리지 않고 쉼없이 계속해서 길을 가는 것을 뜻하는 말로 보는 설도 있다.

343) 鵲頭(작두) : 광동성에 있는 산 이름.

344) 戍主(수주) : 한 지역을 방비하는 군대의 우두머리 장수를 이르는 말.

345) 盥櫛(관즐) : 세수하고 빗질하다.

346) 奉諱(봉휘) : 부모의 이름을 휘하는 일을 받들다. 즉 장례를 치르는 것을 비유한다.

久. 旣葬, 嘔血數升, 水漿不入口者四日, 憂服之內, 不服嘗米, 所資麤麥[347], 日中二溢[348]. 再拜山陵[349], 杖而後起, 涕淚所灑, 松爲變色. 及號思廬室, 未嘗見齒, 仍留山陵, 因欲隱遁. 太傅[350]宣武王[351]苦諫, 乃止. 有桑門[352]釋僧輝, 不知從何來也, 自云, "有許負[353]之法." 通名詣上, 見而驚曰, "檀越[354]項有伏龍[355], 此非人臣之相, 貧道[356]所未見也. 若封泰山, 願能見覓." 上笑而不答. 此後莫知所之. 齊明密勅上, 爲雍州領兵, 往救新野[357], 仍卽發引, 振旅長途, 號令淸嚴, 所過秋毫不犯, 信賞分明, 士卒咸思盡命. 凡公私行旅, 多停大雷, 輒逾信次[358], 不肯時發. 上軍浦口, 値[359]風起浪生, 沿流泝波, 無敢行者. 軍直兵啓, "風浪大, 不可冒, 宜入浦待靜, 兼應解周何郞神." 上曰, "周公瑾[360]·何無忌[361], 在昔勤

---

347) 麤麥(추맥) : 거친 보리. 즉 형편없는 음식을 상징한다.
348) 溢(일) : 도량형 단위. 한 되(升) 남짓의 양을 가리킨다.
349) 山陵(산릉) : 황제의 무덤을 산이나 언덕처럼 크게 조성한 데서 유래한 말로 여기서는 결국 양나라 고조의 부친인 태조의 무덤을 가리킨다.
350) 太傅(태부) : 재상의 지위인 삼공三公, 즉 태사太師·태부太傅·태보太保 가운데 하나. 그러나 후에는 태위太尉·사도司徒·사공司空을 삼공으로 설치하고, '큰 스승'이란 의미에서 삼공보다 높여 별도로 '상공上公'이라고 하면서 '삼사三師'로 세우기도 하였다.
351) 宣武王(선무왕) : 남조 양나라 고조 소연蕭衍의 맏형인 소의蕭懿의 시호. ≪남사·장사선무왕소의전長沙宣武王蕭懿傳≫권51 참조.
352) 桑門(상문) : 범어梵語 'Sramana'의 음역音譯으로 승려를 이르는 말. '사문沙門' '사문娑門' '상문喪門'으로도 쓴다.
353) 許負(허부) : 전한 때 사람으로 상술相術에 정통하여 주아부周亞夫가 재상에 오르지만 굶어 죽을 것이라고 예언하였다. 뒤에 고조高祖가 명자정후鳴雌亭侯에 봉하였다.
354) 檀越(단월) : 범어梵語 'Dānapati'의 음역音譯으로 보시布施하는 사람에 대한 존칭. 여기서는 결국 고조를 가리킨다.
355) 伏龍(복룡) : 숨어 살거나 세상에 알려지지 않은 인재를 비유하는 말로 '와룡臥龍'이라고도 하는데, 여기서는 귀한 관상을 가리킨다.
356) 貧道(빈도) : 승려나 도사가 자신을 낮추어 부르는 겸칭.
357) 新野(신야) : 하남성의 속현屬縣 이름.
358) 信次(신차) : 며칠 정도의 짧은 시간을 이르는 말. 이틀을 묵는 것을 '신信'이라고 하고, 사흘을 묵는 것을 '차次'라고 하는 데서 비롯되었다.
359) 値(치) : 만나다, 마주치다.
360) 周公瑾(주공근) : 삼국 오吳나라 장수 주유周瑜의 별칭. '공근'은 자. 조조曹

王[362], 如我今日, 亦復何異? 爾若有靈, 當令風靜." 因打上鼓催進, 行途未遠, 便波恬風息. 於是利涉, 常乘便風. 漢沔[363]穀貴, 百姓多饑, 上賑救乏絶, 闔境[364]不匱. 九月九日, 上出講武, 時士女觀者, 遠近畢至. 中間忽暴風起, 煙塵四合, 當上所居, 獨白日淸照, 有紫雲特起. 始齊高[365]在府夢著屐,(案, 別卷引此作履.) 上太極殿, 三人從, 一人齊武, 一人齊明, 一人張天地圖而不識, 意言是太祖子弟. 及踐阼[366], 嘗與太祖密謀,(案, 別卷引此作燕.) 謂太祖曰, "我辛苦得天下, 而祚不傳孫. 我死, 龍子當得,(龍子, 齊武小名.) 龍子死, 當屬阿度,(阿度, 齊明小名.) 此後當還卿子孫." 遂至大覇[367]. 及太傅援京邑, 夜在越城假寐[368], 忽夢見一大人, 著朱衣, 牽三匹馬來. 太傅因騎一匹, 騰空半天而墜. 次衡陽王[369], 一馬踴, 過屋而落. 後上騎一匹, 因化成龍, 遂飛上天. 此幽讚神明, 吉之先見. 及受終[370]太祖, 允恭寶

操(155-220)의 군대를 화공으로 물리친 적벽대전赤壁大戰에서의 승리로 유명하다. ≪삼국지·오지·주유전≫권54 참조.

361) 何無忌(하무기) : 진晉나라 때 장수(?-410). 시호는 충숙忠肅. 환현桓玄이 반란을 일으키자 유송劉宋 무제武帝 유유劉裕와 함께 의병을 일으켰으나 뒤에 노순盧循과의 전투에서 전사하였다. ≪진서·하무기전≫권85 참조.

362) 勤王(근왕) : 나라에 환난이 생겼을 때 황제를 위해 군사를 일으키는 일을 이르는 말.

363) 漢沔(한면) : 강물인 한수漢水의 별칭. '면沔' 역시 한수를 가리킨다.

364) 闔境(합경) : 경계 내의 모든 지역이나 온나라를 뜻하는 말. '합闔'은 '합合'과 통용자.

365) 齊高(제고) : 남제南齊 고제高帝의 약칭.

366) 踐阼(천조) : 원래는 사당의 동쪽 계단을 밟고 오르는 것을 뜻하는 말인데, 뒤에는 황제의 자리에 오르는 것을 비유하는 말로 쓰였다. '조阼'는 '조祚' '조胙' '조踤'로도 쓴다. 여기서는 남제南齊 고제高帝가 황제의 자리에 오른 것을 말한다.

367) 大覇(대패) : 천하의 패자가 되다. 여기서는 결국 태조太祖의 아들 고조高祖가 양나라를 건국한 것을 가리킨다.

368) 假寐(가매) : 옷을 입은 채로 잠을 자는 것을 이르는 말. '가침假寢' '가와假臥'라고도 한다.

369) 衡陽王(형양왕) : 남조南朝 남제南齊 태조太祖의 열한 번째 아들인 소균蕭均. 형양왕은 봉호. 자는 선례宣禮. 산기상시散騎常侍·효기장군驍騎將軍·시중侍中 등을 역임하다가 22세의 젊은 나이에 살해당했다. ≪남제서·형양왕소균전≫권45 참조.

歷[371]. 臺城內起至敬殿, 庶羞[372]百品, 若殷薦[373]焉. 其中隋珠[374]和璧[375], 圓淵方井, 侔於宗廟. 晦朔恒號慟哽絶, 躬至寢門, 若文王之爲世子. 又爲奉太祖, 於鍾山[376]起大愛敬寺, 又爲奉獻后, 起大智慶寺. 卽位五十年, 至於安上治民, 移風易俗, 度越終古[377], 無得而稱焉. 又作聯珠[378]五十首, 以明孝道云, "伏尋我皇之爲孝也." 四運[379]推移, 不以榮落遷貿, 五德[380]更用, 不以貴賤革心. 臨朝端默, 過隙[381]之思彌軫, 垂拱[382]岩廊[383], 風樹[384]之悲踰切.

---

370) 受終(수종) : 선왕의 끝맺음을 이어받다. 즉 왕위를 계승하는 것을 말한다.
371) 寶歷(보력) : 왕위나 제업帝業을 이르는 말.
372) 庶羞(서수) : 다양한 음식을 이르는 말.
373) 殷薦(은천) : 천제에게 제사를 지낼 때 제물을 풍성하게 바치는 것을 이르는 말.
374) 隋珠(수주) : '화씨지벽和氏之璧'(화벽和璧)과 함께 중국을 대표하는 전설상의 보물인 '수후지주隨侯之珠'의 약칭. '수隋'는 작은 제후국 이름이고 '후侯'는 군주를 뜻하는데, 구체적인 신상은 미상. '수후주隋侯珠'로 약칭하기도 한다. '수隋'는 '수隨'로도 쓰고, '후侯'는 '후候'로도 썼다.
375) 和璧(화벽) : 춘추시대 초楚나라 사람 변화卞和가 다리를 잃어가면서 소신을 버리지 않고 확신했다는 보물인 '화씨지벽和氏之璧'의 약칭. '수후지주隨侯之珠'와 함께 고대에 대표적인 보배로 손꼽혔다. 이에 관한 고사는 ≪한비자韓非子·화씨和氏≫권4에 전한다. 여기서는 앞의 '수주'와 함께 귀한 보석을 비유한다.
376) 鍾山(종산) : 강소성 금릉金陵(남경) 동쪽에 있는 산 이름. '자금산紫金山' 혹은 '장산蔣山'이라고도 한다.
377) 終古(종고) : 까마득히 먼 옛날을 이르는 말.
378) 聯珠(연주) : '구슬꿰미'라는 뜻에서 유래한 말로 아름다운 시문의 일종을 말한다. 후한 때 문인인 반고班固(32-92)·가규賈逵(30-101)·부의傅毅 등이 비유적인 표현을 위주로 완곡하고 아름답게 엮었던 문체에서 유래하였다. '연주連珠'로도 쓴다.
379) 四運(사운) : 사시의 운행, 즉 1년 사계절을 말한다.
380) 五德(오덕) : 사람이 갖추어야 할 다섯 가지 덕목. 인仁·의義·예禮·지智·신信 등 여러 가지 설이 있다.
381) 過隙(과극) : 틈새를 지나가다. ≪사기·위표전魏豹傳≫권90의 "사람이 한평생 살아가는 것은 마치 흰 망아지(해 그림자)가 틈새를 지나가는 것과 같다(人生一世間, 如白駒過隙)"는 고사에서 유래한 말로 인생이 매우 짧은 것을 비유한다. '흰 망아지'는 해 그림자를 비유한다.
382) 垂拱(수공) : 옷을 늘어뜨리고 두 손을 맞잡다. 제왕의 '무위지치無爲之治'를 상징하는 말.
383) 岩廊(암랑) : 높이 솟은 낭무廊廡. 전의되어 조정을 비유한다.

齊潔宗廟, 虔事郊禋[385], 言未發而涕零, 容弗改而傷慟, 所謂終身之憂者, 是之謂也. 蓋虞舜·夏禹·周文·梁帝, 萬載之中, 四人而已!

○(남조) 양나라 고조 무황제(소연蕭衍 464-549)는 태어나면서부터 신령한 기운을 품고 성왕다운 인품을 지녔다. 목에서는 마치 용의 침이 묻은 것처럼 빛을 발하고, 혀에는 '팔'자 모양의 문양이 있었으며, 정수리 주변으로는 마치 겹겹이 펼쳐진 언덕과 같은 문양을 띠고 있었고, 이마에서는 햇살 같은 빛을 발하였으며, 손에는 '무제'라는 손금과 성명 세 글자가 새겨져 있었다. 당초 어린 시절부터 금과 서예를 좋아하였고, 용모나 자세가 저절로 예법에 들어맞았다. 늘 아이들과 기량을 겨룰 때는 손에 아무것도 들지 않은 채 허공을 밟고 섰기에, 구경꾼들이 장단을 맞추며 모두들 신이라고 칭송하였다. (모친인) 헌태후의 상을 당하자 무척 애절하게 통곡하면서 발을 동동 굴렀으니, 상례를 치를 때의 애통한 표현은 (춘추시대 노나라 때 효자인) 고시라 할지라도 능가할 수 없을 것이다. 매번 ≪효자전≫을 읽으면 늘 책을 끝까지 다 읽지 못 하고, 번번이 책을 덮은 채 비통해 하곤 하였다. 이 때문에 가문에서 그를 애지중지하여 대청 가장자리에도 앉지 못하게 하였다. 만년에 이르러서는 심오한 이치를 탐구하여 도리와 성정을 다 꿰뚫어 보았고, 고서를 두루 다 열람하더니 총명이 극에 달하고 섭리를 모두 깨우쳤다. 독서를 하면 옛 것을 습득할 필요도 없었고, 한 번만 읽어도 모두 암송해 냈다. 그래서 고금의 지식을 두루 알고 안팎의 이치를 모두 깨달아 연결고리를 잘 이해하고, 견백설까지도 정통하였다. (강소성) 패국 출신인 유헌이 당시 (후한) 마융馬融과 정현鄭玄처럼 대학자로 인정을 받았

384) 風樹(풍수) : 바람에 나뭇잎이 떨어지듯이 작별을 고하는 것을 비유한다.
385) 郊禋(교인) : 제사에 대한 총칭. '교郊'가 교외에서 천제나 지신에게 지내는 제사를 가리키고, '인禋'이 종묘에서 조상신에게 올리는 제사를 가리키는 데서 유래하였다.

는데, 고조는 매번 의심스러운 내용을 분석할 때면 평소 그를 존중하여 침묵을 지키며 다른 사람들과 함부로 교유하지 않았다. 고조가 왕래하는 대상은 당시의 준걸들이었고, 심지어 인재를 구하면 문중마다 훌륭한 인재를 많이 구했다고 칭송하였다. 거처는 정숙하여 늘 연무가 자리잡았고, 주렴을 드리우고 휘장을 치면 멀리서 바라보는 이들이 공손한 태도를 취하였다. ≪시경≫에 정통하고 특히 ≪예경≫의 요체를 잘 알았으며, 산에 오를 때마다 시문을 지으면 모두가 훌륭한 문장을 이루었다. 약관의 나이에 조정에 올라서도 훌륭한 명성을 자자하게 떨쳤다. 태위까지 오른 왕검은 제국의 승상을 맡고 있을 때, 고조의 풍모를 흠모하여 호조참군을 맡아 줄 것을 요청하였다. 또 사도까지 오른 경릉왕 소자량蕭子良은 제국 왕실의 표기장군을 맡고 있을 때, 선비들을 초빙하면서 손님이나 친구에 대한 예법으로 고조를 접대하였다. 또 범운은 당시 사도의 기실을 맡고 있으면서 고조의 인품을 깊이 흠모하여 스스로 정신적인 교감을 가졌기에, 수레를 급히 몰아 그의 집을 찾곤 하였다. 일전에 서둘러 도착했을 때 고조가 새벽에 찾아가 범운에게 통보한 적이 있는데, 범운은 큰 길이 깨끗이 소제되었다는 말을 듣고서는 사람을 불러 집앞을 청소케 했다. 얼마 뒤 악기소리가 들리자 범운은 천자가 남원으로 행차하는 것이라고 생각했지만, 잠시 뒤 고조가 사람을 시켜 통지하자 내심 괴이하게 생각하면서도 감히 말을 하지 못 했다. 고조는 사람을 알아보는 데 철저하였고, 사려가 깊어 사안을 놓치는 일이 없었다. 고조는 사도의 법조참군과 국자제주의 속관을 역임하면서 군자로서의 직분을 다하였다. (남제 무제) 영명 9년(491)에 조정을 나서 진서장군의 자의참군을 맡게 되자, 고조는 천자에게 보고하고는 도중에 (안휘성) 우저산을 지나다가 마침 폭풍이 갑자기 일어나는 바람에 용독으로 들어가 정박하였는데, 파도가 가라앉지 않아 언덕에 올라 산보를 하면서 사방으로 양산을 바라보고 촌락을 조망하게 되었다. 그때 한 노인이 나타나 선비 복장을 한 채 찾아와서는 고조에게 인사를 올리며 말했다. "그대는 얼굴이 용처럼 생기고 걸음걸이가 호랑이와 같으니 관상에 대해 언급할 수가 없구려. 천하가 바야흐로 혼란하고 사해가 미처 통일되지 않았을 때 백성들을 안정시키는 일은 아마도 그대 손에 달려 있지 않을까 하오!" 그러자 고조가 웃으며 말했다. "보아하건대 공은 훌륭한 사람이라서 농담을 할 리가 없을 듯합니다." 얼마 뒤 바람이 가라앉더니 그날 저녁 마침내 고숙성에 도착하였다. 영명 10년(492)에 (부친인) 태조(소순지蕭順之)가 세상을 뜨자, 고조는 처음으로 부친의 사망을 계기로 즉시 귀향하겠다는 말을 하였다. 배가 출발할 때 고을 관청에서 선물을 보냈지만, 하나도 받지 않았다. 남제 수군왕이 한사코 붙잡았지만, 하룻밤 묵는 것도 받아들이지 않았다. 단출한 배를 얻어 별을 바라보며 길에 올라서는 모진 풍파를 만나도 밤낮으로 쉬지 않고 길을 재촉하였다. 비록 거센 바람이 대지에서 일어나고 높은 파도가 하늘까지 닿아도 뱃길은 평정을 유지하여 마치 편안한 운행을 하듯이 하였기에, 배안의 사람들이 모두 신기한 일이라고 칭송하였다. 급기야 배에 물이 새서 침몰하기 일보 직전이라 사람들이 끊임없이 고함을 질렀지만, 작두산의 수비대장이 고조를 한 배에서 모시면서 파도를 헤치고 길을 재촉하였기에, 도성에 도착하는 데 20일을 넘기지 않았다. 여정에 올랐을 때부터 세수도 빗질도 하지 않고 침식을 모두 물리친 채 근심 걱정에 젖어 외모가 바뀌었기에, 그를 보는 사람들이 알아보지 못 할 정도였다. 본가를 바라보며 부친의 장례를 치를 때는 한참 동안 혼절하기도 하였다. 부친의 장례를 치르고 나서도 피를 몇 되나 토하였고, 음료수를 입에 대지 않은 것이 나흘이나 되었으며, 상복을 입은 동안에는 쌀을 입에 대지 않았고, 끼니를 때우기 위해 먹은 거친 보리조차도 하루에 두 되 남짓 정도였다. 부친의 무덤에 거듭 절을 올리고는 지팡이를 짚고서야 몸을 일으킬 수 있었는데, 그의 눈물이 적신 소나무가 모두 변색이 되고 말았다고 한다. 심지어 집에 있을 때도 부친에 대한 그리움 때문에 통곡을 하면서 일찍이 치아가 보이도록 웃은 적이 없었고, 다시 부친의 무덤에 머무르면서 그참에 은둔생활을 하려고도 하였다. 태부를 지낸 (만형) 선무왕(소의)이 한사코 그러지 말라고 간언을 올리고서야 비로소 그만두었다. 승려인 석승휘란 사람은 어디 출신인지 알려지지 않았는데, 스스로 말하길 "(전한 때 유명한 관상가인) 허부의 관상술을 지니고 있습니다"라고 하였다. 그는 성명을 밝히고 고조를 예방하더니 고조를 보고서 깜짝 놀라며 말했다. "귀하의 정수리에 숨은 용의 형상이 있소이다. 이는 신하의 관상이 아닌 데다가 소승이 본 적도 없는 것입니다. 만약 태산에서 봉선제를 지내신다면 결실을 찾을 수 있을 것입니다." 그러나 고조는 웃으면서 대답하지 않았다. 그뒤로 스님은 어디로 갔는지 알 수 없었다. 남제 명제가 몰래 고조에게 칙령을 내려 옹주의 사령관에 임명해서 (하남성) 신야현을 구하러 가게 하자 즉시 군대를 이끌고서 먼 길에 군사력을 떨쳤는데, 명령이 엄정하여 지나는 곳마다 추호도 감히 범접하지 않았고, 신상필벌이 분명하였기에 장교나 병졸 모두 명령을 철저히 받들겠다는 생각을 품었다. 공적이든 사적이든 행군할 때 벼락 때문에 멈추는 일이 많았기에, 그때마다 정해진 일정을 초과해도 즉시 출발하려고 하지 않았다. 고조가 포구에 주둔했을 때 풍랑이 거세게 일어났기에 물길을 따르든 거스르든 감히 움직이려는 자가 없었다. 그래서 군대에서 숙직을 서던 병사가 아뢰었다. "풍랑이 너무 거세어 거스를 수가 없으니 의당 포구로 들어가 잔잔해지기를 기다리고, 아울러 주랑신(주유)과 하랑신(하무기)의 노여움을 풀어주어야 할 것입니다." 그러자 고조가 말했다. "(삼국 오吳나라) 주공근(주유)과 (진晉나라) 하무기는 옛날에 황제를 위해 혼신을 다했는데, 지금의 우리와 무엇이 또 다르겠는가? 그대들에게 만약 영혼이 있다면 의당 바람을 잠재워야 할 것이오." 그래서 자신의 북을 울려 재촉하자 미처 멀리 행군을 하지 않았는데도 바로 풍랑이 잠잠해졌다. 이에 강물을 건너기 유리해지면서 언제나 순풍을 탈 수 있었다. 한수 일대에 곡식 가격이 급등하여 백성들이 굶주림에 시달리자 고조는 곡식이 부족한 이들을 구제하였기에, 경내에 곡식이 떨어지지 않았다. 9월 9일 중양절에 고조가 강무를 하러 나서자 당시 남녀노소 구경꾼들이 먼 곳에서나 가까운 곳에서 모두 찾아왔다. 그런데 중간에 갑자기 폭풍이 일어나고 안개와 티끌이 사방에서 모여들었지만, 고조의 거처만은 태양이 밝게 비추고 자색의 상서로운 구름이 일어났다. 처음에 남제 고제가 관부에서 나막신(살펴보건대 다른 서책에서는 이를 인용하면서 '나막신 극屐'을 '가죽신 리履'로 적고 있다)을 신고서 태극전에 오를 때 세 사람이 따르는 꿈을 꾸었는데, 그중 한 사람은 남제 무제이고, 한 사람은 남제 명제이고, 한 사람은 천하의 지도를 펼쳤어도 누구인지 알 수 없었으나, 속으로 (양나라 고조의 부친인) 태조의 자제라고 생각했었다. (남제 고제가) 황제의 자리에 오른 뒤 일찍이 태조와 몰래 정사를 도모(살펴보건대 다른 서책에서는 이를 인용하면서 '꾀할 모謀'를 '잔치할 연燕'으로 적고 있다)하면서 태조에게 말했다. "내가 힘들게 천하를 얻었지만 황제의 자리를 후손에게까지 전할 수는 없을 듯하오. 내가 죽으면 용자('용자'는 남제 무제의 아명이다)가 분명 얻을 것이고, 용자가 죽으면 아도('아도'는 남제 명제의 아명이다)에게 넘어갈 것이지만, 그뒤로는 의당 경의 자손들에게 돌아갈 것이오." 결국 (태조의 아들인 고조가) 천하를 제패하였다. 태부(만형 선무왕 소의)가 도성을 구원하고서 밤에 월성에서 옷을 입은 채 잠시 잠이 들었는데, 갑자기 꿈에 대인이 나타나 붉은 옷을 입은 채 세 마리 말을 끌고서 찾아왔다. 태부가 그참에 말 한 필에 올라타 반나절 동안 하늘에 올랐다가 떨어지고 말았다. 다음으로 형양왕(소균)이 말 한 필에 올라 뛰어올랐다가 지붕을 지나서 떨어지고 말았다. 뒤에 고조가 말 한 필에 올라타더니 용으로 변해 마침내 하늘로 비상하였다. 이는 그의 신명한 기운을 기리는 것으로서 길조가 먼저 출현한 것이다. 태조로부터 왕위를 물려받은 뒤에는 삼가 제업을 잘 받들었다. 궁성 안에 지경전을 짓고서 온갖 진수성찬을 차렸는데, 마치 천제에게 제사를 올릴 때와 같이 하였다. 그중 수주나 화벽 같은 귀한 보물과 원형의 연못, 장방형의 우물은 종묘에 버금갔다. 그믐날과 초하루에는 언제나 목이 멜 정도로 통곡을 하면서 몸소 침전의 대문을 찾아가면 (주周나라) 문왕이 세자였을 때처럼 효도를 다하였다. 또 (부친인) 태조를 모시기 위해 종산에 대애경사를 세웠고, 또 (모친인) 헌태후를 모시기 위해 대지경사를 세웠다. 50년 동안 황제의 자리에 있으면서 웃어른을 안심시키고, 백성을 잘 다스렸으며, 풍속을 바꾼 것이 먼 옛날을 능가하였으니, 말로 다 표현할 수 없을 정도이다. 또 <연주시> 50수를 지어 효도를 밝히면서 “삼가 돌아가신 부친의 효심을 찾고자 하노라”라고 하였다. 사계절이 바뀌어도 명예와 쇠락에 따라 행실을 바꾸지 않았고, 삼강오륜을 적절히 활용하면서 귀천에 따라 마음을 고쳐먹지 않았다. 조정에 임해서는 과묵한 태도로 ‘인생은 짧고 시간은 귀하다’는 생각을 더욱 굳건히 하였고, 조정에서 무위지치를 베풀면서는 바람에 떨어지는 나뭇잎처럼 인생무상의 슬픔을 더욱 절실히 품었다. 종묘를 정결하게 꾸미고 제사를 경건하게 받들면서 말로 표현하기 전에 눈물부터 떨구고 낯빛을 바꾸지 않은 채 마음 아파하였으니, 이른바 죽을 때까지의 우환이란 바로 이를 두고 하는 말일 것이다. 아마도 우나라 순왕과 하나라 우왕·주나라 문왕, 그리고 양나라 무제(고조)만이 만 년 동안 가장 훌륭한 네 사람이라고 할 수 있으리라!

□箴戒篇二(2 잠계편)

●末喜, 桀之妃, 美於色, 薄於德. 亂孽無道, 女子行丈夫志, 身常帶劍. 桀嘗置末喜於膝上, 喜謂桀曰, “羣臣盡憎妾之貴, 乃以益慢於君. 君威衰, 令多不從, 皆以妾爲亂君, 願賜死.” 桀於是大怒, 行苛法. 賜與嬖妾, 侈益無度, 府藏空虛. 譽者昌, 諫者亡, 羣下杜口, 莫敢正言. 造酒池, 可以運舟, 一鼓而牛飮[386]者三千人, 於酒池醉而溺死者無數. 於是末喜笑之, 以爲樂.

○말희는 (하나라) 걸왕의 왕비로서 용모가 아름다웠지만, 인품이 형편없었다. 방탕하고 법도가 없어 여자의 몸인데도 대장부의 생각을 품었기에, 몸에 늘 검을 차고 다녔다. 걸왕이 일찍이 말희를 무릎에 앉힌 적이 있는데, 말희가 걸왕에게 말했다. “신하들이 모두 소첩이 귀한 신분에 오른 것을 미워하면서 도리어 폐하를 더욱 능멸하고 있나이다. 폐하의 권위를 떨어뜨리고 명령을 대부분 따르지 않으면서, 모두들 소첩이 폐하의 눈과 귀를 어지럽힌다고 여기고 있으니, 원하옵건대 사약을 내려주시옵소서.” 걸왕이 이에 대노하여 가혹하게 법을 집행하였다. 또 하사품을 총애하는 여인들에게 하사하면서 사치가 더욱 무도해져 곳간이 텅 비고 말았다. 아첨하는 이들은 번창하고, 간언하는 이들은 죽음을 당했기에, 신하들이 입을 다문 채 아무도 감히 바른 말을 하지 않았다. 술 연못을 만들자 배를 띄울 수 있을 정도로 컸고, 한 번 북을 울릴 때마다 소처럼 벌컥벌컥 술을 마시는 이들이 3천 명이나 되었으니, 술 연못에서 취기에 올라 빠져 죽은 이들이 무수히 많았다. 그런데도 말희는 깔깔거리고 웃으며 즐거워하였다.

●夏桀作爲瓊臺・瑤室・象牙之席・白玉之床, 以處之.

386) 牛飮(우음) : 소처럼 마시다. 술을 엄청나게 많이 마시는 것을 비유한다.

○하나라 걸왕은 아름다운 옥을 장식한 누대와 궁실 및 상아 장식 방석, 백옥 평상 등을 만들고는 그곳에 머물렀다.

●夏桀淫於婦人, 求四方美女, 積之後宮. 俳優侏儒[387]狎徒[388], 能爲奇瑋[389]戲者, 聚之於傍, 造爛熳[390]之樂.

○하나라 걸왕은 여색을 지나치게 좋아하여 사방의 미녀를 구해서 후궁에 머물게 하였다. 배우나 광대・흥을 돋우는 사람으로서 진기한 놀이를 잘 하는 이들을 옆에 모아놓고, 화려한 악기를 제작하였다.

●夏桀嘗鑿霍山[391], 通於淵關[392].

○하나라 걸왕은 일찍이 곽산을 뚫어 연관과 통하게 한 적이 있다.

●夏桀時, 兩日並出, 黑光遍天, 攝提星[393]失其常所. 伊洛[394]水竭, 天雨血, 月流精, 火神回祿[395], 見於黔隧[396].

○하나라 걸왕 때 해 두 개가 한꺼번에 출현하여 검은 빛이 하늘을 가득 메우고 섭제성이 본래의 자리를 잃었다. 그러자 이수와

387) 侏儒(주유) : 난장이나 광대・배우를 뜻하는 말.
388) 狎徒(압도) : 연회석상에서 사람들을 즐겁게 해 주는 사람을 이르는 말.
389) 奇瑋(기위) : 진기한 모양.
390) 爛熳(난만) : 아름답고 화려한 모양.
391) 霍山(곽산) : 남방을 대표하는 산인 남악南岳 형산衡山의 별칭. '구루산岣嶁山' '천주산天柱山'이라고도 한다.
392) 淵關(연관) : 호북성 악주岳州에 위치한 관문 이름.
393) 攝提星(섭제성) : 이십팔수二十八宿 가운데 동방의 항수亢宿에 속하는 별 이름.
394) 伊洛(이락) : 하남성을 흐르는 강물인 이수와 낙수를 아우르는 말. 송나라 때 낙양洛陽 출신의 도학자인 정호程顥(1032-1085)・정이程頤(1033-1107) 형제를 비유적으로 가리킬 때도 있다.
395) 回祿(회록) : '축융祝融'과 함께 불을 관장하는 신 이름. 여기서는 결국 화재가 일어난 것을 비유적으로 가리킨다.
396) 黔隧(검수) : 하남성 검중黔中 땅 외곽을 가리키는 듯하다. '수隧'는 교외를 뜻한다.

낙수의 물이 고갈되고, 하늘에서 핏빛 비가 내리고, 달이 정기를 잃고, 불을 관장하는 신인 회록이 (하남성) 검중 일대에 나타났다.

●昔夏后旣衰, 妖精竝見, 蜚虹[397]滿野, 夷羊[398]在牧.

○옛날에 하나라 군주가 권위를 잃자 요망한 정기가 출현하더니, 무지개가 들판을 가득 메우고, 이양이 목장에 나타났다.

●殷帝乙[399]無道, 爲偶人, 謂之天神, 與之博, 令人爲行. 天神不勝, 乃戮辱[400]之.

○은나라 제을은 무도하여 우상을 만들어 그것을 천신이라고 하고는, 그것과 도박을 하면서 사람을 시켜 운영케 하였다. 그러나 천신이 도박에서 이기지 못 하자 그를 죽이고 말았다.

●殷武乙[401]無道, 嘗爲革囊, 盛血, 仰而射之, 命曰射天. 獵於河渭之間, 暴震而死.

○은나라 무을은 무도하여 일찍이 가죽 주머니를 만들어서 피를 담고는, 위를 향해 그것을 맞히며 '하늘을 맞혔다'고 큰소리쳤다. 그러더니 황하와 위수 사이에서 사냥을 하다가 갑작스레 지진을 만나 사망하고 말았다.

●殷帝紂囚西伯羑里, 西伯乃獻獸, 黃金目, 毛如織錦. 玉女[402]駭雞犀[403], 九江[404]大貝, 靑狐玄豹, 黃熊白虎, 因費仲獻紂, 紂喜之.

---

397) 蜚虹(비홍) : 무지개. '비蜚'는 '비飛'와 통용자.
398) 夷羊(이양) : 신수神獸의 이름. 토신土神의 별칭이란 설도 있다.
399) 帝乙(제을) : 상商나라 제30대 왕이자 주왕紂王의 부친 이름.
400) 戮辱(육욕) : 살해하다, 욕보이다.
401) 武乙(무을) : 상商나라 제28대 왕의 이름.
402) 玉女(옥녀) : 선녀의 별칭.
403) 駭雞犀(해계서) : 무소뿔 이름. 위아래가 뚫려 있는 무소뿔을 뜻하는 말인

○은나라 마지막 임금인 주왕이 서백(주나라 문왕)을 감옥에 가두자 서백이 짐승을 바쳤는데, 눈은 황금빛이 돌고 털은 곱게 짠 비단 같았다. 또 선녀의 해계서와 구강 일대에서 나는 커다란 조개, 푸른 여우와 검은 표범, 황색 곰과 백호 등을 (총신인) 비중을 통해 주왕에게 바치자, 주왕이 무척 기뻐하였다.

●殷帝紂淫虐, 王子比干諫, 弗聽, 剖其心十二穴, 破而觀之.
○은나라 마지막 임금인 주왕은 포악하기 그지없어 왕자 비간이 간언해도 듣지 않고는, 그의 심장 12혈을 가르더니 그것을 찢어서 관찰하였다.

●帝紂垂胡, 長尺四寸, 手格[405]猛獸. 愛妲己[406]色, 重師涓[407]聲, 狗馬奇物, 充牣[408]後庭. 使男女躶形相隨, 爲長夜之飮, 時人爲之語曰, "車行酒, 騎行炙." 百二十日爲一夜.
○(은나라) 마지막 임금인 주왕은 늘어뜨린 수염의 길이가 한 자 네 치에 달했고, 맨손으로 맹수를 때려잡았다. (총희인) 달기의 미색을 사랑하고, (악사인) 사연의 연주 소리를 좋아하였으며, 사냥개와 말 및 기이한 물품으로 뒤뜰을 가득 채웠다. 또 남녀에게 알몸으로 자신을 따르게 하면서 밤새도록 술자리를 즐겼기에, 당시 사람들은 이를 두고 "수레로 술을 나르고 기병으로 안주를 나른다"고 하였다. 120일 동안을 하룻밤처럼 즐겼다.

'통천서通天犀'의 별칭으로 보는 설도 있다.
404) 九江(구강) : 아홉 갈래 강 이름. 장강長江의 여러 지류를 가리키는 말인 듯한데, 이에 대해서는 전한 공안국孔安國과 후한 정현鄭玄(127-200), 당나라 육덕명陸德明과 송나라 호단胡旦 등 시대와 지역에 따라 차이가 있어 설이 다양하다. 강서성의 속군屬郡을 가리킬 때도 있다.
405) 格(격) : 때려잡다, 격살하다.
406) 妲己(달기) : 상商(은殷)나라 마지막 폭군인 주왕紂王의 총희寵姬.
407) 師涓(사연) : 은나라 주왕 때의 악사. '사연師延'으로도 표기한다.
408) 充牣(충인) : 채우다, 넘치게 하다. '충인充仞' '충인充忍'으로도 쓴다.

●帝紂時, 木林之地, 宵陷爲池. 池生淫魚[409], 取而食之. 池一夜而竭, 得淫魚數百, 大悅之, 錫之宮人. 宮人悉淫亂.

○(은나라) 마지막 임금인 주왕 때 수풀이 우거진 땅에다가 밤새 연못을 팠다. 연못에 철갑상어가 생기자 그것을 잡아다가 먹었다. 연못을 하룻밤 사이에 다 퍼내어 철갑상어 수백 마리를 잡더니 무척 기뻐하며 그것을 궁인들에게 하사하였다. 궁인들도 모두 음탕한 짓을 서슴지 않았다.

●帝紂時, 天雨丹血布及石, 大者如瓮, 小者如箕.

○(은나라) 마지막 임금인 주왕 때 하늘에서 붉은 핏빛을 띤 베와 돌이 비처럼 쏟아졌는데, 큰 것은 항아리 만하고, 작은 것도 키 만하였다.

●周厲王好利, 近榮公[410]. 大夫[411]芮良夫諫之, 王怒, 問衛巫, 使監謗者以告, 則殺之, 喜曰, "能弭謗矣." 召公[412]曰, "防人之口, 甚於防川. 川潰傷人, 人亦如之. 故近臣盡規, 親戚補察, 瞽瞍[413]敎誨, 耆艾[414]修之." 王不聽, 於是莫敢出言.

○주나라 여왕은 사리사욕을 좋아하여 영공을 가까이하였다. 대부 예양부가 간언하자 여왕은 화를 내며 위나라 출신 무당에게 물

409) 淫魚(음어) : 철갑상어를 이르는 말.
410) 榮公(영공) : 주周나라 여왕厲王의 총신寵臣인 영이공榮夷公의 준말. '영이종榮夷終'으로 표기한 문헌도 있다.
411) 大夫(대부) : 주周나라 때 신분 구분인 공公·경卿·대부大夫·사士의 하나. 삼공三公과 구경九卿 아래로 상대부上大夫·중대부中大夫·하대부下大夫가 있고, 그 밑으로 다시 상사上士와 중사中士·하사下士가 있었다. 후대에는 벼슬아치에 대한 범칭汎稱으로 쓰기도 하였다.
412) 召公(소공) : 주周나라 때 제후국인 소召나라의 군주를 이르는 말.
413) 瞽瞍(고수) : 음악을 관장하는 악사樂師의 별칭. 청각이 발달한 장님이 담당한 데서 유래하였다. 여기서는 음악을 통해 군주를 규간하는 직책을 가리킨다.
414) 耆艾(기애) : 스승이나 어른, 나이 든 노인을 두루 이르는 말. 50살을 '애艾', 60살을 '기耆'라고 한다. 여기서는 결국 국가 원로를 가리킨다.

은 뒤, 비방을 감찰하는 자를 시켜 고발케 하고는 그를 죽이더니 기쁜 표정을 지으며 말했다. "비방을 잘 막았네 그려." 소공이 말했다. "사람의 말을 막는 것은 강물을 막는 것보다 더 위험합니다. 강물이 터지면 사람을 해치기 마련이거니와 인간사 역시 이와 같습니다. 그래서 근신들이 모두 나서서 규간을 하고, 친척들이 이를 도와 감찰을 하며, 악사가 음악을 통해 가르침을 주고, 원로들이 바로잡으려 하는 것입니다." 그러나 여왕이 그의 말을 듣지 않는 바람에 아무도 감히 말을 꺼내는 이가 없었다.

●其先夏后氏衰, 有二龍, 止於夏庭, 曰, "余褒[415]之二君也." 帝殺而埋其漦[416], 三代[417]莫敢視. 厲王發而觀之, 使婦人躶而譟之, 漦化爲元黿[418]. 後宮未齓[419]者遭之, 旣笄而孕褒姒[420]矣.

○선대인 하나라 때 임금이 권세가 쇠약해졌을 때 두 마리 용이 나타나 하나라 조정에 머물더니, "우리는 포나라의 두 군주입니다"라고 하였다. 임금이 용들을 죽이고서 그 침을 땅에 묻은 뒤 세 왕조에 걸쳐 아무도 그것을 감히 보려고 하지 않았다. (주나라) 여왕이 그것을 발굴하여 살펴보고는 부인을 시켜 알몸으로 노래를 부르게 하자, 용의 침이 커다란 자라로 변하였다. 후궁 가운데 아직 젖니를 갈지도 않은 여자아이가 그것과 마주쳤다가 비녀를 꽂을 나이가 되고 나서 (유왕의 총희인) 포사를 낳았다.

---

415) 褒(포) : 상고시대 때 제후국 이름.
416) 漦(시) : 용의 침. 용의 정기를 가리킨다.
417) 三代(삼대) : 하夏나라·상商나라·주周나라를 아우르는 말.
418) 元黿(원원) : 커다란 자라를 이르는 말. '원元'은 '대大'의 뜻.
419) 齓(츤) : 젖니를 갈다. 나이가 어린 것을 뜻한다. 일곱 살에 젖니를 간다 하여 일곱 살을 가리키는 말로 보기도 한다.
420) 褒姒(포사) : 주周나라 유왕幽王의 총희寵姬. 포褒나라 출신으로 성은 사姒씨. 유왕이 그녀를 웃게 하기 위해 거짓으로 봉화를 올려 제후들을 소집하였는데, 뒤에 신후申侯와 견융犬戎의 공격을 받아 봉화를 올렸을 때는 제후들이 도우러 오지 않아 왕은 죽고 포사는 사로잡혔다는 고사가 ≪사기·주본기周本紀≫권4에 전한다.

●周幽王嬖愛褒姒, 褒姒生子伯服[421], 廢太子而立之, 用褒姒爲后.

○주나라 유왕은 포사를 총애하였는데, 포사가 아들 백복을 낳자 태자를 폐위하고서 그를 옹립하고는 포사를 황후로 삼았다.

●褒姒者, 宣王時歌云, "皦皦[422]伯服, 實亡周國." 宣王下國內有白服者, 殺之. 時褒姒初生, 父母不養而棄. 白服者聞嬰兒啼, 因取以犇褒. 後人以姒贖罪, 因名褒姒焉.

○'포사'라는 여인에 대해 (이미 주나라 유왕의 부친인) 선왕 때 시중에는 "피부가 하얀 백복이 실은 주나라를 망치리라"는 노래가 돌았다. 그래서 선왕은 국내에 '백복'이란 사람이 있으면 그를 죽이라는 명을 내렸다. 당시 포사가 막 태어났으나, 부모가 그녀를 키우지 않고 내다버렸다. 그러자 '백복'이란 사람이 아기 울음소리를 듣고서는 그녀를 데리고서 포나라로 도망쳤다. 뒤에 누군가 그녀로 죄값을 치르고는 그참에 그녀의 이름을 '포사'라고 하였다.

●西周君[423]奔秦, 蹶角[424]受罪, 遣獻其邑. 秦受其獻, 歸其君於周. 周赧王[425]卒, 降爲西武公.

○(주나라 말엽 종실 사람인) 서주군은 진나라로 도망쳐 머리를 조아려 죄값을 받겠다고 하고서 사람을 시켜 자신의 고을을 바쳤다. 진나라는 그가 바친 고을을 받고서는 서주군을 주나라로 돌려보냈다. 주나라 난왕이 생을 마치면서 (작위가 서주군에서) 서무공으로 강등당했다.

---

421) 伯服(백복) : 주나라 유왕과 총희인 포사 사이에서 태어난 아들 이름. 태자 의구宜臼를 죽이고 그를 태자로 세웠다고 전한다.
422) 皦皦(교교) : 피부가 하얀 모양.
423) 西周君(서주군) : 주周나라 말엽 섬서성 일대의 제후로 봉해진 종실 사람.
424) 蹶角(궐각) : 이마가 땅에 닿을 정도로 공손하게 머리를 조아려 사죄하는 것을 이르는 말.
425) 赧王(난왕) : 주나라 마지막 황제의 시호.

●秦始皇聞鬼谷先生[426]言，因遣徐福入海，求玉蔬[427]・金菜，幷一寸葚[428].

○진나라 시황제(영정嬴政 B.C.259-B.C.210)는 귀곡선생의 말을 듣고서 그참에 서복을 시켜 동해로 들어가서 옥소・금채와 크기가 한 치 가량 되는 오디를 찾게 하였다.

●秦二世[429]卽位，自幽深宮，以鹿爲馬，以蒲爲脯.

○진나라 이세황제(영호해嬴胡亥 B.C.230-B.C.207)는 황제의 자리에 오르고 나서는, 스스로 구중궁궐 깊숙한 곳에 머물며 사슴을 말이라고 하고, 부들을 육포라고 하였다.

●漢昌邑[430]王，賀，初昭帝崩，無嗣，霍光徵賀，典喪. 到濟陽，求長鳴雞[431]卵五百枚，道買積竹杖[432]，過宏農[433]，使大奴宋善，以衣車載女子行. 居道上，不素食[434]，常私買雞豚. 漢有三璽[435]，賀受

---

426) 鬼谷先生(귀곡선생) : 전국시대 왕후王詡(혹은 왕점王詡이라고도 한다)에 대한 존칭. 소진蘇秦(?-B.C.284)과 장의張儀(?-B.C.310)에게 종횡술縱橫術을 가르쳤다고 한다. 그의 저서로 ≪귀곡자≫ 1권이 전하나 위작僞作일 가능성이 높고, 그의 제자인 소진의 저술이란 설도 있으나 이 역시 믿을 수 없다. ≪사고전서간명목록・자부・잡가류雜家類≫권13 참조.

427) 玉蔬(옥소) : 뒤의 '금채'와 함께 전설상의 채소 이름.

428) 葚(심) : 뽕나무 열매인 오디를 이르는 말. '심椹'으로도 쓴다.

429) 二世(이세) : 진秦나라 시황제始皇帝 영정嬴政의 아들인 이세황제二世皇帝 영호해嬴胡亥(B.C.230-B.C.207). 시황제가 2세・3세를 거쳐 만세까지 가기를 바란다는 유언을 남겼다고 하나 진나라는 이세황제에서 망하고 말았다.

430) 昌邑(창읍) : 산동성의 속현屬縣 이름. 여기서는 전한 때 종실 사람 유하劉賀의 봉호를 가리킨다.

431) 長鳴雞(장명계) : 사천성 월수군越嶲郡에서 난다는 울음소리가 우렁찬 닭의 품종명. 남조南朝 양梁나라 오균吳均(469-520)의 ≪서경잡기西京雜記≫권4 참조.

432) 積竹杖(적죽장) : 대나무를 여러 개 묶어서 만든 지팡이를 이르는 말.

433) 宏農(굉농) : 하남성 홍농군弘農郡의 다른 표기. '굉宏'은 청나라 건륭제乾隆帝의 휘諱(弘曆) 때문에 고쳐 쓴 것이다.

434) 素食(소식) : 평소와 같은 식사를 이르는 말.

435) 三璽(삼새) : '이새二璽'로 된 문헌도 있다.

之上前, 就次[436]不拜. 初至國都, 不哭, 言嗌痛不能哭. 後卽位, 二十七日見廢.

○전한 때 창읍왕은 성명이 유하劉賀(?-59)인데, 당초 소제가 생을 마쳤을 때 후사가 없었기에, 곽광이 유하를 불러 상례를 관장케 하였다. 유하는 (산동성) 제양군에 도착해서는 장명계 달걀 5백 개를 구하고 도중에 적죽장을 샀으며, (하남성) 홍농군에 들러서는 노비인 송선을 시켜 옷을 싣는 수레에 여자를 태워 데려가게 하였다. 길에서 머물 때도 평소처럼 식사하지 않고, 늘 사사로이 닭과 돼지를 매입하였다. 한나라 때는 세 종류의 국새가 있었는데, 유하는 그것을 황상의 면전에서 받더니 자리로 돌아가서는 절을 올리지조차 않았다. 또 처음에 도성에 도착했을 때는 곡을 하지 않으면서 목구멍이 아파서 곡을 할 수 없다고도 하였다. 뒤에 황제의 자리에 올랐으나, 결국 27일만에 폐위당했다.

●漢昌邑王賀嘗召皇太后[437], 御果下馬[438], 使官奴服之.

○전한 창읍왕 유하劉賀는 일찍이 황태후를 불러 조랑말을 몰게 하더니 관노를 시켜 그것을 타게 한 적이 있다.

●漢昌邑王賀嘗封奴二百餘人, 常與居禁闥[439], 使中府令[440]高昌奉黃金千斤, 賜侍中[441]君卿[442], 取十妻.

---

436) 就次(취차) : 정해진 자리로 가다.

437) 皇太后(황태후) : 황제의 모친에 대한 존칭. '태후太后'로 약칭하기도 한다.

438) 果下馬(과하마) : 신라의 특산물인 조랑말. 과일나무 밑을 지날 정도로 몸집이 작은 데서 이름이 유래하였다.

439) 禁闥(금달) : 원래는 궁궐의 작은 문을 뜻하는 말이나 전의되어 궁궐이나 조정을 뜻한다.

440) 中府令(중부령) : 궁중의 창고를 관장하는 벼슬을 이르는 말. ≪한서・곽광전≫권68에는 '중어부령中御府令'으로 되어 있다.

441) 侍中(시중) : 황제의 측근에서 기거起居를 보살피고 정령政令을 집행하는 일을 관장하는 벼슬. 진晉나라 이후로 재상의 지위에까지 오르고, 수나라 때 납언納言 혹은 시내侍內라고 하였으며, 당송 이후로는 조정의 주요 행정 기관

○전한 창읍왕 유하劉賀는 일찍이 노비 2백여 명을 관작에 봉하여늘 궁중에 함께 머물게 하고, 중부령 고창을 시켜 황금 천 근을 가져다가 시중 누군경(누호樓護)에게 하사해서 아내 열 명을 취하게 해 준 적이 있다.

●漢昌邑王嘗夢青蠅[443]之矢[444], 積西階東, 可五六石, 以屋板瓦覆, 發視之, 青蠅之矢也. 以問龔遂, 遂曰, "皆宜進先帝大臣子孫親近, 以爲左右. 如不忍昌邑故人, 信用讒諛, 必有凶咎. 願詭禍爲福, 皆放逐之. 臣當先逐矣."

○전한 창읍왕(유하劉賀)은 일찍이 금파리의 똥이 서쪽 계단 동쪽 편에 거의 대여섯 섬이나 쌓여 있는 꿈을 꾸었는데, 지붕이 기와처럼 무너진 김에 그것을 파내어 살펴보니 바로 금파리의 똥이었다. 이를 공수에게 묻자 공수가 대답하였다. "의당 선왕 때 대신들의 자손과 친지들을 받아들여 좌우 신료로 삼으시옵소서. 만약 창읍왕 시절 친구들과의 우정을 참지 못 하여 그들의 참언을 믿으신다면 필시 재앙이 있을 것이옵니다. 원하옵건대 화를 복이라고 속이는 이들은 모두 추방하시옵소서. (창읍현 사람인) 신이 마땅히 먼저 축출당해야 할 것입니다."

●漢昌邑王在藩[445]時, 有大鳥集於宮中, 血汙王坐席. 其恠[446]如此.

○전한 창읍왕(유하劉賀)이 번국에 있을 때 커다란 새가 궁중으로

인 삼성三省 가운데 문하성門下省의 수장首長이 되었다.

442) 君卿(군경) : 전한 때 사람 누호樓護의 자. 언변술이 뛰어나고 의리가 강해 명성을 떨쳤으며, 간의대부諫議大夫와 천수태수天水太守를 역임하였다. ≪한서·유협열전遊俠列傳·누호전≫권92 참조.

443) 青蠅(청승) : 금파리. 간신이나 소인배를 상징한다.

444) 矢(시) : 똥. '시屎'와 통용자.

445) 在藩(재번) : 번국藩國에 있다. 즉 자신의 봉국封國에서 지내는 것을 말한다.

446) 恠(괴) : 괴이하다, 이상하다. '괴怪'의 이체자異體字.

모이더니 그 피가 왕의 좌석을 더럽혔다. 그에게는 이처럼 괴이한 일이 일어났다.

●漢昌邑王賀在藩, 見大白狗戴法冠, 問左右. 左右皆曰, "不見." 後卽位, 二十七日見廢.

○전한 창읍왕 유하劉賀는 번국에 있을 때 커다란 백구가 법관을 쓰고 있는 것을 보고서는 좌우 신하들에게 물었다. 그러자 좌우 신하들은 모두 "보지 못 했나이다"라고 대답하였다. 뒤에 황제의 자리에 올랐다가 27일만에 폐위당했다.

●漢哀帝卽位, 寵任董賢[447]. 均田[448]之制, 從此墮壞. 百姓訛言, 持籌相驚, 被髮[449]徒跣[450]而走. 漢氏衰矣.

○전한 애제(유흔劉欣 B.C.25-B.C.1)는 황제의 자리에 올라 동현을 총애하였다. 그래서 균전제도가 이때부터 붕괴되었다. 백성들은 유언비어를 퍼뜨리면서 산가지를 들고서 서로 놀란 표정으로 머리를 풀어헤치고 신발도 신지 않은 채 도주하였다. 그래서 한나라가 쇠망하고 말았다.

●漢哀帝時, 董賢母病, 長安廚給祠具[451], 道中過者皆飮酒. 爲賢治器, 成, 奏御乃行. 賜及蒼頭[452]奴婢, 人十萬錢.

○전한 애제 때 동현의 모친이 병석에 눕자, (섬서성) 장안의 관청

447) 董賢(동현) : 전한 애제哀帝 때의 총신寵臣(B.C.23-B.C.1). 애제와 침식을 같이 할 정도로 총애를 받았으나 왕망王莽(B.C.45-A.D.23)이 집권한 뒤에 쫓겨나 자살하였다. ≪한서·동현전≫권93 참조.
448) 均田(균전) : 가족 수에 따라 토지를 균등하게 분배하는 제도를 이르는 말.
449) 被髮(피발) : 머리를 풀어헤치다. 즉 상투를 하지 않는 것을 말한다. '피被'는 '피披'와 통용자.
450) 徒跣(도선) : 신발을 신지 않은 채 맨발로 걷는 것을 이르는 말.
451) 祠具(사구) : 제사용 음식을 이르는 말.
452) 蒼頭(창두) : 한나라 때 노복奴僕의 별칭. 양민과 달리 머리에 흰 머리카락이 많이 섞인 데서 유래하였다.

주방에서 제사용 음식을 공급하는 바람에 길을 가던 사람들도 모두 술을 마실 수 있었다. 또 동현을 위해 그릇을 만들어 완성하면 황제에게 아뢴 뒤에야 비로소 통용시켰다. 하사품을 하인이나 노비에게까지 지급하여 사람들마다 10만 냥을 소지할 정도였다.

●漢桓帝常在南宮453)長秋454)·和曜455)殿上, 作樂.

○후한 환제(유지劉志 132-167)는 늘 남궁에 있는 장추전이나 화환전에서 음악 연주를 감상하곤 하였다.

●漢桓帝時, 黃龍·千秋·萬歲殿皆被災.

○후한 환제 때 황룡전·천추전·만세전 등의 전각이 모두 불에 타고 말았다.

●漢靈帝本侯家, 宿貧. 卽位, 常歎曰, "桓帝456)不能作家居, 都無私錢." 乃賣官, 自關內侯457)·虎賁458)·羽林459)各有差. 私令左右

---

453) 南宮(남궁) : 진한秦漢 때 하남성 낙양洛陽에 있었던 궁궐 이름.

454) 長秋(장추) : 한나라 때 궁중에 있었던 전각 이름.

455) 和曜(화요) : ≪후한서·오행지五行志≫권24 등의 기록에 의하면 후한 때 전각 이름인 '화환和歡'의 오기인 듯하다.

456) 桓帝(환제) : 후한 영제靈帝의 선왕으로 환제桓帝는 명제明帝의 증손이고 영제는 명제의 현손玄孫이기에 두 사람 모두 적장자가 없어 제후의 신분에서 황제로 즉위하였다는 공통점이 있다.

457) 關內侯(관내후) : 진한秦漢 때 작호爵號를 받아 경기 일대에 거주할 수는 있지만 식읍食邑은 없었던 작위 이름.

458) 虎賁(호분) : 제왕을 호위하고 왕궁을 경비하는 일을 관장하던 무관 이름. '분賁'은 '분奔'과 통한다. 호랑이가 먹이를 잡기 위해 달려가는 것처럼 용맹한 병사를 비유하는 데서 유래하였다. 당나라 때는 고조高祖 이연李淵(566-635)의 조부 이호李虎의 휘諱 때문에 '무분武賁'으로 개칭하기도 하였다.

459) 羽林(우림) : 무관武官인 우림랑羽林郎의 준말. 전한 무제武帝가 6군郡의 자제들을 뽑아 훈련을 시켜 건장궁建章宮을 호위하게 하면서 부대명을 '건장궁기建章宮騎'라고 하였는데, 뒤에 '우림기羽林騎'로 이름이 바뀐 데서 유래하였다. 천체의 우림성羽林星을 본받다는 설도 있고, 울창한 숲에서 뜻을 취했다는

賣公卿錢, 公錢千萬, 卿錢五百萬.

○후한 영제(유굉劉宏 157-189)는 본래 제후의 가문 출신으로 오래도록 가난하였다. 그래서 황제의 자리에 오르고 나서도 늘 "(선왕이신) 환제는 주택도 마련하지 못 하고 늘 돈이 없었다"고 개탄하였다. 이에 매관매직을 하였는데, 관내후・호분・우림랑으로부터 각기 차등을 두었다. 사사로이 좌우 신료들에게 공경전을 팔게 하였으니, 삼공은 돈 천만 냥을 받고, 구경은 돈 오백만 냥을 받았다.

●漢靈帝嘗藏寄小黃門460)・常侍461)錢, 累數千萬.

○후한 영제는 일찍이 몰래 소황문이나 상시에게 돈을 맡기면서 수천만 냥을 축적한 적이 있다.

●漢靈帝嘗鑄銅人四, 列於蒼龍元武462)闕外.

○후한 영제는 동상 네 개를 주조하여 창룡궐과 현무궐 밖에 진열한 적이 있다.

●漢靈帝時, 鑄四鐘, 皆受二千斛. 懸於玉堂463)及雲臺殿前.

○후한 영제 때 종 네 개를 주조하였는데, 모두 용량이 곡식 이천

설도 있다.

460) 小黃門(소황문) : 한나라 때 황문시랑黃門侍郎보다 직급이 한 단계 낮은 환관을 지칭하는 말. 뒤에는 환관의 별칭으로도 쓰였다.

461) 常侍(상시) : 황제의 곁에서 잘못을 간언하고 자문에 대비하는 직책인 산기상시散騎常侍의 준말. 실질적인 권한은 없었으나 대신으로 겸직시키던 존귀한 벼슬이다. 좌・우산기상시를 설치하여 각각 문하성門下省과 중서성中書省에 나누어 소속시켰다.

462) 元武(원무) : 전설상의 동물이자 북방의 신인 현무玄武의 다른 표기. 거북과 뱀을 합쳐 놓은 듯한 형상을 하였다. '원元'은 청나라 강희제康熙帝의 휘諱(玄燁) 때문에 고쳐쓴 것이다.

463) 玉堂(옥당) : 한나라 때 궁전 이름. 당나라 이후로는 주로 한림원翰林院의 별칭으로 쓰였다.

휘를 담을 정도로 컸다. 영제는 그것들을 옥당과 운대전 앞에 걸어두었다.

●漢靈帝起篳圭·靈琨苑, 以珉玉爲壁.(案, 後漢書, 篳作單, 琨作昆.)

○후한 영제는 필규원과 영곤원을 짓고는 아름다운 옥으로 벽을 장식하였다.(살펴보건대 ≪후한서·영제본기≫권8에는 '필篳'이 '단單'으로 되어 있고, '곤琨'이 '곤昆'으로 되어 있다.)

●漢靈帝嘗於西園[464]弄狗, 著進賢冠[465], 帶綬.

○후한 영제는 일찍이 서원에서 개를 가지고 장난을 치면서, 진현관을 머리에 씌우고 인끈을 달게 한 적이 있다.

●漢靈帝時, 作列肆於後宮, 使采女[466]販賣, 更相盜竊, 鬪爭之聲, 聞於人間. 帝著商賈[467]服, 飮宴於其間.

○후한 영제 때는 후궁에다가 여러 가지 가게를 차려놓고 채녀를 시켜 물건을 팔게 하였는데, 서로 도둑질을 하느라 다투는 소리가 민가에까지 들렸다. 영제도 장사꾼의 복장을 하고서 그곳에서 술자리를 벌이곤 하였다.

●漢靈帝時, 養驢數百. 帝自騎之驅馳, 遍京師[468], 有時駕四驢[469],

---

464) 西園(서원) : 천자의 동산인 상림원上林苑의 별칭이자 후한 말엽 하남성 업鄴에 있던 조조曹操(155-220)의 정원 이름. 뒤에는 제왕이나 고관의 정원을 상징하는 말이 되었다.

465) 進賢冠(진현관) : 임금을 알현할 때 쓰는 예모禮帽의 일종.

466) 采女(채녀) : 한나라 때 궁중에서 직물을 관장하던 여관女官 이름. 뒤에는 궁녀에 대한 범칭으로도 쓰였다. '채녀綵女'로도 쓴다.

467) 商賈(상고) : 상인에 대한 총칭. '상商'은 돌아다니며 장사하는 봇짐장사를 뜻하고, '고賈'는 상점을 차리고 장사하는 자본이 있는 상인을 뜻하는 데서 유래하였다.

468) 京師(경사) : 서울, 도읍을 이르는 말. 송나라 주희朱熹(1130-1200) 설에 의하면 '경京'은 높은 지대를 뜻하고, '사師'는 많은 사람을 뜻한다. 즉 높은 산에 의지하여 많은 사람이 모여 사는 곳이란 뜻에서 유래하였다. 여기서는

入市裏.

○후한 영제 때는 나귀 수백 마리를 키웠다. 영제는 스스로 나귀에 올라타 힘차게 몰아서 도성을 두루 돌아다녔는데, 어떤 때는 네 마리 나귀를 몰고서 저자로 들어가기도 하였다.

●漢靈帝時, 黃巾賊[470]起, 帝自稱無上將軍[471], 耀兵[472]平樂觀[473], 上設九葉蓋[474]. 蓋皆安九子[475]眞金鈴, 銀[476]珠玉之飾稱是也

○후한 영제 때 황건적이 일어나자, 영제는 '무상장군'이라고 자칭하며 평락관에서 군사력을 과시하고, 자리 위에 구엽개를 설치하였다. 일산에는 모두 진짜 금으로 만든 구자령을 설치하였는데, 진주나 구슬 장식이 거기에 잘 어울렸다.

●漢靈帝時, 樂城門[477]灾, 延及北闕, 度道燒嘉德・和曜殿, 廣陽門外上屋自壞. 收天下田畝十錢, 以治室.

○후한 영제 때 낙성문에 불이 나 북궐까지 번지더니 길 건너 가덕전과 화환전까지 태웠고, 광양문 밖 지붕이 저절로 무너졌다. 그래서 천하에 밭 한 마지기 당 열 냥씩 거둬 궁실을 수리하였

후한 때 도성인 하남성 낙양을 가리킨다.

469) 四驢(사려) : 나귀 네 마리. 이는 마치 네 마리 말이 모는 정식 관용 수레인 사거駟車를 운행하듯이 수레를 몰았다는 말로 보인다.

470) 黃巾賊(황건적) : 후한 말엽 장각張角을 우두머리로 하여 일어난 도적을 이르는 말. 머리에 노란 두건을 두른 데서 유래하였다.

471) 無上將軍(무상장군) : '능가할 상대가 없는 장군'이란 의미에서 영제 스스로 만들어낸 직함 이름.

472) 耀兵(요병) : 군대 힘을 뽐내다, 군사력을 과시하다.

473) 平樂觀(평락관) : 후한 때 도성에 있었던 건물 이름.

474) 九葉蓋(구엽개) : 일산日傘 이름. '구엽'은 영원함을 상징한다.

475) 九子(구자) : 궁전이나 절에서 장식용으로 사용하던 방울의 일종인 '구자령九子鈴'을 이르는 말. '구자'는 다산多産을 상징한다.

476) 銀(은) : 다른 판본에 의하면 연자衍字에 해당한다.

477) 樂城門(낙성문) : 후한 때 하남성 낙양의 남궁南宮에 있던 중문中門 이름. 뒤의 '광양문'도 성문 이름이다.

다.

●魏明帝於列殿北立八坊, 諸才人[478]以次第處其中. 貴人[479]·夫人以上, 轉南附焉, 其名擬百官之數. 帝嘗[480]遊宴在內.

○(삼국) 위나라 명제(조예曹叡 205-239)는 여러 전각 북쪽에 여덟 군데 동네를 건설하고는, 여러 재인들을 서열에 따라 그곳에 거처케 하였다. 귀인이나 부인 이상의 신분을 가진 후궁은 보다 남쪽에서 더부살이하였는데, 그 명칭은 백관의 순서를 본떴다. 명제는 늘 그곳에서 연회를 열곤 하였다.

●魏明帝時, 徙長安鐘簴[481]·駱駝·銅人·承露盤[482].(案, 三國志注, 作盤. 下同.) 盤折, 銅人重不可致, 留於霸城[483], 大發銅, 鑄人二, 號曰翁仲[484], 列坐司馬門[485]外.

○(삼국) 위나라 명제 때는 (섬서성) 장안의 종틀·낙타·동상·승로반(살펴보건대 ≪삼국지≫ 주에는 '반盤'이 '반盤'으로 되어 있다) 등을 (하남성 낙양으로) 옮겼다. 그러나 승로반이 부러져 동상의 무게를 이기지 못 하자, (장안 동쪽) 패성에 그대로 두었다가 구리를

---

478) 才人(재인) : 한나라 때 후궁의 관직인 내관內官 가운데 하나. 내관으로 비빈妃嬪·첩여婕妤·미인美人·재인才人 등의 관제官制가 있었다.
479) 貴人(귀인) : 한나라 때 황후皇后 다음 가는 내관內官 이름.
480) 嘗(상) : 늘, 항상. '상常'과 통용자.
481) 鐘簴(종거) : 맹수 형상의 받침대를 사용한 종걸이. '거簴'는 '거虡' '거鐻'로도 쓴다. 조정이나 황실을 상징한다.
482) 承露盤(승로반) : 감로甘露를 받기 위해 설치한 그릇 이름. '선인장仙人掌'이라고도 한다.
483) 霸城(패성) : 섬서성 장안 동쪽에 있었던 성곽 이름.
484) 翁仲(옹중) : 전국시대 진秦나라 때 사람 완옹중阮翁仲의 이름. 신장이 한 장 세 자나 되었는데, 진秦나라 시황제始皇帝가 천하를 통일하자 군대를 이끌고 국경을 지키며 흉노족에게까지 위명을 떨쳤기에 그가 죽은 뒤 동상을 주조하여 함양咸陽의 사마문司馬門 밖에 세웠다고 전한다. 명나라 능적지淩迪知의 ≪만성통보萬姓統譜≫권81 참조.
485) 司馬門(사마문) : 한나라 때 황궁皇宮의 외문外門을 지칭하던 말.

대대적으로 캐서 동상 두 개를 주조하고, '옹중'이라고 이름을 붙인 뒤 (낙양의) 사마문 밖에 진열하였다.

●魏明帝時, 鑄黃龍·鳳凰各一. 龍高四丈, 鳳高三丈餘, 置內殿前.

○(삼국) 위나라 명제 때는 황룡과 봉황을 각기 하나씩 주조하였다. 황룡은 높이가 네 장에 달하고 봉황은 높이가 세 장 남짓 되었는데, 모두 내전 앞에 설치하였다.

●魏明帝時, 引穀水[486], 過九龍[487]前, 爲玉井綺闌, 蟾蜍[488]含受, 神龍吐流. 歲首[489]建巨獸, 魚龍曼延[490], 弄馬倒騎[491], 如漢西京[492]之制.

○(삼국) 위나라 명제 때 곡수를 끌어다가 구룡전 앞을 지나게 하고는 옥으로 만든 우물과 아름다운 난간을 설치하였는데, 두꺼비 모양의 석상이 끌어들인 물을 머금으면 신룡 모양의 석상이 물을 내뱉게 되어 있었다. 정월 초하루에는 거대한 짐승 모양의 석상을 세워 어룡희와 만연희를 벌이고, 말을 가지고 여러 가지 잡기를 벌였는데, 전한 때 장안에서 행하던 제도와 같았다.

●魏明帝起土山[493]於芳林[494]西北陬, 使公卿皆負土, 捕禽獸, 置其

---

486) 穀水(곡수) : 하남성 민지현澠池縣에서 발원하여 승수澠水와 합류하였다가 다시 간수澗水와 합류하여 흐르는 강물 이름.
487) 九龍(구룡) : 삼국 위나라 때 하남성 낙양의 도성에 있었던 전각 이름.
488) 蟾蜍(섬서) : 두꺼비. 여기서는 두꺼비 모양의 석상을 가리킨다.
489) 歲首(세수) : 정월 초하루. 설날. '원단元旦' '원삭元朔' '원신元辰' '원일元日' '원정元正' '원조元朝' '정단正旦' '정삭正朔' '정일正日' '정조正朝' '세단歲旦' '세일歲日' '세조歲朝' '초세初歲' '초절初節' 등 다양한 명칭으로도 불렸다.
490) 魚龍曼延(어룡만연) : 고대 잡기雜技 이름. '어룡'과 '만연' 모두 짐승 이름인데 이를 모형으로 한 잡기를 가리킨다. '연延'은 '연衍'으로도 쓴다.
491) 弄馬倒騎(농마도기) : 말을 가지고 벌이는 잡기를 이르는 말.
492) 西京(서경) : 전한前漢과 당나라 때 도읍지인 섬서성 장안長安의 별칭. 여기서는 결국 전한을 가리킨다. 송나라 때는 하남성 낙양洛陽이 개봉開封(변경汴京)의 서쪽에 있었기에 낙양을 지칭하기도 하였다.

中. 羣臣穿方[495]擧土, 面目垢黑, 沾體塗足, 衣冠了鳥[496], 以崇无益. 其所以不能興國也.

○(삼국) 위나라 명제는 방림원 북서쪽 모퉁이에 토산을 세우면서 공경 등 대신을 시켜 흙을 짊어지게 하고, 짐승들을 잡아서 그속에 풀어놓게 하였다. 신하들은 땅을 파고 흙을 짊어지느라 얼굴에 때가 묻어 검어지고, 몸통과 발이 더러워졌으며, 의관을 벗어서 메달았으니, 결국 아무런 이익을 보지 못 했다. 이것이 명제가 나라를 흥성케 하지 못 했던 이유이다.

●魏明帝作延休殿·永寧殿·昌宴殿.

○(삼국) 위나라 명제는 연휴전·영녕전·창연전 등의 전각을 지었다.

●魏齊王芳不親萬機[497], 眈淫內寵, 日延倡優, 迎六宮[498]家人, 留止內房, 嘗於芙蓉殿前裸袒相逐. 又於凌雲臺[499]曲施帷, 見九親[500]婦女. 芳臨宣曲觀, 呼小優郭懷·袁信, 使入帷, 共飮酒. 淸商令[501]令

---

493) 土山(토산) : 흙을 쌓아서 만든 산. 즉 인공산을 가리킨다.

494) 芳林(방림) : 후한 때 하남성 낙양洛陽에 세웠던 궁원宮苑 이름인 방림원芳林園의 약칭. 삼국 위魏나라 때는 제왕齊王 조방曹芳의 휘諱 때문에 '화림원華林園'으로 개명하였고, 남조南朝 때는 도성인 건강建康에도 이를 건설하였다.

495) 穿方(천방) : 측량을 위해 장방형으로 땅을 파는 일을 이르는 말.

496) 了鳥(요조) : 물건을 메달아 놓은 모양을 뜻하는 말인 '요조了𠄏'의 다른 표기. '조𠄏'가 쓰기 불편하여 '조鳥' 또는 '조㑿'로 표기한 것이다.

497) 萬機(만기) : '만 가지 중요한 일'이란 뜻으로 제왕이 일상적으로 처리하는 복잡한 정무를 가리킨다. '만기萬幾'로도 쓴다.

498) 六宮(육궁) : 황후皇后가 정무를 처리하는 정침正寢 한 곳과 후비后妃들의 침소가 있는 연침燕寢 다섯 곳을 아우르는 말로, 결국 후비의 처소인 후궁을 가리킨다.

499) 凌雲臺(능운대) : 삼국시대 위魏나라 문제文帝 조비曹丕(187-226)가 하남성 낙양洛陽에 세운 누대 이름.

500) 九親(구친) : 고조부高祖父부터 현손玄孫까지 9대를 가리키는 말. 즉 고조·증조·조부·부친·본인·아들·손자·증손·현손을 말한다. 결국은 일가친척을 두루 가리킨다. '구종九宗' '구속九屬' '구족九族'이라고도 한다.

狐景曰, “先帝持門戶急, 今陛下日將后妃, 游戱無度, 乃至共觀倡優裸袒爲亂, 恐不可令皇太后聞. 臣不愛死, 爲陛下計耳.” 芳曰, “我作天子, 不得自在耶? 向[502]使先帝使外人淫內侍, 子孫豈不衆多? 太后何與我事?” 使人縛景, 燒鐵灼之, 擧體皆爛.

○(삼국) 위나라 제왕 조방曹芳(232-274)은 정무를 가까이하지 않은 채 총희들과 음행을 탐하면서 날마다 광대들을 불러들이고, 후궁의 가족들을 맞아 내방에 머물게 하면서 늘 부용전 앞에서 알몸으로 서로 어울리게 하였다. 또 (하남성 낙양의) 능운대 구석에 휘장을 치고 일가친척의 아낙네들의 알현을 받았다. 그러면 조방은 선곡관에 나와 어린 광대인 곽회와 원신을 불러서 휘장 안으로 들어오게 해 함께 술을 마셨다. 이에 청상령 영호경이 간언하였다. “선제께서는 가문을 지키느라 늘 바쁘셨건만, 지금 폐하께서는 날마다 황후와 비빈을 거느리고 무도하게 놀기만 하시고, 심지어 광대들이 알몸으로 노는 것을 함께 구경하며 음란한 행위를 일삼으시니, 황태후 마마의 귀에 들어가게 해서는 아니 될 것입니다. 그래서 신은 목숨을 아끼지 않고 폐하를 위해 염려하는 것이옵니다.” 그러자 조방이 대답하였다. “내가 천자의 몸이 되었거늘 자유롭게 살 수 없단 말인가? 일전에 만약 선왕께서 외인들이 내시들과 음란하게 노는 것을 내버려 두었다면, 자손들이 어찌 많지 않겠소? 태후가 내 일에 어찌 관여하겠소?” 사람을 시켜 영호경을 포박케 한 뒤 쇠를 달궈 그의 몸을 지졌기에, 영호경은 온몸에 화상을 입고 말았다.

●魏齊王芳日延倡優. 及司馬昭[503]初入朝, 司馬師[504]將有問鼎[505]之

---

501) 淸商令(청상령) : 음악을 관장하는 벼슬 이름.
502) 向(향) : 일전에, 그전에. ‘향嚮’과 통용자.
503) 司馬昭(사마소) : 삼국 위나라 때 장수(211-265). 진晉나라를 건국한 무제武帝 사마염司馬炎(236-290)의 부친으로 위魏나라에서 고관을 지냈고, 진나라가 건국된 뒤 ‘문제文帝’라는 시호를 추증받았다. ≪진서·문제기≫권2 참조.

志. 芳與左右小臣謀, 因昭辭殺之, 勒其衆, 以退師. 昭入, 芳方食栗, 優人唱曰, '靑頭雞!' 靑頭雞者, 鴨[506]也, 芳懼, 不敢發.

○(삼국) 위나라 조방曹芳은 날마다 광대들을 불러들여 놀았다. (진晉나라를 세운 사마염司馬炎의 부친) 사마소가 처음 입조할 즈음에 (사마소의 형인) 사마사는 반역의 뜻을 품으려 하였다. 조방은 주변의 소신과 일을 상의하다가 사마소의 말 때문에 그를 죽이고는, 사마소의 군대를 강제하여 사마사를 물러나게 하였다. 사마소가 입궐했을 때 조방은 한창 밤을 먹고 있었는데, 광대가 노랫말로 '청두계!'라고 하였다. '청두계'는 (머리가 검푸른 닭이란 의미에서) 오리(조서에 서명하라)를 뜻하는 말이었기에, 조방은 두려움에 젖어 감히 발설하지 못 했다.

●晉惠帝衷爲太子時, 武帝宴羣臣於式乾殿, 歡甚. 衛瓘被酒[507], 拊帝座云, "此座可惜!" 帝猶不悟, 乃佯言曰, "公醉耶!" 後朝臣多言衷不可立. 及卽位, 後爲趙王倫[508]所簒.

○진나라 혜제 사마충司馬衷(259-360)이 태자였을 때, 무제(사마염)는 식건전에서 신하들에게 연회를 베풀고 무척 즐거워하였다. 위관이 술에 취해서 황제의 자리를 어루만지며 "이 자리가 아깝구나!"라고 말하자, 무제는 오히려 무슨 뜻인지 몰랐다가 결국 짐짓 거짓으로 "공은 술에 취하였구려!"라고 하였다. 뒤에 조정

504) 司馬師(사마사) : 삼국 위나라 때 장수(209-255). 사마소司馬昭(211-265)의 형으로서 진나라가 건국된 뒤 '경제景帝'라는 시호를 추증받았다. ≪진서・경제기≫권2 참조.

505) 問鼎(문정) : 세발솥에 대해 묻다. 즉 춘추시대 때 초楚나라 왕이 주周나라 황실의 구정九鼎의 크기와 무게에 대해 물었다는 ≪좌전左傳・선공宣公3년≫ 권21의 고사에서 유래한 말로 반역의 뜻을 품는 것을 비유한다.

506) 鴨(압) : 오리. 발음상 '압押(yā)'과 같아 황제가 조서詔書에 친필로 서명하는 것을 비유한다.

507) 被酒(피주) : 술에 취하다. '피被'는 '가加'의 뜻.

508) 趙王倫(조왕윤) : 진晉나라 선제宣帝 사마의司馬懿(179-251)의 아홉 번째 아들인 사마윤司馬倫. '조왕'은 봉호. ≪진서・조왕사마윤전≫권59 참조.

의 신하들은 대부분 사마충을 옹립해서는 안 된다고 하였다. 혜제는 황제의 자리에 즉위하였다가 뒤에 (숙조부인) 조왕 사마윤司馬倫에게 제위를 찬탈당했다.

●晉惠帝昏酒過常. 每見大官509)上食有蚶, 帝慘然作色曰, "自今勿復制此! 縻費510)人力!"

○진나라 혜제는 상도에 벗어날 정도로 술을 무척 좋아하였다. 매번 태관이 올린 음식에 꼬막이 있는 것을 보면, 혜제는 참담한 심경으로 낯빛을 바꾸며 "이제부터는 이 안주를 만들지 말라! 너무 손이 많이 가느니라!"라고 하였다.

●宋景和511)子業, 孝建512)之太子也. 卽皇帝位, 興改制度, 或取之前史. 謝莊爲誄宣貴妃513)文曰, "贊軌堯門514), 方之漢鉤弋515)也." 帝下莊於獄, 乃發貴妃墓, 縱糞於孝建冢曰, "查奴何意生我?" 孝建多昏縱, 故查奴516)之目. 太后臨卒, 遣人召帝, 帝曰, "病人間多鬼,

509) 大官(태관) : 황제의 음식과 연향燕享을 관장하는 벼슬 이름. '태관太官'으로도 쓴다.

510) 縻費(미비) : 낭비하다, 소모하다. '미縻'는 '미靡'와 통용자.

511) 景和(경화) : 유송劉宋 전폐제前廢帝의 연호(465). 여기서는 결국 전폐제 유자업劉子業을 가리킨다.

512) 孝建(효건) : 유송劉宋 효무제孝武帝의 연호(454-456). 여기서는 결국 효무제 유준劉駿를 가리킨다.

513) 貴妃(귀비) : 황제의 첩실이자 후궁의 고위 내관內官으로 남조南朝 유송劉宋 때 처음 생겼고, 당송唐宋 때는 정1품에 속하는 사비四妃, 즉 귀비貴妃·숙비淑妃·덕비德妃·현비賢妃 가운데 하나였다. '선귀비'는 효무제孝武帝의 후궁으로 성은 은殷씨이고 '선'은 시호이다. 사장謝莊의 글은 <유송 효무제 선귀비를 기리는 뇌문(宋孝武宣貴妃誄)>이란 제목으로 남조南朝 양梁나라 소명태자昭明太子 소통蕭統(501-531)이 엮은 ≪문선文選·뇌하誄下≫권57에 전한다.

514) 堯門(요문) : 당唐나라 요왕堯王의 가문. 여기서는 요왕의 모친을 가리킨다. 요왕의 모친처럼 선귀비도 아들을 잘 가르쳤다는 것을 말한다.

515) 鉤弋(구익) : 전한 무제武帝의 총희寵姬인 조첩여趙婕妤의 별칭. 용모가 아름다웠으나 주먹이 펴지지 않아 옥구玉鉤를 손에 쥐고 감추는 놀이가 유행하였고, 조첩여가 구익궁鉤弋宮에 거처하였다는 고사에서 유래하였다.

不可往.” 太后怒曰, “引刀, 破我腹, 那[517]得生如此兒?” 其不孝皆此類也.

○(남조南朝) 유송劉宋 전폐제前廢帝 유자업劉子業(449-466)은 효무제孝武帝(유준劉駿)의 태자이다. 황제의 자리에 오르자 제도를 바꾸면서 간혹 전대 사서에서 관례를 취하였다. 사장은 <선귀비의 덕을 기리는 글>을 지어 “(당唐나라) 요왕의 가문에서 법도를 배우셨기에 전한 (무제) 때 구익부인과 비견된다네”라고 하였다. 전폐제는 사장을 감옥에 가두더니 급기야 귀비의 무덤을 파헤치고, 효무제의 무덤에 분뇨를 뿌리며, “사노가 무슨 생각으로 나를 낳았는고?”라고 하였다. 효무제는 방종한 행동이 잦아 ‘사노’라는 별명을 얻었다. 태후가 임종할 때 사람을 시켜 전폐제를 불렀으나, 전폐제는 “인간 세상에 귀신이 많은 것이 싫기에 갈 수가 없소”라고 하였다. 그래서 태후는 화가 나 “칼을 가져다가 내 배를 가를지언정, 어찌 이런 아이를 낳을 수 있단 말인가?”라고 하였다. 전폐제는 언제나 이처럼 불효하였다.

●宋蒼梧王昱[518]嘗置射雉場二百處, 翳中帷帳, 皆綠紅錦爲之, 金銀鏤弩牙[519], 瑇瑁[520]帖箭.

○(남조) 유송 창오왕(후폐제後廢帝) 유욱劉昱(463-477)은 일찍이 꿩 사냥터 2백 군데를 설치하였는데, 휘장으로 가운데를 가리면서 모두 푸르고 붉은 비단으로 만들고, 금과 은으로 쇠뇌의 시위 장치를 새겼으며, 바다거북 껍질로 화살을 장식한 일이 있다.

---

516) 査奴(사노) : 남자에 대한 비칭. 뗏목을 젓는 하인이란 의미에서 유래한 말로 ‘사査’는 ‘사槎’와 통용자.

517) 那(나) : 의문사. 어찌.

518) 蒼梧王昱(창오왕욱) : 유송劉宋 후폐제後廢帝 유욱劉昱. ‘창오왕’은 폐위당한 뒤의 봉호인 창오군왕蒼梧郡王의 약칭.

519) 弩牙(노아) : 쇠뇌의 시위를 거는 장치를 이르는 말.

520) 瑇瑁(대모) : 바다거북의 일종. 등껍질이 장식용이나 약용으로 쓰였다. ‘대모玳瑁’로도 쓴다.

●宋蒼梧王, 鈐鑿錐鋸之徒[521], 不離左右. 嘗以槌搥人陰, 破, 左右見之, 有斂眉[522]者, 大怒, 令此人袒膊[523]正立, 以矛刺膊, 洞過.

○(남조) 유송 창오왕(후폐제後廢帝) 휘하에는 칼·끌·송곳·톱 따위로 형벌을 집행하는 무리들이 주변을 떠나지 않았다. 일찍이 몽둥이로 사람의 음부를 때려 훼손시켰는데, 좌우 신료들 가운데 이를 보고서 눈썹을 찌푸리는 자가 있으면 대노해 하며, 이 사람에게 웃통을 벗고 어깨를 드러낸 채 똑바로 서게 한 뒤, 창으로 그의 어깨를 찔러서 구멍을 낸 적도 있다.

●宋蒼梧王昱嘗於七月七日乘靈車[524], 往新安寺, 從曇慶道人飮酒.

○(남조) 유송 창오왕(후폐제後廢帝) 유욱劉昱은 일찍이 7월 7일 칠석날에 영구차를 타고서 신안사로 가서 담경도인과 함께 술을 마신 적이 있다.

●宋蒼梧王昱嘗飮酒, 醉於仁壽殿東阿, 氈幄中臥, 時楊玉夫見昱醉無所知, 乃與楊萬年同入氈幄中, 以千牛刀[525]斬之.

○(남조) 유송 창오왕(후폐제後廢帝) 유욱劉昱이 일찍이 술을 마시다가 인수전 동쪽 귀퉁이에서 술에 취해 모전으로 만든 휘장 안에서 잠이 들자, 당시 양옥부는 유욱이 술에 취해 아무것도 인지하지 못 하는 것을 알고서, 마침내 양만년과 함께 모전으로 만든 휘장으로 들어가 황제의 칼인 천우도로 그의 목을 베었다.

---

521) 鈐鑿錐鋸之徒(검착추거지도) : 칼·끌·송곳·톱 따위로 형벌을 집행하는 무리를 이르는 말. '검鈐'은 '겸鉗'과 통용자.

522) 斂眉(염미) : 눈썹을 찌푸르다.

523) 袒膊(단전) : 죄인이 웃통을 벗어 어깨를 드러내는 것을 뜻하는 말인 '단박袒膊'의 오기. 자형의 유사성으로 인한 필사 과정상의 단순 오기로 보인다.

524) 靈車(영거) : 영구차.

525) 千牛刀(천우도) : 황제가 사용하는 칼을 이르는 말. 전국시대 위魏나라 포정庖丁이 수천 마리의 소를 해부하였다는 ≪장자莊子·양생주養生主≫권2의 고사에서 유래하였다.

●齊武帝嘗與王公[526]大臣共集石頭[527]烽火樓, 令長沙王晃[528]歌子夜之曲[529]. 曲終, 輒以犀如意[530]打牀, 折爲數段. 爾日遂碎如意數枚.

○(남조) 남제南齊 무제(소색蕭賾 440-493)는 일찍이 왕공 및 대신들과 함께 석두성의 봉화루에서 모임을 갖고 (동생인) 장사왕 소황蕭晃에게 자야곡을 부르게 하였는데, <자야곡>이 끝날 때마다 무소뿔로 만든 여의봉을 가지고 평상을 때려 몇 조각으로 부러뜨렸다. 그래서 그날 결국은 여의봉 몇 개를 부수고 말았다.

●齊武帝內殿則張帷, 雜色錦複帳. 帳之四角爲金鳳凰, 銜九子鈴, 形如二三石瓮, 垂流蘇[531]珥羽, 其長拂地. 施畵屛風・白紫貂皮褥・雜寶枕・金衣机, 名香之氣, 充滿其中. 外讌旣畢, 則環[532]而臥.

○(남조) 남제南齊 무제는 내전에 있을 때면 휘장을 치고 지냈는데, 각양각색의 비단으로 두텁게 짠 휘장이었다. 휘장 네 모퉁이에는 금실로 봉황을 수놓으면서 구자령을 물게 하였는데, 그 크기가 두세 휘를 담을 수 있는 항아리 만하였고, 술을 드리우고 깃털을 꽂아두었으며, 길이가 길어서 땅에 닿을 정도였다. 또 그

526) 王公(왕공) : 주周나라 때는 천자와 제후를 가리키는 말이었으나, 진秦나라 시황제始皇帝가 천자를 '황제'라고 칭한 뒤로는 제후국에 봉한 친왕親王과 삼공三公 등 고위직에 대한 총칭으로 쓰였다.

527) 石頭(석두) : 본래 전국시대 초楚나라 금릉성金陵城을 오吳나라 손권孫權(182-252)이 중수하면서 개명한 이름. 강소성 남경시南京市 청량산淸涼山에 있었으며, '석수성石首城'이라고도 하였다.

528) 長沙王晃(장사왕황) : 남조南朝 남제南齊 고제高帝 소도성蕭道成의 아들이자 무제武帝 소색蕭賾의 동생 소황蕭晃. '장사왕'은 그의 봉호인 '장사군왕'의 약칭. ≪남제서・고제십이왕전高帝十二王傳≫권35 참조.

529) 子夜之曲(자야지곡) : 남조南朝 때 오吳 지방에서 유행한 남녀간의 애정과 이별을 노래한 악부시樂府詩 이름.

530) 如意(여의) : 등을 긁는 데 사용하는 효자손 모양의 도구. 원래는 승려들이 설법을 메모하거나 호신하는 데 사용하였다.

531) 流蘇(유수) : 휘장・수레・깃발 등에 장식한 술을 이르는 말. '유수流酥'라고도 한다. '수蘇'와 '수酥'는 통용자.

532) 環(환) : 문맥상으로 볼 때 '환還'의 오기인 듯하다.

림이 그려진 아름다운 병풍과 흰색·자주색이 뒤섞인 담비 가죽으로 만든 요, 온갖 보석이 장식된 베개, 금 장식 옷장을 진열하면서 이름난 향기로 그 안을 가득 채웠다. 밖에서의 연회가 끝나면 그곳으로 돌아와 눕곤 하였다.

●齊武帝時, 宮內深密, 不聞端門533)鼓漏534)聲, 乃置鐘於景陽樓上. 宮人聞鐘, 則起裝飾也.

○(남조) 남제南齊 무제 때는 궁궐이 너무 깊숙하고 은밀하여 남쪽 성문에서 시간을 알리는 소리가 들리지 않았기에, 결국 종을 경양루 위로 옮겨놓았다. 궁인들은 종소리가 들리면 침상에서 일어나 화장을 하였다.

●齊武帝有寵姬何美人535). 死, 帝深悽愴. 後因射雉, 登巖石, 望其墳, 乃命布席奏伎, 呼工歌536)陳尙歌之, 爲吳聲鄙曲537). 帝掩, 嘆久之, 賜錢三萬·絹二十匹.

○(남조) 남제南齊 무제에게는 사랑하는 애첩인 하미인이 있었다. 그녀가 죽자 무제가 무척 슬퍼하였다. 뒤에 꿩을 사냥하러 나간 김에 바위에 올라 그녀의 무덤을 바라보더니 사람을 시켜 자리를 펴고 악기를 연주케 하고는, 악공인 진상을 불러 노래하게 하자 오나라 민가를 불렀다. 그러자 무제는 얼굴을 가린 채 한참 동안 탄식하더니, 그에게 돈 3만냥과 비단 20필을 하사하였다.

---

533) 端門(단문) : 궁성의 정남쪽에 있는 대문을 가리키는 말.
534) 鼓漏(고루) : 시간을 알리는 데 사용하던 북과 물시계를 아우르는 말.
535) 美人(미인) : 한나라 이후 궁중의 여관女官 이름. 시대마다 다소 차이는 있으나 일반적으로 황후皇后 휘하의 여관으로 비妃·빈嬪·첩여婕妤·미인美人·재인才人 등이 있었다.
536) 工歌(공가) : 문맥상으로 볼 때 가수를 뜻하는 말인 '가공歌工'의 오기인 듯하다.
537) 鄙曲(비곡) : 시중에서 유행하는 노래, 즉 민가를 이르는 말.

●齊武帝數幸琅琊城, 宮人常從之. 早發, 至湖北埭, 雞始鳴.
○(남조) 남제南齊 무제는 자주 (산동성) 낭야성에 행차하였는데, 그럴 때면 궁인들이 늘 뒤를 따랐다. 아침 일찍 출발하여 (호수 북쪽에 있는 물막이둑인) 호북태에 도착하면 닭들이 비로소 울기 시작하였다.

●齊武帝嘗於內殿環臥, 合歌姬·舞女, 奏樂於帷幔之前. 爲歡曲, 則拊几稱佳, 起哀聲, 則引巾拭淚.
○(남조) 남제南齊 무제는 늘 내전으로 돌아오면 자리에 누워서 가희와 무녀들을 모아놓고, 휘장 앞에서 음악을 연주케 하였다. 즐거운 노래를 연주하면 안궤를 쓰다듬으며 좋다고 칭찬하였고, 슬픈 노래를 연주하면 수건을 가져다가 눈물을 닦았다.

●齊武帝, 時隱靈寺[538]雕飾炫麗, 四月八日皆往. 往, 以宦閽[539]防門, 有禮拜者, 男女不得同日至也. 僧尼[540]並皆姸少, 俗心不盡, 或以箱簏[541]貯姦人而進之. 後爲覘伺[542]所得, 並皆誅死.
○(남조) 남제南齊 무제는 당시 (절강성 항주杭州의) 영은사靈隱寺가 장식이 화려하여 4월 8일 부처님 오신 날이 되면 늘 그곳을 찾았다. 무제가 방문하면 환관들이 문을 막았기에, 예배할 일이 있어도 일반 남녀가 같은 날 그곳을 찾을 수 없었다. 게다가 승려와 비구니도 모두 용모가 수려하고 나이가 어려 속인의 감정을 다 지울 수 없었기에, 누군가가 상자에 음탕한 여인을 담아 들여보내기도 하였다. 그러나 뒤에 감시관에게 붙잡히면 모두 죽

538) 隱靈寺(은령사) : 절강성 항주에 있는 절 이름인 '영은사靈隱寺'의 오기인 듯하다.
539) 宦閽(환혼) : 환관을 뜻하는 말인 '환엄宦閹'의 오기인 듯하다.
540) 僧尼(승니) : 승려와 비구니를 아우르는 말.
541) 箱簏(상록) : 대나무로 엮은 상자를 이르는 말. '상협箱篋'이라고도 한다.
542) 覘伺(점사) : 몰래 살피는 것을 뜻하는 말로 여기서는 감시관이나 염탐꾼을 뜻하는 말로 쓰인 듯하다.

임을 당하고 말았다.

●齊武帝, 時內人[543]出家, 爲異衣, 住禪靈寺者, 猶愛帶之如初.

○(남조) 남제南齊 무제는 당시 궁인이 출가하여 속인과 다른 승복을 입고 선령사에 묵고 있어도, 여전히 처음처럼 그녀들을 총애하여 데리고 다녔다.

●齊鬱林王[544]初欲廢明帝, 其文則內博士[545]韓蘭英所作. 蘭英號韓公, 總知內事, 善於文章, 始入爲後宮司儀.

○(남조) 남제南齊 울림왕(소소업蕭昭業 473-494)이 처음에 명제를 폐위하려고 할 때 채택한 문장은 내박사 한난영이 지은 것이다. 한낭영은 '한공'으로 불리며 궁중의 일을 총괄하였는데, 문장을 잘 지어 처음에는 후궁에서 의전을 관장하는 직책으로 입궐하였다.

●齊鬱林王, 武帝嫡孫. 嗣位之日, 與妃何氏書, 題作一喜字, 又作三十許[546]細喜字[547], 繞四邊.

○(남조) 남제南齊 울림왕은 무제의 적손이다. 그는 제위를 물려받던 날 왕비 하씨에게 서신을 쓰면서 (사랑한다는 의미에서) '희' 한 글자를 쓴 뒤 다시 작은 글씨로 '희'자 30개 가량을 써서 사방을 둘러싸게 하였다.

●齊鬱林王昭業旣嗣位, 武帝有甘草杖, 宮人寸斷, 用之.

---

543) 內人(내인) : 처첩이나 궁녀를 이르는 말.

544) 鬱林王(울림왕) : 남조南朝 남제南齊 제3대 황제인 폐제廢帝 소소업蕭昭業의 별칭. 무제武帝의 손자로서 즉위하였다가 폐위당한 뒤 울림왕에 봉해졌다.

545) 內博士(내박사) : 박사에 준하는 대접을 받는 궁인의 직책을 가리키는 말인 듯하다.

546) 許(허) : 가량, 쯤. 어느 정도를 헤아리는 말.

547) 細喜字(세희자) : 작게 쓴 '희'자를 뜻하는 말. '세細'는 '소小'의 뜻.

○(남조) 남제南齊 울림왕 소소업蕭昭業이 제위를 물려받고 난 뒤, 무제가 가지고 있던 감초로 만든 지팡이를 궁인들은 한 치씩 잘라 복용해 버렸다.

●齊鬱林王嘗取武帝衣箱, 開之, 有金射雉548)·玻瓈549)貫納550)等, 悉賜左右.

○(남조) 남제南齊 울림왕은 일찍이 무제의 옷상자를 가져다가 열었을 때, 금사치와 유리 돈상자 등이 있어 모두 좌우 신료들에게 하사한 적이 있다.

●齊鬱林王旣嗣位, 嘗夜中與宦者551)共刺鼠, 立至曉, 皆用金銀釵, 以金花獸紅綸爲襦.

○(남조) 남제南齊 울림왕은 황제의 자리를 계승한 뒤에도 늘 밤중에 환관과 함께 쥐를 잡곤 하였는데, 새벽까지 선 채로 언제나 금과 은으로 만든 비녀를 사용하였다. 또 금으로 꽃과 짐승 모양을 장식한 붉은 비단을 사용하여 저고리를 만들어 입었다.

●齊鬱林王旣嗣位, 常列胡伎二部, 夾閣迎奏, 隨意賞賜, 動552)百數553)十萬.

---

548) 金射雉(금사치) : 황금으로 만든 꿩 사냥에 쓰는 일종의 도구를 가리키는 말인 듯하다.

549) 玻瓈(파리) : 유리. '파리玻璃'로도 쓴다.

550) 貫納(관납) : 동전 꿰미를 담는 상자를 뜻하는 말인 듯하다.

551) 宦者(환자) : 궁궐에서 황제와 그 가족을 모시던 성기능을 제거한 신하. '내시內侍' '내관內官' '내신內臣' '내감內監' '엄시閹寺' '엄환閹宦' '엄인閹人' '엄시奄寺' '엄인奄人' '중관中官' '중사中使' '혼시閽寺' '환관宦官' 등 다양한 호칭으로도 불렸으며, 황제를 측근에서 모시는 것을 빌미로 막강한 권력을 행사하기도 하였다.

552) 動(동) : 걸핏하면, 툭하면, 늘상.

553) 百數(백수) : 백으로 헤아릴 정도로 많은 수를 이르는 말. 결국 많은 수를 강조하는 표현이다.

○(남조) 남제南齊 울림왕은 황제의 자리를 계승한 뒤에도 늘 호족 출신의 가기를 두 부대 불러세우고는 누각 양쪽에서 음악을 연주케 하였는데, 마음 내키는 대로 상을 내렸기에 걸핏하면 수십만 냥을 쓰곤 하였다.

●齊鬱林王旣嗣位, 賞賜無度, 武帝庫儲垂[554]盡. 嘗開生[555]衣庫, 與皇后・寵姬觀之, 又給閹人[556]・豎子[557]各十數人, 隨其所欲, 恣意輦取諸寶器, 以相剖擊破碎之, 以爲笑樂.

○(남조) 남제南齊 울림왕은 황제의 자리를 계승한 뒤 법도에 어긋나게 하사품을 많이 내렸기에, 무제가 마련한 창고가 거의 소진되고 말았다. 일찍이 공주의 옷 창고를 열고서 황후와 총희들에게 구경시키고, 또 환관과 어린 내시 수십 명에게 지급하면서 자신들이 원하는 대로 마음껏 수레에 각종 보물을 싣게 하고는, 서로 부수게 하면서 이를 재미거리로 삼기도 하였다.

●齊鬱林王時, 有顔氏女, 夫嗜酒, 父母奪[558]之, 不出[559], 入宮爲列職[560]. 帝以春夜命後宮司儀蘭英, 爲顔氏賦詩, 曰, "絲竹獨在御, 愁人獨向隅. 棄置將已矣, 誰憐微薄軀?" 帝乃還之.

○(남조) 남제南齊 울림왕 때 안씨 가문의 딸이 있었는데, 남편이

554) 垂(수) : 거의. '기幾'의 뜻.
555) 生(주) : 다른 판본에 의하면 공주를 뜻하는 말인 '주主'의 오기이다. 자형의 유사성으로 인한 필사 과정상의 단순 오기로 보인다.
556) 閹人(엄인) : 궁궐에서 황제와 그 가족을 모시던 성기능을 제거한 신하인 환관을 이르는 말. '내시內侍' '내관內官' '내신內臣' '내감內監' '엄시閹寺' '엄환閹宦' '엄시奄寺' '엄인奄人' '중사中使' '중관中官' '혼시閽寺' '환관宦官' '환자宦者' 등 다양한 호칭으로도 불렸으며, 황제를 측근에서 모시는 것을 빌미로 막강한 권력을 행사하기도 하였다.
557) 豎子(수자) : 어린아이, 풋내기. 나이 어린 환관을 가리킨다.
558) 奪(탈) : 빼앗다. 수절하겠다는 딸의 의지를 꺾는 것을 말한다.
559) 不出(불출) : 다른 판본에 의하면 연자衍字에 해당한다.
560) 列職(열직) : 일반 관직에 대한 범칭. 여기서는 결국 후궁의 여관女官(내관內官)을 가리킨다.

술을 좋아하자 부모가 그녀의 뜻을 꺾어서 궁궐로 들여보내 여관직을 맡게 하였다. 울림왕이 봄날 밤에 후궁 가운데 의전을 맡고 있던 한난영韓蘭英을 시켜 안씨의 딸을 위해 시를 짓게 하자, 다음과 같이 읊었다. "악기만 어전에 있고, 시름에 젖은 사람 홀로 구석진 곳을 보고 있네. 내버려 두고 모든 것을 그만두어야 할지니, 누가 미천하고 박복한 몸을 가련히 여기리오?" 그래서 울림왕은 결국 그녀를 집으로 돌려보냈다.

●東昏侯寶卷黑色, 身纔長五尺, 猛眉出口.

○(남조 남제南齊) 동혼후 소보권蕭寶卷(483-501)은 피부가 검고, 신장은 고작 다섯 자에 불과했으며, 눈썹이 사납게 생기고, 입이 튀어나왔다.

●齊東昏侯時, 後宮遭火之後, 更起仙華·神仙·玉壽殿, 刻畵雕彩, 靑金[561]鉛帶, 錦幔珠簾, 窮極巧麗

○(남조) 남제南齊 동혼후 때 후궁이 화재를 당한 뒤 다시 선화전·신선전·옥수전을 세우면서 조각과 그림을 아름답게 꾸미고, 청동과 납으로 띠를 두르고, 비단 휘장을 달고, 주렴을 걸었기에, 화려하기가 그지없었다.

●齊東昏侯以靑油[562]爲堂, 名琉璃殿. 穿針樓在其南, 最可觀望. 上施織成帳, 懸千條玉佩, 聲晝夜不絶. 地以錦石爲之, 殿北開千門萬戶. 又有千和香[563], 香氣紛馥, 聞之, 使人動諸邪態, 兼令人睡眠.

○(남조) 남제南齊 동혼후는 청유막을 설치하여 건물을 짓고는 이름하여 '유리전'이라고 하였다. 천침루는 그 남쪽에 있었는데, 가

---

561) 靑金(청금) : 구리와 주석을 합금한 청동靑銅의 별칭.

562) 靑油(청유) : 오구목烏臼木에서 나는 기름을 이르는 말. '재유梓油'라고도 한다. 여기서는 청유를 바른 장막인 '청유막靑由幕'의 준말로 쓴 듯하다.

563) 千和香(천화향) : 여러 가지 향료를 섞어서 만든 향을 이르는 말.

장 볼 만하였다. 위로는 아름다운 옷감을 가져다가 장막을 만들고 수천 가닥의 옥패를 걸었기에, 그 소리가 밤낮으로 끊이지 않았다. 바닥에는 비단 문양의 돌을 깔고, 전각 북쪽에는 수천 수만 채의 가옥을 세웠다. 또 천화향을 설치해서 향기가 진하게 퍼졌기에, 그것을 맡으면 사람들이 사악한 생각이 일어나고 아울러 잠자리를 찾게 만들었다.

●齊東昏侯初於宮中取空輦, 行之繞臺. 如天子儀服, 自捉玉手板[564], 金梁路帶[565].

○(남조) 남제南齊 동혼후는 처음에 궁중에서 (여자들이 타는) 빈 가마를 가져다가 그것을 몰고서 누대를 돌아다녔다. 또 천자의 의복처럼 차려입고서도 스스로 옥으로 만든 수판를 손에 들고, 금량관과 노대를 착용한 일도 있다.

●齊東昏侯於芳樂苑諸樓觀壁上畵男女淫褻之狀. 又於苑中立市, 大官則每旦進酒肉, 雜[566]使宮人屠沽[567].

○(남조) 남제南齊 동혼후는 방락원 안의 여러 건물 벽에다가 남녀가 음탕한 행위를 하는 그림을 그려 넣었다. 또 방락원에 저자를 마련하고서 태관에게 매일 아침 술과 고기를 올리게 하고, 돌연 궁인을 시켜 가축을 잡고 술을 팔게도 하였다.

●齊東昏侯妃潘氏服御[568], 極選珍寶, 琥珀釧一隻, 直七千萬.(案, 南齊

564) 手板(수판) : 홀笏의 별칭. 한위漢魏 이전에는 '홀'이라 하다가 진송晉宋 이후로는 주로 '수판'이라고 하였다. '판板'은 '판版'으로도 쓴다.
565) 金梁路帶(금량로대) : 신하들이 조회 때 착용하는 양관梁冠과 허리띠의 종류를 가리키는 말인 듯하나 불분명하다. 박물군자가 밝혀주기를 기대한다.
566) 雜(잡) : 돌연, 불쑥.
567) 屠沽(도고) : 천한 일을 하거나 그러한 직업을 가진 사람을 비하하는 말. '도屠'는 짐승을 도살하는 일을 뜻하고, '고沽'는 술 파는 일을 뜻한다.
568) 服御(복어) : 복식服飾이나 거마車馬 등 황실에서 사용하는 물품을 이르는

書, 作百七十萬.)

○(남조) 남제南齊 동혼후의 왕비인 반씨는 자신이 사용하는 황실 물품에 진귀한 보석을 많이 사용하였는데, 호박으로 만든 팔찌 하나의 값어치가 7천만 냥이나 나갔다.(≪남제서・동혼후본기≫권7을 살펴보면 '1백7십만 냥'으로 되어 있다.)

●齊東昏侯嘗爲潘妃御車, 製襍色錦伎衣, 綴以金花玉鏡.

○(남조) 남제南齊 동혼후는 일찍이 반비를 위해 황제의 수레를 사용케 해 주고, 각양각색의 비단으로 만든 기녀복을 만들면서 금으로 만든 꽃장식과 옥거울을 마련해 주었다.

●齊東昏侯潘妃嘗着裲襠569)袴.

○(남조) 남제南齊 동혼후의 반비는 늘 민소매옷과 반바지를 걸치곤 하였다.

■金樓子卷一■

말.

569) 裲襠(양당) : 웃옷 위에 덧입는 민소매옷을 이르는 말.

■金樓子卷二■

□后妃篇三(3 후비편)

●夫以坤維厚載, 實配乾道. 月以陰精, 用扶陽德. 故能輔佐天子, 求賢審臣. 二妃[1]擅於虞朝, 十亂[2]興乎周室. 其所以卜世隆長, 誠有以矣.

○무릇 대지의 벼리는 만물을 후덕하게 실을 수 있어 실로 하늘의 도와 짝을 이룬다. 이를테면 달이 음기로써 정기를 띠는 것은 양기의 덕을 돕기 위한 것이다. 그래서 (후비는) 천자를 보좌하여 어진 신하를 구할 수 있기에 두 왕비가 우나라 순왕 때 재능을 마음껏 펼쳤고, 열 명의 현신이 주나라 왕실을 흥성케 하였다. 그들이 오랜 세월 나라의 번영을 예측케 한 것도 진실로 이유가 있었다.

●有虞[3]二妃者, 帝堯之二女也, 長曰娥皇, 次曰女英. 四岳[4]薦舜于堯, 堯乃妻以二女, 以觀厥內事. 舜于畎畝之中事瞽瞍[5], 不以天子之女故, 而驕盈怠慢, 猶謙讓恭儉, 思盡婦道. 瞽瞍使塗廩, 舜歸告二女, "父母使我塗廩, 我其往." 二女曰, "衣鳥工[6]往." 舜旣治廩,

1) 二妃(이비) : 우虞나라 순왕의 두 부인인 아황娥皇과 여영女英을 이르는 말. 당唐나라 요왕의 두 딸로서 순왕에게 시집갔다가 순왕이 죽은 뒤 상수湘水에 투신하여 상수의 수신水神인 상군湘君과 상부인湘夫人이 되었다고 전한다. ≪사기・오제본기五帝本紀≫권1 참조.

2) 十亂(십란) : 주周나라 무왕武王을 보좌한 열 명의 현신賢臣을 이르는 말. '란亂'은 '치治'의 뜻. '십란'은 주공周公 희단姬旦・소공召公 희석姬奭・강태공姜太公 여상呂尙・필공畢公・영공榮公・태전太顚・굉요閎夭・산의생散宜生・남궁괄南宮适・문모文母를 가리킨다.

3) 有虞(유우) : 순왕舜王의 성씨이자 순왕이 세운 나라 이름. 여기서는 결국 순왕을 가리킨다.

4) 四岳(사악) : 사방의 제후를 가리키는 말.

5) 瞽瞍(고수) : 우虞나라 순왕의 부친이 장님인 데서 붙여진 별명.

瞽瞍焚廩，舜飛去．舜入朝，瞽瞍使舜浚井，舜告二女，二女曰，“往哉！衣龍工往.”舜往浚井，石殞于上，舜潛出其旁．逌既納于百揆[7]，賓于四門[8]，選林木，入于大麓[9]，每事常謀于二女．舜旣嗣位，升爲天子，娥皇爲后，女英爲妃，封象[10]于有庳[11]．二妃聰明貞仁．舜陟方[12]，死于蒼梧[13]．號曰重華．二女死于江湘之間也．

○우나라 순왕의 두 아내는 (당나라) 요왕의 두 딸로서 장녀는 ‘아황’이라고 하고, 차녀는 ‘여영’이라고 한다. 사방의 제후들이 요왕에게 순을 추천하자, 요왕이 두 딸을 그에게 시집보내 집안일을 돌보게 하였다. 순은 농사를 지으면서 부친인 고수를 모셔 왔기에, 천자의 딸이라고 해서 교만하거나 나태하게 행동하지 않고 오히려 겸손하고 검소하게 생활하였고, 아내의 도리를 다하도록 처신하겠다고 생각하였다. 고수가 곳간에 흙손질을 하라고 시키자 순이 돌아와서 두 아내에게 고하였다. “부모님이 내게 곳간에 흙손질을 하라고 하시니 가보아야 하겠소.” 그러자 두 아내가 말했다. “새처럼 나는 능력을 익히고 가세요.” 순이 곳간을 고친 뒤 고수가 곳간을 태우자 순은 나는 듯이 그곳을 떠났다. 순이 입조하려고 할 때 고수가 순에게 우물을 치라고 하자 순이 두 아내에게 고하였다. 두 아내가 말했다. “가세요! 용처럼 물을 잘 다스리는 능력을 익히고 가세요.” 순이 가서 우물을 치는데 바위가 위에서 떨어졌기에 순은 몰래 그 옆으로 빠져나갔다. 국가 대

---

6) 鳥工(조공) : 새처럼 날 수 있는 능력을 이르는 말. 결국 매우 빨리 가라는 말이다.
7) 百揆(백규) : 여러 가지 국가대사나 그것을 총괄하는 장관을 이르는 말.
8) 四門(사문) : 명당明堂의 사방에 낸 대문을 이르는 말로 결국 명당을 가리킨다.
9) 大麓(대록) : 산림을 관장하는 직책을 이르는 말. 지명으로 보는 설도 있다.
10) 象(상) : 우虞나라 순왕舜王의 이복동생 이름.
11) 有庳(유비) : 호남성 일대에 있었던 지명이라고 하나 정확한 것은 알려지지 않았다.
12) 陟方(척방) : 임금이 순수巡狩에 나서는 것을 이르는 말.
13) 蒼梧(창오) : 호남성의 속군屬郡이자 산 이름. 순왕舜王의 장지葬地가 있는 곳으로 유명하다.

사를 관장하는 자리에 올라 명당에서 외국 손님들을 접대하였고, 또 재목을 잘 골라 산림을 관장하는 직책을 맡기도 하였는데, 매사를 늘 두 아내와 상의하였다. 순은 왕위를 계승하여 천자의 자리에 오른 뒤 아황을 황후로 삼고, 여영을 왕비로 삼고, (이복동생인) 상을 유비국에 봉하였다. 두 아내는 머리가 총명하면서 인품이 어질었다. 순왕은 순수에 나섰다가 (호남성) 창오산에서 생을 마쳤다. 순왕의 호는 '중화'이다. 두 아내는 장강과 상수 사이에서 사망하였다.

●湯妃, 有㜪氏之女也. 殷湯娶爲妃, 生三子太丁·仲壬·外丙, 亦明敎訓, 致其功. 太丁早卒. 丙壬嗣登大位, 妃領九嬪[14]後宮有序, 咸無妬媢逆理之人. 伊尹[15]爲之媵臣[16], 與之入殷, 卒致至功. 君子謂, "有㜪明而有序." 詩云[17], "窈窕淑女, 君子好逑," 言賢女爲君子和好衆妾, 其有㜪之謂也.

○탕왕의 왕비는 유신씨의 딸이다. 은(상商)나라 탕왕이 그녀를 아내로 맞아 세 아들인 태정·중임·외병을 낳고서는, 역시 가르침을 잘 베풀어 공적을 세우게 하였다. 태정은 일찍 사망하였다. 병임이 뒤를 이어 황제의 자리에 오르자 왕비가 구빈 등 후궁을 거느리고 질서를 세웠기에, 어느 누구도 질투하거나 도리를 어기는 사람이 없었다. 이윤이 그녀의 신하된 몸으로 그녀와 함께 은나라로 들어가 결국 큰 공을 세웠다. 그래서 어느 군자는 "유신씨는 총명하면서 질서를 잘 안다"고 하였다. ≪시경·주남·관저≫권1에서 "요조숙녀는 군자의 좋은 짝이라네"라고 한 것은 어

14) 九嬪(구빈) : 후궁에 속하는 여관女官으로서 정1품인 사비四妃 다음 가는 정2품의 직책을 가리키는 말. 시대마다 명칭에 차이가 심한데, 여기서는 결국 후궁을 가리킨다.
15) 伊尹(이윤) : 상商나라 탕왕湯王 때의 명재상. 탕왕의 삼고초려三顧草廬로 출사하여 상나라의 건국을 도왔다.
16) 媵臣(잉신) : 시집갈 때 따라가는 신하나 몸종을 이르는 말.
17) 云(운) : 이하 두 구절은 ≪시경·주남周南·관저關雎≫권1에 보인다.

진 여인이 군자를 위해 여러 첩실을 화목하게 잘 이끌었다는 말로서 바로 유신씨의 딸을 두고 한 말이다.

●光烈陰后麗華[18], 南陽新野人也. 初漢世祖[19]適新野, 聞后美, 心悅之. 後至長安, 見執金吾[20]車騎甚盛, 因嘆曰, "仕宦當作執金吾, 娶妻當得陰麗華."

○(후한 때 광무제의 부인인) 광렬황후 음여화는 (하남성) 남양군 신야현 사람이다. 당초 후한 세조(광무제)가 신야현에 갔을 때 광렬황후가 아름답다는 소문을 듣고서 내심 그녀를 좋아하였다. 뒤에 (섬서성) 장안에 도착했을 때 집금오의 수레가 무척 성대한 것을 보고는 탄식조로 말했다. "벼슬에 오르면 마땅히 집금오가 되어야 하고, 아내를 취할 때는 응당 음여화를 얻어야 하리라."

●漢世祖時, 追爵謚, 陰貴人[21]父爲宣恩侯.

○후한 세조(광무제) 때 관작과 시호를 추서하면서 음귀인(음여화)의 부친을 의은후에 봉하였다.

●漢明德馬皇后[22], 身長七尺二寸, 方口美髮.

○후한 (명제의 부인인) 명덕황후 마씨는 신장이 일곱 자 두 치나 되고, 입이 네모지면서, 머리카락이 아름다웠다.

18) 光烈陰后麗華(광렬음후여화) : 후한 광무제光武帝의 부인인 광렬황후光烈皇后 음여화陰麗華를 가리킨다. '광렬'은 음여화의 시호.

19) 世祖(세조) : 후한 광무제光武帝 유수劉秀의 묘호廟號.

20) 執金吾(집금오) : 한나라 때 금오봉金吾棒을 들고 경사京師를 순찰하거나 천자를 호위하는 일을 주관하던 벼슬 이름. '금오金吾'로 약칭하기도 한다. '오吾'가 '막다(衛)'라는 뜻이어서 무기(金)를 들고 비상사태를 막는다(吾)는 의미에서 유래하였다.

21) 貴人(귀인) : 한나라 때 황후皇后 다음 가는 내관內官 이름. '음귀인'은 황후에 오르기 전 음여화의 직책을 가리킨다.

22) 明德馬皇后(명덕마황후) : 후한 명제明帝의 부인인 마馬씨에 대한 존칭. '명덕'은 시호이고, 본명은 알려지지 않았다.

●梁宣修容[23], 本姓石, 揚州[24]會稽[25]上虞[26]人, 粤[27]自周仕衛, 入趙徙溫[28]. 有石化字士風者, 與渤海諸石同出而異源, 仕吳爲中書令[29]. 生鑑, 字子奇, 曉仰觀[30], 見知于王隱, 遊寓, 卒于歷陽[31], 葬于會稽. 王父[32]元恭, 宋昇明[33]中, 仕至武騎常侍[34]. 考[35]靈寶[36], 齊永明[37]中, 爲奉朝請[38]. 修容誕中粹之至和, 涵祥明之純氣. 賢明之稱, 女師之德, 言爲閨門之則, 行爲椒蘭[39]之表. 以升明

23) 宣修容(선수용) : 남조南朝 양梁나라 고조高祖 무제武帝 소연蕭衍의 총희寵姬이자 이 책의 저자인 세조世祖 원제元帝 소역蕭繹의 생모 완영영阮令嬴의 별칭. 본명은 석영영石令嬴이었는데, 뒤에 완阮씨를 하사받았다. '선'은 시호이고, '수용'은 그녀의 신분인 구빈九嬪 가운데 한 직책을 가리킨다. ≪양서·고조완수용전高祖阮修容傳≫권7 참조.
24) 揚州(양주) : 고대 행정 구역인 구주九州 가운데 하나. 지금의 강소성·절강성 일대를 가리킨다.
25) 會稽(회계) : 절강성의 속군屬郡이자 산 이름. 춘추전국시대 때는 절강성 소흥시紹興市 일대를 '회계'라고 하다가, 진한秦漢 때는 오군吳郡(강소성 소주시蘇州市 일대)으로 이전하였고, 후한後漢 이후로 다시 오군을 복원하면서 회계군 역시 원래 지역(절강성 소흥시 일대)으로 복원시켰다.
26) 上虞(상우) : 절강성의 속현屬縣 이름. 그러나 ≪양서·고조완수용전≫권7에서는 절강성의 다른 속현인 '여요餘姚'로 적고 있다.
27) 粤(월) : 발어사.
28) 溫(온) : 절강성의 속주屬州인 온주溫州를 이르는 말.
29) 中書令(중서령) : 위진魏晉 이래로 국가의 기무機務·조령詔令·비기祕記 등을 관장하는 최고 행정 기관인 중서성中書省의 장관.
30) 仰觀(앙관) : 하늘을 우러러 관찰하다. 여기서는 결국 천문학 분야를 가리킨다.
31) 歷陽(역양) : 안휘성의 속현屬縣 이름.
32) 王父(왕부) : 할아버지의 별칭. 한편 할머니는 '왕모王母'라고 한다.
33) 昇明(승명) : 유송劉宋 순제順帝의 연호(477-479).
34) 武騎常侍(무기상시) : 한나라 때 설치했던 일종의 고문직.
35) 考(고) : 돌아가신 부친을 이르는 말.
36) 靈寶(영보) : 선수용(석영영石令嬴)의 부친인 석영보石靈寶의 이름.
37) 永明(영명) : 남제南齊 무제武帝의 연호(483-493).
38) 奉朝請(봉조청) : 퇴직한 대신이나 황실의 외척이 정기적으로 조회에 참여하는 것을 일컫는 말에서 유래한 벼슬 이름. 고대에 제후가 봄에 조회하는 것을 '조朝'라고 하고, 가을에 조회하는 것을 '청請'이라고 한 데서 비롯되었다. 남북조 때는 일정한 직책이 없는 산관散官이었고, 당송 때는 조청대부朝請大夫라고 하였는데 품계는 종5품상이었다.
39) 椒蘭(초란) : 산초나무와 난초. 현모양처나 요조숙녀, 귀인 등을 상징한다.

元年丁巳六月十一日生, 生而紫胞, 朝請[40]府君[41], 以爲靈異. 年數歲, 能誦三都賦[42]·五經指歸[43], 過目便解. 同生弟妹各二人, 爲家之長, 朝請永明之朝, 密勿[44]王事. 與茹法亮·紀僧眞對直, 多在禁省[45], 不得休外. 處分家計, 專以仰委, 號爲女王. 拊循弟妹, 閨門輯睦[46]. 隆昌[47]元年, 齊世祖[48]因荀昭華薦以入宮. 時値[49]少主[50]失德, 好爲虐戲, 手刺禽鳥, 必斂容[51]正色. 少主非直[52]深加嚴憚, 乃反賜金錢, 前後無算[53]. 每對之而泣, 人問之故, 答曰, "朝請府君陳夫人[54]在家, 供奉未足用, 此何爲有?" 諸尼入臺[55]齋會[56], 乃密

---

40) 朝請(조청) : 봉조청奉朝請이나 당송 때 산관散官인 조청대부朝請大夫의 약칭. 여기서는 전자를 가리킨다.

41) 府君(부군) : 자사刺史나 태수太守 등 지방 수령이나 고인故人에 대한 존칭. 여기서는 선수용의 부친을 가리킨다.

42) 三都賦(삼도부) : 진晉나라 좌사左思(250-305)가 삼국시대 세 나라의 도읍을 소재로 지은 <촉나라 도읍(사천성 성도成都)을 읊은 부(蜀都賦)> <오나라 도읍(강소성 남경)을 읊은 부(吳都賦)> <위나라 도읍(하남성 낙양)을 읊은 부(魏都賦)>를 아우르는 말로 각각 ≪문선·경도京都≫권4·5·6에 전한다.

43) 五經指歸(오경지귀) : 유가의 경전인 오경에 담긴 참뜻이나 해설을 담은 책을 이르는 말. 사서史書에는 오대五代 남당南唐 때 승십붕僧十朋이 지은 책이라고 기록하고 있으나, 시기적으로 맞지 않는 것으로 볼 때 지금은 실전된 양한위진兩漢魏晉 때 서책을 가리키는 듯하다.

44) 密勿(밀물) : 부지런히 애쓰는 모양. '민면黽勉'이라고도 한다.

45) 禁省(금성) : 궁중의 별칭. 궁중은 금기시하고(禁) 성찰해야(省) 할 일이 많다는 뜻에서 유래하였다.

46) 輯睦(집목) : 화목하다, 화기애애하다. '집輯'도 '화和'의 뜻.

47) 隆昌(융창) : 남제南齊 전폐제前廢帝 울림왕鬱林王의 연호(494).

48) 世祖(세조) : 남제 울림왕의 조부인 무제武帝의 묘호.

49) 値(치) : 만나다, 마주치다.

50) 少主(소주) : 어린 군주. 여기서는 전폐제 울림왕을 가리킨다.

51) 斂容(염용) : 낯빛을 바꾸다, 엄숙한 표정을 짓다.

52) 直(직) : 단지. '지只'의 뜻.

53) 無算(무산) : 셀 수 없이 많은 양을 이르는 말.

54) 夫人(부인) : 황제의 후처後妻인 비빈妃嬪이나 제후의 적처嫡妻에 대한 존칭. 후에는 고관의 부인에 대한 존칭으로도 쓰였다. 여기서는 선수용 자신의 모친을 가리킨다.

55) 入臺(입대) : 조정의 상서대나 어사대에 들어가는 것을 뜻하는 말로 여기서는 결국 궁궐에 들어가는 것을 뜻하는 말로 쓰인 듯하다.

56) 齋會(재회) : 황실의 종묘에서 제사를 지낼 때의 모임이나 절에서 법회를 열

以達之，徑寄南金[57]數百兩，還家，此人仍負之而趨．其人後肉袒[58]銜璧[59]，乃云，"不憶有此." 及建武[60]之時，始安王[61]遙光聘焉，專掌內政，承上接下，莫不得中．遙光非王氏，不被禮遇，每因哂戲之際，同類[62]多侮慢王氏，修容每盡禮謹肅．王氏恒灑酒酹地[63]曰，"將使自天祐之，吉無不利." 東昏[64]之世，就遙光求金，既而獻之，乃從容諫曰，"盜憎主人，民惡其上，生于亂世，將使貴人能貪無厭之求，不如早而勿與." 遂不見信．後遙光還東第，又諫曰，"駟馬高蓋，其憂實重．少主貪虐，不過欲得州城，不如稱老歸第，于事爲善．若其不爾，悔將何及?" 又不納．及遙光破敗之後，其子詡等，並多躓弊，悉皆贍卹[65]，饑寒俱解．天監[66]元年，選入爲露采女[67]，賜姓阮氏，進位爲修容．於是辨物書數，詔獻穜稑[68]．初習淨名經[69]義，備

때의 모임을 이르는 말. 여기서는 후자를 가리킨다.

57) 南金(남금) : 남방인 호북성 형주荊州나 강소성 양주揚州에서 생산되는 질 좋은 구리를 가리키는 말. 진귀한 물품이나 훌륭한 인재를 비유할 때도 있다.

58) 肉袒(육단) : 옷을 벗어 맨 몸을 드러내다. 상대방에게 사죄의 뜻을 표하는 적극적인 행위를 말한다.

59) 銜璧(함벽) : 구슬을 입에 물다. 춘추시대 허許나라 희공僖公이 초楚나라에 항복할 때 두 손을 뒤로 묶고 입에 구슬을 물었다는 ≪좌전・희공僖公6년≫권12의 고사에서 유래한 말로 항복하는 것을 비유한다.

60) 建武(건무) : 남제南齊 명제明帝의 연호(494-497).

61) 始安王(시안왕) : 남조南朝 남제南齊 때 종실 사람인 소요광蕭遙光의 봉호. ≪양서・고조완수용전≫권7의 기록에 의하면 선수용은 일찍이 시안왕 소요광의 첩실이 된 적이 있다.

62) 同類(동류) : 동료나 친구를 뜻하는 말.

63) 酹地(뇌지) : 땅에 술을 뿌려 제를 올리는 일을 이르는 말.

64) 東昏(동혼) : 남조 남제 때 후폐제後廢帝 소보권蕭寶卷이 폐위당한 뒤 받은 봉호.

65) 贍卹(섬휼) : 재물을 꺼내 가난한 이들을 구제하는 일을 이르는 말. '휼卹'은 '휼恤'의 이체자異體字.

66) 天監(천감) : 양梁 무제武帝의 연호(502-519).

67) 采女(채녀) : 한나라 때 궁중에서 직물을 관장하던 여관女官 이름. 뒤에는 궁녀에 대한 범칭으로도 쓰였다. '채녀綵女'로도 쓴다. 앞의 '로露'는 연자衍字인 듯하다.

68) 穜稑(동륙) : 늦벼와 올벼. 벼에 대한 총칭. 먼저 심어서 나중에 수확하는 것을 '동穜'(늦벼)이라고 하고, 나중에 심어서 먼저 수확하는 것을 '목稑'(올벼)이라고 한다. 원문에 의하면 벼의 씨를 가리킨다.

該元理，權實70)之道，妙極沙門71)．末持雜阿毗曇72)心論，精硏無比，一時稱首．三十年中，恒自講說，自爲雜心講疏73)，廣有宏益．繹始習方物74)名，示以無誑．及在幼學，親承慈訓75)．初受孝經，正覽論語・毛詩76)，及隨繹數番，指以吏道，政無繁寡，皆荷慈訓．時値水旱，變食深憂，居常儼敬，無喜慍之色，恭儉仁恕，未嘗疾言77)．親指至于醴酏78)品式・衣裳制度．家人有善，莫不仰則．先是丁朝請之憂79)，毁瘠過禮，見者不復能識．母陳氏繼而艱，故攀號80)慟絶，殊不勝哀，乃刻木爲二親之像，朝夕虔事．每歲時伏臘81)，言必隨淚

---

69) 淨名經(정명경) : 불교 경전인 ≪유마힐경維摩詰經≫의 별칭. 범어梵語 '유마힐'을 한어로는 '정명'으로 번역하였다.

70) 權實(권실) : 불법의 대표적 가르침인 소승불교의 권교權敎와 대승불교의 실교實敎를 아우르는 말.

71) 沙門(사문) : 범어梵語 'Sramana'의 음역으로 승려를 이르는 말. '사문娑門' '상문喪門' '상문桑門'으로도 쓴다. 여기서는 결국 불교를 가리킨다.

72) 阿毗曇(아비담) : 불경의 삼장三藏을 합하여 부르는 불교 용어. '아비달마阿毗達磨'라고도 한다.

73) 雜心講疏(잡심강소) : 선수용이 손수 지은 서책을 가리키는 말로 보이나 사서史書나 서지書誌에 아무런 기록이 없어 알려진 내용이 없다.

74) 方物(방물) : 각 지방의 여러 가지 사물을 이르는 말.

75) 慈訓(자훈) : 모친의 가르침. 여기서는 원제元帝 소역蕭繹의 생모인 선수용宣修容의 훈육을 가리킨다.

76) 毛詩(모시) : ≪시경≫의 한 종류로서 ≪노시魯詩≫ ≪제시齊詩≫ ≪한시韓詩≫가 금문시경今文詩經인 반면, ≪모시≫는 고문시경古文詩經이다. 전한 때 경학가經學家인 모형毛亨과 모장毛萇이 해설을 달아 전했다는 데서 유래하였다. 현전하는 ≪시경≫도 ≪모시≫이다.

77) 疾言(질언) : 큰 소리로 말하다, 다급히 말하다.

78) 醴酏(예이) : 술에 대한 총칭.

79) 丁憂(정우) : 부모의 상사喪事를 당하는 것을 이르는 말. 여기서는 봉조청奉朝請을 지낸 부친 석영보石靈寶의 상을 당한 것을 가리킨다.

80) 攀號(반호) : 전설상의 임금인 황제黃帝가 용을 타고 승천할 때 신하가 슬픔에 젖어 용의 수염을 잡아당기는 바람에 수염이 황제의 활과 함께 땅에 떨어졌다는 ≪사기・봉선서封禪書≫권28의 고사에서 유래한 말로 죽음을 애도하는 것을 말한다.

81) 伏臘(복랍) : 여름의 제사인 복사伏祀와 겨울의 제사인 납제臘祭를 아우르는 말. 혹은 그러한 제사를 지내는 복일伏日과 납일臘日을 가리키기도 한다. 하지 뒤 세 번째 경일庚日을 '초복'이라고 하고, 동지 뒤 세 번째 무일戊日을 '납일'이라고 한다.

下. 從母淨粲法師[82], 常所供奉, 及粲師遷神[83], 孺慕[84]過禮, 異姓之服, 禮不過緦[85], 氣朔[86]雖改, 纏悲愈切, 孝思不匱, 緊[87]此類歟! 随繹歸會稽, 或謂, "衣錦歸鄉[88], 古今罕例." 詢求故實, 贍卹鄉黨[89], 扶老携幼[90], 並沐恩猷. 修容既在昆弟之長, 撫育兩弟, 備加訓戒. 及兩弟云亡, 諸姪十有[91]餘人, 皆稟規勖, 有庶生之妹, 愛均同産. 及殞歿之後, 收養諸甥, 復隆恒日. 季妹爲臺采女, 每隔歲時, 未有書翰, 必流涕忘食. 及采女告殂, 因此感氣, 孝乎惟孝, 友于兄弟, 實見斯言. 抱孫之愛, 垂慈尤篤, 孫方諸・方等・方規・方智・含貞・含介・含芷等, 爰自剪鬐[92], 躬親襁育, 居家卹隱[93], 不嚴而治. 御下以和, 而傍無游手, 刀尺[94]綺縞, 各盡其業. 方諸・含貞等婚嫁, 皆躬自經始[95], 旬日之中, 內外衆事, 爰及禮儀. 一時擧辦

---

82) 法師(법사) : 불법에 밝은 승려에 대한 존칭. '선사禪師' '대사大師' '상인上人' '화상和尙' '율사律師' 등 다양한 존칭이 있다.
83) 遷神(천신) : 정신을 옮기다. 즉 죽음을 비유한다.
84) 孺慕(유모) : 어린아이가 부모를 그리워하듯이 공손하게 받들어 모시는 것을 이르는 말.
85) 緦(시) : 다섯 가지 상복, 즉 오복五服인 참최斬衰・자최齊衰・대공大功・소공小功・시마緦麻 가운데 하나로서 먼 친척이 사망했을 때 가볍고 고운 베로 제작한 시마緦麻를 입는 3개월 상례를 가리킨다. 여기서는 결국 가볍게 상례를 치르는 것을 말한다.
86) 氣朔(기삭) : 중기中氣와 초하루. 즉 역법을 뜻하는 말로 여기서는 계절이나 절기를 가리키는 것으로 보인다.
87) 緊(예) : 오직, 단지.
88) 衣錦歸鄉(의금귀향) : 비단옷을 입고 고향으로 돌아가다. 즉 금의환향錦衣還鄉을 뜻한다. '의衣'는 동사이므로 거성去聲(yì)로 읽는다.
89) 鄉黨(향당) : 시골이나 마을에 대한 범칭.
90) 扶老携幼(부로휴유) : 타인이나 지팡이의 도움이 필요한 노인과 부모의 손을 잡는 어린아이를 아우르는 말. 결국 남녀노소 모두를 가리킨다.
91) 有(우) : 또. '우又'와 통용자.
92) 剪鬐(전기) : 어린아이가 여덟 살이 되었을 때 머리카락을 잘라 황새머리를 만드는 예법을 뜻하는 말인 '전발剪髮'의 오기인 듯하다. 결국 어린 나이를 비유적으로 가리킨다. 자형의 유사성으로 인한 필사 과정상의 단순 오기로 보인다.
93) 卹隱(휼은) : 남의 고통을 염려하다. '은隱'은 '통痛'의 뜻.
94) 刀尺(도척) : 가위와 자. 옷을 만드는 데 필수적인 도구를 가리키는 말로 여기서는 옷감을 잘 재단하는 것을 뜻하는 말로 쓰인 듯하다.

公家, 發遣啓臺悉停外, 及饋人[96]失禮, 接之彌篤. 每語繹曰, “吾垂白之年, 雖親所聞見, 然而德不孤[97], 必有隣. 且妬婦不憚破家, 況復甚於此者也?” 于是愛接彌隆.(案, 數語疑有誤.) 又善許負[98]之術, 曾正會[99]登樓還, 語人曰, “太尉[100]今年必當不濟[101].” 時靜惠王[102]尙(不)康勝[103], 咸以爲不然, 曰, “行步向前, 氣韻殊下. 若其不爾, 不復言相.” 其年末, 靜惠王薨[104]. 及昭明[105]入朝. 又云, “必無嗣立之相.” 俄而昭明薨. 兼善雲氣[106], 初至九派[107], 云, “天文不利,

---

95) 經始(경시) : 혼례를 처음부터 끝까지 잘 치르는 것을 말한다.

96) 饋人(궤인) : 혼례 때 음식을 관장하는 사람을 이르는 말.

97) 德不孤(덕불고) : 이하 두 구절은 ≪논어 · 이인里仁≫권4의 “덕이 있는 사람은 외롭지 않나니 반드시 이웃이 있기 마련이다(德不孤, 必有鄰)”라는 말을 인용한 것이다.

98) 許負(허부) : 전한 때 사람으로 상술相術에 정통하여 주아부周亞夫가 재상에 오르지만 굶어 죽을 것이라고 예언하였다. 뒤에 고조高祖가 명자정후鳴雌亭侯에 봉하였다.

99) 正會(정회) : 황제가 정월 초하루(元日)에 조회를 열고 하례를 받는 의식을 이르는 말. ‘원회元會’라고도 한다.

100) 太尉(태위) : 진한秦漢 이래 군정軍政을 총괄하는 벼슬로, 대사마大司馬로 불리기도 하였다. 후에는 사도司徒 · 사공司空과 함께 삼공三公으로 불렸는데, 태위가 삼공 가운데 서열이 가장 높았다.

101) 不濟(부제) : 병이 위독하여 목숨을 구제하지 못 하다. 결국 생을 마치는 것을 말한다.

102) 靜惠王(정혜왕) : 선수용의 아들인 원제元帝의 둘째 아들 소방제蕭方諸의 시호. ≪양서 · 정혜세자소방제전≫권44 참조.

103) 康勝(강승) : 건강하다, 강녕하다. 그러나 문맥상으로 볼 때 앞에 ‘불不’자가 누락된 듯하기에 첨기한다.

104) 薨(훙) : 제후나 공경公卿 · 비빈妃嬪 · 공주 등 신분이 높은 사람이 죽었을 때 쓰는 말. ≪예기 · 곡례하曲禮下≫권5에 의하면 천자의 죽음은 ‘붕崩’이라고 하고, 공경의 죽음은 ‘훙薨’이라고 하고, 대부大夫의 죽음은 ‘졸卒’이라고 하고, 사士의 죽음은 ‘불록不祿’이라고 하고, 평민의 죽음은 ‘사死’라고 하여 신분에 따라 죽음에 대한 표현에도 차이를 두었다.

105) 昭明(소명) : 남조南朝 양梁나라 무제武帝 소연蕭衍(464-549)의 맏아들인 소통蕭統(501-531). ‘소명’은 시호諡號. ≪문선文選≫ 60권을 편찬한 것으로 유명하다. ≪양서 · 소명태자소통전≫권8 참조.

106) 雲氣(운기) : 구름의 기운을 살펴서 점을 치는 점술을 이르는 말. 그러한 사람을 ‘망기자望氣者’라고 하였다.

107) 九派(구파) : 강서성 심양군潯陽郡의 별칭. 장강이 아홉 갈래로 갈라지는 데서 유래하였다.

南方更將有妖氣.” 時李敞旣新平, 謂必無敢繼踵之者, 言之甚正, 無何之間[108], 而劉敬宮反. 嘗有銀帶被匣, 左右就邊敓之, 將近盈把[109], 乃笑而言曰, “此人後身, 會當[110]更屬我.” 初無一呵責. 値吉日良辰, 大小萃聚, 並令相次起舞, 感恩流惠. 爰及童稚, 每戒繹曰, “言出于近, 千里必應. 士之生世, 束脩[111]而已. 廣則難周, 無勞交結. 玉尚待沽, 而況人乎? 勤營功德, 恒事賑賜, 此爲上也.” 又躬自禮千佛, 無隔冬夏. 人不堪其苦, 而不改其德. 常無蓄積, 必行信捨. 京師[112]起梁安寺, 上虞起等福寺, 在荊州起禪林・祇洹[113]等寺, 潯陽治靈邱・嚴慶等寺, 前後營諸寺佛寶帳百餘領[114], 躬事後素[115], 親加彫飾, 妙於思理, 若有神功. 性好賑施, 自春及冬, 無日而怠. 往年穀粒騰涌, 蒙袂[116]而濟者, 不可勝言, 方固南山, 永明[117]眉壽[118]. 繹亹結幽祇, 奄罹偏罰. 大同[119]九年大歲[120]癸亥六月二日庚申, 薨于江州之內寢, 春秋六十七. 自孟夏弗豫[121], 有

108) 無何之間(무하지간) : 얼마 안 있어, 이윽고.
109) 盈把(영파) : 손에 가득하다. 즉 한 웅큼 정도 되는 양을 가리킨다.
110) 會當(회당) : 당연히, 틀림없이.
111) 束脩(속수) : 열 장을 하나로 묶은 육포. 평범하고 흔한 선물이나, 학생이 스승에게 드리는 예물을 가리킨다.
112) 京師(경사) : 서울, 도읍을 이르는 말. 송나라 주희朱熹(1130-1200) 설에 의하면 ‘경京’은 높은 지대를 뜻하고, ‘사師’는 많은 사람을 뜻한다. 즉 높은 산에 의지하여 많은 사람이 모여 사는 곳이란 뜻에서 유래하였다. 여기서는 남조 때 도성인 강소성 건강建康(남경)을 가리킨다.
113) 祇洹(기원) : 범어梵語 Jetavana-vihara의 의역意譯으로 석가모니와 제자들이 수행하던 절을 뜻하는 말인 기수급고독원祇樹給孤獨園의 약칭. 여기서는 절 이름을 가리킨다.
114) 領(영) : 의복이나 장막 등 용품을 세는 양사.
115) 後素(후소) : 하얀 바탕 뒤에다가 여러 색깔로 그림을 그리는 일.
116) 蒙袂(몽메) : 소매로 얼굴을 가리다. 사람과 마주하기 싫어 소매로 얼굴을 가리는 것을 말한다.
117) 明(명) : 다른 판본에 의하면 ‘기期’의 오기이다.
118) 眉壽(미수) : 장수를 이르는 말. 장수한 노인들에게는 긴 눈썹이 있다는 데서 유래하였다.
119) 大同(대동) : 양梁 무제武帝의 연호(535-545).
120) 大歲(태세) : 세성歲星, 즉 목성의 별칭.
121) 不豫(불예) : 기쁘지 않은 것을 뜻하는 말로 보통 병환을 의미한다.

遺旨, "金銀珠玉, 不許自隨. 凡厥凶事, 每存儉約. 神色審正, 終始不擾, 卜遠有期." 詔曰, "能施盛德曰宣, 可謚宣." 信至京都, 梁安・宣業・福成・定果・靈光・正覺等寺, 同皆號哭, 如喪親戚焉. 及渚宮・祇洹・禪林等寺, 又如此也. 繹始學弱年, 患眼之始, 衣不解帶, 冬則不近炎火, 夏則不敢風涼. 如此者離寒暑也. 每大官[122]供進, 並以準取錢, 纖毫[123]已上, 皆施宣業寺. 數年之中, 僧徒衆食, 並是豐飽. 繹聞"元獺[124]有祭, 丹烏[125]哺糧." 矧乃禽魚, 猶能感動, 況稟含靈之氣者也? 東入禹川[126], 西浮雲夢[127], 冬溫夏凊, 二紀及玆. 昏定晨省[128], 一朝永奪, 几筵寂寞, 日深月遠, 觸目屠殞[129], 自咎自悼. 昔泝淮涘, 侍奉舟艫, 今還宮寺[130], 仰瞻帷幙, 顧復[131]之恩, 終天[132]莫報. 陟岵[133]之心, 鯁慕何已? 樹葉將夏, 彌切風

---

122) 大官(태관) : 황제의 음식과 연향燕享을 관장하는 벼슬 이름. '태관太官'으로도 쓴다.
123) 纖毫(섬호) : 가느다란 터럭을 뜻하는 말로 소량을 비유한다. '추호秋毫'라고도 한다.
124) 元獺(원달) : 검은 빛을 띤 수달을 이르는 말인 '현달玄獺'의 다른 표기. '원元'은 청나라 강희제康熙帝의 휘諱(玄燁) 때문에 고쳐쓴 것이다. ≪문선≫권4에 수록된 진晉나라 좌사左思의 <촉나라 도성을 읊은 부(蜀都賦)>에 "검은 수달도 (물고기를 잡아먹기 전에) 제를 올린다(玄獺上祭)"는 말이 있다.
125) 丹烏(단오) : 전설상의 새인 붉은 까마귀. 까마귀는 새끼가 어미에게 먹이를 먹이는 효조孝鳥이기에 효도를 상징한다.
126) 禹川(우천) : 하夏나라 우왕禹王이 치수사업을 벌일 때 들렀던 강물을 가리키는데, 구체적으로 어디를 지칭하는지는 불분명하다.
127) 雲夢(운몽) : 호북성에 위치한 호수 이름인 운몽택雲夢澤의 약칭.
128) 昏定晨省(혼정신성) : 저녁에는 잠자리를 정리해 드리고 새벽에는 잘 주무셨는지 살피다. 부모님께 효도하는 것을 뜻한다. '정성定省'으로 줄여서도 쓴다.
129) 屠殞(도운) : 살해당해 사망하다.
130) 宮寺(궁시) : 황궁과 관청을 아우르는 말로 결국 궁궐을 가리킨다. '시寺'는 구경九卿이 관장하는 궁중의 행정 기관인 구시九寺에서 유래하였다.
131) 顧復(고복) : 돌보고 또 돌보다. ≪시경・소아小雅・요아蓼莪≫권20의 "나를 돌보고 또 돌보셨네(顧我復我)"라는 구절에서 유래한 말로 부모의 은혜를 가리킨다.
132) 終天(종천) : 매우 긴 시간을 이르는 말.
133) 陟岵(척호) : 민둥산을 오르다. 효자가 행역에 나섰다가 부모님을 그리워하는 것을 읊었다고 전하는 ≪시경・위풍魏風・척호陟岵≫권9의 고사에서 유래

樹134)之哀，戒露135)已濡，倍縈霜露136)之切．過隙137)難留，川流不舍．往而不還者年也，逝而不見者親也．獻年回斡，恒有再見之期，就養閨闈138)，無復盡歡之日．拊膺屠裂，貫裁心髓，日往月來，暑流寒襲，仰惟平昔，彌遠彌深，煩寃拔懊，肝心屠裂，攀號腷臆139)，貫截骨髓．竊深游張140)之感，彌切蒼野141)之報．每讀孟軻·皇甫謐之傳，未嘗不拊膺哽慟也．讀詩人勞悴之章，未嘗不廢書而泣血也．乙丑歲142)之六月，氣候如平生焉，冥然永絶，入無瞻奉，慈顔緬邈，肝膽糜潰，貫切痛絶，奈何奈何?

○(남조) 양나라 때 선수용(완영영阮令嬴 477-543)은 본래 성이 석씨(석영영石令嬴)이고, (절강성) 양주 회계군 상우현(혹은 여요현餘姚縣) 사람인데, 선조가 (북조) 북주北周 때 위 땅에서 벼슬을 지내고 조 땅으로 들어갔다가 (절강성) 온주로 이사하였다. 자가 사풍士風인 석화石化라는 사람은 (산동성) 발해군의 석씨들과 출신은 같으나 본관이 달랐는데, (삼국) 오나라에서 벼슬길에 올라 중서령을 지냈다. 그가 자가 자기子奇인 석감石鑑을 낳자

한 말로 효심을 상징한다.

134) 風樹(풍수) : 바람에 나뭇잎이 떨어지듯이 작별을 고하는 것을 비유한다.

135) 戒露(계로) : 옷이 젖지 않도록 조심해야 하는 이슬. 결국 가을 이슬을 가리킨다.

136) 霜露(상로) : 서리와 이슬에 초목이 시드는 것을 보고 부모나 조상에 대한 그리움이 간절해진다는 말로서 돌아가신 부모에 대한 그리움을 비유한다.

137) 過隙(과극) : 틈새를 지나가다. ≪사기·위표전魏豹傳≫권90의 "사람이 한평생 살아가는 것은 마치 흰 망아지(해 그림자)가 틈새를 지나가는 것과 같다(人生一世間, 如白駒過隙)"는 고사에서 유래한 말로 인생이 매우 짧은 것을 비유한다. '흰 망아지'는 해 그림자를 비유하는 말.

138) 閨闈(규위) : 부녀자의 거처를 이르는 말로 여기서는 결국 원제元帝 소역蕭繹의 모친인 선수용을 가리키는 것으로 보인다.

139) 腷臆(핍억) : 분노하는 모양. 혹은 슬퍼서 가슴이 답답한 모양.

140) 游張(유장) : 춘추시대 노魯나라 공자의 제자로서 효심이 지극했던 자유子游 언언言偃과 자장子張 전손사顓孫師를 아우르는 말.

141) 蒼野(창야) : 우虞나라 순왕舜王이 사망했다는 창오산蒼梧山의 들판을 이르는 말로 역시 효심을 상징한다.

142) 乙丑歲(을축세) : 남조南朝 양梁나라 무제武帝 대동大同 8년(545)이므로 선수용의 아들인 원제元帝(508-554)가 태자였을 시기에 해당된다.

천문학에 밝아 왕은에게 인정을 받았고, 여러 지역을 전전하다가 (안휘성) 역양현에서 생을 마치고, (절강성) 회계군에 묻혔다. 뒤에 조부인 석원공石元恭은 (남조) 유송劉宋 (순제) 승명(477-479) 연간에 벼슬이 무기상시까지 올랐고, 부친 석영보石靈寶는 남제南齊 (무제) 영명(483-493) 연간에 봉조청을 지냈다. 선수용은 순수한 성정을 타고나 상서로운 기운을 지녔었다. 현명하다는 칭송을 받으며 여자들의 스승으로서의 덕목을 타고나 말은 규방의 모범이 되었고, 행실은 현모양처의 표상이 되었다. 그녀는 (유송 순제) 승명 원년 정사년(477) 6월 11일에 태어났는데, 태어날 때 자주빛 탯줄을 지녔기에 봉조청을 지낸 부친이 신령한 아이라고 생각하였다. 나이 몇 살 때부터 ≪삼도부≫와 ≪오경지귀≫를 잘 암송하더니 눈에 스치기만 해도 바로 이해하였다. 함께 태어난 남동생과 여동생이 각기 두 명이라서 집안의 가장 역할을 하였다. 봉조청에 오른 부친은 (남제 무제) 영명(483-493) 연간의 조정에서 천자를 모시는 일에 전념하였기에, 서법량・기승진과 함께 숙직을 서느라 궁중에서 지내는 일이 많아 궁궐 밖에서 휴식을 취할 수가 없었다. 그래서 그녀는 대신 집안 살림을 처리하고 오로지 가정을 돌보는 일을 도맡으면서 '여왕'이란 칭호를 얻었다. 그녀가 동생들을 잘 돌보았기에 집안도 화목하기 그지없었다. (남제 울림왕) 융창 원년(494)에 세조(무제)가 순소화의 천거를 통해 그녀를 입궁시켰다. 당시 마침 어린 군주(울림왕)가 덕이 없어 지나치게 놀기만 좋아하였는데, 손으로 짐승들을 찌르면 그녀는 늘 낯빛을 바꾸며 정색을 하곤 하였다. 그래도 어린 군주는 단지 무척 싫어하는 표정을 짓는 데 그치지 않고, 도리어 금전을 하사하면서 언제나 셀 수 없을 정도로 베풀었다. 그녀가 매번 그것을 보고서 눈물을 흘리기에 사람들이 그 이유를 물으면 "봉조청을 지내신 부친과 모친인 진부인이 집에 계셨을 때는 살림에 쓸 돈이 부족하였거늘, 이 돈이 어째서 이제사

생겼을까요?"라고 대답하곤 하였다. 여러 비구니들이 궁궐에 들어와 법회를 열자 몰래 그것을 전달하고, 바로 남금 수백 냥을 맡겨 집으로 돌려보냈지만 그 심부름꾼이 그것을 짊어지고 도망을 치고 말았다. 그 사람이 뒤에 사죄의 뜻으로 웃통을 벗고 자백을 하였지만, 그녀는 도리어 "그런 일이 있었는지 기억이 나지 않소"라고 하였다. (남제 명제明帝) 건무(494-497) 연간에 시안왕 소요광蕭遙光이 그녀를 맞아 후궁의 정무를 전담케 하자, 윗사람과 아랫사람들을 잘 대우해 모든 일이 사리에 들어맞았다. 소요광은 황실 사람이 아니라서 예우를 받지 못 하였기에, 매번 농담을 할 때면 그의 동료들도 대부분 황실 사람을 능멸했지만, 선수용만은 매번 예의를 다 갖추고 조신하게 처신하였다. 그래서 황실 사람들은 늘 술을 뿌려 제사를 지낼 때 "장차 하늘이 도움을 베풀 터이니 길한 운명이라서 불리한 일이 생기지 않을 것이네"라고 말하곤 하였다. 동혼후가 당시 소요광을 찾아와 금을 요구하였고, 얼마 뒤 그것을 바치자 선수용이 조용히 간언하였다. "도둑은 주인을 싫어하고, 백성은 윗사람을 미워하기 마련입니다. 난세에 태어나 만약 귀인이 한없이 탐욕을 부린다면, 차라리 일찌감치 주지 않는 것이 나을 것입니다." 하지만 결국 신임을 얻지는 못 했다. 뒤에 소요광이 동쪽에 있는 저택으로 돌아가자, 다시 간언하기를 "말 네 필이 끌고 높은 일산이 설치된 화려한 수레를 몰아도 우환은 막중하기 마련입니다. 어린 군주가 욕심이 많고 성격이 포악하니 단지 주의 성을 얻고자 하신다면, 차라리 나이가 많다는 핑계로 집으로 돌아가 만사를 잘 처리하시는 것이 나을 것입니다. 만약 그러하지 못 한다면 후회한들 장차 무슨 소용이 있겠나이까?" 그러나 또 다시 그녀의 의견은 받아들여지지 않았다. 소요광이 권력 투쟁에서 패한 뒤 그의 아들인 소후蕭詡 등도 모두 낭패를 당하자, 재물을 꺼내 도움으로써 허기와 추위를 모두 해소시켜 주었다. (양나라 무제) 천감 원년(502)에 후궁으로 뽑혀 입궐해서 채녀를 맡았다가 완씨 성을 하사받고 직위가 올라 (구빈 가운데 하나인) 수용에 임명되었다. 그때 사물을 잘 변별하고 수치를 잘 기록하였기에, 조서를 내려 늦벼와 올벼를 바치라고 한 일이 있다. 그녀는 처음에 ≪정명경≫에 담긴 의미를 익혀 현묘한 이치를 잘 알고 권교와 실교의 도리를 잘 알아 불교에 정통하였다. 말년에는 ≪이비담심론≫을 가져다가 비할 데 없이 잘 연구하여 한때 최고라는 칭송을 받았다. 또 30년 동안 늘 스스로 강론을 펼치며 손수 ≪잡심강소≫를 지음으로써 불교에 큰 보탬을 주었다. 나 소역蕭繹이 처음 각지에서 나는 사물의 명칭에 대해 학습할 때는 오류가 없이 예시해 주었다. 또 유년 시절 공부할 때는 직접 모친의 가르침을 받았다. 처음 나 소역이 ≪효경≫을 전수받고 ≪논어≫와 ≪모시≫를 정독할 때는 급기야 수없이 내 곁을 지키며 통치술을 가르쳤기에, 정사를 펼침에 있어 번다하거나 소략한 곳이 없었던 것도 모두 모친의 가르침 덕분이었다. 때로 수재와 가뭄을 만나면 음식을 간소하게 바꾼 채 시름에 젖었고, 평소 늘 엄격하고 공손한 태도를 취하면서 감정을 안색에 드러내지 않았으며, 늘 공손하고 검허하며 어질고 관대한 마음을 유지해 일찍이 큰소리로 말한 적이 없었다. 그녀의 가르침은 심지어 제사의 의례나 복식제도에까지 미쳤다. 가족들이 선행을 베푼 것도 모두 그녀의 행실을 본받은 것이었다. 그보다 앞서 봉조청을 지낸 부친의 상을 당했을 때는 몸이 상할 정도로 상례를 극진하게 치렀기에, 보는 사람들이 그녀를 알아보지 못 했을 정도였다. 모친 진씨가 뒤를 이어 생을 마쳤기에, 그녀의 죽음을 애도해 애절하게 통곡하면서 슬픔을 이기지 못 하더니, 급기야 나무를 깎아 양친의 형상을 만들고는 조석으로 경건하게 모셨다. 매년 복일과 납일을 맞이하면 눈물을 흘리면서 애도의 말을 하였다. 모친을 따르던 정찬법사가 늘 모친의 혼백을 모셨기에, 정찬법사가 사망했을 때는 예법에 어긋날 정도로 공손하게 모셨지만, 성씨가 다른 사람이 상례를 당했을 때는 예법상 시마緦麻를 입는 정도에 불과하였고, 계절이 비록 바뀌어도 슬픔에 얽매여 더욱 애절해 하면서 효심을 잃지 않았으니, 오직 늘 이러했을 뿐이다. 선수용이 아들인 나 소역을 따라 회계군으로 돌아오자 누군가 "이처럼 금의환향한 것은 고금에 걸쳐 드문 예이지요"라고 하였다. 옛 고사를 본받아 재물을 풀어서 고을 사람들을 도왔기에 남녀노소 모두 그녀의 은혜를 입었다. 선수용은 형제들 사이에서 가장 역할을 할 때도 두 남동생을 돌보면서 가르침을 빠짐없이 베풀었다. 두 남동생이 사망한 뒤에는 조카 10여 명 모두가 그녀의 가르침을 받았고, 서출 태생인 여동생도 동모 형제들과 꼭같은 사랑을 받았다. 그들이 사망한 뒤에는 여러 생질을 거두어 다시 평상시처럼 집안을 일으켰다. 막내 여동생은 (입궁하여) 채녀가 되었는데, 매번 해를 넘기도록 서신이 없으면 늘 눈물을 흘리며 침식을 잊은 채 슬퍼하였다. 채녀가 사망했을 때는 이 때문에 감기에 걸리기도 하였으니, 부모에게 효도하고 형제에게 우애로와야 한다는 이 말을 실제로 보여주었다. 손자에게 사랑을 보일 때도 더욱 독실하게 자애로움을 베풀었으니, 손자 소방제蕭方諸·소방등蕭方等·소방규蕭方規·소방지蕭方智·소함정蕭含貞·소함개蕭含介·소함지蕭含芷 등이 여덟 살이 될 무렵부터 몸소 그들을 돌보며 평소 동정심을 베풀었기에, 엄격하게 대하지 않았는데도 가문이 잘 다스려졌다. 온화한 인품으로 아랫사람들을 부려도 빈둥거리는 사람이 없었고, 옷감을 재단하고 비단 짜는 일들도 각기 열심히 하였다. 소방제와 소함정 등이 장가들고 시집갈 때는 모두 몸소 처음부터 혼례를 주관하여 열흘 안에 안팎의 대소사를 모두 예법에 맞춰 처리하였다. 한때 공무를 관장하면서 파견나온 사람들을 모두 밖에 머물게 하였는데, 급기야 음식을 장만하는 사람이 예의를 잃어도 더욱 독실하게 그들을 접대하였다. 그녀는 매번 나 소역에게 "내 노년에 접어들어 비록 직접 보고 들은 것을 가까이 하게 되었지만, 덕이 있는 사람은 외롭지 않고 반드시 이웃이 있기 마련이란 것을 알게 되었단다. 게다가 질투가 심한 아낙은 집안이 망하는 것을 꺼리지 않거늘, 하물며 이보다 더 심하다면 말할 나위가 있겠느냐?"라고 말하곤 하였다. 그리하여 사람들을 더욱 융숭하게 사랑으로 대하였다.(살펴보건대 이상 몇 마디 문장에는 오류가 있는 듯하다.) 게다가 (전한 때 관상가인) 허부의 관상술에 정통하여 일찍이 정월 초하루의 조회에 참석해서 전각에 올랐다가 돌아와서는 사람들에게 말했다. "태위가 올해 필시 생을 마칠 것이네." 또 당시 (손자인) 정혜왕(소방제蕭方諸)이 오히려 건강하지 않은데도 사람들이 모두들 그렇지 않다고 생각하자, 그녀가 말했다. "똑바로 앞을 향해 걷지만 기운이 상당히 가라앉아 있구려. 만약 그렇지 않다면 다시는 관상에 대해 말하지 않겠소." 그 해 연말에 정혜왕이 정말로 사망하였다. 소명태자가 입조하자 또 말했다. "틀림없이 (무제의) 뒤를 이어 황제의 자리에 오를 관상이 아니라오." 얼마 뒤 소명태자가 정말로 생을 마쳤다. 그녀는 구름의 기운을 살피는 점술에도 정통하여 처음 (강서성) 구파 일대에 도착했을 때 "천문이 이롭지 않은 것으로 보아 남방에 다시 요망한 기운이 일어나겠구려"라고 하였다. 당시 이상의 반란이 이미 평정되었기에, 사람들은 필시 감히 그 뒤를 이을 자가 없다고 생각하였지만, 그녀의 말이 정확하였기에 얼마 안 있어 유경궁이 반란을 일으켰다. 일찍이 은 장식 허리띠와 이불 상자가 있었는데, 주변 사람이 곁으로 다가와 그것을 들면서 거의 한 웅큼 가량을 집어들자 도리어 웃으며 말하길 "이 사람의 후신은 분명 다시 내게 귀속될 것일세"라고 하며 당초 한 마디 질책도 없었다. 길일이나 명절을 맞으면 남녀노소가 모여서 차례대로 일어나 춤을 추며 은혜에 감복하였다. 나 소역이 어렸을 때 매번 다음과 같이 훈계하였다. "말이 가까운 곳에서 나오면 천리 밖에서도 반드시 호응하는 법이란다. 선비는 세상에 태어나 예법을 잘 갖추면 그만이니라. 폭넓게 사귀면 주도면밀하기가 어려우니 교제에 애쓰지 말거라. 옥도 오히려 팔리기를 기다리거늘, 하물며 사람이야 더 말할 나위가 있겠느냐? 공덕을 열심히 쌓고 항상 베풀기를 잘 하는 것, 이것이야말로 최상의 덕목이란다." 또 몸소 수많은 불상에 예불을 드리면서 겨울이나 여름이나 가리지 않았다. 남들은 고생을 감당하지 못 해도 그녀는 그러한 덕행을 바꾸지 않았다. 늘상 재산을 축적하지 않고 반드시 진심어린 시주를 실행하였다. (강소성 건강의) 도성에는 양안사를 세우고, (절강성) 상우현에는 등복사를 세우고, (호북성) 형주에는 선림사와 기원사 등을 세우고, (강서성) 심양현에는 영구사와 엄경사 등을 세웠으며, 전후로 여러 사찰에 불보장 백여 개를 설치하면서 몸소 그림을 그려넣고 손수 장식품을 보탰는데, 불교의 이치를 잘 표현한 것이 마치 신의 도움이 있는 듯하였다. 천성적으로 베풀기를 좋아하여 봄부터 겨울까지 하루도 게으름을 부린 적이 없었다. 왕년에는 곡식 가격이 폭등했을 때 사람들 눈에 띠지 않게 구제한 이들이 일일이 언급할 수 없을 정도로 많았으니, 남산처럼 변함없이 장수할 수 있으리라 확실히 기약할 수 있었다. 그러나 나 소역이 애써 음습한 귀신과 결탁하는 바람에 갑작스레 부당한 벌을 받고 말았다. (양나라 무제) 대동 9년 목성의 해인 계해년(543) 6월 2일 경신일에 (절강성) 강주의 침실에서 생을 마쳤으니 당시 춘추가 67세였다. 초여름부터 병석에 눕자 다음과 같은 유지를 남겼다. "금은과 주옥을 내 관에 넣는 것을 허락하지 않겠노라. 내 흉사를 맞을 때마다 매번 검약을 실천하였기 때문이다. 나는 병석에 누웠어도 안색이 실로 반듯하니, 시종 흔들림 없이 먼 훗날까지도 내다보았노라." 조정에서는 다음과 같은 조서가 내려왔다. "큰 은덕을 잘 베푸는 것을 '선'이라고 하니 '선'을 시호로 정하는 것이 가당할 것이다." 소식이 도성까지 전해지자 양안사・선업사・복성사・정과사・영광사・정각사 등의 사찰에서 마치 친척의 상을 당한 것처럼 똑같이 모두들 통곡을 하였다. 심지어 저궁사・기원사・선림사 등지에서도 이와 같이 하였다. 나 소역은 처음 어린 나이에 공부할 때 눈병으로 고생하기 시작하면서도 옷을 입은 채 허리띠를 풀지 않고는, 겨울에는 불을 가까이하지 않고, 여름에는 감히 더위를 피하지 않았다. 이와 같이 추위와 더위를 견뎠다. 매번 태관이 예물을 바치면 모두 법규에 따라 돈을 취하면서 조금이라도 남으면 모두 선업사에 시주하였다. 그래서 여러 해 동안 승려들이 함께 식사해도 모두 배불리 먹을 수 있었다. 나 소역은 "검은 수달도 (사냥감을 먹기 전에) 제를 올리고, 붉은 까마귀도 (어미에게) 식량을 먹인다"는 말을 들었다. 오히려 이러한 짐승조차도 은혜에 감동할 줄 알거늘, 하물며 영험한 기운을 타고난 사람이야 더 말할 나위가 있겠는가? 그래서 동쪽으로 (하나라) 우왕이 치수하던 곳으로 들어갔다가 서쪽으로 운몽택에 배를 띄우면서 겨울을 따듯하게 보내고, 여름을 시원하게 보내며, 올해까지 2년을 보냈다. 저녁에는 잠자리를 정리해 드리고 새벽에는 잘 주무셨는지 살피는 효도의 기회를 하루아침에 영원히 빼앗겼기에, 안궤와 자리가 텅 비게 되었고, 세월이 지나면서 눈에 보이던 이들이 다 죽음을 맞았기에, 자신을 허물하면서 슬픔에 빠지고 말았다. 옛날에 회수淮水를 거슬러오르며 배에서 공손히 모시다가 이제 궁궐로 돌아와 침전의 장막을 우러러보노라니, 베풀어 주신 은혜를 영원히 갚을 길이 없게 되었다. 모친에 대한 그리운 마음을 강직한 신하처럼 흠모하니, 어찌 그만둘 수 있으리오? 나무에 잎이 자라며 여름을 맞이하게 되었기에, 바람에 나뭇잎이 떨어지는 것과 같은 작별의 슬픔이 더욱 절실해지고, 조심해야 할 이슬이 이미 옷을 적시는 가을이 왔기에, 모친에 대한 애절한 마음이 배나 커졌다. 짧은 인생은 붙잡아두기 어렵고, 흐르는 강물은 머물게 할 수 없기 마련. 흘러가서 돌아오지 않는 것이 세월이고, 떠나면 볼 수 없는 것이 부모님이다. 세월은 돌고 돌기에 항상 다시 만날 기약이 있다지만, 모친을 모시는 일은 더 이상 누릴 날이 없게 되었다. 가슴이 찢어지는 듯한 슬픔이 골수까지 스며들건만, 해가 지고 달이 뜨고 더위가 가고 추위가 몰려오는 동안 옛날을 생각하면 더욱 멀고 아득하기만 하기에, 번뇌와 슬픔이 치솟아 오장육부가 다 찢어지고 애절하고 답답한 생각이 골수까지 파고들 것이다. 남몰래 (춘추시대 노나라) 자유子游와 자장子張의 감정을 깊이 헤아려보니, 창오산 들판에서 사망한 (우虞나라) 순왕의 효심이 더욱 간절하게 떠오른다. 매번 (전국시대 때 추鄒나라 사람) 맹가(맹자)와 (진晉나라 사람) 황보밀의 전기를 읽을 때마다 언제나 가슴을 치며 애절하게 통곡하게 되고, ≪시경≫의 작가들이 노심초사하며 지은 노래를 읽을 때마다 언제나 서책을 닫고 피눈물을 흘리게 된다. 을축년(545) 6월 기후가 평소와 같지만 운명을 달리하여 영원히 헤어지게 되어 입궐해도 모실 모친이 없으니, 모친의 얼굴이 아련하기만 하기에 간담이 썩어 문드러질 정도로 애통한 마음이 절실하다. 이를 어찌할꼬? 이를 어찌할꼬?

□終制篇四(4 종제편)

▶案, 原本不列篇名, 考其文義, 應係終制篇, 謹校補. 又前半或有缺文, 謹識.

▷살펴보건대 원본에는 편명이 적혀 있지 않지만, 문장의 의미를 살펴보면 응당 <종제편>이라고 해야 하겠기에, 삼가 교정하여 보충한다. 또 전반부에 어쩌면 실전된 문장이 있는 듯하기에, 삼가 여기에 적어서 밝힌다.

●吾企及推延, 豈能及病? 偶屬炎夏, 流金煎石, 氣息綿微, 心用惝怳[143], 慮不支久, 方從風燭[144]. 夫有生, 必有死, 達人恒分[145]. 棺槨146)之造, 起自軒轅147). 周室有牆翣148)之飾・旌銘149)之儀. 晉文公請隧150), 桓司馬151)石槨, 甚非謂也. 送終152)之禮, 思以裁之. 觀荀卿153)・不韋154)・淮南155)・崔寔156)・王符157)・仲長158), 其

---

143) 惝怳(창황) : 낙담하거나 슬픈 모양. 혹은 불안해 하는 모양. '창황惝恍'으로도 쓴다.

144) 風燭(풍촉) : 바람 앞의 촛불. 죽음에 임박하거나 소멸상태에 접어든 것을 비유한다.

145) 恒分(항분) : 변치않는 몫. 즉 정해진 운명 따위를 비유한다.

146) 棺槨(관곽) : 안쪽 관인 내관과 바깥쪽 관인 덧널을 아우르는 말.

147) 軒轅(헌원) : 땅 이름이자 황제黃帝의 별칭. 소재지는 미상.

148) 牆翣(장삽) : 장례 때 영구차 앞뒤에 세우는 부채 모양의 운삽雲翣을 이르는 말.

149) 旌銘(정명) : 죽은 사람의 성명과 관작을 세긴 깃발을 이르는 말.

150) 請隧(청수) : 묘도墓道를 사용할 수 있게 해 달라고 청하다. '수隧'는 천자가 장례를 지낼 때 이용하는 묘도를 뜻하는 말로서 춘추시대 진晉나라 문공文公이 주周나라 천자인 양왕襄王에게 자신이 죽은 뒤 장례를 지낼 때 그곳을 이용할 수 있게 해 달라고 요청한 것을 말한다.

151) 桓司馬(환사마) : 춘추시대 송宋나라 대부大夫 환퇴桓魋. '사마'는 병무를 관장하는 벼슬 이름. ≪예기・단궁상檀弓上≫권8에 "옛날에 공자가 송나라에 거처할 때 사마 환퇴가 손수 돌 덧널을 만들었으나 3년이 지나도 완성하지 못하는 것을 보았다. 그러자 공자가 말했다. '이와 같이 한다면 그것은 사치이니 죽으면 차라리 시신이 빨리 썩는 것이 나을 것이네.' 죽은 뒤 시신이 빨리 섞어야 한다는 것은 사마 환퇴 때문에 그렇게 말한 것이다(昔者夫子居於宋, 見桓司馬自爲石槨, 三年而不成. 夫子曰, '若是, 其靡也. 死不如速朽之愈也.' 死之欲速朽, 爲桓司馬言之也)"라는 고사가 전한다.

152) 送終(송종) : 죽은 이를 장사지내 주는 일을 이르는 말.

153) 荀卿(순경) : 전국시대 조趙나라 사람 순황荀況에 대한 존칭. '순자荀子'라고도 한다. 전한 선제宣帝 유순劉詢의 이름을 피휘避諱하기 위해 '순荀'을 '손孫'으로 고치고, 존경의 뜻으로 '경卿'이란 칭호를 붙여 '손경孫卿' '손경자孫卿子'라고도 하였다. 그의 유가사상을 담은 저서인 ≪순자≫ 20권이 전하며, 당나라 양경楊倞이 주를 달았다.

154) 不韋(불위) : 전국시대 진秦나라 때 사람 여불위呂不韋(?-B.C.235)의 이름. 조趙나라에 볼모로 잡혀간 장양왕莊襄王을 구출하여 문신후文信侯에 봉해졌다. 자신이 사통한 기녀를 장양왕에게 바쳐서 아들 영정嬴政(B.C.259-B.C.210)를 낳으니 이가 곧 뒤에 시황제에 올랐기에, 실제는 여불위의 사생아라는 속설도 있다. 상국相國에 올랐으나 태후太后와의 간통이 드러날까 두려워 자살하였다. 저서로 ≪여씨춘추呂氏春秋≫가 전한다. ≪사기・여불위전≫권85 참조.

155) 淮南(회남) : 전한 사람 유안劉安(B.C.179-B.C.122)의 봉호. 고조高祖 유방劉邦(B.C.247-B.C.195)의 막내아들 유장劉長이 받은 봉호인 회남왕을 습봉하

制書旨, 本自不同, 俱非厚葬, 孱[159]若一也. 高平[160]劉道眞[161]·京兆[162]摯仲治[163], 並遺令薄葬, 楊王孫[164]遺令裸葬, 晉代江應元[165]又然. 樊靡卿[166]言, "葬禮唯約, 沐浴並終制令掘埳, 氣絕令兩人轝尸卽埳, 止婦人之送, 禁吊祭之賓. 後亡者不得入藏, 不得封樹[167]." 裴潛[168]遺令曰, "墓中唯置一座, 瓦器數枚." 皇甫士安[169]

였다. 신선술에 관심이 많아 수많은 고사를 남겼고, ≪회남자淮南子≫의 저자로 유명하다. ≪한서·회남려왕유장전淮南厲王劉長傳≫권44 참조.

156) 崔寔(최식) : 후한 사람. 자는 자진子眞. 최원崔瑗의 아들로서 초서草書의 달인으로 유명한데, 그의 저서인 ≪정론政論≫이 ≪후한서·최식전崔寔傳≫권82에 전한다.

157) 王符(왕부) : 후한 사람(약 85-162). 자는 절신節信. 당시 세태를 비판한 ≪잠부론潛夫論≫의 저자로 유명하다. ≪후한서·왕부전≫권79 참조.

158) 仲長(중장) : 후한 말엽 사람 중장통仲長統(180-220)의 성씨. 자는 공리公理. 학문을 좋아하고 직언直言을 잘 하여 '광생狂生'으로 불렸다. 상서랑尙書郎을 지내며 조조曹操(155-220)의 신임을 받았다. ≪후한서·중장통전≫권79 참조.

159) 孱(잔) : '내迺'와 같은 모종의 부사를 의미하는 글자의 오기로 보인다.

160) 高平(고평) : 산서성의 속군屬郡 이름.

161) 劉道眞(유도진) : 진晉나라 때 사람 유보劉寶. 자인 '도진'으로 더 알려졌다. 부풍왕扶風王 사마준司馬駿(232-286)의 종사중랑從事中郎을 지냈고, 저서로 ≪전당기錢塘記≫가 있었다. 당나라 우세남虞世南(558-639)의 ≪북당서초北堂書鈔·설관부設官部20·종사중랑≫권68 참조.

162) 京兆(경조) : 섬서성 장안의 속현인 경조현의 약칭. 도성 일대를 가리키는 말인 경조부京兆府나 그 장관인 경조윤京兆尹의 약칭으로 쓸 때도 있다.

163) 摯仲治(지중치) : 진晉나라 때 사람 지우摯虞. '중치'는 그의 자인 '중흡仲洽'의 오기. 시문선집詩文選集 겸 이론서인 ≪문장유별文章流別≫을 지었다고 전하나 오래 전에 실전되었다. 광록훈光祿勳과 태상경太常卿 등 고관을 지내다가 혼란기에 아사餓死하였다. ≪진서·지우전≫권51 참조.

164) 楊王孫(양왕손) : 전한 사람. 자신이 죽으면 수의나 관을 사용하지 말고 그대로 땅에 묻으라고 유언을 하였다는 고사가 ≪한서·양왕손전≫권51에 전한다.

165) 江應元(강응원) : 진晉나라 때 사람 강통江統. '응원'은 자. 문장력이 뛰어났고, 태자선마太子洗馬 등을 역임하였다. ≪진서·강통전≫권56 참조.

166) 樊靡卿(번미경) : 후한 사람 번굉樊宏. '미경'은 자. 번중樊重의 아들이자 광무제光武帝의 외숙부. 광록대부光祿大夫에 오르고 수장후壽張侯에 봉해졌다. ≪후한서·번굉전≫권62 참조.

167) 封樹(봉수) : 봉분을 만들고 주변에 나무를 심어 무덤을 표시하는 일을 이르는 말.

168) 裴潛(배잠) : 삼국 위魏나라 때 사람. 자는 문행文行이고 시호는 정貞. 조조

言, "以蘧篨[170]裹尸, 覆卷三重, 麻繩約二頭, 置尸靈床[171]上, 擇不毛之地, 坑訖, 去床下尸而已." 石苞[172]曰, "死皆斂以時服[173], 不得斂哈[174]兼重, 又不得設床帳明器[175], 不得起墳種樹." 郝昭[176]曰, "吾爲將, 數見發冢, 取其木爲攻具, 知厚葬之無益. 汝必斂以時服也." 郝並勅子曰, "吾生素餐[177], 日已久矣. 可葬爲小槨, 裁[178]容下棺." 張奐[179]遺令, "措尸靈床, 幅巾[180]而已." 盧植[181]勅其子,

---

曹操에게 등용되어 상서령尙書令 등을 지냈다. ≪삼국지 · 위지 · 배잠전≫권23 참조.

169) 皇甫士安(황보사안) : 진晉나라 사람 황보밀皇甫謐(215-282). '사안'은 자. 자호는 현안선생玄晏先生. 독서를 지나치게 좋아하여 '서음書淫'으로 불렸다. 저서로 ≪제왕세기帝王世紀≫ ≪고사전高士傳≫ ≪침구갑을경鍼灸甲乙經≫ 등이 전한다. ≪진서 · 황보밀전≫권51 참조.

170) 蘧篨(거저) : 갈대나 대오리를 이르는 말. 검소한 생활을 상징한다.

171) 靈床(영상) : 입관하기 전에 시신을 올려놓는 평상을 이르는 말.

172) 石苞(석포) : 진晉나라 때 사람. 자는 중용仲容. 그 자신은 검소한 생활을 중시하였으나, 아들인 석숭石崇(249-300)은 오히려 사치스런 생활을 한 것으로 유명하다. ≪진서 · 석포전≫권33과 ≪진서 · 석숭전≫권33 참조.

173) 時服(시복) : 그 시기에 통행하던 일반 복장을 이르는 말.

174) 斂哈(염함) : 시신을 염습할 때 입에 구슬이나 옥 같은 진귀한 물건을 넣는 일을 이르는 말.

175) 明器(명기) : 죽은 사람을 위해 사용하는 부장품副葬品을 이르는 말.

176) 郝昭(학소) : 삼국시대 위魏나라 때 사람. 자는 백도伯道. 촉蜀나라 제갈양諸葛亮과의 전투에서 진창陳倉을 잘 방어하여 열후列侯에 봉해졌다. ≪산서통지山西通志 · 인물人物 · 태원부太原府 · 학소전≫권102 참조.

177) 素餐(소찬) : 직무를 다하지 않으면서 봉록만 받는 것을 뜻하는 말인 '시록소찬尸祿素餐'의 준말. '시위소찬尸位素餐' '시리소찬尸利素餐'이라고도 하고, '시록尸祿' '시리尸利' '시소尸素'로 약칭하기도 한다.

178) 裁(재) : 겨우, 고작. '재才' '재纔'와 통용자.

179) 張奐(장환) : 후한 때 사람(104-181). 자는 연명然明. 흉노匈奴를 회유하는데 공을 세웠다. 아들 장지張芝는 초서草書에 조예가 깊어 '초성草聖'으로 불렸다. ≪후한서 · 장환전≫권95 참조.

180) 幅巾(폭건) : 남자가 쓰는 가는 명주로 만든 두건을 이르는 말. 은자나 퇴임한 벼슬아치를 상징한다.

181) 盧植(노식) : 후한 때 사람(약 159-192). 자는 자간子幹. 정현鄭玄(127-200)과 함께 마융馬融(79-166)에게서 경학經學을 전수받았다. 문무를 겸비하여 중랑장中郎將을 지내다가 동탁董卓(?-192)이 소제少帝를 폐위시키려고 하자 항거하다가 면직되어 하북성 상곡上谷에 은거하였다. ≪후한서 · 노식전≫권94 참조.

"以單帛附身, 葬於土穴. 雖制度不同, 同歸於薄也." 趙岐[182]畵晏嬰[183]·叔向[184]·子産[185]·季札[186], 生不能及, 死而畵之, 甚非所以. 晉成帝曰, "山陵[187]之事, 一從節儉. 陵中唯潔淨而已, 不得施塗車[188]芻靈[189]." 此事雖大, 又可諭小. 吾之亡也, 可以王服周身, 示不忘臣禮. 曲禮[190]一卷·孝經一袟·孝子傳[191], 幷陶華陽[192]劒

182) 趙岐(조기) : 후한 사람(약108-201). ≪맹자≫에 주를 달고, 전한 때 도성인 장안長安 일대의 고사를 기록한 ≪삼보결록三輔決錄≫의 저자로 잘 알려졌다. ≪후한서·조기전≫권94 참조.

183) 晏嬰(안영) : 춘추시대 제齊나라 때 재상. 시호가 '평平'이고 자가 '중仲'이어서 '안평중晏平仲'으로도 불렸다. 검소함을 중시하고 간쟁諫諍을 잘 하였는데, 그의 행적과 간쟁을 엮은 책으로 ≪안자춘추晏子春秋≫ 8권이 전한다. ≪사기·안영전≫권62 참조.

184) 叔向(숙향) : 춘추시대 진晉나라 대부大夫인 양설힐羊舌肹의 자. 예치禮治를 중시하여 제齊나라 안자晏子와 이에 대해 토론을 벌였고, 정鄭나라 자산子産 공손교公孫僑가 형법서를 제작하는 것을 반대하기도 하였다. 평공平公 때 태부太傅에 올랐다.

185) 子産(자산) : 춘추시대 정鄭나라 대부大夫인 공손교公孫僑의 자. 간공簡公 때 경卿에 올라 정사를 주도하며 많은 치적을 남겼다.

186) 季札(계찰) : 춘추시대 오吳나라 사람. 오나라 왕 수몽壽夢의 넷째 아들로 왕위를 물려주려고 하자 연릉으로 도망가서 죽을 때까지 도읍으로 돌아가지 않았다고 한다. 그래서 '연릉계자延陵季子'로도 불렸다. ≪사기·오태백세가吳太伯世家≫권31 참조.

187) 山陵(산릉) : 황제의 무덤을 이르는 말. 무덤을 산이나 언덕처럼 크게 조성한 데서 유래하였다.

188) 塗車(도거) : 진흙으로 만든 수레를 뜻하는 말로 부장품의 일종.

189) 芻靈(추령) : 꼴을 엮어서 대충 만든 인형을 뜻하는 말로 부장품의 일종.

190) 曲禮(곡례) : 예법과 관련한 기본 정신을 서술한 책인 ≪예기禮記≫의 편명. 상·하로 나뉘어 있는데 위의 예문은 ≪예기·곡례상≫권3에 보인다.

191) 孝子傳(효자전) : ≪수서·경적지≫권33과 ≪구당서·경적지≫권46, ≪신당서·예문지≫권58에 의하면 진晉나라 소광제蕭廣濟의 15권본과 왕소지王韶之(380-435)의 15권본, 남조南朝 유송劉宋 정집지鄭緝之의 10권본, 사각수師覺授의 8권본, 종궁宗躬의 20권본, 우반좌虞盤佐의 1권본, 서광徐廣의 3권본, 양梁나라 무제武帝의 30권본 등 다양한 종류의 ≪효자전≫이 있었고, 송나라 이방李昉(925-996)의 ≪태평어람太平御覽≫의 경서도서강목經史圖書綱目에는 그 외에도 전한 유향劉向(약B.C.77-B.C.6)·진晉나라 주경식周景式·왕흠王歆의 ≪효자전≫도 보인다.

192) 陶華陽(도화양) : 남조南朝 양梁나라 때의 유명한 도사이자 은자인 도홍경陶弘景(452-536)의 별칭. 화산華山 남쪽에 은거하여 '화양진인華陽眞人'으로 불렸고, 은자여서 '도은거陶隱居'로도 불렸다. 저서로 ≪진고眞誥≫ 20권, ≪고

一口，以自隨．此外珠玉不入，銅鐵勿藏也．田國讓[193]求葬於西門豹[194]側，杜元凱[195]求葬於蔡仲[196]冢邊，杜臧[197]求葬於蘧伯玉[198]之側，梁伯鸞[199]求葬於要離[200]之旁．彼四子者，異乎吾之意也．山地東北隅，始生山陵小墓之前，可以爲冢．已具別圖，庶魂兮有奉，歸骨有地．然壙中石屛風・木人・車馬・塗車・芻靈之物，一切勿爲．金蠶[201]無(原缺一字[202])絲之實，瓦雞[203]乏司晨[204]之用，愼無以血臚

금도검록古今刀劍錄≫ 1권이 전한다. ≪양서・도홍경전≫권51 참조.

193) 田國讓(전국양) : 삼국 위魏나라 사람 전예田豫. '국양'은 자. 봉호는 장락정후長樂亭侯. 처음에는 유비劉備(162-223)를 따르다가 조조曹操(155-220)의 휘하에 들어가 병주자사幷州刺史・태중대부太中大夫 등을 역임하였다. ≪삼국지・위지・전예전≫권26 참조.

194) 西門豹(서문표) : 전국시대 위魏나라 문후文侯 때 사람으로 업현령鄴縣令을 지내면서 하백河伯에게 처녀를 바치는 미신을 없애고, 관개사업을 벌여 고을을 부유하게 만들었다. ≪사기・골계열전滑稽列傳≫권126 참조.

195) 杜元凱(두원개) : 진晉나라 때 사람 두예杜預. '원개'는 자. 탁지상서度支尙書와 형주도독荊州都督 등을 역임하였고, ≪좌전左傳≫에 주를 단 것으로 유명하다. 박학하여 '두무고杜武庫'란 별칭을 얻었고, 정남대장군征南大將軍을 지냈기에 '두정남杜征南'으로도 불렸다. 고사성어 '파죽지세破竹之勢'의 장본인이기도 하고, 두보杜甫(712-770)가 자랑하던 조상이기도 하다. ≪진서・두예전≫권34 참조.

196) 蔡仲(채중) : 춘추시대 정鄭나라 대부大夫 채중祭仲의 다른 표기. 자는 중족仲足. 채봉祭封 사람으로 장공莊公 때 경卿에 올랐다.

197) 杜臧(두장) : 미상. 후대의 유서類書에서는 춘추시대 조曹나라 선공宣公의 서자庶子 공자흔시公子欣時의 별칭인 '조자장曹子臧'으로 표기하기도 하였는데, 시기상으로 볼 때 부적절해 보인다. 어느 것이 맞는지 불분명하기에 박물군자가 밝혀주기를 기대한다.

198) 蘧伯玉(거백옥) : 춘추시대 위衛나라의 대부大夫 거원蘧瑗. '백옥'은 자. 개과천선에 힘써 현자로 이름이 알려졌다. 그에 관한 고사는 ≪논어・헌문憲問≫권14에 전한다.

199) 梁伯鸞(양백란) : 후한 사람 양홍梁鴻. '백란'은 자. '거안제미擧案齊眉'의 고사로 잘 알려졌다. ≪후한서・일민전逸民傳・양홍전≫권113 참조.

200) 要離(요리) : 춘추시대 오吳나라 때 자객. 경기慶忌를 죽이라는 오왕吳王 합려闔廬의 명을 받고서 처자식을 죽이면서까지 임무를 수행하려고 하였으나 실패하자 자결하였다. ≪사기・추양전鄒陽傳≫권83 참조.

201) 金蠶(금잠) : 황제의 무덤에 부장품으로 사용하던 황금으로 주조한 누에를 이르는 말.

202) 一字(일자) : 다른 판본에 의하면 '토吐'자에 해당한다.

203) 瓦雞(와계) : 질을 구워 만든 닭 모양의 물품. 보통은 지붕 장식으로 쓰이는

膋腥205)爲祭也.

○나는 늘 사안을 뒤로 미루고자 하는 마음을 먹곤 하였으나, 어찌 병환까지 그리할 수 있으리오? 어쩌다 뜨거운 여름이 되어 쇠와 돌을 녹일 정도도 무더워져서 숨결이 미약해지고 마음마저 그 때문에 불안해졌기에, 오래 버티지 못 하고 바야흐로 바람 앞의 촛불 신세가 될까 염려스럽다. 무릇 삶이 있으면 반드시 죽음도 있기에 달인조차도 항상 이를 받아들일 수밖에는 없었다. 내관과 덧널을 제작한 것은 황제 헌원씨 때부터 시작되었다. 주나라 왕실에는 운삽 같은 장식품과 성명·관작을 새긴 깃발을 세우는 의례가 있었다. (춘추시대) 진나라 문공이 천자의 묘도墓道를 사용할 수 있게 해 달라고 청하고, (송宋나라에서) 사마를 지낸 환퇴桓魋가 돌로 된 사치스런 덧널을 마련한 것은 전혀 말도 안 되는 얘기이다. 죽은 사람을 전송하는 장례는 사모하는 마음으로 준비하면 된다. (전국시대 조趙나라) 순경(순자)·(진秦나라) 여불위呂不韋·(전한) 회남왕(유안劉安)·(후한) 최식·왕부·중장통仲長統 등을 살펴보면, 그들이 글에서 밝힌 뜻은 뿌리는 같지 않지만, 모두 사치스러운 장례를 비판한 점에서는 오히려 동일하다. (진晉나라 때 산서성) 고평군 사람 유도진(유보劉寶)과 (섬서성) 경조현 사람 지중흡摯仲洽(지우摯虞)도 모두 검소한 장례를 치르라는 유지를 남겼고, (전한 사람) 양왕손은 알몸 상태로 묻으라는 유지를 남겼으며, 진나라 때 강응원(강통江統)도 그리하였다. (후한 사람) 번미경(번굉樊宏)은 “장례는 단지 검약하게 치르면 된다. 시신을 깨끗이 씻기고 장례 제도에 따라 땅을 파서 묻되 숨이 끊어지면 두 사람이 시신을 수레에 싣고 바로 땅에

데, 여기서는 황제의 무덤의 부장품을 가리킨다.

204) 司晨(사신) : 새벽을 관장하다. 수탉이 새벽 시간을 알리는 것을 말한다. ‘사신司辰’이라고도 한다.

205) 血膻膋腥(혈전료성) : 피 묻은 고기와 누린내 나는 고기, 기름기 많은 고기, 비린내 나는 고기. 즉 제삿고기에 대한 총칭.

묻어야 한다. 아낙네의 조문은 사절하고 손님이 제사에 조문차 참석하는 일도 금해야 한다. 뒤에 사망한 사람은 장지에 넣어서 안 되고, 봉분을 세우거나 나무를 심어서도 안 된다"고 하였다. (삼국 위魏나라) 배잠은 유명을 남겨 "무덤 안에는 단지 내관 하나에 질그릇 몇 개만 두면 된다"고 하였다. (진晉나라) 황보사안(황보밀皇甫謐)은 "갈대나 대오리로 시신을 쌀 때 삼중으로 덮고, 베로 짠 실은 두 가닥으로 묶으며, 시신을 영상 위에 두되 쓸모없는 땅을 고른 뒤 땅을 파는 일이 끝나면 영상을 치우고 시신을 내리면 그만이다"라고 하였다. 또 석포는 "죽으면 모두 평상시 입던 옷으로 염하되 염할 때 보물을 입에 겹겹이 넣지 말고, 또 영상이나 장막·명기 등을 설치해서도 안 되며, 봉분을 세우거나 주변에 나무를 심어서도 아니 된다"고 하였다. (삼국 위나라) 학소는 "나는 장수를 지내면서 무덤을 도굴하여 그곳의 목재를 가져다가 공격용 무기를 만드는 것을 여러 차례 목격하였기에, 사치스러운 장례가 무익하다는 것을 잘 안다. 너희들은 반드시 평소 입던 옷으로 염하도록 하라"고 하였다. 학소는 또 자식들에게 명하기를 "내 살아 생전에 봉록만 축낸 것이 이미 오래 되었단다. 그러하니 자그마한 덧널로 장례를 치르고 겨우 내관을 내리는 것만 용납하련다"라고 하였다. (후한) 장환은 유명을 남겨 "영상에 내 시신을 놓을 때는 두건만 사용하면 그만이니라"라고 하였다. 또 노식은 자식들에게 명하기를 "단출한 비단으로 시신을 싸서 토굴 속에 매장토록 하거라. 비록 제도는 다르지만 검소한 장례로 귀결되기는 매한가지란다"라고 하였다. 또 조기는 (춘추시대 제齊나라) 안영·(진晉나라) 숙향(양설힐羊舌肹)·(정鄭나라) 자산(공손교公孫僑)·(오吳나라) 계찰의 초상화를 그렸는데, 생전에 그들을 따라잡지 못 하였으면서도 죽으면서까지 그들의 초상화를 그렸다는 것은 전혀 이유로 삼을 거리가 못 된다. 진나라 성제는 "황릉과 관련한 사안은 어디까지나 검소함을 따르면 된다. 무덤 안은 단지 정결하면 그만이니, 도거나 추령 따위를 설치할 필요 없다"고 하였다. 이 사안은 비록 중차대하지만 또한 작은 일로 치부할 수도 있다. 내가 죽거든 황제 시절 입던 옷으로 몸을 감싸서 신하의 예법을 잊지 않는다는 것을 보이고, ≪곡례≫ 한 권과 ≪효경≫ 한 질·≪효자전≫, 그리고 화양진인華陽眞人 도홍경陶弘景의 검 한 자루를 내 시신과 함께 묻도록 하라. 이것들 말고는 주옥을 넣지도 말고 구리나 쇠로 만든 소장품을 함께 묻지도 말아야 할 것이다. (삼국 위나라) 전국양(전예田豫)은 (전국시대 위魏나라) 서문표의 무덤 옆에 묻히기를 바랐고, (진晉나라) 두원개(두예杜預)는 (춘추시대 정鄭나라) 채중의 무덤 옆에 묻히기를 원하였으며, 두장은 (춘추시대 위衛나라) 거백옥(거원蘧瑗)의 옆에 묻히기를 바랐고, (후한) 양백란(양홍梁鴻)은 (춘추시대 오吳나라) 요리의 옆에 묻히기를 원하였다. 그러나 이들 네 사람의 선택은 내 생각과는 다르다. 산이 있는 곳의 북동쪽 구석진 곳이 황릉이나 소박한 무덤보다 앞서 처음 생긴 자리이니, 그곳에 무덤을 만들면 될 것이다. 이미 별도의 지도를 마련하였으니, 아마도 혼백을 모실 사람도 있고 뼈를 묻을 땅도 있을 것이다. 그러나 무덤 속에 돌로 만든 병풍이나 목인·거마·도거·추령 따위의 물품은 일체 마련하지 말아야 한다. 금잠에게는 실을 뱉는 실력도 없고, 와계에게는 새벽을 알리는 실용성도 없으니, 삼가 제삿고기를 마련하여 제를 올릴 필요도 없다.

□戒子篇五(5 계자편)

●東方生206)戒其子以上容,(案, 太平御覽207)載朔集, "戒其子曰, '明者處世, 莫尙于中庸.'") 首陽208)爲拙, 柱下209)爲工, 飽食安步, 以仕易農. 依隱玩世, 詭時210)不逢. 詳其爲談, 異乎今之世也. 方今堯舜在上, 千載一朝, 人思自勉, 吾不欲使汝曹爲之也.(案, 此段似小序.)

○(전한) 동방선생(동방삭東方朔 B.C.154-B.C.93)은 자신의 아들에게 군주의 신임을 받으라고 가르치면서,(살펴보건대 ≪태평어람·인사부人事部·감계하鑒戒下≫권459에서는 동방삭의 문집에 실린 글을 인용하여 "자신의 아들에게 '현명한 사람이 세상을 살아감에 있어서 중용의 도리보다 중요한 것은 없단다'라고 훈계하였다"고 적고 있다) (은殷나라 말엽에) 수양산에 은거한 백이·숙제 형제를 졸박한 인물로 보고, (주周나라 때) 주하사를 지낸 노자를 뛰어난 인물로 간주하였기에, 배불리 먹고 편안하게 지내기 위해 벼슬살이를 농사짓는 일과 바꾸었다. 은거생활에 의지하면 세상사를 우습게 보게 되고, 시류를 어기면 때를 만나지 못 하기 때문일 것이다. 그러한 얘깃거리를 잘 살펴보면 오늘날 세상과는 사뭇 다르다. 이제 (당唐나라) 요왕이나 (우虞나라) 순왕과 같은 성왕이 황제의 자리에 있어 천 년이 하루 같기에, 사람들이 스스로 열심히 노력하고자 생각하고 있으니, 나는 너희들이 그리 행동하기를 바라지 않는다.(살펴보건대 이

---

206) 東方生(동방생) : 전한 사람 동방삭東方朔(B.C.154-B.C.93)을 가리킨다.

207) 太平御覽(태평어람) : 송나라 태평흥국太平興國 2년(977)에 이방李昉(925-996) 등이 태종太宗의 칙명을 받들어 지은 유서류類書類의 책. 모두 55門으로 분류되어 있고, 채록한 서적이 1690종에 달한다. 비록 대부분 다른 유서에서 전사轉寫하여 일일이 원본에서 추출하지는 않았지만, 수집한 것이 해박하여 고증 자료의 보고로 평가받는다. 총 1000권. ≪사고전서간명목록·자부·유서류≫권14 참조.

208) 首陽(수양) : 은殷나라 말엽 백이伯夷와 숙제叔齊가 주周나라 무왕武王의 쿠데타를 반대하며 은거했다가 아사餓死했다는 수양산首陽山의 준말. ≪사기·백이전≫권61의 고사에서 유래한 말로 은자로서의 절조를 비유하는데, 여기서는 결국 백이·숙제 형제의 대칭으로 쓰였다.

209) 柱下(주하) : 주周나라·진秦나라 때 어사御史에 해당하던 벼슬인 주하사柱下史의 약칭. 늘 임금이 머무는 전각의 기둥 아래 시립한 데서 유래하였다. 춘추시대 노자老子가 이 직책을 맡았던 것으로 유명한데, 여기서는 결국 노자의 대칭으로 쓰였다.

210) 詭時(궤시) : 시류를 어기다, 세인을 속이다.

단락은 흡사 간략한 서문처럼 보인다.)

●后稷[211]廟堂金人銘曰, “戒之哉! 無多言, 多言多敗. 無多事, 多事多患. 勿謂何傷, 其禍將長. 勿謂何害, 其禍將大.” 崔子玉[212]座右銘曰, “無道人之短, 無說己之長. 施人愼勿念, 受恩(案, 太平御覽作施.)愼勿忘.” 凡此兩銘, 並可習誦. 杜恕[213]家戒曰, “張子[214]臺視之, 似鄙朴人. 然其心中不知天地間何者爲美, 何者爲惡, 敦然與陰陽合德. 作人如此, 自可不富貴, 禍害何因而生?”

○<(주周나라 시조인) 후직의 사당에 있는 동상에 새겨진 명문>에서는 “삼가해야 할지어다! 말을 많이 하지 말아야 하나니, 말이 많으면 낭패를 당할 일도 많아진다. 일을 많이 만들지 말아야 할지니, 일을 많이 만들면 환난도 많아진다. ‘무슨 상처를 입으랴?’라고 말하지 말아야 할지니, 화가 장차 영원히 그치지 않을 것이다. ‘무슨 손해를 당하랴?’라고 말하지 말아야 할지니, 화가 장차 크게 닥칠 것이다”라고 하였다. 또 (후한) 자옥子玉 최원崔瑗은 <좌우명>에서 “남의 단점을 말하지 말고, 자신의 장점을 자랑하지 말아야 한다. 남에게 베풀면 삼가 더 이상 생각하지 말고, 남에게 은혜(살펴보건대 ≪태평어람·인사부人事部·감계하鑒戒下≫권459에는 ‘은혜 은恩’이 ‘베풀 시施’로 되어 있다)를 입으면 삼가 잊어서는 안 된다”라고 하였다. 무릇 이 두 가지 명문은 모두 암송해야 할 것이

211) 后稷(후직) : 우虞나라 순왕舜王 때 농사를 관장하던 벼슬 이름으로 그 관직을 맡았던 주周나라 시조 기棄를 가리킨다. 이하 예문은 ≪공자가어孔子家語·관주觀周≫권3에 인용되어 전한다.

212) 崔子玉(최자옥) : 후한 사람 최원崔瑗. ‘자옥’은 자. 최식崔寔의 부친으로 초서草書의 달인으로 알려졌다. 그의 좌우명은 남조南朝 양梁나라 소통蕭統(501-531)이 엮은 ≪문선文選·명銘≫권56에 전한다.

213) 杜恕(두서) : 삼국 위魏나라 사람. 자는 무백務伯. 산기황문시랑散騎黃門侍郎·하동태수河東太守·평양태수平陽太守·유주자사幽州刺史 등을 역임하였다. ≪대청일통지大淸一統志≫권180 등 참조.

214) 張子(장자) : 삼국 위魏나라 때 사람 장각張閣에 대한 존칭. 신상에 대해 알려진 바는 없으나 ≪삼국지·위지·병원전邴原傳≫권11에 두서杜恕가 <가계家戒>를 지어 장각에 대해 칭찬했다는 기록이 전한다.

다. (삼국 위魏나라) 두서는 <가족을 훈계하는 글>에서 "장선생(장각張閣)은 누대에서 내려다보면 보잘것없는 사람처럼 보인다. 그러나 그는 내심 천지간에 무엇이 아름답고 무엇이 추악한 것인지 신경쓰지 않은 채 진심으로 음양의 이치와 합치하였다. 사람으로서 이와 같이 할 수 있다면, 자연 부귀를 얻지 못 할 수는 있어도 화를 어찌 당하겠는가?"라고 하였다.

●馬文淵[215]曰, "聞人之過失, 如聞親之名. 親之名可聞, 而口不可得言也. 好論人長短, 忘其善惡者, 寧死不願聞也. 龍伯高[216]敦厚周愼, 謙約節儉, 吾愛之重之, 願汝曹效之. 杜季良[217]憂人之憂, 樂人之樂, 有喪致客, 數郡畢至, 吾愛之重之, 不願汝曹效之. 效伯高不得, 猶爲謹勅之士, 所謂'刻鵠不成, 尙類鶩'者也. 效季良不得, 所謂'畵虎不成, 反類狗'者也." 裴松之[218]以爲援此戒, 可謂切至之言, 不刊之訓. 若乃行事得失, 已暴於世, 因其善惡, 卽以爲戒云. 然戒龍伯高之美言・杜季良之惡行, 吾謂託古人以見意, 斯爲善也.

○(후한) 문연文淵 마원馬援(B.C.14-A.D.49)은 (자식들을 훈계하는 글에서) "남의 과실을 들으면 부친의 이름을 들은 것처럼 해야 한다. 부친의 이름은 귀로 들을 수는 있어도 입에 올려서는 안 되는 법이다. 남의 장단점을 논하기 좋아하면서도 그의 선악

---

215) 馬文淵(마문연) : 후한 때 명장 마원馬援(B.C.14-A.D.49). '문연'은 자. 광무제光武帝에게 귀의하여 농서태수隴西太守와 복파장군伏波將軍을 지내며 외효隗囂의 반란을 진압하고, 교지交趾・흉노匈奴・오환烏桓 등 이민족을 정벌하는 데 큰 공을 세웠다. ≪후한서・마원전≫권54 참조.

216) 龍伯高(용백고) : 후한 때 사람 용술龍述. '백고'는 자. 광무제光武帝 때 산도현장山都縣長을 지내다가 마원馬援(B.C.14-A.D.49)의 천거로 황제의 인정을 받아 영릉태수零陵太守가 되었다. ≪후한서・마원전≫권54 참조.

217) 杜季良(두계량) : 후한 때 사람 두보杜保. '계량'은 자. 광무제光武帝 때 월기교위越騎校尉를 지냈고 의협심이 강했으나 무고로 면직당했다. ≪후한서・마원전≫권54 참조.

218) 裴松之(배송지) : 남조南朝 유송劉宋 때 사람으로 진晉나라 진수陳壽(233-297)가 지은 ≪삼국지≫ 등에 주를 달았다. ≪송서宋書・배송지전裴松之傳≫권64 참조.

을 잊는다면, 차라리 죽을지언정 듣고 싶어하지 말아야 한다. 용백고(용술龍述)는 성품이 중후하고 주도면밀하며 겸손하고 검소하면서 청렴하고 공정하기에, 내 그를 애지중지하니 너희들이 그를 본받기 바란다. 두계량(두보杜保)은 남의 근심을 걱정해주고 남의 즐거움을 함께 즐거워하며 상을 당해 손님을 초청하면 여러 고을에서 모두 찾아오기에, 내 그를 애지중지하긴 하나 너희들이 본받기를 원치 않는단다. 용백고를 본받으면 그렇게 될 수 없다고 해도, 신중하고 조심성 있는 선비로서의 면모를 잃지 않으니, 이는 '고니를 그리려다가 완성하지 못 해도 청둥오리와 비슷할 수 있다'는 격이란다. 두계량을 본받으려다가 그러지 못 하면 천하의 경박한 사람이 되고 마니, 이는 '호랑이를 그리려다가 이루지 못 해 도리어 개와 같아진다'는 격이니라"라고 말했다. (남조南朝 유송劉宋 때 사람) 배송지는 마원의 이 훈계하는 글을 지극히 도리에 맞는 말이자 없애서는 안 되는 교훈이라고 생각하였다. 만약 일을 실행했을 때의 득실이 이미 세상에 드러나 그 선악을 따른다면 곧 교훈이라고 여길 수 있을 것이다. 그러나 용백고의 아름다운 말이나 두계량의 나쁜 행실을 경계한다면, 나는 고인에게 기탁하여 뜻을 드러내는 것이 곧 최선이라고 생각한다.

●王文舒[219]曰, "孝敬仁義, 百行之首, 而立身之本也. 孝敬則宗族安之, 仁義則鄕黨重之. 行成於內, 名著於外者矣. 未有干名[220]要利, 欲而不厭, 而能保於世, 永全福祿者也. 欲使汝曹立身行己, 遵儒者之教, 履道家之言. 故以元默冲虛[221]爲名, 欲使顧名思義, 不敢違

219) 王文舒(왕문서) : 삼국 위魏나라 때 사람 왕창王昶(?-259). '문서'는 자. 연주자사兗州刺史와 사공司空 등 고관을 지냈다. ≪삼국지 · 위지 · 왕창전≫권27 참조.

220) 干名(간명) : 명예를 탐하다, 명성을 이루다. '간干'은 '구求'의 뜻.

221) 元默冲虛(원묵충허) : 마음을 비우고 욕심을 버리는 경지나 무위자연無爲自然의 이치를 이르는 말. '원元'은 청나라 강희제康熙帝의 휘諱(玄燁) 때문에 '현玄'을 고쳐쓴 것이다.

越也. 古者盤盂[222]有銘, 几杖有戒, 俯仰[223]察焉. 夫物速成而疾亡, 晩就而善終. 朝華之草, 戒旦[224]零落, 松柏之茂, 隆冬[225]不衰. 是以大雅君子惡速成, 戒闕黨[226]也. 夫人有善, 鮮[227]不自伐, 有能, 寡不自矜. 伐則掩人[228], 矜則陵人. 掩人者, 人亦掩之, 陵人者, 人亦陵之也."

○(삼국 위魏나라) 문서文舒 왕창王昶(?-259)은 (자식들을 훈계하는 글에서) "효경과 인의는 모든 행실 가운데서도 으뜸이자 입신의 근본이다. 효경을 실천하면 친족이 편안해 하고, 인의를 실행하면 고을 사람들이 존중한다. 이것이 안으로 행실을 완성하고, 밖으로 이름을 드러내는 방법이다. 또 아직 명성을 이루거나 이익을 얻지 못 하고 원하는 바를 충분히 이루지 못 했다 하더라도, 세상에서 몸을 보호하고 영원토록 복록을 보전할 수 있는 방법이다. 너희들이 입신양명하기를 바라기에, 선비의 가르침을 따르고 도덕군자의 말을 실행했으면 한다. 따라서 무위자연의 이치를 명분으로 삼아 명분과 정의를 생각하며 감히 어기지 않기를 바란다. 옛날에는 그릇에 명문을 새기고 안궤나 지팡이에 교훈을 새겨서 언제나 그것을 살펴보곤 하였다. 사물은 빨리 이루면 빨리 망하고, 늦게 이루면 끝이 좋은 법이니라. 아침에 꽃을 피운 풀은 다음날 새벽에 시들지만, 소나무와 측백나무의 무성함

222) 盤盂(반우) : 그릇에 대한 총칭. 둥근 그릇을 '반盤'이라고 하고, 네모난 그릇을 '우盂'라고 한 데서 유래하였다. '반鎜'과 '반盤'은 통용자. ≪한서・예문지≫권30에 의하면 황제黃帝 때 신하인 공갑孔甲이 지은 글 이름을 가리킬 때도 있으나 오래 전에 실전되어 그 내용은 알려지지 않았다.
223) 俯仰(부앙) : 고개를 숙이거나 쳐들다. 일거수 일투족 모든 행동거지를 이르는 말. 매우 짧은 시간을 뜻할 때도 있다.
224) 戒旦(계단) : 새벽을 알리다. 결국 이튿날 새벽을 뜻한다.
225) 隆寒(융한) : 혹독한 추위, 강추위를 이르는 말. 결국 한겨울을 뜻한다.
226) 闕黨(궐당) : 춘추시대 노魯나라 공자의 고향 마을인 궐리闕里의 별칭. 따라서 문맥상으로 볼 때 부족한 상태를 뜻하는 말인 '궐언闕焉'의 오기인 듯하다.
227) 鮮(선) : 드물다, 거의 없다. 상성上聲(xiǎn)으로 읽는다.
228) 掩人(엄인) : 남의 장점을 덮어서 가리다. 결국 남을 무시하는 것을 뜻한다.

은 한겨울이 되어도 시들지 않는 법이다. 이 때문에 훌륭한 군자는 빨리 이루는 것을 싫어하고 부족한 것을 경계하였다. 무릇 사람에게 장점이 있으면 모두 스스로 뽐내고 싶어하고, 능력이 있으면 모두 스스로 자랑하고 싶어하기 마련이다. 그러나 뽐내면 남을 무시하게 되고, 자랑하면 남을 능멸하기 쉽다. 남을 무시하면 남도 그를 무시하고, 남을 능멸하면 남도 그를 능멸하기 마련이란다"라고 하였다.

●陶淵明[229]言曰, "天地賦命, 有生必終. 自古聖賢, 誰能獨免? 但恨室無萊婦[230], 抱玆苦心, 良獨惘惘[231]. 汝輩旣稚小, 雖不同生, 當思四海[232], 皆爲兄弟之義. 鮑叔[233]敬仲[234], 分財無猜. 歸生[235]

229) 陶淵明(도연명) : 진晉나라 때 전원시인田園詩人(365-427). ≪송서宋書・은일열전隱逸列傳・도잠전陶潛傳≫권93에 의하면 도잠은 본명이 '잠'이고 '연명淵明'이 자라는 설도 있고, 본명이 '연명'이고 '원량元亮'이 자라는 설도 있는데, 본명이 '연명'이고 '잠'은 은거한 뒤에 개명한 이름인 듯하다. 이하 예문은 ≪도연명집≫권7에 수록되어 전하는 <아들 도엄陶儼 등에게 주는 글(與子儼等疏)>을 절취截取한 것이다.

230) 萊婦(내부) : 춘추시대 초楚나라 노래자老萊子의 아내를 이르는 말. '내처萊妻'라고도 한다. 아내의 만류로 벼슬에 나가지 않고 끝까지 은둔생활을 고수하여 몸을 보전하였다는 고사가 전한 유향劉向의 ≪열녀전列女傳≫권2에 전한다.

231) 惘惘(망망) : 슬픔에 젖은 모양.

232) 四海(사해) : 천하를 이르는 말. 고대 중국인들이 사방이 바다였다고 생각한데서 비롯되었다. 옛날에는 온세상을 '천하天下' '해내海內' '사해四海' '육합六合' '구주九州' '신주神州' '우주宇宙' 등 다양한 어휘로 표현하였다.

233) 鮑叔(포숙) : 춘추시대 제齊나라 대부大夫 포숙아鮑叔牙의 별칭. '숙'은 자. 관중管仲('중'은 관이오管夷吾의 자)과 함께 환공桓公을 보좌하여 패업을 이루었고, 두터운 우정을 뜻하는 고사성어인 '관포지교管鮑之交'로 유명하다.

234) 敬仲(경중) : 춘추시대 제齊나라 사람 관이오管夷吾(?-B.C.645)의 자. 본명보다는 별칭인 '관중管仲'으로 불렸다. 젊어서 포숙鮑叔과 함께 장사를 했는데, 포숙이 이문을 관이오에게 모두 양보할 정도로 두터운 우정을 유지했으며, 뒤에 환공桓公을 여러 차례 암살하려다가 실패하였지만 포숙의 도움으로 환공밑에서 재상에 올라 부국강병책으로 제나라를 강국으로 만들었다. 저서로 ≪관자管子≫ 24권이 전한다. ≪사기・관중전≫권62 참조.

235) 歸生(귀생) : 춘추시대 정鄭나라 공자公子. 시호는 성자聲子.

伍擧[236], 班荊[237]道舊. 遂能以敗爲成, 因喪立功. 他人尙爾, 況共父之人哉? 潁川陳元長[238], 漢末名士, 身處卿佐[239], 八十而終, 兄弟同居, 至于沒齒[240]. 濟北氾稚春[241], 晉時積行人也, 七世同居, 家人無怨色. 詩云, '高山仰止[242], 景行[243]行止.' 汝其愼哉!"

○(진晉나라) 도연명(365-427)은 (자식을 훈계하는 글에서) "천지가 목숨을 부여하였지만, 누구나 태어나면 반드시 죽기 마련이다. 예로부터 성현 가운데 누가 유독 여기서 벗어날 수 있었으랴? 단지 한스러운 것은 (춘추시대 초楚나라 때) 노래자老萊子의 현명한 아내가 없이 이러한 고통스런 마음을 안고 진실로 슬퍼해야 하는 것이다. 너희들은 이미 어린 나이가 되었으니, 비록 함께 태어나지 않았다 해도 응당 온세상이 모두 형제의 의리를 갖춰야 한다는 것을 염두에 두어야 할 것이다. (춘추시대 제齊나라) 포숙(포숙아鮑叔牙)은 관경중(관이오管夷吾)에게 재물을 나

---

236) 伍擧(오거) : 춘추시대 초楚나라 대부大夫로 오참伍參의 아들이자 오자서伍子胥(오원伍員)의 조부.

237) 班荊(반형) : 싸리나무를 깔다. '반班'은 '포布'의 뜻. 초楚나라 오거伍擧가 진晉나라로 망명할 때 귀생歸生이 그를 맞아 싸리나무를 깔고서 함께 앉아 담화를 나눴다는 ≪좌전·양공襄公26년≫권37의 고사에서 유래한 말로 자책 내지 결의의 의미가 담겨 있다.

238) 陳元長(진원장) : 후한 말엽 사람 진기陳紀의 별칭인 '진원방陳元方'의 오기. '원장'은 그의 자인 '원방元方'을 잘못 표기한 문헌이 있어 오류가 답습된 데서 비롯된 듯하다. 부친인 진식陳寔(자 중궁仲弓) 및 동생인 진심陳諶(자 계방季方)과 함께 나란히 명성을 떨쳐 '삼군三君'으로 불렸다. ≪후한서·진식전≫권92 참조.

239) 卿佐(경좌) : 구경九卿과 같은 황제의 근신近臣을 이르는 말.

240) 沒齒(몰치) : 치아가 빠지다. 노년의 나이를 비유한다.

241) 氾稚春(사치춘) : 진晉나라 때 사람 '범치춘氾稚春'의 오기. 자형의 유사성으로 인한 필사 과정상의 단순 오기로 보인다. 본명은 범육氾毓이고, '치춘'은 자. 유학자이자 효자로 이름이 알려졌다. ≪진서·유림열전·범육전≫권91 참조.

242) 止(지) : 어기조사語氣助辭로 별뜻이 없다.

243) 景行(경행) : 큰 길. '경景'은 '대大'의 뜻. ≪시경·소아小雅·거할車舝≫권21의 "높은 산은 우러러보기 마련이고, 큰 길은 따라서 걷기 마련이다(高山仰止, 景行行止)"에서 유래한 말로 훌륭한 인품이나 숭고한 덕행을 비유한다.

눠주면서도 전혀 싫어하는 내색을 하지 않았고, (채蔡나라) 귀생은 오거와 함께 싸리나무를 깔고서 앉아 옛 정을 나누더니, 결국 실패를 성공으로 바꾸고 상실을 잘 활용해 공적을 세울 수 있었다. 타인도 오히려 그러하거늘, 하물며 부친이 같은 형제들이야 더 말할 나위가 있겠느냐? (하남성) 영천군 사람 진원방陳元方(진기陳紀)은 후한 말엽 때 명사로서 그 자신 구경과 같은 고관에 있으면서 80세에 생을 마쳤는데, 형제들과 치아가 빠지는 노년까지 함께 살았다. (산동성) 제북군 사람 범치춘氾稚春(범육氾毓)은 진나라 때 선행을 많이 베푼 사람으로서 칠대에 걸쳐 함께 살아도 가족들이 원망하는 기색을 보이지 않았다. ≪시경・소아小雅・거할車舝≫권21에 '높은 산은 우러러보기 마련이고, 큰 길은 따라서 걷기 마련이네'라고 하였다. 너희들은 삼가 명심하거라!"라고 하였다.

●顔延年[244]云, "喜怒者, 性所不能無, 常起於褊量[245], 而止於宏識. 然喜過則不重, 怒過則不威, 能以恬漠爲體, 寬裕爲器, 善矣. 大喜蕩心, 微抑則定, 甚怒傾性, 小忍則歇. 故動無響容[246], 擧無失度, 則爲善也. 欲求子孝, 必先爲慈, 將責弟悌, 務念爲友. 雖孝不待慈, 而慈固植孝, 悌非期友, 而友亦立悌. 夫和之不備, 或應以不和, 猶信不足焉, 必有不信. 倘知恩意相生, 情理相出, 可以使家有參柴[247], 人皆由損[248]." 枚叔[249]有言, "欲人不聞, 莫若不言. 欲人

---

244) 顔延年(안연년) : 남조南朝 유송劉宋 때 사람 안연지顔延之(384-456). '연년'은 자. 시호는 헌憲. 시문을 잘 지어 산수시인山水詩人 사영운謝靈運(385-433)과 함께 '안사顔謝'로 불렸다. ≪송서・안연지전≫권73 참조. 안연지의 말은 <가족에게 알리는 글(庭誥文)>이란 제목으로 명나라 장보張溥(1602-1641)의 ≪한위육조백삼가집漢魏六朝百三家集・안연지집≫권67에 수록되어 전하는데, 위의 예문은 절취截取하면서 순서가 바뀐 부분이 있다.

245) 褊量(편량) : 편협된 식견이나 도량을 이르는 말.

246) 響容(향용) : 원문에 의하면 잘못된 모습을 뜻하는 말인 '건용愆容'의 오기이다.

247) 參柴(참시) : 춘추시대 노魯나라 공자의 제자인 자여子輿 증참曾參과 자고

不知, 莫若勿爲. 禦寒莫如重裘, 止謗莫若自修." 論語云, "內省不疚[250], 夫何憂何懼?"

○(남조南朝 유송劉宋) 연년延年 안연지顔延之(384-456)는 (가족을 훈계하는 글에서) "기쁨과 분노라는 감정은 천성적으로 없을 수 없는 것으로 늘 편협된 생각에서 일어나 폭넓은 견식으로 인해 그치게 된다. 그러나 기쁨이 지나치면 중후하지 못 하고 분노가 지나치면 위엄이 서지 못하므로, 조용한 성정을 본체로 삼고 관대한 마음을 도구로 삼아야 좋은 것이다. 지나친 기쁨은 마음을 흔들어 놓기에 약간 억제하면 안정을 찾게 되고, 지나친 분노는 성정을 기울게 만들기에 약간 인내하면 그치게 된다. 따라서 행동에 허물을 드러내지 않고 행동거지가 법도를 잃지 않으면 좋은 것이다. 자식이 효도하기를 바란다면 먼저 자애로운 마음을 먹어야 하고, 동생이 우애롭기를 요구하려면 친구처럼 지내도록 힘써 생각해야 한다. 비록 효자가 부모의 자애로움을 기대하지 않는다 해도 부모의 자애로운 마음은 확실히 효도를 불러오고, 우애로운 동생이 형의 우정을 기대하지 않는다 해도 형의 우정이 역시 동생의 우애를 불러올 수 있다. 무릇 화목함이 갖춰지지 않아 혹여 화애롭지 못 한 태도로 응하게 되는 것은 마치 믿음이 부족하면 반드시 불신이 생기는 것과 같다. 만약 은혜로운 마음을 서로 생성하고 다정한 감정을 서로 내놓을 줄 안다면, 집안에 (춘추시대 노나라) 증참曾參과 고시高柴 같은 사람이 생기고,

---

子羔 고시高柴를 아우르는 말.

248) 由損(유손) : 춘추시대 노魯나라 공자의 제자인 자로子路 중유仲由와 자건子騫 민손閔損을 아우르는 말.

249) 枚叔(매숙) : 전한 때 사람인 매승枚乘(?-B.C.141)의 별칭. '숙'은 자. 문장에 능했으며 경제景帝 때 오왕吳王 유비劉濞(B.C.215-B.C.154)의 낭중郎中이 되어 모반을 만류하였으나 받아들여지지 않자, 양효왕梁孝王을 섬겨 상객上客이 되었고 홍농도위弘農都尉를 지냈다. 무제武帝의 초빙을 받았으나 도중에 죽었다. ≪한서 · 매승전≫권51 참조.

250) 內省不疚(내성불구) : 안으로 스스로를 성찰하여 부끄럽지 않다. ≪논어 · 안연晏淵≫권12에 실린 공자의 말에서 유래하였다.

사람들 모두 중유仲由와 민손閔損처럼 행동하게 만들 수 있을 것이다"라고 하였다. 또 (전한 사람) 매숙(매승枚乘)은 "남이 듣지 않기를 바란다면 차라리 말을 하지 않는 것이 낫고, 남이 모르기를 바란다면 차라리 행하지 않는 것이 낫다. 추위를 막는 데 두터운 갖옷만한 것이 없듯이, 비방을 막는 데는 스스로 수양하는 것만한 것이 없다"고 하였고, ≪논어·안연晏淵≫권12에서는 "안으로 스스로를 성찰하여 부끄럽지 않다면, 무엇을 근심하고 무엇을 두려워하랴?"라고 하였다.

●單襄公[251]曰, "君子不自稱也, 必以讓也, 惡其蓋人也. 吾弱年重之. 中朝[252]名士, 抑揚於詩酒之際, 吟咏於嘯傲[253]之間, 自得如山, 忽人如草, 好爲辭費[254], 頗事抑揚, 末甚悔之, 以爲深戒."

○(주周나라) 양공襄公 선조單朝는 "군자는 자화자찬하지 않고 반드시 양보하는 태도를 취하면서 남을 업신여기는 것을 싫어해야 한다. 나는 어렸을 때부터 이를 중시하였다. 중원의 명사들은 술 마시면서 시 짓는 자리에서 목소리를 높였다가 낮췄다가 하고, 매우 방자한 태도로 시가를 읊조리는데, 자신이 산이라도 되는 것처럼 득의해 하고 잡초를 대하듯이 남을 홀대하며 쓸데없는 말을 즐겨 내뱉어 자못 남을 낮추고 자신을 드러내는 짓을 일삼다가도, 말미에는 이를 무척 후회하여 깊이 경계할 거리로 삼는다"고 하였다.

●向朗[255]遺言, 戒子曰, "貧非人患, 以和爲貴. 汝其[256]勉之, 以爲

---

251) 單襄公(선양공) : 주周나라 때 경사卿士인 선조單朝에 대한 존칭. 선單을 식읍으로 받아 성씨로 썼다. '양襄'은 시호이고, '공公'은 존칭. 그에 관한 기록은 ≪좌전左傳≫과 ≪국어國語≫ 등에 전한다.

252) 中朝(중조) : 중원이나 중국을 뜻하는 말. 조정을 가리킬 때도 있다.

253) 嘯傲(소오) : 시가를 읊조리며 오만하게 굴다. 매우 방자한 행동을 가리킨다.

254) 辭費(사비) : 지나치게 말이 많거나 쓸데없는 말을 하는 것을 이르는 말.

深戒. 酒酌之設, 可樂而不可嗜, 聲樂之會, 可簡而不可違. 淫華怪飾, 奇服麗食, 愼毋爲也."

○(삼국 촉蜀나라) 상낭(?-247)은 유언을 남겨 자식들을 훈계하기를 "가난은 사람들이 걱정할 거리가 아니고, 화목함을 소중하게 여겨야 한다. 너희들은 그것에 힘써 깊이 경계할 거리로 삼도록 하거라. 술자리를 베풀면 즐기되 너무 좋아해서는 안 되고, 음악을 즐기는 모임은 간촐하게 갖되 어겨서는 안 된다. 지나치게 화려한 물품이나 기괴한 장식품, 기이한 복장이나 고급 음식은 삼가 가까이하지 말거라"라고 하였다.

●曾子[257]曰, "狎甚則相簡, 莊甚則不親. 是故君子之狎足以交歡. 其莊足以成禮也."(案, 別卷載, 此條下有"孔子聞斯言也, 曰, '二三子[258]志[259]之. 孰謂參也不如孔子?'"二十字. 但自稱孔子, 似亦有誤.)

○(춘추시대 노魯나라) 증자(증참曾參)는 "너무 허물없는 사이가 되면 서로 가볍게 대하게 되고, 너무 진중한 사이가 되면 친하지 못 하게 된다. 그래서 군자는 서로 즐거움을 나눌 정도로 허물없이 지내고, 예법에 걸맞을 정도로 진중하게 대하는 법이다"라고 하였다.(다른 서책의 기록을 살펴보면, 이 조항 아래에 "공자가 이 말을 듣고서 '제자들은 이를 잘 새겨두거라. 누가 증참이 나보다 못 하다고 하더냐?'라고 말했다"는 스무 글자가 더 있다. 다만 스스로 자신을 '공자'라고 칭한 것으로 보아, 역시 착오가 있는 듯하다.)

●子夏[260]曰, "與人以實, 雖疏必密, 與人以虛, 雖戚必疏. 師人以正,

---

255) 向朗(상낭) : 삼국 촉나라 때 사람(?-247). 자는 거달巨達. 특진特進에 올랐고, 학문에 정진하여 많은 저서를 남겼다고 하나 지금은 모두 실전되었다. ≪삼국지·촉지·상낭전≫권41 참조.

256) 其(기) : 명령 어기조사.

257) 曾子(증자) : 춘추시대 노魯나라 공자의 제자 가운데 효자로 유명한 증참曾參에 대한 존칭. ≪사기·중니제자열전仲尼弟子列傳≫권67 참조.

258) 二三子(이삼자) : 공자가 제자들을 부르는 말.

259) 志(지) : 기록하다, 기억하다. '기記'의 뜻.

誰敢不正? 敬人以禮, 孰敢不禮? 使人必須先勞後逸, 先功後賞. 戒愼乎其所不睹, 恐懼乎其所不聞. 莫見乎隱[261], 莫顯乎微. 故君子愼其獨也. 必使長者[262]安之, 幼者愛之, 朋友信之. 是以君子居其室, 出其言善, 則千里之外應之, 出其言不善, 則千里之外違之. 況其邇者乎? 言出乎身, 加乎民, 行發乎近, 至于遠也. 言行, 君子之樞機. 樞機之發, 榮辱之主, 可不愼乎?"

○(춘추시대 노魯나라) 자하(복상卜商)는 "남에게 진실함을 보이면 비록 소원한 관계라 할지라도 반드시 친밀해지고, 남에게 허언을 보이면 비록 친척이라 할지라도 반드시 소원해진다. 바른 도리로 남을 통솔하면 누군들 바른 행동을 하지 않겠는가? 예법으로 남을 존경하면 누군들 감히 예의를 갖추지 않겠는가? 남을 부릴 때는 반드시 수고로움을 앞세우고 안일함을 뒤로 미뤄야 하고, 공로를 앞세우고 포상을 뒤로 미뤄야 한다. 자신이 직접 보지 않은 것에 대해서는 삼가 조심하고, 자신이 직접 듣지 않은 것에 대해서는 두려워하는 마음을 먹어야 한다. 숨은 것보다 더 드러나 보이는 것은 없고, 미세한 것보다 더 뚜렷해 보이는 것은 없는 법이다. 그래서 군자는 혼자 있을 때 더 조신하게 행동한다. 반드시 어른을 편안히 모시고, 어린아이를 사랑으로 대하고, 친구에게 믿음을 보여야 한다. 그래서 군자가 집에 있으면서 말을 좋게 내뱉으면 천리 밖에서도 이에 호응하고, 말을 나쁘게 내뱉으면 천리 밖에서도 이를 어기기 마련이다. 하물며 가까이에 있는 사람이야 더 말할 나위가 있겠는가? 말은 몸에서 나와 백성에게 영향을 미치고, 행동은 가까이서 시작돼 멀리까지 영향을

---

260) 子夏(자하) : 춘추시대 노魯나라 공자의 제자인 복상卜商(B.C.507-?). '자하'는 자. 문학에 뛰어난 것으로 알려졌다. ≪사기·중니제자열전仲尼弟子列傳≫권67 참조.

261) 莫見乎隱(막현호은) : 숨은 것보다 더 드러나 보이는 것은 없다. 이하 두 구절은 ≪노자≫의 문구를 인용한 것이다.

262) 長者(장자) : 나이나 신분, 인품이 높은 사람에 대한 존칭.

미친다. 언행은 군자에게 가장 중요한 덕목이다. 가장 중요한 덕행을 펼치는 것이 곧 명예와 모욕의 주관자이니, 조심하지 않을 수 있겠는가?"라고 하였다.

●處廣厦[263]之下, 細氈之上, 明師居前, 勸誦在後, 豈與夫馳騁原獸, 同日而語[264]哉? 凡讀書必以五經[265]爲本, 所謂'非聖人之書, 勿讀.' 讀之百遍, 其義自見. 此外衆書, 自可汎觀耳. 正史旣見得失成敗, 此經國之所急. 五經之外, 宜以正史爲先. 譜牒[266]所以別貴賤, 明是非, 尤宜留意. 或復中表[267]親疎, 或復通塞升降, 百世衣冠[268], 不可不悉.

○커다란 건물 아래와 섬세한 모전 위에 거처하면서 훌륭한 스승을 앞에 두고 암송을 권장하는 동료를 뒤에 둔다면, 어찌 힘차게 달리는 들판의 짐승과 같은 수준에 놓고 얘기할 수 있겠는가? 무릇 독서할 때는 반드시 오경을 근본으로 삼아야 하기에, 이른바 '성인의 서책이 아니면 읽지 말라'고 하는 것이다. 그것을 백 번 읽으면 그 의미는 저절로 드러난다. 그 외에 다른 서책들은 대충 보아도 무방하다. 정사는 득실과 성패를 보여주기에, 이것들은 나라를 경영하는 데 있어서 가장 중요한 자료들이다. 오경 외에는 의당 정사를 우선시해야 한다. 족보류의 기록들은 귀천을 구별하고 시비를 밝히기 위한 것이기에, 응당 특히 신경써야 한다. 어떤 것은 중표관계와 친소관계를 밝히고 있고, 어떤 것은

---

263) 廣厦(광하) : 커다란 건물. 즉 고대광실高臺廣室을 가리킨다.
264) 同日而語(동일이어) : 같은 수준으로 애기하다, 동급으로 취급하다. '동일이론同日而論'이라고도 한다.
265) 五經(오경) : ≪역경易經≫ ≪서경書經≫ ≪시경詩經≫ ≪예기禮記≫ ≪춘추경春秋經≫을 아우르는 말로 결국 경전을 가리킨다.
266) 譜牒(보첩) : 가문의 세계를 기록한 책. 즉 족보와 같은 서책을 가리킨다.
267) 中表(중표) : 부친쪽 일가친척과 모친쪽 일가친척을 아우르는 말. '중中'은 '내內'와, '표表'는 '외外'와 각각 의미가 통한다. 내외형제內外兄弟를 가리키는 말인 중표형제中表兄弟의 약칭으로 쓸 때도 있다.
268) 衣冠(의관) : 관복官服과 갓. 벼슬아치를 비유한다.

운명이 통한 사람인지 막힌 사람인지 고관에 오른 사람인지 강등당한 사람인지를 밝히고 있기에, 오랜 세월 동안 거처간 벼슬아치들을 다 살필 수가 있다.

●任彦升[269]云, "人皆有榮進之心, 政復有多少耳. 然口不及, 迹不營, 居當爲勝." 王文舒曰, "人或毁己, 當退而求之於身. 若己有可毁之行, 則彼言當矣. 若己無可毁之行, 則彼言妄矣. 當則無怨於彼, 妄則無害於身, 又何反報焉? 且聞人毁己而忿者, 惡醜聲之加己, 反報者滋甚, 不如默而自修也." 顔延年言, "流言謗議, 有道所不免, 況在闕薄[270], 難用筭防? 應之之方, 必先本己. 或信不素積, 嫌間所爲, 或性不和物, 尤怨所聚. 有一於此, 何處逃之? 日省吾躬, 月料吾志, 斯道必存, 何卹人言? 任嘏[271]每獻忠言, 輒手懷草, 自在禁省, 歸書不封, 何其美乎? 入仕之後, 此其勖哉! 昔孔光[272]有人, 問溫室之樹, 笑而不答, 誠有以也."

○(남조南朝 양梁나라) 언승彦升 임방任昉(460-508)은 "사람은 누구나 명예롭게 출세하고자 하는 마음을 가지고 있으나, 정계에는 한정된 인원이 있을 뿐이다. 그러나 입으로 언급하지 않고 행동으로 옮기지 않는다면, 한거하는 것이 의당 최선일 것이다"라고 하였다. (삼국 위魏나라) 문서文舒 왕창王昶은 "다른 사람이 혹여 자신을 비방하면 의당 물러나 자신에게서 그 원인을 찾아야 할 것이다. 만약 자신에게 비방받을 만한 행실이 있었다면 그 사

---

269) 任彦升(임언승) : 남조南朝 양梁나라 때 사람 임방任昉(460-508). '언승'은 자. 학문과 문장력이 뛰어나 비서감祕書監을 지냈다. ≪남사南史·임방전≫권59 참조.

270) 闕薄(궐박) : 도덕적인 수양이 부족하고(闕) 인품이 천박한(薄) 사람을 일컫는 말.

271) 任嘏(임하) : 삼국 위魏나라 사람. 자는 소선昭先. 어려서부터 신동으로 알려졌고, 경서經書에 정통하였다. 문제文帝 때 하동태수河東太守·황문시랑黃門侍郎 등을 역임하였다. ≪산동통지山東通志·인물지人物志≫권28 참조.

272) 孔光(공광) : 전한 말엽 사람(B.C.65-A.D.5). 자는 자하子夏. 경학에 정통하였고, 재상에 올랐다. ≪한서·공광전≫권81 참조.

람의 말은 정당한 것이 된다. 만약 자신에게 비방받을 만한 행실이 없었다면 그 사람의 말은 망령된 것이 된다. 정당하다면 그 사람을 원망해서 안 되고, 망령되다면 자신을 해쳐서 안 되니, 어찌 보복할 필요가 있겠는가? 또 다른 사람이 자신을 비방하는 말을 듣고서 분노하면 추악한 목소리가 자신에게 가해지는 것을 싫어하여 보복하고자 하는 마음이 더욱 심해지므로, 차라리 침묵한 채 스스로 수양하는 것이 낫다"고 하였다. (남조南朝 유송劉宋) 연년延年 안연지顔延之는 "유언비어와 비방하는 말은 도리를 갖춘 군자라 해도 피할 수 없는 것이거늘, 하물며 천박한 사람이야 이를 막을 방도가 없을 터이니, 더 말할 나위가 있겠는가? 그것에 대응하는 방도는 반드시 자신의 바탕을 잘 닦는 일을 우선시하는 것이다. 혹여 신뢰를 평소 쌓지 않았다면 자신의 행동을 혐오할 것이고, 혹여 천성적으로 남과 화목하지 못 하다면 자신이 쌓아온 업적을 원망할 것이다. 여기에는 한 가지 경우만 있으니 어디로 도망칠 수 있겠는가? 날마다 자신의 몸을 성찰하고 달마다 자신의 의지를 헤아린다면 도는 반드시 존재하거늘, 어찌 다른 사람의 말에 신경쓸 필요가 있겠는가? (삼국 위나라 때) 임하는 매번 충언을 올릴 때마다 늘 손수 초고를 품속에 간직했고, 황궁에 있을 때는 문서를 돌려보내면서 밀봉을 하지 않았으니, 그 얼마나 아름다운 행동인가? 벼슬길에 들어선 뒤로 이것이 그가 매진한 일이었다. 옛날에 (전한) 공광이 누군가 온실 속의 나무에 대해 묻자 웃으면서 대답하지 않은 것도 진실로 까닭이 있어서였다"라고 하였다.

●中行桓子[273]爲衛之士師[274], 刖人之足.(案, 二語與下不相屬, 疑有脫誤.)

---

273) 中行桓子(중항환자) : 춘추시대 진晉나라 대부大夫 순임보荀林父의 별칭. 순백荀伯으로도 불렸다. 그러나 문맥상으로 볼 때 '계고季羔'의 오기인 듯하다. 다른 판본에는 '고계고高季羔'로 되어 있다.

274) 士師(사사) : 주周나라 때 형벌을 관장하던 추관秋官 소속 벼슬 이름.

俄而衛有蒯聵之亂，刖者守門焉，謂季羔[275]曰，“於此有室.” 季羔入焉. 旣追者罷，季羔將去,(案，此下疑脫一謂字.) 刖者曰，“今吾在難，此正子報怨之時，而子逃我，何?” 曰，“曩君治臣以法，臣知之. 獄決罪定，臨當論刑，君愀然[276]不樂，見於顔，臣又知之. 君豈私於臣哉? 天生君子，其道固然. 此臣之所以待君子.” 孔子聞之曰，“善哉! 爲吏! 其用法一也!”

○(춘추시대 진晉나라) 중항환자(순임보荀林父: 고계고의 오기)는 위衛나라의 사사를 맡아 누군가에게 발을 자르는 월형刖刑을 실시하였다.(살펴보건대 이상 두 마디는 아래의 문장과 연결이 되지 않는 것으로 보아, 아마도 오류가 있는 듯하다.) 얼마 뒤 위나라에서 괴귀가 반란을 일으켰을 때 월형을 당한 사람이 성문을 지키고 있다가 고계고(고시高柴)에게 말했다. “숨을 방이 있습니다.” 그래서 고계고가 그 방으로 들어갔다. 추격자가 수색을 그만둔 뒤 고계고는 장차 그곳을 떠나면서(살펴보건대 이 아래로 아마 ‘위謂’자가 누락된 듯하다) 월형을 당한 사람에게 말했다. “이제 내가 곤경에 처해 있으니, 지금이 바로 그대가 원한을 갚을 수 있는 때이거늘, 그대가 나를 도망칠 수 있게 해 주는 것은 어째서인가?” 그러자 월형을 당한 사람이 말했다. “일전에 어르신께서 법령으로 저를 다스렸다는 것을 저는 잘 알고 있습니다. 옥사를 해결하고 죄를 확정하면서 적절한 형량에 따라 형벌을 정하실 때, 어르신께서 근심 어린 표정으로 즐거워하지 않는 기색을 안색에 그대로 드러냈다는 것 또한 저는 잘 알고 있습니다. 어르신께서 어찌 저에게 사사로운 감정으로 그리 하셨겠습니까? 하늘이 군자를 낳으면 그 도리는 확실히 그러한 것입니다. 이것이 제가 어르신을 이처럼 대하는 이유입니다.” 공자가 이 말을 듣고서 말했다. “훌륭하다! 관리로

---

275) 季羔(계고) : 춘추시대 위衛나라 사람으로 공자의 제자인 고시高柴의 자. ‘자고子羔’ ‘계고季皐’ ‘자고子皐’라고도 하였다. ≪사기·중니제자열전仲尼弟子列傳≫권67 참조.

276) 愀然(초연) : 근심에 젖는 모양. 혹은 정색을 하는 모양.

서의 자질이! 법을 집행하는 것이 일관성이 있구나!"

●歸義277)隱蕃278), 爲豪傑所善, 潘承明279)子翥與之善. 承明問曰, "何故與輕薄通, 使人心震面熱?" 廣陵280)陽竺, 幼而有聲, 陸遜281)謂之必敗, 令其兄子穆, 與其別族. 季豐282)年十五, 賓客283)塡門, 乃曰神童, 而遂無週身之防, 果見誅夷. 相國284)掾魏諷有盛名, 同郡任覽與諷善, 鄭袞285)謂, "諷姦雄, 必以禍終, 子宜絶之." 諷果敗焉. 王仲回286)加子以檟楚287), 朱公叔288)寄言以絶交, 此有深意,

---

277) 歸義(귀의) : '정의로운 데 몸을 맡긴다'는 뜻에서 유래한 말로 외국이 굴복하여 중국의 조정에 순종하거나 타국 출신이 귀순하는 것을 뜻한다.

278) 隱蕃(은번) : 삼국 오나라 때 사람. 산동성 청주靑州 출신으로 오나라에 귀순하였다.

279) 潘承明(반승명) : 삼국 오吳나라 사람 반준潘濬. '승명'은 자. 유비劉備의 휘하에서 벼슬을 지내다가 오나라에 귀순하여 태상경太常卿에 올랐다. ≪삼국・오지・반준전≫권61 참조.

280) 廣陵(광릉) : 강소성 남연주南兗州의 속현屬縣 이름.

281) 陸遜(육손) : 삼국 오吳나라 사람(183-245). 자는 백언伯言. 진晉나라 때 문인으로 명성을 떨친 육기陸機와 육운陸雲의 부친으로 잘 알려져 있다. ≪삼국지・오지・육손전≫권58 참조.

282) 季豐(계풍) : 삼국 위魏나라 사람 '이풍李豐'의 오기로 보인다. 자는 안국安國. 시중侍中・중서령中書令 등의 고관을 지냈는데, 사마사司馬師를 죽이려다가 실패하여 살해당했다. ≪삼국지・위지・무제조조전武帝曹操傳≫권1 참조.

283) 賓客(빈객) : 손님에 대한 총칭. '빈賓'은 신분이 높은 손님을 가리키고, '객客'은 수행원과 같이 신분이 낮은 손님을 가리키는 데서 유래하였다.

284) 相國(상국) : 벼슬 이름. 춘추전국시대 때는 초楚나라를 제외한 모든 나라에 재상을 두어 상국相國・상방相邦・승상丞相이라고 하였는데, 진한秦漢 때는 승상보다 높았고, 후대에는 재상宰相에 대한 존칭으로 쓰였다. ≪삼국지・위지・무제조조전≫권1에 의하면 위魏나라에서 당시 재상을 맡고 있던 종주鍾繇를 가리킨다.

285) 鄭袞(정곤) : 유사한 내용이 ≪진서・정무전鄭袤傳≫권44에도 전하는 것으로 보아 '정무鄭袤'의 오기이다.

286) 王仲回(왕중회) : 후한 사람 왕단王丹. '중회'는 자. 광무제光武帝 때 태자소부太子少傅를 지냈다. ≪후한서・왕단전≫권57 참조.

287) 檟楚(가초) : 개오동나무로 만든 회초리를 이르는 말.

288) 朱公叔(주공숙) : 후한 사람 주목朱穆. '공숙'은 자. 시어사侍御史와 상서尙書를 역임하였고, 저서로 <숭후론崇厚論> <절교론絶交論>이 있다. ≪후한서・주목전≫권73 참조.

最宜思之."

○(삼국 오나라 때) 귀순한 사람인 은번이 호걸들에게 환대를 받자, 승명承明 반준潘濬의 아들 반저潘翥도 그와 친분을 맺으려 하였다. 그러자 반준이 아들에게 물었다. "어째서 경박한 자와 내통하여 내 마음을 뒤흔들고 얼굴을 화끈거리게 만드느냐?" (강소성) 광릉현 사람 양축은 어려서부터 명성을 떨쳤는데도 육손이 그가 틀림없이 실패할 것이라고 생각해, 자신의 조카인 육목陸穆에게 다른 가문 사람과 어울리게 하였다. 한편 (위魏나라) 이풍李豐은 나이 15세가 되었을 때 손님들이 집안을 가득 채우면서 그를 신동이라고 하였지만, 급기야 자신을 지킬 보호막이 없어 결국 죽임을 당하고 말았다. 재상의 속관인 위풍은 명성이 자자하여 동향 사람인 임남이 위풍과 친한 사이였는데, 정무鄭袤가 말하길 "위풍은 간교한 사람이라서 필시 화를 당해 죽을 것이니, 자네는 의당 그와 절교해야 할 것이네"라고 하였다. 결국 위풍은 정말로 낭패를 보고 말았다. (후한 때) 중회仲回 왕단王丹이 아들을 회초리로 때리고 공숙公叔 주목朱穆이 절교하라는 글을 보낸 일이 있는데, 여기에는 깊은 뜻이 담겨 있으니, 마땅히 숙고해야 할 것이다.

□聚書篇六(6 취서편)

●初出閤, 在西省[289], 蒙敕旨, 賚五經正副本. 爲瑯琊郡時, 蒙敕給書, 幷私有繕寫[290]. 爲東州[291]時, 寫得史・漢[292]・三國志・晉書,

289) 西省(서성) : 위진魏晉 이래로 국가의 기무機務・조령詔令・비기祕記 등을 관장하는 최고 행정 기관인 중서성中書省의 별칭. 궁중의 서쪽에 위치한 데서 비롯되었다.

290) 繕寫(선사) : 옮겨적다, 필사하다.

又寫劉選部[293]孺(案, 孺原本作儒, 考梁書有'劉孺爲吏部尙書[294],' 無劉儒, 謹校正.)家・謝通直[295]彦遠家書, 又遣人至吳興郡, 就夏侯亶, 寫得書, 又寫得虞太中[296]闡家書. 爲丹陽時, 啓請先宮書, 又就新淦[297]・上黃[298]・新吳[299], 寫格五[300]戲, 得少許[301]. 爲揚州時, 就吳中[302]諸士大夫[303], 寫得起居注[304], 又得徐簡肅[305]勉起居注. 前在荊州時, 晉安王[306]子時鎭雍州, 啓請書寫, 比應入蜀, 又寫得書, 又遣州

---

291) 東州(동주) : 동쪽에 위치한 고을을 가리키는데, ≪양서・원제기≫권5에 의하면 아마도 원제元帝가 즉위하기 전 절강성 회계태수會稽太守를 맡았을 때를 가리키는 듯하다.

292) 史漢(사한) : 전한 사마천司馬遷(B.C.135-?)의 ≪사기≫와 후한 반고班固(32-92)의 ≪한서≫를 아우르는 말.

293) 選部(선부) : 후한 때 관리의 인선을 관장하던 기관을 이르는 말. 후대의 이부吏部에 해당한다. 여기서는 그 장관인 '선부상서選部尙書'의 약칭으로 쓰였다.

294) 吏部尙書(이부상서) : 조정의 핵심 행정 기관인 상서성尙書省 소속 육부六部 가운데 관리들의 인사人事와 고과考課를 관장하는 이부의 장관. 휘하에 시랑侍郞과 낭중郞中・원외랑員外郞 등을 거느렸다.

295) 通直(통직) : 군주에게 자문을 해 주는 산관散官의 일종으로서 진晉나라 때 처음 설치한 통직산기시랑通直散騎侍郞의 약칭.

296) 太中(태중) : 진한秦漢 이후로 의론을 주관하던 벼슬 가운데 하나인 태중대부大中大夫의 약칭. 태중대부・중대부中大夫・간대부諫大夫가 있었다.

297) 新淦(신투) : 강서성의 속현屬縣 이름.

298) 上黃(상황) : 호북성의 속현 이름.

299) 新吳(신오) : 강서성의 속현 이름.

300) 格五(격오) : 중국 고대 놀이 이름. 박새博塞의 일종으로 새簺・사四・승乘・오五의 네 가지 패가 있는데, '오五'가 나오면 놀이가 끝나기에 이런 이름이 생겼다. 전한 사람 오구수왕吾丘壽王이 이 놀이를 잘하여 황제의 부름을 받았다고 전한다.

301) 許(허) : 가량, 쯤. 어느 정도를 헤아리는 말.

302) 吳中(오중) : 춘추시대 오吳나라의 수도가 있던 오현吳縣(지금의 강소성 소주시蘇州市) 일대를 이르는 말.

303) 士大夫(사대부) : 주周나라 때 신분 구분인 공公・경卿・대부大夫・사士에서 유래한 말. 삼공三公과 구경九卿 아래로 상대부上大夫・중대부中大夫・하대부下大夫가 있고, 그 밑으로 다시 상사上士와 중사中士・하사下士가 있었다. 후대에는 벼슬아치나 선비에 대한 범칭으로 쓰였다.

304) 起居注(기거주) : 임금의 언행을 세세하게 기록한 사서나 이를 관장하는 관직을 이르는 말.

305) 簡肅(간숙) : 남조南朝 유송劉宋 때 사람 서면徐勉(466-535)의 시호.

民宗孟堅, 下都市得書, 又得鮑中記[307]泉上書. 安成煬王[308]於湘州蕘, 又遣人就寫得書. 劉大南郡之遴・小南郡之亨, 江夏[309]樂法才別駕[310], 庾喬宗仲回[311]主簿[312], 庾格僧正法持絓[313]經書, 是其家者皆寫得. 又得招提[314]琰法師衆義疏及衆經序, 又得頭陀寺曇智法師陰陽卜祝冢宅等書, 又得州民朱澹遠送異書, 又於長沙寺經藏[315]就京公, 寫得四部[316], 又於江州江革家得元嘉[317]前後書五秩, 又就姚凱處得三秩, 又就江錄處得四秩, 足爲一部. 合二十秩,

---

306) 晉安王(진안왕) : 남조南朝 양梁나라 간문제簡文帝 소강蕭綱(503-551)의 즉위하기 전 봉호.

307) 中記(중기) : 아마도 남북조南北朝 때 문서를 관장하던 벼슬인 중기실中記室의 약칭인 듯하다.

308) 安成煬王(안성양왕) : 남조南朝 양梁나라 때 종실 사람으로서 안성군왕安成郡王에 봉해진 소기蕭機의 별칭. '안성'은 봉호이고, '양'은 시호이다. ≪양서・안성왕소기전≫권22 참조.

309) 江夏(강하) : 호북성의 속군屬郡으로 여기서는 남조 양나라 때 사람 악법재樂法才의 본관을 가리킨다.

310) 別駕(별가) : 한나라 이래로 일부 주州・부府・군郡에 설치했던 지방 수령의 보좌관인 '치중별가종사사治中別駕從事史'의 약칭. '치중治中' '치중별가治中別駕' '치중종사治中從事' 등으로 약칭하기도 한다.

311) 庾喬宗仲回(유교종중회) : 아마도 자가 교종喬宗인 유중회庾仲回라는 인물을 가리키는 듯하나 사서史書나 서지書誌 등에 기록이 없어 불분명하다. 박물군자가 밝혀주기를 기대한다.

312) 主簿(주부) : 한나라 이후로 문서 처리를 관장하는 속관屬官을 이르던 말. 중앙 및 지방의 각 행정 기관에 모두 설치하였다.

313) 持絓(지괘) : 오자가 있는 듯하다. 여기서는 임의로 소지하다란 뜻으로 풀이하였다.

314) 招提(초제) : 범어梵語 'caturdeśa'의 음역音譯인 '탁투제사拓鬪提奢'의 준말인 '탁제拓提'를 잘못 표기해 굳어진 오기이다. 원래는 '사방'을 뜻하는 말로, 사방의 승려를 뜻하는 '초제승招提僧'의 약칭으로서 '중'을 뜻하는 말이 되었고, 북조北朝 북위北魏의 태무제太武帝가 절을 짓고 '초제招提'라고 하면서 '절'을 뜻하는 말로도 쓰이게 되었다.

315) 經藏(경장) : 절에서 불경을 보관하는 곳을 이르는 말.

316) 四部(사부) : 중국 고대의 서적 분류법. 경전에 해당하는 경부經部, 사서에 해당하는 사부史部. 제자백가 등 철학서에 해당하는 자부子部, 문학이나 개인 문집에 해당하는 집부集部의 네 서고를 아우른다. 혹은 갑부甲部・을부乙部・병부丙部・정부丁部로 칭하기도 한다.

317) 元嘉(원가) : 남조南朝 유송劉宋 문제文帝의 연호(424-453).

一百一十五卷，並是元嘉書，紙墨極精奇．又聚得元嘉後漢，幷史記·續漢春秋[318)]·周官[319)]·尙書[320)]及諸子集等，可一千餘卷．又聚得細書[321)]周易·尙書·周官·儀禮·禮記·毛詩·春秋各一部．又使孔昻寫得前漢·後漢·史記·三國志·晉陽秋[322)]·莊子·老子·肘後方[323)]·離騷[324)]等，合六百三十四卷，悉在一巾箱[325)]中，書極精細．還石城[326)]，爲戍軍時，寫得元儒衆家義疏[327)]．爲江州時，又寫蕭諮議[328)]賁·劉中紀[329)]緩·周錄事[330)]宏直等書．　時羅鄕侯蕭

---

318) 續漢春秋(속한춘추) : 사서史書나 서지書誌에 아무런 기록이 없어 누가 언제 지었는지 알려지지 않았다.

319) 周官(주관) : 주공周公 희단姬旦이 주周나라의 관제官制인 천관天官·지관地官·춘관春官·하관夏官·추관秋官·동관冬官을 정리했다고 전하는 책인 ≪주례周禮≫의 원명原名. 전한 때 유흠劉歆(?-23)이 ≪주관≫을 처음으로 ≪주례≫라고 하였고, 당나라 가공언賈公彦이 소疏를 달면서 ≪주례≫라고 칭하여 널리 통용되었다. 총 6편 360관官.

320) 尙書(상서) : ≪서경≫의 별칭. '상尙'은 '고古'의 뜻이므로 '오래된 역사책'이란 의미에서 유래하였다.

321) 細書(세서) : 잔글씨나 이를 이용해서 글을 쓰는 것을 이르는 말. '세細'는 '소小'의 뜻.

322) 晉陽秋(진양추) : 진晉나라 손성孫盛이 무제武帝(265-290 재위)부터 애제哀帝(362-365 재위)까지의 역사를 적은 책으로 총 32권. ≪수서·경적지≫권33 참조. '양추'는 역사를 뜻하는 '춘추春秋'를 간문제簡文帝의 정황후鄭皇后 이름인 '아춘阿春'을 피휘避諱하기 위해 고친 말이다. 뒤를 이어 남조南朝 유송劉宋 때 사람 단도란檀道鸞이 ≪속진양추續晉陽秋≫를 짓기도 하였다.

323) 肘後方(주후방) : 소매 안에 넣고 다니는 처방전을 뜻하는 말로 ≪수서·경적지≫권34에 의하면 진晉나라 갈홍葛洪(284-363)이 ≪주후방≫ 6권을 지었다는 기록이 전한다. 권수는 판본마다 차이가 있다.

324) 離騷(이소) : 전국시대 초楚나라 사람 굴원屈原(약 B.C.340-B.C.278)이 조정에서 축출당한 뒤 회재불우懷才不遇의 심경에서 지었다고 전하는 초사 작품. '이離'는 만나다는 뜻이고, '소騷'는 근심을 뜻한다. 즉 굴원이 시름에 젖어 지었다는 뜻이다. 후한 왕일王逸의 ≪초사장구楚辭章句≫권1에 전한다.

325) 巾箱(건상) : 두건을 보관하는 상자. 뒤에는 여러 가지 물품을 보관하는 상자를 의미하는 말로 쓰였다.

326) 石城(석성) : 남조南朝 때 도성인 강소성 건강建康에 세운 석두성石頭城(석수성石首城)의 준말.

327) 元儒衆家義疏(원유중가의소) : 유학에 대한 여러 사람의 해설을 모아놓은 서책으로 추정되나 알려진 바가 없다.

328) 諮議(자의) : 진晉나라 이후로 승상부丞相府나 장수將帥의 막부幕府에서 풍간諷諫과 논의를 담당하던 벼슬인 자의참군諮議參軍의 약칭. 뒤에는 주로 왕

說於安成失守，又遣王諮議僧辯，取得說書．又值吳平光侯[331]廣州下，遣何集曹[332]沔，寫得書．又值衡山侯[333]雍州下，又寫得書．又蘭左衛[334]欽從南鄭[335]還，又寫得蘭書．往往未渡江[336]時書，或是此間製作，甚新奇．張湘州纘[337]經餉書，如樊光注爾雅之例，是也．張豫章綰[338]經餉書，如高僧傳[339]之例，是也．范鄱陽胥[340]經餉書，如高誘(案，誘原本作適，謹校改.)戰國策[341]之例，是也．隱士王縝(案，隋

공부王公府와 군부軍府에 설치하였다. '자諮'는 '자咨'로도 쓴다.

329) 中紀(중기) : '중기中記'의 다른 표기. '기紀'와 '기記'는 통용자.

330) 錄事(녹사) : 관서의 문서를 관장하고 시시비비를 가리는 일을 담당하는 보좌관인 녹사참군錄事參軍의 약칭.

331) 吳平光侯(오평광후) : 남조南朝 양梁나라 때 종실 사람인 소경蕭景의 별칭. '오평'은 봉호이고, '광'은 시호. ≪양서·소경전≫권24 참조.

332) 集曹(집조) : 남조南朝 때 장수의 참모 가운데 하나인 집조참군集曹參軍의 준말.

333) 衡山侯(형산후) : 남조南朝 양梁나라 때 종실 사람 소공蕭恭의 봉호인 형산현후衡山縣侯의 약칭. ≪양서·소공전≫권22 참조.

334) 左衛(좌위) : 궁중 호위를 관장하는 좌위장군左衛將軍의 준말.

335) 南鄭(남정) : 섬서성의 속현屬縣 이름.

336) 渡江(도강) : 장강을 건너다. 북방 이민족의 침략으로 인해 한족漢族이 장강 이남으로 내려간 동진東晉 이후 남조南朝 시기를 가리킨다.

337) 張湘州纘(장상주찬) : 남조南朝 양梁나라 때 상주자사湘州刺史를 지낸 장찬張纘(497-549)을 가리킨다. 자는 백서伯緒이고 시호는 간헌簡憲. 장면張緬(490-531)의 동생으로 열한 살에 부양공주富陽公主를 아내로 맞아 부마도위駙馬都尉가 되었고, 이부상서吏部尚書에 올랐다. 후경侯景(503-552)의 난 때 호북성 강릉江陵으로 도망쳤다가 뒤에 악양왕岳陽王 소찰蕭詧(519-562)에게 살해당했다. ≪양서·장찬전≫권34 참조.

338) 張豫章綰(장예장관) : 남조南朝 양梁나라 때 예장태수豫章太守를 지낸 장관張綰을 가리킨다. 장관은 앞에 거론된 장찬張纘(497-549)의 동생으로 산기상시散騎常侍와 우복야右僕射 등 고관을 지냈다. ≪양서·장관전≫권34 참조.

339) 高僧傳(고승전) : ≪수서·경적지≫권33과 권34, ≪구당서·경적지≫권46, ≪신당서·예문지≫권59 등의 기록에 의하면 양나라 때 우효경虞孝敬의 6권본, 승우僧祐의 14권본, 혜교惠皎의 14권본 등 여러 종류의 저술이 있었는데, 보통은 혜교의 저서를 가리킨다.

340) 范鄱陽胥(범파양서) : 남조南朝 양梁나라 때 파양현령鄱陽縣令을 지낸 범서范胥를 가리킨다. 범서에 대해서는 주객낭중主客郎中에 올랐다는 것 외에 알려진 바가 거의 없다.

341) 戰國策(전국책) : 주周나라 때 전국시대 역사를 각 제후국별로 서술한 사서史書. 후한 고유高誘의 주가 있으나 실제로는 송나라 요굉姚宏이 보충한 것도

書經籍志作瑱.)之經餉書，如童子傳342)之例，是也．又就東林寺智表法師，寫得書法343)書，如初韋護軍344)叡餉數卷．次又殷貞子鈞345)餉，爾後又遣范普市得法書，又使潘菩提346)市得法書，並是二王347)書也．郡五官348)虞皭大有古迹，可五百許卷，幷留之，伏事客房．篆又有三百許卷，幷留之，因爾遂蓄諸迹．又就會稽宏普349)惠皎道人，搜聚之．及臨汝靈侯350)益州還，遂巨有所辦．後又有樂彦春・劉之遴等書，將五千卷．又得南平嗣王351)書，又得張雍州352)書，又得桂陽藩王353)書，又得留之遠(案，留之遠疑劉之遴之訛.)書．吾今年四十六歲，自聚書來，四十年得書八萬卷，河間354)之侔漢室，頗謂過之矣．

있다. 제2-4권과 제6-10권은 고유의 원주原注이고, 나머지 제1・5권은 요굉의 보주補注이다. 총 33권. ≪사고전서간명목록・사부・잡사류雜史類≫권5 참조.

342) 童子傳(동자전) : 남조南朝 양梁나라 때 왕진지王瑱之가 신동에 대해 쓴 책. 총 2권. ≪수서・경적지≫권33 참조.

343) 書法(서법) : 글씨를 쓰는 방법을 이르는 말. 즉 서예의 필법을 가리킨다.

344) 護軍(호군) : 진한秦漢 이후로 군대의 인사 및 중앙 군대를 관장하던 벼슬 이름.

345) 殷貞子鈞(은정자균) : 남조南朝 양梁나라 때 사람 은균殷鈞을 가리킨다. '정'은 시호이고, '자'는 존칭. ≪양서・은균전≫권27 참조.

346) 菩提(보리) : 범어梵語 'Bodhi'의 음역音譯으로 석가모니가 성불할 때 앉았던 무화과나무 이름에서 유래한 말로, 득도의 최고 경지인 정각正覺의 지혜나 이를 얻기 위한 길을 뜻한다. 여기서는 법호를 가리키는 듯하다.

347) 二王(이왕) : 서예에 조예가 깊었던 진晉나라 때 사람 왕희지王羲之(321-379)와 왕헌지王獻之(344-386) 부자를 아우르는 말.

348) 五官(오관) : 각지의 주州와 군郡의 속관인 오관연五官掾의 약칭.

349) 宏普(굉보) : 절 이름인 홍보사弘普寺의 다른 표기. '굉宏'은 청 건륭제乾隆帝의 휘諱(弘曆) 때문에 고쳐 쓴 것이다.

350) 臨汝靈侯(임여령후) : 남조南朝 양梁나라 때 종실 사람 소유蕭猷의 별칭. '임여'는 봉호이고, '령'은 시호. ≪남사・소유전≫권51 참조.

351) 南平嗣王(남평사왕) : 남조南朝 양梁나라 때 종실 사람 소각蕭恪의 별칭. ≪양서・남평왕소위전南平王蕭偉傳≫권22에 의하면 남평왕南平王 소위蕭偉의 네 아들 가운데 세자인 소각이 뒤를 이어 남평왕에 올랐다고 적혀 있다.

352) 張雍州(장옹주) : 남조南朝 남제南齊 때 옹주자사雍州刺史를 지낸 장경아張敬兒의 별칭. ≪남제서・장경아전≫권25 참조.

353) 桂陽藩王(계양번왕) : 남조南朝 남제南齊 고제高帝 소도성蘇道成의 8남인 소삭蕭鑠의 봉호. ≪남제서・소삭선≫권35 참조.

354) 河間(하간) : 전한 때 경제景帝의 열네 번째 아들 하간왕河間王 유덕劉德(?-

○당초 내각을 나서 서성(중서성)에 있을 때, 황명에 힘입어 오경의 정본과 부본을 선물받았다. (산동성) 낭야군을 다스릴 때는 서책을 지급하라는 황명을 받았고, 아울러 사사로이 필사본을 만들었다. 동쪽의 고을을 다스릴 때는 ≪사기≫ ≪한서≫ ≪삼국지≫ ≪진서≫를 필사하였고, 다시 선부상서選部尙書(이부상서) 유유劉孺(살펴보건대 '유孺'는 원본에 '유儒'로 되어 있으나, ≪양서≫에 '유유劉孺가 이부상서를 지냈다'는 말은 있어도 '유유劉儒'라는 말이 없기에 삼가 교감을 통해 바로잡는다)의 집과 통직산기시랑 사언원의 집에 있던 서책을 필사하였으며, 또 사람을 (절강성) 오흥군으로 보내 하후단을 찾아가서 서책을 필사케 하였고, 또 태중대부 우천의 집에 있는 서책을 필사하였다. (강소성) 단양윤을 지낼 때는 글을 올려 선왕의 궁중에 있던 서책을 요청하고, 다시 (강서성) 신투현과 (호북성) 상황현·(강서성) 신오현으로 가서 격오놀이에 관한 글을 필사케 하여 소량을 얻었다. (강소성) 양주자사를 지낼 때는 오중 일대의 여러 사대부들을 찾아가서 ≪기거주≫를 필사하였고, 또 간숙공簡肅公 서면徐勉의 ≪기거주≫를 얻었다. 전에 (호북성) 형주자사로 있을 때는 진안왕의 아들이 당시 (섬서성) 옹주를 진수하고 있었기에 글을 올려 필사를 요청하였고, 근자에는 (사천성) 촉주로 들어가 다시 서책을 필사하였으며, 또 고을 주민인 종맹견을 시켜 도시로 내려가서 서책을 얻게 하였고, 또 중기실中記室 포천鮑泉의 서책을 얻었다. 안성탕왕(소기蕭機)이 (호남성) 상주에서 사망하자 다시 사람을 시켜 찾아가서 서책을 필사케 하였다. (하남성) 남군 사람으로서 형인 유지린劉之遴과 동생인 유지형劉之亨, (호북성) 강하군 사람으로서 별가직을 지낸 악법재, 주부직을 지낸 교종喬宗 유중회庾仲回, 격승格僧 유정법庾正法이 소지하고 있던 경서들은 그들의 집안 사람들이 모

B.C.130)을 가리키는 말. '하간'은 봉호. 시호가 '헌獻'이어서 '하간헌왕'으로도 불렸다. 학문을 좋아하여 한나라 왕실의 장서각藏書閣과 맞먹을 정도로 많은 서책을 수집하였다는 기록이 ≪한서·하간헌왕유덕전≫권53에 전한다.

두 필사하여 준 것이다. 또 승려인 염법사의 여러 해설서와 여러 불경의 서문을 얻었고, 또 두타사의 담지법사가 가지고 있던 음양·복축·종택 등에 관한 서책도 얻었으며, 또 고을 주민인 주담원이 보낸 기이한 서책들도 얻었고, 또 장사사의 경장에서 경공을 찾아가 사부의 서책을 필사하였으며, 또 (강서성) 강주에 있는 강혁의 집에서 (유송劉宋 문제文帝) 원가(424-453) 연간 전후의 서책 다섯 질을 얻었고, 또 요개가 있는 곳으로 찾아가 세 질을 얻었으며, 또 강녹이 있는 곳으로 찾아가 네 질을 얻으니 한 부로 만들기에 충분하였다. 도합 스무 질에 115권으로 모두가 원가(424-453) 연간 때 서책이라서 종이나 먹물이 지극히 정교하였다. 또 원가(424-453) 연간에 출간한 ≪후한서≫와 ≪사기≫ ≪속한춘추≫ ≪주관(주례)≫ ≪상서(서경)≫ 및 여러 문인의 문집을 모았더니, 가히 천 권이 넘을 정도였다. 또 작은 글씨로 쓴 ≪주역(역경)≫ ≪상서(서경)≫ ≪주관(주례)≫ ≪의례≫ ≪예기≫ ≪모시(시경)≫ ≪춘추경≫ 각 일부를 모았다. 또 공앙을 시켜 ≪한서≫ ≪후한서≫ ≪사기≫ ≪삼국지≫ ≪진양추≫ ≪장자≫ ≪노자≫ ≪주후방≫ ≪이소≫ 등을 필사케 하였는데, 도합 634권으로 모두 하나의 두건 상자에 넣고 보니 서책이 무척 정교하였다. (강소성) 석두성으로 돌아와 군사업무를 볼 때는 ≪원유중가의소≫를 필사하였다. (강서성) 강주자사를 지낼 때는 다시 자의참군諮議參軍 소분蕭賁과 중기실中記室 유완劉緩·녹사참군錄事參軍 주굉직周宏直 등의 서책을 필사하였다. 당시 나향후 소열蕭說이 (하남성) 안성군에서 방어에 실패하였기에, 다시 자의참군 왕승변王僧辯을 보내 소열의 서책을 얻게 하였다. 또 마침 오평광후(소경蕭景)가 관장하던 (광동성) 광주가 함락되었기에, 집조참군集曹參軍 하면何沔을 시켜 서책을 필사케 하였다. 또 마침 형산후(소공蕭恭)가 관장하던 (섬서성) 옹주가 함락되었기에, 다시 서책을 필사하였다. 또 좌위장군左衛將軍 난흠蘭

欽이 (섬서성) 남정현에서 돌아왔기에, 다시 난흠의 서책을 필사하였다. 왕왕 장강을 건너 남하하기 전의 서책들은 간혹 그 사이에 제작된 것들이라서 무척 진귀하였다. (호남성) 상주자사 장찬張纘이 일찍이 서책을 선물로 보내왔는데, 번광이 주를 단 ≪이아≫와 같은 예가 바로 그것이다. 또 (강서성) 예장태수를 지낸 장관張綰이 일찍이 서책을 선물로 보내왔는데, ≪고승전≫과 같은 예가 바로 그것이다. 또 (강서성) 파양현령을 지낸 범서范胥가 일찍이 서책을 선물로 보내왔는데, (후한) 고유(살펴보건대 '유誘'가 원본에는 '주遒'로 되어 있기에, 삼가 교감을 통해 바로잡는다)가 주를 단 ≪전국책≫과 같은 예가 바로 그것이다. 은자 왕진지(살펴보건대 ≪수서·경적지≫권33에는 '진縝'이 '진瑱'으로 되어 있다)가 일찍이 서책을 선물로 보내왔는데, ≪동자전≫과 같은 예가 바로 그것이다. 또 동림사의 지표법사를 찾아가 서법에 관한 서책을 필사하였는데, 당초 호군 위예韋叡가 선물로 준 몇 권과 같았다. 다음으로 다시 정자貞子 은균殷鈞이 선물로 보내오고, 그뒤에 다시 범보를 시켜 서법에 관한 서책을 구입하였으며, 또 반보리를 시켜 서법에 관한 서책을 구입케 하였는데, 모두가 (진晉나라) 왕희지王羲之·왕헌지王獻之 두 사람의 서체였다. 고을에서 오관연을 지낸 주작이 옛 필적을 많이 가지고 있어 거의 5백 권이 넘었는데, 그것들을 모두 남겨 손님을 모시는 방에 보관하였다. 전서체 또한 3백 권이 넘는 것을 모두 남겼기에, 그래서 마침내 여러 필적을 축적할 수 있었다. 또 (절강성) 회계군 홍보사의 혜교도인을 찾아가 그것들을 모았다. 임여영후(소유蕭猷)가 (사천성) 익주에서 돌아오면서 결국은 대부분 처리할 수 있었다. 뒤에 다시 악언춘과 유지린 등의 서책을 거의 5천 권이나 보유하게 되었다. 또 남평사왕(소각蕭恪)의 서책을 얻었고, 또 (섬서성) 옹주자사를 지낸 장경아張敬兒의 서책을 얻었으며, 또 계양번왕(소삭蕭鑠)의 서책을 얻었고, 또 유지원(살펴보건대 '유지원留之遠'은 '유지린劉之遴'의 오기인 듯하다)의 서책을 얻었다. 내 올해로 46세가 되었는데, 서책을 모은 이래로 40년 동안 8만 권의 서적을 얻었으니, (전한 때) 하간왕(유덕劉德)이 한나라 왕실과 맞먹을 정도로 서책을 수집했다고 하나, 이를 능가한다고 말할 만하겠다.

□二南五覇篇七(7 이남오패편)

▶案此篇僅存三條, 皆與說蕃篇同, 疑說蕃篇中有二南[355]・五覇[356]之事, 後人因誤分之, 非原有之月也. 觀晁氏讀書志[357], 亦無此目, 可見. 今存其目, 而刪其文, 謹識於此.

▷살펴보건대 이 편에는 단지 세 가지 조항이 남아 있는데, 모두 <설번편>과 동일한 것으로 보아 아마도 <설번편> 가운데 '이남' '오패'에 관한 고사가 있던 것을 후인이 잘못하여 분리한 것이지, 원래 있었던 내용은 아닌 듯하다. (송나라) 조공무晁公武의 ≪군재독서지≫를 살펴보아도 역시 이 제목이 없다는 것을 알 수 있다. 이제 그 제목만 남기고, 그 소속 문장은 삭제하면서 삼가 여기에 기록하여 밝힌다.

■金樓子卷二■

355) 二南(이남) : ≪시경≫에 실려 있는 15국풍國風 가운데 주남周南과 소남召南을 아우르는 말. 결국 ≪시경≫을 가리킨다.

356) 五霸(오패) : 춘추시대 때 제후국 가운데 다섯 강국의 군주를 아우르는 말. 제齊나라 환공桓公・진晉나라 문공文公・초楚나라 장왕莊王・오吳나라 합려闔閭・월越나라 구천句踐을 가리킨다는 ≪순자荀子≫의 설, 제나라 환공・진나라 문공・진秦나라 목공穆公・초나라 장왕・오나라 합려를 가리킨다는 후한 바고班固의 ≪백호통의白虎通義≫의 설, 제나라 환공・진나라 문공・진나라 목공・송宋나라 양공襄公・초나라 장왕을 가리킨다는 ≪맹자≫의 설, 제나라 환공・송나라 양공・진나라 문공・진나라 목공・오나라 부차夫差를 가리킨다는 당나라 안사고顔師古의 설 등 여러 견해가 있다.

357) 讀書志(독서지) : 송나라 조공무晁公武가 고대 전적典籍에 관해 쓴 서지학 저서인 ≪군재독서지郡齋讀書志≫의 약칭. ≪독서지≫ 4권과 ≪후지後志≫ 2권은 조공무가 지었고, ≪고이考異≫ 1권과 ≪부지附志≫ 1권은 조희변趙希弁이 지었다. 다만 원나라 마단림馬端臨(약1254-1323)의 ≪문헌통고文獻通考≫에서 인용한 내용과 다른 부분이 많은 것으로 보아 여러 판본이 존재했을 것이다. ≪사고전서간명목록・사부・목록류≫권8 참조.

■金樓子卷三■

□說蕃篇八(8 설번편)

▶案, 此篇雜擧古侯王[1]善惡之事, 以列勸戒, 而宗室爲多其事, 多以類相從. 如所謂‘昔蕃屛[2]之盛德者某某,’ ‘功業無成者某某,’ 是也. 其他如劉章以下四人, 則以武功著, 劉長以下十二人, 則多以悖逆得罪. 意原書必各有摽目, 半佚之矣. 今未敢輒補, 謹識於此.

▷살펴보건대 이 <설번편>에서는 옛날 제후들의 선악에 관한 일들을 잡다하게 들어서 권선징악의 사례로 나열하고 있지만, 왕실에는 그러한 사례가 많아 종류별로 서로 묶을 수 있는 것이 많다. 이를테면 이른바 ‘옛날에 변방의 요충지에서 큰 공을 세운 자는 아무개이다’ ‘공적을 이루지 못 한 자는 아무개이다’라고 하는 것이 바로 그러한 예이다. 나머지 (전한) 유장劉章 이하 네 명은 무공으로 이름을 떨쳤고, 유장劉長 이하 열두 명은 대부분 반역으로 죄값을 치렀다. 생각해 보건대 원서에는 틀림없이 각기 제목이 있었을 터이나 태반이 실전되었다. 그래서 이제 즉흥적으로 보충할 수 없기에, 삼가 여기에 기록하여 밝힌다.

●周公[3]攝政, 管叔[4]欲爲亂. 因是流言於國曰, “公將不利孺子[5].” 奄君[6]聞之, 說祿父[7]擧兵, 祿父及三監[8], 遂貳[9]于公. 公謂召公[10]曰,

---

1) 侯王(후왕) : 제후나 군왕에 대한 범칭.
2) 蕃屛(번병) : 울타리나 담장을 뜻하는 말로 왕실이나 나라를 지키는 변방의 요충지를 비유한다.
3) 周公(주공) : 주周나라 무왕武王 희발姬發의 동생이자 성왕成王 희송姬誦의 숙부인 희단姬旦에 대한 존칭. 성왕이 나이가 어려 섭정攝政을 하였고, 성왕이 성장한 뒤 물러나 노魯나라를 봉토封土로 받았다. ≪사기·노주공세가魯周公世家≫권33 참조.
4) 管叔(관숙) : 주周나라 문왕文王의 셋째 아들로 무왕武王의 동생이자 주공周公(희단姬旦)의 형이다. ‘관管’은 봉호封號이고, ‘숙叔’은 자.
5) 孺子(유자) : 어린아이. 여기서는 무왕武王이 죽고 나서 어린 나이에 왕에 오른 성왕成王을 가리킨다.
6) 奄君(엄군) : 주周나라 때 제후국인 엄奄나라의 군주를 이르는 말.
7) 祿父(녹보) : 은殷(상商)나라 마지막 왕인 주왕紂王의 아들 무경武庚의 본명. 주周나라 무왕武王이 죽고 나서 어린 성왕成王이 즉위하였을 때 관숙管叔·채숙蔡叔과 함께 반란을 일으켰다가 주공周公에게 살해당했다.

“我攝政者, 恐天下叛周也, 無以告我先王.” 乃奉成王命, 東征克殷, 殺祿父, 踐奄, 誅其君, 戮管叔, 殺蔡叔[11], 降霍叔[12]爲庶人. 王旣惑流言, 意愈不悅. 時雷電且風, 禾黍盡偃, 大木皆拔. 王懼, 與大夫[13]啓金縢[14]書. 王執書, 泣曰, “公勤勞王家, 予不知. 今天動威, 彰公之德.” 王遂夜迎公. 天乃雨, 反風, 禾盡起. 公定鼎郟鄏[15]. 越裳氏[16]以三象重九譯[17], 獻白雉. 肅愼[18]又來入貢, 獻白雉. 旦讀書一百篇, 夕則見士七十人也. 鸞鳳至, 蓂莢[19]生. 公以天下旣定,

---

8) 三監(삼감) : 주周나라 때 은殷나라의 유민遺民을 감독하던 세 사람을 아우르는 말. 관숙管叔·채숙蔡叔·무경武庚을 가리킨다는 설이 있고, 관숙·채숙·곽숙霍叔을 가리킨다는 설이 있다.

9) 貳(이) : 두 마음을 먹다, 배신하다.

10) 召公(소공) : 주周나라 무왕武王 희발姬發의 동생이자 성왕成王 희송姬誦의 숙부인 희석姬奭의 시호. 강태공姜太公·주공周公·사관史官 윤일尹逸과 더불어 주나라의 ‘사성四聖’으로 불렸다. ≪사기·연소공세가燕召公世家≫권34 참조.

11) 蔡叔(채숙) : 주周나라 무왕武王 희발姬發과 주공周公 희단姬旦의 동생이자 성왕成王 희송姬誦의 숙부인 희도姬度. ‘채’는 봉호.

12) 霍叔(곽숙) : 주周나라 무왕武王 희발姬發과 주공周公 희단姬旦의 동생이자 성왕成王 희송姬誦의 숙부인 희처姬處. ‘곽’은 봉호.

13) 大夫(대부) : 주周나라 때 신분 구분인 공公·경卿·대부大夫·사士의 하나. 삼공三公과 구경九卿 아래로 상대부上大夫·중대부中大夫·하대부下大夫가 있고, 그 밑으로 다시 상사上士와 중사中士·하사下士가 있었다. 후대에는 벼슬아치에 대한 범칭汎稱으로 쓰기도 하였다.

14) 金縢(금등) : 금속 띠로 봉한 책상자를 이르는 말. 귀중한 서적을 비유하는 말로 ≪서경·주서周書≫권12의 한 편명이기도 한다.

15) 郟鄏(겹욕) : 주周나라 때 하남성에 있었던 두 고을 이름. 지금의 낙양 일대를 가리킨다. 하나의 고을 이름으로 보는 설도 있다.

16) 越裳氏(월상씨) : 고대 중국의 남해에 있었던 이민족 국가 이름.

17) 重九譯(중구역) : 아홉 차례 통역을 반복하다. 즉 여러 차례 통역을 거쳐 의사소통하는 것을 말한다.

18) 肅愼(숙신) : 중국 동북방의 흑룡강黑龍江과 송화강松花江 일대에 살던 소수민족 이름. 주周나라 때는 호시楛矢와 석노石砮를 공물로 바쳤다. ≪후한서·동이전東夷傳≫권115 참조. 시대마다 명칭이 바뀌어 주周나라 때는 숙신肅愼, 한나라 때는 읍루挹婁, 북조北朝 때는 물길勿吉, 수당隋唐 때는 말갈靺鞨, 송나라 때는 여진女眞이라고 하였다.

19) 蓂莢(명협) : 초하루에 한 잎이 생겨서 보름날이 되면 열다섯 장의 잎이 자라고, 16일 뒤로는 한 잎씩 떨어져 그믐날이 되면 다 떨어진다는 전설상의 풀이름. 당唐나라 요왕堯王이 이를 살펴서 역법曆法을 계산했다는 고사로 인해

宜有事于河洛，示神祇[20]之變，定人神之徵．往從之，沈璧于河，有光滿河，靑龍銜元甲圖而出．元龜[21]甲有赤字，公寫之，書成，其赤字隨滅．龜於是墮甲而去．景星[22]見，醴泉[23]吐，麒麟出，朱草[24]生．王以公勳勞天下．九十九薨[25]．

○(주나라) 주공(희단姬旦)이 섭정을 하자 관숙이 반란을 일으키려고 하였다. 이 때문에 도성에 "주공은 어린 임금에게 도움이 되지 못 한다"는 유언비어가 퍼졌다. 엄나라 군주가 이 소식을 듣고서 녹보에게 군대를 일으키라고 설득하였기에, 녹보가 관숙管叔·채숙蔡叔·무경武庚과 함께 마침내 주공에게 반기를 들었다. 그러자 주공이 (동생인) 소공(희석姬奭)에게 말했다. "내가 섭정을 하는 것은 천하가 주나라에 반기를 들까 염려해서이니, 우리 선왕의 신위에는 고하지 마시게." 이에 성왕의 명을 받들고 동쪽으로 정벌길에 나서서 은나라를 물리치고, 녹보를 죽이고, 엄나라를 침략하여 그 군주를 죽이고, 관숙을 죽이고, 채숙을 죽이고, 곽숙을 서인으로 강등시켰다. 그러나 성왕은 유언비어에 현혹되어 마음이 더욱 불쾌한 상태였다. 그러자 때마침 우레와 번개가 치고 강풍이 불어서 곡식이 모두 쓰러지고, 커다란 나무들이 모두 뽑혔다. 성왕은 두려운 마음에 대부와 함께 금등서를 펼쳤다.

'요명堯蓂'이라고도 한다.

20) 神祇(신기) : 천지간에 모든 신을 통칭하는 말. '신神'은 천신天神을 가리키고, '기祇'는 지신地神을 가리키며, 사람의 혼령은 '귀鬼'라고 하여 구별하였다.

21) 元龜(원귀) : 점을 칠 때 사용하는 커다란 거북을 이르는 말. 귀감, 모범을 비유할 때도 있다.

22) 景星(경성) : 태평성대에 나타난다는 상서로운 큰 별을 이르는 말.

23) 醴泉(예천) : 태평성대에 나타난다는 전설상의 달콤한 물 이름.

24) 朱草(주초) : 붉은 색을 띤 풀. 천하가 태평할 때 자란다는 상서로운 풀을 가리킨다.

25) 薨(훙) : 제후나 공경公卿·비빈妃嬪·공주 등 신분이 높은 사람이 죽었을 때 쓰는 말. ≪예기·곡례하曲禮下≫권5에 의하면 천자의 죽음은 '붕崩'이라고 하고, 공경의 죽음은 '훙薨'이라고 하고, 대부大夫의 죽음은 '졸卒'이라고 하고, 사士의 죽음은 '불록不祿'이라고 하고, 평민의 죽음은 '사死'라고 하여 신분에 따라 죽음에 대한 표현에도 차이를 두었다.

성왕이 글을 손에 들고 눈물을 흘리며 말했다. "주공이 왕실을 위해 애쓰는데도 내가 몰라주었구나. 이제 하늘이 위엄을 보임으로써 주공의 덕을 밝히는 것이로구나." 성왕이 결국 밤에 주공을 맞아들였다. 그러자 하늘에서 비가 내리고, 바람이 거꾸로 불어서 벼가 모두 일어섰다. 주공은 (하남성) 겹욕 일대에다가 보정寶鼎을 정착시켰다. 그러자 월상씨가 코끼리 세 마리를 여러 차례 통역을 거쳐 보내고, 흰 꿩을 바쳤다. 숙신족도 공물을 바치러 찾아와 흰 꿩을 바쳤다. 주공은 아침에는 백 편에 달하는 문서를 읽고, 저녁에는 70명이나 되는 선비를 접견하였다. 그러자 난새와 봉황이 찾아오고, 명협이 자랐다. 주공은 천하가 이미 안정되었기에, 황하와 낙수에 제사를 지내고, 천지신의 변화를 살피고, 귀신의 반응을 안정시켜야 한다고 생각하였다. 그래서 그곳으로 찾아가 이를 실천하면서 황하에 구슬을 가라앉히자 빛이 황하를 가득 메우더니, 청룡이 커다란 거북의 등껍질에 새겨진 그림을 물고서 나타났다. 커다란 거북의 등껍질에 붉은 글자가 있어 주공이 이를 필사하였는데, 필사가 끝나자 그 붉은 글자가 덩달아 사라졌다. 그러자 거북은 등껍질을 벗어버리고는 사라져 버렸다. 경성이 출현하고, 달콤한 샘물이 솟아나고, 기린이 나타나고, 주초가 자랐다. 성왕은 주공이 천하에 큰 공을 세웠다고 인정하였다. 주공은 99세에 생을 마쳤다.

● 召公奭與周同姓姬氏. 周武王之滅紂, 封召公於燕. 其在成王時, 召公爲三公[26]. 自陝以西, 召公主之, 自陝以東, 周公主之. 成王旣幼, 周公攝政, 當國祚[27]. 召公疑之, 作君奭[28], 君奭不說周公. 周公稱,

---

26) 三公(삼공) : 세 명의 재상을 일컫는 말. 시대마다 차이가 있는데, 주周나라 때는 태사太師·태부太傅·태보太保를 삼공이라고 하다가, 진秦나라와 전한 초에는 승상丞相·어사대부御史大夫·태위太尉를 삼공이라고 하였고, 전한 말엽에는 대사마大司馬(태위太尉)·대사도大司徒·대사공大司空을 삼공이라고 하였으며, 후대에는 태위太尉·사도司徒·사공司空을 삼공이라고 하였다.

"湯時有伊尹[29], 假于皇天[30]. 在太戊[31]時, 則有若伊陟[32]·臣扈[33], 假于上帝, 巫咸[34]治于家. 祖乙[35]時, 有巫賢, 武丁[36]時, 有廿盤[37], 保乂[38]于殷也." 於是召公乃說之. 召公治四方, 甚得兆民[39]和. 召公巡行鄉邑, 有棠樹, 決獄政事於其下. 自侯伯[40]庶人, 各得其所, 無失職者.

○소공 희석姬奭은 주나라 왕실과 성씨가 같은 '희'씨이다. 주나라 무왕은 (은나라 마지막 군주인) 주왕을 물리치고 소공을 연나라에 봉하였다. (무왕의 아들인) 성왕 때 소공은 삼공에 올랐다. (하남성) 겹읍 서쪽은 소공이 관장하고, 겹읍 동쪽은 주공이 관장하였다. 성왕이 나이가 어렸기에 주공이 섭정을 맡아 권력을 휘둘렀다. 소공이 자신을 의심하자 주공은 <군석>을 지었는데, <군석>은 주공의 마음을 불편하게 하였다. 그래서 주공은 "(상

27) 國祚(국조) : 국가의 운명이나 임금의 권좌를 이르는 말.
28) 君奭(군석) : 주공周公이 동생인 소공召公을 부르면서 '자네 희석姬奭'이라고 한 호칭한 것을 뜻하는 말로서 ≪서경·주서周書·군석君奭≫권15의 편명이기도 하다. 소공이 사직하려고 할 때 주공이 만류하며 한 말을 기록한 것이다.
29) 伊尹(이윤) : 상商나라 탕왕湯王 때의 명재상. 탕왕의 삼고초려三顧草廬로 출사하여 상나라의 건국을 도왔다.
30) 皇天(황천) : 천제天帝의 별칭.
31) 太戊(태무) : 상商나라 제10대 임금인 중종中宗의 이름.
32) 伊陟(이척) : 상商나라 태무太戊 때의 재상이자 이윤伊尹의 아들.
33) 臣扈(신호) : 상나라 태무 때의 대신으로 이척伊陟과 함께 태무를 보좌하고 이윤伊尹의 업적을 계승하였다.
34) 巫咸(무함) : 전설상의 인물. 황제黃帝 때 사람, 당唐나라 요왕堯王 때 사람, 은殷나라 때 사람이라는 여러 설이 있는데, 여기서는 후자를 가리킨다. 또 무팽巫彭이 의사이고 무함巫咸은 무당이라는 설(≪여씨춘추呂氏春秋≫)이 있는가 하면, 무함巫咸이 의사란 설(진晉나라 곽박郭璞 설)도 있다.
35) 祖乙(조을) : 상商나라 제14대 임금.
36) 武丁(무정) : 상商나라 제23대 왕으로 묘호는 고종高宗.
37) 廿盤(입반) : 상나라 고종(무정武丁) 때 현신賢臣인 감반甘盤의 오기. 자형의 유사성으로 인한 필사 과정상의 단순 오기로 보인다.
38) 保乂(보예) : 잘 다스리다, 편안하게 해 주다.
39) 兆民(조민) : 천자의 백성을 이르는 말.
40) 侯伯(후백) : 후작과 백작, 즉 제후를 이르는 말. 다섯 작위 중에 직급이 공작公爵 다음으로 높기에 여러 제후 가운데 수장首長을 뜻할 때도 있다.

나라) 탕왕 때는 이윤이 천제의 덕을 빌렸소. 태무(중종中宗) 때는 이척과 신호 같은 현신이 있어 천제의 덕을 빌렸고, 무함이 가문을 잘 다스렸소. 조을 때는 무현이, 무정 때는 감반이 은나라를 잘 다스렸소"라고 하였다. 그러자 소공이 마침내 흡족해 하였다. 소공은 사방을 잘 다스려 백성들에게 큰 호응을 받았다. 소공은 여러 고을을 순행할 때 팥배나무가 있으면, 그 아래서 옥사를 해결하고 정사를 펼쳤다. 여러 제후로부터 서민에 이르기까지 각기 제자리를 찾았기에 실직한 자가 없었다.

●齊桓公小白41), 雍林42)人, 襲殺齊君無知43). 桓公之立, 發兵攻魯. 心欲殺管仲44), 鮑叔45)諫, 桓公從之, 乃佯爲召管仲, 欲甘心實用之. 管仲知之, 故往見桓公. 桓公序禮, 以爲大夫, 任政. 桓公旣得管仲, 鮑叔·隰朋·高傒修政齊國, 連五家之兵, 伐魯. 魯莊公請獻遂46)邑, 以平諸侯, 會桓公于甄47), 而桓公始霸焉. 山戎48)伐燕, 告急于齊, 桓公救燕, 遂伐山戎, 至孤竹49)而還. 衛文公有狄亂, 告急于齊, 率諸侯, 城楚邱, 而立衛君. 伐蔡, 蔡潰, 遂伐楚, 楚盟而去.

---

41) 小白(소백) : 춘추시대 제나라 환공의 이름.
42) 雍林(옹림) : 지명. 소재지는 미상.
43) 無知(무지) : 춘추시대 제齊나라 제후의 이름. 군주인 제아諸兒를 시해하였다고 전한다.
44) 管仲(관중) : 춘추시대 제齊나라 사람 관이오管夷吾(?-B.C.645). '중'은 자. 환공桓公을 여러 차례 암살하려다가 실패하였으나, 포숙아鮑叔牙의 도움으로 환공 밑에서 재상에 올라 부국강병책으로 제나라를 강국으로 만들었다. 이름보다는 자인 '중仲'을 써서 관중管仲으로 흔히 불리며, 변치 않는 우정을 의미하는 '관포지교管鮑之交'라는 고사성어로 유명하다. 저서로 ≪관자管子≫ 24권이 전한다. ≪사기·관중전≫권62 참조.
45) 鮑叔(포숙) : 춘추시대 제齊나라 대부大夫 포숙아鮑叔牙. '숙'은 자. 관중管仲('중'은 관이오管夷吾의 자)과 함께 환공桓公을 보좌하여 패업을 이루었고, 두터운 우정을 뜻하는 고사성어인 '관포지교管鮑之交'로 유명하다.
46) 遂(수) : 춘추시대 때 산동성에 있었던 고을이자 제후국 이름.
47) 甄(견) : 춘추시대 때 산동성에 있었던 땅 이름.
48) 山戎(산융) : 중국 북방의 이민족 이름. 후대의 선비족鮮卑族과 같다.
49) 孤竹(고죽) : 상고시대 때 하북성에 있었던 제후국 이름.

狄伐陳, 夏會諸侯於葵邱. 周襄王賜桓公文武胙[50]・彤弓・大輅[51]. 是歲, 秦穆入晉公子夷吾[52], 桓公于是討晉亂, 至高梁[53], 使隰朋立晉君而還. 是時周室衰微, 獨齊爲中國, 令諸侯成周[54]也.

○(춘추시대) 제나라 환공 소백은 옹림현 사람으로 제나라 군주 무지를 암살하였다. 환공은 군주의 자리에 오르자 군대를 일으켜 노나라를 공격하였다. 또 내심 관중을 죽이려고 했지만, 포숙이 간언하는 바람에 환공은 그의 말을 따라 짐짓 관중을 소환하는 척하면서 내심으로는 그를 실제 등용하고자 하였다. 관중이 이를 알고서 부러 환공을 찾아가 알현하였다. 환공은 예의를 갖춰 그를 대부에 임명해서 정사를 맡겼다. 환공이 관중을 얻고 난 뒤, 포숙・습붕・고혜가 제나라의 정사를 바로잡아 다섯 가구마다 군대를 편성해서 노나라를 침략하였다. 노나라 장공이 (산동성) 수읍을 바쳐서 제후들의 평정을 돕겠다고 청하고는 (산동성) 견읍에서 환공과 회맹을 맺으니, 환공이 비로소 패자의 위치에 올랐다. 산융족이 연나라를 침공하여 연나라가 제나라에 위급함을 알리자, 환공은 연나라를 구원하여 마침내 산융족을 정벌하고 고죽국까지 갔다가 돌아왔다. 또 위나라 문공이 북적北狄의 반란으로 제나라에 위급함을 알리자, 제후들을 이끌고 초구에 성을 쌓아 위나라 군주를 옹립하였다. 채나라를 침략하여 채나라가 멸망

---

50) 文武胙(문무조) : 주周나라 문왕文王과 무왕武王에게 제사지내기 위해 마련하는 제삿고기를 이르는 말.

51) 大輅(대로) : 천자의 수레를 이르는 말. 상商나라 때 천자의 수레를 '대로大輅'라고 칭한 데서 유래하였다.

52) 夷吾(이오) : 춘추시대 진晉나라 혜공惠公의 이름. 헌공獻公의 아들로서 공자의 신분이었으나 여희驪姬가 자신이 낳은 해제奚齊를 태자에 앉히려고 시도하는 바람에 공자인 중이重耳와 함께 축출당했다가 뒤에 귀국하여 즉위하였다.

53) 高梁(고량) : 하북성을 흐르는 강물 이름. 사천성에 위치한 산 이름을 가리킬 때도 있다.

54) 成周(성주) : 하남성 낙양에 도읍을 정한 성왕成王 때를 이르는 말. 주周나라를 지칭하기도 하고 낙양을 가리키기도 하는데, 여기서는 결국 전자를 가리킨다.

하자 급기야 초나라를 침략하니, 초나라가 맹약을 맺고서 떠났다. 북적이 진陳나라를 침략하자 여름에 채구에서 제후들과 회합하였다. 그러자 (천자국인) 주나라 양왕이 환공에게 문왕과 무왕에게 제사지낼 때 사용할 제삿고기와 붉은 활・천자의 수레를 하사하였다. 그해에 진秦나라 목공이 진晉나라 공자 이오를 받아들이자, 환공은 진晉나라의 혼란을 잠재우고 고량수에 이르러 습붕을 시켜서 진晉나라 군주를 세우고 돌아오게 하였다. 당시는 주나라 왕실이 쇠퇴하였기에, 오직 제나라가 중원의 중심 역할을 맡아 제후국들과 주나라에 명을 내릴 수 있었다.

●晉文公重耳[55], 生而駢脇[56]. 年十七, 賢士五人曰, 趙衰[57]・狐偃・咎犯・賈佗・先軫. 晉惠公卒, 重耳得入, 是爲文公. 晉人多附焉. 周襄王以弟難出, 居鄭, 告急, 晉乃發兵, 至陽樊[58], 圍溫[59], 入襄王於周. 周王賜晉河內・陽樊, 命晉侯爲伯[60].

○(춘추시대) 진나라 문공은 이름이 중이로 태어나면서부터 갈비뼈가 하나로 붙어 있을 정도로 기골이 장대하였다. 나이 열일곱 살에 어진 선비 다섯 명을 거느렸는데, 그들의 성명은 '조최' '호언' '구범' '가타' '선진'이다. 진나라 혜공이 사망하자 중이가 입궐하니, 그가 바로 문공이다. 진나라 사람들이 대부분 그를 따랐다. 주나라 양왕이 동생의 반란으로 쫓겨나 정나라에 머물게 되어 정나라에서 급변을 알리자, 진나라가 군대를 일으켜 (하남성)

55) 重耳(중이) : 춘추시대 진晉나라 문공文公의 이름. 헌공獻公과 혜공惠公의 뒤를 이어 즉위하여 진나라를 강국으로 만들었다.
56) 駢脇(변협) : 문맥상으로 볼 때 '변협騈脇'의 오기인 듯하다. '변협'은 갈비뼈가 하나로 붙은 상태를 뜻하는 말로 풍채가 우람하고 건장한 것을 비유한다.
57) 趙衰(조최) : 이하 5인은 진晉나라 문공文公이 망명할 때 수행했던 충신들의 성명을 가리킨다.
58) 陽樊(양번) : 춘추시대 때 하남성에 있었던 땅 이름.
59) 溫(온) : 춘추시대 때 하남성에 있었던 땅 이름.
60) 伯(패) : 패자, 우두머리를 이르는 말. '패霸'와 통용자.

양번에 이르렀다가 온 땅을 포위함으로써 양왕을 주나라로 입궐할 수 있게 하였다. 그래서 주나라 천자는 진나라에 하내군과 양번을 하사하고, 진나라 군주를 제후국의 패자로 임명하였다.

●秦穆公任好[61)]卽位, 晉獻公滅虞虢[62)], 虜虞君. 秋, 公自將伐晉, 戰於河西. 晉驪姬[63)]作亂, 夷吾使人謂秦, 求入晉公, 許, 使百里奚[64)]將兵, 送夷吾. 夷吾謂曰, "若得立, 請割晉之河西八城, 予秦." 及至已立而不予. 旱, 請粟於秦公, 公與之. 秦饑, 請粟於晉, 晉因饑伐秦. 使丕豹[65)]往擊之, 與晉惠公夷吾合戰於韓地. 晉君棄其軍, 與秦爭利, 還而馬縶, 穆公追之不得, 反爲晉君所圍. 岐山下食善馬[66)]者三百人, 馳冒解圍, 遂脫穆公, 反生得晉公, 獻其河西地. 發兵襲鄭, 賈人弦高持十二牛, 賣之, 因見秦兵, 獻其牛曰, "聞大國將誅鄭, 鄭君謹修守備, 令臣以牛勞軍士." 秦三將軍相謂曰, "將襲鄭, 鄭人覺之, 往無及已." 滅滑[67)], 晉之邊邑. 當是時, 晉文公喪, 未葬, 太子襄公怒, 縗絰[68)]發兵, 遮秦兵于殽[69)], 擊大破之, 虜三將. 晉文公夫

---

61) 任好(임호) : 춘추시대 진秦나라 목공穆公의 이름.

62) 虞虢(우괵) : 춘추시대 때 두 제후국 이름.

63) 驪姬(여희) : 원래 춘추시대 때 여융驪戎의 여자였으나, 진晉나라 헌공獻公이 여융을 정벌하고 그녀를 데려다가 부인으로 삼았다. 아들 해제奚齊를 낳자 태자인 신생申生을 무고로 죽이고 공자인 중이重耳와 이오夷吾를 축출한 다음, 자신의 아들인 해제를 태자에 앉혔다가 헌공이 죽은 뒤 아들과 함께 살해당했다. 이에 대한 고사는 ≪좌전·희공僖公4년≫권11에 전한다.

64) 百里奚(백리해) : 춘추시대 진秦나라의 승상. '백리'는 복성複姓. 한편으로는 성이 '백'이고 '리'가 자이며 '해'가 이름이란 설도 있다. 본래는 우虞나라 대부大夫였으나 우나라 군주가 어리석어 진나라 목공穆公에게 귀의해서 패업霸業을 이루었다. 한편으로는 진나라 목공이 양 가죽 다섯 장으로 속죄하여 데려왔다고 하여 '오고대부五羖大夫'로도 불렸다. ≪사기·진본기秦本紀≫권5 참조.

65) 丕豹(비표) : 춘추시대 진晉나라 대부大夫 비정丕鄭의 아들. 진秦나라로 망명하여 장수에 올랐다.

66) 善馬(선마) : 양마良馬, 준마. 여기서는 진秦나라 목공穆公이 타던 말을 가리킨다.

67) 滑(활) : 춘추시대 진晉나라의 땅 이름. 지금의 하남성 활현 일대.

68) 縗絰(최질) : 상복. '최縗'는 거친 삼베로 만든 상복을 뜻하고, '질絰'은 상복을 입을 때 머리와 허리에 두르는 띠를 가리킨다.

人[70], 穆公女也, 曰, "穆公怨此三人于骨髓, 心願歸之. 我君得此, 快意烹之." 晉君許三將歸. 歸至, 穆公素服[71]郊迎, 哭曰, "孤[72]不用百里奚·蹇叔之言, 以辱三子, 三子何罪乎?" 復官秩[73], 益厚之. 使孟明[74]等伐晉, 取王官[75]及鄗, 以報殽之役. 秦用由余[76], 謀伐戎王, 益國十二, 開地千里也.

○(춘추시대) 진秦나라 목공 임호가 즉위하자, 진晉나라 헌공은 우나라와 괵나라를 멸망시키고 우나라 군주를 사로잡았다. 가을에는 (진秦나라) 목공이 손수 진晉나라를 침공하여 황하 서쪽 일대에서 전투를 벌였다. 진晉나라 (헌공의 총희인) 여희가 반란을 일으키자, (헌공의 아들) 이오(혜공惠公)가 사람을 시켜 진秦나라를 설득해서 진晉나라 군주를 받아줄 것을 요청하니, 진秦나라가 이를 승낙하여 백리해를 시켜 군대를 이끌고 이오를 전송케 하였다. 이에 이오는 "만약 군주의 자리에 오를 수 있다면, 진晉나라 황하 서쪽 일대의 8개 성을 쪼개서 진秦나라에 주겠소이다"라고 하였다. 그러나 막상 군주의 자리에 오르고 나서는 성을 주지 않았다. 가뭄이 들어 진秦나라 목공에게 곡식을 요청하자, 목공이 곡식을 대주었다. 그러나 진秦나라가 기근이 들었을 때 진

---

69) 殽(효) : 산 이름. '殽崤'와 통용자.

70) 夫人(부인) : 황제의 후처後妻인 비빈妃嬪이나 제후의 적처嫡妻에 대한 존칭. 후에는 고관의 부인에 대한 존칭으로도 쓰였다.

71) 素服(소복) : 흰옷. 상복이 아니라 평복을 가리키는 말로 스스로 자신의 죄를 탓하는 의미가 담겨 있다.

72) 孤(고) : 제후국의 임금이 자기 자신을 일컫는 말. 당나라 때 학자인 공영달孔穎達(574-648)의 주장에 의하면 평상시에는 '과인寡人'이라고 하다가, 나라에 흉사凶事가 있으면 '고孤'라고 하였다고 한다.

73) 官秩(관질) : 관직과 봉록. 결국 관작官爵을 가리킨다.

74) 孟明(맹명) : ≪사기·진본기≫권5에 의하면 진秦나라 장수 성명인 '맹명시孟明視'에서 '시視'자가 누락되었다.

75) 王官(왕관) : 춘추시대 때 산서성에 있었던 성 이름.

76) 由余(유여) : 춘추시대 진秦나라 때 사람. 진晉나라 출신의 현자賢者로 융족戎族에게 망명하였다가 진秦나라 목공穆公에게 기용되어 패업霸業을 이루는데 큰 공을 세웠다. ≪사기·진본기≫권5 참조.

晉나라에 곡식을 요청하였으나, 진晉나라는 오히려 기근을 틈타 진秦나라를 침공하였다. 그러자 진秦나라는 비표를 시켜 공격케 함으로써 진晉나라 혜공 이오와 한나라 땅에서 전투를 벌였다. 진晉나라 혜공은 군대를 버리고 진秦나라와 재물을 다투다가 돌아오는 길에 말이 발이 묶였는데, (진秦나라) 목공은 추격하였으나 잡지 못 하고 도리어 진晉나라 혜공에게 포위당했다. 기산 아래서 (진秦나라 목공이 타던) 준마를 잡아먹은 군사 3백 명이 말을 몰아 위험을 무릅쓰고 포위를 뚫어서 마침내 (진秦나라) 목공을 탈출시키고, 반대로 진晉나라 혜공을 생포하여 황하 서쪽의 땅을 바치게 하였다. 진秦나라가 군대를 일으켜 정나라를 습격하자 상인 현고가 소 열두 마리를 데리고 장사를 하다가, 그참에 진秦나라 군대를 발견하자 자신의 소를 바치며 말했다. "듣자하니 그대들 대국(진秦나라)이 정나라를 징벌하려 한다기에, 정나라 군주가 삼가 방어 준비를 철저하게 하고, 저를 시켜 소로써 귀국의 군사들을 위로케 하려는 것입니다." 그러자 진秦나라의 세 장군이 말했다. "정나라를 습격하려 하기에 정나라 사람들은 이를 알아챈다 하더라도, 이미 어찌할 수 없을 것이오." 결국 (하남성) 활읍을 점령하였는데, 활읍은 진晉나라의 국경에 있는 고을이었다. 당시 진晉나라 문공이 사망하였으나 미처 장례를 치르지 않았기에, 태자 양공이 화가 나서 상복을 입은 채 군대를 일으켜 효산에서 진秦나라 군대를 막아 습격해서 크게 물리치고 세 장수를 사로잡았다. 진晉나라 군주의 부인은 (진秦나라) 목공의 딸이었다. 그녀가 말했다. "부친인 목공이 골수에 미칠 정도로 이 세 사람을 원망하니, 진심으로 그들을 돌려보내시기를 바랍니다. 부친인 목공이 그들을 얻는다면 흔쾌히 그들을 사형에 처할 것입니다." 진晉나라 군주는 세 장수가 귀국하는 것을 허락하였다. 그러나 그들이 도착하자 (진秦나라) 목공은 (사죄의 뜻으로) 흰옷을 입은 채 교외까지 마중나와 통곡하며 말했다. "내가 백리해와 건숙의 말을 따르지 않아 세 장군을 욕되게 하였으니, 그대들 세 장군이 무슨 죄가 있겠소?" 관작을 회복시키고 더욱 그들을 후대하였다. 그뒤 맹명시孟明視 등을 시켜 진晉나라를 정벌케 해서 (산서성의) 왕관성과 호성을 빼앗아 효산에서의 패배를 되갚았다. 또 진秦나라는 유여를 등용하여 융족戎族의 왕을 토벌하고서 고을 열두 군데를 얻고, 천 리 되는 땅을 개척하였다.

●楚莊王卽位, 不出號令, 日夜爲樂. 有諫死者, 伍擧[77]入諫, 不從. 居數月益甚, 蘇從乃入諫. 於是乃罷淫樂, 聽政, 任伍擧·蘇從以政, 國人悅. 是歲滅戎, 伐陸渾[78]戎, 遂至洛, 觀兵[79]于周郊, 問鼎之輕重而歸. 若敖[80]反, 擊滅之. 伐陳, 殺夏徵舒[81]. 圍鄭, 克之, 引兵去, 三十里而避舍[82], 遂許之平. 大敗晉師河上, 至衡雍[83]而歸. 圍宋, 以宋殺楚使也, 宋華元[84]出, 告以情, 遂罷兵焉.

○(춘추시대) 초나라 장왕은 군주의 자리에 올라서도 명을 내리지 않고 밤낮으로 놀기만 하였다. 누군가 간언을 올리다가 죽임을 당하자 오거가 입궐하여 간언하였으나, 그의 말을 따르지 않았다. 몇 개월 뒤에 더욱 심해지자, 소종이 입궐하여 간언하였다.

---

77) 伍擧(오거) : 춘추시대 초楚나라 대부大夫로 오참伍參의 아들이자 오자서伍子胥(오원伍員)의 조부.
78) 陸渾(육혼) : 하남성에 있는 산 이름이자 소수민족 이름.
79) 觀兵(관병) : 군대의 위세를 과시하다, 군사력을 뽐내다.
80) 若敖(약오) : 춘추시대 초楚나라의 성씨. 약오씨若敖氏의 후손인 초나라의 영윤令尹 자문子文(투구오도鬪穀於菟)이 조카인 월초越椒가 반란을 일으키자 멸족을 당해 후손에게 제사밥을 얻어 먹지 못할까 걱정하였다는 고사로 유명하다.
81) 夏徵舒(하징서) : 춘추시대 진陳나라 사람. 반란을 일으켜 영공靈公을 시해하였다.
82) 避舍(피사) : 수십 리 밖으로 물러나다. '사舍'는 30리를 뜻한다.
83) 衡雍(형옹) : 춘추시대 때 하남성에 있었던 땅 이름.
84) 華元(화원) : 춘추시대 송宋나라 사람. 화독華督의 증손자로 송나라에서 우사右師를 지내며 정鄭나라와의 전쟁에서 큰 공을 세웠다.

그러자 비로소 도에 지나친 유흥을 멈추고 정사를 돌보더니, 오거와 소종에게 정치를 맡겼기에 백성들이 기뻐하였다. 그해에 융족을 멸망시키고 (하남성) 육혼산의 융족을 정벌하더니, 급기야 낙수에 도착해서는 주나라 교외에서 군사력을 과시하고 보정寶鼎의 경중을 묻고서 돌아왔다. 약오가 반란을 일으키자 그를 족멸시켰다. 또 진나라를 침공하여 하징서를 살해하였다. 또 정나라를 포위하여 승리를 거두었다가 군대를 이끌고 그곳을 떠나 30리 밖에 주둔하면서 결국 화평을 허락하였다. 또 황하에서 진나라 군대를 크게 물리치고, (하남성) 형옹까지 갔다가 돌아왔다. 또 송나라를 포위한 것은 송나라가 초나라 사신을 살해했기 때문인데, 송나라 화원이 나와 사정을 고하였기에 결국 전쟁을 멈추었다.

●宋襄公玆甫[85]卽位, 宋地隕星如雨與俱下, 六鷁[86]退飛[87]. 公爲鹿上[88]之盟, 以求諸侯於楚, 楚人許之. 秋, 諸侯會宋公于盂[89]. 於是楚執宋公, 以伐宋. 冬, 會于亳[90], 以釋宋公. 又楚成王戰于宏[91], 宋師大敗, 公傷敗, 國人皆恐.

---

85) 玆甫(자보) : 춘추시대 송나라 양공의 이름.
86) 六鷁(육익) : 여섯 마리 익조. '육六'은 불길함을 상징하고, '익鷁'은 해오라기처럼 생긴 새로 고공으로 비행하는 새이다. 그래서 고대 중국인들은 배가 빨리 항해하기를 기원하는 의미에서 익조를 뱃머리에 새기기도 하였다.
87) 退飛(퇴비) : 물러나면서 날다. 바람의 힘 때문에 뒤로 밀리면서 계속해서 나는 것을 말한다.
88) 鹿上(녹상) : 춘추시대 때 송나라에 있었던 땅 이름. 지금의 안휘성 부남현阜南縣 일대.
89) 盂(우) : 춘추시대 때 송나라에 있었던 땅 이름. 지금의 하남성 수현睢縣 일대.
90) 亳(박) : 상商나라의 건국자인 탕왕湯王이 도읍으로 정한 곳. '박'은 남박南亳(하남성 곡숙현穀熟縣)과 서박西亳(언사현偃師縣)이 있는데, 탕왕은 처음에 남박에서 즉위하였다가 뒤에 서박으로 천도하였다고 전한다. 여기서는 후자를 가리키는 듯하다.
91) 宏(굉) : 물 이름인 '굉浤'의 오기인 듯하다. '굉浤'은 '홍泓'과 통용자. ≪사기·송세가≫권38에는 '홍泓'으로 되어 있다.

○(춘추시대) 송나라 양공 자보가 군주의 자리에 오르자, 송나라 땅에 운석이 비처럼 한꺼번에 쏟아지고, 익조 여섯 마리가 바람에 밀리며 거꾸로 나는 불길한 징조가 나타났다. 양공이 (안휘성) 녹상에서 맹약을 맺으며 초나라에게 제후국으로서 위상을 인정해 줄 것을 요구하자, 초나라가 이를 허락하였다. 가을에 제후들이 (하남성) 우 땅에서 송나라 양공과 회맹하였다. 그러자 초나라가 송나라 양공을 억류하고, 송나라를 침공하였다. 겨울에 (하남성) 박에서 회맹을 갖고, 송나라 양공을 풀어주었다. 또 초나라 성왕이 홍수泓水에서 전쟁을 벌여 송나라 군대가 대패하고, 양공이 부상을 당한 채 패하였기에 백성들이 모두 그를 원망하였다.

●昔蕃屛之盛德者，則劉德[92)]，字君道．造次[93)]儒服[94)]，卓爾[95)]不羣．好古文，每就人間求善書，必爲好寫，與之，留其眞本，加以金帛．士有不遠千里而至者，多獻其先祖舊書，周官[96)]・尙書[97)]・禮(按，原本脫一禮字．師古[98)]注漢書曰，“禮，禮經也．” 謹校補.)・禮記・孟子・老子．獻

92) 劉德(유덕) : 전한 때 경제景帝의 열네 번째 아들(?-B.C.130). 봉호가 '하간河間'이고 시호가 '헌獻'이어서 '하간헌왕'으로 불렸다. 어려서부터 총명하여 무제武帝에게서 천리구千里駒라는 칭찬을 들었다는 고사로 유명하다. ≪한서・하간헌왕유덕전≫권53 참조.

93) 造次(조차) : 가고(造) 머무는(次) 동작에서 유래한 말로 매우 다급하고 당황스러운 때를 가리킨다.

94) 儒服(유복) : 선비의 복장을 뜻하는 말로 여기서는 결국 유학을 지키는 것을 뜻하는 말로 쓰인 듯하다.

95) 卓爾(탁이) : 탁월한 모양. '이爾'는 '연然'으로도 쓴다.

96) 周官(주관) : 주공周公 희단姬旦이 주周나라의 관제官制인 천관天官・지관地官・춘관春官・하관夏官・추관秋官・동관冬官을 정리했다고 전하는 책인 ≪주례周禮≫의 원명原名. 전한 때 유흠劉歆(?-23)이 ≪주관≫을 처음으로 ≪주례≫라고 하였고, 당나라 가공언賈公彦이 소疏를 달면서 ≪주례≫라고 칭하여 널리 통용되었다. 총 6편 360관官.

97) 尙書(상서) : ≪서경≫의 별칭. '상尙'은 '고古'의 뜻이므로 '오래된 역사책'이란 의미에서 유래하였다.

98) 師古(사고) : 당나라 사람 안사고顏師古(581-645)의 이름. ≪구당서≫ 본전

王好之, 采周官及諸子之樂事, 作樂記, 獻八佾[99]之舞, 使弟子王定傳[100]之二十四.(按漢書藝文志序, "獻王作樂記, 其內史[101]丞[102]王定傳之, 以授常山[103]王禹. 禹, 成帝時爲謁者[104], 數言其義, 獻二十四卷." 卽志所謂王禹記二十四篇也. 此句與漢書不同, 疑有脫誤.) 首表立毛詩[105]·左氏春秋[106]博士. 武帝在位, 來朝對辟雍[107]·明堂[108]·靈臺[109]. 故世謂之'三雍

에서는 이름이 '주籒'이고 자가 '사고'라고 하였으나, ≪신당서≫ 본전에서는 이름이 '사고'이고 자가 '주籒'라고 하였다. 그러나 상고上古 이후로 이름이 척자隻字이고 자가 쌍자雙字인 경우가 많은 것에 비추어 볼 때 ≪구당서≫의 기록이 맞을 듯하다. 다만 이름보다는 자가 더 통용되었을 것이다. 중서사인中書舍人·비서감祕書監·홍문관학사弘文館學士를 역임하였다. 학자 집안 출신으로 훈고학訓詁學에 정통하고 문장을 잘 지었기에 조령詔令의 기초에 자주 참여하였고, 공영달孔穎達(574-648)과 함께 ≪오경정의五經正義≫를 편찬하였으며, 반고班固(32-92)의 ≪한서≫에 주를 달았다. 저서로 ≪광류정속匡謬正俗≫ 8권이 전한다. ≪구당서·안사고전≫권73 참조.

99) 八佾(팔일) : 천자가 궁중에서 쓰던 악무樂舞의 일종. 종횡으로 8명씩 늘어서서 모두 64명이 추는 춤을 말한다.

100) 傳(전) : 주를 달다, 해설하다.

101) 內史(내사) : 한나라 이후로 태수太守에 상당하던 제후국의 지방 장관을 가리키는 말. 한나라 때 행정 구역으로는 천자가 직접 관장하는 군郡과 제후국에서 관장하는 군이 있었는데, 전자의 군수를 '태수'라고 하고, 후자의 군수를 '내사'라고 구분하였다.

102) 丞(승) : 태수太守(군수)의 부관인 군승郡丞이나 현령縣令의 부관인 현승縣丞의 약칭.

103) 常山(상산) : 하북성의 속현屬縣 이름. 오악五嶽 가운데 하나이기도 한데, 여기서는 왕우의 본관을 가리킨다.

104) 謁者(알자) : 진한秦漢 때 빈객을 맞아 천자에게 인도하는 일을 맡아 보던 벼슬 이름.

105) 毛詩(모시) : ≪시경≫의 한 종류로서 ≪노시魯詩≫ ≪제시齊詩≫ ≪한시韓詩≫가 금문시경今文詩經인 반면, ≪모시≫는 고문시경古文詩經이다. 전한 때 경학가經學家인 모형毛亨과 모장毛萇이 해설을 달아 전했다는 데서 유래하였다. 현전하는 ≪시경≫도 ≪모시≫이다.

106) 左氏春秋(좌씨춘추) : 춘추시대 노魯나라 은공隱公 원년元年(B.C.722년)부터 애공哀公 27년(B.C.468년)까지 약 250년 간의 역사를 기록한 ≪춘추경春秋經≫에 대한 좌구명左丘明의 해설서. 즉 ≪춘추좌씨전春秋左氏傳≫의 별칭. 진晉나라 두예杜預(222-284)가 주를 달았다.

107) 辟雍(벽옹) : 주周나라 때 천자가 세운 태학太學을 일컫는 말. 후대에는 국자학國子學이나 태학太學의 별칭으로 쓰였다.

108) 明堂(명당) : 고대 제왕이 정교政敎를 펴고 전례典禮를 행하던 곳을 이르는 말.

對'(按漢書藝文志, 作'河間[110]獻王對上下三雍宮三篇.')也. 及令詔策, 問三十餘事, 及著樂語五均事云.(按漢書食貨志, "樂語[111]有五均[112]." 注, "鄧展曰, '樂語, 樂元語[113], 河間獻王所傳, 道五均事.'" 白虎通德論[114], 亦作樂元語.) 天子取諸侯之士, 已(按漢書注, 士作土, 已作以.)立五均, 則市無二價, 四時(按漢書注, 作民.)常均. 强者不得困弱, 富者不得要貧, 則五(按漢書注, 作公.)家有餘, 恩及于小民矣. 王旣有哲.(按, 此句疑有脫誤.) 天子下大樂官[115], 常存之, 歲時以備數. 常山王禹世受河間樂, 能說其義. 弟子宋曄上書云, "河間王躬(按漢書禮樂志, 作聘.)求幽隱, 興禮樂, 蓋有漢之所以興也. 王常謂人曰, '禹(按說苑[116], 有'疏河以導之'五字.)鑿江, 通乎九谷,(按說苑, 作派.) 洒(按說苑, 作灑, 下無分字.)分五湖[117], 而注(按說苑, 作定.)東海, 民不怨者, 利也. 吾將行之.' 時元俗[118]自言餌巴

---

109) 靈臺(영대) : 황제가 천문天文이나 재이災異를 관찰하기 위해 세우는 건물을 이르는 말. '관대觀臺'라고도 한다.

110) 河間(하간) : 하북성의 속군屬郡으로 여기서는 봉호를 가리킨다.

111) 樂語(악어) : 음악의 이론을 언급한 책. ≪주례·춘관春官·대사악大司樂≫ 권22에 이를 귀족의 자제들에게 가르쳤다는 기록이 있으나 누가 언제 지었는지는 알려지지 않았다.

112) 五均(오균) : 음악에서 오성五聲의 균형을 관장하는 관직 이름.

113) 樂元語(악원어) : 전한 때 하간헌왕河間獻王 유덕劉德(?-B.C.130)이 음악에 관해 쓴 책. 권수 미상. ≪한서·식화지食貨志≫권30의 당나라 안사고顏師古 주 참조.

114) 白虎通德論(백호통덕론) : 후한 때 장제章帝가 조서를 내려 유학자들에게 북궁北宮의 백호관白虎觀에서 오경五經의 동이同異에 대해 고찰하게 한 것을 반고班固(32-92)가 황명에 의해 재차 정리하여 엮은 책인 ≪백호통의白虎通義≫의 별칭. 총 2권. ≪사고전서간명목록·자부·잡가류雜家類≫권13 참조.

115) 大樂官(태악관) : 궁중의 음악을 관장하는 벼슬을 이르는 말. '태大'는 '태太'로도 쓴다.

116) 說苑(설원) : 전한 때 유향劉向이 춘추시대부터 전한 초까지 교훈이 될 만한 고사들을 모아 놓은 책. 총 20권. ≪사고전서간명목록·자부·유가류≫권9 참조.

117) 五湖(오호) : 호수 이름. 강남의 여러 호수를 가리킨다는 설, 호북성과 호남성 경계에 있는 동정호洞庭湖의 별칭이라는 설, 강소성과 절강성의 경계에 있는 태호太湖의 별칭이라는 설, 은자의 거처를 상징하는 말이라는 설 등 해설이 다양하다.

118) 元俗(원속) : 전한 때 도사인 현속玄俗의 다른 표기. '원元'은 청나라 강희제康熙帝의 휘諱(玄燁) 때문에 고쳐쓴 것이다. 그에 관한 기록은 전한 유향의 ≪

豆119)・雲母120), 賣於都市, 七丸一錢, 治百病. 王病, 服之, 下蛇十餘頭. 俗言, '王病乃六世餘殃, 非王所招也.' 王常121)放乳鹿, 仁心感天, 故當遇耳." 俗形無影, 獻王以女配之. 故武帝遣所忠122)問王, 王輒對無影. 帝曰, "湯以七十里, 文王以百里, 其123)勉之." 王知意, 卽縱酒聽樂, 又爲周制二十篇.(按漢書藝文志, "河間周制十八篇." 注, "似河間獻王所造也, 今作二十篇." 與漢書不同.)

○옛날에 제후 가운데 덕업을 크게 쌓은 사람은 (전한 하간왕) 유덕(?-B.C.130)으로서 자가 군도이다. 그는 아무리 다급한 때라도 유학의 정신을 유지하면서 그 누구보다도 탁월한 모습을 보였다. 고문을 좋아하여 매번 다른 사람을 찾아가서 좋은 서책을 구하면, 반드시 잘 필사해서 복사본을 건네주고, 진본을 남기면서 금과 비단을 보태주었다. 선비 중에 어떤 이는 천 리를 멀다 하지 않고 찾아와 자신의 선조 때부터 물려받은 오래된 서책인 ≪주관(주례)≫ ≪상서(서경)≫ ≪예경≫(원본에 의하면 이 '예禮'자가 누락되었다. 안사고顔師古가 ≪한서・하간헌왕유덕전≫권53에 주를 달면서 "'예'는 ≪예경≫을 가리킨다"고 하였기에, 삼가 교정을 통해 바로잡는다) ≪예기≫ ≪맹자≫ ≪노자≫를 바치는 일이 많았다. 헌왕(유덕)은 그러한 일을 좋아하더니 ≪주관≫ 및 제자백가서 가운데 마음에 드는 고사를 골라 ≪악기≫를 짓고, 천자의 악무인 팔일무를 바쳤으며, 제자인 왕정을 시켜 그중 24권에 주를 달게 하고는,(살펴보건대 ≪한서・예문지≫권30의 서문에서 "헌왕이 ≪악기≫를 짓자 그의 내사승인 왕정이 해설서를 지어 상산 사람 왕우에게 전수하였다. 왕우는 성제 때 알자를 지내면서 자주 그 의미에 대해 언급하더니 24권을 바쳤다"고 한 것으

열선전・현속≫권하에 전한다.

119) 巴豆(파두) : 사천성 파촉巴蜀 지역에서 나는 콩처럼 생긴 열매. 맛이 맵고 독성이 강하며 열기를 발하는 것으로 알려졌다.

120) 雲母(운모) : 돌비늘. '운영雲英'이라고 한다.

121) 常(상) : 일찍이. '상嘗'과 통용자.

122) 所忠(소충) : 전한 무제武帝 때 간의대부諫議大夫를 지냈던 사람. 별도의 전기가 없이 ≪한서・만석군석분전萬石君石奮傳≫권46에 간략한 기록이 보인다.

123) 其(기) : 명령 어기조사.

로 보아, 바로 ≪한서·예문지≫권30에서 말한 '왕우의 ≪악기≫ 24편'을 가리키는 것일 게다. 이 문구가 ≪한서≫의 기록과 다른 것으로 보아, 아마도 탈자나 오자가 있는 듯하다.) 먼저 ≪모시≫와 ≪춘추좌씨전≫을 가르칠 박사를 설치할 것을 상주하였다. 무제가 황제의 자리에 있을 때는 입조하여 벽옹·명당·영대 등에서 황제의 질의에 응대하였다. 그래서 세간에서는 이를 두고 '삼옹대'(살펴보건대 ≪한서·예문지≫권30에는 '하간헌왕의 ≪대상하삼옹관≫ 3편'으로 되어 있다)라고 한다. 황명에 대책할 때는 30여 가지의 정사를 질의하고 아울러 ≪악어오균사≫(≪한서·식화지≫권24를 보면 "≪악어≫에 '오균'에 관한 내용이 있다"는 기록이 있는데, 주에 "등전은 '≪악어≫는 곧 ≪악원어≫이고, 한간헌왕이 해설을 단 것으로 오균과 관련한 고사에 대해 언급한 것이다'라고 풀이하였다"고 하였다. ≪백호통덕론≫에도 ≪악원어≫로 되어 있다)를 지었다고 한다. 천자가 제후국의 선비를 선발하여 이미 '오균'이란 관직을 설치하였기에 저자에 서로 다른 가격이 없게 되었고, 사계절(살펴보건대 ≪한서·식화지≫권24의 주에는 '시時'가 '민民'으로 되어 있다) 언제나 물가가 균형을 잡았다. 그래서 권세가 있는 자는 약해질 수 없었고, 부자는 가난해질 수 없었으므로 다섯(살펴보건대 ≪한서·식화지≫권24의 주에는 '오五'가 '공公'으로 되어 있다) 가구마다 여유가 생기고, 은혜가 소시민에까지 미치게 되었다. 하간왕(유덕)은 이미 혜안을 지니고 있었다.(살펴보건대 이 구절에는 아마도 탈자나 오자가 있는 듯하다.) 천자가 태악관에게 명을 내려 늘 이를 존치케 함으로써 명절이 되면 술수를 갖출 수 있었다. 상산현 사람 왕우의 가문이 대대로 하간왕의 음악을 전수받아 그 의미를 잘 설명하였다. 제자 송엽은 글을 올려 "하간왕이 몸소(살펴보건대 ≪한서·예악지≫권22에는 '궁躬'이 '빙聘'으로 되어 있다) 숨은 인재들을 찾아 예악을 일으켰으니, 이것이 아마도 한나라가 흥성하게 된 이유일 것이옵니다. 하간왕은 늘 사람들에게 '(하나라) 우왕은(살펴보건대 ≪설원·군도君道≫권1에는 '황하를 뚫어서 물길을 이끌었고'라는 다섯 글자가 더 있다) 장강을 뚫어서 아홉 군데 골짜기(살펴보건대 ≪설원·군도≫

권1에는 '곡谷'이 '파派'로 되어 있다)와 통하게 하고, 오호로 흘러들었다가(살펴보건대 ≪설원·군도≫권1에는 '쇄洒'가 '시釃'로 되어 있고, 뒤에 '분分'자가 없다) 동해로 들어가게(살펴보건대 ≪설원·군도≫권1에는 '주注'가 '정定'으로 되어 있다) 하였는데, 백성들이 원망하지 않은 것은 이익을 보았기 때문이라오. 그래서 나도 이를 실행코자 하오'라고 말하곤 하였나이다. 당시 현속玄俗은 스스로 (사천성) 파주의 콩과 운모를 복용한다고 하였는데, 저자에서 팔 때 환약 일곱 개에 한 냥을 받음으로써 온갖 병을 치유하였나이다. 하간왕이 병이 났을 때 이를 복용하고서 뱀 10여 마리를 배설하였나이다. 그러자 현속은 '왕의 병은 여섯 세대를 거치면서 생긴 재앙이지, 왕이 자초한 것이 아닙니다'라고 말했나이다. 하간왕이 새끼 사슴을 놓아준 적이 있어 어진 마음이 하늘을 감동시켰기에, 그래서 이런 일을 겪게 된 것이옵니다"라고 하였다. 현속이 몸에 그림자가 생기지 않을 정도로 신통력이 있었기에, 하간헌왕은 딸을 그에게 시집보냈다. 그래서 무제가 소충을 파견하여 하간헌왕에게 물으면, 하간헌왕은 번번이 그림자가 없다고 대답하였다. 무제가 "(상商나라) 탕왕은 70리를 기반으로 삼았고, (주周나라) 문왕은 100리를 기반으로 삼았으니, 열심히 힘쓰도록 하라"고 하자, 하간헌왕은 그 의도를 알아채고 일부러 술을 마음껏 즐기고 음악을 듣다가 다시 ≪주제≫ 20편을 지었다.(≪한서·예문지≫권30을 보면 "하간왕의 ≪주제≫ 18편"이란 기록이 있는데, 주에 "하간헌왕이 지은 것인 듯한데, 지금은 20편으로 되어 있다"고 하였으니, ≪한서≫의 기록과는 다르다.)

●劉游[124]好書, 多才藝, 少時常與魯穆生·白生·申公俱受詩於浮邱伯. 邱伯者, 孫卿[125]門人也. 高后[126]時, 浮邱伯在長安, 元王遣子

124) 劉游(유유) : 전한 고조高祖 유방劉邦의 이복동생인 유교劉交(?-B.C.179)의 별칭. 유游는 자이고, 봉호는 초왕楚王. ≪한서·초원왕유교전≫권36 참조.
125) 孫卿(손경) : 전국시대 조趙나라 사람 순황荀況에 대한 존칭. 전한 선제宣帝

郢客, 與申公俱卒業. 文帝時, 聞申公爲詩最精, 以爲博士. 元王好詩, 諸子皆讀詩. 申公始爲詩傳, 號魯詩, 元王亦次詩傳, 號曰元王詩.

○(전한 원왕元王) 유유(유교劉交 ?-B.C.179)는 글을 좋아하고 재능이 많더니, 어렸을 때 늘 노나라 사람 목생·백생·신공과 함께 부구백에게서 ≪시경≫을 전수받았다. 부구백은 (전국시대 조趙나라 사람) 손경(순자)의 문인이다. (고조 유방이 죽고 부인) 고후가 집권했을 때 부구백이 (섬서성) 장안에 거주하자, 원왕(유교劉交)은 아들 유영객劉郢客을 보내 신공과 함께 학업을 마치게 하였다. 문제 때는 신공이 ≪시경≫에 가장 정통한 학자라는 말을 듣고서 그를 박사에 임명하였다. 원왕이 ≪시경≫을 좋아하였기에 아들들도 모두 ≪시경≫을 공부하였다. 신공이 처음에 (≪시경≫의 해설서인) ≪시전≫을 짓자 '노시'로 불렸는데, 원왕 역시 ≪시전≫을 정리하자 '원왕시'로 불렸다.

●劉蒼[127]好經史, 博學多識, 恭肅畏敬. 明帝重其器能, 特愛異之, 入爲相, 薦郇恁·桓榮等. 其後蒼數上疏, 陳藩職至重, 不宜久留京師[128]. 蒼爲人體貌長大, 美鬚髯. 腰八尺二寸, 故帝言, "副其腰

유순劉詢의 이름을 피휘避諱하기 위해 '순荀'을 '손孫'으로 고쳤고, 존경의 뜻으로 '경卿'이란 칭호를 붙였다. '순자荀子' '순경荀卿' '순경자荀卿子' '손경자孫卿子'라고도 한다. 그의 유가사상을 담은 저서인 ≪순자荀子≫ 20권이 전한다.

126) 高后(고후) : 전한 고제高帝 유방劉邦(B.C.247-B.C.195)의 황후皇后인 여태후呂太后 여치呂雉(?-B.C.180)에 대한 존칭. ≪한서·고후여치전高后呂雉傳≫권3 참조.

127) 劉蒼(유창) : 후한 광무제光武帝의 아들(?-83). 봉호는 동평왕東平王이고 시호는 헌獻. 어려서부터 형인 명제明帝 유장劉莊의 총애를 받았다. ≪후한서·동평헌왕유창전≫권72 참조.

128) 京師(경사) : 서울, 도읍을 이르는 말. 송나라 주희朱熹(1130-1200) 설에 의하면 '경京'은 높은 지대를 뜻하고, '사師'는 많은 사람을 뜻한다. 즉 높은 산에 의지하여 많은 사람이 모여 사는 곳이란 뜻에서 유래하였다. 여기서는 후한 때 도성인 하남성 낙양을 가리킨다.

腹[129]也." 帝以所自作光武本紀示蒼, 蒼因上世祖[130]受命[131]中興[132]頌, 咸言類相如[133]・揚雄・前世史岑[134]也. 章帝時, 王入朝, 以王觸寒涉道[135], 使中謁者[136]逢迎, 賜王乘輿[137]・貂裘[138].

○(후한 동평왕) 유창(?-83)은 경서와 사서를 좋아하여 박학다식하였으며, 성품이 엄숙하고 태도가 공손하였다. 명제가 그의 재능을 높이 평가하더니 그를 특별히 총애하여 재상으로 불러들이자, 순임・환영 등을 추천하였다. 그뒤 유창은 여러 차례 상소문을 올려 제후의 직무가 무척 중요하기에, 오래도록 경사에 머물러서는 안 된다고 진술하였다. 유창은 사람됨이 체형이 장대하고 수염이 아름다웠다. 또 허리둘레가 여덟 자 두 치에 달했기에, 명제는 "(유창의 언행은) 그의 허리둘레와 잘 어울리오"라고 칭찬하였다. 명제가 손수 지은 ≪광무제본기≫를 유창에게 보이자 유창도 그참에 (광무제가 천명을 받아 후한을 세운 것을 칭송하는

---

129) 副其腰腹(부기요복) : 그의 허리둘레와 부합하다. 당나라 구양순歐陽詢의 ≪예문류취藝文類聚≫권45에 인용된 ≪동관한기東觀漢記≫에 "명제가 말하길 '유창은 말이 무척 훌륭하여 그의 허리둘레와 잘 어울리오'라고 하였다(帝曰, '其言甚大, 副其腰腹')"는 기록이 보인다.

130) 世祖(세조) : 후한 광무제光武帝의 묘호廟號. 후한 명제明帝가 즉위하던 해 광무제를 원릉原陵에 장사 지내고 '세조'라는 묘호를 올렸다. ≪후한서・명제본기≫권2 참조.

131) 受命(수명) : 천명을 받다. 즉 황제에 즉위하는 것을 말한다. 신하가 황제의 명령을 받드는 것을 뜻할 때도 있다.

132) 中興(중흥) : 한 왕조가 세력이 약해진 뒤 동일 왕조가 부흥하는 시기를 통칭하는 말. 후한後漢・동진東晉・남송南宋 등의 시기에 상용되었는데, 여기서는 광무제光武帝가 후한을 세운 것을 가리킨다.

133) 相如(상여) : 전한 때 사부辭賦를 잘 짓기로 유명했던 문인인 사마상여司馬相如(?-B.C.117). ≪한서・사마상여전≫권57 참조.

134) 史岑(사잠) : 전한 말엽 후한 초엽 때 사람. 자는 자효子孝. 문장가로 이름을 떨쳤다. 후한 화제和帝 때 자가 효산孝山인 사잠과는 별개의 인물이다.

135) 涉道(섭도) : 길을 나서다, 출발하다.

136) 中謁者(중알자) : 한나라 때 빈객을 맞아 천자에게 인도하는 일을 맡아 보던 벼슬 이름. '중서알자中書謁者'라고도 하였다.

137) 乘輿(승여) : 황제의 수레. 황제의 대칭代稱으로도 쓰였다.

138) 貂裘(초구) : 담비 가죽으로 만든 옷.

글인) ≪세조수명중흥송≫을 바쳤는데, 모두들 (전한) 사마상여·양웅 및 전대의 사잠과 맞먹는다고 평가하였다. 장제 때 동평왕東平王(유창)이 입조하자 동평왕이 추위를 무릅쓰고 길에 올랐다고 생각해, 중알자를 시켜 그를 공손히 맞이하게 하고, 동평왕에게 황제의 수레와 담비 갖옷을 하사하였다.

●劉輔[139]性矜嚴, 有盛名, 深沈好經書, 善說京氏易[140]. 論集經傳[141], 及圖讖[142]文, 作五經[143]通論. 儒者得以明事, 世號之曰, 沛王通論. 明帝甚敬之, 賞賜恩寵加異, 數訪問以事. 京師少雨, 上御雲臺[144], 召尙席[145], 取卦具自卦, 以周易卦林[146]占之. 其繇[147]曰, "蟻封穴戶, 大雨將集." 明日大雨, 上卽以詔書問, 輔對

---

139) 劉輔(유보) : 후한 광무제光武帝의 아들(?-84). 봉호는 패왕沛王이고 시호는 헌獻. ≪후한서·패헌왕유보전≫권72 참조.

140) 京氏易(경씨역) : 전한 사람 경방京房의 역학易學을 이르는 말. 초연수焦延壽에게 ≪역경≫을 전수받았다. ≪한서·경방전≫권75에 의하면 원래 경방의 저서는 14종이 있었다고 하나 지금은 ≪경씨역전京氏易傳≫ 3권만이 전한다.

141) 經傳(경전) : 경서經書와 그 해설서를 아우르는 말.

142) 圖讖(도참) : 제왕帝王이 천명天命을 받는 징조에 관련된 일을 방사方士나 유생儒生이 엮은 글을 뜻하는 말. 일종의 예언서.

143) 五經(오경) : ≪역경易經≫ ≪서경書經≫ ≪시경詩經≫ ≪예기禮記≫ ≪춘추경春秋經≫을 아우르는 말.

144) 雲臺(운대) : 누각 이름. 후한後漢 광무제光武帝 유수劉秀(B.C.6-A.D.57)가 중신들과 국사를 논의하였고, 명제明帝가 부친인 광무제 때의 공신들의 업적을 기리기 위해 등우鄧禹(2-58) 등 28명의 초상화를 그려 넣은 장소로 유명하다.

145) 尙席(상석) : 임금의 물품을 관리하는 부서나 그 소속 관원을 이르는 말. 한나라 때 임금의 갓·옷·음식·목욕·자리·서적을 관리하는 육상六尙, 즉 상관尙冠·상의尙衣·상식尙食·상욕尙浴·상석尙席·상서尙書가 설치되면서 후대에도 이를 답습하였으며, 당나라 때는 육국六局이라 하여 임금의 음식·탕약·옷·수레·거처·가마를 관장하는 상식尙食·상약尙藥·상의尙衣·상승尙乘·상사尙舍·상련尙輦이 전중성殿中省 산하에 설치되었다.

146) 周易卦林(주역괘림) : ≪역경≫에 관한 저자 미상의 책. 총 1권. ≪수서·경적지≫권34 참조.

147) 繇(주) : 점괘에 나타난 말인 점사占辭를 이르는 말. '주繇'는 '주籒'와 통용자.

深，被知遇．詔報曰，“善哉! 王次序之也．月爲一卦，以當游戲，稱爲賢王.”

○(후한 패왕沛王) 유보(?-84)는 성품이 신중하고 엄격하면서 명성을 크게 떨쳤는데, 경서에 심취해 좋아하더니 (전한) 경방京房의 역학에 대해 해설하는 데 뛰어난 솜씨를 보였다. 경서와 그 해설서 및 예언에 관한 문장을 모아 ≪오경통론≫을 지었다. 유학자들이 이를 통해 사안을 잘 알 수 있었기에, 세간에서는 이를 일컬어 '패왕통론'이라고 불렀다. 명제가 그를 무척 공경하여 포상과 총애를 특별히 베풀고 자주 정사에 대해 물었다. 도성에 비가 적게 내리자 명제가 운대에 행차하여 상석 소속 관원을 불러서 점괘 도구를 가져다가 스스로 점괘를 만들되 ≪주역괘림≫을 가지고 점을 쳤다. 그러자 “개미가 개미굴 입구를 봉하였으니, 큰 비가 장차 내릴 것이다”라는 점괘가 나왔다. 이튿날 큰 비가 내리자 명제가 즉시 조서를 통해 물었는데, 유보의 대답이 심오하여 인정을 받았다. 그래서 명제가 조서를 내려 답하기를 “훌륭하도다! 패왕(유보)이 이를 잘 정리하였노라. 달마다 괘를 하나씩 만들어 놀이로 삼고서 이를 '현왕'이라 칭하도록 하라”고 하였다.

●劉羨[148]少好學，博通經傳，有威嚴，與諸儒講論于白虎殿．帝以廣平[149]在北，多有邊費[150]，乃徙羨爲西平[151]王，又徙封陳王.

○(후한 진왕) 유선(?-96)은 어려서부터 학문을 좋아하여 경서와 그 해설서에 두루 정통하고 위엄을 갖추었는데, 여러 유학자와 함께 백호관의 전각에서 강론을 펼치곤 하였다. 명제는 광평왕

148) 劉羨(유선) : 후한 명제明帝의 아들(?-96). 광평왕廣平王에 봉해졌다가 뒤에 진왕陳王에 봉해졌고, 시호는 경敬이다. ≪후한서·진경왕유선전≫권80 참조.

149) 廣平(광평) : 하북성의 속군屬郡 이름. 여기서는 유선劉羨의 봉토를 가리킨다.

150) 邊費(변비) : 변방을 지키는 데 드는 비용을 이르는 말.

151) 西平(서평) : 감숙성의 속군屬郡으로 유선의 봉토.

(유선)이 북방에 있으면 변방을 지키는 데 너무 많은 비용이 든다고 생각해, 결국 유선을 서평왕으로 옮겼다가 다시 진왕으로 옮겨서 봉하였다.

●劉睦152)少好學, 博通書傳. 光武愛之, 數被延納. 顯宗153)在東宮, 尤見幸, 入則諷誦, 出則執轡154). 中興初, 禁網155)尙闊, 而睦性謙恭好士, 千里交結, 自大儒宿德156), 莫不造門157). 由是聲價益廣. 永平158)中, 法憲頗峻, 睦乃謝絶賓客159), 放心音樂. 歲遣大夫, 奉璧朝賀, 召而謂曰, "朝廷設問寡人160), 大夫將何辭以對?" 使者曰, "大王忠孝仁慈, 敬賢樂士." 睦曰, "吁! 子危我也! 其161)對以孤襲爵162)以來, 志意衰惰, 聲色是娛, 犬馬163)是好!" 使者受命而行.

---

152) 劉睦(유목) : 후한 광무제光武帝의 형인 유중劉仲의 손자이자 유흥劉興의 아들(?-74). 따라서 광무제에게는 종손이 되고 명제明帝에게는 조카뻘이다. 봉호는 북해왕北海王이고 시호는 정靖. '북해'는 산동성의 속군屬郡이다. ≪후한서・북해왕유목전≫권44 참조.

153) 顯宗(현종) : 후한 명제明帝 유장劉莊의 묘호廟號. 광무제光武帝 유수劉秀(B.C.6-A.D.57)의 넷째 아들로서 시호諡號는 효명황제孝明皇帝이고, 묘호가 현종顯宗이다. ≪후한서・명제본기≫권2 참조.

154) 執轡(집비) : 말고삐를 잡다. 즉 수레를 모는 것을 뜻하는 말로 황제를 잘 모시는 것을 비유한다.

155) 禁網(금망) : 불법행위를 금지하는 법망을 뜻하는 말로 매우 엄격한 법률을 비유한다.

156) 宿德(숙덕) : 덕망이 높은 사람을 이르는 말.

157) 造門(조문) : 대문에 이르다. 즉 방문하는 것을 뜻한다. '조造'는 '지至'의 뜻.

158) 永平(영평) : 후한後漢 명제明帝의 연호(58-75).

159) 賓客(빈객) : 손님에 대한 총칭. '빈賓'은 신분이 높은 손님을 가리키고, '객客'은 수행원과 같이 신분이 낮은 손님을 가리키는 데서 유래하였다.

160) 寡人(과인) : 제왕이 자기 자신을 낮춰 부르는 말. '덕이 부족한 사람'이란 겸허의 뜻에서 유래하였다. 진나라 시황제가 자신을 '짐朕'이라고 하면서 뒤에는 제후국 임금의 겸칭이 되었는데, 당나라 때 학자인 공영달孔穎達(574-648)의 주장에 의하면 평상시에는 '과인寡人'이라고 하다가 나라에 흉사凶事가 있으면 '고孤'라고 하였다고 한다.

161) 其(기) : 명령 어기조사.

162) 襲爵(습작) : 작위를 세습하다. 여기서는 부친인 유흥劉興으로부터 북해왕北海王의 작위를 물려받은 것을 말한다.

其能屈伸如此. 初靖王164)薨, 悉推財産, 與諸弟. 雖王車服珍寶, 非列侯165)制, 皆以爲分, 然後隨以金帛贖之. 能屬文166), 作春秋旨義終始論及賦頌數十篇. 又喜史書, 當時以爲楷則. 及寢疾, 帝驛馬令167)作草書尺牘168)十首.

○(후한) 유목(?-74)은 어려서부터 학문을 좋아하여 경서와 해설서에 두루 정통하였다. (종조부인) 광무제가 그를 총애하였기에 자주 부름을 받고 입궐하였다. (백부인) 현종(명제)은 동궁에서 태자로 있을 때 특히 총애를 보여 입궐하면 함께 시가를 읊조리고, 출궁하면 수레를 몰며 곁에서 모시게 하였다. 후한 초에는 법망이 아직 느슨하였지만, 유목은 천성적으로 겸손하고 인재를 좋아하여 천 리 멀리 있는 사람과도 친분을 맺었기에, 대유학자로부터 원로에 이르기까지 그의 집을 찾지 않는 이가 없었다. 이 때문에 명성이 더욱 자자해졌다. (명제) 영평(58-75) 연간에 법률이 엄격해지자 유목은 결국 손님들을 사절한 채 음악에 심취하였다. 한 해는 대부를 파견해 옥벽을 가지고 조정에서 하례를 하게 되자, 그를 불러 말했다. "조정에서 과인에게 물음을 던지면, 대부는 장차 무슨 말로 대답하겠는가?" 사자가 대답하였다. "대왕께서는 충성스럽고 효심이 깊으며, 성품이 어질고 자애로워 현자를 공경하고 인재를 좋아한다고 하겠나이다." 그러자 유목이 말했다. "아! 그대는 나를 위험에 빠뜨리겠구려! 내가 북해왕北海王을 세습한 뒤로 마음이 쇠약하고 나태해져 음악과 여색을

163) 犬馬(견마) : 사냥개와 말. 결국 사냥을 비유한다.

164) 靖王(정왕) : 유목劉睦의 부친인 북해왕 유흥劉興의 시호.

165) 列侯(열후) : 진한秦漢 때 종실 사람을 봉한 제후諸侯와 구분하기 위해 외척이나 이성異姓의 공신을 봉한 작위를 일컫던 말이나 뒤에는 제후와 별 구분 없이 사용되었다.

166) 屬文(촉문) : 글을 짓다. '屬'의 음은 '촉'.

167) 驛馬令(역마령) : 역참의 말을 관장하는 관원을 이르는 말.

168) 尺牘(척독) : 편짓글을 이르는 말. 편지의 길이가 보통 한 자 정도 되는 데서 유래하였다. '간척簡尺'이라고도 한다.

즐기고 사냥을 좋아한다고 대답하시게!" 사자가 명을 받들어 그대로 행하였다. 그는 이처럼 뜻을 굽힐 때는 굽히고 펼칠 때는 펼칠 줄 알았다. 당초 (부친인) 정왕(유흥劉興)이 생을 마쳤을 때는 재산을 모두 꺼내 동생들에게 나눠주었다. 비록 제후로서 누릴 수 있는 거복과 보물이라 할지라도 제후의 체례와 맞지 않으면 모두 동생들에게 나눠줄 거리로 여겼고, 그런 뒤에 상황을 봐서 금이나 비단으로 그것들을 다시 사들였다. 또 그는 글솜씨가 뛰어나 ≪춘추지의종시론≫과 부・송 수십 편을 지었다. 또 사서를 좋아하였기에, 당시 사람들은 그의 글을 모범으로 간주하였다. 병석에 누웠을 때는 황제가 역마령을 시켜 초서체 서신 열 편을 지어서 주기도 하였다.

●曹袞[169](魏書作衮, 別本作褒.)好學讀書, 左右常恐精力爲病, 苦[170]諫之. 每弟兄游娛, 袞獨覃思經典. 文學[171]防輔[172]相與言曰, "受詔察公擧措, 有過當奏, 及有善, 亦宜以聞, 不可匿其美也." 遂共表稱陳袞美. 袞聞之, 大驚, 責文學曰, "修身自守, 常人之行耳. 諸君乃以上聞[173], 是適所以增負累也." 後黃龍見鄴[174]西漳水, 袞上書讚頌. 性尙儉約, 敎勅妃妾紡績, 習爲家人之事. 病困, 勅令官屬曰, "吾寡德忝寵, 天命將盡. 吾旣好儉, 而聖朝[175]著終誥[176]之制, 爲

169) 曹袞(조부) : 삼국 위魏나라 무제武帝 조조曹操의 아들. 봉호는 중산왕中山王이고, 시호는 공恭. ≪삼국지・위지・조곤전≫권20에는 '조곤曹衮'으로 되어 있다.

170) 苦(고) : 매우, 몹시.

171) 文學(문학) : '글재주와 학문'이란 뜻에서 유래한 말로 교육과 문서 처리를 담당하는 관직을 가리킨다. 시대에 따라 문학연文學掾・문학사文學史・문학종사文學從事・경학박사經學博士・문학文學 등 다양한 이름으로 불렀다.

172) 防輔(방보) : 삼국 위魏나라 때 제후국 군주의 언행을 감찰하기 위해 설치한 벼슬 이름.

173) 上聞(상문) : 글을 올려 황제의 귀에 들어가게 하다. 결국 상소문을 올리는 것을 말한다.

174) 鄴(업) : 삼국 위魏나라 때 수도. 지금의 하남성 안양시安陽市 북쪽 일대.

175) 聖朝(성조) : 자신의 왕조나 조정을 높여 부르는 말. 여기서는 위魏나라를

天下法. 吾氣絶之日, 自殯及葬, 務奉詔書. 衛大夫蘧瑗177)葬濮陽178), 吾望其基, 常想遺風. 願託賢靈, 以弊髮齒179), 營吾兆域, 必往從之. 禮180), '男子不卒婦人之手,' 亟以時成東堂." 堂成, 名之曰遂志之堂.

○(삼국 위나라) 조부(≪삼국지·위지·조곤전≫권20에는 '부袞'가 '곤袞'으로 되어 있고, 다른 문헌에서는 '포褒'로 적기도 하였다)는 학문을 좋아하고 글을 즐겨 읽었기에, 주변 사람들이 너무 노력을 경주해 병이 들까 늘 염려해서 강력하게 간언하곤 하였다. 매번 형제들이 놀 때면 조부는 혼자서 경전에 대해 깊은 생각에 빠지곤 하였다. 그래서 문학이나 방보 등의 관원들이 번갈아 그에게 "공의 일거수일투족을 살피라는 황명을 받았기에 지나치면 마땅히 아뢰어야 하고, 좋은 일이 있어도 역시 의당 아뢰어야지 미덕을 감춰서는 안 됩니다"라고 하였다. 결국 함께 상소문을 올려 조부의 미덕을 진술하였다. 조부는 이 얘기를 듣자 깜짝 놀라 문학을 꾸짖었다. "몸을 닦아 자신을 지키는 것은 일반 사람들도 하는 일이오. 그런데도 제군들은 오히려 이를 황제에게 보고하고 있으니, 이는 바로 내게 누만 끼치는 것이라오." 뒤에 황룡이 (하남성) 업도 서쪽의 장수에 출현하자 조부가 글을 올려 찬송하였다. 그는 천성적으로 검약을 중시하여 아내와 첩실들에게 옷감을 짜게 하면서 일상적인 집안일로 삼도록 하였다. 병석에 누웠을 때는 수하

가리킨다.

176) 終誥(종고) : 종신終身을 알리는 일. 즉 상례喪禮나 장례葬禮를 가리킨다.

177) 蘧瑗(거원) : 춘추시대 위衛나라의 대부大夫. 자는 백옥伯玉. 개과천선에 힘써 현자로 이름을 날렸다. 그에 관한 고사는 ≪논어·헌문憲問≫권14에 전한다.

178) 濮陽(복양) : 한나라 때 하남성에 설치한 현縣 이름. 복수濮水 북쪽(陽)에 위치한 데서 유래하였다.

179) 弊髮齒(폐발치) : 머리카락과 치아를 덮다. 결국 장례를 치르는 것을 비유한다.

180) 禮(예) : 예법과 관해 서술한 책을 이르는 말로 여기서는 ≪의례儀禮≫를 가리킨다. 위의 예문과 유사한 내용이 ≪의례·기석례旣夕禮≫권13에 전한다.

관원들에게 명을 내려 "내 덕이 부족한데도 황제의 총애를 누리더니 천명이 다하고 말았소. 내 이미 검소한 생활을 좋아하였고, 조정에서도 장례에 관한 제도를 마련하여 천하 사람들이 지켜야 할 법령으로 만들었소. 내 숨이 끊어지는 날 손수 염을 하고 장례를 치를 것이니, 황명을 받들도록 힘쓰시오. (춘추시대 때) 위나라 대부 거원이 (하남성) 복양현에 묻혔는데, 내 그의 무덤터를 바라볼 때마다 늘 그의 유풍을 생각해 왔다오. 성현의 영령에 힘입어 장례를 치르기를 바라니, 나의 무덤을 만들 때는 반드시 이를 따르도록 하오. ≪의례≫에 '남자는 아녀자의 손에서 죽음을 맞이하지 않는다'고 하였으니, 속히 때에 맞춰 동쪽에 대청을 짓도록 하시오." 대청이 완성되자 '수지지당'이라고 이름지었다.

●司馬攸[181]少以奇英見稱, 長好經書. 武帝受禪[182], 攸督帥府, 鎭撫中外, 有佐命之勛, 封齊王. 初居文帝喪, 上以攸至孝毁甚. 文明皇太后[183]親臨省攸, 攸毁瘠塵墨, 貌不可識. 太后留攸宅, 撫慰旬日. 及還, 中詔, 勉攸曰, "若萬一加以他疾, 將復如何? 宜遠慮深計, 不可守一意, 以陷於不孝. 若復不從往言, 當遣人監守飮食." 攸好學不倦, 借人書, 皆爲治護. 攸自受國秩, 表求絶御府常賜, 前後十餘, 輒不見聽. 國之文武, 下至士卒, 分租賦以給之, 疾病死亡, 醫藥皆有差. 時有水旱, 國內百姓, 則加振貸[184], 須豐年乃責, 十減其二, 國內賴之. 文明皇太后臨崩[185], 謂武帝曰, "桃符[186]性急, 汝宜宏之."

181) 司馬攸(사마유) : 진晉나라 문제文帝 사마소司馬昭(211-265)의 둘째 아들이자 무제武帝 사마염司馬炎(236-290)의 동생(248-283). 봉호는 제왕齊王이고, 시호는 '헌獻'. 가충賈充・풍담馮紞 등의 견제를 받아 황제에 오르지 못 하였다. ≪진서・제왕사마유전≫권38 참조.
182) 受禪(수선) : 선양을 받다. 황제로 즉위하는 것을 말한다.
183) 皇太后(황태후) : 황제의 모친에 대한 존칭. '태후太后'로 약칭하기도 한다. '문명'은 진晉나라 문제文帝의 부인인 왕태후王太后의 시호.
184) 振貸(진대) : 재난이나 흉년이 들었을 때 관청에서 어려운 백성에게 재물을 대여해 주는 것을 이르는 말. '진振'은 '진賑'과 통용자.
185) 崩(붕) : 황제나 황후의 죽음을 이르는 말. ≪예기・곡례하曲禮下≫권5에 의

詔攸當世總方岳[187], 遂加都督[188]青州, 增封濟南郡, 備物典策, 軒懸[189]之樂, 六佾[190]之舞, 馮紞[191]意也. 攸結氣病[192], 黃暴[193]薨.

○(진晉나라) 사마유(248-283)는 어려서부터 천부적인 재능으로 칭찬을 받았고, 장성해서는 경서를 좋아하였다. 무제(사마염司馬炎)가 제위를 선양받아 진나라를 세우자, 사마유는 장군의 관서를 관장하면서 조정 안팎을 진수하여 황명을 보좌하는 공훈을 세우고 제왕에 봉해졌다. 당초 (부친인) 문제(사마소司馬昭)의 상례를 치를 때 무제는 사마유가 효심이 지극해 몸을 해칠까 염려하였다. (모친인) 문명황태후가 몸소 왕림하여 사마유를 살폈더니, 사마유는 몸이 야위고 피부가 검어져 용모를 알아볼 수 없을 정도였다. 그래서 태후가 사마유의 저택에 머물며 열흘 동안이나

하면 천자의 죽음은 '붕崩'이라고 하고, 공경公卿의 죽음은 '훙薨'이라고 하며, 대부大夫의 죽음은 '졸卒'이라고 하고, 사士의 죽음은 '불록不祿'이라고 하며, 평민의 죽음은 '사死'라고 하여, 신분에 따라 죽음에 대한 표현에도 차이를 두었다.

186) 桃符(도부) : 정월 초하루에 귀신을 물리치기 위해 대문에 세우는 사물을 이르는 말. 귀신이 복숭아나무를 무서워한다는 속설에서 유래하였다. ≪진서·제왕사마유전≫권38에 의하면 사마유司馬攸의 아명兒名이기도 하였다.

187) 方岳(방악) : 절도사節度使·관찰사觀察使나 자사刺史·태수太守 같은 지방 수령에 대한 범칭. '방백方伯'이라고도 한다. 각 지방의 주군州郡이나 중국 각 지역을 대표하는 산인 오악五嶽을 가리킬 때도 있다.

188) 都督(도독) : 군사軍事 업무를 총괄하는 장관을 이르는 말.

189) 軒懸(헌현) : 제후가 4면 가운데 남쪽을 제외한 나머지 3면에 악기를 거는 것을 이르는 말. 반면 천자가 4면에 악기를 거는 것은 '궁현宮懸'이라고 하였다. 여기서는 결국 제후의 음악을 가리킨다.

190) 六佾(육일) : 황태자나 제후·공신들이 사용하던 무곡舞曲. 종횡으로 여섯 명이 늘어서 모두 36명이 추는 춤이라는 설도 있고, 매줄마다 8명씩 48명이 추는 춤이라는 설도 있다. 여기서는 앞의 '헌현지악軒懸之樂'과 함께 사마유司馬攸가 태자에 오르지 못 하고 제후의 지위에 머문 것을 의미한다.

191) 馮紞(풍담) : 진晉나라 때 사람. 자는 소주少冑. 보병교위步兵校尉·산기상시散騎常侍 등을 역임하였다. ≪진서·풍담전≫권39 참조.

192) 結氣病(결기병) : 숨이 막히는 병. 즉 울화병이나 호흡곤란증을 가리킨다.

193) 黃暴(황폭) : 문맥상으로 볼 때 '갑자기' '돌연'을 뜻하는 말인 '횡폭橫暴'의 오기인 듯하다.

몸소 돌봐주었다. 궁궐로 돌아가게 되었을 때 궁중에서 조서를 내려 사마유에게 권면하기를 "만약 만에 하나라도 다른 병이 생긴다면 장차 어찌하겠느냐? 의당 훗날까지 생각하고 깊이 헤아려 한 가지 생각만 고수함으로써 불효로 빠지는 일이 없도록 하거라. 만약 다시금 전에 한 말을 따르지 않는다면, 응당 사람을 보내 음식을 감시케 하겠노라"라고 하였다. 사마유는 학문을 게을리하지 않아 남에게 서책을 빌리면 언제나 잘 수리해 주곤 하였다. 사마유는 스스로 봉록을 받았기에 상소문을 올려 궁중 창고에서 나오는 일상적인 하사품을 사절하겠다고 요청한 것이 전후로 열 차례가 넘었으나, 번번이 받아들여지지는 않았다. 나라의 문무백관으로부터 아래로 병졸에 이르기까지 세금을 나눠 지급해 주었는데, 병환이나 사망에 따라 의약품에 모두 차등을 두었다. 당시 수재나 가뭄이 들면 나라 안의 백성들에게 재물을 대여해 주고는 풍년을 기다렸다가 빚을 갚으라고 요구하면서도 10분의 2를 감면해 주었기에, 나라 안의 백성들이 모두 그의 덕을 보았다. 문명황태후는 생을 마치면서 무제에게 당부하기를 "도부(사마유)가 성격이 급하니 자네가 마땅히 그를 잘 다독여야 할 것이네"라고 하였다. 사마유에게 조서를 내려 당시 각 지방관들을 총괄케 하고, 급기야 (산동성) 청주에 도독 직책을 보태주고, 제남군왕에 더 봉하여 군비를 갖추고 정책을 관장케 하였는데, 사마유를 제후의 지위에 머물게 한 것은 풍담의 기획이었다. 그래서 사마유는 울화병에 걸려 갑작스레 사망하고 말았다.

●司馬泰[194]廉靜, 不近聲色之議. 位至太尉[195], 衣食有如布素[196].

---

194) 司馬泰(사마태) : 진晉나라 때 종실 사람(?-299). 무제武帝 사마염司馬炎(236-290)의 조부인 선제宣帝 사마의司馬懿(179-251)의 조카로서 자는 자서子舒이고, 봉호는 고밀왕高密王이며, 시호는 문헌文獻. ≪진서・고밀문헌왕사마태전≫권37 참조.

195) 太尉(태위) : 진한秦漢 이래 군정軍政을 총괄하는 벼슬로, 대사마大司馬로

任眞簡率, 每朝會不識者, 不知其王公[197]也. 事親恭謹, 居處謙和, 爲宗室儀表. 當時諸王, 唯高密[198]王泰・下邳[199]王晃, 俱以儉稱. 晃, 字子明, 爲太傅[200].

○(진나라) 사마태(?-299)는 성품이 청렴하고 조용하여 음악과 여색이 동원된 연회를 가까이하지 않았다. 지위가 태위까지 올랐음에도 의복이나 음식을 평민처럼 갖췄다. 천성적으로 순진하고 간결함을 좋아하였기에, 매번 조회에서 그를 알아보지 못 하던 사람들은 그가 왕공의 신분인 줄도 몰랐다. 부모를 공손하게 섬기고 평소 겸손하였기에 종실의 모범이 되었다. 당시 여러 왕들 가운데 오직 고밀왕 사마태와 하비왕 사마황司馬晃만이 함께 검소함으로 칭송을 받았다. 사마황은 자가 자명으로 태부를 지냈다.

●劉休慶[201]少而閒素, 篤好文籍. 文帝寵愛殊常, 爲立第於雞籠山, 盡山水之美. 建平[202]國職[203]高他國, 爲尙書左僕射[204]. 謙儉周愼,

---

불리기도 하였다. 후에는 사도司徒・사공司空과 함께 삼공三公으로 불렸는데, 태위가 삼공 가운데 서열이 가장 높았다.

196) 布素(포소) : 베옷과 무명옷. 평민이나 신분이 낮은 사람을 상징한다.

197) 王公(왕공) : 주周나라 때는 천자와 제후를 가리키는 말이었으나, 진秦나라 시황제始皇帝가 천자를 '황제'라고 칭한 뒤로는 제후국에 봉한 친왕親王과 삼공三公 등 고위직에 대한 총칭으로 쓰였다.

198) 高密(고밀) : 산동성의 속현屬縣으로 사마태司馬泰의 봉호.

199) 下邳(하비) : 강소성의 속현屬縣으로 사마황司馬晃의 봉호.

200) 太傅(태부) : 재상의 지위인 삼공三公, 즉 태사太師・태부太傅・태보太保 가운데 하나. 그러나 후에는 태위太尉・사도司徒・사공司空을 삼공으로 설치하고, '큰 스승'이란 의미에서 삼공보다 높여 별도로 '상공上公'이라고 하면서 '삼사三師'로 세우기도 하였다.

201) 休慶(휴경) : 남조南朝 유송劉宋 문제文帝의 7남인 유굉劉宏의 자 '휴도休度'의 오기. 봉호는 건평왕建平王이고, 시호는 선간宣簡이다. ≪송서・건평선간왕유굉전≫권72 참조.

202) 建平(건평) : 안휘성의 속현屬縣으로 유굉劉宏의 봉호.

203) 國職(국직) : 제후국의 군주로서의 위상을 이르는 말.

204) 僕射(복야) : 진秦나라 때 처음 설치되었고, 한나라 때는 5상서尙書 가운데 한 명을 복야에 임명하여 조정의 핵심 행정 기관인 상서성尙書省의 업무를 총괄하게 하였는데, 뒤에 권한이 막강해지자 좌・우복야를 두면서 당송唐宋 때

禮賢接士, 曉明政事, 上深信仗之.

○(남조南朝 유송劉宋) 유휴도劉休度(유굉劉宏)는 어려서부터 성품이 여유롭고 소박하여 서책을 무척 좋아하였다. 문제가 그를 특별히 총애하여 그를 위해 (강소성) 계롱산에 저택을 지어서 산수의 아름다움을 마음껏 누리게 하였다. 건평왕(유굉)은 직위가 다른 제후국보다 높아서 상서좌복야에 임명되었다. 성품이 겸손하고 검소하며 주도면밀하고 신중하여 현명한 인재들을 예우하고 정사에 밝았기에, 황제가 무척 신임하여 그에게 많이 의지하였다.

●劉義慶[205]爲荊州刺史, 性謙虛, 始至及去鎭, 迎送物並不受. 在州八年, 爲安於西土. 撰徐州先賢傳, 奏上之, 又擬班固典引[206], 爲典序, 以述皇代[207]之美. 爲性簡素, 寡嗜欲, 愛好文義, 爲宗室之表. 受任歷藩, 無浮淫之過. 善騎乘. 招聚才學之士, 近遠必至. (袁淑[208])文冠當時, 爲衛軍咨議參軍[209]. 吳郡陸展・東海何長瑜・鮑照等, 引爲佐史[210].

○(남조 유송) 유의경(403-444)은 (호북성) 형주자사를 지낼 때,

까지 지속되었다. 보통 승상丞相의 지위를 겸하였다.

205) 劉義慶(유의경) : 남조南朝 유송劉宋 때 종실 사람(403-444). ≪세설신어世說新語≫의 저자로 유명하다. ≪송서・유의경전≫권51 참조.

206) 典引(전인) : 후한 반고班固(32-92)가 한나라가 당唐나라 요왕堯王의 후계자임을 자처하였기에 ≪서경・우서虞書・요전堯典≫권1에 대해 지은 글. 지금은 ≪문선文選・부명符命≫권48에 수록되어 전하는데, 이선李善(?-689) 주에 의하면 '전典'은 '법도'를 뜻하고, '인引'은 '펼치다', '연장하다'를 뜻한다. 즉 '요전'의 연속선상에서 지은 글이란 말이다.

207) 皇代(황대) : 전설상의 임금인 삼황三皇 시대를 아우르는 말. 결국 상고시대를 범칭한다.

208) 袁淑(원숙) : 다른 판본에 의하면 이 두 글자가 누락되었기에 첨기한다.

209) 諮議(자의) : 진晉나라 이후로 승상부丞相府나 장수將帥의 막부幕府에서 풍간諷諫과 논의를 담당하던 벼슬인 자의참군諮議參軍의 약칭. 뒤에는 주로 왕공부王公府와 군부軍府에 설치하였다. '자諮'는 '자咨'로도 쓴다.

210) 佐史(좌사) : 자사刺史나 태수 등 지방 수령의 보좌관을 이르는 말.

성품이 겸허하여 처음 도착했을 때와 형주를 떠날 때 환영하거나 전송하면서 준 선물들을 모두 받지 않았다. 형주에 8년 동안 있으면서 서방을 안정시켰다. 그는 ≪서주선현전≫을 지어서 상소문과 함께 바치고, 또 (후한) 반고의 ≪전인≫을 본떠 ≪전서≫를 지어서 상고시대의 미덕을 기술하였다. 그는 성품이 간결하면서 소박하여 욕심이 적고 문장을 좋아하였기에, 종실의 모범이 되었다. 그는 임명을 받아 변방의 여러 관직을 지내면서 법도에 어긋나는 과오를 범한 적이 없었다. 또 그는 말타는 솜씨도 뛰어났다. 그가 글재주가 뛰어나고 학문이 깊은 인재를 부르면 가까운 곳이나 먼 곳에서 모두 찾아왔다. 원숙이 당시 문장이 뛰어났기에 위군참의참군에 임명하였고, (강소성) 오군 사람 육의와 (산동성) 동해군 사람 하장유·포조 등을 초빙하여 좌사에 임명하였다.

●竟陵[211]蕭子良開私倉, 賑貧民. 少有淸尙[212], 禮才好士, 居不疑之地, 傾意賓客, 天下才學, 皆游集焉. 善立勝事[213], 夏月客至, 爲設瓜飮及甘果. 著之文敎, 士子文章及朝貴辭翰, 皆發敎撰錄. 居雞籠山西邸, 集學士, 抄五經百家, 依皇覽[214], 列爲四部要略千卷. 招致名僧, 講論佛法, 造經唄[215]新聲, 道俗之盛, 江左[216]未有也. 好文

211) 竟陵(경릉) : 남조南朝 남제南齊 무제武帝의 아들이자 문혜태자文惠太子의 동모同母 동생인 소자량蕭子良(460-494)의 봉호. 시호는 문선文宣. 문학을 좋아하여 많은 문인들을 거느렸는데, 사조謝朓(464-499)·왕융王融(467-493) 등과 함께 '경릉팔우竟陵八友'로 불렸다. ≪남제서·경릉문선왕소자량전≫권40 참조.

212) 淸尙(청상) : 고상한 절조를 이르는 말.

213) 勝事(승사) : 좋은 일을 뜻하는 말로 연회 따위를 가리킨다.

214) 皇覽(황람) : 황제의 독서를 위해 특별히 중요한 전고典故만을 모아 엮은 책. 삼국 위魏나라 문제文帝 때 황명으로 처음 제작되면서 수당 이전까지 여러 종류의 ≪황람≫이 출현하였으나 모두 전하지 않는다. 문헌상으로 볼 때는 중국 최초의 유서類書에 해당한다.

215) 經唄(경패) : 불경의 경문經文을 읊조리는 것을 이르는 말. '찬패讚唄' '찬범讚梵'이라고도 한다.

學, 我高祖217)・王元長218)・謝元暉219)・張思光220)・何憲・任昉・孔廣・江淹・虞炎・何僩・周顒之儔, 皆當時之傑, 號士林也.

○(남조南朝 남제南齊) 경릉왕 소자량(460-494)은 자신의 곳간을 열어 빈민들을 구제하였다. 그는 어려서부터 고상한 절조가 있어 재능 있는 선비들을 예우하면서 의심을 살 여지가 없도록 처신하였고, 손님들을 세심하게 대하였기에 천하에 글재주가 뛰어나고 학문이 깊은 선비들이 모두 그의 거처로 모여들었다. 그는 좋은 행사를 잘 계획하여 여름철에 손님이 찾아오면 음료와 과일을 차려주곤 하였다. 또 문교에 신경써 선비들의 문장이나 조정 귀족들의 서한들을 모두 명을 내려 책으로 편찬케 하였다. (강소성) 계롱산 서쪽의 저택에 거주하면서 학사들을 모아 오경과 제자백가서를 초록하고, ≪황람≫에 근거하여 ≪사부요략≫ 천 권을 편찬하였다. 또 저명한 승려들을 초빙하여 불법을 강론하고 새로운 곡조의 경패를 만들었으니, 도사나 속인 할 것 없이 문전성시를 이룬 것은 강남 땅에서 일찍이 없었던 일이다. 또 문장과 학문을 좋아하였으니, 양나라 고조(소연蕭衍)・원장元長 왕융王

216) 江左(강좌) : 강남江南의 별칭. 남조南朝 때 왕조들이 수도를 장강의 왼쪽, 즉 장강의 동쪽인 건강建康(남경)에 정한 데서 유래하였다. 여기서는 결국 동진東晉 이후 남조南朝 시기를 가리킨다.

217) 我高祖(아고조) : 이 책의 저자가 속한 남조南朝 양梁나라를 건국한 고조 소연蕭衍을 가리킨다.

218) 王元長(왕원장) : 남조南朝 남제南齊 때 사람인 왕융王融(467-493). '원장'은 자. 시문을 잘 지었고, 비서승祕書丞을 지냈다. ≪남제서南齊書・왕융전≫ 권47 참조.

219) 謝元暉(사원휘) : 남조南朝 남제南齊 때 시인인 사조謝朓(464-499). '원휘'는 그의 자인 '현휘玄暉'를 청나라 강희제康熙帝의 이름(玄燁)을 피휘避諱하기 위해 고쳐 쓴 것이다. 경릉팔우竟陵八友의 일인이며 사영운謝靈運과 함께 중국의 산수시山水詩를 정립한 대표적 시인으로 꼽힌다. 저서로 ≪사선성집謝宣城集≫ 5권이 전한다. ≪남제서・사조전≫권47 참조.

220) 張思光(장사광) : 남조南朝 남제南齊 사람 장융張融(444-497). '사광'은 자. 유송劉宋 때 상서의조랑尙書儀曹郎을 지내다가, 남제에 들어서 고제高帝에게 인정을 받아 사도우장사司徒右長史에 올랐다. 저서로 ≪옥해玉海≫가 있었다고 전한다. ≪남제서・장융전≫권41 참조.

融・현휘玄暉 사조謝朓・사광思光 장융張融・하헌・임방・공광・강엄・우염・하간・주옹 등은 당시에 걸출한 인재들로서 '사림'으로 불렸다.

●隋郡王子隆[221]好文章. 體肥, 常服蘆茄丸, 以自消, 猶無益也.
○(남조 남제) 수군왕 소자륭蕭子隆은 문장을 좋아하였다. 몸이 비만하여 늘 무와 연뿌리로 만든 환약을 복용해서 스스로 살을 빼려고 하였으나, 아무런 효과를 보지 못 했다.

●劉安[222]有文才, 好書鼓琴, 不喜弋獵狗馬馳騁. 行陰德, 拊循[223]百姓, 沽名譽[224], 招致賓客方術之士數千人, 作內書[225]二十一篇, 外書[226]甚衆. 又有中書八篇, 言神仙黃白[227]之術, 亦二十餘萬言. 時武帝方好藝文, 以安屬爲諸父, 辯博, 善爲文辭, 甚尊重之. 每爲報書及賜, 常召司馬相如等, 視草乃遣. 初安入朝, 獻所作內篇新出, 上愛祕之. 使爲離騷[228]傳, 旦受詔, 日食時上. 又獻頌及賦, 每見談

221) 子隆(자륭) : 남조南朝 남제南齊 종실 사람 소자륭蕭子隆. 무제武帝의 8남으로 '수군왕'은 봉호. '수隋'는 '수隨'로도 쓴다. ≪남제서・수군왕소자륭전≫권40 참조.
222) 劉安(유안) : 전한 사람(B.C.179-B.C.122). 고조高祖 유방劉邦(B.C.247-B.C.195)의 막내아들 유장劉長이 받은 봉호인 회남왕淮南王을 습봉하였다. 신선술에 관심이 많아 수많은 고사를 남겼고, ≪회남자淮南子≫의 저자로 유명하다. ≪한서・회남왕유장전≫권44 참조.
223) 拊循(부순) : 돌보다, 위로하다.
224) 沽名譽(고명예) : 명예를 추구하다.
225) 內書(내서) : 방술方術이나 도가道家・불가佛家와 관련한 서적을 이르는 말. 여기서는 결국 ≪회남자淮南子≫ 21권을 가리킨다.
226) 外書(외서) : 내서內書와 상대되는 말로 내서 이외의 서적에 대한 총칭.
227) 黃白(황백) : 단약丹藥을 구워 금(黃)과 은(白)을 주조하는 방술方術을 이르는 말.
228) 離騷(이소) : 전국시대 초楚나라 사람 굴원屈原(약 B.C.340-B.C.278)이 조정에서 축출당한 뒤 회재불우懷才不遇의 심경에서 지었다고 전하는 초사 작품. '이離'는 만나다는 뜻이고, '소騷'는 근심을 뜻한다. 즉 굴원이 시름에 젖어 지었다는 뜻이다. 후한 왕일王逸의 ≪초사장구楚辭章句≫권1에 전한다.

說, 昏暮而罷.

○(전한) 유안(B.C.179-B.C.122)은 글재주가 뛰어나 서책을 좋아하고 금 연주를 즐겼기에, 사냥터에 나가 개와 말을 모는 것을 좋아하지 않았다. 음덕을 베풀어 백성들을 돕고, 명예를 추구하여 손님 중에 방술에 뛰어난 선비들을 수천 명씩 초빙해서, 내서 21편과 수많은 외서를 지었다. 또 ≪중서≫ 8편을 지어 신선술과 연금술을 해설하였는데, 이 또한 20만 자가 넘었다. 당시 무제가 한창 예문을 좋아하여 유안 등을 제부로 섬겼는데, 언변이 뛰어나고 글을 잘 지었기에 그를 무척 존중하였다. 매번 그를 위해 서책과 하사품을 내리고 늘 사마상여 등을 불러 초안을 살펴보고서 돌아가게 하였다. 당초 유안이 입조하여 자신이 지은 ≪회남자淮南子≫ 내편을 바쳐서 새로 보이자, 무제가 이를 무척 좋아하여 소장하였다. 그에게 ≪이소전≫을 짓게 하였는데, 새벽에 조서를 받자 아침 식사할 즈음에 완성하여 바친 일이 있다. 또 송과 부를 바치면 매번 그를 접견하고 담론을 나누다가 날이 저물어서야 마치곤 하였다.

●曹子建[229]善屬文. 魏武帝見其文, 謂植曰, “汝倩人[230]邪?” 植跪曰, “臣言出爲論, 下筆成章. 故當面試, 奈何倩人邪?” 時鄴銅爵臺[231]新成, 武帝悉將諸子登臺, 使各爲賦, 植援筆立[232]成, 文彩可

229) 曹子建(조자건) : 삼국시대 위魏나라 문인 조식曹植(192-232). ‘자건’은 자. 무제武帝 조조曹操(155-220)의 아들이자, 문제文帝 조비曹丕(187-226)의 동생. 문재文才가 뛰어났으나 그 때문에 형인 조비의 시기를 받아 불행한 삶을 살았다. 봉호가 진왕陳王이고 시호가 사思여서 진사왕陳思王으로도 불렸다. 저서로 ≪조자건집曹子建集≫ 10권이 전한다. ≪삼국지・위지・진사왕조식전≫ 권19 참조.

230) 倩人(청인) : 남에게 돈을 주고 청탁하는 것을 이르는 말. ‘倩’의 음은 ‘청’.

231) 銅爵臺(동작대) : 후한 말엽 위왕魏王 조조曹操(155-220)가 하남성 업도에 세운 삼대三臺, 즉 동작대・금호대金虎臺・빙정대氷井臺 가운데 하나. 북조北朝 북제北齊 때 문선제文宣帝는 이를 금봉대金鳳臺・성응대聖應臺・숭광대崇光臺로 개명하였다. ‘작爵’은 ‘작雀’으로도 쓴다.

觀.

○(삼국 위魏나라) 자건子建 조식曹植(192-232)은 글을 잘 지었다. 위나라 무제(조조曹操)가 조식의 글을 보고서는 그에게 말했다. “너는 남에게 돈을 주고 청탁한 것이냐?” 그러자 조식이 무릎을 꿇고 대답하였다. “말을 뱉으면 논문이 되고 붓을 들면 문장을 이룹니다. 그래서 면전에서 시험을 치러야 하거늘, 어찌 남에게 돈을 주고 청탁을 하겠습니까?” 당시 (하남성) 업도鄴都의 동작대가 막 완성되어 무제가 아들들을 데리고 동작대에 올라 각자 부를 짓게 하였는데, 조식이 붓을 들자마자 즉시 완성하였음에도 문장이 무척 훌륭하였다.

●劉休元[233]少好學, 嘗爲水仙賦, 當時以爲不減洛神[234]. 擬古詩, 時人以爲陸士衡[235]之流. 頻征戰, 皆獻捷.

○(남조南朝 유송劉宋) 휴현休玄 유삭劉鑠(431-453)은 어려서부터 학문을 좋아하였는데, 일찍이 <수선부>를 짓자 당시 사람들이 (삼국 위魏나라 조식曹植의) <낙신부>에 손색이 없다고 평가하였다. 또 <고시>를 본떠서 시를 짓자 당시 사람들이 (진晉나라) 사형士衡 육기陸機에 버금간다고 평하였다. 여러 차례 정벌전에 나서서 언제나 승전보를 올렸다.

●劉章[236]年二十, 忿劉氏不得職. 常入侍燕飮, 高后令章爲酒吏[237],

---

232) 立(입) : 즉시, 바로.

233) 劉休元(유휴원) : 남조南朝 유송劉宋 문제文帝의 4남인 유삭劉鑠(431-453). ‘휴원’은 그의 자인 ‘휴현休玄’을 청나라 강희제康熙帝의 이름(玄燁)을 피휘避諱하기 위해 고쳐쓴 것이다. 봉호는 남평왕南平王이고, 시호는 목穆. ≪송서·남평목왕유삭전≫권72 참조.

234) 洛神(낙신) : 삼국 위魏나라 조식曹植이 지은 <낙수의 수신을 읊은 부(洛神賦)>를 가리키는 말로 남조南朝 양梁나라 소통蕭統(501-531)의 ≪문선文選·정情≫권19에 전한다.

235) 陸士衡(육사형) : 진晉나라 때 저명한 문인인 육기陸機(261-303). ‘사형士衡’은 자. ≪진서·육기전≫권54 참조.

章自請曰, "臣將種[238]也, 請得以軍法行酒." 高后曰, "可!" 酒酣, 章進歌舞, 已而曰, "請爲太后[239]言耕田." 高后兒子畜[240]之, 笑曰, "顧而[241]父知田耳, 若[242]生而爲王子, 安知田?" 章曰, "臣知之." 太后曰, "試爲我言田意." 章曰, "深耕穊種[243], 立苗欲疏. 非其種者, 鉏而去之." 太后默然. 頃之, 諸呂一人醉亡, 章斬之. 自是後諸呂憚之, 雖大臣, 皆依朱虛侯[244]劉氏爲强. 其明年呂産欲作亂, 章首先斬産, 以定天下.

○(전한) 유장(?-B.C.177)은 나이 스무 살에 종실인 유씨 가문 사람들이 관직을 얻지 못 하는 것에 대해 분개해 하였다. 일찍이 입궐하여 연회를 모시는 자리에서 (고조의 부인인) 고후(여치呂雉)가 유장에게 술자리를 관장하는 관리직을 맡기자, 유장이 자청하였다. "신은 장수의 후손이므로 청컨대 군법으로 술자리를 관장할 수 있기를 바라옵니다." 그래서 고후가 "좋소!"라고 대답하였다. 술자리가 무르익었을 때 유장이 가무를 올리고는 잠시 뒤 말했다. "청컨대 태후를 위해 농사에 대해 말씀드리고자 합니다." 고후는 그를 아들처럼 대하였기에 웃으면서 말했다. "돌이켜 보면 너의 부친은 농사를 알았다만, 너는 태어나면서부터 왕자의 신분이거늘 어찌 농사에 대해 알겠느냐?" 유장이 대답하였다. "신은 잘 알고 있습니다." 태후가 말했다. "그렇다면 어디 한

---

236) 劉章(유장) : 전한 문제文帝 때 종실 사람(?-B.C.177)으로 여태후呂太后가 죽은 뒤 진평陳平(?-B.C.178)·주발周勃(?-B.C.169) 등과 함께 여태후의 외척들을 제거하고 대왕代王 유항劉恒(문제文帝)을 황제로 옹립하였다. 시호는 경景이고, 봉호는 성양왕城陽王. ≪한서·성양경왕유장전≫권38 참조.

237) 酒吏(주리) : 술자리에서 주령酒令이나 진행을 감독하는 사람. '주사酒史'라고도 한다.

238) 將種(장종) : 장수의 씨앗. 즉 장수 가문의 후손을 가리킨다.

239) 太后(태후) : 황제의 모친에 대한 존칭인 '황태후皇太后'의 준말.

240) 畜(축) : 대우하다, 취급하다.

241) 而(이) : 2인칭 대명사. 너.

242) 若(약) : 2인칭 대명사. 너.

243) 穊種(기종) : 씨앗을 촘촘하게 심다.

244) 朱虛侯(주허후) : 유장劉章의 초기 봉호.

번 내게 농사의 의미에 대해 말해 보거라." 유장이 대답하였다. "밭을 깊게 갈고 씨앗을 촘촘하게 심되 싹이 자랄 때는 성기게 해야 합니다. 씨앗에 걸맞지 않는 것들은 호미로 제거해야 합니다." 태후가 아무 말도 못 했다. 얼마 뒤 (고후의 혈족인) 여씨 집안 사람 중에 한 명이 술에 취해 망령된 행동을 하자, 유장이 그의 목을 베어 버렸다. 그 뒤로 여씨 집안 사람들은 그를 두려워하였고, 비록 대신이라 할지라도 주허후 유씨(유장)에 기대 권력을 누렸다. 이듬해 여산이 반란을 일으키려고 하자, 유장이 앞장서 여산의 목을 베어서 천하를 안정시켰다.

●劉非[245]爲汝南王. 吳楚反時, 非年十五, 有才氣, 上書, 自請擊吳. 景帝賜非將軍印, 擊吳. 吳已破, 徙王江都, 治故吳國, 以軍功賜天子旗.

○(전한) 유비(?-B.C.128)는 원래 봉호가 여남왕이었다. 오국과 초국이 반란을 일으켰을 때, 유비는 열다섯의 나이로 재능이 있어 글을 올려서 오국을 정벌하겠다고 자청하였다. 그래서 경제가 유비에게 장군의 인장을 하사하여 오국을 정벌케 하였다. 오국이 평정되고 나서는 강도왕으로 자리를 옮겨 옛 오국을 다스리더니, 군공을 세워 천자의 깃발을 하사받았다.

●曹子文[246]少善射御, 膂力過人, 手格猛獸, 不避險阻, 數從征伐, 志意慷慨. 魏武帝常抑之曰, "汝不念讀書, 而好乘汗馬[247]擊劍, 此一夫之用, 何足貴也?" 課彰(子文, 名彰.)讀書. 彰謂左右曰, "丈夫一爲

245) 劉非(유비) : 전한 경제景帝의 아들(?-B.C.128). 봉호는 강도왕江都王이고, 시호는 이易. ≪한서・강도이왕유비전≫권53 참조.

246) 曹子文(조자문) : 삼국 위魏나라 무제武帝 조조曹操의 아들 조창曹彰(약 190-233). '자문'은 자. 봉호는 임성왕任城王이고 시호는 위威. ≪삼국지・위지・임성위왕조창전≫권19 참조.

247) 汗馬(한마) : 준마, 명마를 이르는 말.

衛霍[248], 將十萬騎, 馳沙漠, 驅戎狄[249], 立功建號[250]耳, 何能作博士邪?" 烏丸[251]反, 以子文爲北中郎將[252], 行驍騎將軍. 時兵馬未集, 惟有步卒千人, 騎數百匹, 用田豫[253]計, 固守要隟[254], 虜乃散退. 彰追之, 身自搏戰, 射胡騎, 應弦而倒[255]者, 前後相屬. 戰過半日, 彰鎧中數箭, 意氣益厲, 乘勝逐北[256], 至于桑乾[257]. 諸將以爲新涉遠, 士馬疲. 又受節度[258], 不得過代[259], 不得深進, 遂上馬, 令軍中, 後出者斬. 一日一夜, 與虜相及, 擊破之, 斬首獲生以千數. 魏武喜, 捋彰鬚[260]曰, "黃鬚兒[261]竟大奇也!"

○(삼국 위魏나라) 자문子文 조창曹彰(약 190-233)은 활쏘기와 말

---

248) 衛霍(위곽) : 전한 때 명장인 위청衛靑(?-B.C.106)과 곽거병霍去病(?-B.C.117)을 아우르는 말.
249) 戎狄(융적) : 이민족에 대한 총칭. 동방의 이민족을 '이夷', 남방의 이민족을 '만蠻', 서방의 이민족을 '융戎', 북방의 이민족을 '적狄'이라고 한 데서 비롯되었다.
250) 建號(건호) : 봉호封號를 세우다. 즉 제후에 봉해지는 것을 말한다.
251) 烏丸(오환) : 한나라 때 동호족東胡族 가운데 내몽고 동쪽에 있던 부족 이름. 뒤에 세력이 약해져 다른 부족에 동화되었다.
252) 中郎將(중낭장) : 천자의 거마車馬와 숙위宿衛를 관장하던 벼슬. 진한秦漢 이후 오관중랑장五官中郎將·좌중랑장左中郎將·우중랑장右中郎將 등 여러 중랑장이 있었다.
253) 田豫(전예) : 삼국 위魏나라 사람. 자는 국양國讓. 봉호는 장락정후長樂亭侯. 처음에는 유비劉備(162-223)를 따르다가 조조曹操(155-220)의 휘하에 들어가 병주자사幷州刺史와 태중대부太中大夫 등을 역임하였다. ≪삼국지·위지·전예전≫권26 참조.
254) 要隟(요극) : 요충지, 요로要路를 이르는 말. '극隟'은 '극隙'의 이체자異體字.
255) 應弦而倒(응현이도) : 활시위 소리가 나자마자 쓰러지다. 활을 매우 잘 쏘는 것을 말한다. '응현이폐應弦而斃'라고도 한다.
256) 逐北(축배) : 패배한 군대를 쫓다. '배北'는 '배背'와 통용자.
257) 桑乾(상건) : 산서성을 흐르는 강물 이름인 상건하桑乾河의 준말.
258) 節度(절도) : 여러 주州의 군사·민정·재정 등을 관할하던 벼슬인 절도사節度使의 약칭.
259) 代(대) : 산서성에 설치한 제후국인 대국代國이나 군 이름인 대군代郡의 약칭.
260) 捋鬚(날수) : 수염을 쓰다듬다. 친근한 정감을 나타내는 행동을 말한다.
261) 黃鬚兒(황수아) : 노란 수염을 기른 아이. 조조曹操(155-220)의 아들인 조창曹彰(약 190-233)의 별명으로 뒤에는 용맹한 사람을 비유하는 말로 쓰였다.

타기를 잘 하였고, 완력이 누구보다도 강해 맨손으로 맹수를 때려잡았으며, 아무리 위험한 곳도 마다하지 않더니, 여러 차례 정벌전에 나서 용맹을 떨쳤다. 그래서 위나라 무제(조조曹操)는 늘 그를 제지하며 말했다. “너는 독서에는 마음을 두지 않고 말을 타고 검을 휘두르는 것을 좋아하지만, 이는 일개 필부로서의 쓸모만 있을 뿐이니 어찌 좋다고 할 수 있겠느냐?” 결국 조창(자문의 이름은 ‘창’이다)에게 독서를 권하였다. 그러자 조창이 주변 사람들에게 말했다. “장부라면 어디까지나 (전한 때 장수인) 위청衛青과 곽거병霍去病처럼 기병 10만 명을 거느리고 사막을 달리며 오랑캐를 물리쳐 전공을 세우고 봉호를 받으면 그만이거늘, 어찌 박사가 될 수 있겠소?” 오환족이 반란을 일으키자 조창을 북중랑장에 임명하고 표기장군을 대행케 하였다. 당시 병마가 모이지 않아 고작 보병 천 명과 기병 수백 명만 있었지만, 전예의 계책을 채택해 요충지를 굳게 지켰기에, 오랑캐가 뿔뿔이 흩어지며 퇴각하고 말았다. 조창은 그들을 추격하여 몸소 전투를 벌여서 오랑캐 기병에게 활을 쏘았는데, 활을 쏘자마자 쓰러진 자가 전후로 계속 이어졌다. 반나절 가량 싸우는 동안 조창은 화살을 몇 개 맞았지만, 더욱 분발하여 승기를 틈타서 패잔병을 쫓아 상건하까지 도착하였다. 여러 장수들은 새삼 먼 곳까지 진출하는 바람에 병사와 말이 모두 지쳤다고 생각하였다. 다시 절도사의 신분을 받았지만 (산서성) 대군을 지날 수 없고 깊이 진격할 수 없자, 결국 말에 올라 군중에 명을 내려서 뒤늦게 출발하는 자는 목을 베겠다고 하였다. 하루 밤낮 동안 오랑캐와 전투를 벌여 그들을 격파하였으니, 목을 베고 생포한 자가 천으로 헤아릴 정도로 많았다. 위나라 무제가 기뻐하여 조창의 수염을 쓰다듬으며 말했다. “아직 수염이 노란 어린아이가 결국 큰 공을 세웠구나!”

●司馬承262)身居藩屛，躬處儉約，乘葦笨263)車，家無別室．王敦懷無君之心, 元帝召承曰, "湘州南楚[264]險固, 在上流之要, 控三州之會, 是用武之國, 全勝之地. 今以叔父[265]居之, 如何?" 承曰, "君之所命, 敢有辭焉?" 承行達武昌, 釋戎備, 見王敦. 敦因宴集, 謂承曰, "大王雅素[266]佳士, 非將御[267]才也." 承曰, "安知鉛刀[268]不能一割?" 敦果謂錢鳳曰, "彼不知懼, 而學壯語. 此不知武, 何能爲焉?"

○(진晉나라) 사마승(264-322)은 그 자신 제후국에 거처할 때, 몸소 검약을 실천하여 검소한 수레를 타고 집에 별실을 두지 않았다. 왕돈이 반란을 일으키려는 마음을 품자 원제가 사마승을 불러 말했다. "(호남성) 상주는 남방 초 땅에서도 험지이기에, 장강을 거슬러오를 때 거치는 요충지이자 세 고을의 회계를 관장하는 곳이라서 국방상 중요한 도시이자 승리를 취하기 좋은 땅입니다. 이제 숙부님(사마승)에게 그곳을 맡기려 하는데 어떻겠습니까?" 그러자 사마승이 대답하였다. "군주의 명령에 대해 어찌 가타부타 말할 수 있겠나이까?" 사마승이 길에 올라 (호남성) 무창군에 도착해서 군비를 풀고 왕돈을 접견하였다. 왕돈이 그참에 연회를 열고서 사마승에게 말했다. "왕께서는 원래 훌륭한 선비이기에 장수로 쓸 재목은 아니지요." 그러자 사마승이 대답하였다. "납으로 만든 무딘 칼이라고 해서 한 번조차 베지 못 한다는 것을 어찌 알 수 있겠소?" 그래서 왕돈이 결국 전봉에게 말했다.

---

262) 司馬承(사마승) : 진晉나라 때 종실 사람(264-322). 자는 경재敬才이고, 시호는 민閔이며, 봉호는 초왕譙王. 왕돈王敦의 반군에 사로잡혀 살해당했다. ≪진서・민왕사마승전≫권37 참조.

263) 葦笨(위분) : 갈대나 대가지를 아우르는 말로 검소함을 상징한다.

264) 南楚(남초) : 남쪽 초 지방을 가리키는 말로, 지금의 호북성・호남성・강서성 일대를 가리킨다.

265) 叔父(숙부) : 원제는 선제宣帝 사마의司馬懿의 증손자이고, 사마승은 선제의 손자이다. 따라서 사마승이 원제 자신에게 숙부뻘이 되기에 한 말이다.

266) 雅素(아소) : 평소, 원래.

267) 將御(장어) : 통솔하다, 거느리다. 즉 장수의 신분을 가리킨다.

268) 鉛刀(연도) : 납으로 만든 칼. 쓸모없는 사람이나 사물을 비유하는 말로, 여기서는 사마승 자신을 낮추어 비유한 말이다.

"저 사람은 두려움을 모르고, 거침없이 말을 내뱉을 줄 안다오. 이로써 보건대 무예를 모르고서 어찌 그리할 수 있겠소?"

●劉長[269]母, 本張敖美人, 坐貫高[270]事, 繫之河內. 弟趙兼因辟陽侯[271]告呂后, 后妬不肯白, 辟陽侯不强爭. 美人已生厲王, 恚卽自殺. 長有才, 力扛鼎, 乃往請辟陽侯. 侯出見之, 卽袖金椎椎之. 居處無度, 爲黃屋蓋[272], 擬天子, 擅法令, 不用漢法, 以罪徙處蜀嚴道[273]. 日三食, 給薪・菜・鹽・炊食器・席・蓐, 制曰, "食長, 給肉日五斤, 酒二斗." 令故美人[274]・才人[275]得幸者從之, 乃不食而死.

○(전한) 유장(약 B.C.198-B.C.174)의 모친은 본래 장오의 미인이었는데, 관고의 모반 사건에 연루되어 (하남성) 하내군에 억류당했다. 그녀의 남동생인 조겸이 벽양후(심이기審食其)를 통해 여후에게 고하였으나, 여후는 질투심이 강해 아무런 말도 하지 않았고, 벽양후도 애써 변호해 주지 않았다. 미인은 이미 여왕(유

269) 劉長(유장) : 전한 고조高祖 유방劉邦(B.C.247-B.C.195)의 막내아들(약 B.C.198-B.C.174). 봉호는 회남왕淮南王이고 시호는 려厲. ≪회남자淮南子≫의 저자인 유안劉安(B.C.179-B.C.122)의 부친이다. ≪한서・회남려왕유장전淮南厲王劉長傳≫권44 참조.

270) 貫高(관고) : 한나라 때 제후국인 조국趙國의 승상을 지낸 사람. 전한 고조高祖 유방劉邦(B.C.247-B.C.195)이 조국왕趙國王 장오張敖를 모욕하자, 고조가 조국을 지날 때 복병을 두어 암살하려고 하다가 실패하여 혹형을 당하고 자살하였다. 별도의 전기는 없고 그에 관한 기록은 장오의 부친인 장이張耳(?-B.C.202)의 전기가 실린 ≪한서・장이전≫권32에 병기되어 전한다.

271) 辟陽侯(벽양후) : 전한 초엽 사람 심이기審食其의 봉호. 고조高祖와 여후呂后가 항우項羽에게 억류당했을 때 잘 모시어 신임을 얻었다. ≪사기・주건전朱建傳≫권97 참조.

272) 黃屋蓋(황옥개) : 천자가 타는 수레의 덮개를 이르는 말. 황색이 황제를 상징하는 빛깔인 데서 유래하였다.

273) 嚴道(엄도) : 진秦나라 이후로 사천성에 설치하였던 현 이름.

274) 美人(미인) : 한나라 이후 궁중의 여관女官 이름. 시대마다 다소 차이는 있으나 일반적으로 황후皇后 휘하의 여관으로 비妃・빈嬪・첩여婕妤・미인美人・재인才人 등이 있었다.

275) 才人(재인) : 한나라 때 후궁의 관직인 내관內官 가운데 하나.

장)을 낳았지만, 울화병에 걸려 자살하고 말았다. 유장은 글재주가 뛰어나고 세발솥을 들 정도로 힘이 셌는데, 결국 벽양후를 찾아가 청탁을 하려고 하였다. 그러나 벽양후는 나와서 그를 보자바로 쇠몽둥이를 소매에서 꺼내 그를 때렸다. 유장은 거처를 법도에 어긋나게 꾸미고 (궁궐처럼) 노란 지붕을 올려 천자를 흉내내면서 법령을 어기고 한나라의 국법을 따르지 않았기에, 죄를 짓는 바람에 (사천성) 촉주 엄도현으로 거처를 옮기게 되었다. 하루 세 끼 때문에 땔감·채소·소금·식기·자리·요를 지급하면서 황명을 내려 말했다. "유장에게 음식을 주되 하루에 고기 다섯 근과 술 두 말을 공급토록 하라." 그리고 예전의 미인과 재인 가운데 총애를 받은 여인들에게 그를 모시게 하였으나, 결국 음식을 끊어 자살하였다.

●刺王旦[276]壯大就國[277]. 爲人辯, 博學經書雜說, 好星曆[278]·術數[279]·倡優·射獵之事, 招致游士. 及衛大子[280]敗, 齊懷王[281]又薨, 旦自以次第當立, 上書求入宿衛, 上怒, 下其使獄. 後坐藏匿亡命, 削良鄉·安次·文安三縣. 武帝由是惡旦, 後遂立少子爲太子. 帝崩, 太子立, 是爲昭帝. 賜諸侯王[282]璽書[283], 旦不肯哭, 曰, "璽

---

276) 刺王旦(자왕단) : 전한 무제武帝의 4남 유단劉旦(?-B.C.80). '자刺'는 시호. 봉호는 연왕燕王. 소제昭帝를 폐위하려다가 실패하여 자살하였다. ≪한서·연자왕유단전≫권63 참조.

277) 就國(취국) : 자신의 봉국封國으로 부임하는 것을 뜻하는 말.

278) 星曆(성력) : 천문과 역법에 관한 학문을 이르는 말.

279) 術數(술수) : 자연현상을 살펴서 길흉을 점치는 여러 가지 방술方術을 이르는 말.

280) 衛大子(위태자) : 전한 무제武帝의 장남이자 소제昭帝의 이복형인 유거劉據. 위황후衛皇后의 소생으로 뒤에 망명하여 폐위당했기 때문에 모친의 성씨를 따라 '위태자'로 불렸다. 선제宣帝는 위태자가 폐위당하기 전에 태어난 친손자이자 무제의 증손자이다. ≪한서·무오자전武五子傳·여태자유거전≫권63 참조.

281) 齊懷王(제회왕) : 전한 무제武帝의 3남 유굉劉閎. 제왕은 봉호이고, 회는 시호. ≪한서·제회왕유굉전≫권63 참조.

282) 諸侯王(제후왕) : 제후국의 군주를 이르는 말. 전국시대 초楚나라와 진秦나

書封小, 京師疑有變." 興宗室, 遂招來羣國姦人, 賦斂銅鐵, 作甲兵, 數閱其車騎材官[284], 卒建旌旗·鼓車[285]·旄頭[286], 先毆郎中[287]·侍從[288], 著貂羽[289]·黃金附蟬[290], 皆號侍中[291]. 旦從相中尉[292]以下, 勒車騎, 發民會圍, 大獵文安縣, 以講士馬, 須期日. 時天雨, 虹下, 屬宮中, 飮井水, 井水竭, 厠中豕羣出, 壞大官[293]竈, 烏鵲鬭死, 鼠舞殿端門[294]中, 殿上戶自閉不開, 天火[295]燒城門, 大風壞宮城樓, 折拔樹木, 流星下墮. 王驚病, 使人祠葭水·台水. 王客呂廣等知星, 爲王言, "當有兵圍城, 期在九月十月, 漢當有大臣戮死者." 會燕倉[296]告蓋主[297], "上官桀與旦有逆謀." 桀等皆伏誅.

라 때부터 사용한 용어로 알려져 있다.

283) 璽書(새서) : 국새가 찍힌 황제의 친필 조서를 뜻하는 말.

284) 材官(재관) : 선발된 무관이나 파견된 하급 무관을 이르는 말.

285) 鼓車(고거) : 북을 설치하여 거리를 재는 데 사용하는 수레를 이르는 말.

286) 旄頭(모두) : 황제의 의장儀仗 가운데 선두에 서는 기병騎兵을 가리키는 말. '모기旄騎'라고도 한다.

287) 郎中(낭중) : 진한秦漢 이후 황실의 호위와 시종을 관장하던 벼슬. 삼서三署의 관원인 오관중랑장五官中郎將·좌중랑장左中郎將·우중랑장右中郎將을 설치하여 관장케 하였다. 당송唐宋 때는 상서성尙書省 소속 육부六部의 산하 기관인 4사司(총 24사司)의 실무를 관장하는 기관장의 명칭이 되었다.

288) 侍從(시종) : 황제를 측근에서 모시는 신하를 일컫는 말.

289) 貂羽(초우) : 담비의 꼬리로 만든 갓의 장식품을 이르는 말.

290) 黃金附蟬(황금부선) : 황금으로 만든 매미 모양의 장식품.

291) 侍中(시중) : 황제의 측근에서 기거起居를 보살피고 정령政令을 집행하는 일을 관장하는 벼슬. 진晉나라 이후로 재상의 지위에까지 오르고, 수나라 때 납언納言 혹은 시내侍內라고 하였으며, 당송 이후로는 조정의 주요 행정 기관인 삼성三省 가운데 문하성門下省의 수장首長이 되었다.

292) 中尉(중위) : 천자나 제후를 호위하는 군대를 통솔하던 벼슬 이름. 전한 무제武帝 때는 '집금오執金吾'로 개명한 적이 있고, 북위北魏 때는 벼슬아치들을 감독하기 위해 설치했던 어사중위御史中尉의 약칭으로도 쓰였으며, 당나라 때는 신책군神策軍을 통솔하는 호군중위護軍中尉의 약칭으로도 쓰였다.

293) 大官(태관) : 황제의 음식과 연향燕享을 관장하는 벼슬 이름. '태관太官'으로도 쓴다.

294) 端門(단문) : 궁성의 정남쪽에 있는 대문을 가리키는 말.

295) 天火(천화) : 벼락, 번개.

296) 燕倉(연창) : 전한 소제昭帝 때 사람(?-B.C.74). 상관걸上官傑의 모반을 고발하여 의성후宜城侯에 봉해졌다. 시호는 대戴. ≪한서·연자왕유단전≫권63 참조.

有赦令到, 王讀之曰, "嗟乎! 獨赦吏民, 不赦我." 因迎后姬298)諸婦, 之明光殿, 王曰, "老虜曹299)爲事當族, 欲自殺." 以綬自絞, 后夫人隨旦自殺者, 二十餘人.

○(전한) 자왕刺王 유단劉旦(?-B.C.80)은 어른이 되면서 봉국으로 파견되었다. 그는 사람됨이 말재주가 뛰어나고, 경서와 잡설을 두루 익혔으며, 천문학과 술수·연극·사냥 따위를 좋아하여 떠돌이 선비들을 불러모았다. (형인) 위태자(유거劉據)가 폐위당하고, 제나라 회왕(유굉劉閎)마저 사망하자, 유단은 스스로 순서상 황제의 자리에 올라야 한다고 생각해 글을 올려 숙위직으로 들어가겠다고 요청하였지만, 무제는 화를 내며 그가 파견한 사신을 감옥에 가두었다. 뒤에 망명자를 숨겨준 죄 때문에 봉토 가운데 (하북성) 양향현·안차현·문안현 등 세 현을 삭감당했다. 무제가 이 때문에 유단을 싫어하여 뒤에는 결국 어린 아들을 태자로 옹립하였다. 무제가 생을 마치자 태자가 황제의 자리에 올랐으니, 이 사람이 바로 소제이다. 소제가 제후국의 왕들에게 친필 조서를 내렸지만, 유단은 곡을 하지 않으며 "황제의 친필 조서를 담은 봉투가 작은 것으로 보아 도성에 아마도 변고가 있나 보구려"라고 하였다. 종실을 일으키려고 급기야 여러 제후국의 간신들을 불러서 구리와 쇠를 거두어 갑옷과 무기를 만들고, 수레·기마·무관들을 자주 점검하더니, 결국 깃발을 세우고 고거와 의장대를 마련한 뒤 낭중과 시종관을 앞서 달리게 하고, 담비 꼬리와 황금으로 만든 매미 모양의 장식품을 착용한 이들을 모두 시중으로 불렀다. 유단은 승상과 중위 이하 관원들에게 수레를 몰게 하고, 백성들을 차출하여 호위병으로 모은 뒤 문안현에서 크

297) 蓋主(갑주) : 전한 소제昭帝의 큰누나이자 갑후蓋侯의 아내인 갑장공주蓋長公主의 약칭. '갑'은 봉호封號이고, '장공주'는 황제의 누이에 대한 존칭.

298) 后姬(후희) : 본부인인 왕후王后와 첩실들을 아우르는 말.

299) 老虜曹(노로조) : 늙은 오랑캐들. '조曹'는 복수를 나타내는 접미사. 여기서는 자신에 대한 비칭으로 쓰였다.

게 사냥을 벌여 병사와 전투마를 준비하고서 기일을 기다렸다. 그러나 때마침 하늘에서 비가 내렸는데도 무지개가 내려와 궁중에 닿더니, 우물물을 흡수하는 바람에 우물물이 말라버리고, 뒷간의 돼지들이 뛰쳐나와 태관의 부뚜막을 부수고, 까마귀와 까치가 죽도록 싸우고, 쥐가 궁전 정문에서 난동을 부리고, 전각 위의 창문이 저절로 닫혔다가 열리지 않고, 벼락이 성문을 불태우고, 강풍이 궁성의 누각을 부수고 나무들을 뽑아버리고, 유성이 떨어졌다. 유단은 경기 때문에 병석에 눕게 되자 사람을 시켜 가수와 태수에서 제사를 지내게 하였다. 유단의 식객인 여광 등이 별점을 잘 알아 왕에게 말했다. "분명 병사들이 성을 포위할 터인데 9월이나 10월이 되면 한나라 조정에 살해당하는 대신이 있을 것입니다." 마침 연창이 갑장공주蓋長公主에게 "상관걸이 유단과 함께 역모를 꾀할 것입니다"라고 고하는 바람에 상관걸 등이 모두 사형을 당했다. 사면령이 내려왔을 때 유단은 이를 읽고서 말했다. "아! 단지 일반 백성들만 사면할 뿐 나를 사면하지는 않겠구나." 그래서 본부인과 총희 등 여러 아내들을 불러 명광전에 도착하더니 유단이 말했다. "못난 내가 족멸을 당할 일을 저질렀으니 차라리 자살하고 말겠소." 유단 스스로 목을 메 죽었고, 아내들 가운데 그를 따라 자살한 이가 20명이 넘었다.

●劉胥[300]壯大, 好倡樂逸遊, 力扛鼎, 空手搏熊彘猛獸. 動作無法度, 故終不得爲漢嗣. 宣帝卽位, 封胥四子聖・曾・寶・昌, 皆爲列侯. 又立胥小子宏爲高密王, 所褒賞甚厚. 始昭帝時, 胥見上年少無子, 有覬欲心, 而楚地多巫鬼, 胥迎女巫李子須[301], 使下神祝詛. 女須泣曰, "孝武帝下我." 左右皆伏, 言"吾必令胥爲天子." 胥多賜女須

300) 劉胥(유서) : 전한 때 무제武帝의 아들(?-B.C.54). 봉호는 광릉왕廣陵王이고, 시호는 려厲. ≪한서・광릉려왕유서전≫권63 참조.
301) 子須(자수) : 뒤의 내용에 비추어 볼 때 '여수女須'의 오기로 보인다.

錢, 使禱巫山. 及昌邑王[302]徵, 復使巫祝詛之. 後王廢, 胥寖信女須等, 數賜予錢物. 宣帝立, 胥曰, "太子孫[303]何以反得立?" 復使女須祝詛如前. 胥宮園中棗樹生十餘莖, 莖正赤, 葉白如素, 池水變赤, 魚死, 有鼠晝立舞王后庭中. 胥謂姬南[304]等曰, "棗水魚鼠之怪, 甚可惡也." 居數月, 祝詛事發, 自殺.

○(전한) 유서(?-B.C.54)는 장성하면서 배우와 악사들을 불러 흥청망청 노는 것을 좋아하였고, 힘이 세발솥을 들 정도로 세서 맨손으로 곰이나 멧돼지 같은 맹수를 때려잡았다. 그러나 행동에 법도가 없어 결국 한나라 황실의 계승자가 되지 못 했다. 선제가 즉위한 뒤 유서의 네 아들인 유성劉聖·유증劉曾·유보劉寶·유창劉昌을 모두 제후에 봉하였고, 또 유서의 막내아들인 유굉劉宏을 고밀왕에 봉하고 매우 많은 포상금을 내렸다. 당초 소제 때 유서는 소제가 나이가 어리고 아들이 없다는 것을 알고서 분에 넘치게 욕심을 품었다. 그런데 초 땅은 무당과 귀신을 믿는 미신이 만연했기에, 유서는 여자 무당인 이여수를 불러서 그녀에게 신을 불러 저주의 주문을 걸게 하였다. 그러자 이여수가 눈물을 흘리며 말했다. "효무제의 혼령이 저에게 강림하였습니다." 주변의 신하들이 모두 공손히 엎드리자 이여수가 또 말했다. "내 필시 유서를 천자가 되게 하리라." 유서는 이여수에게 많은 돈을 하사하고 무산에서 기도를 올리게 하였다. (조카인) 창읍왕(유하劉賀)이 황실의 부름을 받자 다시 무당을 시켜 저주의 주문을 걸게 하였다. 뒤에 창읍왕이 폐위당하자 유서는 이여수 등 무당들을 더욱 신뢰하여 여러 차례 돈과 폐물을 하사하였다. 그러나

---

302) 昌邑王(창읍왕) : 전한 때 종실 사람 유하劉賀. 무제武帝의 손자로서 소제昭帝에게 후사가 없어 그의 사망 후 뒤를 이어 황제에 올랐으나 27일만에 폐위당했다.

303) 太子孫(태자손) : 태자의 손자. 선제宣帝가 전한 무제武帝의 아들인 위태자衛太子의 손자이기에 한 말이다.

304) 南(남) : 광릉왕廣陵王 유서劉胥의 총희寵姬 이름.

선제가 즉위하자 유서가 말했다. "태자의 손자가 어찌 오히려 황제의 자리에 오를 수 있단 말인가?" 다시 이여수를 시켜 전처럼 저주의 주문을 걸게 하였다. 유서의 궁원에는 대추나무가 10여 그루 자라 있었는데, 줄기는 짙은 적색을 띠었는데도 잎사귀는 명주처럼 백색을 띠었고, 연못물이 붉게 변하면서 물고기가 죽었으며, 쥐가 왕비의 마당에서 선 채로 춤을 추었다. 유서가 첩실인 남南 등에게 말했다. "대추나무와 연못물·물고기·쥐에서 나타나는 괴이한 현상은 정말로 혐오스러운 일이로구나." 몇 개월 뒤 저주의 주문을 건 일이 발각되는 바람에 자살하고 말았다.

●劉荊[305), 光武崩, 飛書[306)與東海王彊[307), 恐說之, 勸令興兵爲逆亂, 乃封荊廣陵, 遣就國. 後復呼相工[308), 謂曰, "我貌最類先帝. 先帝三十得天下, 我今年亦三十, 可起兵未[309)?" 相者詣吏告之, 後竟使巫祝詛, 自殺.

○(후한) 유형(?-67)은 광무제가 사망한 뒤 익명의 서신을 써서 (맏이인) 동해왕 유강劉彊에게 주었다가 이를 누설할까 두려워, 그에게 군대를 동원해 반란을 일으킬 것을 권하였으나, 명제明帝가 결국 유형을 광릉왕에 봉하고, 그를 봉국으로 부임케 하였다. 뒤에 다시 관상가를 불러 말했다. "내 용모가 선제(광무제)와 가장 닮았소. 선제께서 서른 살에 천하를 얻으셨는데, 나 역시 올해 서른 살이 되었으니 병사를 일으켜도 되지 않겠소?" 그러나

305) 劉荊(유형) : 후한 광무제光武帝의 9남이자 명제明帝의 동생(?-67). 봉호는 광릉왕廣陵王이고, 시호는 사思. ≪후한서·광릉사왕유형전≫권72 참조.
306) 飛書(비서) : 매우 빨리 전하고자 하는 글이나 익명의 투서를 이르는 말.
307) 東海王彊(동해왕강) : 후한 광무제光武帝의 장남 유강劉彊. 황태자에 올랐으나 모친인 곽황후郭皇后가 폐위당하면서 태자의 자리에서 물러났다. 봉호는 동해왕이고, 시호는 공恭. ≪후한서·동해공왕여강전≫권72 참조.
308) 相工(상공) : 관상가를 이르는 말. '상가相家' '상자相者' '상사相士'라고도 한다.
309) 未(미) : 부가의문문을 만드는 부정사.

관상가가 관청을 찾아가 이를 고발하였고, 뒤에 끝내 무당을 시켜 저주의 주문을 걸었다가 발각되어 자살하고 말았다.

●劉英[310]交通賓客, 晩節學黃老[311]·浮屠[312]. 永平八年, 詔令天下, 死辠[313]皆入縑贖. 英遣郎中令[314], 詣國相曰, “過惡積, 惶懼歡喜大恩. 奉送黃縑二十五匹, 入贖.” 楚相以聞, 詔書示諸國中, 傳曰, “楚王誦黃老之微言, 尙浮屠之仁祠, 潔齋三月, 與神爲誓, 何嫌當有悔吝? 還贖縑紈[315], 以助伊(蒲[316])塞桑門[317]之盛饌?” 是後英遂交通方士, 十三年中, 男子燕廣告, 英作金龜玉鵠[318]謀反, 坐死徙者以千數.

○(후한) 유영(?-71)은 손님들과 어울리다가 만년에는 황로학과 불교에 심취하였다. (명제明帝) 영평 8년(65) 천하에 조서를 내려 죽을 죄를 지은 자도 모두 비단을 바쳐 속죄할 수 있게 하였다. 그러자 유영이 낭중령을 시켜 재상을 찾아가서 전하였다. “과오

310) 劉英(유영) : 후한 광무제光武帝의 6남이자 명제明帝의 형(?-71). 봉호는 초왕楚王. 역모에 연루되어 자살하였다. ≪후한서·초왕유영전≫권72 참조.

311) 黃老(황로) : 도교道教에서 시조로 모시는 황제黃帝와 노자老子를 아우르는 말.

312) 浮屠(부도) : 범어梵語 ‘Buddha’의 음역音譯으로 사찰·부처·승려·불교·불탑 등 다양한 의미로 쓰인다. ‘부도浮圖’로도 쓴다.

313) 死辠(사죄) : 죽을 죄를 지은 자를 이르는 말. ‘죄辠’는 ‘죄罪’의 고문자古文字.

314) 郎中令(낭중령) : 진한秦漢 때 궁문을 관장하고 낭중郎中을 통솔하던 관직 이름으로 구경九卿의 하나. 전한 무제武帝 때 광록훈光祿勳으로 개칭하였다가 헌제獻帝 때 다시 낭중령으로 복원하였다.

315) 縑紈(겸환) : 비단에 대한 총칭.

316) 蒲(포) : ≪후한서·초왕유영전≫권72의 기록에 의하면 이 글자가 누락되었기에 첨기한다. ‘이포색伊蒲塞’은 범어梵語 ‘Upāsaka’의 음역音譯으로 서역에서 부처에게 공양할 때 쓰던 창포꽃을 뜻하는 말로서 공양이나 승려를 뜻한다.

317) 桑門(상문) : 범어梵語 ‘Sramana’의 음역으로 승려를 이르는 말. ‘사문沙門’ ‘사문娑門’ ‘상문喪門’으로도 쓴다.

318) 金龜玉鵠(금귀옥혹) : 금으로 만든 거북과 옥으로 만든 고니. 일종의 부적을 가리킨다.

가 너무 많으니, 황공하오나 큰 은혜를 입는다면 기쁠 것입니다. 이에 삼가 황색 비단 25필을 보내니, 속죄의 대가로 받아들였으면 합니다.” 초국의 승상이 이를 아뢰자 조서를 여러 제후국에 보이며 다음과 같이 전했다. “초왕(유영)은 황로학의 오묘한 말을 암송하고 불교의 훌륭한 제사를 받들었기에, 3개월 동안 재계하여 신 앞에서 맹서하였거늘, 후회할 일을 하였다고 어찌 혐의를 받을 수 있겠는가? 속죄의 대가로 바친 비단을 돌려줄 터이니, 그것으로 스님에게 공양할 음식에 보태도록 하라.” 그뒤로도 유영은 결국 방사와 어울리더니 (영평) 13년(70)에 연광이란 남자가 유영이 부적을 만들고 반란을 도모한다고 고발하는 바람에, 그 일에 연루되어 사형에 처해지거나 유배를 당한 사람이 천으로 헤아릴 정도로 많았다.

●劉端[319]爲人賊螫[320], 又陰痿[321], 一近婦人, 病數月. 有所愛幸少年, 以爲郎[322], 郎與後宮亂, 端擒滅之. 及殺其子母, 數犯法. 漢公卿[323]數請誅端, 帝弗忍, 而所爲滋甚. 有司[324]比再[325]請, 削其國,

---

319) 劉端(유단) : 전한 경제景帝의 아들(?-B.C.108). 봉호는 교서왕膠西王이고 시호는 우于. ≪한서 · 교서우왕유단전≫권53 참조.

320) 賊螫(적석) : ≪한서 · 교서우왕유단전≫권53에 의하면 성격이 거칠고 포악한 것을 뜻하는 말인 ‘적려賊盭’의 오기이다. ‘려盭’는 ‘려戾’의 고문자古文字.

321) 陰痿(음위) : 성기능이 떨어지는 병을 이르는 말.

322) 郎(낭) : 제왕의 호위와 시종 · 자문 등을 맡은 시종관侍從官을 이르는 말. 뒤에는 의랑議郎 · 중랑中郎 · 상서랑尙書郎 · 시랑侍郎 · 낭중郎中 · 원외랑員外郎 등 다양한 직책이 생겼다.

323) 公卿(공경) : 중국 고대 조정의 최고위 관직인 삼공三公과 구경九卿. 결국은 모든 고관에 대한 총칭이다. ‘삼공’은 시대마다 차이가 있는데, 주周나라 때는 태사太師 · 태부太傅 · 태보太保를 지칭하였고, 진秦나라 때는 승상丞相 · 어사대부御史大夫 · 태위太尉를 지칭하였으며, 한나라 때는 진나라의 제도를 답습하다가 애제哀帝와 평제平帝 때에 대사마大司馬 · 대사도大司徒 · 대사공大司空을 지칭하였으며, 후대에는 태사太師 · 태부太傅 · 태보太保를 ‘삼사三師’로 승격시키고 대신 태위太尉 · 사도司徒 · 사공司空을 ‘삼공’이라고 하기도 하였다. ‘구경’의 칭호도 시대마다 명칭과 서열에 차이가 있는데, 한나라 때는 태상太常 · 광록훈光祿勳 · 위위衛尉 · 태복太僕 · 정위廷尉 · 홍려鴻臚 · 종정宗正 · 대사

去大半. 端心慍, 遂爲無訾省[326], 封其宮門, 從一門出入, 數變姓名, 爲布衣[327], 之他國. 死, 無子, 國除[328].

○(전한) 유단(?-B.C.108)은 성격이 거칠고 성기능이 떨어져 아녀자를 가까이하면 몇 개월 동안 병석에 눕곤 하였다. 한 젊은이를 총애하여 낭관에 임명하였으나, 그 낭관이 후궁과 간통하자 유단은 그를 붙잡아 살해하였다. 심지어 그의 아들과 모친까지도 살해할 정도로 여러 차례 법을 어겼다. 한나라 조정의 공경 등 대신들이 수 차례 유단을 처벌할 것을 주청하여 황제가 인내심을 잃었는데도, 그의 행태는 더욱 심해졌다. 결국 담당관이 거듭 주청하여 그의 봉국을 삭감함으로써 태반을 잃고 말았다. 유단은 내심 화가 나 급기야 재산을 관리하지 않더니, 궁문을 봉하고는 성문 하나로 출입하며 자주 성명을 바꾸고 평민의 옷을 입고서 다른 제후국으로 찾아가곤 하였다. 사망한 뒤 아들이 없어 봉국을 잃고 말았다.

●劉彭祖[329]爲人巧佞, 卑諂足恭, 而心刻深, 好法律, 持詭辯以中人. 多內寵姬及子孫. 相二千石[330], 欲奉漢法以治, 則害於王家. 是以

농大司農・소부少府를 '구경'이라 하였고, 수당隋唐 이후로는 구시九寺, 즉 태상太常・광록光祿・위위衛尉・종정宗正・태복太僕・대리大理・홍려鴻臚・사농司農・태부太府의 장관을 '구경'이라고 하였다.

324) 有司(유사) : 모종의 업무를 전담하는 담당관에 대한 범칭. '소사所司'라고도 한다.

325) 比再(비재) : 여러 차례, 거듭. '비比'는 '빈頻'의 뜻.

326) 訾省(자성) : 재물을 살피다, 재산을 관리하다. '자訾'는 '자資'와 통용자.

327) 布衣(포의) : 베옷을 뜻하는 말로 결국 평민의 복장을 가리킨다.

328) 國除(국제) : 봉국의 제후로서의 신분을 박탈당하는 것을 뜻하는 말.

329) 劉彭祖(유팽조) : 전한 경제景帝의 아들(?-B.C.92). 처음에 광천왕廣川王에 봉해졌다가 조왕趙王에 다시 봉해졌다. 시호는 경숙敬肅. ≪한서・조경숙왕유팽조전≫권53 참조.

330) 二千石(이천석) : 한나라 때 봉록제도로 중이천석中二千石・이천석二千石・비이천석比二千石이 있었다. '중이천석'은 실제로 이천석이 넘는 반면, '이천석'은 성수成數로서 근접한 양을 뜻하며, '비이천석'은 '이천석에 근접한다'는 뜻으로 그보다 적은 양을 의미한다. 이에 대해 ≪한서・평제기平帝紀≫권12의

每相二千石至, 彭祖衣帛布單衣, 自行迎除舍[331], 多設疑事, 以詐動之. 故二千石莫敢治, 而趙王擅. 使使卽縣, 爲賈人榷會[332], 入多於國租稅. 以是多金錢. 然所賜姬諸子亦盡之. 彭祖不好治宮室禨祥[333], 好書史. 上書, 願督國中盜賊. 常夜從走卒, 行邀[334]邯鄲中, 諸使過客, 以彭祖險詖[335], 莫敢留.

○(전한) 유팽조(?-B.C.92)는 사람됨이 교활하여 아첨을 잘 하고, 지나치게 공손하게 굴었지만, 내심은 냉혹하고 법률을 좋아해서 궤변으로 사람들을 법망에 걸려들게 하였다. 그는 애첩을 집안에 많이 들여 자손들을 많이 낳았다. 그는 승상이나 봉록이 2천석에 달하는 벼슬아치들이 한나라의 국법을 받들어 다스리면 왕가에 해가 된다고 생각하였다. 그래서 매번 승상이나 봉록이 2천석에 달하는 벼슬아치들이 찾아오면, 유팽조는 비단이나 베로 만든 홑옷을 입고서 스스로 그들을 맞아 청소를 하면서도 의심을 살 일을 만들어 속임수로 그들을 동요케 하는 일이 많았다. 그래서 봉록이 2천석에 달하는 벼슬아치들 중에 아무도 감히 치죄하려는 자가 없었기에, 조왕(유팽조)은 더욱 멋대로 행동하였다. 그는 사신을 파견해 각 현에 가서 상인들이 전매를 통해 이익을 독점케 하였기에, 세금 수입이 국가의 조세보다도 많았다. 이 때문에 금전이 많아졌다. 그러나 첩실과 자식들에게 준 재물 역시

당나라 안사고顔師古(581-645) 주에서는 "그중 '중이천석'이라고 하는 것은 월 180휘를 뜻하고, '이천석'은 월 120휘를 뜻하며, '비이천석'은 월 100휘라고 한다(其稱中二千石者, 月百八十斛, 二千石者, 百二十斛, 比二千石者, 百斛云云)"고 설명하였다. 이를 '석石'으로 환산하면 '중이천석'은 2160석이 되고, '이천석'은 1440석이 되며, '비이천석'은 1200석이 된다. 예를 들어 구경九卿과 장수將帥는 봉록이 중이천석이고, 태수太守는 이천석이었다.

331) 除舍(제사) : 집안을 청소하고 정리하는 일. 즉 공경스럽게 손님을 접대하는 것을 말한다.

332) 榷會(각회) : 전매를 통해 이익을 독점하다.

333) 禨祥(기상) : 재앙을 막고 복을 기원하는 일.

334) 行邀(행요) : 순찰을 뜻하는 말인 '행요行徼'의 오기.

335) 險詖(험피) : 성품이 음험하고 사악한 것을 이르는 말.

모두 거기서 나온 것들이다. 유팽조는 궁실을 지어서 복을 기원하는 제사를 지내는 일을 좋아하지 않는 대신 사실을 기록하는 것을 좋아하였다. 또 글을 올려 나라 안의 도적들을 엄벌하기를 바랐다. 유팽조는 늘 밤에 병사들을 거느리고 (조국趙國의 수도인 하북성) 한단군을 순찰하였지만, 사신이나 과객들은 그의 성품이 음험하였기에, 아무도 감히 머물려고 하지 않았다.

●劉建[336]遊章臺[337], 令女子乘小船, 以足蹈, 覆其船, 四人皆溺, 二人死. 後游雷陂, 天大風, 建使郎二人乘小舟, 入波中, 船覆, 兩郎攀船, 乍見乍沒. 建臨觀大笑, 令皆死. 宮人姬八子有過者, 輒令羸立擊鼓, 或居樹上, 久者三十日, 乃得衣, 或髡鉗[338], 以鉛杵舂, 不中程, 輒掠, 或縱狼, 令齧殺之. 建觀而大笑. 或閉不食, 令餓死. 建欲令人與禽獸交而生子, 强令宮人羸, 而與羝羊狗交. 專爲淫虐. 王后父胡應爲將軍. 中大夫[339]疾[340]有材力, 善騎射, 號曰靈武君. 作治黃屋蓋, 刻皇帝璽, 鑄將軍・都騎[341]金銀印, 作漢使節[342]二十・綬千餘具. 積數歲, 以謀反, 自殺.

○(전한) 유건은 (섬서성 장안의) 장대가에서 노닐 때 여자들을 자그마한 배에 태웠다가 발을 구르는 바람에 배를 뒤집히게 했는데, 네 명이 모두 물에 빠져 그중 두 명이 죽은 일이 있다. 뒤에

---

336) 劉建(유건) : 전한 경제景帝의 손자이자 무제武帝의 조카. 봉호는 강도왕江都王. ≪한서・강도왕유건전≫권53 참조.

337) 章臺(장대) : 섬서성 장안에 있던 번화가인 장대가章臺街의 준말.

338) 髡鉗(곤겸) : 죄인의 머리를 깎고 목에 칼을 씌우는 형벌을 일컫는 말.

339) 中大夫(중대부) : 진한秦漢 이후로 의론을 주관하던 벼슬 가운데 하나. 태중대부大中大夫・중대부中大夫・간대부諫大夫가 있었다.

340) 疾(질) : 인명. 당나라 안사고顔師古도 ≪한서・강도왕유건전≫권53의 주에서 "'질'은 중대부의 이름이다(疾者, 中大夫之名)"라고만 하였을 뿐 성씨는 밝히지 못 했다.

341) 都騎(도기) : ≪한서・강도왕유건전≫권53에 의하면 무관 이름인 '도위都尉'의 오기이다.

342) 使節(사절) : 천자가 사신을 임명할 때 수여하는 부절符節을 이르는 말. 뒤에는 절도사節度使의 별칭으로도 쓰였다.

뇌피에서 노닐 때는 강풍이 부는데도 유건은 낭관 두 명을 자그마한 배에 태워서 파도 속으로 들어가게 했다가 배가 뒤집히는 바람에, 낭관 두 명이 배를 붙잡은 채 물 위로 나왔다가 물 속으로 가라앉았다가 하였지만, 유건은 이를 구경하면서 파안대소하다가 그들을 모두 죽게 만들었다. 또 궁인 가운데 총희 8명이 잘못을 범하자 그녀들을 알몸으로 세운 채 북을 치게 하였는데, 어떤 때는 나무 위에 오른 채 30일이나 있다가 옷을 입을 수 있게 하였고, 어떤 때는 머리를 깎고 칼을 쓴 채 무딘 절구로 방아를 찧게 하고서 정해진 양을 맞추지 못 하면 매질을 하였으며, 어떤 때는 이리를 풀어서 그녀들을 물어 죽이게 하였다. 유건은 이를 보고서 파안대소하였다. 어떤 때는 문을 걸어잠근 채 음식을 주지 않아 그녀들을 굶어죽게도 하였다. 또 유건은 궁인을 짐승과 교미시켜 자식을 낳게 하려고 강제로 궁인의 옷을 벗겨 숫양이나 개와 교미시켰다. 그는 오로지 잔악한 행위만을 일삼았다. 또 왕후의 부친인 호응을 장군에 임명하기도 하였다. 또 중대부 '질'이란 사람이 재능이 있고, 말타기와 활쏘기를 잘 하자, '영무군'으로 존칭하였다. 또 천자의 수레덮개를 만들고, 황제의 국새를 새기고, 장군이나 도위가 사용하는 금은 도장을 주조하고, 한나라 사절 20개와 인끈 천여 개를 만들기도 하였다. 몇 년 뒤에는 반란을 모의했다가 발각되어 자살하였다.

●劉去[343)]嗣爲廣川王. 其殿門有成慶[344)]畵, 短衣大袴長劍. 去好之, 作七尺五寸劍, 被服皆效焉. 有幸姬王昭平·地餘, 許以爲后. 去嘗疾, 姬陽成昭信[345)]侍甚謹, 更愛之. 去與地餘戲, 得褏中刀, 笞問

343) 劉去(유거) : 전한 경제景帝의 아들. 봉호는 광천왕廣川王. ≪한서·광천왕유거전≫권53 참조.

344) 成慶(성경) : 춘추시대 제齊나라의 용사인 성간成覸의 별칭. '경慶'은 존호인 '경卿'과 통용자.

345) 陽成昭信(양성소신) : 유거劉去의 총희寵姬 가운데 한 명. '양성'은 복성複

狀, 服欲與昭平共殺昭信. 笞問昭平, 不服, 以鐵鍼鍼之, 彊服. 乃會諸姬, 去以劍自擊地餘, 令昭信擊昭平, 皆死. 去令昭信爲后, 幸姬陶望卿爲脩靡夫人, 主繒帛, 崔脩成爲貞明夫人, 主永巷[346]. 昭信復譖望卿曰, "與我無禮, 衣服常鮮於我, 盡取善繒, 丐[347]諸[348]宮人." 去未知信, 又巧譖之. 昭信知去已怒, 卽誣言, "望卿歷指諸郎吏臥處, 俱知其主名." 又言, "郎中令錦被疑有姦." 卽與昭信從諸姬, 至望卿所, 贏其身, 更擊之, 令諸姬各持燒鐵, 灼望卿. 望卿走, 投井死. 諸幸於去者, 昭信輒譖殺之, 凡十四人. 去坐徙, 自殺, 昭信棄市[349].

○(전한) 유거는 부친의 뒤를 이어 광천왕에 봉해졌다. 그의 궁전 출입문에는 (춘추시대 제齊나라 때 용사인) 성경(성간成覵)의 초상화가 있었는데, 짧은 상의에 커다란 바지를 입고 긴 검을 차고 있는 형상이었다. 유거는 그 그림을 좋아하여 일곱 자 다섯 치 길이의 검을 만들어 차고, 복장도 모두 그 그림을 흉내냈다. 그는 애첩인 왕소평과 왕지여王地餘를 황제의 허락을 받아 왕후에 임명하였다. 유거가 일찍이 병석에 누웠을 때 애첩인 양성소신이 무척 조신하게 모시자 그녀를 더욱 총애하였다. 유거는 왕지여와 함께 놀다가 품속의 칼을 발견하여 매질로 실상에 대해 심문하였는데, 왕지여가 왕소평과 함께 양성소신을 살해하려고 하였다고 자복하였다. 왕소평을 매질하여 신문하였지만 실토하지 않자, 쇠침으로 그녀를 찔러 강제로 실토케 하였다. 그리고는 여러 애첩들을 불러모은 뒤 유거는 검으로 직접 왕지여를 찌르고, 양성

姓.

346) 永巷(영항) : 후궁의 인사를 담당하던 궁중의 관서 이름. 전한 무제武帝 때는 '액정掖庭'으로 개칭하기도 하였다. '영항'은 '좁고 긴 골목'을 뜻하는 데서 유래하였다.

347) 丐(개) : 나눠주다, 베풀다. '여予'의 뜻.

348) 諸(제) : '지어之於'의 합성어.

349) 棄市(기시) : 죄수를 사형에 처하고 시체를 저자 거리에 내다버려 본보기를 보이는 형벌을 일컫는 말.

소신에게는 왕소평을 찌르게 해 모두 사망케 하였다. 유거는 양성소신을 왕후에 임명한 뒤 애첩인 도망경을 수미부인에 임명하여 비단을 관장케 하고, 최수성을 정명부인에 임명하여 영항을 관장케 하였다. 양성소신은 다시 도망경을 험담하여 "저에게 무례하기 짝이 없어 의복을 늘 저보다 화려하게 입는 데다가, 좋은 비단을 모두 가져다가 궁인들에게 나눠주고 있습니다"라고 하였다. 그러나 유거가 자신의 말을 믿어주지 않자 다시 교묘하게 험담을 늘어놓았다. 양성소신은 유거가 이미 화가 났다는 것을 알게 되자, 거짓말로 "도망경은 여러 낭관의 처소를 구체적으로 가리킬 수 있을 뿐만 아니라, 그들의 실제 이름도 다 알고 있습니다"라고 하였고, 또 "낭중령의 비단 이불에 간통한 흔적이 있는 듯합니다"라고도 하였다. 이에 즉시 양성소신과 함께 여러 애첩들을 거느리고 도망경의 처소로 가서 그녀의 옷을 벗겨 때리게 하고, 여러 애첩들에게 각자 불에 달군 쇠를 가지고 도망경을 지지게 하였다. 결국 도망경은 도망을 치다가 우물에 몸을 던져 죽고 말았다. 유거에게 총애를 받은 여인이 생기면 양성소신이 번번이 험담을 하여 살해하곤 하였는데, 도합 열네 명이나 되었다. 유거는 그 때문에 유배를 당했다가 자살하였고, 양성소신도 기시형에 처해졌다.

●劉讓[350](前史[351]作襄)嗣爲梁王. 初孝王[352]有罍尊[353], 直[354]千

350) 劉讓(유양) : 전한 무제武帝의 증손자이자 제천왕濟川王 유명劉明의 아들(?-B.C.179). 봉호는 양왕梁王이고, 시호는 평平. ≪한서·양평왕유양전≫권47 참조.

351) 前史(전사) : 이전의 사서. 여기서는 ≪한서≫와 ≪후한서≫ 가운데 전자를 가리킨다.

352) 孝王(효왕) : 양왕梁王 유양劉讓의 조부인 양왕梁王 유무劉武의 시호.

353) 罍尊(뇌준) : 술을 담는 도구인 술동이에 대한 총칭. '준尊'은 '준樽'이나 '준罇'과 통용자.

354) 直(치) : 값어치가 나가다. '치値'와 통용자.

金[355], 戒後世善寶之, 毋得以與人. 讓之后曰任后, 聞而欲得之. 讓之祖母李太后曰, "后先王有命, 毋得以尊予人也. 他物雖鉅萬[356], 猶自恣." 王讓使人開府, 卽以尊賜任后. 又王及母陳后事李太后, 多不順. 有漢使者來, 李后欲自言, 王使謁者中郎胡[357]等遮止, 閉門, 李后與爭門, 損指. 太后後病薨. 病時, 任后未嘗請疾[358], 又不侍喪.

○(전한) 유양劉讓(?-B.C.179)(≪한서·양평왕유양전梁平王劉襄傳≫권47에는 '양讓'이 '양襄'으로 되어 있다)은 선대의 뒤를 이어 양왕에 봉해졌다. 당초 (조부인) 양효왕梁孝王(유무劉武)에게는 천금의 가치가 나가는 술동이가 있었는데, 후손들에게 이를 보물처럼 잘 보관하되 남에게 절대로 주지 말라고 당부하였다. 유양의 왕후는 '임후'라고 하는데, 이러한 소문을 듣고서 그것을 차지하고자 하였다. 그러자 (유무의 부인이자) 유양의 조모인 이태후가 말했다. "내 남편인 선왕(유무)께서 명하시기를 술동이를 남에게 주지 말라고 하셨네. 다른 물건이야 비록 천만금이 나간다 하더라도 마음대로 처리해도 상관없네." 그러나 양왕 유양은 사람을 시켜 곳간을 열게 하더니, 바로 그 술동이를 임후에게 주었다. 또 유양과 그의 모친인 진태후는 이태후를 섬기면서 순종하지 않는 일이 많았다. 한번은 한나라 조정의 사신이 찾아왔을 때 이태후가 이를 직접 고하려고 하자, 양왕 유양이 알자중랑 호아무개 등을 시켜서 앞을 가로막고 문을 걸어잠그는 바람에 이태후가 그와 출입문을 두고 다투다가 손가락을 다친 일이 있다. 이태후는 뒤에 병으로 사망하였다. 그녀가 병석에 있을 때 임후는 문병한 적이 없었고,

355) 千金(천금) : 금 천 근斤. '금金'은 '근斤'이나 '일鎰'과 같은 말이고, '천금'은 실수實數라기보다는 많은 양의 금이나 거액을 강조하기 위한 표현이다.
356) 鉅萬(거만) : 어마어마하게 큰 액수를 이르는 말. '거鉅'는 '거巨'의 뜻.
357) 胡(호) : 당시 알자중랑직을 맡고 있던 사람의 성씨. 이름은 알려지지 않았다.
358) 請疾(청질) : 문병하거나 병간호하는 일을 이르는 말. '청병請病'이라고도 한다.

또 상례를 모시지도 않았다.

●劉次昌[359]爲齊王. 其母曰紀太后, 取弟紀氏女爲王后, 不愛. 紀太后欲其家重寵, 令其長女紀翁主[360]入王宮. 其後宮無主得近王, 欲令愛紀氏女. 王因與其姊翁主姦. 齊有宦者[361]徐甲, 入侍漢皇太后. 有愛女曰脩成君, 非劉氏子, 太后憐之. 脩成有女娥, 太后欲嫁之於諸侯. 宦者甲乃請使齊, 必令王上書請娥. 皇太后喜, 使甲之齊, 時主父偃[362]知甲使齊以取后事, 亦因謂甲, "卽成, 幸[363]言偃女願得充王後宮." 甲至齊, 風[364]以此事, 紀太后怒曰, "王有后, 后宮備具. 且甲, 齊貧人, 及爲宦者, 入事漢, 初無補益, 乃欲亂吾王家. 且主父偃何爲者, 乃欲以女充後宮?" 甲大窮, 還報皇太后曰, "王已願尙[365]娥, 然事有所害, 恐如燕王." 燕王者, 與其子昆弟[366]姦, 新坐死. 故以燕感皇太后. 太后曰, "毋復言嫁女齊事者也." 事寖淫, 聞於上.

○(전한) 유차창은 제왕에 봉해졌다. 그의 모친은 '기태후'라고 하

---

359) 劉次昌(유차창) : 전한 고조高祖 유방劉邦의 증손자이자 제효왕齊孝王 유장려劉將閭의 손자. 부친 제의왕齊懿王 유수劉壽의 뒤를 이어 제왕齊王에 봉해졌다. 시호는 려厲. ≪한서・제효왕유장려전≫권38 참조.

360) 翁主(옹주) : 한나라 때 제후국 왕의 딸을 부르던 말. 뒤에는 '군주郡主'라고도 하였다.

361) 宦者(환자) : 궁궐에서 황제와 그 가족을 모시던 성기능을 제거한 신하. '내시內侍' '내관內官' '내신內臣' '내감內監' '엄시閹寺' '엄환閹宦' '엄인閹人' '엄시奄寺' '엄인奄人' '중관中官' '중사中使' '혼시閽寺' '환관宦官' 등 다양한 호칭으로도 불렸으며, 황제를 측근에서 모시는 것을 빌미로 막강한 권력을 행사하기도 하였다.

362) 主父偃(주보언) : 전한 무제武帝 때 사람(?-B.C.126). 경학經學에 정통하여 낭중郎中과 중대부中大夫 등을 역임하다가 제왕齊王과 누이의 간통 사건 때문에 족멸族滅당했다. ≪한서・주보언전主父偃傳≫권64 참조.

363) 幸(행) : 바라다, 희망하다.

364) 風(풍) : 넌지시 말하다, 풍유적으로 표현하다. '풍諷'과 통용자.

365) 尙(상) : 공주에게 장가가는 것을 뜻하는 말. 남자가 몸을 낮추어 신분이 높은 공주를 '존중한다'는 의미에서 유래하였다. 반면 공주가 신분이 낮은 집안에 시집가는 것은 '하가下嫁'라고 한다.

366) 昆弟(곤제) : 형제. 여기서는 여자 형제, 즉 자매의 뜻으로 쓰인 듯하다.

는데, 남동생인 기아무개의 딸을 데려다가 왕후로 삼았지만, 사랑을 받지 못 했다. 그러자 기태후는 자신의 가문이 계속해서 존중받기를 원하였기에, 자기 가문의 장녀인 기옹주를 왕궁으로 들였다. 기태후는 후궁 가운데 제왕과 가까이 지낼 주인공이 없어 제왕이 기씨 가문의 딸만 사랑하기를 원하였다. 제왕은 그래서 그녀의 언니인 기옹주와 간음하였다. 제국에서는 서갑이라는 환관이 한나라 조정에 들어가 황태후를 모시고 있었다. 황태후에게는 '수성군'이라는 사랑하는 딸이 있었는데, 유씨 황실의 여식이 아니라서 황태후가 그녀를 불쌍히 여겼다. 수성군에게는 '아'라는 딸이 있었는데, 황태후는 그녀를 제후에게 시집보내고 싶어하였다. 그러자 환관 서갑이 제국에 사신으로 가서 필시 제왕이 글을 올려 아를 아내로 맞이하도록 만들겠다고 자청하였다. 황태후가 기뻐하여 서갑을 제국으로 보냈는데, 당시 주보언은 서갑이 제국에 사신으로 가는 것이 왕후를 취하기 위한 일임을 알고는, 그 역시 그참에 서갑에게 "일이 성사되고 나면 나 주보언의 딸도 제왕의 후궁으로 들어가기를 원한다고 말씀해 주셨으면 하오"라고 하였다. 서갑이 제국에 도착하여 이 일을 넌지시 얘기하였다. 그러자 기태후가 화가 나서 말했다. "제왕에게는 왕후가 있고, 후궁도 다 구비되어 있소. 게다가 서갑은 제국의 가난뱅이 출신으로 급기야 환관이 되어 한나라 조정으로 들어와 섬기고 있으니 아무런 도움도 되지 못 하고, 도리어 우리 딸의 왕실을 어지럽히려 하고 있소. 또 주보언은 뭐 하는 작자이기에 딸을 후궁으로 들이려 한단 말이오?" 서갑이 궁지에 몰리자 돌아와 황태후에게 보고하였다. "제왕이 이미 아에게 장가들기를 원하기는 합니다만, 일에 해로운 점이 있기에 연왕처럼 될까 염려되옵니다." 연왕이란 사람은 자신의 딸 및 자매들과 간음하는 바람에 막 사형을 당한 상태였다. 그래서 서갑이 연왕을 거론하여 황태후를 설득하려고 한 것이다. 그러자 기태후가 말했다. "딸을 제왕에게 시집보내는 일에 대해 다시는 언급하지 말라." 그러나 사안이 점차 악화되어 결국 황제의 귀에까지 들어가고 말았다.

●劉宇[367]壯大, 通姦犯法. 上以至親弗辜, 傅相[368]連坐. 久之, 事太后, 內不相得[369]. 太后上書言之, 璽書勅論. 元帝崩, 宇謂中謁者信[370]等曰, "漢大臣議天子少弱, 未能治天下, 以爲我知文法[371], 建言欲使我輔佐天子. 我見尙書[372]晨夜極勞苦, 使我爲之, 不能也. 今暑熱, 縣官[373]年少, 持服[374]恐無處所, 我危[375]得之!" 比至闕下, 宇凡三哭, 飮酒食肉, 妻妾不離側. 後爲妻妾告之, 坐削兩縣.

○(전한) 유우(?-B.C.21)는 성인이 되자 간통을 저지르고 법을 위반하였다. 황제가 친분 때문에 허물을 묻지 않자 스승과 재상들이 연좌로 항의하였다. 또 한참 뒤 태후를 섬기게 되었으나, 마음이 서로 통하지 않았다. 그래서 태후가 글을 올려 이에 대해 언급하자 황제가 친필 조서를 내려 그를 꾸짖었다. 원제가 사망하자 유우는 중알자 신信 등에게 말했다. "우리 한나라 대신들은 천자가 나이가 너무 어려 천하를 다스릴 수 없다는 의견을 내면

367) 劉宇(유우) : 전한 선제宣帝의 아들(?-B.C.21). 봉호는 동평왕東平王이고, 시호는 사思. ≪한서・동평사왕유우전≫권80 참조.

368) 傅相(부상) : 천자의 스승인 태부太傅와 재상宰相을 아우르는 말. 즉 최고위 관료를 가리킨다.

369) 內不相得(내불상득) : 내심이 서로 통하지 않다. 즉 마음이 서로 맞지 않는 것을 말한다.

370) 信(신) : 당시 중알자를 맡고 있던 신하의 이름. 성씨는 알려지지 않았다.

371) 文法(문법) : 법조문, 법규.

372) 尙書(상서) : 한나라 이후로 정무政務와 관련한 문서의 발송을 주관하는 일, 혹은 그러한 업무를 관장하던 벼슬을 가리킨다. '상尙'은 '주관한다(主)'는 뜻이다. 후대에는 이부상서吏部尙書나 병부상서兵部尙書와 같이 그런 업무를 관장하는 상서성尙書省 소속 장관을 뜻하는 말로 쓰였다. 휘하에 시랑侍郎과 낭중郎中・원외랑員外郎 등을 거느렸다.

373) 縣官(현관) : 천자의 별칭. '현縣'이 왕기王畿 내의 현縣, 즉 도성을 가리키는 데서 유래하였다.

374) 持服(지복) : 상복을 입다. 결국 상례를 치르는 것을 말한다.

375) 危(위) : 아마도, 거의. '태殆'의 뜻.

서, 내가 법규를 잘 알기에 내게 천자를 보필하라고 건의하고 있소. 내가 보아하니 상서가 밤낮으로 무척 고생하고 있어, 설사 내가 그 자리를 맡는다 해도 감당할 수 없을 듯하오. 이제 한창 무더위가 기승을 부리는데, 천자께서 나이가 어려 상례를 치르려 해도 마땅한 곳이 없을 듯하니, 내가 아마도 그 자리를 차지해야 할 듯하오!" 얼마 뒤 대궐에 도착했으나 유우는 도합 세 차례만 곡을 한 뒤 술을 마시고 고기를 먹었고, 처첩들이 그의 곁을 떠나지 않았다. 뒤에 처첩이 이를 밀고하는 바람에 봉토 가운데 두 곳의 현을 삭감당했다.

●其功業無成者, 則司馬穎376). 初起軍河朔, 三軍377)畢從, 每夜刀戟之端, 有光若火, 壘中井皆有龍像. 長沙王378)旣死, 增封穎二十郡, 拜丞相, 一如魏武九錫379)故事. 乘輿服御380), 皆遷于鄴. 其掾步熊381)私曰, "雖爲太弟382), 不得嗣也." 穎遂立邦郊兆383)于鄴城. 及敗, 爲頓邱384)太守馮嵩所執. 穎素爲鄴都所服, 慮爲變, 僞稱臺

376) 司馬穎(사마영) : 진晉나라 무제武帝 사마염司馬炎의 16남(279-306). 자는 장도章度이고, 봉호는 성도왕成都王. ≪진서 · 성도왕사마영전≫권59 참조.

377) 三軍(삼군) : 군대의 편제 단위. 주周나라 때 1군은 군사가 12,500명이었는데, 천자는 6군을, 제후는 작위에 따라 3군 · 2군 · 1군을 거느렸다. 후대에는 전군前軍 · 중군中軍 · 후군後軍, 혹은 보군步軍 · 기군騎軍 · 거군車軍을 가리키기도 하였는데, 군대에 대한 통칭으로 쓰였다.

378) 長沙王(장사왕) : 진晉나라 무제武帝 사마염司馬炎의 6남인 사마예司馬乂(277-304)의 봉호. 자는 사도士度. ≪진서 · 장사왕사마예전≫권59 참조.

379) 九錫(구석) : 황제가 공로를 세운 신하에게 특별히 하사하던 아홉 가지 물품인 거마車馬 · 의복衣服 · 악기樂器 · 주호朱戶 · 납폐納陛 · 호분虎賁 · 부월斧鉞 · 궁시弓矢 · 거창秬鬯을 이르는 말.

380) 服御(복어) : 복식服飾이나 거마車馬 등 황실에서 사용하는 물품을 이르는 말.

381) 步熊(보웅) : 진晉나라 때 장사왕長沙王 사마영司馬穎의 속관屬官. 자는 숙비叔羆. 술수術數에 정통하여 사마영을 섬겼으나 그가 패하자 살해당했다. ≪진서 · 보웅전≫권95 참조.

382) 太弟(태제) : 황제의 자리를 계승할 동생에 대한 존칭인 '황태제皇太弟'의 약칭.

383) 郊兆(교조) : 교제사郊祭祀를 지낼 제단을 이르는 말.

使[385], 賜穎死. 穎曰, "我放逐, 於今三年, 身體手足, 不見洗沐, 取五斗湯來." 其二子號泣, 穎叱去. 浴訖, 散髮束首[386]臥, 命縊之. 二子皆死, 鄴中爲之悲哀.

○(진晉나라에서) 공적을 이루지 못 한 자는 사마영(279-306)이다. 처음 황하 북방에서 군대를 일으켰을 때는 삼군이 모두 그를 추종하여 매일 밤 칼과 창 끝에서 불 같은 빛이 일어나고, 보루 안의 우물에 모두 용의 형상이 나타났다. 또 장사왕(사마예司馬乂)이 죽은 뒤에는 사마영에게 20개 군을 봉토로 보태주고, 승상에 임명하면서 한결같이 (삼국) 위나라 무제가 아홉 가지 하사품을 내린 관례를 따랐다. 그래서 수레와 물품을 모두 (하남성) 업성으로 옮겼다. 그러나 그의 속관인 보웅이 은밀히 말했다. "비록 황태제에 임명되기는 하셨으나, 제위를 이을 수는 없을 것입니다." 그런데도 사마영은 급기야 업성에다가 국가 차원의 제단을 세웠다. 그러나 패한 뒤 돈구태수인 풍숭에게 붙잡혔다. 사마영이 평소 업도 사람들의 존경을 받았기에, 변고를 일으킬까 염려하여 거짓으로 조정의 신하를 사칭해서 사마영에게 사약을 내렸다. 그러자 사마영이 말했다. "내 추방당한 뒤 지금까지 3년 동안 몸과 손발을 씻지 못 하였으니, 목욕물 다섯 말만 가져오거라." 그의 두 아들이 통곡하자 사마영은 그들을 꾸짖어서 물리쳤다. 목욕을 마친 뒤 머리카락을 풀어헤치고 머리를 숙인 채 눕자, 그를 교수형에 처하라는 명이 내려졌다. 그의 두 아들도 모두 사형당했기에, 업도 사람들이 그들에게 애도를 표하였다.

●司馬乂忠毅方正, 成都王穎・河間王顒同攻京師, 乂敗績. 時東海王越領中書監[387], 慮外難已逼, 潛與殿中將士收乂, 送金墉城[388]. 成

384) 頓邱(돈구) : 하남성의 속군屬郡 이름. '돈구頓丘'로도 쓴다.
385) 臺使(대사) : 조정에서 파견한 사신을 이르는 말. '대臺'는 상서대尙書臺와 어사대御史臺 등 조정의 주요 기관을 가리킨다.
386) 束首(속수) : 머리를 숙이다. 굴복의 의사를 보이는 행위를 말한다.

都軍不彊, 恨乂功垂[389]成而敗之, 謀共刼乂, 更以距穎. 朝廷及東海王越懼難復作, 欲遂誅乂. 黃門侍郎[390]潘滔曰, "不可. 將自有靖之者." 征西將軍張方遣將郅輔, 勒兵三千, 至金墉城, 收乂, 馬負至營, 縊之, 三軍莫不爲之垂涕.

○(진나라) 사마예(277-304)는 성품이 충직하고 방정하였으나, 성도왕 사마영司馬穎과 하간왕 사마옹司馬顒이 함께 도성을 공격하는 바람에 패하고 말았다. 당시 동해왕 사마월司馬越은 중서감을 맡고 있으면서 조정 밖의 혼란이 이미 가까워진 것을 염려하여, 몰래 궁중의 장수와 병사들과 함께 사마예를 체포해서 (하남성 낙양 북서쪽에 있는) 금용성으로 호송하였고, 성도왕 사마영의 군대가 강하지 않은데도 사마예가 전공을 거의 이룰 뻔하다가 실패한 것을 원망스럽게 생각해, 함께 사마예를 겁박해서 다시 사마영을 막고자 꾀하였다. 조정의 신료들과 동해왕 사마월은 반란이 다시 일어날까 두려워 끝내 사마예를 살해하려고 하였다. 그러자 황문시랑 반도가 말했다. "아니 됩니다. 장차 자연스레 그를 평정할 자가 나타날 것입니다." 이에 정서장군 장방이 장수 질보를 파견하여 병사 3천 명을 거느리고 금용성에 도착해서 사마예를 체포하여 말에 실어서 군영에 도착해 그를 목매달았고, 삼군의 군사들이 모두 그를 위해 눈물을 흘렸다.

●司馬越少有令名[391], 自許昌[392]率苟晞[393]及冀州刺史丁劭, 討汲

387) 中書監(중서감) : 위진魏晉 이래로 북조北朝 때까지 중서령中書監令과 함께 국가의 기무機務·조령詔令·비기祕記 등을 관장하는 최고 행정 기관인 중서성中書省을 지휘하던 장관을 이르는 말. 뒤에는 중서령만 남고 폐지되었다.

388) 金墉城(금용성) : 삼국 위魏나라 때 명제明帝가 하남성 낙양의 북서쪽에 세운 성 이름.

389) 垂(수) : 거의 …에 달하다. '기幾'의 뜻.

390) 黃門侍郎(황문시랑) : 문하성門下省에 소속되어 궁중의 갖가지 사무를 관장하던 벼슬 이름. 문하시중門下侍中 다음 가는 벼슬로서 당송 이후로는 문하시랑門下侍郎으로 개칭되었다.

391) 令名(영명) : 훌륭한 명성. '영令'은 '미美'의 뜻.

桑[394], 破之. 越拜太傅. 先是, 謠曰, "元超[395]兄弟大落度[396], 上桑打椹爲苟作." 晞亦懼逼, 說越曰, "兗州, 天下之要, 公宜自牧." 大治官舍, 以待越. 有大星頭如箕, 長五六丈, 起西方, 流東行至地, 有赤散流光若血, 所照皆赤, 日中[397]若飛燕者, 十八日. 有流星若箕, 自東北西南行至地. 越請討石勒[398], 且鎭集兗豫[399], 以援京師. 越專擅威權, 圖爲霸業, 州郡攜貳[400], 上下崩離, 憂懼成疾, 薨.

○(진나라) 사마월(?-311)은 어려서부터 명성을 떨치더니, (하남성) 허창으로부터 구희와 (하북성) 기주자사 정소를 이끌고 (후조後趙의 장수인) 급상을 토벌하여 그를 물리쳤다. 그래서 사마월은 태부에 임명되었다. 그보다 앞서 "원초(사마월) 형제는 크게 몰락할 터, 뽕나무에 올라가 오디를 따는 것도 구씨(구희)를 위해서라네"라는 민요가 유행하자, 구희도 핍박받을까 두려워하여 사마월에게 "(산동성) 연주는 천하의 요충지이니, 공께서 마땅히 손수 다스려야 할 것입니다"라고 유세하고는 관사를 크게 지어 사마월을 접대하였다. 마치 키처럼 생기고 길이가 대여섯

---

392) 許昌(허창) : 하남성의 속군屬郡 이름. 후한 말엽에 도읍으로 정했던 곳이기도 하다.

393) 苟晞(구희) : 진晉나라 때 사람(?-311). 자는 도장道將. 사마월司馬越의 휘하에서 석늑石勒을 정벌하였으나 뒤에 사마월을 배반하였다가 석늑에게 사로잡혀 살해당했다. 대장군大將軍・대도독大都督 등을 역임하였다. ≪진서・구희전≫권61 참조.

394) 汲桑(급상) : 오호십육국五胡十六國 가운데 하나인 후조後趙 때 사람. ≪십육국춘추十六國春秋・후조록・급상전≫권22 참조.

395) 元超(원초) : 진나라 동해왕東海王 사마월司馬越의 자.

396) 落度(낙탁) : 신세가 몰락한 모양. '낙탁落拓' '낙탁落魄' '낙탁落托'으로도 쓴다.

397) 日中(일중) : 해가 하늘 중앙에 오다. 즉 오전 11시에서 오후 1시 사이인 오시午時 때를 가리킨다.

398) 石勒(석늑) : 오호십육국五胡十六國 가운데 하나인 후조後趙의 건국자(274-333). ≪진서・석늑재기石勒載記≫권104 참조.

399) 兗豫(연예) : 산동성의 속주屬州인 연주兗州와 하남성의 속주인 예주豫州를 아우르는 말.

400) 攜貳(휴이) : 딴마음을 먹다, 등을 돌리다.

장에 달하는 커다란 별이 서방으로부터 나타나 동쪽으로 흘러서 땅바닥으로 떨어졌는데, 마치 피처럼 붉은 빛을 뿌렸기에 비추는 곳마다 모두 붉은 빛을 띠더니, 정오 무렵에는 마치 날아가는 제비처럼 보이면서 18일 동안 유지되었다. 또 마치 키처럼 생긴 유성이 나타나 북동쪽으로부터 남서쪽으로 가다가 땅바닥으로 떨어졌다. 사마월은 석늑을 토벌하고 또 (산동성) 연주와 (하남성) 예주의 군사들을 소집해 도성을 구하겠다고 청하였다. 사마월은 권력을 독점하고서 패업을 이루고자 도모하였으나, 각지의 주와 군이 등을 돌리고 상하가 이탈하는 바람에 근심과 두려움이 병이 되어 사망하고 말았다.

●劉餘之[401]封爲淮陽王. 吳楚反破, 後徙王魯, 好治宮室苑囿狗馬, 季年[402]好音. 口吃難言. 初壞孔子舊宅, 以廣其宮, 聞鐘磬琴瑟之聲, 遂不敢壞. 於其壁中, 得古文經傳.

○(전한) 유여劉餘(?-B.C.128)는 회양왕에 봉해졌다. 오국과 초국 등 제후국들이 반란을 일으켰다가 진압당한 뒤, 노왕으로 옮기면서 궁실과 동산을 지어 사냥을 즐기다가 만년에는 음악을 좋아하였다. 그는 말더듬이라서 언변이 좋지 않았다. 당초 (춘추시대 노나라) 공자의 오래된 저택을 허물어 자신의 궁실을 넓히다가 종경과 금슬 소리가 들리자 결국 감히 허물지 않았는데, 그곳 벽에서 고문경전을 얻었다.

●劉京[403]性恭孝, 好經學. 京都莒[404], 好宮室, 窮極伎巧, 殿館壁

---

401) 劉餘之(유여지) : 전한 경제景帝의 5남인 유여劉餘(?-B.C.128). 따라서 '지之'는 연자衍字로 보인다. 봉호는 노왕魯王이고, 시호는 공恭. ≪한서·노공왕유여전≫권53 참조.

402) 季年(계년) : 만년. '만절晩節'과 뜻이 같다.

403) 劉京(유경) : 후한 광무제光武帝의 아들(?-81). 봉호는 낭야왕琅琊王이고, 시호는 효孝. ≪후한서·낭양효왕유경전≫권72 참조.

404) 莒(거) : 춘추시대 때 산동성에 있었던 작은 제후국에서 유래한 현縣 이름.

帶[405], 皆飾以金銀. 數上詩賦, 頌德, 帝嘉美之. 京國中有城陽景王[406]祀, 吏民奉祠, 神數下言, 宮中多不便, 乃復徙宮開陽[407].

○(후한) 유경(?-81)은 성품이 공손하고, 효심이 깊었으며, 경학을 좋아하였다. (산동성) 거현에 도읍을 정한 뒤 궁실을 꾸미기 좋아하여 온갖 기술을 다 동원하더니, 궁전과 울타리를 모두 금과 은으로 장식하기까지 하였다. 자주 시와 부를 올려 덕업을 칭송하였기에, 황제가 가상하게 여겼다. 도성 안에는 (전한 때 종실 사람인) 성양경왕(유장劉章)의 사당이 있어서 관리와 백성들이 제사를 받들고 있었는데, 신이 자주 하명을 하는 바람에 궁중에 불편한 일이 많아지자, 결국 다시 궁궐을 (산동성) 개양현으로 옮겼다.

●司馬道子[408]於府第內築土山[409], 穿池沼[410], 樹竹木, 用功[411]數十百萬. 又使宮人爲酒肆, 酤賣[412]於水側. 道子與親幸[413]乘船, 就其家飮宴, 若在市肆, 以爲笑樂. 子元顯時年十六, 爲政苛刻, 生殺自己[414], 矜豪[415]奢侈, 發東諸郡免奴爲客者, 號曰樂屬, 移置京師,

---

405) 壁帶(벽대) : 벽에 띠처럼 두른 나무울타리를 이르는 말.

406) 城陽景王(성양경왕) : 전한 때 종실 사람(?-B.C.177)인 유장劉章의 별칭. '성양'은 봉호이고, '경'은 시호. 여태후呂太后가 죽은 뒤 진평陳平(?-B.C.178)·주발周勃(?-B.C.169) 등과 함께 여태후의 외척들을 제거하고 대왕代王 유항劉恒(문제文帝)을 황제로 옹립하였다. ≪한서·성양경왕유장전≫권38 참조.

407) 開陽(개양) : 산동성 낭야군琅琊郡의 속현屬縣 이름.

408) 司馬道子(사마도자) : 진晉나라 간문제簡文帝의 아들이자 효무제孝武帝의 동생(365-403). 봉호는 회계왕會稽王이고, 시호는 문효文孝. 승상丞相을 거쳐 회계왕會稽王에 봉해졌다. ≪진서·회계문효왕사마도자전≫권64 참조.

409) 土山(토산) : 흙을 쌓아서 만든 산. 즉 인공산을 가리킨다.

410) 池沼(지소) : 연못에 대한 총칭. 둥근 연못을 '지池'라고 하고, 주변이 구불구불한 연못을 '소沼'라고 한 데서 유래하였다.

411) 用功(용공) : 공을 들이다. 여기서는 결국 비용을 쓴 것을 말한다.

412) 酤賣(고매) : 술을 빚어 팔다. 즉 술장사를 말한다.

413) 親幸(친행) : 총애하는 사람을 이르는 말. 측근이나 애첩을 가리킨다.

414) 生殺自己(생살자기) : 살리고 죽이는 일을 자신으로부터 비롯하다. 즉 생사여탈권을 멋대로 행사하는 것을 말한다.

以充兵役. 道子旣失威權, 遂終日昏醉, 不復厝意[416], 政無大小, 一委元顯. 元顯大治兵器, 聚徒十萬. 百姓饑饉, 人情危懼, 而道子·元顯置酒作樂, 竟以此敗.

○(진晉나라) 사마도자(365-403)는 저택 안에 인공산을 만들고 연못을 파고 대나무를 심느라 수십 수백만 냥의 예산을 낭비하였다. 또 궁인을 시켜 주점을 열어서 물가에서 술을 팔게 하였다. 사마도자는 측근들과 배를 타고 그 집에 가서 연회를 열고는 마치 저자에 있는 것처럼 웃고 떠들며 놀았다. 그의 아들 사마원현司馬元顯은 당시 나이 열여설 살에 가혹하게 정사를 펼쳐 생사여탈권을 제멋대로 행사하면서 오만방자하게 행동하고 사치를 부리더니, 동쪽 여러 고을에서 노비 신세를 벗어나 식객이 된 사람들을 동원해 '악속'이라고 부르며 도성에 배치하여 병역에 충당하였다. 사마도자는 권한을 잃고 나서 급기야 하루종일 술에 취해 지내며 더 이상 신경쓰지 않더니, 크고 작은 것 할 것 없이 모든 정사를 아들인 사마원현에게 맡겼다. 사마원현은 병기를 제작하고, 10만 명의 군사를 모집하였다. 백성들은 기근에 허덕이고 민심이 흉흉해졌지만, 사마도자와 사마원현 부자는 술자리를 열고 마음껏 유흥을 즐기다가, 결국 이 때문에 패가망신하였다.

●劉休祐[417]在荊州裒刻[418], 所在多營財貨, 以短錢[419]一百賦民田. 旣登, 就求白米一斛, 米粒皆令潔白. 若有破折者, 悉刪揀不受, 民

---

415) 矜豪(긍호) : 행실이 오만방자한 것을 이르는 말.
416) 厝意(조의) : 관심을 가지다, 신경을 쓰다. '조厝'는 '조措'와 통용자.
417) 劉休祐(유휴우) : 남조南朝 유송劉宋 문제文帝의 13남(445-471). 봉호는 진평왕晉平王이고 시호는 자刺. 산기상시散騎常侍와 형주자사荊州刺史 등을 역임하였는데, 사치스러운 생활을 영위하여 백성들의 원성을 샀다. ≪송서·진평자왕유휴우전≫권72 참조.
418) 裒刻(부각) : 세금을 가혹하게 거둬들이는 일을 이르는 말.
419) 短錢(단전) : 실제로는 백 냥이 안 되는데도 백 냥으로 계산하여 사용하던 돈을 이르는 말. '단맥短陌'이라고도 한다. 반면 백 냥에 근접한 돈은 '장전長錢'이라고 한다.

間糴[420]此米一斗一百. 至時, 又不受米, 計米責錢, 百姓嗷然[421], 不復堪命. 性狠戾[422], 前後忤上, 非一旦. 慮將來難制, 遂方便[423]殺之. 謚刺王.

○(남조南朝 유송劉宋) 유휴우(445-471)는 (호북성) 형주에 있을 때 세금을 가혹하게 거두더니, 가는 곳마다 재물을 불리며 단전 백 냥으로 백성들 농토에 세금을 매겼다. 왕에 오르고 나서는 백미 한 가마를 요구하면서 쌀알을 모두 정제케 하였다. 만약 상한 것이 있으면 모두 골라내고 받지 않았기에, 백성들 사이에서는 이 쌀을 한 말에 백 냥을 주고 사들이기도 하였다. 때가 되면 다시 쌀을 받지 않고 쌀을 계산하여 돈으로 요구하였기에, 백성들이 울부짖으며 그의 명을 감당하지 못 했다. 그는 성격이 포악하여 전후로 황제의 심기를 거스른 것이 하루 한날에 그치지 않았다. 황제는 장래 통제할 수 없으리라 염려하여 결국 기회를 잡아서 그를 살해하였다. 시호는 자왕이다.

●劉義康[424]性好吏職, 銳意[425]文案, 是非莫不精盡. 爲侍中・司徒・・錄尙書事[426], 旣專總朝政, 生殺大事, 皆以錄命[427]斷之. 凡所陳奏, 入無不可. 方伯[428]以下, 並委義康授用. 由是朝野輻湊, 勢傾天

---

420) 糴(적) : 곡식을 사들이다. 반면에 곡식을 내다파는 것은 '조糶'라고 한다.
421) 嗷然(오연) : 슬피 울부짖는 모양.
422) 狠戾(한려) : 성격이 포악한 것을 이르는 말.
423) 方便(방편) : 적당한 시기나 기회를 이르는 말.
424) 劉義康(유의강) : 남조南朝 유송劉宋 무제武帝의 4남(409-451). 봉호는 팽성왕彭城王. ≪송서・팽성왕유의강전≫권68 참조.
425) 銳意(예의) : 신경을 쏟다, 주의를 집중하다. '예사銳思' '예정銳情' '예정銳精'이라고도 한다.
426) 錄尙書事(녹상서사) : 벼슬 이름. 전한 무제 때 좌左・우조右曹에서 상서의 업무를 분담하였고, 후한 장제章帝 때는 태부・태위가 겸임하였다. 후대의 상서복야尙書僕射와 유사하며, '녹상서錄尙書'로 약칭하기도 하였다.
427) 錄命(녹명) : 녹상서사錄尙書事의 명령을 이르는 말.
428) 方伯(방백) : 절도사節度使・관찰사觀察使나 자사刺史・태수太守 같은 지방 수령에 대한 범칭. '방악方岳'이라고도 한다.

下. 義康亦自强不息, 無有懈倦. 府門每旦常有數百乘車, 雖復位卑人微, 皆被引接. 又聰識過人, 一聞必記, 嘗所暫遇, 終生不忘. 稠人[429]廣坐, 每標題所憶, 以示聰明, 物議[430]益以此推服之. 愛惜官爵, 未嘗以階級私人. 凡朝士有才用者, 皆引入己府, 無施及忤旨, 卽度爲臺官[431], 自下[432]樂爲竭力. 私置僮六千餘人, 不以言臺. 時四方獻饋, 皆以上品薦義康, 而以次者供御. 上嘗冬月噉柑, 歎其形味並劣, 義康在坐曰, "今年柑殊有佳者." 遣人還東府[433], 取柑, 大供御者三寸. 因此見廢.

○(남조 유송) 유의강(409-451)은 천성적으로 관리직을 좋아하였기에, 문안에 심혈을 기울이면 시시비비를 모두 정확히 간파하였다. 시중과 사도·녹상서사를 맡아 조정의 정사를 홀로 총괄하면서 사람의 목숨을 다루는 중대사를 모두 녹상서사의 명령으로 판결하였다. 그가 아뢰는 말은 조정에 들어가면 안 되는 일이 없었다. 그래서 방백 이하 모두 유의강에 의지해 자신들의 의견이 수용되게 하였다. 이 때문에 조정이나 재야의 인사들이 그에게로 모여들었기에, 권세가 천하를 좌우하였다. 유의강 역시 스스로 끊임없이 노력하여 게으름을 부리지 않았다. 관청 대문에는 매일 아침 항상 수백 대의 수레가 찾아왔는데, 비록 지위가 낮고 신분이 미천하더라도 모두 불러서 접견하였다. 또 다른 사람보다 월등히 총명하여 한 번 듣기만 하면 반드시 기억하였기에, 일찍이 잠시라도 마주한 사람은 평생 잊지 않았다. 많은 사람들에게 자

---

429) 稠人(조인) : 많은 사람, 인파.
430) 物議(물의) : 대중의 의견, 즉 여론을 이르는 말. '물物'은 인물의 뜻.
431) 臺官(대관) : 조정의 공경公卿 등 고관에 대한 범칭. 탄핵을 관장하던 어사대御史臺 소속 관리를 가리킬 때도 있다.
432) 自下(자하) : 아랫사람, 부하를 이르는 말.
433) 東府(동부) : 동진東晉과 남조南朝 때 강소성 건강建康(남경)에 도읍을 정하면서 승상을 겸임한 양주자사揚州刺史의 치소治所를 일컫던 말. 즉 양주揚州, 혹은 승상부를 가리킨다. 당송 때는 승상들이 정사를 펼치는 정사당政事堂이 조정의 동쪽에 위치하였기에 승상부의 별칭으로 쓰였다.

리를 폭넓게 준비하고는 매번 자신이 기억하는 성명을 적어서 자신의 총명함을 과시하였기에, 세간의 여론이 이 때문에 더욱 그를 추종하게 되었다. 관작을 중시하였기에 일찍이 계급을 가지고 타인에게 사사로이 대한 적이 없었다. 조정의 선비 가운데 재능이 있는 사람이면 누구나 모두 불러서 자신의 관청으로 들였는데, 언행이 자신의 뜻을 거스르는 정도까지 이르지 않으면 조정의 고관으로 발탁하였기에, 아랫사람들이 기꺼이 그를 위해 전력을 다하였다. 그는 사사로이 하인을 6천 명 이상 두었으면서도 이를 조정에 보고하지 않았다. 당시 사방에서 선물을 바치면 최상품을 유의강에게 주고 그보다 못 한 것을 황궁에 제공하였다. 황제가 일찍이 겨울에 감귤을 먹다가 그 모양새와 맛이 모두 형편없다고 탄식하자, 유의강이 자리에 있다가 말했다. "올해에 생산된 감귤 가운데 아주 맛있는 것이 있나이다." 그리고는 사람을 시켜 동부로 돌아가서 감귤을 가져오게 했는데, 황궁에 제공한 것보다 세 치가 더 컸다. 이 때문에 폐위당하고 말았다.

●劉義恭[434]鎭彭城, 伐魯郡孔子舊廟栢樹二十四株, 經歷漢晉, 其大連抱[435]者. 二株先倒折, 土人崇敬, 莫之敢犯. 義恭悉遣人, 伐取之, 父老莫不嘆息. 義恭性嗜不恒, 與時移變, 自始至終, 屢遷第宅. 與人游款[436], 意好亦多不終, 而奢侈無度, 不愛財寶, 左右親幸者, 一日先與一二百萬, 小有忤旨, 輒追奪之. 大明[437]時, 資供豐厚, 而常用不足, 賒市[438]百姓物, 無錢可還, 民有通辭求錢者, 輒題後作

---

434) 劉義恭(유의공) : 남조南朝 유송劉宋 효무제孝武帝의 아들(413-465). 봉호는 강하왕江夏王이고 시호는 문헌文獻. 폭군인 전폐제前廢帝를 폐위시키려다가 살해당했다. ≪송서·강하문헌왕유의공전≫권61 참조.

435) 連抱(연포) : 여러 사람이 손을 잡고 함께 끌어안을 정도로 굵은 나무를 이르는 말.

436) 游款(유관) : 친하게 어울리다.

437) 大明(대명) : 유송劉宋 효무제孝武帝의 연호(457-464).

438) 賒市(사시) : 외상으로 구매하다.

原439)字. 善騎馬, 解音樂, 游行或三五百里, 東至吳郡, 登虎邱山, 又登無錫440)烏山, 以望太湖.

○(남조 유송) 유의공(413-465)은 팽성을 진수하면서 (산동성) 노군에 있는 공자의 오래된 사당 주변 측백나무 스물네 그루를 베었는데, 한나라와 진나라를 거치면서 여러 사람이 끌어안을 정도로 크게 자란 것들이었다. 그중 두 그루가 먼저 쓰러졌으나, 주민들은 이를 소중히 여겨 아무도 감히 그것을 건드리지 않고 있었다. 그럼에도 유의공이 사람을 시켜 그것들을 베었기에 원로들이 모두 탄식하였다. 유의공은 취향이 일정하지 않아 수시로 변하였기에, 처음부터 끝까지 자주 저택을 옮겼다. 다른 사람과 친하게 어울릴 때도 선호하는 상대가 끝까지 가지 않는 경우가 많았고, 지나치게 사치스러운 생활을 하며 재물을 아끼지 않았기에, 주변의 측근들에게 하루에 일이백만 냥을 먼저 주었다가 조금이라도 자신의 뜻을 거스르면 번번이 쫓아가 도로 빼앗곤 하였다. (효무제) 대명(457-464) 연간에는 봉록이 많은데도 일상용품이 부족하여 백성들의 물품을 외상으로 구매하였지만, 돈을 갚지 않았다. 백성들이 서신을 보내 돈을 달라고 하면 그때마다 뒷면에다가 '면제'라는 글자를 썼다. 그는 말을 잘 타고 음악을 잘 알아 여행을 가면 간혹 3백 내지 5백 리도 마다하지 않았기에, 동쪽으로 (강소성) 오군에 도착해 호구산을 오르기도 하고, (강서성) 무석현의 오산에 올라 태호를 바라보기도 하였다.

●劉義宣441)在荊鎭十年, 兵强財富, 旣首創大義, 誅元凶劭442), 威名

439) 原(원) : 빚이나 형벌을 면제하는 것을 이르는 말.
440) 無錫(무석) : 강서성의 속현屬縣 이름.
441) 劉義宣(유의선) : 남조南朝 유송劉宋 효무제孝武帝의 아들(415-454). 봉호는 남군왕南郡王. 장질臧質 등과 함께 반란을 일으켰다가 실패하여 죽임을 당했다. ≪송서·남군왕유의선전≫권68 참조.
442) 劭(소) : 남조南朝 유송劉宋 문제文帝의 맏아들인 유소劉劭(약 426-453). 태자太子에 올랐으나 실정으로 폐위당했는데, 뒤에 문제를 시해하고 황제를

蓋天下，凡所求欲，無不畢從．朝廷所下制度，意所不同者，一不遵奉．嘗獻世祖[443]酒，先自酌飮，封送所餘，其不識大體也如此．爲臧質所說，俄擧兵反，以第八子慆爲輔國將軍，荊州刺史左司馬[444]竺超民輔之． 王元謨[445]舟師[446]頓[447]梁山洲內， 東西兩岸爲却月城[448]，營柵甚固，撫軍[449]柳元景據姑熟[450]．臧質徑入梁山，去元謨一里許[451]結營，義宣屯蕪湖．西南風猛，質乘風從流，攻元謨西壘，冗從僕射胡子友等，戰失利，棄壘渡，就元謨．義宣至梁山，步軍東岸，攻元謨，元謨分遣游擊將軍垣護之・竟陵太守薛安都，出壘奮擊，大破之，軍人一時投水．護之因風縱火，焚其舟，乘風勢猛，烟燄覆江，縱兵攻之，大衆奔潰．義宣與質相失，各單舸逆走，與義宣相隨，船舸猶有百餘艘．女先適臧質子，過尋陽，入城取女，載以西奔．至江夏，聞巴陵有軍，懼被鈔[452]，回入逕口[453]，步向江陵．衆散且盡， 脚痛不復行， 就民間， 僦[454]露車[455]自載． 無復食， 緣道求

참칭僭稱하였다가 자신도 살해당하여 '원흉'이란 불명예를 안았다. ≪송서・원흉유소전元兇劉劭傳≫권99 참조.

443) 世祖(세조) : 유의선劉義宣의 부친인 효무제孝武帝의 묘호.

444) 司馬(사마) : 벼슬 이름. 주周나라 때는 육경六卿의 하나인 하관夏官으로서 군사를 관장하였고, 한나라 때는 삼공三公의 하나로서 승상이 되기도 하였다. 한나라 이후로는 왕부王府나 승상부丞相府・장군부將軍府 등에서 병마兵馬를 관장하던 벼슬이 되었고, 당나라 이후로는 주로 별가別駕・장사長史・녹사참군사錄事參軍事・참군사參軍事・녹사錄事・승丞・문학文學 등과 함께 자사刺史의 속관이 되었다.

445) 王元謨(왕원모) : 남조南朝 유송劉宋 때 사람인 왕현모王玄謨(388-468)의 다른 표기. '원元'은 청나라 강희제康熙帝의 휘諱(玄燁) 때문에 고쳐쓴 것이다. 자는 언덕彦德이고, 시호는 장莊. 팽성태수彭城太守와 서주자사徐州刺史 등을 지냈다. ≪송서・왕현모전≫권76 참조.

446) 舟師(주사) : 수군水軍이나 뱃사공을 이르는 말. 여기서는 전자를 가리킨다.

447) 頓(돈) : 머물다, 주둔하다. '둔屯'과 통용자.

448) 却月城(각월성) : 반달 모양의 성을 이르는 말.

449) 撫軍(무군) : 장수의 관직 이름인 무군장군撫軍將軍의 약칭.

450) 姑熟(고숙) : 안휘성의 속현屬縣이자 산 이름.

451) 許(허) : 가량, 쯤. 어느 정도를 헤아리는 말.

452) 鈔(초) : 습격하다, 약탈하다. '초抄'와 통용자.

453) 逕口(경구) : 지명. 소재지는 미상.

454) 僦(추) : 임대하다, 세내다.

告[456]. 至江陵郭外, 遣人報竺超民, 超民具羽儀[457]兵衆, 迎之. 時內外猶自如舊, 帶甲[458]尚萬餘人. 義宣旣入城, 仍出聽事見客, 左右翟靈寶戒, 使拊慰云, "昔漢高祖百敗, 終成大業." 而義宣忘所戒, 誤云, "項羽千敗." 衆咸掩口而笑. 乃于內戎服[459], 攜息慆及所愛妾五人, 皆著男子服, 相隨入. 城內擾亂, 白刃交橫, 義宣大懼落馬, 仍便步出. 超民送出城外, 未至郭, 將士逃散都盡, 唯餘慆及五妾兩黃門[460]而已. 夜還向城, 入南郡空廨, 無床席, 地寢至旦. 遣黃門報超民, 遣故車一乘, 載送刺姦[461]. 義宣止獄戶[462]內, 坐地嘆曰, "臧質老奴[463]誤我!" 始與五妾俱入獄, 五妾尋[464]被遣出. 義宣號泣, 語獄吏曰, "常日非苦, 今日分別, 始是苦." 尋盡殺之.

○(남조 유송) 유의선(415-454)은 (호북성) 형주에서 10년 동안 진수하면서 병사를 훈련시키고 재물을 넉넉히 모으더니, 앞장서 대의를 외치며 원흉 유소劉劭를 죽임으로써 위명을 천하에 떨쳤기에, 그가 원하는 것을 조정에서 다 받아주었다. 그래서 그는 조정에서 정한 제도라도 내심 동의할 수 없으면 하나도 받들어 수행하지 않았다. 일찍이 (부친인) 세조(효무제)에게 술을 바치면서 먼저 자신이 술을 따라 마시고 남은 것을 봉하여 보낸 적이 있는데, 그는 이처럼 중요한 도리를 알지 못 했다. 유의선은 장

455) 露車(노거) : 덮개가 없는 소박한 수레를 이르는 말.
456) 求告(구고) : 남에게 도움을 간청하다.
457) 羽儀(우의) : 제왕의 호위대나 의장儀仗을 이르는 말.
458) 帶甲(대갑) : 갑옷을 걸친 병사들을 일컫는 말.
459) 戎服(융복) : 군복. 여기서는 '군복을 입다'라는 의미의 동사로 쓰였다.
460) 黃門(황문) : 궁중에서 잡무를 총괄하는 부서인 황문성黃門省의 약칭. 장관인 황문령黃門令에 주로 환관宦官을 임명하였기에 뒤에는 주로 환관의 별칭으로 쓰였다.
461) 刺姦(자간) : 간교한 벼슬아치들을 탄핵하는 업무를 관장하는 관리를 이르는 말로 주로 어사御史를 가리킨다.
462) 獄戶(옥호) : 감옥.
463) 老奴(노노) : 늙은 종을 뜻하는 말로 비하하거나 폄훼하기 위해 내뱉는 욕설을 가리킨다.
464) 尋(심) : 이윽고, 얼마 안 있어.

질에게 설득당해 얼마 뒤 군대를 동원해 반란을 일으키고는 8남인 유도劉慆를 보국장군에 임명하고, 형주자사인 자신의 휘하에서 좌사마를 맡고 있던 축초민에게 그를 보좌케 하였다. 당시 왕현모는 수군을 양산 물섬에 주둔시킨 뒤 동서로 양쪽 강언덕에 반달 모양의 성을 짓고서 울짱을 매우 견고하게 구축하고 있었고, 무군장군 유원경은 (안휘성) 고숙현을 점거하고 있었다. 그러자 장질은 곧장 양산으로 들어가 왕현모로부터 1리 가량 떨어진 곳에다가 진영을 구축하였고, 유의선은 무호에 주둔하였다. 남서풍이 거세게 불자 범질은 바람을 타고 물줄기를 따라 왕현모의 서쪽 보루를 공격하였는데, 어리석게도 복야 호자우 등을 거느리고 전투를 벌였다가 승리를 놓쳐 보루와 나룻터를 버리고 왕현모에게 투항하였다. 유의선이 양산에 도착해 동쪽 강언덕에 보병을 주둔시키고서 왕현모를 공격하였지만, 왕현모는 유격장군 원호지와 경릉태수 설안도를 나누어 파견해서 보루를 나서 습격해 유의선의 군대를 대파하였다. 그래서 그의 군사들이 일시에 물로 뛰어들고 말았다. 또 원호지는 바람을 이용해 불을 놓아 적군의 배를 불태웠는데, 바람을 타고서 불길이 맹렬해지면서 불꽃이 강을 뒤덮었고, 군대를 풀어 그들을 공격하자 군사들이 뿔뿔이 흩어지고 말았다. 유의선과 장질은 서로 헤어져 각기 배 한 척을 가지고 반대 방향으로 도주하였는데, 유의선을 따르는 무리들은 배가 그래도 백 척이 넘었다. 유의선은 앞서 딸을 장질의 아들에게 시집보냈었는데, (강서성) 심양현에 들르게 되자 성으로 들어가 딸을 데리고 수레에 태워 서쪽으로 도주하였다. (호북성) 강하군에 도착했을 때 (호남성) 파릉현에 군대가 있다는 말을 듣자 사로잡힐까 두려워 길을 돌려 경구로 들어갔다가 걸어서 (호북성) 강릉으로 향했다. 따르던 무리들이 모두 도망치고 다리가 아파서 더 이상 걸을 수 없게 되자, 민간으로 찾아들어가 소박한 수레를 임대해서 손수 올라탔다. 더 이상 식량이 없자 길을 가면서 도움을 요청하기도 하였다. 강릉 성곽 밖에 도착하자 사람을 시켜 축초민에게 알리니, 축초민이 의장대를 갖춰 그를 맞이하였다. 당시 성 안팎은 여전히 예전 그대로였고, 갑옷을 걸친 병사들이 아직 만 명이 넘게 있었다. 유의선이 성안으로 들어갔다가 다시 정사를 살피고 손님들을 접견하러 나서려 하자, 측근인 적령보가 경고를 하며 사람을 시켜 위로조로 말했다. "옛날에 전한 고조는 백 번 패했어도 결국에는 대업을 이루었나이다." 그러나 유의선은 경고를 잊은 채 실수로 "항우는 천 번이나 패했소"라고 말하고 말았다. 그래서 사람들이 입을 가린 채 웃음을 지었다. 유의선은 결국 속에다가 군복을 입은 채 자식인 유도와 애첩 다섯 명을 데리고 모두 남자 복장을 입게 한 뒤 자신을 따라 들어서게 하였다. 그러나 성안에서 혼란이 일어나 무기가 부딪히자 유의선은 깜짝 놀라 말에서 떨어졌기에, 다시 걸어서 성을 나섰다. 축초민이 성 밖까지 전송하였으나, 외곽에 도착하기도 전에 장수와 병사들이 모두 도망치고, 오직 유도와 애첩 다섯 명, 그리고 환관 두 명만 남아 있었다. 밤에 다시 성으로 향했다가 (호북성) 남군의 텅빈 관청으로 들어섰는데, 평상이나 자리가 없어 새벽까지 땅바닥에서 잠을 잤다. 환관을 시켜 축초민에게 알리자, 오히려 오래된 수레 한 대를 보내 그를 태워서 탄핵을 관장하는 관리에게 보냈다. 유의선은 감옥 안에서 땅바닥에 앉아 탄식하며 말했다. "장질 이 놈이 나를 망쳤구나!" 처음에는 애첩 다섯 명과 함께 감옥에 들어갔지만, 애첩 다섯 명은 얼마 안 있어 풀려났다. 그래서 유의선은 통곡을 하며 옥리에게 말했다. "평상시에 괴로웠던 게 아니라, 오늘 가족들과 헤어지니 비로소 고통을 알겠구려." 얼마 뒤 유의선의 식솔들을 모두 살해하였다.

●劉休範465)欲擧兵, 襲朝廷, 密與典籤466)新蔡467)人許公輿謀之, 上

465) 劉休範(유휴범) : 남조南朝 유송劉宋 문제文帝의 아들(448-474). 봉호는 계

表, 治城樓堞, 多解榜板[468], 擬以供用. 遂擧兵反, 虜發百姓船乘, 使軍隊稱力[469]請受, 付以先解榜板, 合手裝治, 二三日間, 便悉整辨, 率衆二萬・鐵騎數百餘匹, 發自尋陽, 盡晝夜取道. 大雷[470]戍主[471]杜道欣馳下告變. 道欣至一宿, 休範已至新林[472], 朝廷震動. 步上攻新亭壘, 自臨城南, 於前𡾊樓上, 以數百人自衛. 屯騎校尉[473]黃回見其可乘, 乃僞往請降, 幷詐宣齊王[474]意旨. 休範大說, 以二子德宣・德嗣與回爲質, 至卽斬之.

○(남조 유송) 유휴범(448-474)은 군대를 일으켜 조정을 습격하려고 하면서 은밀하게 전첨직을 맡고 있던 (하남성) 신채현 사람 허공여와 공모하고는, 상소문을 올려 도성의 누각과 성가퀴를 수리하고 갑판을 많이 해체하라고 건의하여 군수물품을 조달하려고 시도하였다. 결국 군대를 동원해 반란을 일으키자, 백성들의 배와 수레를 강제로 징발하여 군사들에게 마음껏 거두어 쓰게 하고는, 먼저 해체한 갑판을 건네 힘을 합쳐 잘 포장케 했는데, 이삼일 사이에 다 정리케 한 뒤 군대 2만 명과 기마 수백여 필을 이끌고 (강서성) 심양현을 출발해 밤낮을 가리지 않고 길을

양왕桂陽王. 반란을 일으켰다가 우위장군右衛將軍 소도성蕭道成에게 죽임을 당했다. ≪송서・계양왕유휴범전≫권79 참조.

466) 典籤(전첨) : 왕부王府에서 문서를 관장하던 벼슬을 이르는 말.

467) 新蔡(신채) : 하남성의 속현屬縣 이름.

468) 榜板(방판) : 갑판, 목판 따위를 이르는 말. 여기서는 전함을 만들기 위한 재료를 가리킨다.

469) 稱力(칭력) : 있는 힘을 다하다, 총력을 기울이다.

470) 大雷(대뢰) : 진晉나라 때 안휘성에 설치한 요충지 이름.

471) 戍主(수주) : 한 지역을 방비하는 군대의 우두머리 장수를 이르는 말.

472) 新林(신림) : 강소성 건강建康(남경) 근처에 있었던 포구浦口 이름이자 다리 이름.

473) 屯騎校尉(둔기교위) : 전한 무제武帝 때 설치한 무관武官 가운데 하나. 보병교위步兵校尉・월기교위越騎校尉・장수교위長水校尉・중루교위中壘校尉・호기교위胡騎校尉・사성교위射聲校尉・호분교위虎賁校尉와 함께 8교위校尉라고 하였다.

474) 齊王(제왕) : 남조南朝 남제南齊를 건국한 소도성蕭道成이 즉위하기 전 유송劉宋에서 받은 봉호.

재촉하였다. 그러자 (안휘성) 대뢰수주 두도흔이 말을 달려 내려와서 변고를 알렸다. 두도흔이 도착해 하룻밤을 묵는 사이에 유휴범은 이미 (도성인 강소성 건강建康 근처) 신림포에 도착해 있었기에 조정이 동요하였다. 유휴범은 걸어올라 신정루를 점거하고 손수 도성 남쪽을 굽어보다가 전헌루 위에서 수백 명의 군인에게 자신을 호위케 하였다. 그러자 둔기교위 황회가 그 기회를 틈탈 수 있다는 것을 알고는, 거짓으로 찾아가 항복을 청하면서 아울러 짐짓 제왕(소도성蕭道成)의 교지라고 속여서 통지하였다. 유휴범은 무척 기뻐하며 두 아들인 유덕선劉德宣과 유덕사劉德嗣를 황회에게 볼모로 보냈지만, 그들이 도착하자 바로 그들의 목을 베어버렸다.

●蕭遙光[475]將敗, 都不復識人, 孫樂祖・曹樹生常心腹委付. 後望見火起, 問左右, "此是何火?" 答曰, "下官[476]向[477]令人燒." 外間左右, 仍問, "卿是誰?" 曹樹生曰, "是孫樂祖." 仍問, "曹卿復是誰?" 曹以名答, 仍言左右, "下官熱發, 可覓冷沈飮," 幷勸始安且還, 別省消息. 於是呼轝, 至始安, 便移殺. 于時名士皆在側, 見不識人, 沈昭略・昭光之徒, 一時皆去. 遙光美風姿, 眉目如畵, 鬢髩[478]若點漆, 隆準[479], 口如含丹, 而足蹇, 體殊肥壯, 脚如三歲小兒. 性聰察, 善吏政, 每至理朝廷大事. 及揚州曹獄, 動[480]至三四更, 前列倡人, 後列侍女, 華燭照爛於其間, 手捉玉柄毛扇[481]. 有時以金鏤炙刀,

475) 蕭遙光(소요광) : 남조南朝 남제南齊 때 종실 사람. 자는 원휘元暉이고, 봉호는 시안왕始安王. 동혼후東昏侯 때 반란을 일으켰다가 살해당했다. ≪남제서・시안왕소요광전≫권45 참조. 이하 예문은 다른 문헌에는 보이지 않는데, 문맥상으로 볼 때 오자誤字나 탈자脫字가 많은 듯하다.
476) 下官(하관) : 원래는 제후국의 관료가 제후 앞에서 자신을 낮춰 부르던 말인데, 뒤에는 자신에 대한 겸칭으로도 사용되었다.
477) 向(향) : 일전에, 그전에. '향嚮'과 통용자.
478) 鬢髩(발빈) : 머리카락과 수염을 아우르는 말.
479) 隆準(융준) : 코가 오뚝한 모양.
480) 動(동) : 걸핏하면, 툭하면, 늘상.

自割牛肱而食之. 每明帝有所誅殺, 必先取其名. 明帝大漸[482], 託以後事, 後主[483]疑焉. 常[484]就王索寶物, 王奉琥珀盤螭[485]二枚, 枚廣五寸, 烱然[486]洞徹, 無有瑕滓[487]. 後主怒云, "琥珀[488]者, 欲使虎來拍我也." 仍匍匐下地, 作羊行, 遂動心疾. 有時著衣袷[489]而伏地, 入戶扇[490]裏. 王交道素壯, 不勝忿怒, 一旦以手扳陰, 遂長數尺. 屢有別舍, 恒見丈夫露髻, 從屋來下以齧人, 俄失所在. 又有殺鬼來其齋閤[491], 鞶兒鞭之, 流血而反. 常所親信鮮卑[492]道兒, 及閹人[493]吳明紹, 頭臥道兒膝上, 至四更中覓飲. 已而無人矣, 喚道兒又不得, 唯明紹伏床下, 答云, "人皆叛去." 衆軍悉至, 於床下斬之.

◯(남조南朝 남제南齊) 소요광은 전쟁에서 패할 즈음에 사람들을 거의 알아보지 못 하였지만, 손낙조와 조수생이 늘 복심으로서

---

481) 毛扇(모선) : 새의 깃털로 만든 고급 부채를 이르는 말.

482) 大漸(대점) : 병세가 위독해지는 것을 뜻하는 말. '점漸'은 '극劇'의 뜻.

483) 後主(후주) : 한 왕조의 마지막 임금을 부르는 말. 여기서는 남조南朝 남제南齊 명제明帝의 아들인 동혼후東昏侯 소보권蕭寶卷을 가리킨다.

484) 常(상) : 일찍이. '상嘗'과 통용자.

485) 盤螭(반리) : 또아리를 튼 이무기. 여기서는 그러한 모양의 손잡이가 달린 그릇을 가리킨다.

486) 烱然(형연) : 빛나는 모양.

487) 瑕滓(하재) : 흠집, 하자를 뜻하는 말.

488) 琥珀(호박) : 이하 예문은 '호琥'와 '호虎', '박珀'과 '박拍'이 발음이 같기에 한 말이다.

489) 衣袷(의겹) : 솜을 넣지 않고 거죽과 안을 붙여서 만든 옷을 뜻하는 말인 '겹의袷衣'의 오기인 듯하다.

490) 戶扇(호선) : 문짝을 뜻하는 말.

491) 齋閤(재합) : 서재. '재각齋閣'이라고도 한다.

492) 鮮卑(선비) : 남만주에서 몽고 지역에 걸쳐 살던 유목민족으로 삼국시대 때 모용慕容씨·탁발拓拔씨·우문宇文씨로 분리되어 북조北朝 때 모용씨는 전연前燕과 후연後燕·서연西燕·남연南燕 등을 건립하였고, 탁발씨는 북위北魏를 건립하였으며, 우문씨는 북주北周를 건립하였으나, 당송唐宋 이후로는 한족漢族에 동화되었다.

493) 閹人(엄인) : 궁궐에서 황제와 그 가족을 모시던 성기능을 제거한 신하인 환관을 이르는 말. '내시內侍' '내관內官' '내신內臣' '내감內監' '엄시閹寺' '엄환閹宦' '엄시奄寺' '엄인奄人' '중사中使' '중관中官' '혼시閽寺' '환관宦官' '환자宦者' 등 다양한 호칭으로도 불렸으며, 황제를 측근에서 모시는 것을 빌미로 막강한 권력을 행사하기도 하였다.

신임을 받았다. 뒤에 멀리서 불이 난 것을 보고서 좌우의 신하들에게 물었다. "이는 무슨 불인가?" 그러자 누군가 대답하였다. "소신이 일전에 사람을 시켜 불을 놓은 것이옵니다." 좌우 신하들을 밖으로 내보낸 뒤 다시 물었다. "경은 누구인고?" 조수생이 대신 대답하였다. "손낙조이옵니다." 다시 물었다. "조경은 또 누구인고?" 조수생이 자신의 이름을 밝힌 뒤 다시 곁에서 말했다. "소신은 몸에서 열이 나니 차가운 것을 찾아 마셔야 할 듯하옵니다." 그리고는 아울러 시안왕(소요광)에게 잠시 돌아가 달리 소식을 살필 것을 권하였다. 그래서 수레를 불러 (광서성) 시안군으로 가서 살기를 피하였다. 당시에 명사들이 모두 옆에 있다가 그가 사람을 알아보지 못 한다는 것을 알았기에, 심소략과 심소광沈昭光 형제 등이 동시에 모두 곁을 떠났다. 소요광은 풍채가 멋지고, 얼굴이 그림처럼 잘 생겼으며, 머리카락과 수염이 옻칠을 한 듯 새까맣고, 코가 오똑했으며, 입은 단사를 머금은 듯 붉었지만, 다리를 절고, 몸이 유달리 비만하였으며, 발은 마치 세 살 짜리 어린애처럼 작았다. 그는 천성적으로 총명하여 정사에 밝아서 매번 조정의 대사를 처리하곤 하였다. (강소성) 양주에서 옥사를 관장할 때는 늘상 새벽 서너 경까지 처리하곤 했는데, 앞에 배우들을 세우고 뒤에 시녀를 세운 뒤 화려한 촛불로 그 사이를 비추게 하면서 옥 손잡이가 달린 깃털 부채를 손에 들었다. 어떤 때는 금을 장식한 고기칼을 가지고 손수 소의 천엽을 잘라서 먹기도 하였다. 매번 명제가 누군가를 주살할 때는 반드시 먼저 그의 이름을 거명하곤 하였다. 명제는 병이 위독해지자 뒷일을 그에게 맡겼기에, 후주(동혼후東昏侯 소보권蕭寶卷)가 그를 의심하였다. 일찍이 자신을 찾아와 보물을 요구하자, 시안왕은 호박으로 만들고 또아리를 튼 이무기 모양의 손잡이가 달린 그릇을 두 개 선물한 적이 있는데, 각기 너비가 다섯 치 가량 되고 빛을 발하면서 투명한 것이 조금의 하자도 없었다. 그러나 후주는 화를 내며 말했다. "호박으로 만든 것을 보니, 호랑이를 내게 보내 잡아먹게 하려는 것인가 보오." 이에 엉금엉금 기어서 바닥으로 내려가 양처럼 걷다가 급기야 심장병이 도졌다. 어떤 때는 얇은 옷을 착용하고서 바닥에 엎드렸다가 문짝 속으로 들어가기도 하였다. 시안왕은 친구를 사귀는 방식이 원래 거칠어서 분노를 이기지 못 하면 순간 손으로 음낭을 잡아당겨 몇 자로 늘리곤 하였다. 또 누차 별도의 숙소를 마련해 놓고 늘 사내가 상투를 드러내면 옥상에서 내려와 그 사람을 깨물었다가 순식간에 사라지곤 하였다. 또 살귀가 자신의 서실로 찾아왔다고 수레를 모는 아이에게 매질을 해서 피를 흘리며 돌아가게 한 일도 있다. 그가 항상 신임하는 대상은 선비족 출신의 어린 길잡이와 환관 오명소였는데, 먼저 어린 길잡이를 무릎에 눕히고서 4경이 되어서도 술을 찾은 적도 있었다. 얼마 뒤 곁에 사람이 없고 어린 길잡이를 불러도 찾을 수 없게 되자, 오직 오명소만이 침상 아래 엎드려 있다가 대답하였다. "사람들 모두 등을 돌려 떠났나이다." 군사들이 도착해 침상 아래서 그의 목을 베었다.

●蕭子響494)在荊州造仗, 長史495)·司馬, 皆以啓聞. 王知, 大怒, 乃僞請入坐起496). 旣至, 坐厲聲色, 而語曰, "身父則是天子. 政復造五千人仗, 此復何嫌, 而君遂以上啓?" 二人下床叩頭, 拔褥刀, 自下斬之. 甚有膂力. 曾出獵, 頭亂呼梳, 取刷於馬上, 以手捉左右襠帶497), 去地數尺, 令料頭, 竟乃放之. 此其勇也, 竟被誅.

---

494) 蕭子響(소자향) : 남조南朝 남제南齊 무제武帝의 4남. 봉호는 어복후魚復侯. 보국장군輔國將軍·형주자사荊州刺史 등을 역임하다가 무제와의 갈등으로 사형당했다. ≪남제서·어복후소자향전≫권40 참조.

495) 長史(장사) : 한나라 이후로 승상부丞相府나 장군부將軍府에서 병마兵馬를 관장하던 벼슬. 당나라 이후로는 주로 자사刺史의 속관이었는데, 자사 휘하에는 품계品階의 고하에 따라 별가別駕·장사長史·사마司馬·녹사참군사錄事參軍事·참군사參軍事·녹사錄事·문학文學 등의 속관이 있었다.

496) 坐起(좌기) : 행동거지를 이르는 말.

○(남조 남제) 소자향이 (호북성) 형주자사로 있을 때, (황제가 사용하는) 의장을 만들자 장사와 사마가 모두 상소문을 올려 황제에게 보고하였다. 소자향은 이를 알고서 무척 화가 났지만, 도리어 거짓으로 들어와서 머물라고 요청하였다. 그러나 그들이 도착하자 언성을 높이고 험악한 안색을 지은 채 그들에게 말했다. "나의 부친이 곧 천자이시오. 정사를 펼치면서 의장 5천 개를 만드는 게 무슨 흠이 된다고 그대들은 끝내 상소문을 올린 것이오?" 두 사람이 평상을 내려와 머리를 조아리자, 소자향은 요에 있던 칼을 꺼내서 손수 내려가 그들의 목을 베었다. 소자향은 완력이 무척 셌다. 일찍이 사냥을 나갔다가 머리카락이 흩뜨러지자 빗을 달라고 해 말 위에서 그것으로 머리를 빗더니, 좌우의 단대를 손으로 움켜쥔 뒤 땅바닥으로부터 몇 자 떨어진 채 사람을 시켜 머리를 정리케 하고는 결국 손을 놓았다. 그는 이처럼 만용을 부리더니 결국 사형을 당하고 말았다.

■金樓子卷三■

497) 襢帶(단대) : 복장의 일부를 가리키는 말로 보이나 불분명하다. 박물군자가 밝혀주기를 기대한다.

■金樓子卷四■

□立言篇九上(9 입언편 상)

▶案, 目錄有立言上下, 原本合爲一篇. 其散見複出者, 猶有上下之名. 謹參考, 分之如左.

▷살펴보건대 목록에는 <입언> 상·하편이 있지만, 원본에는 한 편으로 합쳐져 있다. 이는 흩어졌다가 다시 출현한 것이라서 오히려 상·하편이라는 명칭이 생겨났을 것이다. 삼가 이를 참고하여 아래와 같이 나눈다.

●案祭法[1], 天子諸侯宗廟, 皆月祭之. 又有月令[2], "皆薦新," 並云, "先薦寢廟[3]," 此皆是月祭正文. 國語[4]云, "古者先王月祭日祀. 雖諸侯不得祖[5]天子, 而宗廟在都, 匈奴[6]未滅, 拊心長叫, 萬恨不追." 昔魯國孔氏有仲尼[7], 車輿冠服. 漢明帝錫東平王蒼[8]·光烈皇后[9]

---

1) 祭法(제법) : ≪예기≫권46의 편명.
2) 月令(월령) : 계절에 맞춰 정해 놓은 농사에 관한 정령政令을 이르는 말. '시령時令'이라고도 하는데, ≪예기≫의 편명이기도 하다.
3) 寢廟(침묘) : 종묘宗廟 내에 있는 정전正殿과 후전後殿. 정전을 '묘廟'라고 하고, 후전을 '침寢'이라고 한다. 일설에는 침소와 종묘를 아우르는 말이라고도 한다.
4) 國語(국어) : 춘추시대春秋時代의 역사를 주周나라와 제후국 별로 나누어 기술한 역사책. 총 21권. 저자에 대해서는 여러 가지 설이 있으나 전한 이후로 좌구명左丘明이 지었다는 것이 통설로 되었다. 후한 때 정중鄭衆·가규賈逵(30-101)·우번虞翻·당고唐固 등 여러 사람의 주注가 있었다고 하나 모두 실전되고, 지금은 삼국 오吳나라 위소韋昭의 주만이 전한다. ≪사고전서간명목록·사부·잡사류雜史類≫권5 참조. 위의 예문은 현전하는 ≪국어≫에 없는 것으로 보아 일문逸文인 듯하다.
5) 祖(조) : 조상신에게 제사를 지내거나 그러한 사당을 이르는 말.
6) 匈奴(흉노) : 중국 상고시대부터 북방에 살던 유목민족을 부르던 이름. 호족胡族이라고도 하였다. 귀방鬼方·훈육獯鬻·험윤獫狁의 후예라고도 하고, 몽고蒙古·돌궐突厥과 동일 종족이라고도 하는 등 여러 설이 있다.
7) 仲尼(중니) : 춘추시대 노魯나라 사람 공자(공구孔丘)의 자. ≪사기·공자세가≫권47 참조.
8) 東平王蒼(동평왕창) : 후한 광무제光武帝의 아들 유창劉蒼(?-83). '동평왕'은 봉호. 시호는 헌獻. 어려서부터 형인 명제明帝 유장劉莊의 총애를 받았다. ≪

假髻[10](按, 後漢書作紒. 注, "周禮[11], 追師[12]掌爲副編[13]." 鄭元[14]云, "副, 婦人首服. 三輔[15]謂之假紒.")帛(按後漢書注・續漢書[16], 帛字作阜.)巾衣一篋. 王沈集稱, "日磾[17]垂泣於甘泉[18]之畵, 揚雄顯頌於麒麟[19]之圖, 遂畵先君先妣[20]之像." 傅咸集畵讚曰, "敬圖先君先妣之容像, 畵之丹靑[21]." 曹休[22]畵其父像, 對之流泣, 誠可悲也. 陸機有丞相像讚・

후한서・동평헌왕유창전≫권72 참조.

9) 光烈皇后(광열황후) : 후한 광무제光武帝의 후처. '광열'은 시호. 음인陰隣의 딸로 음식陰識(?-59)의 여동생이자 음흥陰興(?-47)의 누나. 전 황후인 곽성통郭聖通이 자식이 없어 폐위당한 뒤 뒤를 이어 황후에 올랐다. ≪후한서・광열음황후본기光烈陰皇后本紀≫권10 참조.

10) 假髻(가계) : 다리. 부녀자들이 사용하던 가발의 일종.

11) 周禮(주례) : 주周나라의 관제官制를 정리한 경서經書로 13경 가운데 하나. 후한 정현鄭玄(127-200)이 주注를 달고, 당나라 가공언賈公彦이 소疏를 단 ≪주례주소周禮注疏≫가 널리 통용되었다. ≪사고전서간명목록・경부・예류禮類≫권2 참조.

12) 追師(추사) : 주周나라 때 천관天官 소속으로 관면冠冕에 관한 업무를 관장하던 벼슬 이름. ≪주례・천관・추사≫권8 참조.

13) 副編(부편) : 천자의 부인의 머리 장식 종류를 이르는 말. ≪주례・천관・추사≫권8의 기록에 의하면 '부副' '편編' '차次' 등이 있었다고 한다.

14) 鄭元(정원) : 후한 때 대유大儒 정현鄭玄(127-200)의 다른 표기. '원元'은 청나라 강희제康熙帝의 이름(玄燁)을 피휘避諱하기 위해 고쳐쓴 것이다.

15) 三輔(삼보) : 전한 경제景帝 때 주작중위主爵中尉와 좌내사左內史・우내사右內史를 두었다가, 전한 무제武帝 때 장안 동쪽을 관장하는 경조윤京兆尹과 장릉長陵 이북을 관장하는 좌빙익左馮翊, 위성渭城 서쪽을 관장하는 우부풍右扶風으로 관제를 바꾸었는데, '삼보'는 이들 세 장관 혹은 그들이 관장하는 지역을 통칭한다. 결국 경기 지역을 가리킨다.

16) 續漢書(속한서) : 진晉나라 사마표司馬彪가 후한 때 역사를 기록한 책으로 총 83권이었으나 오래 전에 실전되었다. ≪수서・경적지≫권33 참조.

17) 日磾(일제) : 전한 때 사람인 김일제金日磾의 이름. 흉노匈奴 휴도왕休屠王의 태자太子 출신으로 한나라에 투항하여 김씨 성을 하사받았다. 시중侍中과 거기장군車騎將軍을 역임하였고, 무제武帝 사후 유명을 받들어 곽광霍光(?-B.C. 68)과 함께 정사를 보필하였다. ≪한서・김일제전≫권68 참조.

18) 甘泉(감천) : 전한 때 섬서성 장안長安 근처에 피서용으로 세웠던 궁전 이름.

19) 麒麟(기린) : 전설상의 동물 이름. 상서로운 징조와 제위를 상징한다. 고대 중국인들은 태평성대가 도래하면 기린이나 봉황이 출현한다고 생각하였다. 여기서는 한나라 때 장안長安의 궁중에 세웠던 장서각을 가리킨다.

20) 先妣(선비) : 돌아가신 어머니를 이르는 말. 선대의 조모를 가리킨다.

21) 丹靑(단청) : 단사丹砂와 청호靑雘. 모두 염료染料의 일종. 결국 그림을 뜻한다.

大司馬[23]夫人[24]像讚，卽其列[25]焉．竊尋孝經所說，必稱先王，蓋是先王之行，不敢以不行也．伏見臺內[26]別造至敬殿，甘旨百品，月祭日祀，又爲寢室，昏定晨省[27]，如平生焉．先帝朔望[28]，盡哀慟哭．又宣脩容[29]奉造二親像，朝夕禮敬，虔事孜孜[30]，四十年中，聿脩功德，追薦繼孝，丁蘭[31]無以尙此．繹竊慕考妣[32]之盛，則立尊像，供養於道場[33]，內設花幡[34]燈燭，使僧尼[35]頂禮，正以烏鳥[36]之心，係戀罔極．不厭丁年[37]之內，遭此百憂，一同見似，甘心殞越[38]．雖

---

22) 曹休(조휴) : 삼국 위魏나라 때 사람(?-228)으로 무제武帝 조조曹操의 조카. 백부인 조조로부터 '천리구千里駒'란 칭찬을 들었다는 고사로 유명하다.

23) 大司馬(대사마) : 진한秦漢 때 군정軍政을 총괄하는 벼슬로 삼공三公의 하나. 후에는 태위太尉로 개칭되었고 삼공 가운데 서열이 가장 높았다.

24) 夫人(부인) : 황제의 후처後妻인 비빈妃嬪이나 제후의 적처嫡妻에 대한 존칭. 후에는 고관의 부인에 대한 존칭으로도 쓰였다.

25) 列(예) : 실례. '예例'와 통용자.

26) 臺內(대내) : 조정을 이르는 말. 상서대尙書臺와 어사대御史臺가 조정의 주요 기관인 데서 유래하였다.

27) 昏定晨省(혼정신성) : '새벽에는 잘 주무셨는지 살피고 저녁에는 잠자리를 정리해 드린다'는 뜻으로 부모님께 효도하는 것을 말한다. '신혼晨昏'이나 '정성定省'으로 약칭하기도 한다.

28) 朔望(삭망) : 매달 초하루와 보름날을 아우르는 말.

29) 宣脩容(선수용) : 남조南朝 양梁나라 고조高祖 무제武帝 소연蕭衍의 총희寵姬이자 이 책의 저자인 세조世祖 원제元帝 소역蕭繹의 생모 완영영阮令嬴의 별칭. 본명은 석영영石令嬴이었는데, 뒤에 완阮씨를 하사받았다. '선'은 시호이고, '수용'은 그녀의 신분인 구빈九嬪 가운데 한 직책을 가리킨다. ≪양서·고조완수용전高祖阮修容傳≫권7 참조. '수脩'는 '수修'와 통용자.

30) 孜孜(자자) : 부지런한 모양, 애쓰는 모양.

31) 丁蘭(정난) : 후한 때 사람으로 효자의 대명사. 모친 사후에 나무로 모친의 상을 깎아 생시처럼 모셨는데, 이웃 사람 정숙鄭叔이 술에 취해 모친상에 흠을 내자 그에게 복수했다는 고사가 송나라 이방李昉(925-996)의 ≪태평어람太平御覽·인사부人事部·효하孝下≫권414에 인용된 진晉나라 손성孫盛의 ≪일인전逸人傳≫에 전한다.

32) 考妣(고비) : 돌아가신 부친(考)과 모친(妣)을 아우르는 말.

33) 道場(도량) : 불교나 도교에서 경전을 암송하고 예배하는 시설을 이르는 말.

34) 花幡(화번) : 절에 세우는 꽃 문양이 새겨진 깃발을 이르는 말.

35) 僧尼(승니) : 승려와 비구니를 아우르는 말.

36) 烏鳥(오조) : 까마귀. 까마귀는 효성이 지극한 새라서 새끼가 나중에 어미를 봉양한다는 속설이 전한다. '자오慈烏'라고도 한다.

37) 丁年(정년) : 성인의 나이를 이르는 말.

復於禮經[39]無文，家門之內，行之已久．故月祭日祀，用遵祭法，車輿篋衣，謹同魯聖[40]．止令朋友知余此心．潘岳賦云[41]，"太夫人[42]御板輿[43]，乘(按，文選[44]作升.)輕軒，柳垂陰，車結軌，或宴于林，或宴于沚.(按，文選作或禊於氾.) 兄弟斑白，兒童稚齒，稱福(按，文選作萬.)壽以獻觴，或一懼而一喜．" 嗟夫！天下之至樂，唯斯而已矣！天下之至樂，唯斯而已矣！忽忽窮生，百年之內，曷由復如此矣？痛矣！過隙[45]！哀哉！逝川[46]！淚盡而繼之以血，不知復何從陳也！

○≪예기·제법≫권46에 의하면 천자나 제후의 종묘에서는 모두 달마다 제를 올렸다. 또 ≪예기·월령≫권14에서는 "모두 새로운 제물을 바친다"고 하면서, 아울러 "먼저 침묘에 바친다"고 하였는데, 이는 모두 달마다 지내는 제사를 명확히 밝힌 글이다. ≪국어≫에 "옛날에 선왕은 달마다 제사를 지내고 날마다 제사

38) 殞越(운월) : 죽음에 대한 미칭.

39) 禮經(예경) : ≪주례≫ ≪의례≫ ≪예기≫ 등 예법에 관한 경전에 대한 총칭.

40) 魯聖(노성) : 노나라의 성인. 즉 춘추시대 노나라 공자를 가리킨다.

41) 云(운) : 이하 예문은 진晉나라 반악潘岳(247-300)의 <한가로운 삶을 읊은 부(閑居賦)> 가운데 일부를 인용한 것으로 ≪문선≫권16에 수록되어 전한다.

42) 太夫人(태부인) : 제후나 고관의 모친에 대한 존칭. 그 부인은 '부인夫人'이라고 하고, 모친은 높여서 '태부인太夫人'이라고 하였다.

43) 板輿(판여) : 노인이 주로 타던 인력으로 끄는 수레를 이르는 말. 관리가 임지에서 부모를 맞이하여 극진히 모시는 것을 상징한다.

44) 文選(문선) : 남조南朝 양梁나라 무제武帝 소연蕭衍(464-549)의 맏아들인 소명태자昭明太子 소통蕭統(501-531)이 역대의 시·부賦·산문 등을 모아 엮은 시문詩文 선집選集. 원래는 30권이었으나 현재는 60권본으로 전한다. 당나라 이선李善이 주를 단 ≪이선주문선≫과 여연제呂延濟·유양劉良·장선張銑·여향呂向·이주한李周翰 등 5인이 주를 단 ≪오신주문선≫ 및 이의 합본인 ≪육신주문선六臣註文選≫의 3종이 있다. ≪사고전서간명목록·집부·총집류總集類≫권19 참조.

45) 過隙(과극) : 틈새를 지나가다. ≪사기·위표전魏豹傳≫권90의 "사람이 한평생 살아가는 것은 마치 흰 망아지(해 그림자)가 틈새를 지나가는 것과 같다(人生一世間，如白駒過隙)"는 고사에서 유래한 말로 인생이 매우 짧은 것을 비유한다. '흰 망아지'는 해 그림자를 비유한다.

46) 逝川(서천) : 흐르는 냇물. ≪논어·자한子罕≫권9의 "공자가 냇가에서 말했다. '흐르는 세월은 이 냇물과도 같구나! 밤낮 쉬지를 않으니'(子在川上曰，'逝者如斯夫！不舍晝夜')"라는 고사에서 유래한 말로 세월을 비유한다.

를 지냈다. 비록 제후는 천자의 사당에서 제사를 지낼 수 없지만, 종묘가 도성에 있고 흉노족이 아직 망하지 않았기에, 가슴을 치고 울부짖으며 온갖 한을 삭이지 못 했다"고 하였다. 옛날 (춘추시대 때) 노나라 공씨 가문에서는 중니(공자)가 제를 지내기 위한 수레와 의복을 마련한 예가 있다. 후한 명제는 (동생인) 동평왕 유창劉蒼과 (모친인) 광렬황후에게 가발(살펴보건대 ≪후한서·동평헌왕유창전東平憲王劉蒼傳≫권72에는 '계髻'가 '계紒'로 되어 있는데, 주에 "≪주례≫에 의하면 천관天官 소속 관원인 추사가 황후의 머리 장식품을 만드는 일을 관장하였는데, 후한 정현鄭玄은 '『부副』는 부인의 머리 복장이다. 경기 지역에서는 이를 『가계假紒』라고 한다'고 하였다"고 풀이하였다)과 비단(≪후한서≫ 주와 ≪속한서≫를 보면 '백帛'자가 '부阜'자로 적혀 있다)으로 만든 두건 및 의복을 한 상자 하사한 일이 있다. (진晉나라) 왕침의 문집에서는 "(전한) 김일제金日磾는 (섬서성 장안) 감천궁의 그림 앞에서 눈물을 흘렸고, 양웅은 기린각의 그림 앞에서 송축의 뜻을 밝히더니 급기야 돌아가신 부모님의 초상화를 그렸다"고 하였고, (진나라) 부함의 문집에 실린 <초상화에 쓴 찬문>에서는 "돌아가신 부모님의 용모를 공손히 담고자 아름다운 그림으로 그려냈다"고 하였으며, (삼국 위魏나라) 조휴는 부친(조조曹操)의 초상화를 그린 뒤 그 앞에서 눈물을 흘리며 진심으로 슬퍼하였고, (진나라) 육기는 <(부친인) 승상의 초상화에 쓴 찬문>과 <(모친인) 대사마 부인의 초상화에 쓴 찬문>을 지었는데, 모두가 바로 그러한 사례들이다. 남몰래 ≪효경≫에서 한 말을 찾아보았더니 반드시 '선왕'이라고 칭하고 있는데, 아마도 선왕의 행동을 감히 따라하지 않을 수 없다는 뜻일 것이다. 삼가 살펴보건대 조정 안에 별도로 지경전을 짓고서 온갖 맛좋은 음식을 마련하여 달마다 제사를 지내고 날마다 제사를 지내고 있고, 또 침실을 마련하여 아침 저녁으로 부모님의 잠자리를 살피는 것을 평소대로 해 왔다. 선제께서도 초하루와 보름날에 슬픈 심경으로 통곡을 하셨다. 또 (나의 모친인) 선수용께서는 공손히 부모님의 초상화를 만들어 아침 저녁으로 예를 표하며 경건한 마음으로 섬기느라 노력을 경주하셨는데, 40년 동안 끝내 공덕을 닦고 제물을 바치며 효심을 이어갔으니, (후한 때 효자인) 정난이라 하더라도 이보다 더할 수는 없었을 것이다. 나 소역蕭繹도 남몰래 돌아가신 부모님의 덕업을 흠모하여 존귀한 초상화를 세워서 도량에다가 모시고, 내부에 아름다운 깃발과 등촉을 설치하여 승려와 비구니에게 예를 다하게 하였으니, 바로 까마귀의 효심으로 한없이 그리움을 표하고자 한 것이다. 젊은 나이에 이 온갖 근심을 맞이하게 된 것에 대해 싫어하지 않고, 한결같이 같은 행실을 보임으로써 기꺼이 죽음을 맞을 준비를 하고 있다. 비록 예경에 관련 기록이 없다 해도 가문에서 이를 실행한 지 이미 오래되었다. 그래서 달마다 제사를 지내고 날마다 제사를 지낼 때는 제법을 준수하여 수레와 의복을 마련해서 삼가 (춘추시대) 노나라 성인인 공자를 따르는 것이다. 단지 친구들이 나의 이러한 진심을 알아주었으면 한다. (진나라) 반악은 부를 지어 다음과 같이 읊은 적이 있다. "태부인(모친)께서는 인력거를 불러 경쾌한 수레에 타시곤(살펴보건대 ≪문선≫권16에는 '탈 승乘'이 '오를 승升'으로 되어 있다) 했는데, 버드나무가 음지를 드리우면 수레에 바퀴를 달고서 어떤 때는 숲에서 연회를 열고, 어떤 때는 물가에서 연회를 여셨네.(살펴보건대 ≪문선≫권16에는 '어떤 때는 물가에서 제를 지내셨네'로 되어 있다.) 형제는 머리가 희끗희끗하고 아이들은 아직 어린 나이지만, 복(살펴보건대 ≪문선≫권16에는 '복福'이 '만萬'으로 되어 있다)과 장수를 빌며 술잔을 바치니, 어쩌면 한편으로 두려우면서도 한편으로 기쁜 마음이 든다네." 아! 천하의 지극한 낙은 그저 이와 같으면 그만이리라! 천하의 지극한 낙은 그저 이와 같으면 그만이리라! 순식간에 생을 마치기에 한평생 백 년 내에 어찌 다시 이와 같이 할 수 있으리오? 마음이 아프구나! 세월은 틈새를 지나치는 해그림자처럼 순식간에 가버리기 마련! 슬프구나! 인생은 흐르는 냇물처럼 순식간에 흘러가버리는 법! 눈물이 마르면 피눈물을 계속해서 흘리게 되거늘, 무슨 말을 더 해야 할지 모르겠구나!

●與人善言，煖於布帛，傷人以言，深於矛戟．贈人以言，重於金石珠玉，觀人以言，美於黼黻[47]文章，聽人以言，樂於鐘鼓琴瑟．

○남에게 좋은 말을 건네는 것은 베옷이나 비단옷보다도 마음을 더 따듯하게 해 줄 수 있고, 말로써 남에게 상처를 주는 것은 창보다 더 심하게 아프게 할 수 있다. 말로써 남에게 선행을 베푸는 것은 금석이나 주옥보다 더 가치가 있고, 말로써 남을 잘 살펴주는 것은 보불의 문양보다 더 아름다울 수 있으며, 말로써 남의 사정을 들어주는 것은 타악기나 현악기 연주보다 마음을 더 즐겁게 해 줄 수 있다.

●儉約之德，其義大哉！齊之遷衛於楚邱也，衛文公大布之衣・大帛之冠，務材訓農，敬敎勸學．元年[48]有車三十乘，季年三百乘也，豈不宏之在人?

○검약의 미덕은 그 의의가 정말 대단하다! (춘추시대 때) 제나라가 위나라를 초구로 옮기자, 위나라 문공은 커다란 베옷을 입고 커다란 비단 갓을 쓰고서 각종 나무를 재배하는 데 힘쓰고, 농사를 가르치고, 교육에 힘쓰고, 학문을 권장하였다. 그래서 원년(B.C.659)에는 수레를 30대 보유하였으나 말년(B.C.635)에는 300대로 늘어났으니, 어찌 그 결과가 사람에게 달려 있는 것이 아니겠는가?

---

47) 黼黻(보불) : '보黼'는 검은 실과 흰 실을 번갈아 수놓아 도끼 문양을 만든 것을 뜻하고, '불黻'은 검은 실과 푸른 실을 번갈아 수놓아 '아亞' 자(혹은 '궁弓' 자의 좌우 대칭) 문양을 만든 것을 뜻한다. 따라서 '보불黼黻'은 화려한 문양을 수놓은 제왕이나 고관의 예복을 가리킨다.

48) 元年(원년) : 제왕이 즉위한 첫 해를 이르는 말로 여기서는 춘추시대 위나라 문공이 즉위한 B.C.659년을 가리킨다.

●明月之夜, 可以遠視, 不可以近書. 霧露之朝, 可以近書, 不通以遠視. 人才性亦如是, 各有不同也.

○달 밝은 밤에는 멀리 볼 수 있지만, 글을 가까이서 읽어서는 안 된다. 안개와 이슬이 자욱한 아침에는 글을 가까이하고 읽을 수는 있지만, 먼 곳까지 볼 수는 없다. 사람의 재능 역시 이와 같아서 각자 다른 점이 있다.

●君子無邑邑[49](按, 邑悒古通.)於窮, 無忽忽[50](按, 大戴禮[51]作勿勿.)於賤. 譽之而不加勸, 非之而不加沮. 定外內之分, 夷平[52]榮辱之心, 立不易方, 斯有恒也.

○군자는 재물이 궁핍하다고 해서 우울해(살펴보건대 '읍邑'과 '읍悒'은 옛날에는 통용자이다) 하지 않고, 신분이 미천하다고 해서 실의에(살펴보건대 ≪대대예기≫권4에는 '홀홀忽忽'이 '물물勿勿'로 되어 있다) 빠지지 않는다. 상대를 칭찬하되 더 이상 부추기지 않고, 상대를 비난하되 더 이상 방해하지 않는다. 안팎의 본분을 분명히 하고 영욕을 생각하는 마음을 물리치며 입지를 정하면 방향을 바꾸지 않기에 항심을 유지할 수 있다.

●夫言行在於美, 不在於多. 出一美言美行, 而天下從之, 或見一惡意醜事, 而萬民違之, 可不愼乎? 易曰, "言行, 君子之樞機[53]. 樞機之發, 榮辱之主也." 昔成湯[54]敎民去三面[55]之網, 而諸侯向之, 齊宣

---

49) 邑邑(읍읍) : 우울한 모양. '읍읍悒悒'과 같다.
50) 忽忽(홀홀) : 실의에 찬 모양.
51) 大戴禮(대대예) : 전한 때 대덕戴德이 엮은 ≪예기禮記≫. 총 13권. 북주北周의 노변盧辯이 주를 달았다. 현재 통용되는 대덕의 조카 대성戴聖의 ≪소대예기小戴禮記≫와 구분하기 위한 명칭이다. 고본古本 ≪예기≫의 204편을 85편으로 재편집하였으나, 47편이 실전되었다. ≪사고전서간명목록·경부·예류禮類≫권2 참조.
52) 平(평) : 문맥상으로 볼 때 연자衍字인 듯하다.
53) 樞機(추기) : 문의 지도리와 쇠뇌의 발사장치를 지칭하는 말로 핵심 요소를 비유한다. 조정朝廷의 주요 기관을 비유할 때도 있다.

王活釁鐘[56]之牛, 而孟軻以王道求之, 周文王掘地得死人骨[57], 哀憫而收葬, 而天下嘉之也.

○무릇 언행의 가치는 아름답게 펼치는 데 달려 있지, 많이 떠벌리는 데 달려 있지 않다. 아름다운 말과 행동을 펼치면 천하 사람들이 따르고, 혹여 나쁜 마음이나 추한 행동을 보이면 만백성이 도리를 어길 터이니, 신중을 기하지 않아서야 되겠는가? ≪역경·계사상≫권11에 "언행은 군자에게 가장 중요한 요소이다. 따라서 언행을 어떻게 펼치느냐가 명예를 얻을지 굴욕을 당할지의 주체가 된다"고 하였다. 옛날에 (상나라) 탕왕이 백성들에게 세 면을 제거한 그물을 펼치라고 계도하자 제후들이 그에게 귀순하였고, (춘추시대) 제나라 선왕이 종에 피를 바르기 위해 잡으려던 소를 살려주자 맹가가 거기서 왕도를 찾았으며, 주나라 문왕이 땅을 파다가 죽은 사람의 뼈를 발견하여 불쌍한 생각이 들어 잘 거두어서 장사지내 주자 천하 사람들이 칭송한 예가 있다.

●易言, "不恒其德, 或承之羞." 論語言, "無恒之人, 不可卜筮[58]." 故知人之爲行, 不可不恒. 詩言, "無恒之人, 其如飄風. 胡不自南? 胡不自北?"者也. 般輸[59]不爲拙工改繩準[60], 逢羿[61]不爲拙射變弦

---

54) 成湯(성탕) : 상商나라를 세운 자이子履의 시호諡號. 보통은 '탕왕湯王'이라고 한다.

55) 去三面(거삼면) : 세 방면을 제거하다. 사람들이 사방이 모두 막힌 그물을 쳐서 짐승들을 사냥하자 상商나라 탕왕湯王이 세 면을 터서 짐승들이 도망칠 수 있도록 통로를 열어주었다는 고사가 ≪사기·은본기殷本紀≫권3에 전한다.

56) 釁鐘(흔종) : 종에다가 피를 바르다. 전국시대 때 제齊나라 선왕宣王이 어떤 사람이 종에 바르는 피를 구하기 위해 소를 잡으려고 하자 그 소를 구해주었다는 고사가 ≪맹자·양혜왕상梁惠王上≫권1에 전한다.

57) 死人骨(사인골) : 죽은 사람의 뼈. 주周나라 문왕文王이 영대靈臺를 짓기 위해 땅을 파다가 죽은 사람의 뼈를 발견하자 정성껏 장사지내 주었다는 고사가 전한 유향劉向(약B.C.77-B.C.6)의 ≪신서新序·잡사雜事≫권5에 전한다.

58) 卜筮(복서) : 길흉을 알기 위해 점치는 일을 이르는 말. 거북 껍질(귀갑龜甲)을 이용하는 것을 '복卜'이라고 하고, 점대(시초蓍草)를 이용하는 것을 '서筮'라고 한다.

筈62), 君子懷道德之有檢. 詩云, "如月之恒63), 如日之升." 孔子稱, "大哉! 中庸之爲德. 其至矣乎!" 又曰, "君子之道, 忠恕而已矣."

○≪역경·항괘恒卦≫권6에 "덕을 항상 유지하지 못 하면 모욕을 당할 수 있다"고 하였고, ≪논어·자로子路≫권13에 "항심이 없는 사람은 점도 칠 수 없다"고 하였다. 따라서 사람의 행동을 알려면 항심을 기준으로 삼아야 한다. 이는 ≪시경·소아小雅·하인사何人斯≫권19에서 말한 "항심이 없는 사람은 회오리바람과 같으니, 어찌 남쪽으로부터 불지 않고, 어찌 북쪽으로부터 불지 않으리오?"라는 말과 같다. (춘추시대 노魯나라 때 명장인) 반수가 솜씨가 형편없다고 해서 먹줄과 수평기를 바꾸지 않고, (활의 명수인) 봉몽逢蒙과 예羿가 활솜씨가 형편없다고 해서 활시위와 오늬를 바꾸지 않았듯이, 군자가 도덕을 생각할 때는 일정한 법도가 있어야 한다. ≪시경·소아小雅·천보天保≫권16에서도 "(도덕군자를 만나면) 상현달이 환하게 뜬 듯하고, 해가 막 솟은 듯하네"라고 하였다. (춘추시대 노나라) 공자는 "위대하구나! 중용이라는 덕은. 지극하기 그지없도다!"라고 하였고, 또 "군자의 도는 충서면 그만이다"라고 하였다.

●伯樂64)敎其所憎者, 相千里馬, 其所愛者, 相駑馬. 千里之馬不時有, 其利緩, 駑馬日售, 其利急. 所謂下言而上用者也.

○(춘추시대 진秦나라 때) 백락(손양孫陽)은 자신이 싫어하는 사람

---

59) 般輸(반수) : 춘추시대 노魯나라의 유명한 목수를 이르는 말. '노반魯班' '공수반公輸般'으로도 불렸다.

60) 繩準(승준) : 목수가 사용하는 먹줄과 수평기를 아우르는 말.

61) 逢羿(봉예) : 전설상의 활의 명수인 봉몽逢蒙과 그의 스승인 예羿를 아우르는 말.

62) 弦筈(현괄) : 활시위와 활의 오늬를 아우르는 말.

63) 恒(항) : 보름달이 되기 직전의 상현달을 이르는 말.

64) 伯樂(백락) : 춘추시대 진秦나라 때 말을 잘 알았다는 사람인 손양孫陽의 별칭. '백락'이 천마天馬를 관장하는 별이라서 이것으로 자신의 별명으로 삼았다고 한다.

에게 천리마를 알아보는 방법을 가르치고, 자신이 총애하는 사람에게 둔한 말을 알아보는 방법을 가르쳤는데, 천리마는 늘 있는 것이 아니기에 늦게 이익을 보기 마련이지만, 둔한 말은 매일 팔리기에 빨리 이익을 볼 수 있기 때문이다. 이것이 이른바 형편없는 말이라도 훌륭하게 쓰일 수 있다는 것이다.

●君子以宴安爲鴆毒65), 富貴爲不幸. 故溺於情者, 忘月滿之虧, 在乎道者, 知日損之爲貴. 斯固誹謗之木66), 唐虞67)之道, 興瓊瑤68)之臺. 辛癸69)之祚亡, 在酣歌終日, 求數刻之歡, 躭淫長夜, 騁亡歸之樂. 而或四知70)必顯, 五美71)常在, 譬金舟不能凌陽侯72)之波, 玉馬不能偶騏驎73)之跡. 是猶炙冰使燥, 淸柿令熾, 不可得也. 夫驕奢者衆, 縱逸日多, 如輕埃之應風, 似宵蟲74)之赴燭也. 玉不琢, 不成

65) 鴆毒(짐독) : 짐새의 깃털에 있는 맹독을 이르는 말. 사약의 재료로 쓰였다고 전한다.

66) 誹謗之木(비방지목) : 전설상의 임금인 당唐나라 요왕堯王이 신하들이 마음껏 간언할 수 있게 하기 위해 설치했다는 목판을 이르는 말.

67) 唐虞(당우) : 전설상의 황제인 요왕堯王이 세운 당唐나라와 순왕舜王이 세운 우虞나라를 아우르는 말.

68) 瓊瑤(경요) : 아름다운 옥에 대한 총칭으로 신선세계를 비유할 때도 있다.

69) 辛癸(신계) : 은殷나라 마지막 임금인 제신帝辛('신'은 주왕紂王의 이름)과 하夏나라 마지막 임금인 제계帝癸('계'는 걸왕桀王의 이름)를 아우르는 말. 결국 폭군을 상징한다.

70) 四知(사지) : 모두가 다 안다는 것을 뜻하는 말. 후한 때 사람 양진楊震(?-124)이 자신의 추천으로 창읍현령昌邑縣令이 된 왕밀王謐이 황금을 선사하자 '하늘이 알고(天知)' '신이 알고(神知)' '내가 알고(我知)' '그대가 안다(子知)'는 '사지설四知說'로 이를 거절했다는 ≪후한서・양진전≫권84의 고사에서 유래하였다.

71) 五美(오미) : 춘추시대 노魯나라 공자가 ≪논어・요왈堯曰≫권20에서 제시한 군자의 다섯 가지 미덕, 즉 '은혜를 베풀되 낭비하지 말고, 백성들을 부리되 원성을 사지 말고, 욕심을 부리되 탐욕에 이르지 말고, 관대하되 교만하지 말고, 위엄을 보이되 잔혹하지 말 것(惠而不費, 勞而不怨, 欲而不貪, 泰而不驕, 威而不猛)'을 이르는 말.

72) 陽侯(양후) : 파도를 관장한다는 전설상의 신 이름.

73) 騏驎(기주) : 검푸른 문양이 있고 뒤쪽 왼발이 흰 말을 이르는 말. 천리마, 준마를 상징한다.

器，人不學，不知道． 若雖有天縱75)，曾無學術，猶若伯牙76)空彈，無七弦則不悲， 王良77)失轡， 處駟馬則不疾． 晉平公問師曠78)曰，“吾年已老，學將晩耶?” 對曰，“少好學者，如日盛陽，老好學者，如炳燭夜行.” 追味斯言，可爲師也. 淮南79)言，“蕭條者，形之君，寂寞者，身80)之主.” 又云81)，“敎者生於君子，以被小人．利者興於小人，以潤君子.” 孟子言，“禹惡旨酒，而樂善言.” 又云，“若我得志，不爲食前方丈82)，妾數百人.” 斯言至矣．故原憲83)之縕袍84)，賢於季孫85)之狐貉86)，趙宣87)之肉食，旨於智伯88)之芻豢89)，(案，原本缺

74) 宵蟲(소충) : 밤에 돌아다니는 벌레를 뜻하는 말로 반딧불이를 가리킨다.

75) 天縱(천종) : 하늘이 내맡기다. 즉 천부적인 재질을 뜻한다.

76) 伯牙(백아) : 춘추시대 초楚나라 때 사람. 성은 서徐씨이고 ‘백아’는 자이며 본명은 미상. 백아는 금을 잘 타고 종자기鍾子期는 감상을 잘 하였는데, 종자기가 죽자 백아가 금을 부수고 더 이상 연주하지 않았다는 ‘지음知音’의 고사가 ≪여씨춘추呂氏春秋·효행람孝行覽·본미本味≫권14에 전한다.

77) 王良(왕양) : 춘추시대 진晉나라에서 말을 잘 몰았던 사람. 조간자趙簡子가 총신寵臣 해奚를 함께 태우라고 했을 때는 짐승을 잡지 못 하였지만, 해를 태우지 않고 혼자 말을 몰았을 때는 짐승을 많이 잡았다는 고사가 ≪맹자·등문공하滕文公下≫권6상에 전한다.

78) 師曠(사광) : 춘추시대 진晉나라 사람. 자는 자야子野. 악사樂師로서 음률에 조예가 깊었다.

79) 淮南(회남) : 전한 사람 유안劉安(B.C.179-B.C.122)의 봉호. 고조高祖 유방劉邦(B.C.247-B.C.195)의 막내아들 유장劉長이 받은 봉호인 회남왕을 습봉하였다. 신선술에 관심이 많아 수많은 고사를 남겼고, ≪회남자淮南子≫의 저자로 유명하다. ≪한서·회남려왕유장전淮南厲王劉長傳≫권44 참조.

80) 身(신) : 원전에 의하면 ‘음音’의 오기이다.

81) 云(운) : 이하 예문은 현전하는 ≪회남자≫에 실리지 않은 것으로 보아 일문逸文인 듯하다.

82) 方丈(방장) : 사방 한 장. 여기서는 사방 한 장 되는 커다란 밥상에 차린 맛좋은 음식을 가리킨다.

83) 原憲(원헌) : 춘추시대 노魯나라 사람으로 공자의 제자. 자는 자사子思. 청렴한 성품으로 이름을 떨쳤다. ≪사기·중니제자열전仲尼弟子列傳≫권67 참조.

84) 縕袍(온포) : 해진 솜을 넣어서 만든 도포를 이르는 말로 청렴하고 검소한 생활을 상징한다.

85) 季孫(계손) : 춘추시대 노魯나라 공족公族의 성씨. 환공桓公의 후손으로서 대대로 국정을 장악하였다.

86) 狐貉(호맥) : 여우와 너구리. 여기서는 여우 가죽이나 너구리 가죽으로 만든 고급 의복을 가리키는 말로 호화롭고 사치스러운 생활을 상징한다.

三字.) 子之銀佩, 美於虞公之垂棘[90].(案, 鹽鐵論[91]貧富篇云, "趙宣孟之魚食, 甘於智伯之芻豢, 子思[92]之銀佩, 美於虞公之垂棘." 似此文所本. 原缺三字, 疑當作魯子思, 下子字上下有脫文. 趙盾食魚事, 見公羊[93]. 肉食與芻豢無別, 疑亦魚飧之訛. 今未敢輒改, 姑仍其舊.) 驕淫之理, 豈可恣歟? 人非有柳下[94]·延陵[95]之才, 蒙莊[96]·柱史[97]之志, 其以此者, 蓋有以焉. 雖復拔

---

87) 趙宣(조선) : 춘추시대 진晉나라 대부大夫 조돈趙盾의 별칭. 시호가 '선宣'이어서 '선자宣子' '선맹宣孟'으로도 불렸다. 진晉나라 영공靈公의 명을 받은 자객이 조돈을 암살하려고 할 때 그가 생선죽을 먹고 있는 것을 보고 청렴한 사람으로 생각해 그만두었다는 고사가 ≪공양전公羊傳≫권15에 전한다.

88) 智伯(지백) : 춘추시대 진晉나라 때 육경六卿 가운데 한 사람. 조趙·위魏·한韓에게 패하여 몰락하였다. ≪사기·조세가趙世家≫권43 참조.

89) 芻豢(추환) : 짐승의 사료를 일컫는 말. 사료 가운데 꼴을 '추芻'라고 하고, 곡식을 '환豢'이라고 한다. 여기서는 육식을 뜻하는 말로 호화로운 생활을 상징한다.

90) 垂棘(수극) : 춘추시대 때 우虞나라의 땅 이름. 소재지는 미상. 진晉나라 순식荀息이 이곳에서 생산되는 구슬을 가지고 괵虢나라를 정벌하기 위해 우나라에 길을 빌려달라고 하자 궁지기宮之奇가 '순망치한脣亡齒寒'의 고사를 빌어 받아들이지 말 것을 간언하였다가 실패하자 망명하였다는 고사가 ≪좌전·희공僖公5년≫권11에 전한다.

91) 鹽鐵論(염철론) : 전한 환관桓寬이 소제昭帝 시원始元 6년(B.C.81)에 학사들이 염철의 전매사업에 대해 논의한 내용을 정리하여 적은 책. 총 60편 12권. ≪사고전서간명목록·자부·유가류儒家類≫권9 참조.

92) 子思(자사) : 춘추시대 노魯나라 사람으로 공자의 제자인 원헌原憲. '자사'는 자. 청렴한 성품으로 이름을 떨쳤다. ≪사기·중니제자열전仲尼弟子列傳≫권67 참조.

93) 公羊(공양) : ≪춘추경春秋經≫의 주석서 가운데 하나인 ≪공양전公羊傳≫이나 그 저자인 전국시대 제齊나라 사람 공양고公羊高를 가리키는 말. 후한 하휴何休(129-182)의 주注와 당나라 서언徐彦의 소疏가 있으나 오류와 번다함이 있다는 평이 있다. 총 20권. ≪사고전서간명목록·경부·춘추류春秋類≫권3 참조.

94) 柳下(유하) : 춘추시대 노魯나라 대부大夫 전획展獲의 별칭. 자가 '금禽'이어서 '전금展禽'으로도 불렸고, 유하柳下에 살고 시호가 혜惠여서 '유하혜柳下惠'로도 불렸으며, 유하에 살고 항렬이 막내라서 '유하계'로도 불렸는데, 바른 도리를 지켜 칭송을 받았다. 도둑으로 유명한 도척盜跖의 형이기도 하다.

95) 延陵(연릉) : 춘추시대 오吳나라 사람 계찰季札의 별칭. 오나라 왕 수몽壽夢의 4남으로 왕위를 물려주려고 하자 연릉으로 도망가서 죽을 때까지 도읍으로 돌아가지 않았다고 한다. 그래서 '연릉계자延陵季子'로 불렸다. ≪사기·오태백세가吳太伯世家≫권31 참조.

96) 蒙莊(몽장) : 전국시대 송宋나라 때 하남성 몽읍蒙邑에서 칠원리漆園吏를 지

山蓋世[98]之雄, 回天倒地[99]之力, 玉几爲樽, 金湯[100]設險, 驪山[101]無罪之囚, 五嶺[102]不歸之戍, 一有驕奢, 三代同滅. 鐫金石者難爲力, 摧枯朽者易爲功, 居得其勢也.

○군자는 편안한 삶을 맹독으로 여기고, 부귀한 삶을 불행으로 여긴다. 그래서 감정에 빠진 자는 세월의 흐름을 잊지만, 도리를 중시하는 자는 시간이 소중하다는 것을 안다. 이것이야말로 진정 마음껏 간언할 수 있도록 목판을 설치한 당나라 요왕과 우나라 순왕의 도리이기에 훌륭한 누대를 세울 수 있었던 것이다. 은殷나라 제신帝辛(주왕紂王)과 하夏나라 제계帝癸(걸왕桀王)의 왕조가 망한 것은 하루종일 술에 취해 노래하며 순간의 즐거움을 추구하고, 밤새도록 음탕한 삶에 빠진 채 되돌릴 수 없는 쾌락을 추구해서이다. 하지만 혹여 양심은 모두가 반드시 알게 되고 온갖 미덕은 언제나 존재하기 마련이니, 비유하자면 쇠로 만든 배라 할지라도 파도의 신인 양후가 일으키는 물살을 넘을 수 없고, 옥으로 만든 말이라 할지라도 천리마에 낄 수 없는 것과 같다. 이는 마치 얼음을 구워서 건조시키고 감을 씻어서 불길을 일으키려 해도 그리할 수 없는 것과 같은 이치이다. 무릇 사치스러운

낸 장자(장주莊周)의 별칭.

97) 柱史(주사) : '주하사柱下史'의 준말로 어사御史의 별칭. 주周나라·진秦나라 때 어사에 해당하던 벼슬로 늘 임금이 머무는 전각의 기둥 아래 시립한 데서 유래하였다. 여기서는 주나라 때 이 직책을 맡았던 노자老子를 가리킨다.

98) 拔山蓋世(발산개세) : 산을 뽑고 세상을 뒤덮다. 진秦나라 말엽 초왕楚王 항우項羽가 <해하에서 지은 노래(垓下歌)>에서 "힘은 산을 뽑고 기개는 세상을 뒤덮었건만, 때가 불리하여 추가 나가지를 않는구나(力拔山兮氣蓋世, 時不利兮騅不逝)"라고 한 노랫말에서 유래하였다.

99) 回天倒地(회천도지) : 하늘을 돌리고 땅을 뒤집다. 임금의 마음을 좌지우지할 수 있을 정도로 막강한 권력을 행사하는 것을 비유한다.

100) 金湯(금탕) : 견고한 성곽을 비유하는 말인 '금성탕지金城湯池'의 준말.

101) 驪山(여산) : 섬서성에 있는 산 이름. 진秦나라 시황제始皇帝가 분서갱유焚書坑儒 때 유생儒生들을 생매장한 곳으로 유명하다.

102) 五嶺(오령) : 강남과 강북을 가르는 다섯 개의 고개, 즉 대유령大庾嶺·시안령始安嶺·임하령臨賀嶺·계양령桂陽嶺·게양령揭陽嶺을 아우르는 말. 대개 벽지나 유배지를 상징한다.

생활이 많으면 부질없이 보내는 시간이 많아지므로, 이는 가벼운 먼지가 바람에 날리고 반딧불이가 촛불로 날아드는 것과 진배없다. 옥을 가공하지 않으면 그릇이 될 수 없듯이, 사람은 배우지 않으면 도리를 알지 못 한다. 만약 비록 천부적인 재질을 타고났다 하더라도 학술을 갖추지 못 한다면, 이는 마치 (춘추시대 때 초楚나라) 백아가 빈손으로 현악기를 연주할 때 칠현이 없으면 슬픈 소리를 낼 수 없고, (춘추시대 때 진晉나라) 왕양이 고삐를 놓치면 네 마리 말을 몬다 하더라도 빨리 달릴 수 없는 것과 같다. (춘추시대 때) 진나라 평공이 사광에게 "내 나이 이미 늙었으니, 학문을 닦기에는 늦은 것이오?"라고 묻자, 사광이 "어려서부터 학문을 좋아하는 것은 마치 태양에 양기가 넘치는 것과 같고, 늙어서 학문을 좋아하는 것은 마치 촛불을 들고 밤에 길을 가는 것과 같습니다"라고 대답한 적이 있다. 이러한 말들을 음미해 보면 스승으로 삼을 만하다. (전한) 회남왕淮南王 유안劉安은 ≪회남자・제속훈齊俗訓≫권11에서 "지극히 조용한 경지는 형상을 좌우하는 주체이고, 지극히 고요한 경지는 미세한 소리를 좌우하는 주체이다"라고 하였고, 또 "가르침은 군주로부터 생겨나 소인에게 영향을 미치고, 이익은 소인으로부터 생겨나 군자에게 혜택을 준다"고 하였으며, ≪맹자・이루하離婁下≫권8에서는 "(하夏나라) 우왕은 맛좋은 술을 싫어하고, 선한 말을 좋아하였다"고 하였고, 또 ≪맹자・진심하盡心下≫권14에서는 "만약 내가 뜻을 이룬다면 식사 때 맛좋은 음식을 앞에 두고 첩실을 수백 명 거느리는 짓을 하지 않을 것이다"라고 하였는데, 이러한 말들은 지극히 타당하다. 그래서 (춘추시대 노魯나라 때) 해진 솜옷을 입던 원헌이 여우나 너구리 가죽으로 만든 옷을 입은 계손씨보다 현명하고, (춘추시대 진晉나라 때) 조선맹(조돈趙盾)이 먹던 생선죽이 지백이 먹던 고기보다도 맛있었으며,(살펴보건대 원본에는 세 글자가 빠져 있다) (춘추시대 노나라) 자사(원헌)의 은으로 만든 패물이 우나라 군주가 받은 수극에서 생산되는 보물보다 아름다운 법이다.(살펴보건대 ≪염철론·빈부편≫권4에 "조선맹의 생선죽이 지백의 고기보다 맛있고, 자사의 은으로 만든 패물이 우나라 군주가 받은 수극에서 생산되는 보물보다 아름답다"는 말이 있는 것으로 보아, 이 문장도 여기에 뿌리를 두고 있는 듯하다. 원래 세 글자가 빠져 있는 부분은 아마도 '노나라 자사'라고 써야 할 듯하고, 아래의 '자子'라는 글자 앞뒤로도 탈자가 있는 듯하다. 조돈이 생선죽을 먹었다는 고사는 ≪공양전≫에 보인다. '고기를 먹는다'고 하면 뒤의 '추환'이란 말과 의미상 차이가 없으므로, 아마도 역시 '생선죽'이란 말의 와전인 듯하다. 지금은 감히 즉흥적으로 고칠 수 없기에, 잠시 옛날의 기록을 그대로 따른다.) 교만하고 사치스러운 생활에 빠지는 것을 어찌 내버려둘 수 있겠는가? 사람은 (춘추시대 노나라) 유하혜柳下惠(전획展獲)와 (오吳나라) 연릉계자(계찰季札)의 재능이나 (전국시대 송宋나라 때) 몽읍蒙邑에서 칠원리漆園吏를 맡았던 장자와 (주周나라 때) 주하사柱下史를 지냈던 노자의 의지를 가지고 있지 않다면, 아마도 이러한 이치를 따지는 데도 이유가 있을 것이다. 비록 (항우項羽처럼) 힘이 산을 뽑고 기개가 세상을 뒤덮을 수 있는 영웅이나 하늘을 되돌리고 땅을 뒤엎을 수 있는 권세가는 옥그릇으로 술동이를 삼고 금성탕지金城湯池로 요새를 만들 수 있겠지만, 여산에 죄없이 묻힌 죄수나 오령에서 돌아가지 못하는 병사도 일단 사치에 빠지면 삼대에 걸쳐 함께 멸망하고 말 것이다. 쇠나 돌을 새기는 것은 힘으로 하기 어렵지만, 썩은 나뭇가지를 부러뜨리는 것은 완력으로 쉽게 할 수 있으니, 평소 그러한 형세를 잘 알아야 할 것이다.

●哲人君子戒盈思沖[103]者, 何也? 政以戒懼所不睹, 恐畏所不聞, 況其甚此者乎? 夫生自深宮之中, 長於婦人之手, 憂懼之所不加, 寵辱之所未至. 粤[104]自齠齓[105], 便作邦君, 其天姿卓爾, 則河間[106]所

103) 戒盈思沖(계영사충) : 가득함을 경계하고 비움을 생각하다. 즉 과욕을 경계하여 마음을 비우는 것을 말한다.
104) 粤(월) : 발어사發語辭로 별 뜻이 없다.

以高步, 窮兇極悖, 廣川[107]所以顯戮, 致之有由者也. 錫瑞[108]蕃國, 執玉秉圭, 春朝則驅馳千乘[109], 秋謁則儀(按, 儀下疑脫一字.)百辟[110], 江都[111]·廣川, 可以意者耳. 請論之, 一曰驕, 二曰富, 三曰婬, 四曰忌. 幼饗尊貴, 驕也. 名田縣道[112], 富也. 歌鐘盈室, 婬也. 殺戮無辜, 忌也. 夫刑罰不中, 則民無所措手足, 況倍此者邪? 夫貴而不驕者, 鮮[113]矣. 驕而輕於憲網, 富則恃於金寶, 婬則感於昏縱, 忌則輕於生殺. 旣不知稼穡[114]之艱難, 又不知民天之有本, 徒見珠璣犀甲[115]之翫, 金錢翠羽之奇. 動容則燕歌鄭舞, 顧盼則秦箏齊瑟. 謂與椿鵠[116]齊齡, 寧知蕣華[117]易晩? 覆其宗社, 曾不三省[118], 損其

---

105) 齠齔(초츤) : 댕기머리를 늘어뜨리고 젖니를 가는 나이를 이르는 말. 결국 어린 시절을 가리킨다.

106) 河間(하간) : 전한 때 경제景帝의 아들 유덕劉德(?-B.C.130)의 별칭. '하간'은 봉호. 시호가 '헌獻'이어서 '하간헌왕'으로도 불렸다. 학문을 좋아하여 한나라 왕실의 장서각藏書閣과 맞먹을 정도로 많은 서책을 수집하였다. ≪한서·하간헌왕유덕전≫권53 참조.

107) 廣川(광천) : 전한 경제景帝의 아들 유거劉去의 별칭. '광천'은 봉호. 첩실들을 함부로 살해하다가 유배당한 뒤 결국 자살하고 말았다. ≪한서·광천왕유거전≫권53 참조.

108) 錫瑞(석서) : 홀을 하사하다. '석錫'은 '사賜'의 뜻.

109) 千乘(천승) : 수레 천 대. 제후의 지위를 비유한다. 천자는 수레 만 대를 거느리고, 제후는 수레 천 대를 거느리는 데서 유래하였다.

110) 百辟(백벽) : 모든 벼슬아치. '백관百官'과 뜻이 같다.

111) 江都(강도) : 전한 경제景帝의 손자이자 무제武帝의 조카인 유건劉建의 별칭. '강도'는 봉호. 첩실들을 함부로 고문하고 살해하다가 모반죄가 들통나 자살하였다. ≪한서·강도왕유건전≫권53 참조.

112) 縣道(현도) : 한나라 때 행정 구역. 소수민족이 없는 곳을 '현'이라고 하고, 소수민족이 있는 곳을 '도'라고 하였다.

113) 鮮(선) : 드물다, 거의 없다. 상성上聲(xiǎn)으로 읽는다.

114) 稼穡(가색) : 농사를 뜻하는 말. '가稼'는 곡식을 심는 것을 뜻하고, '색穡'은 곡식을 수확하는 것을 뜻한다.

115) 犀甲(서갑) : 무소 가죽으로 만든 갑옷을 이르는 말. '서개犀鎧'라고도 한다.

116) 椿鵠(춘혹) : 전설상의 나무 이름인 영춘靈椿과 고니. 장수를 상징한다.

117) 蕣華(순화) : 무궁화의 별칭. '순화舜華'로도 쓴다. 아침에 폈다가 저녁에 지기에 인생무상이나 요절을 상징한다.

118) 三省(삼성) : 세 번 반성하다. 이는 춘추시대 노魯나라 증자曾子가 "나는 하루에도 다음과 같이 세 번 내 자신을 반성한다. 남을 위해 일을 도모하면서 성실하지 않았는가? 친구와 사귀면서 신뢰를 보이지 않았는가? 전수받은 학문

身名, 不逢八議[119]), 異矣哉! 古之欲明明德於天下者, 先治其國, 欲治其國者, 先齊其家, 欲齊其家者, 先修其身, 欲修其身者, 先正其心, 欲正其心者, 無爲不善而怨人. 刑已至而呼天, 身不善而怨人, 不亦反乎? 刑至而呼天, 不亦晩乎? 太公[120])曰, "夫爲人惡聞其情, 而喜聞人之情, 惡聞己之惡, 喜聞人之惡. 是以不必治也."

○철인이나 군자가 과욕을 경계하여 마음을 비우고자 하는 것은 어째서일까? 정치는 스스로 목도하지 않은 것을 경계하고 직접 듣지 못 한 것을 염려해야 하거늘, 하물며 이보다 심한 경우야 더 말할 나위가 있겠는가? 무릇 구중궁궐에서 태어나 아녀자의 손에서 자라면 근심이나 두려움을 겪지 않고 총애와 모욕을 받지 않기 마련이다. 어려서부터 군주의 위치에 오른 사람은 그 천부적 신분이 높은 것이 곧 (전한 때) 하간왕(유덕劉德)이 고상하게 행동하다가 흉측한 결말에 이르게 된 이유이고, 광천왕(유거劉去)이 드러내놓고 살육을 하다가 종말을 고하게 된 연유이다. 홀을 하사받은 제후국의 군주는 옥홀을 손에 쥐고서 봄에 천자를 조알할 때는 수레 천 대를 몰고, 가을에 천자를 알현할 때는 문무백관의 인사를 받는데,(살펴보건대 '의儀'자 아래에는 아마도 한 글자가 누락된 듯하다) 강도왕(유건劉建)이나 광천왕(유거)도 그래서 모반을 생각할 수 있었을 것이다. 삼가 그 원인에 대해 따져보면

을 익히지 않았는가?(吾日三省吾身, 爲人謀而不忠乎? 與朋友交而不信乎? 傳不習乎?)"라고 한 말에서 유래한 것으로 ≪논어·학이學而≫권1에 전한다.

119) 八議(팔의) : 죄인의 형량을 덜어주는 기준이 되는 여덟 가지 조항을 아우르는 말. ≪후한서·응소전應劭傳≫권78에 의하면 '친족(親)' '연고(故)' '덕(賢)' '능력(能)' '공적(功)' '신분(貴)' '근면성(勤)' '관계(賓)'를 가리킨다.

120) 太公(태공) : 주周나라 문왕文王의 스승이자 무왕武王 때 재상인 여상呂尙의 별칭. '태공'은 부친에 대한 존칭으로 문왕이 여상을 만나 "우리 선친께서 그대를 기다린 지 오래되었소(吾太公望子, 久矣)"라고 말한 데서 '태공망太公望'이란 별칭이 생겼고, 무왕武王이 재상에 임명하고서 '부친처럼 모셨다'는 의미에서 여상의 성을 붙여 '강태공姜太公'으로도 불렀다. 제齊나라를 봉토로 받았다. ≪사기·제태공세가≫권32 참조. 강태공의 말은 전한 유향劉向의 ≪설원說苑·군도君道≫권1에 인용되어 전한다.

첫 번째가 '교만함'이고, 두 번째가 '부유함'이며, 세 번째가 '요망함'이고, 네 번째가 '시기심'이다. 어려서부터 귀한 대접을 받으면 교만해지기 쉽다. 고을에서 좋은 농토를 소유하면 부유해지기 쉽다. 가녀와 악기가 집안을 가득 채우면 요망해지기 쉽다. 무고한 사람들을 함부로 죽이는 것은 시기심이 강해서이다. 무릇 형벌이 법도에 맞지 않으면 백성들은 어떻게 수족을 놀려야 할지 모르거늘, 하물며 이보다 더 심하다면 말할 나위가 있겠는가? 무릇 귀한 신분이면서 교만하지 않는 사람은 거의 없다. 교만하면 법망을 우습게 여기게 되고, 부유하면 금은보화에 의지하기 마련이며, 요망하면 사리에 어긋나는 말에 쉽게 흔들리고, 시기심이 강하면 생사여탈권을 함부로 휘두르게 된다. 그러면 농사의 어려움도 모르고, 백성과 하늘에 뿌리가 있다는 것도 모른 채, 단지 아름다운 보옥·무소 가죽으로 만든 갑옷 같은 재물이나 금전·비취 깃털 같은 기이한 물품만 찾고, 연나라 가기나 정나라 무녀에게만 관심을 갖고, 진나라 아쟁이나 제나라 금슬에만 눈길을 주게 된다. 영춘靈椿이나 고니와 나이를 함께 한다고 생각하면, 어찌 무궁화가 저녁에 쉽게 진다는 것을 알리오? 종묘사직이 몰락해도 끝내 반성을 하지 않고, 명예가 실추되어도 감형의 혜택을 받지 못 하니 기이한 일이로다! 옛날에 천하에 훌륭한 덕업을 밝히고자 하는 자는 먼저 나라를 잘 다스렸고, 나라를 잘 다스리고자 하는 자는 먼저 집안을 잘 다스렸으며, 집안을 잘 다스리고자 하는 자는 먼저 자기 자신을 수양하였고, 자기 자신을 수양하고자 하는 자는 먼저 마음을 바로세웠으며, 마음을 바로세우고자 하는 자는 나쁜 짓을 하거나 남을 원망하는 일이 없었다. 형벌을 받게 되고 나서 하느님을 부르고, 자신이 선하지 않으면서 남을 원망한다면, 역시 도리에 반하는 것이 아니겠는가? 형벌을 받게 되고서 하느님을 부른다면, 역시 뒤늦은 일이 아니겠는가? 그래서 (주周나라 때) 강태공도 이런 말을 하였다. "무릇 사람이란 자신의 실정에 대해 듣는 것은 싫어하면서 남의 실정에 대해 듣는 것은 좋아하고, 자신의 죄악에 대해 듣는 것은 싫어하면서 남의 죄악에 대해 듣는 것을 좋아한다. 그래서 결국 잘 다스릴 수 없는 것이다."

●鳥與鳥遇, 則相躅, 獸與獸遇, 則相角, 馬與馬遇, 則趹踶, 愚與愚遇, 則相傷.(按, 太平御覽121)引此段, 作"馬與馬遇, 則趹踶相傷." '愚與愚遇則'五字疑衍.) 天之生此物, 多其力而少其智. 智者之謀, 萬有一失, 狂夫之言, 萬有一得. 是以君子取狂夫之言, 補萬得之一失也. 行人不休息於松柏, 而止於楊柳者, 以松栢有幽僻之窮, 楊柳有路側之勢故也.

○새와 새가 만나면 서로 부리로 쪼고, 들짐승과 들짐승이 만나면 서로 뿔로 들이받으며, 말과 말이 만나면 발굽을 들고, 어리석은 사람과 어리석은 사람이 만나면 서로 해친다.(살펴보건대 ≪태평어람·수부獸部·마馬≫권897에 이 단락을 인용하면서 "말과 말이 만나면 발굽을 들어 서로 해친다"로 되어 있는 것으로 보아, '어리석은 사람과 어리석은 사람이 만나면'이라는 다섯 글자는 연자衍字인 듯하다.) 하늘은 이러한 동물들을 낳으면서 힘은 많이 주되 지혜는 적게 주었다. 그러나 지혜로운 자의 꾀도 만에 하나 실수를 범하기 마련이고, 미친 사내의 말도 만에 하나 쓸모가 있기 마련이다. 그래서 군자는 미친 사내의 말을 취하여 만에 하나 생길 수 있는 실수를 보완한다. 행인이 소나무나 측백나무 아래서 휴식을 취하지 않고 버드나무 아래 머무는 것은, 소나무나 측백나무는 외진 곳에 많이 자라는 반면 버드나무는 길가에 많이 자라기 때문이다.

---

121) 太平御覽(태평어람) : 송나라 태평흥국太平興國 2년(977)에 이방李昉(925-996) 등이 태종太宗의 칙명을 받들어 지은 유서류類書類의 책. 모두 55門으로 분류되어 있고, 채록한 서적이 1690종에 달한다. 비록 대부분 다른 유서에서 전사轉寫하여 일일이 원본에서 추출하지는 않았지만, 수집한 것이 해박하여 고증 자료의 보고로 평가받는다. 총 1000권. ≪사고전서간명목록·자부·유서류≫권14 참조.

●君子當去二輕, 取四重. 言重則有法, 行重則有德, 貌重則有威, 好重則有觀. 言輕則招罪, 貌輕則招辱.

○군자는 의당 두 가지 가벼운 행동을 멀리하고, 네 가지 신중한 행동을 취해야 한다. 말이 신중하면 법도가 있고, 행동이 신중하면 덕이 있으며, 용모가 신중하면 위엄이 있고, 기호가 신중하면 관찰력이 생긴다. 말이 가벼우면 죄를 짓게 되고, 용모가 경박하면 모욕을 초래하기 쉽다.

●周公[122]沒五百年, 有孔子, 孔子沒五百年, 有太史公[123]. 五百年運, 余何敢讓焉? 但水至淸, 則無魚, 人至察, 則無徒. 斯言至矣. 正當不窮似智, 正諫似直, 應諧似優, 穢德[124]似隱. 嘗謂人曰, "諸葛武侯[125]·桓宣武[126], 並翼贊王室, 宣威遐外, 此鄙夫之所以慕也. 董仲舒[127]·劉子政[128], 深精洪範[129], 妙達公羊, 鄙夫之所以希也.

---

122) 周公(주공) : 주周나라 무왕武王 희발姬發의 동생이자 성왕成王 희송姬誦의 숙부인 희단姬旦에 대한 존칭. 성왕이 나이가 어려 섭정攝政을 하였고, 성왕이 성장한 뒤 물러나 노魯나라를 봉토封土로 받았다. ≪사기·노주공세가魯周公世家≫권33 참조.

123) 太史公(태사공) : ≪사기史記≫의 저자인 전한前漢 사마담司馬談(?-B.C.110)과 그의 아들 사마천司馬遷(B.C.135-?)에 대한 존칭. 그들 모두 태사령太史令을 지낸 데서 유래하였다. 또 ≪한서·예문지≫권30에 의하면 ≪사기≫의 원명이기도 하다.

124) 穢德(예덕) : 재앙을 피하기 위해 스스로 추한 행동을 보이는 것을 이르는 말.

125) 諸葛武侯(제갈무후) : 삼국 촉蜀나라 제갈양諸葛亮(181-234)의 별칭. '무'는 시호이고 '후'는 존칭. ≪삼국지·촉지·제갈양전≫권35 참조.

126) 桓宣武(환선무) : 진晉나라 사람 환온桓溫(312-373). '선무'는 시호諡號. 자는 원자元子. 왕돈王敦(266-324)의 반란을 진압한 환이桓彛(276-328)의 장남이자 명제明帝의 사위로서 형주자사荊州刺史와 대사마大司馬·도독중외제군사都督中外諸軍事를 역임하고 남군공南郡公에 봉해졌다. 폐제廢帝를 폐위시키고 간문제簡文帝를 옹립하였으나 왕위를 찬탈하려다가 실패하고 병사하였다. ≪진서·환온전≫권98 참조.

127) 董仲舒(동중서) : 전한 무제武帝 때 학자(B.C.179-B.C.104). 경학經學에 정통하여 유학을 국교로 세우고 많은 저술을 남겼다. ≪한서·동중서전≫권56 참조.

128) 劉子政(유자정) : 전한 성제成帝 때 학자 유향劉向(약B.C.77-B.C.6). '자정'

榮啓期[130]擊磬，縱酒行歌，斯爲至樂，鄙夫之所以重也．何者？請試論之．夫以武侯之賢・宣武之智，自天祐之，蓋有以然也.(按，此下疑有缺文.) 假使逢文明之后，値則哲之君，不足爲鄙夫扶轂[131]，豈青紫[132]之可望邪？東方[133]鼠虎[134]之諭，斯得之矣．及仲舒之學術・子政之探微，見重元光[135]之初，聲高建始[136]之末，通宵忘寐，終日下帷[137]，不有學術，何以成器？川溜決石，可不勉乎？馳光不留，逝川倏忽[138]，尺石爲寶，寸陰不惜？文武二途，並得儔匹[139]．啓期擊磬，彼獨何人？寧止伯鸞[140]之詩，將同威輦[141]之詠？一以我爲

은 자. 전한 종실 사람으로 유흠劉歆(?-23)의 부친. 경학經學과 천문天文에 정통하였고, 중루교위中壘校尉를 지냈다. 저서로 ≪설원說苑≫ 20권, ≪신서新序≫ 10권, ≪열녀전列女傳≫ 8권, ≪열선전列仙傳≫ 2권 등 다수가 전한다. ≪한서・유향전≫권36 참조.

129) 洪範(홍범) : ≪서경・주서周書≫권11의 한 편명. 하夏나라 우왕禹王이 요순堯舜 이래로 정치 도덕의 기본적인 규범을 9가지 조목으로 정리한 내용이 담겨 있다. 여기서는 결국 ≪서경≫을 가리킨다.

130) 榮啓期(영계기) : 춘추시대 때 은자. ≪공자가어孔子家語・육본六本≫권4에서는 '영성기榮聲期'로 표기하였으나, 삼국 위魏나라 왕숙王肅은 주에서 "'성聲'은 의당 '계啓'로 써야 한다. 혹은 '영익기'라고도 한다(聲，宜爲啓. 或曰，榮益期也)"고 하였다.

131) 扶轂(부곡) : 수레바퀴를 부축하여 밀어주다. 즉 잘 보필하는 것을 비유한다.

132) 青紫(청자) : 공경公卿이 차는 청색과 자색의 인끈을 아우르는 말. '금자金紫'가 금도장과 자색 인끈을, '은청銀青'이 은도장과 청색 인끈을 의미하므로 '청자青紫'는 고관이 차는 인끈의 총칭이다. 결국 높은 관직이나 작위를 비유한다.

133) 東方(동방) : 전한 사람 동방삭東方朔(B.C.154-B.C.93)의 성씨. 해학을 좋아하고 문장을 잘 지었다. ≪한서・동방삭전≫권65 참조.

134) 鼠虎(서호) : 쥐와 범. 벼슬의 고하나 행동의 득실을 비유한다.

135) 元光(원광) : 한漢 무제武帝의 연호(B.C.134-B.C.129).

136) 建始(건시) : 한漢 성제成帝의 연호(B.C.32-B.C.29).

137) 下帷(하유) : 휘장을 내리다. 공부에 전념하는 것을 상징한다.

138) 倏忽(숙홀) : 순식간, 매우 짧은 시간을 이르는 말.

139) 儔匹(주필) : 짝, 벗. 전한 동방삭東方朔의 <칠간(七諫)>에 후한 왕일王逸은 주를 달아 "두 사람을 '필'이라고 하고, 네 사람을 '주'라고 한다(二人爲匹，四人爲儔)"고 풀이하였다.

140) 伯鸞(백란) : 후한 때 은자 양홍梁鴻의 자. 일부러 추녀인 맹씨孟氏의 딸을 아내로 맞아 은자의 생활을 영위하였다. '거안제미擧案齊眉'의 고사로 유명하

馬，一以我爲牛．莊周往矣，嗣宗142)長逝，吾知宇宙之內，更有人哉?"

○(주周나라) 주공이 사망한 지 500년이 지나서 (춘추시대 노魯나라) 공자가 나타났고, 공자가 사망한 지 500년이 지나서 (전한) 태사공(사마천司馬遷)이 등장하였으니, 500년마다 운명의 수레바퀴를 내 어찌 감히 가벼이 여길 수 있겠는가? 그러나 물이 너무 맑으면 물고기가 없듯이, 사람이 너무 꼼꼼하게 따지면 따르는 무리가 없는 법이다. 이 말은 지극히 타당하다. 어디까지나 궁색하지 않으면 지혜로운 자처럼 보이고, 바른 말로 간언하면 강직한 사람처럼 보이고, 해학적인 말로 응대하면 배우처럼 보이고, 스스로 추한 행동을 보이면 은자처럼 보이기 마련이다. 내 일찍이 다른 사람에게 이런 말을 한 적이 있다. "(삼국 촉蜀나라) 무후武侯 제갈양諸葛亮과 (진晉나라) 선무공宣武公 환온桓溫이 모두 왕실을 보위하면서 먼 외국에까지 위세를 떨친 것은 비천한 사내도 흠모하는 바이고, (전한) 동중서와 유자정(유향劉向)이 ≪서경≫에 정통하고 ≪공양전≫에 통달한 것은 비천한 사내도 바라는 바이며, (춘추시대) 영계기가 경쇠를 두드리면서 술을 실컷 마시고 노래를 불러 지극한 쾌락을 영위한 것은 비천한 사내도 원하는 바일세. 어째서이겠는가? 한 번 이에 대해 논해 봅시다. 무릇 제갈양의 현명함과 환온의 지혜는 하늘이 도왔기에 아마도 그러했을 것일세.(살펴보건대 이 아래로 아마도 빠진 문자가 있는 듯하다.) 설사 훌륭한 군주를 만나고 명철한 임금을 만났다 하더라도 평

다. ≪후한서·양홍전≫권113 참조.

141) 威輦(위련) : 진晉나라 때 은자 동경董京의 자. 계리計吏의 신분으로 하남성 낙양에 사신으로 와서는 한가로이 읊조리면서 늘 백사白社에서 묵고 저자에서 구걸을 하다가 사라졌다고 한다. ≪진서·동경전≫권94 참조.

142) 嗣宗(사종) : 삼국 위魏나라 때 문인 완적阮籍(210-263)의 자. 죽림칠현竹林七賢의 일인으로 술을 좋아하여 봉록을 타서 술을 사 먹기 위해 일부러 보병교위步兵校尉를 지낸 적이 있기에 '완보병'으로도 불렸다. 그의 전기가 비록 ≪진서·완적전≫권49에 전하나 실제로는 위나라 사람이다.

범한 장부의 도움이 없었다면, 어찌 고관에 오르는 일을 바랄 수 있었으리오? (전한) 동방삭이 쥐와 범을 가지고 빗대어 말한 가르침에서도 이를 들을 수 있을 것이오. 아울러 동중서는 깊은 학문을 이루었고 유향은 심오한 철학을 지녔기에, 각기 (전한 무제) 원광(B.C.134-B.C.129) 초엽에 존경을 받고 (전한 성제) 건시(B.C.32-B.C.29) 말엽에 명성을 떨치면서 하루종일 휘장을 내린 채 학문에 정진하였으니, 학문이 없었다면 어떻게 큰 그릇이 될 수 있었으리오? 가녀린 물줄기도 바위를 쪼갤 수 있거늘, 노력하지 않아서야 되겠는가? 시간은 빠르게 사라지는 빛처럼 머물지 않고 세월은 흐르는 냇물처럼 순식간에 가버리거늘, 한 자 되는 돌덩이를 보물로 여기면서 순간의 세월을 아끼지 않아서야 되겠는가? 문관의 길을 가든 무관의 길을 가든 모두 동료가 있어야 하거늘, 영계기는 경쇠를 두드렸으니 저 사람은 도대체 어떤 사람이던가? 어찌 그저 (후한) 백란(양홍梁鴻)의 시를 읊조리고, (진晉나라) 위련(동경董京)의 노래를 함께 하리오? 한 사람은 나를 말처럼 대할 것이고, 한 사람은 나를 소처럼 대할 것이라. (전국시대 송宋나라) 장자(장주莊周)도 사라졌고, (진晉나라 때 죽림칠현竹林七賢인) 사종(완적阮籍)도 영원히 떠났으니, 우주 안에 또 그런 사람이 있으리라 내 어찌 알리오?"

●天下一致而百慮, 同歸而殊途, 何者? 夫儒者列君臣父子之禮, 序夫婦長幼之別. 墨者堂高三尺, 土階三等, 茅茨不剪143), 采椽不斲144), 冬日以鹿裘145)爲禮, 盛暑以葛衣爲貴. 法家不殊貴賤, 不別親疏,

143) 茅茨不剪(모자부전) : 띠풀로 지붕을 이으면서 끝을 자르지 않다. 당唐나라 요왕堯王이 집을 지으면서 띠풀을 자르지 않고 서까래를 조각하지 않았다는 ≪한비자韓非子 · 오두五蠹≫권19의 고사에서 유래한 말로 검소한 생활을 상징한다.

144) 采椽不斲(채연불착) : 원목 그대로의 서까래를 쓰면서 조각하지 않다. 앞의 '모자부전'과 마찬가지로 검소한 생활을 상징한다.

145) 鹿裘(녹구) : 사슴 가죽으로 만든 갖옷. 은자나 청렴한 선비를 상징한다.

嚴而少恩，所爲法也．名家苛察傲倖，檢而失眞，是謂名也．道家虛無爲本，因循爲務．中原喪亂，實爲此風．何鄧[146]誅于前，裴王[147]滅於後，蓋爲此也．

○천하 사람들이 추구하는 바가 같은데도 온갖 시름을 안고, 귀결점이 같은데도 노선이 다른 것은 어째서일까? 무릇 유가에서는 군주와 신하・부친과 아들 사이의 예법을 나열하고, 부부와 노소의 구별을 정리하였다. 묵가에서는 (검소함을 중시하여) 대청의 높이를 세 자로 제한하고, 섬돌을 세 계단으로 제한하고, 띠풀로 지붕을 이으면서 끝을 자르지 않고, 원목 그대로의 서까래를 쓰면서 조각하지 않으며, 겨울에는 사슴 갖옷을 입는 것을 예법으로 여기고 한여름에는 칡베옷을 소중히 여긴다. 법가에서는 귀천을 구분하지 않고 친소를 구별하지 않은 채 엄격하게 법을 적용하고 특혜를 줄이는 것을 법으로 삼는다. 명가에서는 요행을 엄격하게 감시하고 격식에 매여서 진실을 잃으면서도 이를 명분이라고 한다. 도가에서는 허무주의를 근본으로 삼고 인과관계를 힘써야 할 거리로 여긴다. 중원이 혼란에 빠지는 것도 실은 이러한 풍조 때문이다. 앞서 (삼국 위魏나라 때) 하안何晏과 등양鄧颺이 사형을 당하고, 뒤이어 (진晉나라 때) 배씨와 왕씨 가문이 멸족을 당한 것도 아마 이 때문일 것이다.

●裴幾原[148]問曰，"西伯[149]拘而闡周易，仲尼[150]厄而作春秋．孫子

146) 何鄧(하등) : 삼국 위魏나라 제왕齊王 정시正始 9년(248)에 반란을 일으켰다가 죽임을 당한 하안何晏(190-249)과 등양鄧颺을 아우르는 말. ≪진서・선제기宣帝紀≫권1 참조.

147) 裴王(배왕) : 진晉나라 무제武帝 때 세력을 떨쳤던 배씨와 왕씨 가문을 아우르는 말. ≪진서・가밀전賈謐傳≫권40에 의하면 당시 "가씨・배씨・왕씨가 기강을 어지럽히다가, 왕씨・배씨・가씨가 천하를 구하리라(賈裴王，亂紀綱，王裴賈，濟天下)"라는 노래가 유행하였다는 기록이 보인다.

148) 裴幾原(배기원) : 남조南朝 양梁나라 때 사람 배자야裴子野(469-530). '기원'은 자. 경사經史에 정통하여 ≪송략宋略≫ 20권을 지었다고 하나 전하지 않는다. ≪양서・배자야전≫권30 참조.

之[151]遇龐涓，韓非[152]之値秦后．虞卿[153]窮愁，不韋[154]遷蜀，士嬴[155]疾行，夷齊[156]潛隱，皆心有不悅，爾乃著書．夫子[157]實尊千乘，褰帷[158]萬里，地得周旦[159]，聲齊燕奭[160]，豪匹四君[161]，威同

---

149) 西伯(서백) : 은殷나라 말엽 주周나라 문왕文王 희창姬昌의 봉호封號. '서방 제후의 패자'라는 뜻에서 '서패西霸'로도 읽는다.

150) 仲尼(중니) : 춘추시대 노魯나라 사람 공자(공구孔丘)의 자. ≪사기・공자세가≫권47 참조.

151) 孫子(손자) : 전국시대 제齊나라 사람 손빈孫臏에 대한 존칭. ≪손자≫의 저자인 손무孫武의 후손으로 방연龐涓과 함께 귀곡자鬼谷子에게서 병법을 배웠으나, 시기심 때문에 방연에게 두 다리를 잘리는 빈형臏刑을 당했다. 뒤에 제나라의 전략가가 되어 방연을 패배시켜 자살케 하였다. ≪사기・손빈전≫권65 참조.

152) 韓非(한비) : 전국시대 한韓나라 사람(약 B.C.280-B.C.233). 진秦나라 이사李斯(?-B.C.208)와 함께 순자荀子에게서 학문을 닦은 뒤 법가사상을 정립하였다. 진나라 시황제始皇帝(B.C.259-B.C.210)의 호감을 얻어 벼슬에 올랐으나 이사의 모함을 받아 옥사獄死하였다. ≪사기・노장신한열전老莊申韓列傳≫권63 참조. 그의 저서로 알려진 ≪한비자韓非子≫가 총 55편 20권으로 전하는데, 일문逸文이 많고 주석은 누구의 것인지 불분명하다.

153) 虞卿(우경) : 전국시대 때 종횡가縱橫家 가운데 한 사람. 성은 '우'이고, 이름은 미상. 조趙나라 효성왕孝成王에게 합종책合縱策으로 진秦나라에 대항할 것을 유세하여 상경上卿에 올랐기에 '우경'으로 불렸다. 저서로 ≪우씨춘추虞氏春秋≫가 있었다고 하나 전하지 않는다. '우경虞慶' '오경吳慶'으로도 불렸다. ≪사기・우경전≫권76 참조.

154) 不韋(불위) : 전국시대 진秦나라 사람 여불위呂不韋(?-B.C.235). 조趙나라에 볼모로 잡혀간 장양왕莊襄王을 구출하여 문신후文信侯에 봉해졌다. 자신이 사통한 기녀를 장양왕에게 바쳐서 아들 영정嬴政(B.C.259-B.C.210)을 낳으니 이가 곧 뒤에 시황제에 올랐기에, 실제는 여불위의 사생아라는 속설도 있다. 상국相國에 올랐으나 태후太后와의 간통이 드러날까 두려워 자살하였다. 저서로 ≪여씨춘추呂氏春秋≫가 전한다. ≪사기・여불위전≫권85 참조.

155) 士嬴(사영) : 전국시대 위魏나라 은자 후영侯嬴의 별칭. 신릉군信陵君의 식객이 되어 공을 세웠으나, 뒤에 몸이 연로하여 신릉군을 따라잡지 못 하자 자결하였다. ≪사기・신릉군전≫권77 참조.

156) 夷齊(이제) : 은殷나라 말엽 고죽군孤竹君의 아들인 백이伯夷와 숙제叔齊 형제를 아우르는 말. 주周나라 무왕武王이 은나라를 정벌하려고 하자 그 부당성을 주장하다가 수양산首陽山에 들어가 아사餓死하였다. ≪사기・백이전≫권61 참조.

157) 夫子(부자) : 스승이나 장자長者・고관・부친・남편 등에 대한 존칭. 춘추시대 노魯나라 공자의 제자들이 공자를 '부자'라고 부른 것이 대표적인 예이다. 여기서는 이 책의 저자인 원제元帝 소역蕭繹에 대한 존칭으로 쓰였다.

158) 褰帷(건유) : 수레의 휘장을 걷어올리다. 먼 곳으로 출타하거나 원정에 나서

五伯[162]. 玳簪[163]之客, 鴈行接踵, 珠劍之賓, 肩隨[164]鱗次. 下帷著書, 其義何也? 殊爲牴牾[165], 良用於邑?" 予答曰, "吾於天下, 亦不賤也. 所以一沐三握髮, 一食再吐哺[166], 何者? 正以名節未樹也. 吾嘗欲稜威[167]瀚海[168], 絶幕[169]居延[170], 出萬死而不顧, 必

는 것을 상징한다.

159) 周旦(주단) : 주周나라 무왕武王 희발姬發의 동생이자 성왕成王 희송姬誦의 숙부인 주공周公 희단姬旦의 약칭. 성왕이 나이가 어려 섭정攝政을 하였고, 성왕이 성장한 뒤 물러나 노魯나라를 봉토封土로 받았다. ≪사기 · 노주공세가魯周公世家≫권33 참조.

160) 燕奭(연석) : 주周나라 무왕武王 희발姬發의 동생이자 성왕成王 희송姬誦의 숙부인 연공燕公 희석姬奭의 약칭. 강태공姜太公 · 주공周公 · 사관史官 윤일尹逸과 더불어 주나라의 '사성四聖'으로 불리면서 연燕나라를 봉토로 받았다. ≪사기 · 연소공세가燕召公世家≫권34 참조.

161) 四君(사군) : 전국시대를 대표하는 네 명의 현자인 제齊나라 맹상군孟嘗君 · 조趙나라 평원군平原君 · 위魏나라 신릉군信陵君 · 초楚나라 춘신군春申君을 아우르는 말.

162) 五伯(오패) : 춘추시대 때 제후국 가운데 다섯 강국의 군주를 아우르는 말. '패伯'는 '패霸'와 통용자. 이에 대해서는 제齊나라 환공桓公 · 진晉나라 문공文公 · 초楚나라 장왕莊王 · 오吳나라 합려闔閭 · 월越나라 구천句踐을 가리킨다는 ≪순자≫의 설, 제나라 환공 · 진나라 문공 · 진秦나라 목공穆公 · 초나라 장왕 · 오나라 합려를 가리킨다는 후한 반고班固의 ≪백호통의白虎通義≫의 설, 제나라 환공 · 진나라 문공 · 진나라 목공 · 송宋나라 양공襄公 · 초나라 장왕을 가리킨다는 ≪맹자≫의 설, 제나라 환공 · 송나라 양공 · 진나라 문공 · 진나라 목공 · 오나라 부차夫差를 가리킨다는 당나라 안사고顔師古의 설 등 여러 견해가 있다.

163) 玳簪(대잠) : 대모玳瑁로 만든 비녀. 부귀한 사람을 상징한다.

164) 肩隨(견수) : 어깨를 나란히 하면서 약간 뒤에서 따라가다. 이는 ≪예기禮記 · 곡례상曲禮上≫권1의 "나이가 배로 많으면 그를 부친처럼 섬기고, 열 살이 많으면 그를 형님처럼 모시며, 다섯 살이 많으면 어깨에 붙어 따라간다(年長以倍, 則父事之, 十年以長, 則兄事之, 五年以長, 則肩隨之)"는 고사에서 유래한 말로 친한 친구 사이나 백중지세를 이루면서도 약간 뒤떨어지는 것을 비유한다.

165) 牴牾(저오) : 어긋나다, 거스르다. '저오牴梧'로도 쓴다.

166) 一沐三握髮, 一食再吐哺(일목삼악발, 일식재토포) : 주周나라 주공周公 희단姬旦이 인재가 찾아오면 머리를 감다가도 수 차례에 걸쳐 물기를 다 쥐어짜고, 음식을 먹다가도 여러 번에 걸쳐 먹던 음식을 다 뱉어내고 나가서 반갑게 맞이했다는 ≪한시외전韓詩外傳≫권3의 고사에서 유래한 말로서 현자나 인재를 극진하게 예우해 주는 것을 비유한다.

167) 稜威(능위) : 위엄을 떨치다. '능稜'도 '위威'의 뜻.

令威振諸夏171). 然後度聊城172)而長望, 向陽關173)而凱入. 盡忠盡力, 以報國家, 此吾之上願焉, 次則淸酒一壺, 彈琴一曲. 有志不遂, 命也如何? 脫略174)刑名175), 蕭散176)懷抱, 而未能爲也. 但性過抑揚, 恒欲權衡177)稱物, 所以隆暑不辭熱, 凝冬不憚寒, 著鴻烈178)者, 蓋爲此也." 又問之曰, "子何不詢之有識, 共著此書? 曷爲區區179)自勤如此?" 予答曰, "夫荷旃被毳180)者, 難與道純綿之緻密, 羹藜含糗181)者, 不足論大牢182)之滋味. 故服絺綌183)之凉者, 不苦盛暑

168) 瀚海(한해) : 북방의 고비사막 일대를 이르는 말.
169) 絶幕(절막) : 사막을 가로지르다. '막幕'은 '막漠'과 통용자.
170) 居延(거연) : 한나라 때 변방인 감숙성 감주甘州 북방에 설치한 성 이름.
171) 諸夏(제하) : 중원의 모든 제후국이나 백성을 이르는 말. '하夏'는 '화華'와 통용자로서 중원을 뜻한다.
172) 聊城(요성) : 전국시대 제齊나라 때 산동성 북방에 있었던 성 이름. 연燕나라 장수가 침략하여 이 성을 차지하자 노중련魯仲連이 설득해서 성을 돌려받았다는 ≪사기·노중련전≫권83의 고사로 유명하다.
173) 陽關(양관) : 산동성 연주부兗州府 동쪽에 있는 관문 이름. 악부시樂府詩 제목을 가리킬 때도 있다.
174) 脫略(탈략) : 벗어나다, 대수롭지 않게 여기다.
175) 刑名(형명) : 법률을 나라를 다스리는 근간으로 삼는 학문. 전국시대戰國時代 때 신불해申不害·상앙商鞅·한비자韓非子로 대표되는 법치주의 학파를 가리킨다.
176) 蕭散(소산) : 한가롭고 자유로운 모양.
177) 權衡(권형) : 사물의 무게를 측정하는 저울추와 저울대를 지칭하는 말로 척도나 기준을 비유한다.
178) 鴻烈(홍렬) : 전한 회남왕淮南王 유안劉安(B.C.179-B.C.122)의 저서인 ≪회남홍렬淮南鴻烈≫의 약칭. 총 21권. ≪회남자淮南子≫라고도 한다. 지금은 내편內篇 21권만 전하고, 외편外篇 33편은 실전되었다. 후한 고유高誘가 주를 달았다. ≪사고전서간명목록·자부·잡가류雜家類≫권13 참조.
179) 區區(구구) : 부지런히 힘쓰는 모양. 매우 바쁜 모양.
180) 荷旃被毳(하전피취) : 모직물을 짊어지고 모피를 덮다. 부유한 삶을 상징한다. '전旃'은 '전氈'과 통용자.
181) 羹藜含糗(갱려함구) : 명아주로 국을 끓이고 미숫가루를 먹다. 가난한 삶을 상징한다.
182) 大牢(태뢰) : 제사용 소를 이르는 말. 반면 돼지와 양은 '소뢰小牢'라고 한다.
183) 絺綌(치격) : 칡베로 만든 옷. '치絺'는 가는 칡베를 뜻하고, '격綌'은 거친 칡베를 뜻한다. 아녀자가 일을 열심히 하거나 검소한 생활을 실천하는 것을 상징한다.

之鬱煩, 襲貂狐[184]之煖者, 不知至寒之淒愴. 予之術業, 豈賓客[185]之能闕? 斯蓋以莛撞鐘, 以蠡測海也. 予嘗[186]切齒[187]淮南·不韋之書, 謂爲賓遊所製, 每至著述之間, 不令賓客闕之也."

○(남조南朝 양梁나라) 기원幾原 배자야裴子野가 물었다. "(은殷나라 말엽에) 서백(문왕文王)은 구속을 당한 처지에서도 ≪주역(역경)≫을 해설하였고, (춘추시대 때 노魯나라) 중니(공자)는 곤경에 처한 상태에서도 ≪춘추경≫을 저술하였으며, (전국시대 때 제齊나라) 손자(손빈孫臏)는 방연을 만나 해를 당했고, (한韓나라) 한비자는 진나라 군주를 만나 곤욕을 치렀으며, (조趙나라) 우경은 시름에 젖었고, (진秦나라) 여불위呂不韋는 촉 땅으로 좌천당했으며, (위魏나라) 사영(후영侯嬴)은 빨리 달려가려고 했으나 실패했고, (은나라 말엽) 백이伯夷와 숙제叔齊 형제는 은자의 길을 걸었는데, 모두가 마음이 기쁘지 않고서야 비로소 글을 지었습니다. 선생님께서는 실로 수레 천 대를 거느리고 만 리 먼 땅에서 수레 휘장을 걷어올릴 수 있는 군주의 신분이라서 (주나라 때) 주공周公 희단姬旦만큼이나 되는 큰 국토를 얻고 연공燕公 희석姬奭과 같은 명성을 떨쳤기에, 부귀는 (전국시대) 네 군자에 필적하고 위세는 (춘추시대) 오패와 맞먹습니다. 그래서 대모 비녀를 꽂은 손님들이 기러기 행렬처럼 끝없이 이어지고, 진주가 장식된 검을 찬 손님들이 어깨를 나란히 한 채 도열하고 있습니다. 그런데도 휘장을 내리고서 저서에 열중하시니, 그 의도가 무엇입니까? 전혀 현실과 들어맞지 않는데도 정말로 고을을 다스리는 데 쓸모가 있겠습니까?" 그래서 내가 대답하였다.

---

184) 貂狐(초호) : 담비 가죽과 여우 가죽을 아우르는 말. 최고급 의복을 가리키는 말로 부유한 삶을 상징한다.

185) 賓客(빈객) : 손님에 대한 총칭. '빈賓'은 신분이 높은 손님을 가리키고, '객客'은 수행원과 같이 신분이 낮은 손님을 가리키는 데서 유래하였다.

186) 嘗(상) : 늘, 항상. '상常'과 통용자.

187) 切齒(절치) : 이를 갈다. 매우 분통해 하는 모양을 뜻한다.

“나는 천하 사람들에 비해 당연히 신분이 비천하지 않소. 그런데도 머리를 감다가도 수 차례에 걸쳐 물기를 다 쥐어짜고, 음식을 먹다가도 여러 번에 걸쳐 먹던 음식을 다 뱉어내는 것은 무엇 때문이겠소? 바로 명예와 절조를 아직 세우지 못 했기 때문이오. 나는 일찍이 고비사막에서 위엄을 떨치고, (감숙성) 거연성에서 사막을 횡단하면서, 수많은 전사자가 나와도 고개를 돌리지 않고 필시 중원 땅에 위엄을 떨치고자 하였소. 그런 뒤에 (산동성) 요성을 건너 멀리 북방을 관망하고, (산동성) 양관을 향했다가 개선하여 입궐하였소. 충심과 정력을 다 바쳐 나라에 보답하는 것이 내가 가장 원하는 것이고, 다음으로는 청주 한 병을 손에 들고서 금곡琴曲을 한 번 연주해 보는 것이오. 뜻을 품었으나 완수하지 못 한다면 운명이 어떠하겠소? 하지만 법가사상에서 벗어나서 자유로운 생각을 품는 것은 아직 이루지 못 했소. 다만 천성적으로 지나치게 감정의 기복이 심하여 항상 법도를 지키면서 세상만물과 잘 어울리고 싶기에, 그래서 한여름에도 더위를 마다하지 않고 한겨울에도 추위를 피하지 않은 채 ≪회남자≫와 같은 저서를 지으려는 것도 대개 이 때문이오.” 배자야가 또 물었다. “선생님께서는 어째서 유식한 사람의 자문을 구해 함께 이러한 글을 짓지 않으십니까? 어찌 이처럼 힘들게 혼자서 애를 쓰십니까?” 그래서 내가 대답하였다. “무릇 모직물을 짊어지고 모피를 덮는 사람과는 함께 순박한 솜옷의 치밀한 면모를 말할 수 없고, 명아주로 국을 끓이고 미숫가루를 먹는 사람과는 함께 소고기의 참맛을 논할 수 없는 법이오. 그래서 시원한 칡베옷을 입는 사람은 찌는 듯한 한여름의 무더위를 고통스럽게 여기지 않고, 담비나 여우 가죽으로 만든 옷을 입는 사람은 살을 에는 듯한 지독한 추위를 모르기 마련이오. 나의 학문을 어찌 손님들에게 보여줄 수 있겠소? 이는 대개 쭉정이로 쇠북을 치고, 표주박으로 바닷물을 재는 것과 같은 격이오. 나는 늘 (전한) 회남왕淮

南王 유안劉安의 저서인 ≪회남자≫와 (전국시대 진秦나라) 여불위의 저서인 ≪여씨춘추≫가 식객들이 모여서 지은 것이라는 생각에 분통을 터뜨리곤 하였기에, 매번 저술을 할 시간이 되면 손님들에게 보여주지 않는 것이오."

●余見宰人[188], 嘆曰, "伊尹[189]與易牙[190]同知調鼎[191], 而有賢不肖[192]之殊." 旣而嘆曰, "無識之徒, 尙以伊尹方易牙, 余何有哉?" 退而復嘆曰, "碧盧[193]似玉, 猗頓[194]別之, 白骨似牙, 離婁[195]別之. 猗頓・離婁, 千年不會遇, 牙骨之怨, 何時當彌?" 余見人爲鮓, 嘆曰, "龍之爲物也, 謂之四靈[196], 而亦爲鮓. 魚之爲物, 謂之五協[197], 而又爲鮓. 抑乃有莘[198]之調鼎, 瀟湘[199]之開國歟?" 退而

188) 宰人(재인) : 음식을 관장하는 관리를 이르는 말.
189) 伊尹(이윤) : 상商나라 탕왕湯王 때의 명재상. 탕왕의 삼고초려三顧草廬로 출사하여 상나라의 건국을 도왔다.
190) 易牙(역아) : 춘추시대 제齊나라 대부大夫. 맛을 잘 알아 산동성을 흐르는 치수淄水와 승수澠水 두 강의 물맛을 구분할 줄 알았다고 전한다.
191) 調鼎(조정) : 세발솥으로 음식을 조리하다. 조화로운 정치를 비유한다.
192) 不肖(불초) : 닮지 못 하다. 즉 부친을 닮지 못 한 못난 사람이란 말이다.
193) 碧盧(벽로) : 미옥美玉 이름.
194) 猗頓(의돈) : 춘추시대 노魯나라 사람. '의돈倚頓'으로도 쓴다. 원래 가난뱅이였으나, 월越나라 출신 도주공陶朱公 범이范蠡에게서 축재술을 배워 염전과 목축업으로 부자가 되었다고 전한다. ≪사기・화식열전貨殖列傳≫권129 참조.
195) 離婁(이루) : 전설상의 임금인 황제黃帝 때 시력이 매우 뛰어났다고 전하는 인물. ≪맹자・이루≫권7과 권8에 그에 관한 고사가 상세히 전한다.
196) 四靈(사령) : 네 가지 영물. 즉 용・봉황・기린・거북을 가리킨다. 동서남북을 관장하는 신을 가리키거나, 남송 때 시인인 서조徐照(자 영휘靈暉)・서기徐璣(호 영연靈淵)・옹권翁卷(자 영서靈舒)・조사수趙師秀(호 영수靈秀)를 가리킬 때도 있다.
197) 五協(오협) : 다섯 가지 음식 재료를 가리키는 말로 보이나 ≪금루자≫ 외에는 언급한 문헌이 없어 불분명하다. 박물군자가 밝혀주기를 기대한다.
198) 有莘(유신) : 고대 부족국가 이름. 지금의 하남성 진류현陳留縣 북동쪽 일대에 있었다고 전한다. 여기서는 뒤의 '소상瀟湘'과 함께 원제元帝가 즉위하기 전 상동군왕湘東郡王으로 있을 때를 비유적으로 표현한 듯하다.
199) 瀟湘(소상) : 동정호로 흘러드는 상수湘水의 별칭. 물이 맑고 깊어서 이런 이름이 붙었다. 소수瀟水와 상수湘水 두 강물로 보는 설도 있다.

復嘆曰, "靈龜五色[200]似玉金, 不免爲臛[201], 余何有哉? 余何有哉?"

○나는 주방장을 만난 뒤 탄식조로 말했다. "(상商나라 때 재상) 이윤과 (춘추시대 제齊나라 때 대부) 역아 모두 세발솥으로 음식을 잘 조리하였지만, 현명함에 있어서는 차이가 있다." 얼마 뒤 또 탄식조로 말했다. "무식한 사람들은 오히려 이윤을 역아에 비교하지만, 내게 무슨 소용이 있으리오?" 물러난 뒤 다시 탄식조로 말했다. "미옥인 벽로는 일반 옥처럼 보이지만, (춘추시대 노魯나라) 의돈이 이를 잘 구별하였고, 백골은 상아처럼 보이지만, (황제黃帝 때) 이루가 이를 잘 구별하였다. 의돈과 이루는 천 년에 한 번 만나기 어려우니, 상아와 백골에 대한 원망을 언제 그칠 수 있으리오?" 나는 주방장이 젓갈을 만드는 것을 보고서 또 탄식조로 말했다. "용이란 사물은 '사령' 가운데 하나라고 하면서도 역시 젓갈로 만들고, 물고기란 사물은 '오협' 가운데 하나라고 하면서도 역시 젓갈로 만든다. 아니 오히려 유신국에서도 세발솥으로 음식을 조리할 수 있고, 상수 일대에서도 나라를 열 수 있을까?" 물러나서 다시 탄식조로 말했다. "신령한 거북은 오색을 띠기에 옥이나 금처럼 귀한 것이지만, 고깃국 신세를 면할 수 없으니, 내게 무슨 소용이 있으리오? 내게 무슨 소용이 있으리오?"

●飽食高臥[202], 立言何求焉? 修德履道, 身何憂焉? 居安慮危, 戚也, 見險懷懼, 憂也. 紛紛然, 榮枯寵辱之動也, 人其能不動乎? 仲尼其人也, 抑吾其[203]次之, 有佞而進, 有(按, 此下疑有脫文[204].)退, 其寧退

---

200) 五色(오색) : 정색正色인 청·적·황·백·흑색의 다섯 가지. 상서로운 징조를 상징한다.
201) 臛(확) : 고깃국.
202) 高臥(고와) : 베개를 높이 베다. 한적한 삶이나 은거생활을 상징한다.
203) 其(기) : 추측 어기조사.

乎? 予不喜游宴淹留, 每宴輒早罷, 不復沾酌矣.

○배불리 먹고 편히 누워 지낸다면 입언을 어찌 추구할 수 있으리오? 덕을 닦고 도를 실천한다면 몸에 무슨 근심이 있으리오? 편안하게 살면서 위험을 생각하면 슬프게 되고, 위험을 알고서 두려움을 품으면 근심하게 된다. 마음이 어지러운 것은 명예와 불명예・총애와 굴욕에 영향을 받아서이니, 사람이 어찌 흔들리지 않을 수 있겠는가? (춘추시대 노나라) 중니(공자)라는 인물의 경우 나는 아마도 그보다 못 할진대, 아첨을 잘 하는데도 승진하고 강직한데도 퇴출당한다면, 차라리 퇴출당하는 것이 낫지 않을까? 나는 연회석상에서 오래 머무는 것을 좋아하지 않기에, 매번 연회를 열면 늘 일찍 파하고 더 이상 술에 취하지 않게 되었다.

●太虛[205]所以高者, 以其輕而無累也. 人生苟淸而無欲, 則飄飄[206]之氣淩焉.

○'태허'가 고상한 이유는 그것이 가벼우면서 쌓이지 않기 때문이다. 사람이 살아가면서 진실로 청렴하고 욕심이 없다면 탈속적인 경지에 오를 수 있을 것이다.

●擣衣淸而徹, 有悲人者, 此是秋士悲於心. 擣衣感於外, 內外相感, 愁情結悲, 然後哀怨生焉. 苟無感, 何嗟何怨也?

○옷을 다듬이질하면 깨끗하고 투명해지는데도 슬퍼하는 사람이 생기는 것은 가을철에 선비가 마음에서 비애를 느끼기 때문이다. 옷을 다듬이질할 때는 겉으로 느끼다가 안팎이 서로 교감하여 수심과 슬픈 감정이 쌓이는데, 그런 뒤에는 비애와 원망이 생겨난다. 만약 아무런 느낌이 없다면, 무엇을 한탄하고, 무엇을 원

---

204) 脫文(탈문) : 다른 판본에 '有直而退'로 되어 있기에 이를 따른다.
205) 太虛(태허) : 우주의 근원적인 기원이나 고요하고 현묘한 경지를 뜻하는 말로 여기서는 무념무상, 무욕의 경지를 가리키는 말로 쓰인 듯하다.
206) 飄飄(표표) : 속세를 초월한 모양.

망할 필요가 있으리오?

●長沮[207]浴, 桀溺問焉. "今日浴佳耶?" 曰, "佳." 長沮曰, "浴須浴其內, 而後其表. 五臟六腑[208], 尙有未潔, 四支八體[209], 何爲者耶? 夫浴者, 將使表裏潔也. 內苟含瑕, 何遽浴耶?"

○(춘추시대 초楚나라 때 은자인) 장저가 목욕을 하고 있자 걸익이 그에게 물었다. "오늘 목욕하기에 좋소?" 장저가 대답하였다. "좋소." 장저가 다시 말했다. "목욕하려면 몸속을 씻은 뒤에 피부를 씻어야 하오. 오장육부가 아직 청결하지 않은데, 사지팔체를 씻는다면 무슨 소용이 있겠소? 무릇 목욕은 겉과 속을 청결하게 하기 위함이오. 몸안에 만약 하자가 있다면, 뭐하러 서둘러 목욕할 필요가 있겠소?"

●孔子東游, 見兩小兒相鬪. 一兒曰, "我以日初出, 去人近." 一兒曰, "日中[210]近." 一兒曰, "初日如車蓋, 至中裁[211]如盤盂[212], 豈不近者大, 遠者小?" 一兒曰, "日初出, 滄滄涼涼[213], 至日中, 有如探湯. 此非遠者涼, 近者熱耶?" 孔子亦不知. 日中天而小, 落扶桑[214]

207) 長沮(장저) : 뒤의 '걸익桀溺'과 함께 춘추시대 초楚나라 때 은자로 알려져 있다. 그들에 관한 기록은 ≪논어≫ 등 제자백가서에 전한다.
208) 五臟六腑(오장육부) : 사람 몸속의 모든 기관을 아우르는 말. '오장'은 심장心臟·간장肝臟·비장脾臟·폐장肺臟·신장腎臟을 가리키고, '육부'는 위장胃腸·대장大腸·소장小腸·쓸개(膽)·방광膀胱·삼초三焦를 가리킨다. '오장육부五藏六府'로도 쓴다.
209) 四支八體(사지팔체) : 신체 외부의 모든 부위를 아우르는 말. '사지'는 두 팔과 두 다리를 가리키고, '팔체'는 머리·배·발·다리·귀·눈·손·입을 가리키는데, '팔체'는 팔괘八卦에 맞춰 특정한 부위를 가리킨다.
210) 日中(일중) : 해가 하늘 중앙에 오다. 즉 오전 11시에서 오후 1시 사이인 오시午時 때를 가리킨다.
211) 裁(재) : 겨우, 고작. '재才' '재纔'와 통용자.
212) 盤盂(반우) : 그릇에 대한 총칭. 둥근 그릇을 '반盤'이라고 하고, 네모난 그릇을 '우盂'라고 한 데서 유래하였다.
213) 蒼蒼涼涼(창창량량) : 매우 서늘한 모양.
214) 扶桑(부상) : 동쪽 해가 뜨는 곳에 있다는 전설상의 뽕나무 이름.

而大. 爲政亦如是矣. 須日用不知, 如中天之小也. 須[215]赫赫然, 此蓋落日之治, 不足稱也.

○(춘추시대 노나라) 공자가 동쪽을 유람하다가 두 어린아이가 서로 말싸움하는 것을 발견하였다. 한 아이가 말했다. "저는 해가 처음 떴을 때 사람에게서 가깝다고 생각합니다." 다른 아이가 말했다. "해는 중천에 떴을 때 가깝지요." 그러자 앞의 아이가 말했다. "해가 처음 떴을 때는 크기가 수레바퀴 만하지만, 중천에 떴을 때는 고작 쟁반 만해지니, 어찌 가까우면 크고 멀면 작다는 이치가 아니겠습니까?" 뒤의 아이가 말했다. "해가 처음 떴을 때는 시원하지만, 중천에 떴을 때는 뜨거운 물에 손을 대는 것과 같습니다. 이는 멀면 시원하고 가까우면 뜨겁다는 이치가 아니겠습니까?" 공자도 누구의 말이 맞는지 몰랐다. 그러나 해는 중천에 있을 때 작고, 동쪽 부상에 있을 때 크다. 정치 역시 이와 같다. 모름지기 일상적인 효용을 모르는 것은 마치 중천에 떴을 때의 작은 해와 같다. 비록 세상을 환하게 밝힌다 해도, 이것이 지는 해와 같은 정치라면 말할 거리가 못 된다.

●居家治理, 可移於官, 何也? 治國須如治家, 所以自家刑國. 石奮[216]之爲家, 可矣. 若謂治國異治家者, 則條章不治, 民無依焉. 故治國者親民, 若治家也. 心不可欺物, 不可示物. 不欺不示, 得其衷也. 欺之則物不信, 示之則民驕矣. 自家刑國, 自國刑家, 可無失矣.

○집안을 잘 다스리는 이치를 정치에 적용할 수 있는 것은 어째서일까? 나라를 다스리는 것은 모름지기 집안을 다스리는 것과 같기에, 집안을 다스리는 방법으로부터 나라를 다스리는 방법으로 발전시킬 수 있다. (전한) 석분이 집안을 다스린 것이 적절한 예

215) 須(수) : 비록. '수雖'와 통용자. '수雖'로 된 판본도 있다.
216) 石奮(석분) : 전한 때 사람. 네 아들과 함께 모두 봉록이 2천석인 벼슬에 올라 부자지간의 봉록이 도합 만 석에 달해서 '만석군萬石君'으로 불렸다는 고사로 유명하다. ≪사기 · 석분전≫권103과 ≪한서 · 석분전≫권46 참조.

이다. 만약 나라를 다스리는 것이 집안을 다스리는 것과 다르다고 한다면, 전장제도를 마련할 수 없어 백성들은 의지할 데가 없게 된다. 따라서 나라를 다스리는 자가 백성을 가까이할 때는 집안을 다스리는 것처럼 해야 한다. 진심으로 사람을 속여서도 안 되고 사람에게 과시해서도 안 된다. 속이지 않고 과시하지 않으면 그들의 충심을 얻을 수 있다. 속임수를 쓰면 사람들은 신뢰하지 않고, 과시하려고 들면 백성들은 교만해진다. 집안을 다스리는 방법으로 나라를 다스리고, 나라를 다스리는 방법으로 집안을 다스리면, 실패를 보는 일이 없을 것이다.

●見善則喜, 聞惡則憂, 民之情也. 苟無憂喜, 其惟聖人乎! 若無喜而不喜, 無憂而不憂, 蓋何足稱也?

○선한 것을 보면 기뻐하고, 악한 것을 보면 근심하는 것이 백성들의 정서이다. 실로 근심도 기쁨도 없는 사람은 아마도 오직 성인뿐이리라! 만약 기뻐할 일도 없고 기뻐하지도 않으며, 근심할 일도 없고 근심하지도 않는다면, 무어라 칭할 수 있으리오?

●白鳥, 蚊也. 齊桓公臥於栢寢[217], 謂仲父[218]曰, "吾國富民殷, 無餘憂矣. 一物失所, 寡人[219]猶爲之悒悒[220]. 今白鳥營營[221], 饑而未飽, 寡人憂之." 因開翠紗之幬, 進蚊子焉. 其蚊有知禮者, 不食公

---

217) 栢寢(백침) : 춘추시대 때 제齊나라에서 세운 누대인 백침대栢寢臺의 약칭.

218) 仲父(중부) : 춘추시대 제나라 환공桓公이 재상인 관중管仲(관이오管夷吾)에게 붙여주었던 존칭.

219) 寡人(과인) : 제왕이 자기 자신을 낮춰 부르는 말. '덕이 부족한 사람'이란 겸허의 뜻에서 유래하였다. 진나라 시황제가 자신을 '짐朕'이라고 하면서 뒤에는 제후국 임금의 겸칭이 되었는데, 당나라 때 학자인 공영달孔穎達(574-648)의 주장에 의하면 평상시에는 '과인寡人'이라고 하다가 나라에 흉사凶事가 있으면 '고孤'라고 하였다고 한다.

220) 悒悒(읍읍) : 슬퍼하는 모양, 우울한 모양.

221) 營營(영영) : 쉬지 않고 바삐 일하는 모양, 쉬지 않고 분주히 돌아다니는 모양.

之肉而退, 其蚊有知足者, 嚅[222]公而退. 其蚊有不知足者, 遂長噓短吸而食之, 及其飽也, 腹腸爲之破潰. 公曰, “嗟乎! 民生亦猶是.! 乃宣下[223]齊國, 脩止足[224]之鑒, 節民玉食[225], 節民錦衣, 齊國大化.

○‘백조’는 모기를 가리킨다. (춘추시대 때) 제나라 환공은 백침대에 누워 있다가 중부(관중)에게 말했다. “우리나라는 재정도 풍부하고 백성들도 많아 아무런 근심도 없게 되었으니, 사물 하나라도 제자리를 잃는다면 과인은 오히려 우울할 것이오. 이제 ‘백조’조차 열심히 돌아다님에도 허기진 채 배를 채우지 못 한다면, 과인은 이를 걱정할 것이오.” 그래서 비취 망사로 만든 모기장을 열어서 모기를 안으로 들였다. 그런데 모기 중에 어떤 놈은 예법을 아는지 환공의 살을 물지 않고 물러나고, 모기 중에 어떤 놈은 만족할 줄 아는지 한 번 쪼고 물러났지만, 모기 중에 어떤 놈은 만족할 줄 모른 채 급기야 길게 숨을 내쉬었다가 순식간에 피를 빨아 먹더니 배가 부르자 내장이 터지고 말았다. 그러자 환공이 말했다. “아! 백성의 삶도 역시 이와 같겠구나!” 결국 제나라에 왕명을 선포하여 그치고 만족할 줄 아는 교훈을 잘 새기게 함으로써 백성들에게 음식을 절약케 하고, 백성들에게 비단옷을 절약케 하자, 제나라가 잘 다스려졌다.

●夫鬪者, 忘其身也, 忘其親者也. 行須臾[226]之怒, 而鬪終身之禍, 然而爲之, 是忘其身也.

○무릇 싸움은 자기 자신을 망각하고 자기 부모를 잊는 행위이다.

---

222) 嚅(취) : 쪼다. ‘취觜’의 이체자異體字.

223) 宣下(선하) : 하급 기관에 명령을 선포하는 것을 이르는 말.

224) 止足(지족) : 그치고 만족하다. 욕심을 부리지 않는 것을 이르는 말로, ≪노자≫의 “만족할 줄 알면 욕을 당하지 않고, 그칠 줄 알면 위태롭지 않다(知足不辱, 知止不殆)”는 말에서 유래하였다.

225) 玉食(옥식) : 맛좋은 음식을 이르는 말.

226) 須臾(수유) : 짧은 시간을 이르는 말. ‘사수斯須’라고도 한다.

순간의 분노를 행동으로 옮기면 평생의 화를 불러오는데, 그럼에도 그런 행동을 하는 것은 자기 자신을 망각하는 것이다.

●入是國也, 言信乎羣臣, 則可留也, 行忠乎羣臣, 則可仕也, 澤乎百里, 則富可安也.

○그 나라에 들어가 말로써 신하들의 신임을 얻으면 머물 수 있고, 행동으로 신하들의 진심을 얻으면 벼슬을 할 수 있고, 백 리 땅에 은혜를 베풀면 부를 보장할 수 있다.

●鳳無司晨[227]之善, 麟乏警夜[228]之功, 日月不齊光, 參辰[229]不並見, 冰炭不同室, 粉墨[230]不同橐, 有之矣.

○봉황에게는 새벽 시간을 알리는 능력이 없고, 기린에게는 밤에 경고를 알리는 뿔피리의 효능이 없으며, 해와 달은 빛의 밝기가 같지 않고, 심성과 진성은 동시에 출현하지 않으며, 얼음과 숯은 같은 공간에 둘 수 없고, 백분과 흑묵은 같은 주머니에 담을 수 없으니, 실로 그러한 이치가 있다.

●古語云, "不鑒於鏡, 而鑒於人. 鑒鏡則辨形, 鑒人則懸知善惡." 是知鑒於人, 勝鑒乎鏡矣.

○옛 말에 "거울에 비추지 말고 사람을 통해 비춰야 한다. 거울에 비추면 형체만 구분할 수 있지만, 사람을 통해 비추면 선악을 분

---

227) 司晨(사신) : 수탉이 새벽 시간을 알리는 것을 이르는 말. '사신司辰'으로도 쓴다.

228) 警夜(경야) : 밤에 경고를 날리다. 황제黃帝에게 '현녀가 뿔피리 24개를 제작해서 밤에 경고를 날릴 수 있게 하도록 주청하였다(玄女請製角二十四, 以警夜)'는 ≪황제내전黃帝內傳≫의 고사에서 유래한 말로 밤시간을 알리는 뿔피리의 효능을 가리킨다.

229) 參辰(심진) : 별 이름인 심성參星과 진성辰星을 아우르는 말. 별자리가 동서로 나뉘고, 뜨는 시각이 달라 이별을 상징한다. '參'의 독음은 '심'.

230) 粉墨(분묵) : 그림을 그릴 때 쓰는 백분白粉과 흑묵黑墨을 아우르는 말.

명하게 알 수 있기 때문이다"라고 하였다. 이로써 사람을 통해 비추는 것이 거울에 비추는 것보다 훨씬 낫다는 것을 알 수 있다.

●楚王之食楚也, 故愛楚四境之民, 越王之食越也, 故愛越四境之民. 天子之食天下也, 吾是以知兼愛天下之民矣.

○초나라 왕은 초나라에서 나는 것을 먹기에 초나라 국경 안의 백성을 사랑하고, 월나라 왕은 월나라에서 나는 것을 먹기에 월나라 국경 안의 백성을 사랑한다. 천자는 천하에서 나는 것을 먹으니, 나는 이로써 천하의 백성들을 모두 사랑한다는 것을 알 수 있다.

●成瓦者炭, 而瓦不可以得炭, 潤竹者水, 而竹不可以得水. 蒿艾有火, 不燒不燃, 土中有水, 不掘無泉. 百梅能使百人酸, 一梅不足成味也.

○질그릇을 만드는 것은 숯이지만 질그릇에서 숯을 얻을 수는 없고, 대나무에 윤기가 돌게 하는 것은 물이지만 대나무에서 물을 얻을 수는 없다. 쑥에서 불이 나긴 하지만 불을 붙이지 않으면 불꽃이 타지 않고, 흙속에 물이 있기는 하지만 땅을 파지 않으면 샘물을 얻을 수 없다. 매실 백 개로는 수많은 사람이 신맛을 볼 수 있지만, 매실 하나로는 맛을 이룰 수 없다.

●孔文擧[231]言, "武王伐紂, 而懸之白旗[232], 漢祖[233]入關[234], 子

---

231) 孔文擧(공문거) : 후한 말엽 사람 공융孔融(153-208). '문거'는 자. 건안칠자建安七子의 일인으로 시문을 잘 지었다. 헌제獻帝 때 북해상北海相이 되어 유학을 중흥시키고 태중대부大中大夫에 올랐으나, 조조曹操(155-220)의 미움을 사 살해당했다. ≪후한서·공융전≫권100 참조.

232) 白旗(백기) : 주周나라 무왕武王이 은殷나라 주왕紂王을 정벌할 때 손에 든 지휘용 깃발을 이르는 말. ≪사기·주본기周本紀≫권4의 기록에 의하면 무왕은 주왕을 죽인 뒤 그의 머리를 이 백기에 매달았다고 한다.

233) 漢祖(한조) : 전한 고조高祖(유방劉邦)의 약칭.

嬰[235]不死. 武王歷年, 止有白魚之瑞[236], 漢祖祥應, 其瑞不一. 是則漢祖優, 而武王劣也." 殷洪遠[237]云, "魏武興師, 本由親擧, 漢祖初起, 本是亂兵. 此則魏武優於漢帝[238]." 蔣子通[239]言, "漢祖取天下, 如登山, 光武取天下, 如走丸[240]. 當尋邑[241]百萬, 震(案, 震疑當作振.)古[242]未聞, 滹沱河[243]冰, 身面流血, 豈其易也?" 凡如此例, 有書不如無書, 委之煨燼[244], 於事爲宜矣.

---

234) 入關(입관) : 함곡관函谷關을 들어서다, 관중關中 땅으로 들어서다. 즉 섬서성 장안長安 일대로 들어가 천하를 얻는 것을 말한다.

235) 子嬰(자영) : 진秦나라 시황제始皇帝 영정嬴政의 손자이자 태자 영부소嬴扶蘇의 아들인 삼세황제三世皇帝 영자영嬴子嬰의 이름. 이세황제二世皇帝 영호해嬴胡亥가 물러난 뒤 즉위하였으나 45일만에 패공沛公 유방劉邦(B.C.247-B.C.195)에게 항복하였다가 항우項羽(항적項籍 B.C.232-B.C.202)에게 살해당했다. ≪사기·진본기≫권5 참조.

236) 白魚之瑞(백어지서) : 주周나라 무왕武王이 은殷나라를 정벌하기 위해 황하를 건널 때 백어白魚가 배 안으로 뛰어들어왔다는 고사를 가리킨다. 은나라는 오행상 수덕水德을 받들었고, 수덕은 오색五色 가운데 백색에 해당하므로 '백어白魚'는 곧 은나라를 상징하는 물고기이다. 이는 주周나라가 은나라를 손아귀에 넣는다는 의미를 나타낸다.

237) 殷洪遠(은홍원) : 진晉나라 때 사람 은융殷融. '홍원'은 자. 이부상서吏部尙書와 태상경太常卿을 지냈다. 남조南朝 유송劉宋 유의경劉義慶(403-444)의 ≪세설신어世說新語·문학文學≫권상의 양梁나라 유효표劉孝標 주 참조.

238) 漢帝(한제) : 전한 고제高帝(유방劉邦)의 약칭. '고조高祖'는 묘호廟號이고, '고제高帝'는 시호諡號이다.

239) 蔣子通(장자통) : 삼국 위魏나라 때 사람 장제蔣濟(?-249). '자통'은 자. 산기상시散騎常侍·태위太尉 등의 고관을 역임하였고 도향후都鄕侯에 봉해졌다. ≪만기론萬機論≫ 8권을 지었다고 하나 오래 전에 실전되고 단문短文이 여러 문헌에 인용되어 전한다. ≪삼국지·위지·장제전≫권14 참조.

240) 走丸(주환) : '언덕 아래로 탄환을 굴린다'는 '하판주환下坂走丸'의 준말로 일이 매우 손쉽고 순탄하게 진행되거나 언변이 물 흐르듯 뛰어난 것을 비유한다.

241) 尋邑(심읍) : 신新나라 때 왕망王莽의 심복인 왕심王尋과 왕읍王邑을 아우르는 말. 왕심은 한나라 군대에게 죽임을 당하고, 왕읍은 녹림군綠林軍에게 죽임을 당했다. ≪한서·왕망전≫권99 참조. '심읍백만尋邑百萬'은 왕망의 휘하에서 왕심과 왕읍 같은 패장이 수없이 많이 나왔다는 ≪후한서·광무제본기≫권1의 찬문贊文을 인용한 것이다.

242) 振古(진고) : 옛날부터. '진振'은 '자自'의 뜻.

243) 滹沱河(호타하) : 하북성에서 산동성으로 흐르는 강 이름으로 '호지惡池'라고도 한다. 황하처럼 탁류濁流의 대명사이다.

○(후한) 문거文擧 공융孔融은 "(주周나라) 무왕은 (은殷나라) 주왕을 정벌하고서 백기에 그의 머리를 매달았지만, 한나라 고조가 함곡관에 들어섰을 때 (진秦나라 황제인 삼세황제三世皇帝) 영자영嬴子嬰은 죽지 않았다. 무왕은 여러 해 동안 단지 백어가 배 안으로 뛰어드는 상서로운 징조만 있었지만, 한나라 고조에게 나타난 징조는 상서로운 것이 한두 가지가 아니었다. 이로써 보건대 한나라 고조가 우월하고 무왕이 열등하다는 것을 알겠다"고 하였다. 또 (진晉나라) 홍원洪遠 은융殷融은 "(삼국) 위나라 무제(조조曹操)가 군대를 일으킨 것은 본래 몸소 거사한 데서 비롯되었지만, 한나라 고조(유방劉邦)가 처음 군대를 일으켰을 때는 본래 오합지졸이었다. 이로써 보건대 위나라 무제가 한나라 고제(고조)보다 우월하다는 것을 알 수 있다"고 하였다. 또 (삼국 위魏나라) 자통子通 장제蔣濟는 "전한 고조는 천하를 취할 때 마치 산을 오르듯 힘들게 이루었지만, (후한) 광무제는 천하를 취할 때 마치 언덕 아래로 탄환을 굴리듯 손쉽게 이루었다. (왕망의 수하인) 왕심王尋과 왕읍王邑 같은 패장들이 수백만이나 생겼다는 말은 예로부터 들어본 적이 없으니, 호타하에 얼음이 얼고 온몸과 얼굴에서 피를 흘리는 일이 어찌 쉽겠는가?"라고 하였다. 무릇 이러한 예들은 글로 남기느니 차라리 글에 없는 것이 낳기에, 이를 잿더미에 던지는 것이 사리상 마땅할 것이다.

●往者承華殿灾, 詔問高堂隆[245], "此何灾?" 隆曰, "殿名崇華, 而爲天災所除. 是天欲使節儉, 勿復興崇華之飾也."

○옛날 (삼국 위魏나라 때) 승화전에 화재가 나자 황제가 조서를

---

244) 煨燼(외신) : 불에 타서 잿더미가 되는 것을 이르는 말.

245) 高堂隆(고당융) : 삼국 위魏나라 때 사람(?-약 237)으로 산기상시散騎常侍를 지냈다. 저서로 ≪위대방의魏臺訪議≫ 3권과 ≪장액군현석도張掖郡玄石圖≫ 1권이 있었다고 하나 오래 전에 실전되었다. ≪삼국지·위지·고당융전≫ 권25 참조. '고당'은 복성複姓.

내려 고당융에게 물었다. "이는 무슨 화재인고?" 고당융이 대답하였다. "전각의 이름이 '승화'라서 하늘이 없애려고 화재를 일으킨 것이옵니다. 이는 하늘이 우리에게 검소함을 지키되 다시는 높고 화려한 건물을 짓지 말라고 하는 것이옵니다."

●君子有三患. 未之聞, 患弗得聞, 既聞之, 患弗能學, 既學之, 患弗能行. 君子有四恥. 有其位, 無其言, 君子恥之,(按, 此下疑脫'有其言'三字.) 無其行, 君子恥之, 既得之, 又失之, 君子恥之, 地有餘而民不足, 君子恥之..

○군자에게는 세 가지 근심거리가 있다. 즉 아직 듣지 못 했을 때는 들을 수 없을까 걱정하고, 이미 듣고 나서는 배울 수 없을까 걱정하고, 배우고 나서는 실천하지 못 할까 걱정한다. 또 군자에게는 네 가지 부끄러워해야 할 것이 있다. 즉 자리에 올라서 바른 말을 하지 않으면 군자는 이를 부끄러워하고,(살펴보건대 이 아래로 아마 '바른 말을 하다'라는 세 글자가 누락된 듯하다.) 바른 말을 하고서 실천하지 않으면 군자는 이를 부끄러워하고, 이미 얻고 나서 다시 잃으면 군자는 이를 부끄러워하고, 땅에 여유가 있는데도 백성이 부족하면 군자는 이를 부끄러워한다.

●制將之法, 必使弛張從時. 事疑則爭生, 勢侔則亂起. 所以蕭樊[246]被於縲絏[247], 信布[248]見於誅夷. 馭將之間, 可不深愼之?

○장수를 통제하는 방법은 늦추고 조이는 것을 반드시 적절한 시기에 하는 것이다. 사안에 의혹이 있으면 싸움이 생기고, 권세가

246) 蕭樊(소번) : 전한 고조高祖 유방劉邦을 도와 한나라를 건국한 일등공신인 소하蕭何(?-B.C.193)와 번쾌樊噲(?-B.C.189)를 아우르는 말. 두 사람의 전기는 각기 ≪한서≫권39와 권41에 전한다.

247) 縲絏(누설) : 포승, 오랏줄. 결국 감옥을 비유적으로 가리킨다.

248) 信布(신포) : 전한 때 개국공신 가운데 한신韓信(?-B.C.196)과 경포黥布(본명은 영포英布. ?-B.C.195)를 아우르는 말. 두 사람의 전기는 ≪한서≫권34에 나란히 전한다.

비슷하면 반란이 일어난다. 그래서 (전한 때) 소하蕭何와 번쾌樊噲가 감옥에 갇혔고, 한신韓信과 경포黥布가 사형을 당했다. 그러므로 장수를 통제할 때 신중하지 않을 수 있겠는가?

●夫陶犬無守夜之警, 瓦雞無司晨之益, 塗車[249]不能代勞, 木馬不中馳逐. 勢者君之輿, 威者君之策, 臣者君之馬, 民者君之輪. 勢固則輿安, 威定則策勁, 臣從則馬良, 民和則輪利.

○무릇 진흙으로 빚어서 만든 개는 밤도둑을 지키는 경고음을 내지 못 하고, 질을 구워서 만든 닭은 새벽 시간을 알리는 도움을 주지 못 하며, 진흙을 빚어 만든 수레는 노동력을 대신할 수 없고, 나무를 깎아서 만든 말은 힘차게 달릴 수 없다. 권세는 군주의 수레이고, 위엄은 군주의 책략이며, 신하는 군주의 말이고, 백성은 군주의 수레바퀴이다. 권세가 굳건하면 수레가 안정을 찾고, 위엄이 분명하면 책략이 힘을 얻으며, 신하가 잘 따르면 말이 잘 달리고, 백성이 온순하면 수레바퀴가 제 기능을 발휘한다.

●獵猛虎者, 不於北園,(案, 園原本作苑, 謹據下文校改.) 釣鯨鯢者, 不於南池.(按, 池原本作河, 謹據下文校改.) 何則園非猛虎之藪, 池非鯨鯢[250]之處也. 責罷者以擧千鈞[251], 督跛者以及走兎, 驅騏驥[252]於庭, 求猿猱[253]於檻, 猶倒裘而索領也.

○맹호를 사냥할 때는 북쪽 정원(살펴보건대 '원園'이 원본에는 '원苑'으로 되어 있지만, 삼가 아래 문장에 근거하여 수정한다)에서 하지 않고, 고래

---

249) 塗車(도거) : 진흙으로 만든 수레를 뜻하는 말로 부장품의 일종.
250) 鯨鯢(경예) : 고래에 대한 총칭. 수컷을 '경鯨'이라고 하고, 암컷을 '예鯢'라고 한다. 반군을 비유할 때도 있다.
251) 千鈞(천균) : 매우 무거운 물건을 이르는 말. '균鈞'은 도량형 단위로 30근의 무게를 뜻한다.
252) 騏驥(기기) : 천리마. '기騏'와 '기驥' 모두 천리마 이름.
253) 猿猱(원노) : 원숭이에 대한 총칭. '원猿'은 몸집이 크고 꼬리가 없는 원숭이를 가리키고, '노猱'는 꼬리가 긴 원숭이를 가리킨다.

를 잡을 때는 남쪽 연못(살펴보건대 '지池'가 원본에는 '하河'로 되어 있지만, 삼가 아래 문장에 근거하여 수정한다)에서 하지 않는다. 어째서인가 하면, 정원은 맹호가 사는 곳이 아니고, 연못은 고래가 사는 곳이 아니기 때문이다. 지친 사람을 꾸짖어 무거운 물건을 들라고 하고, 절름발이를 독려하여 달리는 토끼를 쫓으라고 하며, 마당에서 천리마를 달리게 하고, 우리에서 원숭이를 찾는다면, 이는 갖옷을 뒤집어 입고서 옷깃을 찾는 것과 매한가지일 것이다.

●諸子興於戰國, 文集盛於二漢254), 至家家有製, 人人有集. 其美者足以敍情志, 敦風俗, 其弊者祇以煩簡牘255), 疲後生. 往者旣積, 來者未已, 翹足256)志學, 白首不遍. 或昔之所重, 今反輕, 今之所重, 古之所賤. 嗟! 我後生博達之士, 有能品藻異同257), 刪整蕪穢, 使卷無瑕玷258), 覽無遺功, 可謂學矣.

○제자백가의 저술이 전국시대 때 흥기하고 문집이 양한 시기에 번창하면서 심지어 집집마다 저서가 나오고 사람마다 문집을 남기게 되었다. 그중 훌륭한 것은 정서를 잘 서술하고 풍속을 순화시켰지만, 그중 형편없는 것은 단지 종이만 낭비하고 후대의 서생들을 피곤하게 만들기만 하였다. 기왕의 저술이 이미 많이 쌓였고 미래의 저술은 아직 멈추지 않았으니, 잠시 학문에 뜻을 둔다면 백발의 나이가 되어서도 다 읽지 못 하게 될 것이다. 간혹 옛날에 소중히 여기던 것을 오늘날에는 도리어 천시하기도 하고, 오늘날 소중히 여기는 것이 옛날에는 천시받던 것일 수도 있다. 아! 내 후배 가운데 박학한 선비가 차이점을 구별하고 쓸데없는

254) 二漢(이한) : 전한(서한西漢)과 후한(동한東漢)을 아우르는 말. '양한兩漢'이라고도 한다.
255) 簡牘(간독) : 죽간과 목판을 아우르는 말. 종이가 발명되기 전의 필기도구를 가리키므로 종이나 서책을 비유하는 말로 보아도 무방할 듯하다.
256) 翹足(교족) : 발을 들어올리다. 매우 짧은 시간을 비유한다.
257) 異同(이동) : 차이점, 다른 점. 편의복사偏義複詞로서 '동同'은 별 뜻이 없다.
258) 瑕玷(하점) : 옥의 티나 흠을 이르는 말. 결국 하자나 흠결을 비유한다.

것을 정리할 수 있는 능력이 있어서 서책에 흠결이 없게 해 열람할 때 힘을 낭비하지 않게 한다면, 학문을 이루었다고 말할 만할 것이다.

●夫聰明疏通者, 戒於太察, 寡聞少見者, 戒於壅蔽, 勇猛剛强者, 戒於太暴, 仁愛溫良者, 戒於無斷也.

○무릇 총명하고 사리에 통달한 사람은 지나치게 관찰하는 것을 경계해야 하고, 견문이 적은 사람은 생각이 꽉 막히는 것을 경계해야 하고, 용맹하고 행동이 거친 사람은 지나친 폭력을 경계해야 하고, 어질고 온화한 사람은 과단성이 부족한 것을 경계해야 한다.

●世有習干戈[259]者, 賤乎俎豆[260], 修儒行者, 忽行武功. 范甯[261]以王弼[262]比桀紂[263], 謝混[264]以簡文[265]方赧獻[266], 季長[267]有顯

259) 干戈(간과) : 방패와 창. 무예나 전쟁을 비유한다.

260) 俎豆(조두) : 희생을 놓는 그릇과 절인 채소를 놓는 그릇. 제사에 사용하는 제기祭器를 뜻한다. 의미가 전이되어 예법禮法이나 의식儀式을 뜻하기도 한다.

261) 范甯(범녕) : 진晉나라 때 사람. 자는 무자武子. 경학에 정통하여 ≪곡량전穀梁傳≫에 주를 달았다. ≪진서·범녕전≫권75 참조.

262) 王弼(왕필) : 삼국三國 위魏나라 때 대유大儒(226-249). 자는 보사輔嗣. 상서랑尙書郞을 지냈다. 유학에 정통하였고, 하안何晏(190-249)·하후현夏侯玄 등과 함께 현학玄學을 진작시켰으며, ≪역경≫과 ≪노자≫에 주를 달았다. ≪삼국지·위지·왕필전≫권28 참조.

263) 桀紂(걸주) : 하夏나라 마지막 왕인 걸왕桀王과 은殷나라 마지막 왕인 주왕紂王을 아우르는 말. 폭군의 대명사.

264) 謝混(사혼) : 진晉나라 때 사람(?-412). 자는 숙원叔源. 사안謝安의 손자로 미남으로 이름을 떨쳤고, 상서좌복야尙書左僕射 등 고관을 지냈다. ≪진서·사혼전≫권79 참조.

265) 簡文(간문) : 진晉나라 때 황제 사마욱司馬昱(320-372)의 시호이자 남조南朝 양나라 때 황제 소강蕭綱(503-551)의 시호이기도 한데, 여기서는 전자를 가리킨다.

266) 赧獻(난헌) : 주周나라 마지막 왕인 난왕赧王과 후한 마지막 황제인 헌제獻帝를 아우르는 말.

267) 季長(계장) : 후한 때 대유大儒인 마융馬融(79-166)의 자. 교서랑校書郞과

武[268]之論，文莊[269]有廢莊之說. 余以爲不然. 余以孫吳[270]爲營壘，以周孔[271]爲冠帶，以老莊[272]爲歡宴，以權實[273]爲稻糧，以卜筮爲神明，以政治爲手足. 一圍之木持千鈞，五寸之楗制開闔[274]，總之者明也.

○세간에는 무예를 익혔다고 예법을 경시하고, 유학을 닦았다고 무공을 세우는 것을 홀시하는 사람이 있다. 그래서 (진晉나라) 범녕은 (삼국 위魏나라) 왕필을 (하夏나라) 걸왕과 (은殷나라) 주왕에 비유하였고, (진晉나라) 사혼은 (진晉나라) 간문제簡文帝를 (주周나라) 난왕赧王과 (후한) 헌제獻帝에 견주었으며, (후한) 계장季長 마융馬融은 유학을 중시하는 논리를 펼친 적이 있고, (진晉나라) 문도文度 왕탄지王坦之는 장자의 사상을 폐기해야 한다는 주장을 펼친 적이 있다. 그러나 나는 틀린 말이라고 생각한다. 나는 (춘추시대 오吳나라) 손자(손무孫武)와 (전국시대 위魏나라) 오자(오기吳起)를 보루로 삼고, (주周나라) 주공(희단姬旦)과 (춘추시대 노魯나라) 공자(공구孔丘)를 갓과 허리띠로 삼으며,

---

남군태수南郡太守 등을 역임하였는데, 등태후鄧太后와 대장군 양기梁冀(?-159)의 뜻을 거스러 파직당한 뒤로는 권력층과의 갈등을 피하였다. 경학經學에 정통하여 노식盧植과 정현鄭玄(127-200) 등의 대학자를 배출하였다. ≪후한서·마융전≫권90 참조.

268) 顯武(현무) : 고상한 선비를 이르는 말. 즉 유학을 중시하는 것을 말한다. '무武'는 '사士'의 뜻.

269) 文莊(문장) : 진晉나라 때 사람 왕탄지王坦之의 자인 '문도文度'의 오기인 듯하다. ≪진서·왕탄지전≫권75에 왕탄지가 ≪폐장론廢莊論≫을 지었다는 기록이 보인다.

270) 孫吳(손오) : 중국을 대표하는 병법가인 춘추시대 오吳나라 손무孫武와 전국시대 위魏나라 오기吳起를 아우르는 말. 그들의 저서로 ≪손자孫子≫ 1권과 ≪오자吳子≫ 1권이 전하나 위서僞書일 가능성을 배제할 수 없다.

271) 周孔(주공) : 유가에서 성인으로 떠받드는 주周나라 주공周公 희단姬旦과 춘추시대 노魯나라 공자(공구孔丘)를 아우르는 말.

272) 老莊(노장) : 도가사상을 대표하는 주周나라 노자(이이李耳)와 전국시대 송宋나라 장자(장주莊周)를 아우르는 말.

273) 權實(권실) : 불법의 대표적 가르침인 소승불교의 권교權教와 대승불교의 실교實教를 아우르는 말. 여기서는 결국 불교를 가리킨다.

274) 開闔(개합) : 열고 닫다. '합闔'은 '폐閉'의 뜻.

(주나라) 노자(이이李耳)와 (전국시대 송宋나라) 장자(장주莊周)를 연회거리로 여기고, 불교의 가르침을 식량으로 여기며, 점술을 신명으로 여기고, 정치를 수족으로 여기고자 한다. 둘레가 한 뼘밖에 안 되는 나무도 천 균의 무게를 지탱할 수 있고, 길이가 다섯 치밖에 안 되는 빗장도 대문을 열고 닫는 일을 제어할 수 있으니, 이것들을 모두 총괄하는 것이야말로 현명한 선택이라고 하겠다.

●顔回希舜, 所以早亡, 賈誼好學, 遂令速殞. 揚雄作賦, 有夢腸[275]之談, 曹植爲文, 有反胃[276]之論. 生也有涯, 智也無涯, 以有涯之生, 逐無涯之智, 余將養性養神, 獲麟[277]於金樓之制也.

○(춘추시대 노나라 공자의 제자인) 안회는 (우虞나라) 순왕의 경지에 오르기를 희망하였기에 일찍 사망하였고, (전한) 가의는 학문을 좋아하였기에 급기야 생을 빨리 마쳤다. (전한) 양웅이 부를 지으면서 창자를 토해내는 꿈을 꾸었다는 얘기가 생겨났고, (삼국 위魏나라) 조식이 문장을 지으면서 음식을 토해내는 위장병에 걸렸다는 담론이 생겨났다. 삶은 유한하나 지혜는 무한한데, 유한한 삶으로 무한한 지혜를 따라잡아야 하니, 나는 앞으로는 성정과 정신을 수양하며 금루각에서의 저술을 그만두련다.

●夫石田不生五穀[278], 構山[279]不游麋鹿, 何哉? 以其無所因也. 故龍

---

275) 夢腸(몽장) : 창자를 토해내는 꿈을 꾸다. 전한 양웅揚雄이 <감천궁을 읊은 부(甘泉賦)>를 지으면서 창자를 토해내는 꿈을 꾸었다는 고사에서 유래한 말로 창작의 고통을 비유한다.

276) 反胃(반위) : 먹은 음식을 토해내다. 삼국 위魏나라 조식曹植이 창작에 몰두하느라 음식을 줄이는 바람에 음식을 토해내는 위장병이 생겼다는 고사에서 유래한 말로 역시 창작의 고통을 비유한다.

277) 獲麟(획린) : 기린을 잡다. 춘추시대 노魯나라 애공哀公 14년(B.C.481)에 상서로운 동물인 기린이 잡히자 공자가 ≪춘추경≫의 저술을 중단했다는 고사에서 유래한 말로 저술을 그만두는 것을 비유한다.

278) 五穀(오곡) : 곡식에 대한 총칭. 벼・찰기장(黍)・보리・콩・삼, 혹은 삼・찰

藉風而飛，龜由火而兆[280]，有其資焉．常善利物，無棄人也．富貴不可以傲貧，賢明不可以輕暗．夷吾[281]侈而鮑叔廉，其性不同也．張竦潔而陳遵[282]汚，其行不齊也．然而終能相善者，蓋無棄人之謂也．

○무릇 돌밭에서 오곡이 자라지 않고, 인공산에서 고라니나 노루가 뛰놀지 않는 것은 어째서일까? 인연이 없기 때문이다. 따라서 용이 바람의 힘을 빌어 날아다니고, 거북이 불의 힘을 빌어 점괘를 보여주는 것도 그러한 자질이 있기 때문이다. 언제나 다른 사물을 잘 이롭게 해 주면서 남을 버리지 않아야 한다. 부귀하다고 해서 가난뱅이에게 오만하게 굴어서는 안 되고, 현명하다고 해서 사리에 어두운 사람을 경시해서는 안 된다. (춘추시대 제齊나라) 관이오管夷吾가 사치스러운 반면 포숙아鮑叔牙가 청렴했던 것은 그들의 성향이 달라서이고, (전한 때) 장송이 고결한 반면 장준이 속세의 때가 묻었던 것은 그들의 행실이 달라서이다. 그러나 끝까지 상대방을 잘 대할 수 있는 것이 아마도 남을 버리지 않는다는 말일 것이다.

●或說，"人須才學，不資矜素."(按，此句疑誤.) 余謂不然．昔孔文舉有

기장・메기장(稷)・보리・콩 등 그 종류에 대해서는 시대와 지역에 따라 차이가 있어 설이 다양하다.

279) 構山(구산) : 사람이 흙을 쌓아서 만든 인공산을 이르는 말.

280) 兆(조) : 귀갑龜甲을 태웠을 때 갈라지는 문양에 의해 해석되는 점괘의 조짐을 뜻하는 말.

281) 夷吾(이오) : 춘추시대 제齊나라 사람 관이오管夷吾의 이름. 환공桓公을 여러 차례 암살하려다가 실패하였으나, 포숙아鮑叔牙의 도움으로 환공 밑에서 재상에 올라 부국강병책으로 제나라를 강국으로 만들었다. 이름보다는 자인 '중仲'을 써서 관중管仲으로 흔히 불리며, 저서로 ≪관자管子≫ 24권이 전한다. ≪사기・관중전≫권62 참조. 뒤의 '포숙'은 포숙아의 별칭.

282) 陳遵(진준) : 전한 때 사람. 자는 맹공孟公. 하남태수河南太守와 대사마호군大司馬護軍 등을 역임하였는데 흉노匈奴에 사신으로 갔다가 살해당했다. 서신을 잘 써서 당시 사람들이 그가 써준 서신을 보물처럼 여겼고, 생전에 술을 무척 좋아하여 손님을 초대하면 수레바퀴 굴대에 꽂는 비녀장을 우물 속에 던져 술자리를 떠나지 못 하게 했다는 일화로 유명하다. 친구인 장송張竦이 청렴한 반면 진준은 방종하였다는 기록이 ≪한서・진준전≫권92에 전한다.

言, "三人同行, 兩人聰雋, 一夫底下. 饑年無食, 謂宜食底下者, 譬猶蒸一猩猩, 煮一鸚鵡耳." 此蓋悖道之言也, 寧有是乎? 禰衡云, "荀彧[283]彊可與語, 餘人皆酒瓮飯囊." 魏時劉陶語人曰, "智者弄愚人, 如弄一丸於掌中."

○누군가는 "사람은 글재주와 학식이 필요하지 자긍심이나 자질에 기대서는 안 된다"고 하였다.(살펴보건대 이 문장에는 오류가 있는 듯하다.) 그러나 나는 그렇게 생각하지 않는다. 옛날에 (후한) 문거文擧 공융孔融은 "세 사람이 동행했을 때 두 사람은 총명하고 한 사람은 뒤떨어지는데, 흉년이라서 식량이 없는데도 의당 뒤떨어지는 사람을 먹여주어야 한다고 말한다면, 이는 비유하자면 성성이 한 마리를 찌고 앵무새 한 마리를 삶는 것과 같은 것이다"라고 하였다. 이는 아마도 도리에 어긋나는 말일 터이니. 어찌 이런 말이 있을 수 있겠는가? (후한) 예형은 "순욱은 그런대로 대화를 나눌 수 있지만, 나머지 사람들은 모두 술동이와 밥주머니에 불과하오"라고 하였고, (삼국) 위나라 때 유도는 누군가에게 "지혜로운 사람이 어리석은 사람을 가지고 노는 것은 마치 손바닥에 탄환을 하나 올려놓고 장난치는 것처럼 쉽다"고 하였다.

●晉中朝[284]庾道季[285]云, "廉頗・藺相如[286], 雖千載死人, 凜凜如有生氣. 曹攄[287]・李志, 雖久在世, 黯黯如九泉[288]下人. 皆如此,

283) 荀彧(순욱) : 후한 말엽 사람. 자는 문약文若. 순숙荀淑의 손자로 뛰어난 재능을 지녀 조조曹操의 책사策士가 되었으나 조조가 황제에게서 구석九錫을 하사받는 것을 보고서는 독약을 마시고 자결하였다.

284) 中朝(중조) : 조정의 별칭.

285) 庾道季(유도계) : 진晉나라 때 사람 유화庾龢. '도계'는 자. 단양윤丹陽尹과 중령군中領軍을 지냈다. ≪진서・유화전≫권73 참조.

286) 藺相如(인상여) : 전국시대 조趙나라 사람. 진秦나라 소왕昭王의 협박을 물리치고 화씨벽和氏璧을 되찾아가지고 돌아온 '완벽完璧'이란 고사와 자신의 출세를 질시하는 장군 염파廉頗를 넓은 도량으로 감화시켜 함께 조나라의 흥성을 이루었다는 '문경지교刎頸之交'의 고사로 유명하다. ≪사기・인상여전≫권81 참조.

便可結繩[289]而理, 並抑抗[290]之論也."

○진나라 조정 대신인 도계道季 유화庾龢가 말했다. "(전국시대 조趙나라의) 염파와 인상여는 비록 천 년 전에 죽은 사람들이지만, 늠름하니 아직도 살아 있는 듯하다. 반면에 조터와 이지는 비록 오래도록 살았지만, 어둑하니 구천 속을 헤매는 사람과 같다. 모두가 이와 같으니, 상고시대처럼 줄로 매듭을 지어 기록하면서 잘 다스릴 수 있다는 것도 모두 과장된 주장이다."

●魏長高[291]有雅體[292], 而才學非所矜. 初官出, 虞存[293]嘲之曰, "與卿約法三章, 談死, 文筆刑, 商略[294]底罪[295]." 魏怡然而笑, 無忤於色. 更覺長高之爲高, 虞存之爲愚也.

○(진나라) 장제長齊 위의魏顗는 평소 도량이 넓었지만, 글재주와 학문은 자랑할 거리가 못 되었다. 처음 관직에 올라 출근했을 때 우존이 농담삼아 말했다. "그대와 세 가지 법 조항을 약조할 터이니 담론을 하면 사형에 처하고, 글을 쓰면 형량을 정해 처벌하

287) 曹攄(조터) : 진晉나라 때 사람. 자는 안원顔遠. 임치현령臨淄縣令을 지내면서 주민들에게 '성군聖君'이라고 칭송받았으나, 양성태수襄城太守 때 도적 왕유王逌와 싸우다가 전사하였다. ≪진서·조터전≫권90 참조.

288) 九泉(구천) : 아홉 겹 땅 밑의 샘물. 땅 속 깊숙한 곳이나 저승을 가리킨다. '구경九京' '구명九冥' '구양九壤' '구원九原' '구지九地' 등 여러 가지 유사한 표현이 있다.

289) 結繩(결승) : 문자가 없던 상고시대에 줄로 매듭을 지어서 기록을 대신한 일을 이르는 말.

290) 抑抗(억항) : 과장하다.

291) 長高(장고) : 진晉나라 때 사람 위의魏顗의 자인 '장제長齊'의 오기. 절강성 산음현령山陰縣令을 지냈다. ≪세설신어世說新語·배조排調≫권하 참조.

292) 有雅體(유아체) : ≪세설신어·배조≫권하에 '평소 도량이 넓었다(雅有體量)'로 되어 있기에 이를 따른다.

293) 虞存(우존) : 진晉나라 때 사람. 자는 도장道長. 이부랑吏部郞을 지냈다. ≪세설신어·政事정사≫권상의 유효표劉孝標 주 참조.

294) 商略(상략) : 품평하다, 평론하다.

295) 底罪(저죄) : ≪세설신어·배조≫권하에 죄를 물어 처벌하는 것을 뜻하는 말인 '저죄抵罪'로 되어 있기에 이를 따른다.

고, 품평하면 죄를 물어 처벌하기로 합시다." 그런데도 위의는 기쁜 표정으로 웃음을 지으며 안색에 불쾌해 하는 기색을 띠지 않았다. 이로써 위의가 고상하고 우존이 어리석다는 것을 더욱 잘 알 수 있겠다.

●卞彬爲禽獸決錄[296]云, "羊淫而狠, 猪卑而攣, 鵝頑而傲, 狗險而出."(按, 太平御覽引齊卞彬禽獸決錄曰, "'羊性淫而狠, 猪性卑而攣, 狗性險而出,' 皆指斥當時貴勢, 羊淫狠謂呂文顯[297], 猪卑攣謂朱隆之, 狗險出謂呂文庶[298]也." 無'鵝頑而傲'句.) 皆指斥貴勢. 其蝦蟇科斗[299]賦云, "紆靑拖紫[300], 出入苔中," 以比當時令僕[301]也. "科斗唯唯[302], 羣浮闇水. 唯朝繼夕, 聿役如鬼," 比令史[303]咨事也. 非不才也, 然復安用此才乎?

○(남조南朝 남제南齊) 변빈은 ≪금수결록≫을 지어 "양은 음탕하면서 사납고, 돼지는 더러우면서 몸을 잘 떨고, 거위는 고집이 세면서 오만하고, 개는 위험한데도 집밖으로 잘 나간다"(살펴보건

296) 禽獸決錄(금수결록) : 남조南朝 남제南齊 때 사람 변빈卞彬이 금수에 관해 쓴 책. 원전은 오래 전에 실전되고 단문短文이 명나라 도종의陶宗儀(1316-약 1396)의 ≪설부說郛≫권107에 수록되어 전한다. 이하 예문은 ≪남제서·변빈전≫권52에도 인용되어 전하는데 문자상에 출입이 있으나 여기서는 위의 예문을 따른다.

297) 呂文顯(여문현) : 남제南齊 때 총신寵臣. 한문寒門 출신이었으나 무제武帝 소색蕭賾과 가까이 지내다가 소색이 즉위한 뒤 남초태수南譙太守·중서통사사인中書通事舍人 등을 역임하였다.

298) 呂文庶(여문서) : 남제 때 총신인 '여문도呂文度'의 오기로 보인다. 여문도는 앞의 여문현과 함께 ≪남제서·행신열전≫권56에 전기가 나란히 전한다.

299) 科斗(과두) : 하마蝦蟆(개구리나 두꺼비)의 새끼. 즉 올챙이. '과두蝌蚪'로도 쓴다.

300) 紆靑拖紫(우청타자) : 푸른 인끈을 두르고 자주빛 인끈을 끌다. '청수靑綬'는 구경九卿이 차는 인끈이고, '자수紫綬'는 삼공三公이나 제후가 차는 인끈을 가리키는 말로 고관高官에 올라 부귀영화를 누리는 것을 상징한다.

301) 令僕(영복) : 한나라 이후로 상서성尙書省의 장관인 상서령尙書令과 차관인 상서복야尙書僕射를 아우르는 말.

302) 唯唯(유유) : '네! 네!'하고 건성으로만 대답하면서 가부를 밝히지 않는 모양.

303) 令史(영사) : 한나라 때 처음 설치된 난대상서蘭臺尙書의 속관으로 문서 처리를 담당하던 벼슬을 이르는 말. 뒤에는 상서성尙書省이나 문하성門下省·중서성中書省의 하급관리를 두루 칭하였다.

대 ≪태평어람 · 수부獸部 · 서수敍獸≫권889에서는 남제 변빈의 ≪금수결록≫의 기록을 인용하면서 "'양은 천성적으로 음탕하면서 사납고, 돼지는 천성적으로 더러우면서 몸을 잘 떨고, 개는 천성적으로 위험한데도 집밖으로 잘 나간다'고 한 것은 모두 당시의 권세가들을 꼬집은 말로서 '양은 음탕하면서 사납다'고 한 것은 여문현을 두고 한 말이고, '돼지는 더러우면서 몸을 잘 떤다'고 한 것은 주융지를 두고 한 말이고, '개는 위험한데도 집밖으로 잘 나간다'고 한 것은 여문도呂文度를 두고 한 말이다"라고 하였다. '거위는 고집이 세면서 오만하다'는 문구는 없다)고 한 것은 모두 당시 권세가들을 꼬집은 것이다. 또 그가 <개구리 올챙이를 읊은 부>에서 "푸른 인끈을 두르고 자주빛 인끈을 끌면서 물이끼 속을 들락거리네"라고 한 것은 당시 상서령尙書令과 상서복야尙書僕射를 비유한 것이고, "올챙이가 그저 '네! 네!'하면서 떼지어 더러운 물에서 헤엄치는데, 아침부터 저녁까지 귀신처럼 일만 하네"라고 한 것은 영사와 같은 하급관리들이 정사에 대해 묻는 것을 비유한 것이다. 무능한 사람은 아니겠지만, 그렇다고 어찌 이런 사람들을 기용하리오?

●蕭賁304)忌日拜官, 又經醉自道父名. 有人譏此事, 賁大笑曰, "不樂而已, 何妨拜官? 溫酒之談, 聊慕言在." 了無怍色. 賁頗讀書而無行, 在家徑偷祖母袁氏物. 及問其故, 具道其母所偷. 祖母乃鞭其母. 出貨之, 所得餘錢, 乞問乃估酒供醉. 名渙, 兄弟共以其儉, 因呼爲賁. 此人非不學, 然復安用此學乎?

○(남조 남제) 소분은 부친 기일에 관직을 배수받고, 또 술 취한 김에 부친의 이름을 입에 올렸다. 누군가 이 일에 대해 비난하자, 소분은 큰 소리로 웃으며 "불쾌하면 그만이지 어찌 관직을 배수받는 것을 방해하는가? 술을 데워 마시고 담론할 때마다 사모하는 마음이 일어 부친이 살아계시다고 말하는 것이라오"라고 말하면서 전혀 부끄러워하는 기색을 보이지 않았다. 소분은 글을

304) 蕭賁(소분) : 남조南朝 남제南齊 때 경릉왕竟陵王 소자량蕭子良의 손자. 자는 문환文奐. 그림을 잘 그렸다고 전한다. ≪남사南史 · 소분전蕭賁傳≫권44 참조.

많이 읽었지만, 행실이 불량하여 집에서 줄곧 할머니 원씨의 물건을 훔쳤다. 그 연유를 묻자 모친이 훔친 것이라고 소상히 아뢰었다. 그래서 할머니가 그의 모친에게 매질을 하였다. 그는 그것을 내다 팔고서 생긴 돈에 대해 거지가 물으면 오히려 술을 사서 취하도록 마시게 해 주었다. 소분은 본명이 '환'이지만, 형제들은 그가 약삭빠르다고 생각해 그참에 '분'이라고 부르게 되었다. 이 사람은 학식이 없는 것은 아니지만, 그렇다고 어찌 이런 사람을 기용하리오?

●世人有才學不勝朋友, 而好作文章, 苦辱朋友, 此謂學螳蜋之鈇305), 運蛣蜣之甲306), 何足以云? 吾少讀兵書, 三十餘年, 搜纂數千, 止爲一帙. 菁華領袖307), 備在其中. 性頗尙仁, 每宏解網308), 重囚將死, 或許伉儷309)自看, 城樓夜寒, 必綈袍310)之賜. 狴牢311)併遣, 犴圄312)空虛. 盜者更鳴, 還取將軍之帳, 姦夫改往, 復錫舍人313)之車. 由來此事, 差非一揆314). 但性頗狷急, 或有不堪, 不欲蘊蓄胷

---

305) 螳蜋之鈇(당랑지부) : 도끼처럼 생긴 사마귀의 다리를 이르는 말. 춘추시대 제나라 장공莊公이 사냥을 나갔을 때 사마귀가 다리를 들고 수레를 막아서자 장공이 그 용기를 가상히 여겨 수레를 돌렸다는 ≪회남자淮南子·인간훈人間訓≫권18의 고사에서 유래한 말로 제 주제를 모르고 함부로 덤벼드는 무모한 행위를 비유한다.

306) 蛣蜣之甲(길강지갑) : 말똥구리의 갑옷. 말똥구리의 재주는 기껏해야 말똥을 굴려서 알맹이를 만드는 것이라는 ≪장자≫의 일문逸文에서 유래한 말로 보잘것없는 재주를 비유한다.

307) 領袖(영수) : 옷의 옷깃과 소매를 이르는 말로 모범이나 핵심을 비유한다.

308) 解網(해망) : 그물을 풀다. 그물을 풀어서 도주로를 열어주는 것을 뜻하는 말로 인덕仁德을 비유한다.

309) 伉儷(항려) : 배우자, 짝, 부부 등을 뜻하는 말.

310) 綈袍(제포) : 솜옷.

311) 狴牢(폐뢰) : 감옥. '폐어狴圄' '폐옥狴獄'이라고도 한다.

312) 犴圄(안어) : 감옥. '안犴'과 '어圄' 모두 '옥獄'의 뜻. '안옥犴獄' '안폐犴狴'라고도 한다.

313) 舍人(사인) : 전국시대와 한나라 때 왕이나 고관이 개인적으로 두어 집안일을 돕게 하던 벼슬. 후대에는 중서사인中書舍人의 약칭으로도 쓰였다.

314) 一揆(일규) : 일관된 원칙이나 법규를 이르는 말.

襟，須令豁然無滯．將令士庶文武，見我所懷，兵法軍令，省而不煩，此言當矣．乃爲法三章．一曰叛者．去燕就楚，從魏入韓，說趙王之陰謀，燒鄴都之倉廩．故曰叛者死．二曰不附．夫不附者，功成欲受其祿，事亂欲避其禍，玉節[315]猶建，或可畏威，金湯[316]倘覆，急須犇[317]走，雖招厚祿，常嘆脂膏[318]，空加隆遇，不酬國士[319]．當小寇馮陵[320]，勤王[321]以及，豈可見拒？抑揚橫議，出入異辭．故曰不附者死．三曰違令．麾之不進，鼓之不止，應追白虎[322]，反入靑龍[323]，我擧正正之旗[324]，彼往亭亭[325]之地，我攻却月[326]，彼向橫雲，百萬之師，復何益也？然而李廣[327]數奇[328]，或非深失，龐涓[329]戰死，偶値伏兵．故曰違令者抵辠．

---

315) 玉節(옥절) : 국경을 지키는 장수에게 천자가 하사하는 옥으로 만든 부절을 이르는 말.
316) 金湯(금탕) : 견고한 성곽을 비유하는 말인 '금성탕지金城湯池'의 준말.
317) 犇(분) : '분奔'의 고문자.
318) 脂膏(지고) : 기름에 대한 총칭. 고체 상태의 기름을 '지脂'라고 하고, 액체 상태의 기름을 '고膏'라고 하는데, 좋은 음식을 비유한다.
319) 國士(국사) : 나라에서 재능이 뛰어난 선비를 일컫는 말.
320) 馮陵(빙릉) : 핍박하다, 넘보다. 신이 나서 날뛰는 모양을 뜻하는 말로 볼 수도 있을 듯하다.
321) 勤王(근왕) : 나라에 환난이 생겼을 때 황제를 위해 군사를 일으키는 일을 이르는 말.
322) 白虎(백호) : 서쪽 지역에 황명을 전달하기 위해 사용하는 수레에 꽂는 깃발인 백호번白虎幡의 준말.
323) 靑龍(청룡) : 동쪽 지역에 황명을 전달하기 위해 사용하는 수레에 꽂는 깃발인 청룡번靑龍幡의 준말.
324) 正正之旗(정정지기) : 잘 정돈된 깃발을 이르는 말.
325) 亭亭(정정) : 우뚝 솟은 모양이나 외롭게 홀로 서 있는 모양.
326) 却月(각월) : 반달 모양의 성을 이르는 말인 '각월성却月城'의 준말.
327) 李廣(이광) : 전한 때 맹장猛將(?-B.C.119). 흉노가 그를 두려워하여 비장군飛將軍으로 불렀다. 위청衛靑을 따라 흉노匈奴를 치다가 길을 잃어 책임을 추궁당하자 자살하였다. ≪사기·이광전≫권109과 ≪한서·이광전≫권54 참조.
328) 數奇(수기) : 운수가 기이하다. 즉 운명이 순탄치 않은 것을 말한다.
329) 龐涓(방연) : 전국시대 위魏나라 사람. 손빈孫臏과 동문수학하였으나, 그의 재주를 시기하여 월형刖刑을 당하게 하였다. 뒤에 한韓나라를 침공했다가 제齊나라 군사軍師 손빈의 계략에 걸려드는 바람에 패전하여 자괴감에 자살하고 말았다. ≪사기·손빈전≫권65 참조.

○세상 사람들 가운데 글재주와 학문이 친구보다 뛰어나지 않은데도 문장을 지어서 친구를 모욕 주기 좋아하는 사람이 있는데, 이는 당랑의 도끼를 본받고 말똥구리의 갑옷을 운용하는 격이라 할 수 있으니, 말할 거리가 무엇이 있겠는가? 나는 어려서부터 병법서를 읽고서 30년 넘게 수천 종을 수합하여 하나의 권질을 만들었다. 따라서 정채롭고 모범적인 내용은 거기에 모두 갖춰져 있다. 나는 천성적으로 인덕을 중시하여 매번 법망을 느슨하게 해서 폭넓게 길을 열어주었기에, 중죄를 지은 죄수가 사형을 당할 때는 간혹 배우자가 손수 살펴볼 수 있게 허락하였고, 성루가 밤이 되어 추우면 필시 솜옷을 하사하였으며, 죄수들을 모두 풀어주어 감옥을 비우곤 하였다. 그래서 도둑이라도 목소리를 고치면 장군의 휘장을 가져다 주고, 간악한 사내라도 지난 잘못을 고치면 사인의 수레를 하사하였다. 여태껏 이러한 일과 관련하여 대개 한 가지 법규만 지킨 것은 아니다. 그러나 성격이 무척 급하여 혹여 감당할 수 없는 일이 생기면 마음 속에 담아두려고 하지 않아 반드시 응체되지 않게 했다. 그래서 선비나 서민이나 문관이나 무관이나 내가 품고 있는 생각을 알리고자 병법과 군령의 내용을 줄여서 번다하지 않게 만들었으니, 이러한 말이야말로 타당하다 하겠다. 그래서 법령 3장을 만들었다. 첫 번째는 반역자에 관한 것이다. 연나라를 떠나 초나라로 가거나, 위나라를 따르다가 한나라로 들어가고, 조나라 왕의 음모를 발설하거나 (하남성) 업도의 창고에 불을 지르는 것이 그러하다. 그래서 반역자는 사형에 처한다고 말하는 것이다. 두 번째는 나의 뜻을 따르지 않는 것에 관한 것이다. 무릇 나의 뜻을 따르지 않는 자는 공을 세우면 봉록을 챙기려 하고, 국사가 어지러우면 화를 피하려 하기에, 옥으로 만든 부절을 여전히 세운 채 위세를 떨치다가도 견고한 요새가 만약 무너지면 황급히 도주하니, 비록 후한 봉록을 받아도 늘 기름진 음식이 없다고 탄식하고, 부질없이 융숭

한 대접을 해도 국사에 걸맞는 행동으로 보상하지 않는다. 보잘것없는 도적이 함부로 날뛸 때 황제를 위해 군대를 일으켜 제때에 미치면, 어찌 거부당할 리가 있겠는가? 그러면 황당한 말들이 떠돌고 이상한 말들이 드나들 것이다. 그래서 나의 뜻을 따르지 않는 자는 사형에 처한다고 하는 것이다. 세 번째는 명령을 어기는 것에 관한 것이다. 지휘를 해도 전진하지 않고 북을 쳐도 멈추지 않으며, 응당 백호가 새겨진 깃발을 좇아야 하는데 도리어 청룡이 새겨진 깃발을 들이고, 내가 잘 정돈된 깃발을 드는데 저들은 외진 땅으로 가고, 내가 각월성을 공격하는데 저들은 구름이 걸쳐 있는 산으로 향한다면 백만대군이 있다 한들 무슨 도움이 되랴? 그러나 (전한 때 명장인) 이광은 운명이 기이하였던 것이지 아마 심각한 실수를 한 것은 아닐 것이고, (전국시대 위魏나라 때 병법가인) 방연이 전사한 것은 어쩌다가 복병을 만나서일 것이다. 그래서 명령을 어긴 자는 죄를 물어야 한다고 말하는 것이다.

●曾子330)曰, "昔楚人掩口而言, 欲以說王. 王以爲慢, 遂加之誅." 衛太子331)以紙閉鼻, 漢武帝謂聞己之臭, 又致大辜. 二者事殊而相似, 時異而怨同.

○(춘추시대 노나라) 증자(증참曾參)는 "옛날에 초나라 사람이 입을 가리고 말하면서 왕에게 유세하려고 하였다. 그러자 왕은 태만하다고 생각에 결국 그에게 벌을 내렸다"고 하였다. 또 위태자가 종이로 코를 가리자, 전한 무제는 자신의 체취를 맡아서라고

330) 曾子(증자) : 춘추시대 노魯나라 공자의 제자 가운데 효자로 유명한 증참曾參에 대한 존칭. ≪사기・중니제자열전仲尼弟子列傳≫권67 참조.
331) 衛太子(위태자) : 전한 무제武帝의 장남이자 소제昭帝의 이복형인 유거劉據. 위황후衛皇后의 소생으로 뒤에 망명하여 폐위당했기 때문에 모친의 성씨를 따라 '위태자'로 불렸다. 선제宣帝는 위태자가 폐위당하기 전에 태어난 친손자이자 무제의 증손자이다. ≪한서・무오자전武五子傳・여태자유거전≫권63 참조.

생각해 죄를 크게 물었다. 이상 두 가지 고사는 내용은 다르지만 모양새가 비슷하고, 시기는 다르지만 원망을 산 것이 동일하다.

□立言篇九下(9 입언편 하)

●魏明修許昌[332]宮, 作景福・承光・永寧・昌宴・百子・延休諸殿, 築建神芝觀, 又作長壽・康樂・永休・宜昌諸堂, 建承露盤[333],(按, 三國志作槃.) 穿虞淵[334]池, 激引流川, 蛟龍吐水, 珍木芳草, 周環後庭. 嗚呼! 足稱過差[335]者矣.

○(삼국) 위나라 명제는 (하남성) 허창에 궁궐을 지으면서 경복전・승광전・영녕전・창연전・백자전・연휴전 등 여러 전각을 세우고, 신지관을 건축하였으며, 또 장수당・강락당・영휴당・의창당 등 여러 대청을 짓고, 승로반(살펴보건대 ≪삼국지≫에는 '반盤'이 '반槃'으로 되어 있다)을 세웠으며, 우연지를 파서 냇물을 끌어다가 교룡 모양의 장식물이 물을 토해내게 하였고, 진귀한 나무와 향기로운 풀로 뒷뜰을 가득 채웠다. 아! 도에 지나친 일이라 할 만하다.

●老子云, "生之徒十有三, 死之徒十有三," 而人莫能向生之徒也. 夫水之性也, 寂寥長邁, 此其本性也. 其波濤鼓怒, 頹山穴石, 蓋有以云耳.

○≪노자・귀생貴生≫권하에 "살아남는 사람들이 열 명 중에 세

---

332) 許昌(허창) : 후한 말엽에 하남성에 정했던 도읍지 이름.

333) 承露盤(승로반) : 깨끗한 이슬을 받기 위한 그릇을 이르는 말. 신선의 손바닥 모양으로 만들기에 '선인장仙人掌'이라고도 한다.

334) 虞淵(우연) : 해가 진다고 하는 전설상의 연못 이름.

335) 過差(과차) : 지나치다, 도를 넘다.

명이라면, 죽는 사람도 열 명 중에 세 명을 차지한다"고 하였지만, 사람 중에 삶을 자기 마음대로 할 수 있는 이는 아무도 없다. 무릇 물의 속성은 조용히 먼 곳까지 흘러가는 것이니, 이것이 그 본성이다. 파도가 화가 나면 산을 무너뜨리고 바위를 뚫는 것도 아마 이유가 있을 것이다.

●金罇玉盃, 不能使薄酒更厚, 鸞輿鳳駕, 不能使駑馬健捷. 有是哉! 右手吹竽, 左手擊節[336], 必不諧矣.

○금 술동이나 옥 술잔으로도 박주를 좋은 술로 바꿀 수 없고, 난새가 새겨진 수레나 봉황이 그려진 수레라도 둔한 말을 빨리 달리게 할 수는 없다. 맞는 말이로다! 오른손으로 피리를 불고 왼손으로 박자를 맞춘다면, 필시 음률이 조화를 이룰 수 없게 되는 것과 마찬가지 이치이다.

●呂覽[337]云, "衣人在寒, 食人在饑." 陳思王[338]云, "投虎千金[339], 不如一豚肩, 寒者不思尺璧, 而思襁衣足也."

---

336) 擊節(격절) : 박자를 맞추다, 장단을 맞추다. 박자를 맞추는 데 사용하는 악기인 '절節'을 치는 행위에서 유래하였다.

337) 呂覽(여람) : 전국시대 진秦나라 여불위呂不韋(?-B.C.235)의 저술인 ≪여씨춘추呂氏春秋≫의 별칭. 여불위가 문객門客을 시켜 여러 가지 학설을 망라한 책이라고 하나 위서僞書일 가능성이 높다. 총 26권. ≪사고전서간명목록·자부·잡가류雜家類≫권13 참조. 위의 인용문이 현전하는 ≪여씨춘추·중추기·애사≫권8에는 "사람에게 옷을 입히는 것은 그가 추위에 떨기 때문이고, 사람에게 음식을 주는 것은 그가 허기를 느끼기 때문이다(衣人以其寒也, 食人以其飢也)"로 되어 있다.

338) 陳思王(진사왕) : 삼국시대 위魏나라 시인 조식曹植(192-232)의 별칭. 자는 자건子建. 무제武帝 조조曹操(155-220)의 아들이자, 문제文帝 조비曹丕(187-226)의 동생. 문재文才가 뛰어났으나 그 때문에 형인 조비의 시기를 받아 불행한 삶을 살았다. 봉호가 진왕陳王이고 시호가 사思여서 '진사왕陳思王'으로도 불렸다. 저서로 ≪조자건집曹子建集≫ 10권이 전한다. ≪삼국지·위지·진사왕조식전≫권19 참조.

339) 千金(천금) : 금 천 근斤. '금金'은 '근斤'이나 '일鎰'과 같은 말이고, '천금'은 실수實數라기보다는 많은 양의 금이나 거액을 강조하기 위한 표현이다.

○≪여씨춘추·중추기仲秋紀·애사愛士≫권8에 "사람에게 옷을 입히는 것은 추위 때문이고, 사람에게 음식을 주는 것은 허기 때문이다"라고 하였다. 또 (삼국 위魏나라) 진사왕(조식曹植)은 "호랑이에게는 천금을 주느니 차라리 돼지의 다리고기 하나를 주는 것이 낫듯이, 추위에 떠는 사람은 구슬을 생각하지 않고 포대기나 의복이 넉넉하기를 바란다"고 하였다.

●千里之路, 不可別以準繩[340], 萬家之邦, 不可不明曲直.

○천리 길은 수평기와 먹줄로 판단해서 안 되고, 만 호를 가진 나라는 옳고 그름을 분명히 하지 않으면 안 된다.

●凡爲善難, 任善易. 奚以知之? 今與驥俱走, 人不勝驥矣. 若夫居于車上, 驥不勝人矣. 夫人主亦有車, 無去其車, 則衆善皆盡力竭能矣.

○무릇 선행을 직접 하는 것은 어려워도, 선행을 남에게 맡기면 쉽다. 어떻게 이를 알 수 있을까? 이제 천리마와 함께 달린다면 사람은 천리마를 이길 수 없다. 그러나 만약 수레 위에 머문다면 천리마가 사람을 이길 수 없게 된다. 무릇 군주 역시 수레를 가지고서 그 수레를 떠나지 않는다면, 선한 사람들이 모두 자신의 체력과 재능을 다 발휘할 것이다.

●秋早寒, 則冬必煖, 春雨多, 則夏必旱. 天地不能兩, 而況於人乎?

○가을에 일찍 추위가 찾아오면 겨울은 반드시 따듯하고, 봄에 비가 많이 내리면 여름에 반드시 가뭄이 든다. 천지도 두 가지를 다 잘할 수 없거늘, 하물며 사람이야 더 말할 나위가 있겠는가?

●天道圜而地道方. 何以說天道之圜也? 精氣一上一下, 圜周復襍, 無

---

340) 準繩(준승) : 목수가 사용하는 수평기와 먹줄을 아우르는 말. 보통 기준, 법도를 비유하는데, 여기서는 측량도구를 가리킨다.

所稽留. 故曰, "天道圜." 何以說地道之方也? 萬物殊類殊形, 皆有分職. 故曰, "地道方."

○하늘의 도는 둥글고 땅의 도는 네모지다. 어째서 하늘의 도가 둥글다고 말하는 것일까? 정기가 한 번은 올라갔다가 한 번은 내려갔다가 하면서 복잡하게 순환하기에, 어느 한 곳에 체류하는 일이 없다. 그래서 "하늘의 도는 둥글다"고 말하는 것이다. 어째서 땅의 도가 네모지다고 말하는 것일까? 만물은 종류가 다르고 형체가 달라서 모두 각자의 직분이 있다. 그래서 "땅의 도는 네모지다"고 말하는 것이다.

●夫以衆勇, 無所畏乎孟賁[341]矣, 以衆力, 無所畏乎烏獲[342]矣, 以衆視, 無以畏乎離婁矣, 以衆智, 無以畏乎堯舜矣, 此君人者之大寶也.

○무릇 용사 여러 명을 활용하면 (전국시대 진秦나라 때 용사인) 맹분도 두려울 게 없고, 장사 여러 명을 활용하면 (전국시대 진나라 때 장사인) 오획도 두려울 게 없으며, 시력이 좋은 사람 여러 명을 활용하면 (황제黃帝 때 인물인) 이루도 두려울 게 없고, 지혜로운 사람 여러 명을 활용하면 (당唐나라) 요왕이나 (우虞나라) 순왕도 두려울 게 없으니, 이것이야말로 임금된 자의 가장 큰 보배이다.

●有以乘舟死者, 欲禁天下之船, 有以用兵喪其國者, 欲偃天下之兵. 譬之若水火, 能善用之, 則爲福, 不能善用, 則爲禍. 義兵之爲天下良藥也, 亦大也.

○배를 탔다가 죽을 뻔한 사람은 천하에 모든 배의 운항을 금지시키고 싶어할 것이고, 전쟁 때문에 나라를 잃은 사람은 천하에 모

341) 孟賁(맹분) : 전국시대 진秦나라 무왕武王 때의 용사. 교룡과의 싸움도 피하지 않을 정도로 용맹하였다고 한다.

342) 烏獲(오획) : 전국시대 진秦나라 무왕武王 때의 장사. 무왕이 그와 힘겨루기를 하다가 팔이 부러져 죽었다고 한다.

든 무기를 없애고 싶어할 것이다. 이를 비유하자면 물이나 불과 같으니, 잘 활용하면 복이 되지만 잘 활용하지 못 하면 화가 된다. 의로운 군대는 천하에 양약과 같은 존재이니, 그 의의 역시 크다 하겠다.

●夫呑舟之魚, 不游淸流, 鴻鵠高飛, 不就茂林. 何則其志極遠. 牛刀割鷄, 矛戟採葵, 甚非謂也.

○무릇 배를 삼키는 물고기는 시냇물에서 놀지 않고, 큰기러기나 고니는 높이 날면서 숲으로 날아들지 않는다. 어째서인가 하면 그 뜻이 극히 심원하기 때문이다. 소 잡는 칼로 닭을 잡고 창으로 해바라기를 캔다면, 이는 전혀 말할 거리가 못 된다.

●昔有假人於越而救溺子, 越人雖善游, 子必不生矣. 失火而取水於海, 海水雖多, 火必不滅矣. 遠水不可救近火也.

○옛날에 월나라에서 어떤 사람이 남의 손을 빌려 물에 빠진 아들을 구했는데, 월나라 사람이 비록 수영을 잘 한다 해도 아들을 필시 살릴 수 없었을 것이다. 불이 났는데도 바다에서 물을 뜬다면, 바닷물이 비록 많다 해도 불은 틀림없이 끌 수 없을 것이다. 멀리 있는 물로 가까이에서 일어난 불을 끌 수는 없기 마련이다.

●夫犇車之士[343]上無仲尼, 覆車(案, 覆車據下文, 疑當作覆舟, 與上犇車對文.)之士下無伯夷. 故號令者, 國之舟車也. 安則廉貞生, 危則爭鄙[344]起矣.

○무릇 달리는 수레 위로는 (춘추시대 노魯나라) 중니(공자)가 없고, 뒤집힌 배(살펴보건대 '뒤집힌 수레'는 아래 문장에 근거해 볼 때, 아마도 '뒤집힌 배'라고 해야 앞의 '달리는 수레'와 대구가 될 수 있다) 아래로는

343) 士(사) : 다른 판본에 의하면 뒤의 '士'와 마찬가지로 연자衍字이다.
344) 爭鄙(쟁비) : 변방에서 다투다. '비鄙'는 변방, 변경을 뜻한다.

(은殷나라 말엽의 현자인) 백이가 없는 법이다. 따라서 명령은 나라를 다스릴 때 배나 수레 같은 존재이다. 안정되면 청렴하고 곧은 신하가 생기지만, 위태로우면 변방에서의 분쟁이 일어나게 된다.

●管仲有言, "無翼而飛者, 聲也, 無根而固者, 情也." 然則聲不假翼, 其飛甚易, 情不待根, 其固非難. 以之垂文, 可不愼歟?

○(춘추시대 제齊나라) 관중(관이오管夷吾)은 "날개가 없는데도 날아다니는 것이 소리이고, 뿌리가 없는데도 견고한 것이 감정이다"라고 하였다. 그런즉 소리는 날개의 힘을 빌리지 않아도 쉽게 날아다니고, 감정은 뿌리에 기대지 않아도 견고해지기 어렵지 않다. 그러니 이를 문장으로 표현할 때 신중하지 않을 수 있겠는가?

●古來文士, 異世爭驅, 而慮動難固, 鮮無瑕病. 陳思之文, 羣才之儁也. 武帝誄[345]云, "尊靈永蟄." 明帝頌[346]云, "聖體浮輕."(案, 此下疑應疊浮輕二字, 與下文作對句.) (浮輕)有似於蝴蝶, 永蟄可擬於昆蟲, 施之尊極,(按, 太平御覽作德.) 不其嗤乎?

○예로부터 문인은 시대를 달리하여 그 능력을 겨뤘지만, 생각이나 행동이 확고하기 어렵기에, 흠결이 없는 사람이 드물었다. (삼국시대 위魏나라) 진사왕陳思王(조식曹植)의 문장은 여러 재인들 가운데서도 단연 걸출하다. 그러나 <(부친인) 무제(조조曹操)의 덕업을 기리는 글>에서 "존귀한 영혼이 영원히 잠들었네"라는 구절을 짓고, <(조카인) 명제(조예曹叡)의 영혼을 송축하는 글>에서 "성스러운 몸이 가볍게 떠돌게 되었네(살펴보건대 이 아래로는

---

345) 武帝誄(무제뢰) : 이는 동명의 제목으로 조식曹植의 문집인 ≪조자건집曹子建集≫권9에 수록되어 전한다.

346) 明帝頌(명제송) : 이는 <동짓날 버선을 바치며 지은 송문(冬至獻襪頌)>이란 제목으로 ≪조자건집≫권7에 수록되어 전한다.

아마도 마땅히 '부경浮輕'이란 두 글자를 중첩해야 아래 문장과 대구가 될 수 있을 듯하다)"라는 구절을 지었는데, ('가볍게 떠돈다'는 말은) 나비와 유사한 구석이 있고, '영원히 잠들었다'는 말은 (겨울잠을 자는) 곤충에서 본뜬 것이니, 이를 황제(살펴보건대 ≪태평어람·蟲豸충치·호접蝴蝶≫권945에는 '극極'이 '덕德'으로 되어 있다)에게 사용한다면, 비웃음을 사지 않을 수 있겠는가?

●夫翠飾羽而體分, 象美牙而身喪, 蚌懷珠而致剖, 蘭含香而遭焚, 膏以明而自煎, 桂以蠹而成疾, 並求福而得禍. 衣錦尙褧[347], 惡其文之著也.

○무릇 비취새는 깃털이 아름다워서 몸이 해부를 당하고, 코끼리는 상아가 아름다워서 몸이 죽임을 당하며, 조개는 진주를 품고 있어서 몸을 가르는 결과를 초래하고, 난초는 향기를 머금고 있어서 불에 태워지며, 기름은 조명 때문에 자신을 태우고, 계수나무는 좀벌레 때문에 병에 걸리니, 모두가 복을 추구하지만 화를 당하는 경우이다. 화려한 비단옷을 입을 때 단색의 삼베 덧옷을 속에 입는 것을 중요시하는 것은 덧옷의 문양이 겉으로 드러나는 것을 싫어하기 때문인 것과 같은 이치이다.

●夫辟狸[348]之不可使搏雞, 䶂牛之不可使捕鼠. 今人才有欲平九州[349], 并方外, 責之以細事, 是猶用鈇斤[350]翦毛髮也.

---

347) 褧(경) : 삼베로 만든 덧옷을 이르는 말.

348) 辟狸(벽리) : 이리의 일종을 뜻하는 말인 듯하나 불분명하다. 뒤의 '함우䶂牛' 역시 흰 소를 뜻하는 말인 듯하나 불분명하다. ≪태평어람·수부獸部·리狸≫권912에서 "이리에게 백호를 잡게 할 수 없고, 소에게 쥐를 잡게 할 수 없다(狸不可使搏䶂, 牛不可使捕鼠)"라고 문장을 바꾸어 인용한 것도 원문의 의미가 불분명하기 때문인 듯하기에 이를 따른다.

349) 九州(구주) : 하夏나라 우왕禹王이 치수사업을 벌이고 나눈 행정 구역을 이르는 말. ≪서경·하서夏書·우공禹貢≫권5에 의하면 '구주'는 기주冀州·연주兗州·청주靑州·서주徐州·양주揚州·형주荊州·예주豫州·양주梁州·옹주雍州를 가리킨다. 뒤에는 중국의 별칭으로도 쓰였다.

○무릇 이리에게 호랑이를 잡게 할 수 없고, 소에게 쥐를 잡게 할 수는 없다. 오늘날 인재들은 천하를 평정하고 국외까지 합병하고자 하는데, 그에게 자잘한 일을 시킨다면, 이는 머리카락을 자르는 데 도끼를 사용하는 것과 같다.

●夫據榦窺井, 雖通視不能見其情, 借明於鏡以照之, 則分寸[351]可察也. 呑舟之魚, 蕩而失水, 則制於螻蟻, 離其處也. 猿狖失木, 擒於狐狸, 非其所也. 故十圍之木, 持千鈞之屋, 五寸之楗, 制九重之城, 豈其才之足任哉? 所居得其要也.

○무릇 난간에 기대어 우물을 들여다보면 비록 뛰어난 시력이라 할지라도 그 내부를 볼 수가 없고, 거울의 빛을 빌어서 비추면 짧은 거리라도 살필 수가 있다. 배를 삼키는 물고기가 활동하다가 물이 없으면 개미에게 당하는 것은 제자리를 벗어났기 때문이고, 원숭이가 나무가 없으면 여우나 이리에게 잡히는 것은 자신이 머물 곳이 없기 때문이다. 그래서 둘레가 열 뼘밖에 안 되는 목재도 천 균의 무게가 나가는 지붕을 지탱할 수 있고, 길이가 다섯 치밖에 안 되는 빗장도 구중궁궐을 제어할 수 있으니, 어찌 그 재주가 임무를 맡길 만하지 않으리오? 차지하는 위치가 그만큼 중요하다.

●子[352]曰, "耳聽者, 學在皮膚, 心聽者, 學在肌肉, 神聽者, 學在骨髓也."

○(주周나라) 문자文子가 말했다. "귀로 들으면 학문이 살갗에 있

---

350) 鈇斤(부근) : 도끼에 대한 총칭.

351) 分寸(분촌) : 푼과 치. 매우 짧은 길이를 비유한다.

352) 子(자) : 이하 예문과 유사한 내용이 ≪문자文子·도덕道德≫권상에 전하는 것으로 보아 문자를 가리킨다. 문자에 대해 ≪한서·예문지≫권30에서는 주周나라 노자老子(이이李耳)의 제자라고 하였으나 신상에 대해 알려진 바가 없다. 당나라 유종원柳宗元은 다른 서책의 글을 발췌하여 모아 놓은 것으로 의심하였다.

게 되고, 마음으로 들으면 학문이 살 속에 있게 되고, 정신으로 들으면 학문이 골수에 있게 된다."

●翟[353]人以豐狐[354]·元豹[355]之皮獻, 晉文帝[356]嘆曰, "皮美以自辜!" 人有積醉寐亡裘者, 宋君曰, "醉足亡裘乎?" 答曰, "桀醉亡天下, 而況裘乎?"

○(춘추시대 때) 적족 사람이 큰 여우와 검은 표범의 가죽을 바치자, 진나라 문공이 한탄하며 말했다. "가죽이 아름다워 자신을 해치고 말았구나!" 또 어떤 사람이 숙취한 상태로 잠이 들었다가 갖옷을 잃어버리자, 송나라 군주가 말했다. "술에 취했다고 갖옷을 잃어버릴 수 있소?" 그러자 그 사람이 대답하였다. "(하夏나라) 걸왕은 술에 취해 천하를 잃었거늘, 하물며 갖옷이야 더 말할 나위가 있겠나이까?"

●有人謂中行文子[357]曰, "此嗇夫也, 公何不就其舍?" 文子曰, "吾嘗好音, 此人遺我鳴琴, 吾嘗好佩, 此人遺余玉玦[358], 非愛吾以禮者也."

○(춘추시대 진晉나라 때) 어떤 사람이 중항문자에게 말했다. "이 사람은 인색한 사내임에도 그리하였거늘, 공은 어째서 그의 집을

---

353) 翟(적) : 북방의 이민족을 뜻하는 말인 '적狄'의 통용자.

354) 豐狐(풍호) : 몸집이 큰 여우를 이르는 말.

355) 元豹(원표) : 검은 빛이 도는 표범을 이르는 말인 '현표玄豹'의 다른 표기. '원元'은 청나라 강희제康熙帝의 휘諱(玄燁) 때문에 고쳐쓴 것이다.

356) 文帝(문제) : 문맥상으로 볼 때 춘추시대 진晉나라의 군주인 문공文公의 오기로 보인다.

357) 中行(중항) : 춘추시대 진晉나라 때 지씨智氏·조씨趙氏·한씨韓氏·위씨魏氏·범씨范氏와 함께 육경六卿에 속하는 가문의 성씨. 뒤에는 조씨趙氏·한씨韓氏·위씨魏氏만 남고 나머지 가문은 쇠퇴하였다. 그러나 시호가 '문자文子'인 인물이 누구인지는 불분명하다. 박물군자가 밝혀주기를 기대한다.

358) 玉玦(옥결) : 한쪽이 터진 고리 모양의 패옥을 이르는 말. 반면 터진 부분이 없는 원형의 패옥은 '옥환玉環'이라고 한다.

예방하지 않으십니까?" 그러자 중항문자가 대답하였다. "내가 한때 음악을 좋아하자 이 사람은 내게 금을 선물하였고, 내가 한때 패옥을 좋아하자 이 사람은 내게 옥을 선물하였지만, 예법 때문에 나를 좋아했던 것은 아니라오."

●子曰359), "滌盃而食, 洗爵而飮, 可以養家客, 未可以饗三軍360)." 兕虎在後, 隋珠361)在前, 弗及掇珠, 先避後患. 聞雷掩耳, 見電瞑目, 耳聞所惡, 不如無聞, 目見所惡, 不如無見. 火可見而不可握, 水可循而不可毁. 故有象之屬, 莫貴於火, 有形之類, 莫尊於水. 身曲影直者, 未之聞也.

○≪회남자淮南子·전언훈詮言訓≫권14에 "그릇을 씻어서 음식을 준비하고 술잔을 씻어서 술을 준비하면, 집에 찾아온 손님을 모실 수는 있어도 군대를 접대할 수는 없다"고 하였다. 무소와 호랑이가 뒤에 있고 수주가 앞에 있으면, 미처 구슬을 주울 수는 없어도 미리 후환을 피할 수는 있다. 우레를 들으면 귀를 가리게 되고, 번개를 보면 눈을 감게 되는 것은 귀로 나쁜 것을 듣느니 차라리 듣지 않는 것이 낫고, 눈으로 나쁜 것을 보느니 차라리 보지 않는 것이 낫기 때문이다. 불은 볼 수는 있어도 잡을 수는 없고, 물은 좇을 수는 있어도 훼손시킬 수는 없다. 그래서 형상을 가지고 있는 사물 가운데 불보다 귀한 것이 없고, 형체를 가지고 있는 사물 가운데 물보다 존귀한 것이 없다. 몸이 굽었는데

---

359) 子曰(자왈) : 이하 예문은 전한 회남왕淮南王 유안劉安의 저서인 ≪회남자淮南子·전언훈詮言訓≫권14에 보인다.

360) 三軍(삼군) : 군대의 편제 단위. 주周나라 때 1군은 군사가 12,500명이었는데, 천자는 6군을, 제후는 작위에 따라 3군·2군·1군을 거느렸다. 후대에는 전군前軍·중군中軍·후군後軍, 혹은 보군步軍·기군騎軍·거군車軍을 가리키기도 하였는데, 군대에 대한 통칭으로 쓰였다.

361) 隋珠(수주) : '화씨지벽和氏之璧'(화벽和璧)과 함께 중국을 대표하는 전설상의 보물인 '수후지주隨侯之珠'의 약칭. '수隋'는 작은 제후국 이름이고 '후侯'는 군주를 뜻하는데, 구체적인 신상은 미상. '수후주隋侯珠'로 약칭하기도 한다. '수隋'는 '수隨'로도 쓰고, '후侯'는 '후候'로도 썼다.

그림자가 곧다는 말을 아직 들어본 적이 없다.

●用百人之所能, 則百人之力擧. 譬若伐樹而引其本, 千枝萬葉, 莫能弗從也.

○백 명의 재능을 활용하면 백 명의 능력을 다 쓸 수 있다. 비유하자면 나무를 벨 때 그 뿌리를 뽑으면 수많은 가지와 잎사귀가 모두 절로 따라나오게 되는 것과 같다.

●剝牛皮鞹[362]以爲鼓, 正三軍之衆, 然爲牛計, 不若服軛[363]. 狐白之裘, 天子被之在廟堂[364], 爲狐計, 不若走於平澤. 行合趣同, 千里相從, 趣不合, 行不同, 對門不逢也.

○소의 가죽을 벗겨서 북을 만들면 군대의 병사들을 통제할 수 있지만, 소를 생각한다면 차라리 수레를 모는 것이 낫고, 여우의 흰 털로 만든 갖옷을 천자가 조정에서 입지만, 여우를 생각한다면 차라리 평지나 못가를 달리는 것이 낫다. 행동과 취향이 같으면 천리 멀리 떨어진 사람들도 서로 따르지만, 취향이 다르고 행동이 다르면 대문을 마주하고도 서로 만나지 않는다.

●江出岷山[365], 河出崑崙[366], 涇出王屋[367], 潁出少室[368], 漢出嶓冢[369], 分流同注於東海. 出則異, 所歸者同也.

---

362) 皮鞹(피곽) : 생가죽과 털을 제거한 가죽. 결국 가죽에 대한 총칭을 가리킨다.
363) 服軛(복액) : 멍에를 씌우다. 결국 수레를 모는 것을 말한다.
364) 廟堂(묘당) : 임금이 신하들의 조회를 받고 정사를 의논하는 조정을 일컫는 말.
365) 岷山(민산) : 사천성의 산 이름이자 속현屬縣 이름. 농토가 비옥한 것으로 유명하다.
366) 崑崙(곤륜) : 중국 서북방 신강新疆과 서장西藏 사이에 위치한 고산 이름. 서왕모西王母가 산다는 전설상의 산을 가리킬 때도 있다.
367) 王屋(왕옥) : 산서성에 있는 산 이름.
368) 少室(소실) : 중악中嶽인 하남성 숭산崇山의 봉우리 가운데 하나.

○장강은 (사천성) 민산에서 나오고, 황하는 (신강) 곤륜산에서 나오고, 경수는 (산서성) 왕옥산에서 나오고, 영수는 (하남성) 소실산에서 나오고, 한수는 (감숙성) 파총산에서 나오는데, 물줄기는 달라도 똑같이 동해로 흘러든다. 나오는 곳은 다르지만, 돌아가는 곳은 같다.

●登高使人欲望, 臨深使人欲闚, 處使然也. 射則使人端, 釣者使人恭, 事使然也. 或吹火而然, 或吹火而滅, 所以吹者異也.

○산에 올랐을 때 사람들이 멀리 바라보고 싶어하고, 물을 내려다보았을 때 사람들이 흘깃보고자 하는 것은 처지가 그렇게 만드는 것이다. 활쏘기가 사람을 단정하게 만들고, 낚시가 사람을 공손하게 만드는 것은 사안이 그렇게 만드는 것이다. 혹자는 불을 불어서 불꽃을 일으키려고 하고, 혹자는 불을 불어서 불길을 끄고자 하는 것은 부는 목적이 달라서이다.

●善爲民者樹德, 不善爲民者樹怨. 然政不必然也. 專用聰明, 事必不成, 專用晦昧, 事必有悖. 一明一晦, 得之矣.

○백성을 위하는 일을 잘 하는 사람은 덕업을 세우고, 백성을 위하는 일을 잘 하지 못 하는 사람은 원망을 심는다. 그러나 정치란 반드시 다 그런 것은 아니다. 오로지 지혜만 발휘하면 정사는 반드시 성사되지 못 하고, 오로지 어리석은 짓만 하면 정사는 반드시 어그러지게 된다. 줄곧 지혜롭기만 하고 줄곧 어리석기만 하기에 그리되는 것이다.

●殷亡, 焚衆器皆盡, 唯琬琰[370]不焚, 君子則唯仁義存而已矣.

○은나라가 망하면서 모든 기물을 다 태웠어도 오로지 아름다운

369) 嶓冢(파총) : 감숙성에 있는 산 이름.
370) 琬琰(완염) : 아름다운 옥에 대한 총칭. 보통은 아름다운 문장을 비유한다.

옥만은 불타지 않았듯이, 군자에게는 오로지 인의만이 남을 뿐이다.

●夫一妻擅夫, 衆妾皆亂, 一臣專君, 羣臣皆弊, 其可忽哉?
○무릇 본처 한 명이 남편을 좌지우지하면 첩실들이 모두 무질서하게 되고, 신하 한 명이 군주를 멋대로 움직이면 신하들이 모두 폐해를 남기기 마련이니, 가벼이 여길 수 있겠는가?

●人莫不左畵方, 右畵圓.(按, 此下疑有缺文.) 以骨去螘, 螘愈多, 以魚敺蠅, 蠅愈至. 弓矢不調, 則羿[371]不能中也, 六馬[372]不和, 則造父[373]不能致遠, 士民不親, 則湯武[374]不能必勝. 夜光之璧, 黃彝[375]之尊, 始乃中山之璞, 溪林之榦, 及良工琢磨, 則登廟廊[376]之上矣. 加脂粉, 則宿瘤[377]進, 蒙不潔, 則西施[378]屛. 人之學也亦如

---

371) 羿(예) : 당나라 요왕堯王 때 활의 달인이라는 전설상의 인물. 열 개의 해가 한꺼번에 나타나 초목이 말라 죽자 요왕이 명하여 열 개의 해를 쏘아 맞히게 하였는데, 그중 아홉 개가 명중당해 거기에 살던 까마귀들이 모두 죽었다는 고사가 ≪회남자淮南子・본경훈本經訓≫권8에 전한다.
372) 六馬(육마) : 천자의 수레를 끄는 말을 이르는 말.
373) 造父(조보) : 주周나라 목왕穆王 때 말을 잘 몰았다는 전설상의 인물.
374) 湯武(탕무) : 상商나라를 건국한 탕왕湯王과 주周나라를 건국한 무왕武王을 아우르는 말.
375) 黃彝(황이) : 주周나라 때 천자가 사용하던 술잔 이름. 황목준黃目尊(樽)이라고도 한다.
376) 廟廊(묘랑) : 조정이나 천자를 비유하는 말.
377) 宿瘤(숙류) : 춘추시대 제齊나라 민왕閔王의 왕비王妃. 목에 큰 혹이 있어서 이런 별명이 생겼기에 추녀를 상징한다. 그녀에 관한 기록은 전한 유향劉向(약 B.C.77-B.C.6)의 ≪열녀전列女傳・제숙류녀齊宿瘤女≫권6에 전한다.
378) 西施(서시) : 춘추시대 월越나라의 미녀. 성은 시施씨이고, '선시先施' '서자西子' '이광夷光'으로도 불렸다. 월나라 범이范蠡가 오吳나라를 멸망시키기 위해 오나라 왕 부차夫差에게 바쳤는데, 오나라가 망한 뒤에는 범이에게 시집을 가 오호五湖를 유랑하였다고도 하고, 월나라 사람들이 장강長江에 던졌다고도 한다. ≪오월춘추吳越春秋・구천음모외전勾踐陰謀外傳≫권5와 ≪장자莊子・천운편天運篇≫권5 등에 그녀에 관한 기록이 보인다. 뒤에는 미인의 상징적 존재가 되었다.

此, 豈可不學邪? 世莫學馭龍而學馭馬, 莫學治鬼而學治人, 先其急脩也. 若使南海[379]無采珠之民, 崑山[380]無破玉之工, 則明珠不御於椒室[381], 美玉不佩乎褘裳[382]也.

○사람은 누구나 왼손으로 네모를 그리고, 오른손으로 동그라미를 그린다.(살펴보건대 이 아래로 아마도 누락된 문장이 있는 듯하다.) 뼈로 개미를 없애려고 하면 개미는 더욱 많아지고, 생선으로 파리를 쫓으려고 하면 파리는 더욱 날아오기 마련이다. 활과 화살을 잘 조율하지 않으면 (당唐나라 요왕堯王 때 활의 명수인) 예라고 할지라도 과녁을 명중시킬 수 없고, 여섯 마리 말이 조화를 이루지 못 하면 (주周나라 목왕穆王 때 마부인) 조보라고 할지라도 멀리까지 도달할 수 없듯이, 선비와 백성이 친하지 않으면 (상商나라) 탕왕湯王이나 (주나라) 무왕武王이라 할지라도 반드시 이길 수는 없었을 것이다. 야광주와 같은 구슬과 (천자의 술잔인) 황이와 같은 술잔도 처음에는 어디까지나 산에서 나는 옥돌과 숲속에서 나는 나뭇가지에 불과했지만, 훌륭한 장인이 가공하였기에 조정에 오를 수 있는 것이다. 지분을 보태면 (춘추시대 제齊나라 때 추녀인) 숙류도 사용하지만, 불결한 이물질이 포함되면 (춘추시대 월越나라 때 미녀인) 서시도 물리치기 마련이다. 사람의 학문도 이와 같거늘, 어찌 학문을 닦지 않을 수 있겠는가? 세상 사람들이 용을 모는 법을 배우지는 않아도 말을 모는 법을 배우고, 귀신을 다스리는 법을 배우지는 않아도 사람을 다스리는 법을 배우는 것은 급히 익혀야 할 것을 우선시하기 때문이다. 만약 (광동성) 남해군에 진주를 캐는 백성이 없고 (강소성) 곤산에

379) 南海(남해) : 광동성의 속군屬郡 이름. 진주의 생산지로 유명하다.
380) 崑山(곤산) : 옥 생산지로 유명한 강소성의 산 이름.
381) 椒室(초실) : 산초를 섞은 진흙을 벽에 바른 방을 뜻하는 말로 황후의 처소를 말한다. '산초'는 향기와 온기를 유지하는 효능이 있고, 열매가 많이 열려 다산多産을 상징한다. '초방椒房'이라고도 한다.
382) 褘裳(위상) : 꿩 문양이 새겨진 왕후王后의 제복祭服을 이르는 말.

옥을 가공하는 기술자가 없다면, 훌륭한 진주가 왕후의 처소에 공급되지 못 할 것이고, 아름다운 옥이 왕후의 제복을 장식하지 못 할 것이다.

●鋸齒383)不能咀嚼, 箕口不能別味, 榼耳不能理音樂, 屩鼻不能達芬芳. 畫月不能擕望舒384)之景, 床足不能有尋常385)之步. 跨孺子之竹馬, 不免於勞脚, 剝玉蚌之盈案, 無解於虛腹. 圖敖倉386)以救饑? 仰天漢387)以解渴? 指水不能赴其渴, 望冶不能止其寒. 陶犬無守夜之警, 瓦鷄無司晨之益, 塗車不能代勞, 木馬不能馳逐, 皆所忽也.(按, 此句疑有誤.) 亦猶草木有龍膽·狗脊388)·虎掌·鼜牙389), 而非四獸也.

○톱니처럼 생긴 이빨로는 음식을 씹을 수 없고, 키처럼 생긴 입으로는 음식 맛을 구분할 수 없으며, 술통처럼 생긴 귀로는 음악을 감상할 수 없고, 짚신처럼 생긴 코로는 향기를 맡을 수 없다. 그림 속의 달은 (달의 신인) 망서가 만드는 달빛을 뿌릴 수 없고, 침상의 다리는 짧은 거리조차 걸을 수 없다. 어린아이의 죽마를 타 봐야 다리만 힘들고, 안궤를 가득 채운 진주조개를 까 봐야 공복을 해결할 수는 없다. 오창을 그림으로 그린다고 기근을 구제할 수 있겠는가? 은하수를 바라본다고 갈증을 해결할 수 있겠는가? 물을 손가락으로 가리킨다고 해서 갈증을 해결하러 달려갈 수 없고, 대장간을 바라본다고 해서 추위를 막을 수는 없는

383) 鋸齒(거치) : 톱니처럼 생긴 이빨을 이르는 말.
384) 望舒(망서) : 달을 운행한다는 전설상의 신인神人. '섬아纖阿'라고도 한다.
385) 尋常(심상) : 매우 짧은 거리를 비유하는 말. '심尋'이 8자를, '상常'이 그 두 배인 1장 6자를 뜻하는 데서 유래하였다.
386) 敖倉(오창) : 하남성 정주시鄭州市에 있었던 곡물 창고 이름.
387) 天漢(천한) : 은하수를 뜻하는 말로, '은하銀河' '은한銀漢' '명하明河' '천하天河' '성한星漢' '소한霄漢' '운한雲漢' '하한河漢' '강하絳河' '경하傾河' 등 다양한 별칭으로도 불린다.
388) 龍膽狗脊(용담구척) : 각기 풀 이름인 용담초龍膽草와 구척초狗脊草의 약칭.
389) 虎掌鼜牙(호장장아) : 각지 벼 이름인 호장도虎掌稻와 장아도鼜牙稻의 약칭.

법이다. 진흙으로 빚어서 만든 개는 밤도둑을 지키는 경고음을 내지 못 하고, 질을 구워서 만든 닭은 새벽 시간을 알리는 도움을 주지 못 하며, 진흙을 빚어 만든 수레는 노동력을 대신할 수 없고, 나무를 깎아서 만든 말은 힘차게 달릴 수 없으니, 이 모두가 홀시할 바이다.(살펴보건대 이 구절에는 아마도 오류가 있는 듯하다.) 이는 역시 초목 가운데 용담초・구척초・호장도・장아도라는 것이 있지만, 네 마리 짐승을 가리키는 것이 아닌 것과 같다.

●雨以時降, 則謂之甘, 及其失節, 則謂之苦. 秦氏書[390]懸衡石[391], 王莽夜御燈火, 庶事彌以亂矣.

○비가 제때에 내리면 그것을 '감우甘雨'라고 하고, 제철을 놓치고 내리면 이를 '고우苦雨'라고 한다. 진나라 시황제는 낮에도 저울을 걸고, (신新나라) 왕망은 밤에 등불을 설치했지만, 만사가 더욱 혼란스러워지기만 했다.

●菁茅, 薪草也, 書尊其貴. 王雎, 野鳥也, 詩重其辭. 羊鴈, 賤畜也, 禮[392]見其質. 蒺棘, 鄙木也, 易以定刑. 所謂常善救物, 故無棄財, 而況人身? 取人誠如是也.(按, 自羊雁至是也, 原本誤於捷對篇複見. 又缺菁茅四句. 詳考文義, 宜屬此篇, 謹校正.)

○'청모'는 땔나무용 풀이지만, ≪서경・하서夏書・우공禹貢≫권3

---

390) 書(서) : 문맥상으로 볼 때 '주晝'의 오기인 듯하다. 자형의 유사성으로 인한 필사 과정상의 단순 오기로 보인다.

391) 衡石(형석) : 저울에 대한 총칭. '형衡'은 저울을 뜻하고, '석石'은 120근의 용량을 뜻한다. 여기서는 진나라 시황제가 천하를 차지한 뒤 도량형을 통일하였지만 결국 법치주의를 내세웠다가 망국을 초래한 사실을 함축적으로 표현하기 위한 말인 듯하다.

392) 禮(예) : 예법과 관련한 기본 정신을 서술한 책인 ≪예기禮記≫의 본명. 전한 선제宣帝 때 대덕戴德이 정리한 85편의 ≪대대예기大戴禮記≫와 대덕의 조카인 대성戴聖이 정리한 49편의 ≪소대예기小戴禮記≫가 있는데, 오늘날 '예기'라고 하는 것은 후자를 가리킨다. ≪주례周禮≫ ≪의례儀禮≫와 함께 '삼례三禮'라고 한다.

에서 그것이 귀하다고 존중하였다. '왕저'는 야생조류이지만, ≪시경·주남周南·관저關雎≫권1에서 그 울음소리를 존중하였다. 양과 기러기는 흔한 가축이지만, ≪예기≫에서 그 본질을 살펴주었다. 덤불로 자라는 가시나무는 쓸모없는 나무이지만, 형량을 정하기 용이하게 해 준다. 이른바 언제나 도움을 잘 주는 사물들이기에 버릴 것이 없거늘, 하물며 사람에게 있어서야 더 말할 나위가 있겠는가? 사람을 취할 때도 진실로 이와 같이 해야 할 것이다.(살펴보건대 '양과 기러기'부터 여기까지를 원본에서는 잘못하여 <첩대편>에 중복 출현시켰다. 또 '청모' 이하 네 구절이 빠져 있다. 문맥을 상세히 고찰해 보면 의당 이 편에 소속시켜야 하겠기에, 삼가 바로잡는다.)

●阿膠[393]五尺, 不能止黃河之濁, 弊車徑尺, 不足救鹽池[394]之泄.

○다섯 자 되는 아교로는 황하가 혼탁해지는 것을 막을 수 없고, 너비가 한 자 되는 망가진 수레로는 염지의 물이 새는 것을 막을 수 없다.

●殷洪遠云, "周旦腹中有三斗爛腸[395]."(按, 原本云作念, 旦作恒, 腹下無中字, 謹據曾慥類說[396]校改.) 桓元子[397]在荊州, 恥以威刑爲政, 與令史

---

393) 阿膠(아교) : 나귀 가죽와 뼈 따위를 진하게 고아서 만든 갖풀. 산동성 동아현東阿縣에 있는 아정阿井의 물로 만든 데서 유래하였다. 탁한 물에 풀면 물이 맑아진다고 한다.

394) 鹽池(염지) : 내륙의 염전을 이르는 말.

395) 三斗爛腸(삼두란장) : 세 말의 썩은 창자. 정사에 골몰하느라 고심하여 창자가 다 썩어문드러졌다는 것을 뜻한다.

396) 類說(유설) : 송나라 증조曾慥가 고서古書 261종의 기록을 발췌하여 전집과 후집으로 나누어 정리한 책. 총 60권. 남송南宋 초까지의 옛 전적들을 많이 보존하고 있어 자료적 가치가 크다. ≪사고전서간명목록·자부·잡가류雜家類≫권13 참조. 그러나 현전하는 ≪유설≫에는 ≪금루자≫가 실리지 않은 것으로 보아 삭제된 듯하다.

397) 桓元子(환원자) : 진晉나라 사람 환온桓溫(312-373). '원자'는 자. 시호는 선무宣武. 왕돈王敦(266-324)의 반란을 진압한 환이桓彛(276-328)의 장남이자 명제明帝의 사위. 형주자사荊州刺史와 대사마大司馬·도독중외제군사都督中外諸軍事를 역임하고 남군공南郡公에 봉해졌다. 폐제廢帝를 폐위시키고 간

杖, 上捎雲根398), 下拂地足399), 余比庶幾焉. 詩云, "宜民宜人, 受祿於天." 書400)稱, "立功立事, 可以永年." 君子之用心也, 恒須以濟物爲本, 加之以立功, 重之以修德, 豈不美乎?

○(진晉나라) 홍원洪遠 은융殷融은 "(주周나라) 주공周公 희단姬旦의 뱃속에는 썩은 창자가 서 말이나 있었다"(살펴보건대 원본에는 '운云'이 '념念'으로, '단旦'이 '항恒'으로 되어 있고, '복腹'자 아래 '중中'자가 없기에, 삼가 증조의 ≪유설≫에 근거하여 교정한다)고 하였다. (진晉나라) 원자元子 환온桓溫은 (호북성) 형주에 있을 때 위엄과 형벌로 정사를 펼치는 것을 부끄럽게 생각해, 하급관리들에게 곤장을 건네면서 위쪽으로 돌처럼 딱딱한 부위를 제거하고 아래로도 흙처럼 굳어진 부위를 갈아냈는데, 나도 근자에 거의 이에 가까운 경지에 이르렀다. ≪시경·대아大雅·가락假樂≫권24에서는 "백성들을 편안하게 해 주면 하늘에서 복을 받으리라"고 하였고, ≪서경≫에서는 "공적을 세우면 영생할 수 있다"고 하였다. 군자의 마음 씀씀이는 항상 세상을 구하는 것을 근본으로 삼고, 거기에 공적을 세우는 것을 보태고, 덕업을 닦는 것을 보태야 하는 법, 그리한다면 어찌 칭송을 받지 않겠는가?

●楚人畏荀卿401)之出境, 漢氏追匡衡402)之入界. 是知儒道實有可尊.

문제簡文帝를 옹립하였으나 왕위를 찬탈하려다가 실패하고 병사하였다. ≪진서·환온전≫권98 참조.

398) 雲根(운근) : 구름의 뿌리. 원래는 돌을 비유하는 말인데, 여기서는 죄수가 맞으면 크게 고통을 느낄 수 있는 곤장의 딱딱한 부위를 비유적으로 가리키는 듯하다.

399) 地足(지족) : 땅의 발. 무엇을 비유하는 말인지 불분명하나, 여기서는 앞의 '운근'과 마찬가지로 곤장의 딱딱한 부위를 비유적으로 가리키는 말인 듯하다.

400) 書(서) : 이하 예문은 현전하는 ≪서경≫에 실리지 않은 것으로 보아 일문逸文인 듯하다.

401) 荀卿(순경) : 전국시대 조趙나라 사람 순황荀況에 대한 존칭. '순자荀子'라고도 한다. 전한 선제宣帝 유순劉詢의 이름을 피휘避諱하기 위해 '순荀'을 '손孫'으로 고치고, 존경의 뜻으로 '경卿'이란 칭호를 붙여 '손경孫卿' '손경자孫卿子'라고도 하였다. 그의 유가사상을 담은 저서인 ≪순자≫ 20권이 전하며, 당나

故皇甫嵩[403]手握百萬之衆而不反, 豈非儒者之貴乎?

○(전국시대 때) 초나라 사람들은 순경(순자)이 국경을 나설까 염려하였고, 한나라 때 사람들은 광형이 국내로 들어오자 쫓아가 맞이하였다. 이로써 유가의 도리에 실로 존중할 만한 점이 있다는 것을 알 수 있다. 따라서 (후한 말엽에) 황보숭이 손수 수많은 사람들의 손을 잡은 채 돌아가지 않은 것이 어찌 유학자들을 존대한 예가 아니겠는가?

●摯虞[404]論邕元表賦, "日通精以整, 思元博而贍, 元表擬之而不及." 余以爲仲治[405]此說爲然也.(案, 此段疑有缺文.)

○(진晉나라) 지우는 <옹원표의 부를 논하는 글>에서 "날마다 정채로운 글을 읽으면 글이 가지런해지고, 구상을 폭넓게 펼치면 글이 풍부할 수 있는데, 옹원표가 이를 도모하였으나 따라잡지 못 했다"고 하였다. 나는 중흡仲治(지우)의 이러한 주장이 맞다고 생각한다.(살펴보건대 이 단락에는 아마도 누락된 문장이 있는 듯하다.)

●蔡邕[406]言, "忠臣不用, 用臣不忠. 善言不入, 入言不善. 罪人無刑,

라 양경楊倞이 주를 달았다.

402) 匡衡(광형) : 전한 때 사람으로 경전經典에 정통하여 선제宣帝 때 평원문학平原文學, 원제元帝 때 태자소부太子少傅와 승상丞相을 지내며 악안후樂安侯에 봉해졌으나, 성제成帝 때 왕증王曾의 탄핵을 받아 서인庶人으로 생을 마쳤다. 집이 가난해 초가 없자 벽을 뚫어 이웃집 촛불 빛을 끌어들여서 글을 읽었다는 고사로 유명하다. ≪한서·광형전≫권81 참조.

403) 皇甫嵩(황보숭) : 후한 말엽 사람(?-195). 황건적黃巾賊을 물리친 공로로 괴리후槐里侯에 봉해졌고, 벼슬이 태위太尉까지 올랐으며 선정을 베풀어 백성들의 칭송을 받았다. ≪후한서·황보숭전≫권101 참조.

404) 摯虞(지우) : 진晉나라 때 사람. 자는 중흡仲洽. 황보밀皇甫謐의 제자로서 비서감祕書監·광록훈光祿勳·태상경太常卿 등의 고관을 지내며 시문선집詩文選集 겸 이론서인 ≪문장유별文章流別≫ 64권과 ≪문장지文章志≫ 4권, ≪결의요주決疑要注≫ 1권, ≪족성소목族姓昭穆≫ 10권 등을 지었다고 하나 오래전에 실전되었다. ≪진서·지우전≫권51 참조.

405) 仲治(중치) : 지우摯虞의 자인 '중흡仲洽'의 오기이다.

406) 蔡邕(채옹) : 후한 말엽 사람(133-192). 자는 백개伯喈. 경학과 천문·음악

刑人無罪." 傅元[407]言, "寵臣大病,(案, 此病字疑柄之訛.) 其君則病. 寵臣過隆, 其君則聾. 王良·造父, 不能同車而馭, 伯喈·叔夜[408], 不可並琴而彈. 是知人君不可分權也. 人君當以江海爲腹, 林藪爲心, 使天下民不能測也. 徒有其聲, 而無其實, 若魚目之珠, 入市而損價, 斲氷爲璧, 見日而銷也."

○(후한) 채옹은 "충신을 기용하지 않으면 불충한 신하를 기용하게 되고, 선한 말을 받아들이지 않으면 선하지 않은 말을 받아들이게 되며, 죄 지은 사람을 형벌에 처하지 않으면 죄 없는 사람을 형벌에 처하게 된다"고 하였다. 또 (진晉나라) 부현傅玄은 "총신이 권력을 좌지우지하면(살펴보건대 여기서 '병病'자는 아마도 '병柄'자를 잘못 쓴 듯하다) 그 군주가 병들게 되고, 총신이 지나치게 융숭한 대접을 받으면 그 군주가 귀머거리가 된다. (춘추시대 진晉나라 때 마부인) 왕양과 (주周나라 목왕穆王 때 마부인) 조보는 같은 수레를 타고서 말을 몰 수 없고, (후한 때 사람) 백개(채옹)와 (삼국 위魏나라 때 사람) 숙야(혜강嵇康)는 금을 나란히 한 채 연주할 수 없다. 이로써 군주는 권력을 나눠주어서 안 된다는 것을 알 수 있다. 군주는 응당 강과 바다를 배로 삼고 숲과 못을 심장으로 삼아 천하 백성들이 헤아릴 수 없게 해야 한다. 단지 명성만 있고 실속이 없다면, 이는 물고기 눈처럼 생긴 진주가 저자에 들어가 가격이 깎이고, 얼음을 깎아서 구슬을 만들어도 해가 뜨면 녹아버리는 것과 같다.

방면에 정통하였으나, 동탁董卓(?-192)의 휘하에서 제주祭酒와 좌중랑장左中郞將을 역임하다가 왕윤王允(137-192)에게 잡혀 죽임을 당했다. 저서로 ≪채중랑집蔡中郎集≫ 6권이 전한다. ≪후한서·채옹전≫권90 참조.

407) 傅元(부원) : 진晉나라 때 사람 부현傅玄(217-278)의 다른 표기. '원元'은 청나라 강희제康熙帝의 이름(玄燁)을 피휘避諱하기 위해 고쳐 쓴 것이다. 저서로 ≪부자傅子≫ 1권이 전한다.

408) 叔夜(숙야) : 삼국 위魏나라 사람 혜강嵇康(224-263)의 자. 죽림칠현竹林七賢 중의 한 사람으로서 금琴에 조예가 깊었다. 저서로 ≪혜중산집嵇中散集≫ 10권이 전한다. 전기가 ≪진서晉書·혜강전≫권49에 전하나, 실제로는 위나라 때 사람이다.

●王懷祖[409]之在會稽[410]居喪，每聞角聲，即洒掃[411]，爲逸少[412]之弔也．如此累年，逸少不至．及爲揚州，稱逸少罪．逸少於墓所自誓，不復仕焉．余以爲懷祖爲得，逸少爲失也．懷祖地不賤乎逸少，頗有儒術．逸少直[413]虛勝耳，才旣不足以高乎物，而長其狠傲，隱不違親，貞不絶俗，生不能養，死方肥遯[414]，能書何足道也? 若然，魏勰[415]之善畫，綏明[416]之善棊，皆可凌物者也．懷祖構怨[417]，宜哉! 主父偃[418]之心，蘇季子[419]之歎，自於懷祖見之．

---

409) 王懷祖(왕회조) : 진晉나라 때 사람 왕술王述(303-368). '회조'는 자. 사만謝萬(320-361)의 장인으로서 아들 왕탄지王坦之와 손자 왕유王愉와 함께 삼대에 걸쳐 중서령中書令을 지냈다. ≪진서·왕술전≫권75 참조.

410) 會稽(회계) : 절강성의 속군屬郡이자 산 이름. 춘추전국시대 때는 절강성 소흥시紹興市 일대를 '회계'라고 하다가, 진한秦漢 때는 오군吳郡(강소성 소주시蘇州市 일대)으로 이전하였고, 후한後漢 이후로 다시 오군을 복원하면서 회계군 역시 원래 지역(절강성 소흥시 일대)으로 복원시켰다.

411) 洒掃(쇄소) : 물을 뿌리고 쓸다. 즉 청소를 뜻한다.

412) 逸少(일소) : 진晉나라 때 우군장군右軍將軍을 지낸 왕희지王羲之(321-379)의 자. 해서楷書·행서行書·초서草書 방면에 달인의 경지에 올라 '서성書聖'으로 불렸다. ≪진서·왕희지전≫권80 참조.

413) 直(직) : 단지. '지只'의 뜻.

414) 肥遯(비둔) : 여유롭게 숨어 살다. 즉 은거생활을 뜻한다. ≪역경·둔괘遯卦≫권6에서 유래한 말로 '비肥'는 '유裕'의 뜻.

415) 魏勰(위협) : 이러한 인물에 대한 기록이 다른 문헌에 보이지 않는 것으로 보아 진晉나라 갈홍葛洪(284-363)이 ≪포박자抱朴子·변문辯問≫권3에서 '화성畵聖'이란 존칭을 붙여준 진나라 때 화가 '위협衛協'의 오기인 듯하다. 당나라 장언원張彦遠의 ≪역대명화기歷代名畵記≫권5 등의 기록에 의하면 인물화에 조예가 깊었다고 전한다.

416) 綏明(수명) : ≪포박자·변문≫권3에서 '기성碁聖'이란 존칭을 붙여준 사람인 마수명馬綏明의 이름. 신상에 대해서는 알려진 바가 거의 없다. 다른 문헌에서는 '마수경馬綏卿' '마부명馬浮明'으로도 표기하였는데, 어느 것이 맞는지는 불분명하다.

417) 構怨(구원) : 원한을 맺다, 원수가 되다.

418) 主父偃(주보언) : 전한 무제武帝 때 사람(?-B.C.126). 경학經學에 정통하여 낭중郎中과 중대부中大夫 등을 역임하다가 제왕齊王과 누이의 간통 사건 때문에 족멸族滅당했다. ≪한서·주보언전主父偃傳≫권64 참조.

419) 蘇季子(소계자) : 전국시대 때 사람 소진蘇秦(?-B.C.284). '계자'는 자. 합종설合從說로 육국六國의 공동재상에 오른 뒤 전에 자신을 박대했던 가족들 앞에서 "만약 내게 (하남성) 낙양성 밖에 밭이 2경 있었더라면, 내가 어찌 육국재상의 도장을 허리에 찰 수 있으리오?(使我有雒陽負郭田二頃，吾豈能佩六國相

○(진晉나라) 회조懷祖 왕술王述이 (절강성) 회계군에서 상을 치를 때, 매번 호각 소리를 듣자마자 청소를 한 것은 일소(왕희지王羲之)의 조문 때문이었다. 이와 같이 몇 년을 보냈으나, 왕희지가 더 이상 찾아오지 않았다. 그래서 (강소성) 양주자사를 맡았을 때 왕희지가 죄를 지었다고 거론하였다. 그러자 왕희지는 무덤에서 스스로 맹서하고는 다시는 벼슬길에 오르지 않았다. 나는 왕술이 타당하고 왕희지가 잘못했다고 생각한다. 왕술은 지위가 왕희지보다 비천하지 않았고, 자못 유학에 정통하였다. 왕희지는 단지 헛된 명성으로만 알려졌을 뿐 재능은 남보다 고상하지 못하면서도, 거칠고 오만한 성격만 내세우면서 은거해도 친족을 멀리하지 않고, 성품도 다른 사람보다 뛰어나지 않았으며, 살아서는 수양을 쌓지 못 하고, 죽을 때가 되어서야 비로소 은둔생활에 접어들었으니, 글씨를 잘 쓴 것이 어찌 말할 거리가 되겠는가? 만약 그렇다면 (진나라) 위협衛協이 그림을 잘 그리고 마수명馬綏明이 바둑을 잘 둔 것도 남을 능가하는 재주라고 평할 수 있을 것이다. 왕술이 원한을 맺은 것도 당연하다! (전한 때) 주보언이 앙심을 품고 (전국시대 때) 소계자(소진蘇秦)가 개탄해 하던 심경을 자연스레 왕술에게서도 엿볼 수 있다.

●堯問舜, "紫舌[420]之民, 不可與語, 若何?" 舜曰, "君若遠鑑, 必知通塞, 紫舌之民, 何難合同?" 余以爲善對. 故管仲[421]曰, "放老馬, 得迷道, 隨螘壤, 得水穴也."

印乎?)"라고 개탄했다는 고사가 ≪사기·소진전≫권69에 전한다.
420) 紫舌(자설) : 자주색 혀. 중원과 언어가 다른 이민족을 비유하는 말.
421) 管仲(관중) : 춘추시대 제齊나라 사람 관이오管夷吾(?-B.C.645). '중'은 자. 환공桓公을 여러 차례 암살하려다가 실패하였으나, 포숙아鮑叔牙의 도움으로 환공 밑에서 재상에 올라 부국강병책으로 제나라를 강국으로 만들었다. 이름보다는 자인 '중仲'을 써서 관중管仲으로 흔히 불리며, 변치 않는 우정을 의미하는 '관포지교管鮑之交'라는 고사성어로 유명하다. 저서로 ≪관자管子≫ 24권이 전한다. ≪사기·관중전≫권62 참조.

○(당나라) 요왕이 순에게 물었다. "자주색 혀를 가지고 있는 이민족과 말이 통하지 않으면, 어찌해야 하겠소?" 순이 대답하였다. "군주는 먼 곳까지 살필 수 있으면, 필시 순통할지 막힐지를 알 수 있으니, 자주색 혀를 가진 이민족과 협동하는 것이 어찌 어렵겠나이까?" 나는 훌륭한 답변이라고 생각한다. 그래서 (춘추시대 제齊나라) 관중(관이오管夷吾)도 "노련한 말을 풀어놓으면 미로를 찾을 수 있고, 개미굴을 따라가면 샘물을 얻을 수 있다"고 한 것이다.

●韓昭侯[422]使吏行縣之南門外, 有黃犢食苗. 昭侯下令曰, "當苗時, 禁牛馬入田!" 乃得南門黃犢, 人以爲神.

○(전국시대) 한나라 소후가 관리를 시켜 고을의 남문 밖으로 가서 새싹을 뜯어먹고 있는 송아지를 찾게 하였다. 소후는 "새싹이 돋을 때는 소나 말이 밭에 들어가지 못 하게 하라!"는 명을 내린 일이 있다. 결국 남문에서 송아지를 찾았기에, 사람들은 그에게 신통력이 있다고 생각하였다.

●人心不同, 有如其面. 昔燕昭重樂毅[423], 而惠王疑其能, 魏武誅文擧, 而曹丕收其集. 劉向・劉歆, 立言相反, 郗愔・郗超, 所奉各異, 而況九族[424]乎, 百姓乎? 處於堂之陰, 而知日月之次序也, 見瓶中之氷, 而知天下之寒暑也. 鼓不預於五音[425], 而爲五音之主, 水不

---

422) 昭侯(소후) : 전국시대 한나라 군주의 시호. B.C.362-B.C.333 재위.

423) 樂毅(악의) : 전국시대 때 위魏나라 사람. 뒤에 연燕나라로 망명하여 전공을 세워서 창국군昌國君에 봉해졌다.

424) 九族(구족) : 고조부高祖父부터 현손玄孫까지 9대를 가리키는 말. 즉 고조・증조・조부・부친・본인・아들・손자・증손・현손을 말한다. 결국은 일가친척을 두루 가리킨다. '구종九宗' '구속九屬' '구친九親'이라고도 한다.

425) 五音(오음) : 음률에서 기본적으로 다섯 가지 음인 궁宮(土)・상商(金)・각角(木)・치徵(火)・우羽(水)를 가리킨다. '오성五聲'이라고도 한다. 음악을 비유한다.

預於五味[426], 而爲五味之和, 將軍不預於五官[427], 而爲五官之督也. 蘭生空谷, 不爲莫用而不芳, 舟在江海, 不爲莫乘而不浮. 先針而後縷, 可以成帷蓋, 先縷而後針, 不可以成衣服. 有是哉!

○사람의 마음이 다른 것은 각자 얼굴이 다른 것과 유사한 점이 있다. 옛날에 (전국시대) 연나라 소공은 악의를 존중하였으나 (아들인) 혜왕은 그의 능력을 의심하였고, (삼국) 위나라 무제(조조曹操)는 글재주와 학문이 뛰어난 사람들을 살해하였으나 (그의 아들인) 조비(문제文帝)는 그들의 문집을 모았으며, (전한 말엽) 유향과 유흠 부자는 입언이 상반되었고, (진晋나라) 치음과 치초 부자는 신봉하는 바가 각기 달랐으니, 하물며 일가친척이나 일반 백성의 경우야 더 말할 나위가 있겠는가? 대청 그늘진 곳에 머물면서도 일월의 순차를 알 수 있고, 병 속의 해그림자를 보고서도 천하의 추위와 더위를 알 수 있다. 북소리가 오음에 끼지 않는 것은 오음을 주관하는 주체이기 때문이고, 물이 오미에 끼지 않는 것은 오미를 조율하는 물체이기 때문이며, 장군이 오관에 끼지 않는 것은 오관을 감독하는 존재이기 때문이다. 난초는 텅 빈 골짜기에서 자라도 쳐다보는 사람이 아무도 없다고 해서 향기를 발하지 않는 것이 아니고, 배는 강이나 바다에 있으면 타는 사람이 아무도 없다고 해서 뜨지 않는 것이 아니다. 바늘을 우선시하고 실을 나중으로 미루면 휘장이나 덮개를 만들 수 있지만, 실을 우선시하고 바늘을 나중으로 미루면 의복을 만들 수 없는 법이다. 맞는 말이로다!

●公沙穆[428]曰, "居家之方, 唯儉與約, 立身之道, 唯謙與學." 世人有

---

426) 五味(오미) : 다섯 가지 맛. 오행五行에 따라 목-신맛(酸), 화-쓴맛(苦), 토-단맛(甘), 금-매운맛(辛), 수-짠맛(鹹)으로 배합되는데, 결국 다양한 맛, 맛좋은 음식을 상징한다.

427) 五官(오관) : 주周나라 때 최고위 관직인 사도司徒·사마司馬·사공司空·사사司士·사구司寇를 아우르는 말.

忿者, 題其門爲鳳字, 彼不覺, 大以爲欣, 而意在凡鳥[429]也. 有寄檳榔[430]與家人者, 題爲合子[431], 蓋人一口[432]也. 人有罵奴而命名風者, 凡蟲也. 如此皆爲聽察焉.(按, 自阿膠五尺, 至爲聽察焉十一段, 原本誤入捷對篇. 別卷載殷洪遠以下三段, 又標金樓子立言下之目. 詳考文義, 皆應屬此篇, 謹校正.)

○(후한) 공사목은 "집안을 잘 다스리는 방법은 오직 검소함과 절약뿐이고, 입신양명할 수 있는 방도는 오직 겸손함과 학문뿐이다"라고 하였다. 세인 가운데 누군가 화가 나서 대문에다가 '봉황 봉鳳'자를 썼는데, 그 사람이 이 말의 의미를 알아채지 못 한 채 무척 기뻐하였지만, 그 의미는 '평범한 새'라는 데 있었다. 또 누군가 가족에게 빈랑을 부치면서 '모을 합合'자를 썼는데, 아마도 사람 한 입 정도 되는 조촐한 양이란 뜻이었을 것이다. 또 누군가 노비에게 욕을 하면서 '바람 풍風'이라고 불렀는데, '평범한 벌레'라는 뜻이다. 이와 같은 것들은 모두 들으면 바로 알 수 있는 예들이다.(살펴보건대 '다섯 자 되는 아교'로부터 '들으면 바로 알 수 있는 예들이다'까지 열한 개 단락은 원본에는 잘못하여 <첩대편>에 들어가 있다. 또 다른 판본에서는 '은홍원' 이하 세 단락을 기재하면서 '금루자 입언편 하'라

428) 公沙穆(공사목) : 후한 사람. '공사'는 복성複姓. 자는 문예文乂. 경학에 정통하였고, 도위都尉를 지냈다. ≪후한서·공사목전≫권112 참조.

429) 凡鳥(범조) : 평범한 새. 고대의 세로쓰기에서 '봉鳳'자를 상하로 나누면 '범凡'자와 '조鳥'자로 쪼개지기에 하는 말이다. 유사한 고사로 삼국 위魏나라 때 여안呂安이 죽림칠현竹林七賢 가운데 한 사람인 친구 혜강嵇康을 방문하였는데, 혜강 대신 속물 근성이 강한 그의 형 혜희嵇喜가 자신을 맞이하자 '봉'자를 쓰고 떠났고, 이를 본 혜희가 자신을 놀리는 말임을 모른 채 기뻐했다는 이야기가 ≪세설신어世說新語·간오簡傲≫권하에 전하기도 한다. 아래의 '풍風'자를 '범凡'자와 '충虫'자로 쪼개는 것도 이러한 원리로 이해하면 될 듯하다.

430) 檳榔(빈랑) : 남방에서 나는 야자수에 속하는 나무의 열매 이름. 남만족南蠻族이 세운 가라국歌羅國에서는 결혼 예물로 썼다고 한다. '감람橄欖' '여감자餘甘子'라고도 하고, 송나라 황정견黃庭堅(1045-1105)이 휘종徽宗이 즉위한 뒤 감람을 즐겨 먹듯이 간언을 달갑게 받아들이기는 바라는 마음에서 '미간味諫'이란 별칭을 붙이기도 하였다.

431) 子(자) : 문맥상으로 볼 때 '자字'의 오기인 듯하다.

432) 人一口(인일구) : '합合'자를 위로부터 쪼개면 '인人' '일一' '구口'가 된다는 말이다.

는 제목을 달기도 하였다. 문맥을 자세히 살펴보면 모두 이 <입언편 하>에 소속시켜야 하겠기에, 삼가 바로잡는다.)

●夫目察秋毫, 不見華嶽[433], 耳聽宮徵[434], 不聞雷霆, 君子用心, 必須普也. 故麋鹿成羣, 虎豹所避, 衆鳥成列, 鷹隼不遊. 若臨事方就, 則不舉矣. 渴而穿井, 臨難鑄兵, 並無益也. 非直是矣, 復須適時用矣. 魯人有身善織屨, 妻善織縞, 而徙於越, 或謂之曰, "子必窮矣. 夫屨而履, 越人跣行, 夫縞而冠, 越人被髮[435], 蓋無益矣."

○무릇 눈으로 가을날에 날리는 터럭만 관찰하다 보면 화산이 눈에 들어오지 않고, 귀로 음악 소리만 듣다 보면 우레 소리가 귀에 들어오지 않기에, 군자가 마음을 쓸 때는 반드시 보편성에 주의를 기울어야 한다. 그래서 고라니나 사슴이 떼를 지으면 호랑이나 표범도 피하고, 새들이 줄을 지으면 새매도 주변을 맴돌지 않는 것이다. 만약 일에 닥치거나 완성할 즈음이 되면 거사하지 않아야 한다. 목이 말라서 우물을 파고 난리가 닥쳐서 병기를 주조한다면 모두 무익할 것이다. 비단 이뿐만이 아니라, 또한 모름지기 제때에 적용해야 한다. 노나라 사람 중에 어떤 사람이 자신은 신발을 잘 짜고 아내는 명주를 잘 짰는데, 월나라로 이사가려고 하자 누군가 그에게 말했다. "그대는 필시 가난하게 될 것이오. 무릇 신발은 발에 신기 위한 것이지만 월나라 사람들은 맨발로 다니고, 무릇 명주는 갓을 만들기 위한 것이지만 월나라 사람들은 머리카락을 풀어헤치고 다니니, 아마도 아무런 소득도 없게 될 것이오."

433) 華嶽(화악) : 중국을 대표하는 다섯 개의 산인 오악五嶽, 즉 동악東嶽 태산泰山·남악南嶽 형산衡山·서악西嶽 화산華山·북악北嶽 항산恒山·중악中嶽 숭산嵩山 가운데 하나인 '화산'의 별칭. '악嶽'은 '악岳'으로도 쓴다.

434) 宮徵(궁치) : 오음五音 가운데 두 음인 궁음宮音과 치음徵音을 아우르는 말. 결국 음악을 상징한다.

435) 被髮(피발) : 머리를 풀어헤치다. 즉 상투를 하지 않는 것을 말한다. '피被'는 '피披'와 통용자.

●夫水, 澄之半日, 必見目睫436), 動之半刻, 已失方圜437). 靜之勝動, 誠非一事也.

○무릇 물은 반나절 동안 깨끗함을 유지하면 틀림없이 속눈썹도 비춰볼 수 있지만, 잠시라도 휘저으면 네모나 동그라미를 보지 못 하게 된다. 정적인 것이 동적인 것을 이긴다는 것은 진실로 한 가지 일에만 적용되는 것은 아니다.

●良匠能與人規矩438), 不能使人巧. 明師授人書, 不能使人.(按, 人下疑脫一字.) 搜尋仞439)之隴, 求干天440)之木, 望牛跡之水, 求呑舟之魚, 未可得也.

○훌륭한 장인이라도 남에게 걸음쇠와 곱자를 줄 수는 있어도 남이 기술을 잘 발휘하도록 만들 수는 없고, 현명한 스승이라도 남에게 서책을 줄 수는 있어도 남이 (글을 잘 쓰도록 만들 수는 없다.)(살펴보건대 '인人'자 아래로 한 글자가 실전된 듯하다.) 여덟 자밖에 안 되는 언덕을 찾고, 하늘에 닿는 나무를 구하고, 소 발자국에 고인 물을 멀리서 발견하고, 배를 삼키는 물고기를 찾으려 해도, 그리할 수는 없다.

●曾子曰, "患身之不善, 不患人之莫己知." 丹靑在山, 民知而求之, 善珠在淵, 民知而取之. 至道在學, 而人不知就之, 惑夫! 吾假延晷

436) 目睫(목첩) : 보통은 자신의 눈으로 자신의 속눈썹을 보지 못 한다는 '목불견첩目不見睫'의 준말로 자기 자신을 잘 알지 못 한다는 뜻을 비유하는 말로 쓰이나 여기서는 문맥상으로 볼 때 단순히 속눈썹을 뜻하는 말로 쓰인 듯하다.

437) 方圜(방원) : 네모와 동그라미. '원圜'은 '원圓'의 이체자異體字.

438) 規矩(규구) : 원을 그리는 데 쓰는 걸음쇠와 사각형을 그리는 데 쓰는 곱자. 법도나 규칙을 비유하며 '구구鉤矩'라고도 한다.

439) 尋仞(심인) : 매우 짧은 길이나 높이를 이르는 말. '심尋'의 의미에 대해 8자·7자·6자라는 여러 설이 있고, '인仞'도 8자·7자·5자 6치·4자라는 여러 설이 있다.

440) 干天(간천) : 하늘에 닿다. '간干'은 '범犯'의 뜻.

漏441), 常慮奄忽442), 幼好狂簡443), 頗有勤成, 諸生孰能傳吾書者, 使黃巾444)・綠林445), 不能攘奪? 炎上潤下446), 時爲保持, 則關西447)夫子448), 此名方邱449), 東里先生450), 夢中相報.

○(춘추시대 노魯나라) 증자(증참曾參)는 "자신이 선하지 못 할까 걱정해야지, 남이 자기를 알아주지 않을까 걱정해서는 안 된다"고 하였다. (물감 재료인) 단사丹砂와 청호靑矐가 산에 있으면 사람들은 이를 알고서 찾아나서고, 좋은 진주가 연못에 있으면 사람들은 이를 알고서 손에 넣으려고 하기 마련이다. 그러나 지극한 도리가 학문 속에 있는데도 사람들은 그것을 성취할 생각

---

441) 晷漏(귀루) : 해시계와 물시계를 아우르는 말. 결국 시간, 세월을 비유한다.
442) 奄忽(엄홀) : 순식간, 매우 짧은 시간을 이르는 말.
443) 狂簡(광간) : 포부는 원대하면서 행동은 간략한 것을 이르는 말.
444) 黃巾(황건) : 후한 말엽 장각張角을 우두머리로 하여 일어난 도적떼를 일컫는 말인 황건적黃巾賊의 약칭. 머리에 노란 두건을 두른 데서 유래하였다.
445) 綠林(녹림) : 왕망王莽의 신新나라 말엽에 왕봉王鳳・마무馬武・왕상王常 등이 호북성 녹림산을 근거지로 삼아 반란을 일으키면서 결성한 단체인 녹림당綠林黨의 준말. 자신들과 왕망의 군대를 구분하기 위해 눈썹을 붉게 칠한 데서 적미적赤眉賊으로도 불렸다. 뒤에 풍이馮異에게 진압당했다.
446) 炎上潤下(염상윤하) : 불은 위로 타오르고 물은 아래를 적시다. ≪서경・주서周書・홍범洪範≫권11의 "물은 아래를 적시고, 불은 위로 타오른다(水曰潤下, 火曰炎上)"는 말에서 유래한 성어로 자연의 속성을 비유한다.
447) 關西(관서) : 함곡관函谷關 서쪽 지역. 보통 '관서關西'는 섬서성 장안長安 일대를 가리키고, '관동關東'은 하남성 낙양洛陽 일대를 가리킨다.
448) 夫子(부자) : 스승이나 장자長者・고관・부친・남편 등에 대한 존칭. 춘추시대 노魯나라 공자의 제자들이 공자를 '부자'라고 부른 것이 대표적인 예이다. '관서부자'는 후한 때 사람 양진楊震(?-124)의 별칭인 '관서공자關西孔子'의 다른 표기. 양기楊奇의 증조부로서 경학經學에 정통하여 '관서공자'로 불렸고, 그의 추천으로 창읍현령昌邑縣令이 된 왕밀王謐이 황금을 선사하자 '하늘이 알고(天知)' '신이 알고(神知)' '내가 알고(我知)' '그대가 안다(子知)'는 '사지四知' 설說로 이를 거절한 고사가 유명하다. ≪후한서・양진전≫권84 참조.
449) 方邱(방구) : 공자에 비견되다, 공자와 맞먹다. '방方'은 '비比'의 뜻이고, '구邱'는 춘추시대 노나라 공자의 이름인 '구丘'의 통용자.
450) 東里先生(동리선생) : 후한 때 유학자인 주반周磐이 꿈에서 보았다는 스승의 별명. 그러나 신상에 대해서는 알려지지 않았다. ≪후한서・주반전≫권69 참조. 춘추시대 정鄭나라 때 대부大夫로서 동리에 거주한 공손교公孫僑나 명나라 때 문호인 양사기楊士奇(1365-1444)의 별칭을 가리킬 때도 있다.

을 하지 않으니, 알다가도 모르겠구나! 나는 시계의 힘을 빌려 여생을 늘리면서도 늘 세월이 순식간에 흘러갈 것을 염려하였기에, 어려서부터 포부를 크게 가지면서 행동을 간결하게 하는 것을 좋아하여 사뭇 열심히 성과를 냈는데, 학생 가운데 누가 나의 저서를 전하여 황건적이나 녹림당이 빼앗을 수 없게 할 수 있으려나? 세월의 흐름 속에 시간을 잘 보전한다면 (후한 때) 관서부자(양진楊震)도 나의 이러한 명예를 (춘추시대 노나라) 공구孔丘(공자)에게 견주고, (후한 때 주반周磐의 스승인) 동리선생도 꿈속에서 내게 알려줄 것이다.

●曹植曰, "漢之二祖, 俱起布衣, 高祖闕於微細, 光武知於禮德. 高祖又鮮君子之風, 溺儒冠不可言敬, 辟陽[451]淫僻, 與衆共之. 詩書禮樂, 帝堯之所以爲治也, 而高帝[452]輕之, 濟濟多士[453], 文王之所以獲寧也, 高帝蔑之不用, 聽戚氏[454]之邪媚, 致呂后[455]之暴戾, 果令兇婦肆酖酷[456]之心. 凡此諸事, 豈非寡計淺慮? 斯不免於閭閻[457]

451) 辟陽(벽양) : 전한 초엽 사람 심이기審食其의 봉호. 고조高祖 유방劉邦을 따라 전공을 세워서 벽양후辟陽侯에 봉해졌는데, 고후高后 여치呂雉의 총애를 받아 남색의 상징적인 존재가 되었다.

452) 高帝(고제) : 전한의 건국자인 유방劉邦(B.C.247-B.C.195)의 시호. 보통은 묘호廟號인 고조高祖로 불렸다.

453) 濟濟多士(제제다사) : 훌륭한 선비가 매우 많은 것을 뜻하는 말. '제제濟濟'는 많은 모양을 뜻하고, '다多'는 '미美'의 뜻. 이는 ≪시경·대아大雅·문왕文王≫권23의 노랫말에서 유래하였다.

454) 戚氏(척씨) : 전한 고조高祖 유방劉邦(B.C.247-B.C.195)의 총희寵姬인 척부인戚夫人. 조왕趙王 유여의劉如意의 생모로서 아들을 태자太子로 세우려 했으나 실패하고, 고조가 죽은 뒤 여태후呂太后의 계략으로 사지가 절단되고 장님과 벙어리가 되어 뒷간에 갇힌 채 아들과 함께 비참한 생을 마쳤다. ≪한서·외척전外戚傳·고조여황후전高祖呂皇后傳≫권97 참조. '부인'은 황제의 비빈이나 제후의 부인에 대한 존칭.

455) 呂后(여후) : 전한 고조高祖 유방劉邦(B.C.247-B.C.195)의 황후皇后인 여치呂雉(?-B.C.180). 아들인 혜제惠帝 유영劉盈(B.C.210-B.C.188)이 즉위한 뒤 태후太后에 책립되어 여태후呂太后로도 불렸다. ≪한서·고후본기≫권3 참조.

456) 酖酷(짐혹) : 악독하다, 잔인하다.

457) 閭閻(여염) : 평범한 일반 가정집을 이르는 말. 이에 대해 ≪한서·순리열전

之人，當世之匹夫也．世祖[458]多識仁智，奮武略以攘暴，興義兵以掃殘，破二公[459]於昆陽[460]，斬阜賜[461]於漢津．當此時也，九州鼎沸，四海[462]淵湧，言帝者二三，稱王者四五．若克東齊難勝之寇，降赤眉[463]不計之虜，彭寵[464]以望異內隕，龐萌[465]以叛主取誅，隗戎[466]以背信軀斃，公孫[467]以離心授首，爾乃廟勝而後動衆，計定而後行師．於時戰克之將，籌畫之臣，承詔奉令者獲寵，違命犯旨者顚危．故曰，‘建武[468]之行師也，計出於主心，勝決於廟堂.’故竇融[469]因聲而景附[470]，馬援[471]一見而嘆息.”諸葛亮曰，“曹子

循吏列傳≫권89의 당나라 안사고顔師古(581-645) 주에서는 “‘여’는 마을 입구를 뜻하고, ‘염’은 마을 안에 있는 대문을 뜻한다(閭, 里門也, 閻, 里中門也)”고 풀이하였다.

458) 世祖(세조) : 후한 광무제光武帝 유수劉秀의 묘호廟號.

459) 二公(이공) : 신新나라 왕망王莽의 심복인 왕심王尋과 왕읍王邑을 아우르는 말.

460) 昆陽(곤양) : 하남성의 속현屬縣 이름.

461) 阜賜(부사) : 후한 초 반군인 견부甄阜와 양구사梁丘賜를 아우르는 말.

462) 四海(사해) : 천하를 이르는 말. 고대 중국인들이 사방이 바다였다고 생각한 데서 비롯되었다. 옛날에는 온세상을 ‘천하天下’ ‘해내海內’ ‘사해四海’ ‘육합六合’ ‘구주九州’ ‘신주神州’ ‘우주宇宙’ 등 다양한 어휘로 표현하였다.

463) 赤眉(적미) : 전한 말엽 번숭樊崇・왕봉王鳳 등이 주도하여 일으킨 농민 봉기군. 눈썹을 붉게 칠하여 왕망王莽(B.C.45-A.D.23)의 군대와 구별한 데서 유래하였다.

464) 彭寵(팽총) : 후한 초 사람. 하북성 어양태수漁陽太守를 지냈는데, 광무제光武帝의 대우에 불만을 품고 반란을 일으켰다가 하인에게 살해당했다.

465) 龐萌(방맹) : 후한 초 사람. 적미적赤眉賊 출신으로 뒤에 광무제에게 항복하였으나 반란을 일으켰다가 살해당했다.

466) 隗戎(외융) : 후한 초 사람 외효隗囂의 오기이거나 별칭으로 보인다. 처음에는 광무제를 섬겼다가 뒤에는 공손술公孫述을 섬겼으나 광무제에게 연패를 당하자 울화병으로 사망하였다. ≪후한서・외효전≫권43 참조.

467) 公孫(공손) : 전한 말엽 사람인 공손술公孫述(?-36)의 성씨. 왕망王莽(B.C.45-A.D.23)의 신新나라 천봉天鳳(14-19) 연간에 사천성 성도成都에 도읍을 정하고 황제를 자칭하다가 광무제에게 제거당했다. ≪후한서・공손술전≫권43 참조.

468) 建武(건무) : 후한後漢 광무제光武帝의 연호(25-55).

469) 竇融(두융) : 후한 초 건국공신 가운데 한 사람(B.C.16-A.D.62). 자는 주공周公. 벼슬이 대사공大司空에 올랐다. ≪후한서・두융전≫권53 참조.

470) 景附(영부) : 그림자처럼 들러붙다. 견강부회하다. ‘영景’은 ‘영影’과 통용자.

建[472]論, 光武將則難比於韓周[473], 謀臣則不敵良平[474].” 時人談者, 亦以爲然. 吾以此言誠欲美大光武之德, 而有誣一代之俊異. 何者? 追觀光武二十八將[475], 下及馬援之徒, 忠貞智勇, 無所不有. 篤而論之, 非減曩時. 所以張陳[476]特顯於前者, 乃自高帝動[477]多闊疎[478]. 故良平得廣於忠信, 彭勃[479]得橫行於外. 語有‘曲突徙薪[480]爲彼人,(案, 漢書作亡恩澤.) 焦頭爛額[481]爲上客.’ 此言雖小, 有似二祖

---

471) 馬援(마원) : 후한 초 건국공신 가운데 한 사람(B.C.14-A.D.49). 자는 문연文淵. 광무제光武帝에게 귀의하여 농서태수隴西太守와 복파장군伏波將軍을 지내며 외효隗囂의 반란을 진압하고, 교지交趾·흉노匈奴·오환烏桓 등 이민족을 정벌하는 데 큰 공을 세웠다. ≪후한서·마원전≫권54 참조.

472) 子建(자건) : 삼국시대 위魏나라 문인 조식曹植(192-232)의 자. 무제武帝 조조曹操(155-220)의 아들이자, 문제文帝 조비曹丕(187-226)의 동생. 문재文才가 뛰어났으나 그 때문에 형인 조비의 시기를 받아 불행한 삶을 살았다. 봉호가 진왕陳王이고 시호가 사思여서 진사왕陳思王으로도 불렸다. 저서로 ≪조자건집曹子建集≫ 10권이 전한다. ≪삼국지·위지·진사왕조식전≫권19 참조.

473) 韓周(한주) : 전한 고조高祖 유방劉邦을 도와 한나라를 건국한 공신인 한신韓信(?-B.C.196)과 주창周昌(?-B.C.192)을 아우르는 말.

474) 良平(양평) : 전한 고조高祖 유방劉邦을 도와 한나라를 건국한 공신인 장량張良(?-B.C.185)과 진평陳平(?-B.C.178)을 아우르는 말.

475) 二十八將(이십팔장) : 후한 명제明帝가 남궁南宮의 운대雲臺에 초상화를 그려넣은 28명의 건국공신을 이르는 말. 등우鄧禹·마성馬成·오한吳漢·왕양王梁·가복賈復·진준陳俊·경엄耿弇·두무杜茂·구순寇恂·부준傅俊·잠팽岑彭·견심堅鐔·풍이馮異·왕패王霸·주우朱祐·임광任光·채준祭遵·이충李忠·경단景丹·만수萬修·갑연蓋延·비융邳肜·조기銚期·유식劉植·경순耿純·장궁臧宮·마무馬武·유융劉隆을 가리킨다. 뒤에 다시 왕상王常·이통李通·두융竇融·탁무卓茂를 보태어 32명으로 늘렸다. 일등공신인 마원馬援은 장인이라서 일부러 제외시켰다고 한다.

476) 張陳(장진) : 앞의 장양張良(?-B.C.185)과 진평陳平(?-B.C.178)을 아우르는 또 다른 표기법.

477) 動(동) : 걸핏하면, 툭하면, 늘상.

478) 闊疎(활소) : 홀대하다, 멀리하다.

479) 彭勃(팽발) : 맹렬한 모양, 재빠른 모양.

480) 曲突徙薪(곡돌사신) : 굴뚝(突)을 구부리고 땔나무(薪)를 옮기다. 화재를 예방하기 위해서는 불씨가 지붕에 떨어지지 않게끔 굴뚝을 구부리고 불이 번지지 않게끔 땔나무를 옮겨야 한다는 말로 이와 관련한 상세한 고사는 전한 유향劉向(약B.C.77-B.C.6)의 ≪설원說苑·권모權謀≫권13에 전하고, ≪한서·곽광전≫권68에도 인용되어 전한다. 결국 미연에 화를 예방하는 것을 비유한다.

481) 焦頭爛額(초두란액) : 머리카락이 불에 타고 이마에 화상을 입다. 화재를 진

之時也. 光武神略計較, 生於天心. 故帷幄[482]無他所思, 六奇[483]無他所出. 於是以謀合議, 同共成王業而已. 光武稱鄧禹曰, "孔子有回, 而門人益親." 嘆吳漢曰, "將軍差强吾意." 其武力可及, 而忠不可及, 與諸臣計事, 常令馬援後言, 以爲援策每與諧合, 此皆明君知臣之審也. 光武上將[484]非減於韓周, 謀臣非劣於良平, 原其光武策慮深遠, 有杜漸[485]曲突[486]之明. 高帝能疏, 故張陳韓周有焦爛[487]之功耳. 黃瓊[488]言, "光武創基於氷泮[489]之中, 用兵於枳棘[490]之地, 有奇功也." 或曰, "光武之時, 敵寧有若項羽者?" 余應之曰, "昔馬援見公孫述自修飾, 作邊幅[491], 知無大志推羽之行. 皆較然可見, 而胡有疑也?" 仲長公理[492]言, "世祖文史爲勝." 晉簡文言, "光武雄豪之類, 最爲規檢之風." 世誠以爲子建言其始, 孔明[493]揚

압하느라 현장에서 고생한 사람들을 가리킨다.

482) 帷幄(유악) : 휘장. 황제의 침전이나 수레에 치는 휘장을 가리키는 말로 임금의 처소나 측근을 비유적으로 가리킨다.

483) 六奇(육기) : 전한 때 진평陳平이 고조高祖 유방劉邦을 돕기 위해 짜낸 여섯 가지 기묘한 계책을 이르는 말.

484) 上將(상장) : 지위가 가장 높은 장수나 무관을 이르는 말.

485) 杜漸(두점) : 점차 일어나는 것을 차단하다. 반란이나 재앙 따위를 미연에 방지하는 것을 뜻하는 말인 '방미두점防微杜漸'의 준말. '방미두흔防微杜釁' '방맹두점防萌杜漸' '방아알맹防芽遏萌'이라고도 한다.

486) 曲突(곡돌) : 앞에서 언급한 굴뚝(突)을 구부리고 땔나무(薪)를 옮기는 것을 뜻하는 말인 '곡돌사신曲突徙薪'의 준말.

487) 焦爛(초란) : 앞에서 언급한 머리카락이 불에 타고 이마에 화상을 입는 것을 뜻하는 말인 '초두란액焦頭爛額'의 준말.

488) 黃瓊(황경) : 후한 사람(86-164). 자는 세영世英이고 시호는 충忠. 이고李固의 권유로 벼슬에 올라 상서복야尙書僕射와 사공司空을 역임하였다. ≪후한서·황경전≫권91 참조.

489) 氷泮(빙반) : 얼음이 녹다. 매우 위험한 시기를 비유한다. 음력 2월을 가리킬 때도 있다.

490) 枳棘(지극) : 탱자나무와 가시나무. 매우 열악한 환경이나 사악한 인물을 비유한다.

491) 邊幅(변폭) : 직물의 너비와 폭을 뜻하는 말로 글에서 다루는 내용이나 범주를 비유한다. 여기서는 핑계거리를 가리키는 말로 쓰인 듯하다.

492) 仲長公理(중장공리) : 후한 말엽 사람 중장통仲長統(180-220). '공리'는 자. 학문을 좋아하고 직언直言을 잘 하여 '광생狂生'으로 불렸다. 상서랑尙書郎을 지내며 조조曹操(155-220)의 신임을 받았다. ≪후한서·중장통전≫권79 참조.

其波, 公理導其源, 簡文宏其說, 則通人之談, 世祖爲極優矣.

○(삼국 위魏나라) 조식은 "전한과 후한을 건국한 두 시조는 모두 평민의 신분으로 군대를 일으켰지만, (전한) 고조가 섬세함이 부족한 반면 (후한) 광무제는 예법과 덕업을 잘 알았다. 고조는 또한 군자다운 풍모가 거의 없었기에 유학에 탐닉하였으면서도 공경심을 말하지 못 했고, 벽양후(심이기審食其)가 음탕하기 그지없는데도 대중과 함께 그를 받아들였다. 시서 같은 문학과 예악 같은 제도는 (당唐나라) 요왕이 나라를 잘 다스린 수단인데도 고제(고조 유방)는 이를 경시하였고, 수많은 훌륭한 인재들은 (주周나라) 문왕이 나라의 안녕을 이룬 요인인데도 고제는 그들을 무시하고 기용하지 않은 채, 척부인의 아첨에 귀를 기울이고 여태후(여치呂雉)의 폭정을 초래함으로써, 결과적으로 흉악한 아녀자가 잔혹한 생각을 마음대로 펼치도록 만들고 말았다. 무릇 이와 같은 여러 가지 사안들이 어찌 계책이 부족하고 생각이 짧은 데서 비롯된 일이 아니겠는가? 그렇기에 평범한 사람이나 당대의 필부라는 평을 면치 못 하는 것이다. 반면 (후한) 세조(광무제)는 학식이 풍부하고 성품이 어질면서 지혜로워 무인으로서의 지략을 펼쳐서 폭거를 제거하고 의병을 일으켜 잔당을 쓸어버림으로써, (하남성) 곤양에서 왕심王尋과 왕읍王邑 같은 적장을 물리치고, 한수의 나룻터에서 견부甄阜와 양구사梁丘賜 같은 반군의 목을 베었다. 당시 구주(천하)는 세발솥의 뜨거운 물처럼 들끓고 사해(천하)는 연못물처럼 회오리치는 시기라서 황제를 자처하는 자들이 두세 명에, 왕을 자칭하는 자들이 너댓 명이나 되었다. 예를 들어 이기기 어려운 동쪽 제 지방의 반군을 토벌하고, 헤아릴 수 없을 정도로 많은 적미적을 항복시키고, 팽총을 다른 생각을 품었다는 이유로 내부적으로 죽음을 맞게 하고, 방맹을 군주에 반기를 들었다는 이유로 죽임을 당하게 하고, 외효를 배

---

493) 孔明(공명) : 삼국 촉蜀나라 제갈양諸葛亮의 자.

신의 이유로 사망케 하고, 공손술을 민심에서 이반했다는 이유로 목숨을 내놓게 한 것은 어디까지나 조정의 힘이 자란 뒤에 군대를 움직이고, 계책이 안정적으로 된 뒤에 군대를 동원한 결과였다. 당시 전쟁에서 승리를 거두는 장수와 계략을 잘 짜는 신하들 가운데 조서와 명령을 받든 사람은 총애를 얻고, 황명과 교지를 어긴 사람은 액운을 당했다. 그래서 '(광무제) 건무(25-55) 연간에 군대를 동원했을 때 계책은 군주의 생각에서 나오고, 승리는 조정에 의해 결정되었다'고 말하는 것이다. 그렇기에 두융은 그의 목소리를 듣자마자 그림자처럼 따라붙었고, 마원은 한 번 알현하자마자 감탄하였다"고 하였다. 한편 (삼국 촉蜀나라) 제갈량은 "조자건(조식)의 주장에 의하면 광무제의 장수는 (전한 고조의 신하인) 한신韓信과 주창周昌에 견주기 어렵고, 계략을 짜는 신하는 (전한 고조의 신하인) 장양張良과 진평陳平에 대적할 수 없다"고 하였다. 당시 담론가들 역시 그렇게 생각하였다. 그러나 나는 이 말이 진실로 광무제의 덕을 잘 밝히고 있으면서도 한 시대의 준걸에 대해 무고하는 내용이 담겨 있다고 생각한다. 어째서일까? 광무제 휘하의 28명의 장수를 역추적하여 살펴보면, 아래로 마원 같은 사람에 이르기까지 모두가 충성스럽고 올곧으며 지혜롭고 용맹스럽다. 정확하게 따지자면 옛날에 비해 손색이 없다. 장양張良과 진평陳平이 특별히 앞에서 두각을 드러낸 것은 어디까지나 고제가 걸핏하면 홀대한 신하들이 많은 데서 비롯되었다. 그래서 장양과 진평은 진심어린 신임을 폭넓게 얻어 밖에서 마음껏 활약할 수 있었다. 옛말에 '굴뚝을 구부리고 땔나무를 옮겨서 화재를 예방하라고 미리 경고한 사람은 저 사람이건만, (살펴보건대 ≪한서·곽광전霍光傳≫권68에는 '저 사람이건만(爲彼人)'이 '아무런 혜택도 받지 못 했건만(亡恩澤)'으로 되어 있다.) 머리카락이 불에 타고 이마에 화상을 입으면서 현장에서 불을 끈 사람이 상객이 되네'라는 말이 있다. 이 말은 비록 사소한 것 같지만, 고제와 광무제

두 임금 때와 비슷한 데가 있다. 광무제의 신통한 책략은 천심에서 생겨났다. 그래서 휘장 안에서 고민한 것에 타인의 생각이 없고, 온갖 묘책도 타인이 내놓은 것이 없다. 그리고나서 토론을 통해 의견을 모아 공동으로 왕업을 성사시킨 것일 뿐이다. 광무제는 등우를 칭찬하여 "(춘추시대 노魯나라) 공자에게 안회顏回가 있는데도 문인들이 더욱 가까이하는 격이구려"라고 하였고, 오한에게 감탄하여 "장군은 거의 내 생각을 잘 간파하는구려"라고 한 적이 있다. 무력은 미칠 수 있어도 충심은 미칠 수 없기에, 신하들과 정사를 논의할 때 늘 (사돈인) 마원에게 나중에 말하게 하였는데, 마원의 계책이 매번 자신의 뜻과 합치한다고 생각해서이니, 이 모든 것이 현명한 군주가 신하를 안다는 실례라 하겠다. 광무제의 장수들이 (전한 고제의) 한신과 주창에 손색이 있는 사람들이 아니고, 계책을 짜는 신하들이 (전한 고제의) 장양과 진평에 비해 뒤떨어지는 사람들이 아니라는 것은 광무제가 책략이나 사려가 훌륭하여 반란이나 재앙을 미연에 방지할 수 있는 명석한 두뇌를 가지고 있었다는 사실에 기반한다. 고제는 인재들을 곧잘 홀대하였기에, 장양·진평·한신·주창 등이 머리카락을 태우고 화상을 입는 정도의 공로만 세웠던 것이다. 그래서 (후한) 황경도 "광무제는 위험한 시기에 나라의 기틀을 다지고 열악한 환경에서 군대를 동원하였음에도 훌륭한 공적을 세웠다"고 말한 것이다. 누군가 "광무제 때 적군으로 어찌 항우 같은 장사가 있었겠습니까?"라고 하기에, 나는 이에 대해 "옛날에 마원은 공손술이 스스로 꾸미면서 핑계거리를 만드는 것을 보고서 웅심을 품고서 항우를 따라하는 행동을 보이지 않을 것이라는 점을 알았다. 모든 것이 비교적 잘 드러났거늘, 어찌 의심을 품었겠는가?"라고 대답한 일이 있다. (후한 말엽에) 공리公理 중장통仲長統은 "세조(광무제)는 문장과 역사학에 뛰어났다"고 하였고, 진나라 간문제簡文帝는 "광무제 같은 영웅호걸이 가장 본반을 만한 풍모를 지녔다"고 하였다. 세인들은 진실로 (삼국 위나라) 조자건(조식)이 처음 언급하였고, (삼국 촉나라) 제갈공명(제갈양)이 그 물결을 일으켰고, (후한) 중장공리(중장통)가 그 물줄기를 이끌어냈고, (진나라) 간문제가 그 주장의 폭을 넓혔다고 생각하고 있으니, 사람들의 담론을 종합해 보면, 세조(광무제)가 지극히 우월하다고 할 수 있다.

●一兎走街, 萬夫爭之, 由未定也. 積兎滿市, 過者不顧, 非不欲兎, 分已定矣, 雖鄙人, 不爭. 故治國存乎定分而已.

○한 마리 토끼가 길을 달리면 수많은 사내가 그것을 차지하고자 다투는 것은 아직 주인이 정해지지 않았기 때문이다. 그러나 수많은 토끼가 저자를 가득 메우면 지나가는 사람들이 쳐다보지도 않는 것은 토끼를 원하지 않기 때문이 아니라, 몫이 이미 정해져 있어 비록 천한 사람이라 할지라도 다투지 않기 때문이다. 따라서 나라를 잘 다스리는 것은 몫을 정하는 데 달려 있을 뿐이다.

●河上公[494]序言, "周道旣衰, 老子疾時王之不爲政, 故著道德經[495]二篇, 西入流沙[496]." 至魏晉之間, 詢諸[497]大方[498], 復失老子之旨, 乃以無爲爲宗, 背禮違教, 傷風敗俗. 至今相傳, 猶未祛其惑. 皇甫士安[499]云, "世人見其書云, '谷神[500]不死, 是謂元牝[501].' 故好

494) 河上公(하상공) : 전한 때 도사로서 신상은 미상. 저서로 ≪노자주老子注≫ 2권이 전한다. 송나라 주희朱熹(1130-1200)의 ≪자치통감강목資治通鑑綱目≫ 권37하에 인용된 진晉나라 갈홍葛洪(284-363)의 설에 의하면 어느 시대나 출현한 도사로서 황제黃帝 때는 '광성자廣成子', 주周나라 문왕文王 때는 '기읍선생支邑先生', 무왕武王 때는 '곽숙자郭叔子', 춘추시대 때는 '노자老子', 전한 초에는 '황석공黃石公', 전한 문제文帝 때는 '하상공'으로 불렸다고 한다.
495) 道德經(도덕경) : 도가사상을 대표하는 ≪노자≫의 별칭.
496) 流沙(유사) : 사막이나 사막 너머 서역을 이르는 말.
497) 諸(제) : '지어之於'의 합성어.
498) 大方(대방) : 식견이 넓고 전문적인 지식이 있는 사람을 이르는 말.
499) 皇甫士安(황보사안) : 진晉나라 사람 황보밀皇甫謐(215-282). '사안'은 자.

事者, 遂假託老子, 以談神仙. 老子雖存道德, 尚淸虛, 然博貫古今, 垂文述而[502]之篇, 及禮傳[503]所載, 孔子慕焉是也. 而今人學者, 乃欲棄禮學, 絶仁義, 云, '獨任淸虛, 可以致治.' 其違老子親行之言."

○(전한) 하상공은 ≪노자주≫의 서문에서 "주나라의 도리가 쇠퇴하자, 노자는 당시 군주가 정사를 제대로 펼치지 않는 것을 혐오하여 ≪도덕경≫ 2편을 짓고 서쪽으로 사막지대로 들어갔다"고 하였다. (삼국) 위나라와 진나라에 이르러 이를 전문가에게 물었지만, 그들 역시 노자의 본뜻을 놓친 채 도리어 '무위사상'을 조종으로 받들며 예교를 저버리고 풍속을 망치기까지 하였다. 오늘날까지도 그대로 전수하면서 여전히 그 의혹을 없애지 못 하고 있다. 그래서 (진晉나라) 사안士安 황보밀皇甫謐은 다음과 같은 주장을 하였다. "세인들은 ≪노자·성상成象≫권상에 '정신을 키우면 죽지 않으니, 이를 『현빈玄牝』이라고 한다'는 말이 있다는 것을 안다. 그래서 호사가들은 급기야 노자에 가탁하여 신선을 얘기한다. 노자가 비록 도덕을 중시하고 청허한 경지를 숭상하긴 했지만, 고금의 지식을 꿰뚫고 경전과 ≪예기≫ 및 그 해설서에 담긴 기록들을 윤색하였기에 공자도 그를 흠모한 것이다. 그러나 요즈음 학자들은 도리어 예학을 버리고 인의를 끊으려 하면서 '오직 청허한 경지에 맡기면 잘 다스릴 수 있다'고 말하니, 이는 노자가 몸소 던진 말에 위배되는 것이다."

독서를 지나치게 좋아하여 '서음書淫'으로 불렸다. 저서로 ≪제왕세기帝王世紀≫ ≪고사전高士傳≫ ≪침구갑을경鍼灸甲乙經≫이 전한다. ≪진서·황보밀전≫권51 참조.

500) 谷神(곡신) : 정신을 키우다. '곡谷'은 '양養'의 뜻. 단전호흡을 가리키는 말로 보는 설도 있다.

501) 元牝(원빈) : 만물을 생성하는 근본 도리나 그러한 신을 뜻하는 말인 '현빈玄牝'의 다른 표기. '원元'은 청나라 강희제康熙帝의 휘諱(玄燁) 때문에 고쳐쓴 것이다.

502) 述而(술이) : ≪논어≫권7의 편명. 결국 경서를 비유적으로 가리키는 것으로 보인다.

503) 禮傳(예전) : ≪예기禮記≫와 그 주석서를 아우르는 말.

●古之學者爲己，今之學者爲人．學而優則仕，仕而優則學，古人之風也．修天爵以取人爵，獲人爵而棄天爵，末俗之風也．古人之風，夫子所以昌言，末俗之風，孟子所以扼腕[504]．然而古人之學者有二，今人之學者有四．夫子門徒，轉相師受，通聖人之經者，謂之儒．屈原・宋玉・枚乘・長卿[505]之徒，止於辭賦[506]，則謂之文．今之儒博窮子史，但能識其事，不能通其理者，謂之學．至如不便爲詩如閻纂[507]，善爲章奏[508]如伯松[509]，若此之流，汎謂之筆．吟詠風謠，流連哀思者，謂之文．而學者率多不便屬辭[510]，守其章句[511]，遲於通變，質於心用．學者不能定禮樂之是非，辯經教之宗旨，徒能揚搉[512]前言，抵掌[513]多識．然而挹源知流，亦足可貴．筆，退則非謂成篇，進則不云取義，神其巧惠筆端而已．至如文者，維須綺縠[514]紛披，宮徵靡曼[515]，脣吻[516]遒會，情靈搖蕩．而古之文筆，今之文

504) 扼腕(액완) : 다른 쪽 팔목을 꽉 쥐다. 분발하거나 분개할 때 펼치는 동작을 가리킨다.
505) 長卿(장경) : 전한 때 사부辭賦를 잘 짓기로 유명했던 문인인 사마상여司馬相如(?-B.C.117)의 자. ≪한서・사마상여전≫권57 참조.
506) 辭賦(사부) : 전국시대 초楚나라에서 유행한 운문韻文인 사辭와 한나라 때 유행한 운문인 부賦를 아우르는 말. 즉 초사楚辭와 한부漢賦의 합칭.
507) 閻纂(염찬) : 진晉나라 때 사람. 신상에 대해서는 알려진 바가 별로 없다. ≪신당서・예문지≫권60에 의하면 ≪염찬집≫ 2권이 있었다고 하나 오래 전에 실전된 듯하다.
508) 章奏(장주) : 신하가 임금에게 올리는 상소문에 대한 총칭.
509) 伯松(백송) : 전한 사람 장송張竦의 자. 강소성 단양태수丹陽太守를 지내고, 숙덕후淑德侯에 봉해졌다. 그에 관한 기록은 ≪한서・진준전陳遵傳≫권92에 병기되어 전한다.
510) 屬辭(촉사) : 글을 짓다. '屬'의 음은 '촉'.
511) 章句(장구) : 경전經典을 장章과 구句로 분석하여 연구하는 학문을 지칭하는 말.
512) 揚搉(양각) : 대충 거론하다, 개략적으로 진술하다.
513) 抵掌(저장) : 손바닥을 부딪히다. 즉 손뼉을 치며 호기를 북돋우는 것을 말한다.
514) 綺縠(기곡) : 아름다운 비단에 대한 총칭. 여기서는 미문을 비유적으로 가리키는 듯하다.
515) 靡曼(미만) : 유연하고 여린 모양, 아름답고 날씬한 모양.
516) 脣吻(순문) : 입술. 뛰어난 언변이나 말재주를 비유한다.

筆, 其源又異. 至如彖繫517)風雅518), 名墨農刑519), 虎炳豹鬱, 彬彬520)君子, 卜談四始521), 劉言七略522), 源流已詳, 今亦置而弗辨. 潘安仁523)淸綺若是, 而評者止稱情切.(案, 原本作悄叨, 謹據太平御覽校改.) 故知爲文之難也. 曹子建·陸士衡524), 皆文士也. 觀其辭致側密, 事語更明, 意匠有序, 遣言無失. 雖不以儒者命家, 此亦悉通其義也. 徧觀文士, 略盡知之. 至于謝元暉525), 始見貧小, 然而天才命

---

517) 彖繫(단계) : ≪역경≫의 단사彖辭와 계사繫辭를 아우르는 말로 결국 ≪역경≫을 가리킨다.

518) 風雅(풍아) : ≪시경≫의 국풍國風과 이아二雅(대아大雅와 소아小雅)를 아우르는 말로 결국 ≪시경≫을 가리킨다. 모범적인 시풍이나 음악을 상징적으로 가리킬 때도 있다.

519) 名墨農刑(명묵농형) : 제자백가 가운데 명가·묵가·농가·법가를 아우르는 말.

520) 彬彬(빈빈) : 문채와 바탕이 조화를 이루어 아름다운 모양을 이르는 말. 사람의 경우 학식과 인품이 모두 훌륭하고, 작품의 경우 형식과 내용이 모두 아름다운 것을 뜻한다.

521) 四始(사시) : ≪시경≫의 네 부문인 풍風·소아小雅·대아大雅·송頌을 아우르는 말. 혹은 풍의 첫 작품인 <관저關雎>, 소아의 첫 작품인 <녹명鹿鳴>, 대아의 첫 작품인 <문왕文王>, 송의 첫 작품인 <청묘淸廟>를 가리키는 말로 보는 설도 있다. 결국 시경을 가리키는데, 춘추시대 노魯나라 공자가 ≪시경≫에 관한 학문을 자하子夏 복상卜商에게 전수하였다고 전한다.

522) 七略(칠략) : 전한 때 유향劉向(약B.C.77-B.C.6)이 조정에서 모은 문헌들을 교감·정리하면서 작성한 ≪칠략별록七略別錄≫(약칭 ≪별록≫)을 근거로 그의 아들인 유흠劉歆(?-23)이 만든 목록학 저서. 집략集略·육예략六藝略·제자략諸子略·시부략詩賦略·병서략兵書略·술수략術數略·방기략方技略으로 구성되어 있었다. ≪한서·예문지≫도 이에 바탕을 둔 것이라고 한다. 총 7권. ≪수서·경적지≫권32·33 참조.

523) 潘安仁(반안인) : 진晉나라 사람 반악潘岳(247-300). '안인'은 자. '반안潘安'으로 약칭하기도 한다. 미남의 대명사로서 수재과秀才科에 천거되어 무제武帝를 위해 <적전부籍田賦>를 지어서 명성을 떨쳤다. 태부주부太傅主簿·급사황문시랑給事黃門侍郎을 역임하였는데, 가밀賈謐(?-300)에게 아부하다가 손수孫秀의 참소로 살해되었다. 문장에 뛰어나나 성품이 경박하고 지나치게 실리적이란 평을 받았다. ≪진서·반악전≫권55 참조.

524) 陸士衡(육사형) : 진晉나라 때 저명한 문인인 육기陸機(261-303). '사형士衡'은 자. ≪진서·육기전≫권54 참조.

525) 謝元暉(사원휘) : 남조南朝 남제南齊 때 시인인 사조謝朓(464-499). '원휘'는 그의 자인 '현휘玄暉'를 청나라 강희제康熙帝의 이름(玄燁)을 피휘避諱하기 위해 고쳐 쓴 것이다. 경릉팔우竟陵八友의 일인이며 사영운謝靈運과 함께 중

世[526], 過足以補尤. 任彦升[527]甲部[528]闕如, 才長筆翰[529], 善緝流略, 遂有龍門[530]之名, 斯亦一時之盛. 夫今之俗, 搢紳[531]稚齒, 閭巷小生, 學以浮動爲貴, 用百家, 則多尙輕側, 涉經記, 則不通大旨. 苟取成章, 貴在悅目, 龍首豕足, 隨時之義, 牛頭馬髀, 强相附會. 事等張君之弧[532], 徒觀外澤, 亦如南陽[533]之里, 難就窮檢矣. 射魚指天, 事徒勤而靡獲, 適郢[534]首燕, 馬雖良而不到. 夫挹酌道德, 憲章前言者, 君子所以行也. 是故言顧行, 行顧言. 原憲[535]云, "無財, 謂之貧, 學道不行, 謂之病." 末俗學徒, 頗或異此, 或假玆以爲技術, 或狎之以爲戲笑. 若謂爲技術者, 犂軒眩人[536], 皆技術也.

국의 산수시山水詩를 정립한 대표적 시인으로 꼽힌다. 저서로 ≪사선성집謝宣城集≫ 5권이 전한다. ≪남제서·사조전≫권47 참조.

526) 命世(명세) : 세상에 이름을 남기다.

527) 任彦升(임언승) : 남조南朝 양梁나라 때 사람 임방任昉(460-508). '언승'은 자. 학문과 문장력이 뛰어나 비서감祕書監을 지냈다. ≪남사南史·임방전≫권59 참조.

528) 甲部(갑부) : 중국 고대 문헌 분류법인 사부四部 가운데 경전에 해당하는 경부經部의 별칭. 경부·사부史部·자부子部·집부集部를 갑부·을부乙部·병부丙部·정부丁部로 칭하기도 하였다.

529) 筆翰(필한) : 붓. 글솜씨를 비유하는 말.

530) 龍門(용문) : 명망이 높은 사람이나 가문을 비유하는 말. 임방任昉이 어사중승御史中丞에 오르자 은운殷芸·도개到漑·유유현劉孺顯·유효작劉孝綽·육수陸倕 등이 축하연에 참여하였는데, 당시 사람들이 이를 '용문지유龍門之遊'라고 불렀다는 고사가 ≪남사·임방전≫권59에 전한다.

531) 搢紳(진신) : 원래는 홀笏을 신紳에 꽂는 것을 뜻하는 말로서 사대부나 벼슬아치를 비유한다. '진搢'은 꽂는다는 뜻으로 '진縉'으로도 쓴다.

532) 張君之弧(장군지호) : 장씨의 활. 황제黃帝의 손자가 궁정弓正을 맡아 호성弧星을 관찰한 뒤 활과 화살을 제작하고 호성에 제사를 지내면서 성씨를 '장張'으로 하였다는 전설이 전한다.

533) 南陽(남양) : 하남성의 속군屬郡 이름.

534) 郢(영) : 춘추전국시대 초楚나라의 수도. 지금의 호북성 형주荊州(강릉江陵) 일대.

535) 原憲(원헌) : 춘추시대 노나라 공자의 제자. 그의 말은 ≪사기·중니제자열전仲尼弟子列傳≫권67에 수록되어 전한다.

536) 犂軒眩人(여헌현인) : 서역 국가 가운데 하나인 여헌국犂軒國 출신 마술사를 이르는 말. ≪사기·대원열전大宛列傳≫권123에 '안식국安息國의 왕이 여헌국 출신 마술사를 한나라에 바쳤다'는 기록이 보인다. '려犂'는 ≪사기≫에는 '려黎'로 적혀 있고, '여헌'에 대해서는 대진국大秦國의 별칭이란 설도 있다.

若以爲戲笑者，少府537)鬪獲，皆戲笑也．未聞彊學自立，和樂愼禮，若此者也．口談忠孝，色方在於過鴻，形服儒衣，心不則於德義．旣彌乖於本行，實有長於澆風538)．一失其源，則其流已遠．其與不隕穫539)於貧賤，不充詘540)於富貴，不畏君王，不累長上，不聞有司541)者，何其相反之甚?

○옛날의 학자들은 자신을 위해서 공부했지만, 오늘날 학자들은 남을 의식해서 공부한다. 학문을 쌓은 뒤 학식이 풍부해지면 벼슬길에 오르고 벼슬길에 올라서 신분이 우월해지면 공부하는 것이 고인의 풍조였다. 반면 하늘이 내린 작위를 잘 닦아서 군주가 내리는 작위를 취하고, 군주가 내리는 작위를 얻으면 하늘이 내리는 작위를 버리는 것이 말세의 풍조이다. 고인의 풍조는 (춘추시대 노魯나라) 공자가 제창한 것이지만, 말세의 풍조는 (전국시대 추鄒나라) 맹자가 분개해 한 것이다. 그러나 고인의 학문에는 두 가지가 있는 반면 현대인의 학문에는 네 가지가 있다. 공자의 제자들처럼 서로 번갈가면서 전수하여 성인의 경전에 통달하면 이를 '유'라고 하였고, (전국시대 송나라) 굴원·송옥과 (전한) 매승·장경(사마상여司馬相如) 같은 사람들처럼 단지 사부에 머물면 이를 '문'이라고 하였다. 오늘날의 유생처럼 제자백가와 사서에 두루 정통하지만, 단지 그속에 담긴 사실만 잘 알 뿐 그 이치에 대해서는 통달하지 못 하면 이를 '학'이라고 한다. 심지어 이를테면 (진나라) 염찬처럼 시를 짓는 것을 불편해 한 사람이 있

537) 少府(소부) : 진한秦漢 때는 세금에 관한 업무를 관장하던 기관의 장관을 이르는 말로 구경九卿의 하나였으나, 당송唐宋 때는 '태부太府'를 구경의 하나로 설치하면서 '소부'는 현縣에서 치안을 관장하는 현위縣尉의 별칭으로 쓰였다.

538) 澆風(요풍) : 천박한 풍속, 부박浮薄한 풍조. '요속澆俗'이라고도 한다.

539) 隕穫(운확) : 실의에 젖거나 상심하는 모양을 이르는 말. '운획隕獲'이라고도 한다.

540) 充詘(충굴) : 너무 좋아서 절도를 잃는 모양.

541) 有司(유사) : 모종의 업무를 전담하는 담당관에 대한 범칭. '소사所司'라고도 한다.

고, (전한) 백송(장송張竦)처럼 상소문을 잘 지은 사람이 있는데, 이와 같은 부류는 일반적으로 '필'이라고 한다. 노래를 읊조려 애상을 잘 표현하면 이를 '문'이라고 한다. 그러나 학자들은 대개 대부분 문장을 짓는 것을 불편해 하고 장구학을 고수하기에, 통변에 미숙하고 심적 활동에 질박하다. 학자들은 예악의 시비를 확정하거나 경전에 담긴 교리의 취지를 변별하는 데 미숙하여, 단지 전인의 말을 개략적으로 진술하고 지식이 많은 것에 박수갈채를 보낸다. 그러나 근원과 지류를 파악하는 것 역시 소중하게 생각할 만하다. '필'은 퇴보하면 작품을 이루었다고 말할 만한 것이 못 되고, 진보하면 경의를 취득했다고 말할 만한 게 못 되는데도 붓 끝으로 기교를 발휘하는 데만 정신을 쏟을 뿐이다. 심지어 '문'의 경우는 오직 아름다운 문장만 어지러이 펼치고, 아름다운 소리만 멋지게 늘어놓고, 말재주만 힘차게 발휘하여 성령이 흔들린다. 그러나 옛날의 문필과 오늘날의 문필은 그 원천 또한 다르다. 심지어 ≪역경≫과 ≪시경≫이나 명가·묵가·농가·법가의 글들은 호랑이나 표범의 문양처럼 빛을 발하고 내용과 형식에서 조화를 이룬 군자들의 글인데, (춘추시대 노나라) 복상卜商이 사시에 관해 담론하고, (전한) 유향劉向이 ≪칠략≫을 지어서 그 원류에 대해 이미 상세히 논하였기에, 지금은 역시 내버려두고 더 변론하지 않겠다. (진晉나라) 안인安仁 반악潘岳은 이처럼 청신하고 아름답게 글을 지었지만, 평자들은 단지 감정의 표현이 절박하다(살펴보건대 원본에는 '초도悄叨'로 되어 있기에, 삼가 ≪태평어람·문부文部·서문敍文≫권585에 근거하여 교정한다)고만 평하였다. 따라서 글짓기가 어렵다는 것을 알겠다. (삼국 위魏나라) 자건子建 조식曹植과 (진晉나라) 사형士衡 육기陸機는 모두 뛰어난 문장가이다. 그들의 작품을 살펴보면 글의 운치가 무척 치밀하고 인용한 고사나 언사가 명확하여 구상에 질서가 있고 표현에 실수가 없다. 비록 유학자라고 명명할 수는 없어도 이들 역시 그

의미를 다 꿰뚫어보고 있다고 할 만하다. 문인들의 글을 두루 살펴보면 대략 이러한 점을 다 알 수 있다. (남조南朝 남제南齊) 현휘玄暉 사조謝朓의 경우 처음 보면 빈약한 듯하지만, 천부적 재질로 세상에 이름을 떨쳐 허물을 덮기에 충분하다. (남조 양梁나라) 언승彥升 임방任昉은 경서에 대한 지식이 부족하지만, 재능상 문장 방면에서 뛰어나 남들이 흘려버릴 수 있는 것들을 잘 편집하였기에 급기야 '용문'이라는 명성을 얻었으니, 이 사람 역시 한 시대를 풍미한 문인이라 하겠다. 무릇 오늘날 풍속을 보면 벼슬아치나 어린아이는 물론 시중의 어린 학생들까지 학문에서는 부화한 것을 소중히 여겨 제자백가의 글을 인용하면 대부분 경박한 것을 좋아하고, 경전의 기록을 섭렵하면서도 중요한 취지를 알지 못 한다. 실로 기존의 문장을 취할 때는 눈을 즐겁게 해주는 것만 귀하게 여겨 용의 머리와 돼지의 발을 시대의 의미에 가져다 붙이고, 소의 머리와 말의 다리를 가지고 견강부회한다. 고사의 경우는 장씨가 처음 활을 만들었다는 부류처럼 단지 외적인 아름다움만을 살피고, 또 (하남성) 남양군의 고을들처럼 아무리 검색해도 찾아내지 못 하는 것들이다. 물고기를 맞추고 하늘을 가리키는 것은 일이 단지 힘들기만 할 뿐 얻을 것이 없으며, (호북성) 영 땅으로 가고 (하북성) 연 땅으로 향한다면 말이 비록 천리마라 할지라도 도달할 수 없을 것이다. 무릇 도덕의 본뜻을 담고 전인의 말을 본받는 것은 군자가 행할 바이다. 그래서 말로 내뱉으면 행동을 돌아보고, 행동으로 옮기면 말을 돌아보아야 한다. (춘추시대 노나라) 원헌은 "재물이 없는 것을 '가난'이라고 하고, 도를 배우고서도 실행하지 않는 것을 '병'이라고 한다"고 하였다. 말세의 학생들은 전혀 이와 달라서 혹자는 이를 빌어다 쓰며 기술이라고 하고, 혹자는 이를 가까이하면서 재밋거리라고 한다. 만약 기술이라고 한다면 (서역의) 여헌국 출신 마술사의 기교도 모두 기술이고, 만약 재밋거리라고 한다면 소부에서 포획물을 두고 다투는 것도 모두 재밋거리라고 할 수 있을 것이다. 그러나 학문을 닦아 스스로 일어서서 음악을 잘 알고 예법에 신중하면서 이와 같이 한다는 말은 아직 들어보지 못 했다. 그들은 입으로는 충효를 얘기하지만 낯빛은 고작 날아서 지나치는 기러기에 가 있고, 몸에는 유학자의 옷을 걸치지만 마음으로는 도덕을 본받지 않는다. 이미 근본적인 행실이 크게 어그러졌으니, 실로 천박한 풍속에만 관심을 가진다. 일단 그 근원을 잃어버리면 그 영향은 멀리까지 가는 법이다. 빈천하다고 해서 낙담하지 않고, 부귀하다고 해서 기뻐 날뛰지 않으며, 군왕을 두려워하지 않고, 상관에게 누를 끼치지 않고, 담당관의 귀에 들어가지 않게 하는 것과 어찌하여 이리도 심하게 상반된단 말인가?

●王仲任[542]言, “夫說一經者爲儒生, 博古今者爲通人, 上書奏事者爲文人, 能精思著文, 連(結[543])篇章爲鴻儒.” 若劉向・楊雄之列, 是也. 蓋儒生轉通人, 通人爲文人, 文人轉鴻儒也.(按, 此條原本止有‘金樓子’三字, 無篇名. 考文義, 與前段相類, 謹附於此.)

○(후한) 중임仲任 왕충王充은 “무릇 하나의 경전을 해설할 수 있는 사람을 ‘유생’이라고 하고, 고금의 고사에 박학한 사람을 ‘통인’이라고 하며, 글을 올려 정사에 대해 아뢸 수 있는 사람을 ‘문인’이라고 하고, 생각을 정교하게 다듬어 글을 지어서 작품으로 엮을 수 있는 사람을 ‘홍유’라고 한다”고 하였다. 이를테면 (전한) 유향과 양웅 같은 사람들이 그러한 예이다. 대개 ‘유생’은 ‘통인’이 될 수 있고, ‘통인’은 ‘문인’이 될 수 있으며, ‘문인’은 ‘홍유’가 될 수 있다.(살펴보건대 이 조항에 대해 원본에서는 단지 ‘금루자’

---

542) 王仲任(왕중임) : 후한 초엽 사람인 왕충王充(27-약 97). ‘중임’은 자. 전한 말엽의 어지러운 시대적 상황을 배경으로 권선징악의 교훈을 밝히기 위해 지은 책인 ≪논형論衡≫의 저자로 유명하다. ≪후한서・왕충전≫권79 참조. 이하 예문과 유사한 내용이 ≪논형・초기편超奇篇≫권13에 전한다.

543) 結(결) : ≪논형・초기편≫권13의 원문에 의하면 이 글자가 누락되었기에 첨기한다.

란 세 글자만 있을 뿐 편명이 없다. 문맥을 살펴보건대 앞의 단락과 유사하기에, 삼가 여기서 덧붙인다.)

●子思云, "堯身長十尺, 眉乃八采[544]. 舜身長六尺, 面頷無毛. 禹·湯·文·武·周公, 或勤思勞體, 或折臂望陽[545], 或禿骭背僂. 聖賢在德, 豈在貌乎?"(按, 此卷原本載金樓子三段, 一出立言篇, 一出興王篇, 此段不標篇名. 或蒙上立言之目, 謹附於此.)

○(춘추시대 노나라) 자사(원헌原憲)는 "(당唐나라) 요왕은 신장이 열 자나 되고, 눈썹에 다양한 색채를 띠고 있었다. (우虞나라) 순왕은 신장이 여섯 자밖에 안 되고, 얼굴에 수염이 없었다. (하夏나라) 우왕·(상商나라) 탕왕·(주周나라) 문왕·무왕·주공은 어떤 때는 고심에 젖은 채 몸을 혹사하였고, 어떤 때는 팔이 부러지면서 자신의 능력이 부족함을 개탄하였으며, 어떤 때는 정강이살이 벗겨지고 등이 굽었다. 성현의 경지는 덕에 달려 있지, 어찌 외모에 달려 있겠는가?"라고 하였다.(살펴보건대 이 권에 대해 원본에서는 '금루자의 세 단락'이라고 기재하였는데, 하나는 <입언편>에 보이고, 하나는 <흥왕편>에 보이며, 이 단락은 편명이 표기되어 있지 않다. 아마도 앞의 <입언편>이란 항목과 어울리겠기에, 삼가 여기에 덧붙인다.)

●按周禮, "筮人氏[546]掌三易, 夏曰連山, 殷曰歸藏, 周曰周易." 解此不同. 按杜子春[547]云, "連山, 伏羲[548]也. 歸藏, 黃帝[549]也." 予

---

544) 八采(팔채) : 여덟 가지 색채. 결국 다양한 빛깔을 가리킨다.

545) 望陽(망양) : 황하黃河의 수신水神인 하백河伯이 북해北海에 도착해 바다를 보고서 자신의 견문이 좁은 것에 대해 탄식했다는 ≪장자·추수秋水≫권6의 고사에서 유래한 말로 자신의 능력이 부족함을 개탄하는 것을 비유한다. '망양望羊' '망양望洋' '망양望佯'으로도 쓴다.

546) 筮人氏(서인씨) : 주나라 때 춘관春官 소속으로 복서卜筮를 관장하던 벼슬 이름.

547) 杜子春(두자춘) : 후한 때 사람으로 ≪주례≫에 정통하였다. 유흠劉歆(?-23)에게서 ≪주례≫를 배웠고, 정중鄭衆과 가규賈逵(30-101)에게 학문을 전수하였다. 두자춘에 대해서는 ≪후한서≫에 별도의 전기가 없고, 당나라 육원랑陸元朗의 ≪경전석문經典釋文·서록序錄≫에 간략한 언급이 보인다.

曰, "按禮記曰, '我欲觀殷道, 得坤乾焉.' 今歸藏先以坤後乾, 則知是殷明矣. 推歸藏旣則殷制, 連山理是夏書."

○≪주례·춘관春官·서인筮人≫권24의 기록을 살펴보면, "서인씨는 세 가지 ≪역경≫을 관장하는데, 하나라 때 것을 ≪연산≫이라고 하고, 은나라 때 것을 ≪귀장≫이라고 하고, 주나라 때 것을 ≪주역≫이라고 한다"고 하였다. 그런데 이를 해석하는 데 다른 의견이 있다. 살펴보건대 (후한) 두자춘은 "≪연산≫은 복희 때 것이고, ≪귀장≫은 황제黃帝 때 것이다"라고 하였다. 그러나 나는 "≪예기·예운禮運≫권21을 살펴보면 '나는 은나라의 도를 살펴보려고 하다가 곤괘와 건괘를 얻었다'는 (공자의) 말이 있다. 이제 ≪귀장≫에서는 곤괘를 앞세우고 건괘를 뒤에 놓고 있으므로 은나라의 것이 분명하다는 것을 알 수 있다. ≪귀장≫이 기왕 은나라 때 것이라는 사실로 유추해 보면, ≪연산≫은 이치상 하나라 때 서책이 될 수밖에 없다"고 말하곤 한다.

●銘頌所稱, 興公而已.(按, 此句疑有誤.) 夫披文相質, 博約溫潤, 吾聞斯語, 未見其人. 班固碩學, 尙云, "贊頌相似." 陸機鉤深, 猶稱, "碑賦如一."

○명문과 송문이 말하고자 하는 바는 공적인 일을 흥기시키는 것일 뿐이다.(살펴보건대 이 문장에는 아마도 오류가 있는 듯하다.) 무릇 수사를 펼쳐서 내용을 돕고 박학하면서도 간략하고 온화하면서도 윤기가 흐르게 써야 한다고 하는데, 나는 이러한 말을 들어보았지만 이를 실천한 사람을 본 적은 없다. (후한) 반고는 석학인데도 오히려 "찬문과 송문은 서로 비슷하다"라고 하였고, (진晉나라) 육기는 심오한 의미를 다 터득하였는데도 오히려 "비문과

548) 伏羲(복희) : 전설상의 임금인 삼황三皇 가운데 첫 번째 황제. '복희宓犧'로도 쓴다.

549) 黃帝(황제) : 전설상의 임금. 삼황三皇 가운데 마지막 세 번째 임금이란 설도 있고, 오제五帝 가운데 첫 번째 임금이란 설도 있다.

사부는 한 가지인 듯하다"라고 하였다.

●楊泉賦序[550]曰, "古人作賦者多矣, 而獨不賦蠶, 乃爲蠶賦." 是何言與? 楚蘭陵[551]荀況有蠶賦, 近不見之, 有文不如無述也.

○(진晉나라) 양천은 (누에를 읊은) <잠부>의 서문에서 "고인이 지은 부는 많지만, 유독 누에를 소재로 부를 짓지 않았기에, <잠부>를 짓는다"고 하였는데, 이 무슨 말인가? (전국시대 때 산동성) 난릉현 출신인 순황(순자)이 이미 <잠부>를 지었는데도 가까이 두고서 발견하지 못 했으니, 작품만 짓고 차라리 논술을 하지 않는 것이 나앗으리라.

●黃金滿筒, 不以投龜. 明珠徑寸, 豈勞彈雀?(按, 自按周禮, 以下四條, 原本俱無. 太平御覽引金樓子, 有之, 無篇名. 考文義, 似應屬此篇, 謹附於此.)

○황금이 통을 가득 채워도 (점을 치려고) 그것을 거북에게 던지지 않는다. 진주가 직경 한 치 된다고 해서 어찌 참새를 잡는 데 쓰겠는가?(살펴보건대 앞의 '≪주례·춘관·서인≫권24의 기록을 살펴보면'으로부터 아래로 네 조항은 원본에 모두 없다. ≪태평어람≫에서도 ≪금루자≫를 인용하면서 이것들을 기재하였으나 편명이 없다. 문맥을 살펴보건대 이 편에 소속시키는 것이 마땅하겠기에, 삼가 여기에 덧붙인다.)

■金樓子卷四■

550) 賦(부) : 이는 진晉나라 양천楊泉의 <누에를 읊은 부(蠶賦)>를 가리키는 말로 당나라 구양순歐陽詢(557-641)의 ≪예문류취藝文類聚≫권65에 인용되어 전한다. 다만 서문은 누락되었다.

551) 蘭陵(난릉) : 산동성의 속현屬縣 이름.

■金樓子卷五■

□著書篇十(10 저서편)

▶案, 金樓子目錄有著書篇, 永樂大典[1]金樓子聚書篇後, 有自連山[2]三袟至已上六百七十七卷云云. 今按其文, 蓋係著書篇正文, 脫其篇目, 因誤與聚書合爲一篇. 今分爲著書篇. 大典又別載金樓子著書篇五條, 其二條與藝文類聚[3]所載梁元帝孝子傳[4]序・懷舊志[5]序相出入[6], 而首尾殘缺, 文亦互異, 知原書具載序論, 非僅目錄. 今徧考諸書, 凡可補者, 悉附於後, 庶存其大略云.

▷살펴보건대 ≪금루자≫ 목록에 <저서편>이 있는데, ≪영락대전≫에 수록된 ≪금루자・취서편≫ 뒤에 '≪연산≫ 3질부터 이상까지 총 677권이다'라는 말이 있다. 이제 그 문장을 살펴보면 아마도 <저서편>의 본문이었으나 그 제목이 누

1) 永樂大典(영락대전) : 명나라 성조成祖의 칙명으로 해진解縉 등이 영락永樂(1403-1424) 연간에 편찬한 총 22,877권의 총서叢書. 청나라 건륭제乾隆帝 때 사고전서四庫全書를 편찬하는 데 중요한 기틀이 되었으나, 1900년 의화단 사태 때 대부분 소실되고 800권만 남았다.

2) 連山(연산) : 하夏나라 때 ≪역경≫에서 유래한 서명으로 여기서는 원제元帝 자신의 저서를 가리킨다.

3) 藝文類聚(예문류취) : 당나라 구양순歐陽詢(557-641) 등이 황명皇命으로 지은 유서類書. 총 100권. 소미도蘇味道(648-705)・이교李嶠(644-713)・송지문宋之問(?-약713)・심전기沈佺期(?-약713) 등의 시처럼 후세 사람이 끼워 넣은 것도 있다. 모두 48문門으로 분류되어 있는데, 고사를 앞에 두고 시문을 뒤에 열거하였다. 여러 유서 가운데 체례가 가장 훌륭하다는 평을 받는다. ≪사고전서간명목록・자부・유서류≫권14 참조.

4) 孝子傳(효자전) : ≪수서・경적지≫권33과 ≪구당서・경적지≫권46, ≪신당서・예문지≫권58에 의하면 진晉나라 소광제蕭廣濟의 15권본과 왕소지王韶之(380-435)의 15권본, 남조南朝 유송劉宋 정집지鄭緝之의 10권본, 사각수師覺授의 8권본, 종궁宗躬의 20권본, 우반좌虞盤佐의 1권본, 서광徐廣의 3권본, 양梁나라 무제武帝의 30권본 등 다양한 종류의 ≪효자전≫이 있었고, 송나라 이방李昉(925-996)의 ≪태평어람太平御覽≫의 경서도서강목經史圖書綱目에 의하면 그 외에도 전한 유향劉向(약B.C.77-B.C.6)・진晉나라 주경식周景式・왕흠王歆의 ≪효자전≫도 존재하였다. 여기서는 기존의 ≪효자전≫을 모아 원제元帝 자신이 저술한 ≪효덕전孝德傳≫을 가리키는 것으로 보인다.

5) 懷舊志(회구지) : 남조南朝 양梁나라 원제元帝가 지은 책 이름. 총 9권. ≪수서・경적지≫권33 참조.

6) 出入(출입) : 유사하다, 엇비슷하다.

락되면서 그참에 잘못하여 <취서편>과 한 편으로 합쳐진 듯하다. 그래서 이제 다시 <저서편>으로 분리시킨다. ≪영락대전≫에서는 또 별도로 ≪금루자·취서편≫ 5개 조항을 기재하고 있는데, 그중 두 개 조항은 ≪예문류취≫에서 수록한 (남조) 양나라 원제의 ≪효자전≫ 서문 및 ≪회구지≫ 서문과 서로 유사하면서도 수미에 걸쳐 누락된 문장이 있고, 본문 역시 서로 다른 것으로 보아 원서에서는 서론을 기재하였지 단지 목록에 그친 것이 아니라는 것을 알 수 있다. 이제 여러 서책을 두로 고찰하여 보완할 만한 것은 모두 뒤에 첨부함으로써 그 대략을 보존할 수 있기를 기대한다.

●連山, 三袟三十卷.(原注[7], "金樓[8]年在弱冠, 著此書. 至於立年, 其功始就, 躬親筆削[9], 極有其勞.")

○≪연산≫ 3질 30권.(원주에 "내가 약관의 나이가 되었을 때 이 책을 지었다. 황제로 즉위하던 해에 작업이 처음으로 완성되자 몸소 쓸 것은 쓰고 삭제할 것은 삭제하면서 많은 힘을 쏟았다"고 하였다.)

●金樓祕訣, 一袟二十二卷.(原注, "金樓纂, 卽連雜事, 無奇也.")

○≪금루비결≫ 1질 22권.(원주에 "내가 편찬한 것으로 잡사를 엮되 괴이한 내용은 없다"고 하였다.)

●周易義疏, 三袟三十卷.(原注, "金樓奉述制義, 私小小措意也." 案梁書本紀, 義作講, 三十卷作十卷.)

○≪주역의소≫ 3질 30권.(원주에 "내가 황명을 받들어 제작의 의의를 기술하면서 사적으로 자질구레한 개인 의견을 담았다"고 하였다. ≪양서·원제기≫ 권5를 살펴보면 '의義'가 '강講'으로 되어 있고, '30권'이 '10권'으로 되어 있다.)

---

7) 原注(원주) : 저자 자신이 단 주를 가리킨다.

8) 金樓(금루) : 이 책의 저자인 양梁나라 원제元帝 소역蕭繹이 즉위하기 전 변방에서 지은 자호自號인 '금루자'의 약칭.

9) 筆削(필삭) : 역사의 저술을 일컫는 말. '필'은 '쓰다'라는 뜻이고, '삭'은 '삭제하다'라는 뜻. ≪사기·공자세가孔子世家≫권47에서 '공자가 ≪춘추경≫을 지을 때 쓸 것은 쓰고 삭제할 것은 삭제했다(至於爲春秋, 筆則筆, 削則削)'고 한 말에서 유래하였다.

●禮雜私記, 五袟五十卷.(原注, "十七卷, 未成.")

○≪예잡사기≫ 5질 50권.(원주에 "17권은 완성하지 못 했다"고 하였다.)

▶右四件, 一百三十二卷, 甲部[10].

▷이상 4종 총 132권은 갑부(경부經部)에 속한다.

●註前漢書, 十二袟一百一十五卷.

○≪주전한서≫ 12질 115권.

●孝德傳, 三袟三十卷.(原注, "金樓合衆家孝子傳, 成此.")

○≪효덕전≫ 3질 30권.(원주에 "내가 여러 사람의 ≪효자전≫을 모아 이 책을 완성하였다"고 하였다.)

●忠臣傳, 三袟三十卷.(原注, "金樓自爲序." 案隋書經籍志, 有'顯忠傳三卷, 梁元帝撰.')

○≪충신전≫ 3질 30권.(원주에 "내가 손수 서문을 썼다"고 하였다. ≪수서·경적지≫권33을 보면 '≪현충전≫ 3권은 양나라 원제가 지었다'는 기록이 있다.)

●丹陽尹傳, 一袟十卷.(原注, "金樓爲尹京[11]時, 自撰.)

○≪단양윤전≫ 1질 10권.(원주에 "내가 단양윤을 지낼 때 스스로 지은 것이다"라고 하였다.)

●仙異傳, 一袟三卷.(原注, "金樓年小時, 自撰, 其書多不經[12].)

---

10) 甲部(갑부) : 중국 고대 문헌 분류법인 사부四部 가운데 경전에 해당하는 경부經部의 별칭. 경부·사부史部·자부子部·집부集部를 갑부·을부乙部·병부丙部·정부丁部로 칭하기도 하였다.

11) 尹京(윤경) : 경사京師를 다스리다. 즉 경기 일대를 관장하는 자리인 경조윤京兆尹에 오르는 것을 말한다. 여기서는 남조南朝 양梁나라 때 경조윤에 해당하는 강소성 단양윤丹陽尹을 가리킨다.

12) 不經(불경) : 법도에 어긋나다, 사리에 맞지 않다. 여기서는 신괴한 얘기를 주로 다루었기에 하는 말이다.

○≪선이전≫ 1질 3권.(원주에 "내가 어렸을 때 지었는데, 이 책에는 불경한 얘기가 많다"고 하였다.)

●黃妳(案, 梁朝有名士, 呼書卷爲黃妳, 卽見本書雜記篇. 原本黃訛王, 謹校正.)自序, 一袟三卷.(原注, "金樓小時, 自撰, 此書不經.)

○≪황내(살펴보건대 양나라 때 어느 명사가 서책을 '황내'라고 불렀다는 내용이 바로 이 책 <잡기편>에 보인다. 원본에서는 '황黃'을 '왕王'으로 잘못 적었기에 삼가 바로잡는다)자서≫ 1질 3권.(원주에 "내가 어렸을 때 손수 지은 것인데, 이 책은 내용이 불경하다"고 하였다.)

●全德志, 一袟一卷.(原注, "金樓自撰.")

○≪전덕지≫ 1질 1권.(원주에 "내가 손수 지은 것이다"라고 하였다.)

●懷舊志一袟一卷(原注, "金樓自撰.")

○≪회구지≫ 1질 1권.(원주에 "내가 손수 지은 것이다"라고 하였다.)

●硏神記, 一袟一卷.(原注, "金樓自爲序, 付劉穀纂次.")

○≪연신기≫ 1질 1권.(원주에 "내가 손수 서문을 쓰고, 유곡에게 편집을 맡겼다"고 하였다.)

●晉仙傳, 一袟五卷.(原注, "金樓使顔協撰." 案梁書顔協傳, 協所撰晉仙傳五篇.)

○≪진선전≫ 1질 5권.(원주에 "내가 안협을 시켜 지었다"고 하였는데, ≪양서·안협전≫권50에 의하면 안협이 지은 ≪진선전≫은 5편으로 되어 있다.)

●繁華傳, 一袟三卷.(原注, "金樓使劉緩撰.")

○≪번화전≫ 1질 3권.(원주에 "내가 유완을 시켜 지었다"고 하였다.)

▶右一十一件, 二百一十一卷, 乙部.

▷이상 11종 총 211권은 을부(사부史部)에 속한다.

●孝子義疏, 一袟十卷.(原注, "奉述制旨, 幷自小小措意." 案梁書本紀, 武帝有老子講疏, 元帝有老子講疏四卷. 今自注云, "奉述制旨," 則孝字卽老字之訛, 義字卽講字之訛. 但卷數不同, 未敢輒改, 附識於此.)

○≪효자의소≫ 1질 10권.(원주에 "황명을 받들어 제작의 취지를 기술하면서 아울러 손수 자질구레한 개인 의견을 담았다"고 하였다. ≪양서≫의 본기를 살펴보면 무제는 ≪노자강소≫를 남겼고, 원제는 ≪노자강소≫ 4권을 남겼다. 이제 자신의 원주에서 "황명을 받들어 제작의 취지를 기술한다"고 한 것으로 보아 '효孝'자는 '노老'자를 잘못 쓴 것이고, '의義'자는 '강講'자를 잘못 쓴 것임을 알 수 있다. 다만 권수가 다르기에 감히 함부로 고치지 않고 여기에 덧붙여 적어서 밝힐 뿐이다.)

●玉韜, 一袟十卷.(原注, "金樓出牧渚官[13]時撰.")

○≪옥도≫ 1질 10권.(원주에 "내가 조정을 나서 저궁渚宮을 다스릴 때 지었다"고 하였다.)

●貢職圖, 一袟一卷.

○≪공직도≫ 1질 1권.

●語對, 三袟三十卷.

○≪어대≫ 3질 30권.

●同姓同名錄,(案, 梁書本紀作古今同姓名錄.) 一袟一卷.(原注, "金樓撰.")

○≪동성동명록≫(살펴보건대 ≪양서·원제기≫권5에는 ≪고금동성명록≫으로 되어 있다.) 1질 1권.(원주에 "내가 지었다"고 하였다.)

●式苑, 一袟三卷.(原注, "金樓自撰." 案梁書本紀, 有式贊三卷, 苑字疑訛.)

○≪식원≫ 1질 3권.(원주에 "내가 손수 지었다"고 하였다. ≪양서·원제기≫

---

13) 渚官(저관) : 호북성 형주시荊州市에 있었던 춘추시대 초楚나라의 이궁離宮인 '저궁渚宮'의 오기로 보인다. 결국 형주(강릉)의 별칭으로 쓰였다. '관官'은 자형의 유사성으로 인한 필사 과정상의 단순 오기로 보인다.

권5에 보면 ≪식찬≫ 3권이란 기록이 있는 것으로 보아, '원苑'자는 잘못 쓴 것인 듯하다.)

●荊南志, 一袟二卷.(原注, "金樓自撰.")

○≪형남지≫ 1질 2권.(원주에 "내가 손수 지었다"고 하였다.)

●江州[14]記一袟三卷

○≪강주기≫ 1질 3권.

●奇字[15], 二袟二十卷.(原注, "金樓付蕭賁撰.")

○≪기자≫ 2질 20권.(원주에 "내가 소분에게 부탁하여 지었다"고 하였다.)

●長州苑記, 一袟三卷.(原注, "金樓與劉之亨等撰.")

○≪장주원기≫ 1질 3권.(원주에 "내가 유지형 등과 함께 지었다"고 하였다.)

●玉子訣, 一袟三卷.(原注, "金樓付劉緩撰.")

○≪옥자결≫ 1질 3권.(원주에 "내가 유완에게 부탁하여 지었다"고 하였다.)

●寶帳仙方[16], 一袟三卷.

○≪보장선방≫ 1질 3권.

●食要, 一袟十卷.(原注, "金樓付虞預撰.")

○≪식요≫ 1질 10권.(원주에 "내가 우예에게 부탁하여 지었다"고 하였다.)

---

14) 江州(강주) : 강서성의 속주屬州 이름.
15) 奇字(기자) : 한나라 말엽 고문古文에 변화를 주어 유행시켰던 일종의 서체. 전한 양웅揚雄(B.C.53-A.D.18)과 후한 위굉衛宏 등이 즐겨 사용하였다고 전한다.
16) 仙方(선방) : 훌륭한 처방전을 비유하는 말.

●辯林, 二袟二十卷.(案, 隋書經籍志, '辯林二十卷,' 注, '蕭賁撰.')

○≪변림≫ 2질 20권.(≪수서·경적지≫권34의 기록을 보면 '≪변림≫ 20권'이라고 하였는데, 주에서는 '소분이 지었다'고 하였다.)

●藥方, 一袟十卷.

○≪약방≫ 1질 10권.

●補闕子, 一袟十卷.(原注, "金樓爲序, 付鮑泉東里[17]撰.")

○≪보궐자≫ 1질 10권.(원주에 "내가 서문을 짓고 책은 동해군 출신 포천에게 부탁하여 지었다"고 하였다.)

●譜, 一袟十卷.(原注, "金樓付王兢撰.")

○≪보≫ 1질 10권.(원주에 "내가 왕긍에게 부탁하여 지었다"고 하였다.)

●夢書, 一袟十卷.(原注, "金樓使丁覘撰.")

○≪몽서≫ 1질 10권.(원주에 "내가 정첨을 시켜서 지었다"고 하였다.)

▶右一十八件, 一百六十卷, 丙部.

▷이상 18종 총 160권은 병부(자부子部)에 속한다.

●安成煬王集, 一袟四卷.(案, 梁書, "安成康王[18]秀子機襲封, 謚曰煬. 所著詩賦數千言, 世祖[19]集而序之." 原本訛作煬帝王集, 係抄寫訛舛, 謹校正. 又隋書經籍志, 安成煬王集五卷.)

○≪안성양왕집≫ 1질 4권.(≪양서·안성왕소기전≫권22의 기록을 살펴보면 "안성강왕 소수蕭秀의 아들인 소기蕭機는 작위를 세습받아 안성왕에 봉해졌고, 시호는 '양'이다. 그가 지은 시와 부가 수천 자나 되는데, 세조(원제元帝 소

17) 東里(동리) : ≪양서·포천전≫권30에 의하면 그의 본관인 '동해東海'의 오기인 듯하다. '동해'는 산동성의 속군屬郡 이름.

18) 安成康王(안성강왕) : 남조南朝 양梁나라 무제武帝 소연蕭衍의 아들인 소수蕭秀의 별칭. '안성'은 봉호이고, '강'은 시호이다. ≪양서·안성왕소수전≫권22 참조.

19) 世祖(세조) : 이 책의 저자인 원제元帝의 묘호廟號.

역蕭繹)가 모아서 문집으로 만들고 거기에 서문을 지어주었다"고 하였다. 원본에서 잘못하여 '양제왕집'이라고 한 것은 옮겨적는 과정에서 와전된 것이기에 삼가 바로잡는다. ≪수서·경적지≫권35에서도 '≪안성양왕집≫ 5권'으로 적고 있다.)

●集, 三袟三十卷.(案, 梁書本紀, 文集五十卷. 隋書經籍志, 作五十二卷, 又有梁元帝小集十卷. 疑作此書時, 方三十卷, 非訛也.)

○≪문집≫ 3질 30권.(≪양서·원제기≫권5의 기록을 보면 '문집 50권'이라고 하였다. 반면 ≪수서·경적지≫권35에서는 '52권'이라고 하면서 또 '양나라 원제의 ≪소집≫ 10권'이란 말이 있다. 아마도 이 책을 지을 때는 고작 30권이었던 것이지 와전된 것은 아닐 것이다.)

●碑集, 十袟百卷.(原注, "付蘭陵蕭賁撰." 案隋書經籍志, "梁元帝撰雜碑二十二卷·碑文十五卷." 此作百卷, 疑至隋時, 已失其全.)

○≪비집≫ 10질 100권.(원주에 "난릉현 사람 소분에게 부탁하여 지었다"고 하였다. ≪수서·경적지≫권35의 기록을 보면 "양나라 원제가 ≪잡비≫ 22권과 ≪비문≫ 15권을 지었다"고 적고 있다. 여기서 '100권'이라고 한 것으로 보아, 아마도 수나라 때에 이르러 이미 전모를 잃은 듯하다.)

●詩英, 一袟十卷.(原注, "付瑯琊[20]王孝祀撰." 案隋書經籍志, 有詩英九卷, 注, "謝靈運集." 注又云, "梁十卷," 不著姓名, 疑卽元帝此書.)

○≪시영≫ 1질 10권.(원주에 "낭야군 사람 왕효사에게 부탁하여 지었다"고 하였다. ≪수서·경적지≫권35에 보면 ≪시영≫ 9권이란 말이 있는데, 주에 "사영운이 모은 것이다"라고 하였다. 주에서는 또 "양나라 때는 10권이었다"고 하면서 성명을 밝히지 않은 것으로 보아, 아마도 바로 원제의 이 책인 듯하다.)

▶右四件一百四十四卷丁部

▷이상 4종 총 144권은 정부(집부集部)에 속한다.

●內典[21]博要, 三袟三十卷.(案, 梁書本紀, 作一百卷.)

---

20) 瑯琊(낭야) : 산동성의 속군屬郡 이름으로 여기서는 왕효사王孝祀의 본관을 가리킨다.

○≪내전박요≫ 3질 30권.(살펴보건대 ≪양서·원제기≫권5에는 100권으로 되어 있다.)

▶已上六百七十七卷

▷이상의 서책은 총 677권이다.

●夫安親揚名, 陳乎三德[22], 立身行道, 備乎六行[23]. 孝無優劣, 能使甘泉自湧, 隣火不焚, 地出兼金[24], 天降神女, 騰麏自擾, 嘯虎還仁, 陳弇[25]黃雀之祥, 禽兼赤石[26]之瑞, 孟仁[27]之笋出林, 中華[28]之梓[29]生屋, 感通之至, 良有可稱.

○무릇 일가친척을 편안케 하고 명성을 떨치려면 세 가지 덕업을 펼쳐야 하고, 세상에서 출세하고 도를 행하려면 여섯 가지 선행을 갖춰야 한다. 그중 효도는 우열이 없이 감천이 절로 솟아나게

---

21) 內典(내전) : 불경. 반면 불경 이외의 서적은 '외전外典'이라고 한다.
22) 三德(삼덕) : 세 가지 미덕. 이에 대해서는 설이 구구한데, 예를 들어 ≪주례·지관·사씨≫권14의 후한 정현鄭玄(127-200) 주에서는 중용中庸의 미덕, 순응順應의 미덕, 효도의 미덕을 가리킨다고 하였다.
23) 六行(육행) : 여섯 가지 선행. ≪주례·지관地官·대사도大司徒≫권10에서는 효도(孝)·우애(友)·화목(睦)·혼인(婣)·신임(任)·동정심(恤)이라고 하였다.
24) 兼金(겸금) : 품질이 좋은 금을 이르는 말. 값어치가 일반 금의 배(兼)가 나간다는 의미에서 유래하였다.
25) 陳弇(진엄) : 후한 때 사람. 자는 숙명叔明. 정홍丁鴻에게서 ≪구양상서歐陽尙書≫를 전수받아 학생들을 가르치며 농사를 직접 지었는데, 늘 참새(黃雀)가 날아와 그의 주변을 맴돌았다는 고사가 ≪후한서·구양흡전歐陽歙傳≫권109의 주에 인용된 ≪속한서續漢書≫에 전한다.
26) 赤石(적석) : 붉은 옥. 전한 고조高祖 유방劉邦의 모친이 낙수洛水에서 목욕을 하다가 옥계玉鷄가 붉은 옥을 입에 물고 있는 것을 보고서 그것을 삼켜 임신을 해서 유방을 낳았다는 고사가 ≪소씨연의蘇氏演義≫권상에 전한다.
27) 孟仁(맹인) : 삼국 오吳나라 사람으로 효자의 대명사. 본명은 맹종孟宗이었으나 뒤에 손호孫皓의 자字인 원종元宗을 피휘避諱하여 '맹인'으로 개명하였다. 모친이 죽순을 좋아하였는데, 겨울에 죽순이 없어 대나무숲에 들어가 통곡하자 죽순이 자랐다는 고사가 송나라 오숙吳淑(947-1002)의 ≪사류부事類賦·초부草部·죽竹≫권24에 인용된 ≪초국선현전楚國先賢傳≫에 전한다.
28) 中華(중화) : 중원, 중국의 별칭. '화華'는 '하夏'와 통용자로 중원을 뜻한다.
29) 梓(재) : 가래나무. ≪시경·소아小雅·소변小弁≫권19의 "(부모님이 심으신) 뽕나무와 가래나무는 반드시 공경해야 한다(維桑與梓, 必恭敬止)"는 구절에서 유래한 말로 고향에 계신 부모님이나 효도를 상징한다.

하고, 이웃집에 화재가 나지 않게 하고, 땅에서 좋은 금속이 나오게 하고, 하늘에서 신녀가 내려오게 하고, 날뛰던 노루를 저절로 진정케 하고, 울부짖던 호랑이를 다시 조용하게 만들 수 있으며, (후한) 진엄의 주변으로 참새가 나는 상서로운 일이 생기고, 새가 붉은 옥을 입에 물고 나타나는 상서로운 조짐이 생기게 할 수 있었으며, (삼국 오나라 때) 맹인처럼 죽순을 숲에서 자라게 하고, 중원의 가래나무가 지붕에서 자라게 할 수 있었으니, 이러한 지극한 감동의 효험은 진정 칭송할 만하다.

●余中年承乏[30], 攝牧神州[31], 戚里[32]英賢, 南冠[33]髦俊[34]. 車如流水, 俱踵許椽[35]之門, 人同連璧[36], 咸登樂尹[37]之館.

○내가 중년의 나이에 직무를 맡아 천하를 다스릴 때 외척은 모두가 현자들이고, 벼슬아치는 모두 걸출한 인물들이었다. 수레는 마치 흐르는 물처럼 모두 (진晉나라 때) 허연 같은 도사의 집에 모여들고, 사람들은 마치 쌍벽처럼 함께 악관의 숙소에 올랐다.

---

30) 承乏(승핍) : 빈 자리를 계승하다. 관직을 맡는 것에 대한 겸사謙辭.

31) 神州(신주) : 천하를 이르는 말. 옛날에는 온세상을 '천하天下' '해내海內' '사해四海' '육합六合' '구주九州' '신주神州' '우주宇宙' 등 다양한 어휘로 표현하였다.

32) 戚里(척리) : 황제의 외척이나 외척이 모여 사는 곳을 일컫는 말.

33) 南冠(남관) : 남방의 초楚나라 사람들이 즐겨 쓰는 갓을 이르는 말로 남방 사람들을 대칭한다. 진晉나라 경공景公이 초나라 출신 죄수 종의鍾儀를 가리켜 '남관'이라고 했다는 ≪좌전・성공成公9년≫권26의 고사에서 유래하여 죄수를 비유적으로 가리킬 때도 있다.

34) 髦俊(모준) : 걸출한 인물을 이르는 말.

35) 許椽(허연) : 진晉나라 때 도사 허순許詢의 별칭인 '허연許掾'의 오기. '연掾'은 그가 사도司徒의 속관屬官인 사도연司徒掾을 지낸 적이 있어서 붙은 명칭이다. 자는 현도玄度. 황로사상黃老思想을 좋아하고 현언시玄言詩를 즐겨 지었다. 명나라 요용현廖用賢의 ≪상우록尙友錄・허순전≫권15 참조.

36) 連璧(연벽) : 나란히 늘어 놓은 아름다운 옥을 이르는 말로 한 쌍의 아름다운 사람이나 사물을 비유하는 말. '쌍벽'과 뜻이 유사하다.

37) 樂尹(악윤) : 음악을 관장하는 벼슬 이름.

●老聃[38]貴弱[39]，孔子貴仁，陳駢[40]貴齊，楊朱[41]貴己，而終爲令德[42].(案，數語係引呂氏春秋[43]，下應有缺文.)

○(주周나라) 노담(노자 이이李耳)은 유약함을 귀히 여기고, (춘추시대 노魯나라) 공자(공구孔丘)는 인덕을 귀히 여기고, (전국시대 제齊나라) 진변은 세상사를 동일시하는 것을 귀히 여기고, (전국시대 위魏나라) 양주는 자기 자신을 위하는 것을 귀히 여겼지만, 종국에는 모두 훌륭한 인물이 되었다.(살펴보건대 이상 몇 마디는 ≪여씨춘추·심분람審分覽·불이不二≫권17의 글을 인용한 것인데, 아래로 분명 실전된 문장이 있을 것이다.)

●春風秋月，賞心樂事，淨竹節之船，驅桂條之馬.

○봄바람이 불고 가을 달이 뜨면 마음을 즐겁게 하고 유쾌한 일을 찾기에, 대나무로 만든 배를 청소하고 계수나무 가지로 만든 말을 몬다.

●洛城之前，猶有甄侯[44]之館.(案，原本金樓子著書篇，僅存五條. 其'能使甘泉

38) 老聃(노담) : 주周나라 사람 이이李耳의 별칭. 자는 백양伯陽·중이重耳·담聃이고, 호는 노군老君. '노자老子' '노담老聃' '노래자老萊子' '이노군李老君' 등 여러 별칭으로도 불렸다. 저서로 ≪노자≫가 전한다.

39) 弱(약) : ≪여씨춘추·심분람審分覽·불이不二≫권17에는 '유柔'로 되어 있다.

40) 陳駢(진변) : 전국시대 제齊나라 사람. 도서道書 15편을 지어 생사生死와 고금古今을 동일시할 것을 주장하였다고 전한다.

41) 楊朱(양주) : 전국시대 위魏나라 사람. 자는 자거子居. '양자楊子'라는 존칭으로도 불렸다. 자신의 머리카락 하나를 뽑아 세상에 평화가 온다 하더라도 그러지 않겠다며 자신을 소중히 여겨야 한다는 위아설爲我說을 주창하여 맹자孟子의 배척을 받았고, 묵자墨子의 겸애설兼愛說과 대조를 이뤘다. 그에 관한 고사는 ≪열자·양주≫권7에 상세히 전한다.

42) 令德(영덕) : 미덕, 훌륭한 업적을 이르는 말. '영令'은 '미美'의 뜻.

43) 呂氏春秋(여씨춘추) : 전국시대 진秦나라 여불위呂不韋(?-B.C.235)가 문객門客을 시켜 여러 가지 학설을 망라한 책이라고 하나 위서僞書일 가능성이 높다. 총 26권. '여람呂覽'이라고도 한다. ≪사고전서총목제요·자부·잡가류雜家類≫권117 참조.

44) 甄侯(견후) : 삼국 위魏나라 문제文帝 조비曹丕(187-226)의 황후 견씨를 가리키는 말인 '견후甄后'의 오기인 듯하다. 원래 원소袁紹(?-202)의 아들인 원

自湧'四語, 與藝文類聚所載梁元帝孝德傳序同, '中年承乏'八句, 與藝文類聚所載梁元帝懷舊志序同, 則著書篇原載各書序論, 惜割裂不全, 謹校補數則於後.)

○(하남성 낙양의) 낙성 앞에는 아직도 (삼국 위魏나라) 견황후甄皇后의 숙소가 있다.(살펴보건대 원본 ≪금루자·저서편≫에는 단지 5개 조항만 남아 있다. 그중 '감천이 절로 솟아나게 하고'로 시작하는 네 구절은 ≪예문류취·인부人部·효孝≫권20에서 기재한 양나라 원제의 ≪효덕전≫ 서문과 같고, '중년의 나이에 직무를 맡아'로 시작하는 여덟 구절은 ≪예문류취·인부人部·회구懷舊≫권34에서 기재한 양나라 원제의 ≪회구지≫ 서문과 같은 것으로 보아, <저서편>에서 원래 각기 서론을 기재했었던 것인데, 애석하게도 파손되어 온전하지 않게 된 것으로 보이기에, 삼가 교정을 통해 뒤에다가 몇 가지 항목을 보충한다.)

●孝德傳序曰, "夫天經地義[45], 聖人不加. 原始要終[46], 莫踰孝道, 能使甘泉自涌, 鄰火不焚, 地出黃金, 天降神女, 感通之至, 良有可稱."

○(남조南朝 양梁나라 원제元帝는) ≪효덕전≫ 서문에서 "무릇 분명한 도리에 대해서는 성인도 보태지 않고, 도리의 시작부터 끝까지 철저히 살피는 방법에는 효도보다 나은 것이 없다. 감천이 절로 솟아나게 하고, 이웃집에 화재가 나지 않게 하고, 땅에서 황금이 나오게 하고, 하늘에서 신녀가 내려오게 하니, 이러한 지극한 감동의 효험은 진정 칭송할 만하다"라고 하였다.

●上忠臣傳表曰, "資父事君, 實曰嚴敬. 求忠出孝, 義兼臣子. 是以冬溫夏凊, 盡事親之節, 進思將美[47], 懷出奉之義. 羲軒[48]改物, 殷周

희袁熙의 아내였으나 조조曹操(155-220)가 원소를 물리친 뒤 조비가 그녀의 미모에 반해 아내로 맞았고, 뒤에 조비가 황제에 즉위하면서 황후에 책립되었다. 명제明帝 조예曹叡의 생모이기도 하다. 시호는 문소文昭. ≪삼국지·위지·문소견황후전文昭甄皇后傳≫권5 참조.

45) 天經地義(천경지의) : 영원히 변치않는 분명한 도리를 이르는 말.

46) 原始要終(원시요종) : 시초를 추적하고 종말을 요약하다. 사안의 시작부터 끝까지 철저히 탐구하는 것을 말한다.

47) 將美(장미) : 덕업을 이룰 수 있게 돕는 것을 이르는 말.

受命[49]，三能[50]十亂[51]，九棘[52]五臣[53]，靡不夙夜在公，忠爲令德. 若使縉雲[54]得姓之子，姬昌[55]魯衛[56]之臣，是知禮合君親，孝忠一體，性與率由[57]，因心致極. 臣連華霄漢[58]，凴暉日月，三握再吐[59]，夙奉紫庭[60]之慈，春詩秋禮，早蒙丹扆[61]之訓. 宣帝褒德麟

48) 羲軒(희헌) : 전설상의 임금인 삼황三皇 가운데 복희伏羲와 헌원軒轅(황제黃帝)을 아우르는 말.

49) 受命(수명) : 천명을 받다. 즉 황제에 즉위하는 것을 말한다. 신하가 황제의 명령을 받드는 것을 뜻할 때도 있다.

50) 三能(삼능) : 세 명의 능력 있는 신하. 여기서는 삼공三公과 같은 의미로 쓴 듯하다.

51) 十亂(십란) : 주周나라 무왕武王을 보필한 열 명의 신하를 이르는 말. '란亂'은 '치治'의 뜻. '십란'은 주공周公・소공召公・강태공姜太公・필공畢公・영공榮公・굉요閎夭・태전太顚・남궁괄南宮适・산의생散宜生・문모文母를 가리킨다고 한다.

52) 九棘(구극) : 구경九卿의 지위를 비유한다. 주周나라 때 조정에 세 그루의 홰나무(槐)와 아홉 그루의 가시나무(棘)를 심어 삼공三公과 구경의 자리를 정한 데서 유래하였다.

53) 五臣(오신) : 우虞나라 순왕舜王 때 다섯 명의 훌륭한 신하, 즉 우禹・직稷・설契・고요皐陶・백익伯益을 아우르는 말.

54) 縉雲(진운) : 황제黃帝 때 하관夏官(병부상서兵部尙書)을 지냈다는 전설상의 인물. 황제는 구름을 가지고 관직명을 정했기에 춘관春官은 청운靑雲으로, 하관夏官은 진운縉雲으로, 추관秋官은 백운白雲으로, 동관冬官은 흑운黑雲으로, 중관中官은 황운黃雲으로 명명했다고 한다

55) 姬昌(희창) : 주周나라 문왕文王의 성명.

56) 魯衛(노위) : 준周나라 때 주공周公의 봉국인 노나라와 주공의 동생 강숙康叔의 봉국인 위나라를 아우르는 말. 예의바른 신하나 형제지간, 사정이 비슷한 처지 따위를 비유한다.

57) 率由(솔유) : 그대로 따르다, 기존의 규범을 지키다.

58) 霄漢(소한) : 은하수를 뜻하는 말로, '은하銀河' '은한銀漢' '명하明河' '천하天河' '성한星漢' '운한雲漢' '천한天漢' '하한河漢' '강하絳河' '경하傾河' 등 다양한 별칭으로도 불린다.

59) 三握再吐(삼악재토) : 감던 머리카락을 세 번 쥐어짜고 먹던 음식을 거듭 뱉어내다. 주周나라 주공周公 희단姬旦이 인재가 찾아오면 음식을 먹다가도 여러 번에 걸쳐 다 뱉어내고, 머리를 감다가도 수 차례에 걸쳐 물기를 다 쥐어짜고서 나가 반갑게 맞이했다는 ≪한시외전韓詩外傳≫권3의 고사에서 유래한 말로, 현자나 인재를 극진하게 우대해 주는 것을 비유한다. '악발토포握髮吐哺' '토포악발吐哺握髮' '토포착발吐哺捉髮' '토포철세吐哺輟洗'라고도 한다.

60) 紫庭(자정) : 자주빛 뜨락. 신선의 거처를 뜻하는 말로 조정을 비유한다.

61) 丹扆(단의) : 왕실에 치는 붉은 병풍을 뜻하는 말로 왕실이나 조정을 비유한

閣62), 畵充國63)之形, 顯宗64)念功雲臺65), 圖仲華66)之象."

○(남조 양나라 원제는) ≪충신전≫을 바치면서 올리는 상소문에서 "부친과 군주를 섬길 때는 실로 엄숙하고 공손해야 하고, 충신과 효자를 찾으려면 신하나 자식과 의리를 함께 해야 하옵니다. 따라서 겨울에도 따듯하게 지내고 여름에도 시원하게 지낼 수 있는 것은 자식이 부모를 섬기는 도리를 다하기 때문이고, 자신의 좋은 생각을 다 바쳐서 군주의 덕업을 돕는 것은 왕명을 받드는 의리를 생각하기 때문입니다. 복희와 황제가 세상을 바꾸고, 은나라와 주나라가 천명을 받들자, 세 명의 능력 있는 승상과 열 명의 훌륭한 신하, 그리고 아홉 명의 장관과 다섯 명의 현신이 모두 밤낮으로 관청에 있으면서 충심을 다해 아름다운 업적을 이루었습니다. 설사 (황제黃帝 때 신하) 진운이 왕실의 성씨를 얻고 태어난 아들이고, (주周나라 문왕文王) 희창이 노나라와 위나라처럼 예의바른 신하였다 하더라도, 예법상 군주와 부모를 잘 따르고 효도와 충성으로 일체를 이루어 천성적으로 규범과 함께

다.

62) 麟閣(인각) : 한나라 때 장서각 이름인 기린각麒麟閣의 약칭. '기린'은 전설상의 동물 이름으로 상서로운 징조와 왕위를 상징한다. 고대 중국인들은 태평성대가 도래하면 기린이나 봉황이 출현한다고 생각하였다.

63) 充國(충국) : 전한 사람 조충국趙充國(B.C.137-B.C.52). 자는 옹손翁孫. 선제宣帝 때 솔선하여 강족羌族의 침입을 물리쳐서 영평후營平侯에 봉해지고, 기린각麒麟閣에 초상화가 걸렸다. ≪한서 · 조충국전≫권69 참조.

64) 顯宗(현종) : 후한 명제明帝 유장劉莊의 묘호廟號. 광무제光武帝 유수劉秀(B.C.6-A.D.57)의 넷째 아들로서 시호諡號는 효명황제孝明皇帝이고, 묘호廟號가 현종顯宗이다. ≪후한서 · 명제본기≫권2 참조.

65) 雲臺(운대) : 누각 이름. 후한後漢 광무제光武帝 유수劉秀(B.C.6-A.D.57)가 중신들과 국사를 논의하였고, 명제明帝가 부친인 광무제 때의 공신들의 업적을 기리기 위해 등우鄧禹(2-58) 등 28명의 초상화를 그려 넣은 장소로 유명하다.

66) 仲華(중화) : 후한 건국의 일등공신인 등우鄧禹(2-58)의 자. 공적을 인정받아 운대에 초상화가 걸렸다. ≪후한서 · 등우전≫권46 참조. ≪후한서 · 번엽전≫권107에 의하면 '중화'는 광무제光武帝가 평민의 신분으로 곤경에 처했을 때 도움을 주었기에 뒤에 운대로 불려가 음식을 접대받고 벼슬을 하사받았다는 번엽樊曄의 자이기도 하지만, 여기서는 문맥상 해당되지 않는 듯하다.

하며 진심을 다해 최고의 업적을 이루어야 한다는 점을 알았을 것입니다. 신하는 은하수에 빛을 보태주고 일월이 빛을 의지하는 존재이기에, 감던 머리카락을 쥐어짜고 먹던 음식을 뱉어내면서까지 정성껏 접대한다면, 일찌감치 조정의 총애를 공손히 받들어 봄에 ≪시경≫을 공부하고, 가을에 ≪예경≫을 공부해서 일찌감치 황실의 가르침을 받들 것입니다. 그래서 (전한 때) 선제도 기린각에서 덕업을 세운 신하를 포상하면서 조충국趙充國의 초상화를 걸었고, (후한 때) 현종(명제明帝)도 운대에서 공적을 생각하면서 중화(등우鄧禹)의 초상화를 걸었던 것이옵니다"라고 하였다.

●忠臣傳序曰, "夫天地之大德曰生, 聖人之寶曰位. 因生所以盡孝, 因位所以立忠. 事君事父, 資敬之禮寧異? 爲臣爲子, 率由之道斯一. 忠爲令德, 竊所景行[67]. 且孝子・烈女・逸民[68], 咸有別傳, 至於忠臣, 曾無述製. 今將發篋陳書, 備加討論."

○(남조 양나라 원제는) ≪충신전≫의 서문에서 "무릇 천지간의 큰 덕을 '삶'이라고 하고, 성인의 보물을 '왕위'라고 한다. 삶 때문에 효도를 다하는 것이고, 왕위 때문에 충신을 세우는 것이다. 군주를 섬기고 부친을 모실 때 공경하는 예법이 어찌 다르겠는가? 신하 노릇 하고 자식 노릇 할 때 따라야 하는 도리는 매한가지다. 충성심은 훌륭한 덕목이기에 내 남몰래 최고의 덕행으로 여겨 왔다. 게다가 효자・열녀・은자에 대해서는 모두 별도의 전기가 있는데, 충신의 경우에만 일찍이 저술이 없었다. 그래서 이제 책상자를 열어 서책을 펼쳐서 상세히 토론을 보태고자 한다"고 하였다.

---

67) 景行(경행) : 큰 길. ≪시경・소아小雅・거할車舝≫권21의 "높은 산은 우러러 보기 마련이고, 큰 길은 따라서 걷기 마련이다(高山仰止, 景行行止)"라는 구절에서 유래한 말로 훌륭한 인품이나 숭고한 덕행을 비유한다.

68) 逸民(일민) : 숨어사는 백성, 즉 은자의 별칭.

●忠臣傳諫諍篇序曰, "富貴寵榮, 人所不能忘也. 刑戮流放, 人所不能甘也. 而士有冒雷霆[69], 犯顔色, 吐一言, 終知自投鼎鑊[70], 取離[71]刀鋸[72], 而曾[73]不避者, 其故何也? 蓋傷茫茫[74]禹跡, 毁於一朝, 赫赫[75]宗周, 滅成禾黍[76]. 何者? 百世之後, 王化漸頽, 欽若[77]之信旣盡, 解網[78]之仁已泯, 徒以繼體[79]所及, 守器[80]攸歸, 出則淸警[81]傳路, 處則憑玉負扆[82]. 事無暫舛, 意有必從, 所謂生於深宮之中, 長於婦人之手, 未嘗知憂, 未嘗知懼. 況惑褒人[83]之巧笑, 迷陽阿[84]之妙舞? 重之以刳斮[85], 用之以逋逃[86], 亦有傾天滅地, 汙宮

---

69) 雷霆(뇌정) : 우레, 천둥. 여기서는 황제의 노여움을 비유하는 말로 쓰인 듯하다.
70) 鼎鑊(정확) : 세발솥과 가마솥. 팽형烹刑을 실시하는 데 사용하던 도구로 결국 사형을 비유한다.
71) 離(이) : 만나다.
72) 刀鋸(도거) : 칼과 톱. 의형劓刑이나 궁형宮刑·월형刖刑과 같이 신체의 일부를 잘라 내는 체형體刑을 비유한다.
73) 曾(증) : 결국, 끝내. '내乃'의 뜻.
74) 茫茫(망망) : 아득히 넓은 모양. 여기서는 하夏나라 우왕禹王이 치수사업을 하느라 전국을 돌아다닌 것을 가리킨다.
75) 赫赫(혁혁) : 환히 빛나는 모양. 여기서는 주周나라의 번영을 가리킨다.
76) 禾黍(화서) : 벼와 기장. 여기서는 폐허로 변한 것을 비유한다.
77) 欽若(흠약) : 공손히 따르다. '약若'은 '순順'의 뜻.
78) 解網(해망) : 그물을 풀다. 그물을 풀어서 도주로를 열어주는 것을 뜻하는 말로 인덕仁德을 비유한다.
79) 繼體(계체) : 선왕의 정체성을 계승하다. 결국 군주로 즉위하는 것을 말한다.
80) 守器(수기) : 관공서에서 보관하는 그릇. 종묘의 제기나 황실의 국보와 같은 중요한 물품을 가리킨다.
81) 淸警(청경) : 제왕이 행차할 때 길을 청소하고 사람들의 통행을 막는 일을 이르는 말. '청필淸蹕'이라고도 한다.
82) 憑玉負扆(빙옥부의) : 옥으로 만든 안궤에 기대고 병풍을 등지다. 궁중에서 편하게 지내는 것을 말한다.
83) 褒人(포인) : 포褒나라 사람. 제후국인 포나라 출신으로 주周나라 유왕幽王의 총애를 받은 포사褒姒를 가리킨다.
84) 陽阿(양아) : ≪회남자淮南子·숙진훈俶眞訓≫권2에 등장하는 전국시대 초楚나라에서 춤을 잘 추었다는 여인이나 그녀가 춘 춤의 이름을 이르는 말. 전한 때 조비연趙飛燕의 부친인 조임趙臨이 기거했던 양아공주陽阿公主의 봉호를 가리킬 때도 있다.
85) 刳斮(고착) : 베다. 즉 사형에 처해지는 것을 말한다. '고刳'와 '착斮' 모두 '참

瀦社[87]之罪，拔本塞源，裂冠毁冕[88]之釁．於是策名委質[89]，守死不二[90]之臣，以剛腸疾惡之心，確乎貞一之性，不忍見霜露麋鹿，栖於宮寢，麥穗[91]黍離[92]，被於宗廟．故瀝血[93]抽誠，披胸見款，赴焦爛[94]於危年，甘滅亡於昔日，冀桐宮[95]有反道[96]之明，望夷無不言之恨．而九重懸遠，百雉[97]嚴絶，丹心莫亮，白刃先指，見之者掩目，

斬'의 뜻.

86) 逋逃(포도) : 도망치다, 도주하다.

87) 汙宮瀦社(와궁저사) : 궁궐과 종묘를 허물어 웅덩이로 만들다. 국가를 전복시키는 죄를 비유한다. '와汙'와 '저瀦' 모두 웅덩이를 파는 것을 뜻한다.

88) 裂冠毁冕(열관훼면) : 갓을 찢고 면복을 훼손하다. 황실을 배반하거나 전통을 거스르는 것을 비유한다.

89) 委質(위지) : 임금에게 예를 올리고 충성을 맹서하는 일. '위委'는 버린다는 뜻이고, '지質'는 몸을 뜻한다. 즉 '몸을 땅에 던져 복종한다'는 의미에서 유래하였다.

90) 守死不二(수사불이) : 두 임금을 섬기지 않겠다는 충심을 목숨을 걸고 지키다.

91) 麥穗(맥수) : 은殷나라 종실 사람 미자微子가 은나라가 멸망한 뒤 옛 궁터를 지나다가 폐허에 보리가 무성하게 자란 것을 보고 감회를 읊은 노래 이름. 송나라 곽무천郭茂倩의 ≪악부시집樂府詩集·금곡가사琴曲歌辭≫권57에는 <은나라의 멸망을 마음 아파하는 노래(傷殷操)>라는 제목으로 전하는 반면, 명나라 풍유눌馮惟訥의 ≪고시기古詩紀·고일古逸1≫권1에는 <보리 이삭의 노래(麥秀歌)>란 제목으로 전한다. 뒤의 <서리>와 함께 망국의 한을 상징한다. '수穗'와 '수秀'는 통용자.

92) 黍離(서리) : ≪시경·왕풍王風≫권6의 편명. 주周나라가 동쪽으로 천도한 뒤 한 대부大夫가 옛 도읍을 지나다가 폐허가 된 옛 궁터에 기장이 무성하게 자란 것을 보고 서주西周의 쇠락을 안타까워하며 지은 노래 이름이다.

93) 瀝血(역혈) : 살을 째서 피를 보이다. 굳게 맹서하는 것을 상징한다.

94) 焦爛(초란) : 불을 끄느라 머리카락이 불에 타고 이마에 화상을 입는 것을 뜻하는 말인 '초두란액焦頭爛額'의 준말. 재난을 막기 위해 몸을 아끼지 않는 것을 말한다.

95) 桐宮(동궁) : 상商나라 이윤伊尹이 폭군인 태갑太甲을 추방한 하북성 동읍桐邑에 있는 탕왕湯王의 장지葬地를 이르는 말. 추방당한 제왕이나 그러한 유배지를 상징한다.

96) 反道(반도) : 도로의 흙을 일궈서 뒤집고 새로운 흙으로 포장하는 일을 이르는 말. 정도로 돌아가는 것을 뜻한다.

97) 百雉(백치) : 300장 길이의 성곽을 이르는 말. 춘추시대 때 제후국이 쌓을 수 있는 성곽의 길이가 100치였기에 '백치'는 결국 왕실을 비유적으로 가리킨다. 1치는 높이가 1장이고 길이가 3장인 성벽을 뜻한다.

聞之者傷心. 然後鳴條[98]有不收之魂, 商郊致白旂[99]之戮."

○(남조 양나라 원제는) ≪충신전·간쟁편≫의 서문에서 "부유한 재물·고귀한 신분·황제의 총애·명예로운 영광은 사람들이 뇌리에서 잊지 못 하는 것이고, 형벌·사형·유배·추방은 사람들이 달게 받아들이지 못 하는 것이다. 그런데도 선비 가운데 천자의 우레 같은 노여움을 무릅쓰고 낯빛을 범하면서 한 마디 내뱉었다가, 결국 가마솥에 들어가 팽형을 당하거나 체형을 당하면서도 끝내 피하지 않는 사람이 생기는데, 그 이유가 무엇일까? 아마도 널리 업적을 쌓은 (하夏나라) 우왕의 흔적이 하루아침에 훼손되고, 혁혁한 공적을 세운 주나라가 멸망당해 순식간에 폐허가 되는 것과 같은 결과가 초래될까 가슴 아파서일 것이다. 무슨 말일까? 오랜 세월 뒤에 왕의 교화가 점차 퇴색되어 공손히 순종하던 신뢰가 다 사라지고 그물을 풀어주듯이 베풀었던 인덕이 이미 다 사라질 터인데도, 단지 왕실의 정통성만 유지하고 국가의 보물만 끌어안은 채, 궁을 나서면 길을 비키라는 엄명만 선포하고, 궁에 머물면 옥으로 만든 안궤에 기대거나 병풍을 등지기만 하기에, 정사에 잠시라도 잘못이 없으면 마음은 반드시 무언가를 좇으려고 하게 된다. 이른바 깊숙한 궁궐에서 태어나 아녀자의 손에서 자란 사람이라면 시름을 알 리 없고 두려움을 알 리 없다. 하물며 (주周나라 유왕幽王의 총희인) 포사褒姒의 교태로운 웃음에 현혹되고, (전국시대 초楚나라 무희인) 양아의 절묘한 춤에 미혹된다면 더 말할 나위가 있겠는가? 사형으로 그에게 거듭 책임을 묻고 유배형을 그에게 실시하는 것은 역시 천하를

---

98) 鳴條(명조) : 가지를 울리다. 결국 강풍을 가리킨다. 전한 동중서董仲舒가 "태평성대에는 바람이 가지를 흔들어 소리를 내지 않는다(太平之世, 風不鳴條)"고 한 언급에서 유래한 말로 난세를 상징한다.

99) 白旂(백기) : 흰 깃발. 상商나라는 금덕金德을 숭상하였고, 오행상 금덕이 백색과 배합되므로 결국 상나라 왕조를 비유적으로 가리킨다. 주周나라 무왕武王이 상나라를 정벌할 때 백어白魚가 전함으로 들어와 승리를 직감했다는 고사와도 일맥상통한다.

어지럽히고 나라의 근간을 흔드는 죄나 황실의 근본을 흔들고 체통을 훼손하는 죄가 있기 때문이다. 따라서 명예를 걸고 충성을 맹서하여 두 임금을 섬기지 않겠다는 충심을 목숨을 걸고 지키는 신하라면, 끝까지 악을 미워하고 절조를 확실히 지키려는 심성으로 서리와 이슬이 내리는 쓸쓸한 가을철에 고라니와 사슴이 궁궐 침실에 머물고 보리와 기장이 종묘를 뒤덮는 모습을 차마 볼 수 없을 것이다. 그래서 피를 흘리면서까지 충심을 다하고 가슴을 열어 진심을 보이기에, 위급한 시기에는 불을 끄러 달려가고, 옛날의 멸망을 본보기로 삼아 쫓겨난 제왕에게 도리를 회복할 혜안이 있어 오랑캐 땅을 바라보며 말로 표현할 수 없는 회한이 없게 되기를 희망하는 것이다. 그러나 구중궁궐은 아득히 멀고 높은 성곽은 삼엄하게 떨어져 있어 진심을 밝힐 길이 없고, 시퍼런 칼날이 먼저 향하면 이를 보는 이는 눈을 가리고, 이를 듣는 이는 마음이 상하게 된다. 그런 뒤에는 난세에 미쳐 거두지 못 한 혼백이 있게 되고, 상나라 교외에 백기를 내거는 살육을 부르게 될 것이다"라고 하였다.

●忠臣傳死節篇序曰, "自非識君臣之大體, 鑒生死之宏分, 何以能滅七尺之軀, 殉一顧之感? 然平路康衢[100], 從容之道進, 危塗險徑, 忠貞之節興. 登平路者易爲功, 涉險塗者難爲力. 從容之用, 世不乏人, 忠貞之槩, 時難屢有."

○(남조 양나라 원제는) ≪충신전·사절편≫의 서문에서 "군신간의 중요한 도리를 식별하고 생사의 분명한 차이를 감별할 수 있는 사람이 아니라면, 어찌 칠척의 몸을 희생해 한 번 보살펴 준 은혜를 위해 목숨을 던지겠는가? 그러나 평탄하고 넓은 길을 걸으면 조용한 도리가 싹트지만, 위험하고 험난한 길을 걸으면 충정

100) 康衢(강구) : 사통팔달하는 큰 길을 뜻하는 말. 다섯 갈래로 난 길을 '강康'이라고 하고, 네 갈래로 난 길을 '구衢'라고 한 데서 유래하였다.

을 바치는 절조가 일어나기 마련이다. 평탄한 길을 오르는 사람은 공을 세우기 쉽지만, 험난한 길을 걷는 사람은 힘을 쓰기 어렵다. 조용한 인물을 기용한다고 해서 세상에 인재가 없는 것은 아니지만, 충정어린 절개를 가진 사람은 시대마다 자주 만나기 어려운 법이다"라고 하였다.

●丹陽尹傳序曰, "傳[101]曰, '大夫[102]受郡.' 漢書曰, '尹者, 正也.' 及其用人, 實難授受. 廣漢[103]和顏接下, 子高[104]自輔經術. 孫寶[105]行嚴霜之誅, 袁宏[106]留冬日之愛. 自二京[107]版蕩, 五馬南渡[108],

---

101) 傳(전) : 노魯나라 은공隱公 원년元年(B.C.722년)부터 애공哀公 27년(B.C.468년)까지 약 250년 간의 춘추시대 역사를 기록한 ≪춘추경春秋經≫에 대한 전국시대 노魯나라 좌구명左丘明의 해설서인 ≪춘추좌씨전春秋左氏傳≫의 약칭. ≪춘추좌전≫ ≪좌씨전≫ ≪좌전≫으로 약칭하기도 한다.

102) 大夫(대부) : 주周나라 때 신분 구분인 공公·경卿·대부大夫·사士의 하나. 삼공三公과 구경九卿 아래로 상대부上大夫·중대부中大夫·하대부下大夫가 있고, 그 밑으로 다시 상사上士와 중사中士·하사下士가 있었다. 후대에는 벼슬아치에 대한 범칭汎稱으로 쓰기도 하였다. 위의 예문은 ≪좌전·애공哀公2년≫권60의 기록을 인용한 것인데, 원문에는 "(공을 세우면) 상대부는 현을 받고, 하대부는 군을 받는다(上大夫受縣, 下大夫受郡)"로 되어 있다. 춘추시대 때는 후대와 달리 현縣이 군郡보다 큰 행정 구역이었다.

103) 廣漢(광한) : 전한 때 경조윤京兆尹을 지냈던 조광한趙廣漢의 이름. ≪한서·조광한전≫권76에 "부드러운 얼굴로 선비를 대접하였다(和顏接士)"는 말이 전한다.

104) 子高(자고) : 전한 때 사람인 장창張敞의 자. 경조윤京兆尹을 지내면서 훌륭한 업적을 남겨 조광한趙廣漢과 함께 병칭되었다. ≪한서·장창전≫권76에 "장창은 본래 ≪춘추경≫을 공부하여 경학으로 정사를 거들었다(敞本治春秋, 以經術自輔)"는 말이 전한다.

105) 孫寶(손보) : 전한 때 사람으로 경조윤京兆尹을 지냈다. ≪한서·손보전≫권77에 일찍이 구관舊官인 후문侯文을 동부독우東部督郵에 임명하며 '서릿발 같이 형벌을 내리라(成嚴霜之誅)'는 주문을 하였다는 말이 전한다.

106) 袁宏(원굉) : 진晉나라 때 문장가(328-376). 이는 후한 때 하남윤河南尹을 지내면서 관용을 베풀어 옥사를 처리했던 사람인 '원안袁安'의 오기이다. ≪후한서·원안전≫권75 참조.

107) 二京(이경) : 서경西京인 섬서성 장안과 동경東京인 하남성 낙양을 아우르는 말. '양경兩京'이라고도 한다. 여기서는 전한과 후한 두 왕조로써 서진西晉을 비유적으로 가리킨다.

108) 五馬南渡(오마남도) : 동진東晉 시기를 이르는 말. 서진西晉 원제元帝가 다

固乃上燭天文，下應地理，爾其地勢，可得而言．東以赤山[109]爲成皐[110]，南以長淮爲伊洛[111]，北以鍾山[112]爲華阜[113]，西以大江爲黃河，旣變淮海爲神州，亦卽丹陽爲京尹[114]．雖得人之盛，頗愧前賢，而眄遇[115]之深，多用宰輔[116]．皇上受圖[117]負扆[118]，寶曆[119]惟新，制禮以告成功，作樂以彰治定，豈直[120]四三皇六五帝[121]，孕夏陶周而已哉？若夫位以德敍，德以位成，每念忝莅京河[122]，玆焉四載，以入安石[123]之門，思勤王[124]之政，坐眞長[125]之室，想淸

섯 형제와 함께 남쪽으로 장강을 건너 강소성 건업建業(남경)에 동진을 세운 것을 가리킨다.

109) 赤山(적산) : 강소성 단양丹陽 근처의 산 이름. 일명 '단산丹山' 혹은 '저산赭山'이라고도 하였는데, 뒤에는 강암산絳巖山으로 이름이 바뀌었다.

110) 成皐(성고) : 후한 때 수도인 하남성 낙양 근처의 현縣 이름. 여기서는 동진東晉 때 수도인 강소성 건업建業(남경)의 위성도시를 비유적으로 가리키기 위해 쓰인 듯하다.

111) 伊洛(이락) : 하남성을 흐르는 강물인 이수와 낙수를 아우르는 말로 낙양 일대를 가리킨다. 하남성 낙양洛陽 출신의 도학자인 정호程顥(1032-1085)·정이程頤(1033-1107) 형제를 비유적으로 가리킬 때도 있다.

112) 鍾山(종산) : 강소성 건업建業(남경) 근처에 있는 산 이름. '자금산紫金山' 혹은 '장산蔣山'이라고도 하였다.

113) 華阜(화부) : 오악五嶽 가운데 하나인 서악西嶽 화산華山의 별칭.

114) 京尹(경윤) : 경기 일대를 관장하는 벼슬인 경조윤京兆尹의 약칭. 여기서는 단양윤丹陽尹을 비유적으로 가리킨다.

115) 眄遇(면우) : 총애하다, 신임하다.

116) 宰輔(재보) : 재상의 별칭. 보신輔臣·보상輔相·보재輔宰·재상宰相·재신宰臣·재집宰執·태보台輔·단규端揆 등 다양한 명칭으로도 불렸다.

117) 受圖(수도) : 도록을 받다. 황제에 오르는 것을 비유한다.

118) 負扆(부의) : 병풍을 등지다. 황제가 조정에 앉아 정사를 돌보는 것을 말한다.

119) 寶曆(보력) : 황제가 제정하는 역법을 뜻하는 말로 황위皇位나 제업帝業을 상징한다.

120) 直(직) : 단지. '지只'의 뜻.

121) 四三皇六五帝(사삼황륙오제) : 몇몇의 황皇과 제帝. 결국 전설상의 임금인 삼황오제三皇五帝를 가리키는 듯하다.

122) 京河(경하) : 황하를 끼고 있는 도성인 섬서성 장안이나 하남성 낙양을 가리키는 말로 결국 도성을 가리킨다.

123) 安石(안석) : 진晉나라 사람 사안謝安(320-385). '안석'은 자. 왕희지王羲之(321-379)·허순許詢·지둔支遁(314-366) 등과 산수에서 노닐다가 마흔 살이 넘어서야 출사하여 환온桓溫(312-373)의 사마司馬가 되었다. 태원太元(37

談126)之風. 求瘼127)餘晨, 頗多夏景, 今綴采英賢, 爲丹陽尹傳."

○(남조 양나라 원제는) ≪단양윤전≫의 서문에서 "≪좌전·애공哀公2년≫권60에 '대부는 군을 봉토로 받는다'고 하였고, ≪한서·백관공경표百官公卿表≫권19의 주에 '『윤』은 바로잡는다는 뜻이다'라고 하였는데, 거기에 적절한 인재를 기용하면서 맞는 직책을 임명하기란 실로 어려운 일이다. (전한 때) 조광한趙廣漢은 온화한 얼굴로 아랫사람을 접대하였고, 자고(장창張敞)는 경학으로 정사를 보필하였으며, 손보는 서릿발 같이 형벌을 시행하였고, (후한 때) 원안袁安은 겨울 햇살 같은 애정을 베풀었다. 진나라 왕조가 혼란기에 접어들어 원제元帝가 다섯 형제와 함께 남쪽으로 장강을 건넌 뒤 실로 위로는 천문을 헤아리고 아래로는 지리에 호응하였으니, 그 지리적 형세를 설명할 수 있을 듯하다. 동쪽으로는 적산을 성고현으로 삼고, 남쪽으로는 기다란 회수를 이수와 낙수로 삼고, 북쪽으로는 종산을 화산으로 삼고, 서쪽으로는 장강을 황하로 삼았기에, 회수와 동해 일대를 신주로 바꾸고, 단양윤을 경조윤으로 삼게 되었다. 비록 성대하게 인재를 얻는 방면에서는 사뭇 전대의 현인들에 비해 손색이 있겠지만, 진심을 다해 신뢰하였기에 많은 재상을 기용할 수 있었다. 황제가 도록을 받은 뒤 병풍을 등진 채 정사를 펼쳐 새로운 세상을 열

6-396) 때 조카인 사현謝玄(343-388)를 추천하여 전진前秦의 부견苻堅(338-385)을 비수淝水에서 물리치고, 태부太傅에 추증追贈되었다. ≪진서·사안전≫권79 참조. 여기서는 뒤의 '진장眞長'과 함께 당시의 현신을 비유적으로 가리킨다.

124) 勤王(근왕) : 나라에 환난이 생겼을 때 황제를 위해 군사를 일으키는 일을 이르는 말.

125) 眞長(진장) : 진晉나라 사람 유담劉惔(약314-349)의 자. 강소성 단양현령丹陽縣令을 지냈고, 당시 사람들에게 삼국 위魏나라 순찬荀粲과 기품이 유사하다는 평을 들었다. ≪진서·유담전≫권75 참조.

126) 淸談(청담) : 위진남북조魏晉南北朝 때 노장사상老莊思想을 바탕으로 인물에 대한 품평 등 함께 모여 담론을 즐기던 풍조를 이르는 말.

127) 求瘼(구막) : 백성들의 고통을 찾아서 묻다. 선정을 베푸는 것을 말한다.

고서 예법을 정비해 성공을 아뢰고 음악을 만들어 훌륭한 정치를 빛냈으니, 어찌 단지 삼황오제만이 하나라를 잉태하고 주나라를 이끌어냈다고 할 수 있으리오? 황위는 덕업으로 유지되고 덕업은 황위 때문에 완성되는 법, 매번 생각해 보건대 외람되게도 도성을 정한 지 올해로 4년이 되면서 안석(사안謝安)의 집에 들어서 황실의 안위를 도모하기 위한 정사를 생각하고, 진장(유담劉惔)의 방에 앉아서 청담의 풍조를 생각하였다. 여유로운 아침에 백성들의 고통을 덜어주다가 사뭇 여름 햇살을 많이 받게 되었기에, 이제 훌륭한 현인들을 모아 ≪단양윤전≫을 짓는다"고 하였다.

●全德志序曰, "老子言, '全德歸厚.' 莊周云, '全德不刑.' 呂覽[128]稱, '全德之人.' 故以全德創其名也. 此志隆大夫爲首. 伊人有學有辯, 不夭不貧, 寶劒在前, 鼓瑟從後, 連環[129]炙輠[130], 雍容[131]卒歲, 駟馬高車, 優游宴喜. 旣令公侯[132]踞掌, 復使要荒[133]蹶角[134], 入室

128) 呂覽(여람) : 전국시대 진秦나라 여불위呂不韋(?-B.C.235)의 저술인 ≪여씨춘추呂氏春秋≫의 별칭. 여불위가 문객門客을 시켜 여러 가지 학설을 망라한 책이라고 하나 위서僞書일 가능성이 높다. 총 26권. ≪사고전서간명목록・자부・잡가류雜家類≫권13 참조.

129) 連環(연환) : 옥고리를 꿰어 놓듯이 막힘없는 말솜씨를 비유하는 말인 듯하다.

130) 炙輠(자과) : 수레바퀴(轂)의 윤활유통(輠)을 태우는(炙) 것을 뜻하는 말인 '자곡과炙轂輠'의 준말. 전국시대 제齊나라 순우곤淳于髡의 지혜가 무궁무진하여 마치 윤활유통을 태워도 여전히 수레바퀴에 윤활유가 남아 흐르는 것과 같다는 ≪사기・순우곤전≫권74의 고사에서 유래한 말로 지혜가 넘치는 것을 비유한다.

131) 雍容(옹용) : 행동이 의젓하고 품위가 있는 모양.

132) 公侯(공후) : 제후의 작위 5종 가운데 가장 직급이 높은 두 작위를 아우르는 말. 결국 제후들을 가리킨다.

133) 要荒(요황) : 요복要服과 황복荒服을 아우르는 말로 경기지역에서 멀리 떨어진 변방이나 이민족 국가를 가리킨다.

134) 蹶角(궐각) : 이마가 땅에 닿을 정도로 공손히 머리를 조아리는 것을 이르는 말.

生光, 豈非盛矣? 若乃河宗[135]九策, 事等神鉤, 陽雍[136]雙璧, 理歸元感. 南陽樊重[137], 高閣連雲, 北海公沙[138], 門人成市. 咨此八龍, 各傳一藝, 夾河兩郡, 家有萬石[139]. 人生行樂, 止足[140]爲先. 但使樽酒不空, 坐客恒滿, 寧與孟嘗[141]閒琴, 承睫[142]淚下, 中山[143]聽息[144], 悲不自禁, 同年而語[145]也?"

---

135) 河宗(하종) : 황하를 관장하는 신인 하백河伯의 별칭. 따라서 이는 삼국 촉蜀나라 때 사람 '하종何宗'의 오기인 듯하다.

136) 陽雍(양옹) : 전한 때 사람 양옹백陽雍伯. 동정심이 많아 가난한 사람을 즐겨 도왔는데, 그의 도움을 받은 사람이 돌맹이를 주었기에 이를 심어서 백벽白璧 다섯 쌍을 얻어 혼수품으로 활용해서 아름다운 아내를 얻었다는 고사가 진晉나라 간보干寶의 ≪수신기搜神記≫에 전한다.

137) 樊重(번중) : 후한 초엽 사람. 어마어마한 갑부였지만 사람들에게 돈을 빌려주고 죽을 때 채권을 모두 불태웠다는 고사로 유명하다. ≪후한서 · 번중전≫ 권62 참조.

138) 公沙穆(공사목) : 후한 사람. '공사'는 복성複姓. 자는 문예文乂. 경학에 정통하였고 도위都尉를 지냈다. 아들 다섯 명 모두 명성을 떨쳤다. ≪후한서 · 공사목전≫권112 참조.

139) 萬石(만석) : 부자가 모두 봉록이 2천석인 고관에 올라 부자지간의 봉록이 도합 만 석에 달하는 것을 이르는 말. 전한 때 사람인 석분石奮이 네 아들과 함께 2천석의 고관에 올라 '만석군'으로 불렸다는 ≪사기 · 석분전≫권103과 ≪한서 · 석분전≫권46의 고사에서 유래하였다.

140) 止足(지족) : 그치고 만족하다. 욕심을 부리지 않는 것을 이르는 말로, ≪노자≫의 "만족할 줄 알면 욕을 당하지 않고, 그칠 줄 알면 위태롭지 않다(知足不辱, 知止不殆)"는 말에서 유래하였다.

141) 孟嘗(맹상) : 전국시대 제齊나라의 현자 전문田文의 별호. '설공薛公'이라는 봉호封號로 불리기도 하였다. 진秦나라에 사신으로 갔다가 소왕昭王에게 살해당할 뻔하였으나 '계명구도鷄鳴狗盜'하는 수하 덕택에 무사히 귀환한 고사로 유명하다. 조趙나라 평원군平原君 · 위魏나라 신릉군信陵君 · 초楚나라 춘신군春申君과 함께 사공자四公子로 불렸다. ≪사기 · 맹상군전문전孟嘗君田文傳≫ 권75 참조. 옹문자주雍門子周가 금琴을 연주해 맹상군孟嘗君을 감동시켜서 눈물을 흘리게 했다는 고사가 전한 유향劉向(약B.C.77-B.C.6)의 ≪설원說苑 · 선세善說≫권11에 전한다.

142) 承睫(승첩) : 눈물을 머금다.

143) 中山(중산) : 전한 때 중산왕中山王 유승劉勝. '중산'은 하북성의 속군屬郡으로 봉호를 가리킨다. 시호는 정靖. 무제武帝를 조알하였다가 음악을 듣고서 유언비어의 해악을 떠올려 눈물을 흘렸다는 고사가 ≪한서 · 중산정왕유승전≫권53에 전한다.

144) 息(식) : 다른 판본에 의하면 '악樂'의 오기이다. 아마도 유승劉勝의 고사에 유언비어의 해악을 비유하는 말인 '사람들의 입김이 산을 옮긴다(衆呴漂山)'는

○(남조 양나라 원제는) ≪전덕지≫의 서문에서 “(주周나라) 노자는 ‘완벽한 덕은 후덕함으로 귀결된다’고 하였고, (전국시대 송宋나라) 장주는 ‘완벽한 덕을 갖춘 사람은 형벌을 좋아하지 않는다’고 하였으며, ≪여씨춘추·맹춘기孟春紀·본생本生≫권1에는 ‘완벽한 덕을 갖춘 사람’이란 말이 있다. 그래서 ‘전덕’으로 서명을 짓는다. 이 책에서는 융대부를 맨앞에 기술하였다. 이 사람은 학문도 있고 말재주도 있으면서 요절하지도 않고 가난하게 살지도 않았다. 그는 보검을 찬 사람을 앞세우고 악기를 든 사람에게 뒤를 따르게 하면서, 물 흐르듯 익살스런 얘기를 풀고 의젓하게 생을 마칠 때까지 네 마리 말이 끄는 높은 수레에 올라 여러 곳을 유람하면서 즐거움을 누렸다. 제후들이 손을 움츠리게 만들고, 이민족이 공손히 머리를 조아리게 하면서, 방에 들어오면 빛을 발하였으니, 어찌 훌륭한 인물이 아니겠는가? 마치 (삼국 촉蜀나라) 하종何宗처럼 아홉 가지 묘책을 내놓았을 때 사안마다 신이 건져준 듯하였고, (전한) 양옹백陽雍伯처럼 쌍벽을 얻은 것은 이치상 커다란 감동을 주었기 때문이고, (후한 때 하남성) 남양군 사람 번중처럼 구름에 닿을 정도로 높은 고대광실에 살았고, (후한 때) 북해군 사람 공사목公沙穆처럼 문인들이 문전성시를 이루었다. 아! 이들 여덟 마리 용은 각기 기예 한 가지씩 전수하여 황하를 낀 두 고을에서 가족들이 만석군을 이루었다. 사람이 태어나 즐거움을 누리더라도 욕심을 부리지 않는 것이 가장 중요하다. 그러나 만약 술동이에 술이 비지 않고 좌석에 손님이 늘 가득 찬다면, (전국시대 조趙나라) 맹상군이 금에 대해 물으면서 눈물을 흘리고, (전한) 중산왕(유승劉勝)이 음악소리를 듣고서 슬픔을 억제하지 못 한 것과 어찌 같은 수준에 놓고 말할 수 있으리오?”라고 하였다.

표현이 있어서 착오을 일으킨 듯하다.

145) 同年而語(동년이어) : 같은 수준으로 말하다, 동급으로 취급하다.

●全德志論曰, “物我俱忘, 無貶廊廟[146]之器, 動寂同遣, 何累經綸之才? 雖坐三槐[147], 不妨家有三徑[148], 接五侯[149], 不妨門垂五柳[150]. 但使良園廣宅, 面水帶山, 饒甘果而足花卉, 葆筠篁而玩魚鳥. 九月肅霜, 時饗田畯, 三春捧繭, 乍酬蠶妾. 酌升酒而歌南山[151], 烹羔豚而擊西缶[152], 或出或處, 竝以全身爲貴, 優之游之, 咸以忘懷自逸. 若此衆君子, 可謂得之矣.”

○(남조 양나라 원제는) ≪전덕지≫에 실린 논문에서 “외물과 자신을 모두 잊을 수 있다면 조정의 고관이 폄적당할 일이 없을 것이고, 움직여야 할 때 움직이고 조용히 있어야 할 조용히 지내는 선택을 잘 할 수 있다면 어찌 나라를 경영하는 인재가 해를 입을 일이 있겠는가? 비록 삼공의 자리에 오르더라도 집에 길을 세 개 내고 은자처럼 살 수 있고, 오후를 접대하는 지위에 오르더라도 문 옆에 버드나무 다섯 그루 심고서 은자처럼 살 수 있

146) 廊廟(낭묘) : 궁전의 외곽 건물과 태묘太廟. 즉 조정을 일컫는 말로 재상의 지위를 상징한다.

147) 三槐(삼괴) : 홰나무 세 그루. 삼공三公을 상징한다. 고대 중국에서는 조정에 홰나무(槐)를 심어 삼공을 나타내고, 가시나무(棘)를 심어 구경九卿을 나타내는 관례가 있었다.

148) 三徑(삼경) : 세 길. 전한 사람 장후藏詡가 왕망王莽(B.C.45-A.D.23) 때 벼슬을 그만두고 귀향하여 집 앞에 길을 세 개만 내고서 각각 소나무(松)·국화(菊)·대나무(竹)를 심고는 두 친구와 은둔생활을 하였다는 ≪한서·장후전≫ 권72의 고사에서 유래한 말로서 은자나 은둔생활을 상징한다.

149) 五侯(오후) : 전한 때 원제元帝의 황후皇后인 왕정군王政君의 외척 평아후平阿侯 왕담王譚(?-B.C.17)·성도후成都侯 왕상王商(?-B.C.25)·홍양후紅陽侯 왕입王立(?-3)·곡양후曲陽侯 왕근王根(?-B.C.2)·고평후高平侯 왕봉시王逢時(?-B.C.9) 등 다섯 명의 제후를 이르는 말. 후에는 황실의 외척이나 부귀한 가문을 상징하는 말로 쓰였다.

150) 五柳(오류) : 진晉나라 도연명陶淵明 자신의 자서전적인 글인 <오류선생전五柳先生傳>에서 유래한 말로 은자를 상징한다. 도연명의 글은 ≪도연명집·잡문雜文≫권5에 전한다.

151) 南山(남산) : 남산의 표범이 욕심이 없어 몸을 보전할 수 있었다는 ≪열녀전列女傳·도답자처陶答子妻≫권2의 고사에서 유래한 말로 은자를 상징한다.

152) 西缶(서부) : 서쪽 진秦나라에서 생산되는 장군을 뜻하는 말로 질박한 악기나 소박한 삶을 상징한다.

을 것이다. 단지 아름다운 정원과 널찍한 주택을 물을 마주하고, 산으로 둘러싸인 곳에 마련하여 맛있는 과일을 배불리 먹고, 아름다운 화초를 풍성하게 키우며, 대나무숲에 둘러싸여 물고기나 새를 감상하면 되리라. 늦가을 9월에 서늘한 서리가 내리면 때맞춰 밭에서 잔치를 열고, 늦봄 3월에 누에고치를 모을 때가 되면 누에 키우는 여인에게 술을 따르게 하리라. 술 한 되 마시며 남산을 노래하고, 양고기와 돼지고기를 삶고서 진 땅의 장군을 두드리며, 어떤 때는 외출하고 어떤 때는 집에 머물며 몸을 보전하는 것을 소중히 여기고, 여유로운 마음으로 유람을 하며 늘 잡념을 잊고 편히 지내리라. 이러한 군자처럼 지낼 수 있다면, 가히 경지에 올랐다고 말할 수 있을 것이다"라고 하였다.

●懷舊志序曰, "吾自北守琅臺[153], 東探禹穴[154], 觀濤廣陵[155], 面金湯[156]之設險, 方舟宛委[157], 眺玉笥之干霄, 臨水登山, 命儔嘯侶. 中年承乏, 攝牧神州, 戚里英賢, 南冠髦俊, 蔭眞長之弱柳, 觀茂宏[158]之舞鶴. 淸酒繼進, 甘果徐行, 長安郡公, 爲其延譽, 扶風[159]長者[160], 刷其羽毛. 於是駐伏熊[161], 迴駟(原缺一字), 命鄒湛[162],

153) 琅臺(낭대) : 진秦나라 시황제始皇帝가 자신의 공적을 새기기 위해 산동성 낭야현琅琊縣에 세운 누대 이름인 낭야대琅琊臺의 준말.
154) 禹穴(우혈) : 절강성 회계군會稽郡 회계산會稽山에 있다는 하夏나라 우왕禹王의 무덤을 이르는 말.
155) 廣陵(광릉) : 강소성 남연주南兗州의 속현屬縣 이름.
156) 金湯(금탕) : 견고한 성곽을 비유하는 말인 '금성탕지金城湯池'의 준말.
157) 宛委(완위) : 절강성 회계현 남동쪽 15리 되는 곳에 있는 산 이름. 일명 '옥사산玉笥山'이라고도 한다.
158) 茂宏(무굉) : 진晉나라 때 사람 왕도王導(276-339)의 자인 '무홍茂弘'의 다른 표기. '굉宏'은 청 건륭제乾隆帝의 휘諱(弘曆) 때문에 고쳐 쓴 것이다. 원제元帝의 신임을 받아 '중부仲父'라는 존칭으로 불리며 승상丞相에 올랐고, 원제의 유명遺命으로 명제明帝와 성제成帝를 보좌하며 황실을 보위하였다. ≪진서·왕도전≫권71 참조.
159) 扶風(부풍) : 섬서성의 속현屬縣 이름. 여기서는 앞의 장안長安과 함께 양梁나라 때 도성인 강소성 건업建業(남경)을 비유적으로 가리키는 듯하다.
160) 長者(장자) : 나이나 신분, 인품이 높은 사람에 대한 존칭.

召王祥[163], 余顧而言曰, '斯樂難常, 誠有之矣.' 日月不居, 零露相半, 素車白馬, 往矣不追. 春華秋實, 懷哉何已? 獨軫[164]魂交, 情深宿草. 故備書爵里, 陳懷舊焉."

○(남조 양나라 원제는) ≪회구지≫의 서문에서 "나는 북쪽에서 (산동성) 낭야대를 지키다가 동쪽으로 (절강성 회계군의 하나라) 우왕의 무덤을 찾았고, (강소성) 광릉에서 파도를 구경하면서 금성탕지의 험난한 요새를 마주하였으며, (절강성) 완위산에서 배를 나란히 띄워 옥사산이 하늘까지 닿는 모습을 조망하기도 하면서 물을 굽어 보고 산을 오르며 친구들을 한데 불렀다. 중년의 나이로 직무를 맡아 천하를 다스릴 때 외척은 모두가 현자들이고 벼슬아치는 모두 걸출한 인물들이었으니, (진晉나라) 진장(유담劉惔)이 가꾼 가녀린 버드나무 그늘에서 쉬기도 하고, 무굉(왕도王導)이 데리고 있던 춤추는 학을 구경하기도 하였다. 청주가 계속 올라오고 달콤한 과일이 천천히 차려지자, (섬서성) 장안의 고관들이 칭찬을 아끼지 않고, (섬서성) 부풍의 장자들이 깃털을 빗어주었다. 그러면 엎드린 곰 모양의 장식품이 달린 수레를 멈추고 네 마리를 말(원래 한 글자가 누락되어 있었다)을 돌리면서 추담에게 명하고 왕상을 불렀다. 그리고 나는 고개를 돌려 '이러한 즐거움을 늘 누리기 어렵건만, 정말로 가지게 되었구려'라고 말했다. 세월은 머물지 않기에 비와 이슬이 번갈아 찾아오고, 흰

161) 伏熊(복웅) : 엎드린 곰 모양의 장식품이 달려 있는 수레가로나무를 이르는 말인 '복웅식伏熊軾'의 준말. 결국 제왕이나 고관의 수레를 가리킨다.

162) 鄒湛(추담) : 진晉나라 때 사람(?-약 299). 자는 윤보潤父. 어려서부터 글재주로 이름을 떨쳐 '남양인걸南陽人傑'로 불렸다. 국자제주國子祭酒를 지냈다. ≪진서・추담전≫권92 참조. 여기서는 뒤의 '왕상'과 함께 당시의 신하들을 비유적으로 가리킨다.

163) 王祥(왕상) : 진晉나라 때 이름난 효자. 어렸을 때 친모를 여의고 계모를 지극정성으로 모셨는데, 한겨울에 계모가 물고기를 먹고 싶다고 하자 베옷을 벗고 얼음을 깨서 잉어를 잡았다는 고사로 유명하다. ≪진서晉書・왕상전≫권33 참조.

164) 軫(진) : 슬퍼하다, 애통해 하다.

수레와 백마는 떠나면 뒤쫓을 수 없다. 봄에 꽃이 피고 가을에 열매가 맺히면 그리움이 어찌 다 사라지리오? 홀로 혼백이 교차함을 애통해 하노라니 정감이 오래 묵은 풀보다도 깊구나. 그래서 관작과 고을을 상세히 적어 친구에 대한 그리움을 풀어보려고 한다"고 하였다.

●職貢圖序曰, "竊聞職方氏[165]掌天下之圖, 四夷[166]八蠻[167], 七閩[168]九貉[169], 其所由來久矣. 漢氏以來, 南羌旅距[170], 西域憑陵[171], 創金城, 開玉關[172], 絶夜郞[173], 討日逐[174]. 覩犀甲[175], 則建朱崖[176], 聞蒲萄, 則通大宛[177], 以德懷遠, 異乎是哉? 皇帝[178]君臨天下之四十載, 垂衣裳[179]而賴兆民, 坐巖廊[180]而彰萬

165) 職方氏(직방씨) : 주周나라 때 하관夏官 소속으로 지도와 공물을 관장하는 벼슬 이름.
166) 四夷(사이) : 사방 오랑캐인 동이東夷·남만南蠻·서융西戎·북적北狄을 아우르는 말.
167) 八蠻(팔만) : 중국 남방의 여러 이민족에 대한 총칭.
168) 七閩(칠민) : 중국 동남방 복건성福建省과 절강성浙江省에 분포한 이민족을 아우르는 말. 일곱 개 종족으로 나뉜 데서 유래하였다. ≪주례周禮·하관夏官·직방씨職方氏≫권33에 의하면 중국 고대 이민족으로 사이四夷·오융五戎·육적六狄·칠민七閩·팔만八蠻·구맥九貊의 구분이 있었다.
169) 九貉(구맥) : 중국 북방의 여러 이민족에 대한 총칭.
170) 旅距(여거) : 무리지어 대항하다.
171) 憑陵(빙릉) : 세력을 믿고 남을 능멸하다.
172) 玉關(옥관) : 전한 무제武帝 때 감숙성 돈황시敦煌市 북서쪽에 설치한 관문인 '옥문관玉門關'의 약칭. 서역으로부터 물품을 수입하는 경유지이자 군사적 요충지였다.
173) 夜郞(야랑) : 진한秦漢 때 중국 서남부에 거주했던 이민족 이름이자 귀주성의 속현屬縣 이름. 당나라 때 이백李白(701-762)이 귀양간 곳으로 잘 알려져 있다.
174) 日逐(일축) : 흉노족의 왕을 부르는 말.
175) 犀甲(서갑) : 무소 가죽으로 만든 갑옷을 이르는 말. '서개犀鎧'라고도 한다.
176) 朱崖(주애) : 지금의 해남성海南省 해구시海口市에 있던 지명. '주애珠厓'로도 쓴다.
177) 大宛(대원) : 한나라 때 서역西域 36국 가운데 하나. 구소련 가운데 Ferghand 일대. 상세한 내용은 ≪사기·대원전大宛傳≫권123에 전한다.
178) 皇帝(황제) : 남조南朝 양梁나라를 건국한 무제武帝 소연蕭衍을 가리키는

國. 梯山航海, 交臂屈膝[181], 占雲望日, 重譯[182]至焉. 自塞以西, 萬八千里, 路之峽者, 尺有六寸. 高山尋雲, 深谷絶景, 雪無冬夏, 與白雲而共色, 氷無早晚, 與素石而俱貞. 踰空桑[183]而歷昆吾[184], 度青邱[185]而跨丹穴[186]. 炎風弱水[187], 不革其心, 身熱頭痛, 不改其節. 故以明珠翠羽之珍, 細而弗有, 龍文[188]汗血[189]之驥, 郤而不乘. 尼丘[190]乃聖, 猶有圖人之法, 晉帝君臨, 實聞樂賢[191]之象. 甘泉[192]寫閼氏[193]之形, 後宮玩單于[194]之圖. 臣以不佞, 推轂[195]上

것으로 보인다. 502년에 즉위하여 549년까지 48년 동안 제위에 있었다.

179) 垂衣裳(수의상) : 옷자락을 드리우다. 인위적으로 정사를 펼치지 않는 것을 뜻하는 말로 '무위지치無爲之治'를 비유한다.

180) 巖廊(암랑) : 높이 솟은 낭무廊廡. 전의되어 조정을 비유한다.

181) 交臂屈膝(교비굴슬) : 가슴에 두 손을 교차하고 무릎을 구부리다. 굴복하거나 공경하는 의사를 보이는 행위를 뜻한다.

182) 重譯(중역) : 두 번 이상 통역을 거치는 과정, 혹은 통역을 맡은 사신을 이르는 말. 결국 여러 경로를 통해 어렵게 전파되는 것을 의미한다.

183) 空桑(공상) : 전설상의 산 이름. 금슬의 재료가 생산된다고 한다.

184) 昆吾(곤오) : 서역에 있다는 산 이름. 전설상의 사람 이름, 부락 이름, 그릇 이름, 미석美石 이름, 칼 이름, 기물의 주조를 관장하는 벼슬 이름, 태양이 지나가는 남방의 땅 이름 등 다양한 의미로도 쓰였다.

185) 青邱(청구) : 신선이 산다는 10개 섬 가운데 하나. '청구青丘'로도 쓴다.

186) 丹穴(단혈) : 주사朱砂가 나오는 광산을 이르는 말. '단교丹窖'라고도 한다.

187) 弱水(약수) : 전설상의 강 이름. 물의 힘이 약하여 배를 띄울 수 없어서 건널 수 없다고 전한다.

188) 龍文(용문) : 준마 이름. 재능이 출중한 자제를 비유할 때도 있다.

189) 汗血(한혈) : 핏빛 땀을 흘리다. 천리마로 알려진 한혈마를 가리키는 말로서 훌륭한 인재를 비유할 때도 있다.

190) 尼丘(니구) : 춘추시대 노魯나라 때 공자의 부모가 기도를 올려 중니仲尼 공구孔丘를 얻었다는 산동성 곡부현曲阜縣 남동쪽에 있는 산 이름. 공자를 상징한다. '니산尼山'이라고도 한다.

191) 樂賢(낙현) : 현자를 즐겨 찾다. 인재를 우대하는 것을 말한다.

192) 甘泉(감천) : 섬서성 감천산에 있는 궁궐 이름으로 피서용으로 지었다고 한다.

193) 閼氏(알지) : 한나라 때 흉노족의 임금인 선우單于의 부인에 대한 호칭.

194) 單于(선우) : 흉노족匈奴族의 왕을 일컫는 말.

195) 推轂(추곡) : 장수가 출정할 때 황제가 격려의 뜻으로 수레바퀴를 밀어 주는 의식에서 유래한 말로 선비를 우대하여 천거하거나 뒤를 봐주는 것을 뜻한다.

游[196], 夷歌成章, 胡人遙集, 款開蹶角, 沿泝荊門[197], 瞻其容貌, 訴其風俗. 如有來朝京輦[198], 不涉漢南[199], 別加訪採, 以廣聞見, 名爲貢職圖云爾.(案, 自孝德傳序以下, 俱從藝文類聚增補.)

○(남조 양나라 원제는) ≪직공도≫의 서문에서 "내 듣자하니 (주周나라 때 하관夏官 소속의) 직방씨는 천하의 지도를 관장하였다고 하니, 사이·팔만·칠민·구맥도 그 유래가 오래되었을 것이다. 한나라 이후로 남방의 강족이 무리지어 대항하고 서역의 여러 나라가 세력을 믿고 날뛰었기에, 견고한 성을 짓고, (감숙성의) 옥관을 열고, (귀주성의) 야랑현을 끊고, (북방의) 일축(흉노족)을 토벌한 일이 있다. 그때 무소 가죽으로 만든 갑옷을 보았기에 (해남성) 주애현을 세웠고, 포도에 관한 소문을 들었기에 (서역의) 대원국과 교통하였는데, 덕으로 먼 나라를 보듬는다는 것이 이것과 뭐가 다르겠는가? 황제(무제武帝 소연蕭衍)가 천하에 군림한 지 40년 동안 옷을 가만히 드리운 채 백성들에게 의지하고 조정에 앉아서 만국을 통치하였다. 그러자 산을 오르고 바다를 거쳐 공손한 태도로 구름과 해를 바라보면서 통역관들이 찾아왔다. 변새의 서쪽으로부터 1만8천리나 되는데, 좁은 길은 한 자 여섯 치에 불과하였다. 높은 산은 구름에 닿을 정도이고, 깊은 계곡은 절경을 띠고 있으며, 눈은 겨울과 여름 할 것 없이 흰 구름과 빛깔을 함께 하고, 얼음은 아침과 저녁 할 것 없이 하얀 바위와 똑같이 고결하였으리라. 공상산을 넘고, 곤오산을 지나 청구섬을 건너고, 단혈을 넘었을 것이다. 뜨거운 바람과 약수가 있어도 그 마음 변치 않고, 몸에서 열이 나고 머리가 아파도 그 절조를 바꾸지 않았다. 그래서 명주와 비취새 깃털 같은 진귀

196) 上游(상유) : 강의 상류나 높은 자리를 이르는 말.
197) 荊門(형문) : 파촉巴蜀과 형오荊吳 지역을 가르는 호북성 의도현宜道縣 북서쪽, 장강長江 남안南岸에 위치한 산 이름으로 천연의 요새지로 알려졌다.
198) 京輦(경련) : 서울, 도읍을 뜻하는 말. '경도京都'와 뜻이 같다.
199) 漢南(한남) : 한수 남쪽을 뜻하는 말로 형주荊州의 별칭.

한 물건도 보잘것없는 것으로 여겨 소유하지 않고, 용문마와 한혈마 같은 준마도 물리치고 타지 않게 되었다. 공자는 성인임에도 오히려 인간세상을 그리는 방법을 알았고, 진나라 황제는 군림하면서도 실로 현자를 우대하는 모습을 들려주었다. 감천궁에서는 (흉노왕의 부인인) 알씨의 형상을 묘사하고, 후궁에서는 (흉노왕인) 선우가 바친 그림을 감상하게 되었다. 신하는 이 때문에 잔꾀를 부리지 않고, 군주는 높은 자리에서 장수의 수레를 밀어주고, 오랑캐 노래가 악장을 이루고, 호족 사람들이 멀리서 모여들어 진심을 다해 머리를 조아리니, 형문산 옆 장강을 오르내리며 그곳 사람들의 용모를 볼 수 있고, 그곳 사람들의 풍속을 알 수 있게 되었다. 만약 도성으로 내조하는 외국 사신이 있다면 한수 남쪽으로 건너가서 달리 정보를 더 알아보지 않아도 견문을 넓힐 수 있기에, 이 책의 이름을 ≪공직도≫라고 한다"고 하였다.(살펴보건대 ≪효덕전≫의 서문 이하는 모두 ≪예문류취≫를 통해 보태고 보완하였다.)

□捷對篇十一(11 첩대편)

●夫三端200)爲貴，舌端在焉. 四科201)取士，言語爲一. 雖諜諜202)利口，致戒嗇夫203)，便便204)爲嘲，且聞謔浪205)，聊復記言，以觀捷

200) 三端(삼단) : 세 가지 날카로운 것, 즉 문인의 붓 끝(文士筆端)·무사의 칼끝(武士鋒端)·달변가의 혀 끝(辯士舌端)을 가리킨다.

201) 四科(사과) : 춘추시대 노나라 공자의 유가학파에서 내세우는 덕행·언어·정치·문학의 네 가지 과목을 아우르는 말. 덕행은 안연晏淵(안회顔回)과 민자건閔子騫(민손閔損)을, 언어는 재아宰我(재여宰予)와 자공子貢(단목사端木賜)을, 정치는 염유冉由(염구冉求)와 계로季路(중유仲由)를, 문학은 자유子游(언언言偃)와 자하子夏(복상卜商)를 우수한 자로 꼽았다.

202) 諜諜(첩첩) : 말이 많은 모양.

對.

○무릇 '삼단'이 중요한데, 달변가의 혀 끝이 그중 하나이다. '사과'로 인재를 등용하는데, 언어가 그중 하나이다. 비록 술술 유창하게 말을 잘하여 색부를 움찔하게 만들고, 막힘없이 농담을 잘하여 해학을 잘 풀었다 하더라도, 그런대로 다시금 들은 말을 기억하여 민첩한 응대의 모습을 살펴보련다.

●晉武帝受禪[206], 探得一字, 朝士失色. 裴楷對曰, "天得一以淸, 地得一以寧, 侯王[207]得一, 以爲天下貞."

○진나라 무제가 황제의 자리에 올라 글자를 찾다가 '일'자를 얻자, 조정의 신하들이 아연실색해 하였다. 그러자 배해가 대답하였다. "하늘이 '일'자를 얻으면 맑아지고, 땅이 '일'자를 얻으면 안녕을 찾듯이, 군주가 '일'자를 얻으면 천하가 바르게 된다고 생각합니다."

●宋文帝嘗與群臣汎天淵池[208]. 帝垂綸而釣, 回旋良久, 竟不得魚. 王景文[209]乃越席曰, "臣以爲垂綸者淸, 故不獲貪餌[210]." 此並風流

203) 嗇夫(색부) : 진한秦漢에서 남북조南北朝에 걸쳐 시골의 향리鄕里에서 마을의 송사와 부세賦稅를 관장하던 벼슬을 이르는 말. ≪한서·백관공경표百官公卿表≫권19에 의하면 10리마다 '정亭'을 설치하고서 10정亭을 '향鄕'이라고 하였고, 향마다 삼로三老·질秩·색부嗇夫·유요游徼를 두었는데, 색부는 '청송聽訟'과 '부세賦稅'를 관장하였다고 한다.

204) 便便(변변) : 언변이 확실한 모양.

205) 謔浪(학랑) : 우스개소리, 해학을 이르는 말.

206) 受禪(수선) : 선양을 받다. 황제로 즉위하는 것을 말한다.

207) 侯王(후왕) : 제후나 군왕에 대한 범칭.

208) 天淵池(천연지) : 남조南朝 때 도성인 강소성 건업建業(남경)에 있던 연못 이름.

209) 王景文(왕경문) : 남조南朝 유송劉宋 때 사람 왕욱王彧(413-472). '경문'은 자. 명제明帝의 황후의 오라버니로서 사장謝莊(421-466)과 명성을 나란히 떨쳤다. 중서감中書監·태자태부太子太傅·산기상시散騎常侍·양주자사揚州刺史·상서우복야尙書右僕射 등을 역임하였는데, 명제가 임종 시 그의 전횡을 염려하여 사약을 내렸다고 한다. ≪남사·왕욱전≫권23 참조.

間勝, 實爲美矣.

○(남조南朝) 유송劉宋 문제가 일찍이 신하들과 함께 (강소성 건업建業의) 천연지에서 배를 띄웠다. 문제가 낚시대를 드리워 낚시를 하였는데, 한참 동안 빙빙 돌아도 끝내 물고기를 잡지 못 했다. 그러자 경문景文 왕욱王彧이 자리를 넘어와 말했다. "신은 낚시대를 드리운 사람이 청렴하기에, 물고기를 잡을 수 없는 것이라 생각하옵니다." 이 모두 풍류가 넘쳤기에 실로 미담이 되었다.

●盧志[211]問陸士衡[212], "陸抗・陸遜, 是卿何物?" 答曰, "如卿於盧珽・盧毓相似."(案, 此並以下疑係原注, 原本並作大字, 姑仍其舊.)

○(진晉나라 때) 노지가 사형士衡 육기陸機에게 물었다. "육항과 육손은 경과 무슨 관계요?" 그러자 육기가 대답하였다. "경이 노정・노육과 무슨 관계인지와 마찬가지랍니다."(살펴보건대 이 예문과 더불어 아래의 문장들은 모두 원주에 해당하는 듯하지만, 원본에 모두 큰 글씨로 되어 있기에, 잠시 옛 형태를 그대로 따른다.)

●陳大武該[213]問鍾毓曰, "皐陶[214]何如人?" 對曰, "君子, 周而不

210) 貪餌(탐이) : 미끼를 탐내다. 결국 물고기를 가리킨다.

211) 盧志(노지) : 진晉나라 때 사람. 자는 자통子通. 중서감中書監・상서尙書 등 고관을 지내다가 유찬劉粲에게 살해당했다. 뒤의 노정盧珽은 노지의 부친이고, 노육盧毓은 노지의 조부로서 삼국 위魏나라에서 명성을 떨쳤다. ≪진서・노지전≫권44 참조.

212) 陸士衡(육사형) : 진晉나라 때 저명한 문인인 육기陸機(261-303). '사형'은 자. 뒤의 육항陸抗은 육기의 부친이고, 육손陸遜은 육기의 조부로서 삼국 오吳나라에서 명성을 떨쳤다. ≪진서・육기전≫권54 참조. 위의 예문은 위나라 출신인 노지가 오나라 출신인 자신을 무시하여 자신의 부친과 조부에 대해 잘 모르는 것처럼 질문하자, 노지의 부친과 조부를 거론하여 되받아친 것을 해학적으로 표현한 것이다.

213) 陳大武該(진대무해) : 위의 예문과 유사한 내용이 ≪세설신어世說新語・배조排調≫권하에도 전하는데, 이에 의하면 자가 현백玄伯인 진태陳泰의 별칭인 '진현백태陳玄伯泰'의 오기이다. ≪세설신어≫에 의하면 실제 대화는 진晉나라 경제景帝 사마사司馬師와 종육 사이에 오간 것인데, 전사 과정에서 배석하고

比[215], 羣而不黨也."

○(삼국 위魏나라 때) 현백玄伯 진태陳泰가 종육에게 물었다. "(우虞나라 순왕舜王의 신하인) 고요는 어떤 사람이었습니까?" 그러자 종육이 대답하였다. "군자라서 여러 사람과 두루 소통하였지 몇 사람하고만 가까이 지내지 않았고, 많은 사람과 어울리면서도 당파를 만들지 않았습니다."

●崔正熊[216]詣郡, 郡將姓陳問正熊曰, "君去崔杼[217]幾世?" 答曰, "正熊之去崔杼, 如明府[218]之去陳恒[219]也."

○(진晉나라) 정웅正熊 최표崔豹가 군을 방문하자 군의 장수로서 성이 진씨인 사람이 그에게 물었다. "귀하는 (춘추시대 제齊나라) 최저로부터 몇 세대 후손이시오?" 최표가 대답하였다. "저와 최저와의 세대 차이는 귀하와 진항과의 세대 차이와 같습니다."

있던 진태와 종육 사이의 대화로 바뀌고 말았다.

214) 皐陶(고요) : 우虞나라 순왕舜王 때 형벌을 관장하던 장관의 이름. 당唐나라 요왕堯王의 이복동생이라는 설이 있다.

215) 周而不比(주이불비) : 여러 사람과 두루 소통하되 몇 사람하고만 가까이 지내지 않다. '비比'는 '근近'의 뜻. 이하 두 구절은 각기 ≪논어·위정爲政≫권2과 ≪논어·위령공衛靈公≫권15에 실린 춘추시대 노魯나라 공자의 말을 인용한 것이다.

216) 崔正熊(최정웅) : 진晉나라 때 사람 최표崔豹. '정웅'은 자. ≪고금주古今注≫의 저자로 유명하다.

217) 崔杼(최저) : 춘추시대 제齊나라 사람. ≪좌전·양공襄公25년≫권36에 "(제齊나라) 태사가 '최저가 임금을 시해했다'고 쓰자 최저가 그를 죽였다(大史書曰, 崔杼弑其君. 崔子殺之)"는 고사가 전한다.

218) 明府(명부) : 한나라 이후 군수郡守나 현윤縣尹을 높여 부르던 말.

219) 陳恒(진항) : 춘추시대 제齊나라 사람. '항'은 '상常'으로도 쓴다. 시호가 '성成'이어서 '진성자陳成子'로도 불렸고, 진陳과 전田이 동성同姓이기에 '전항田恒' '전성자田成子'로도 불렸다. 간공簡公 때 승상에 올라 간공을 시해하고 간공의 아우 평공平公을 옹립하였는데, 이때부터 제나라는 전씨가 권력을 장악하게 되었다. 그에 관한 기록은 ≪좌전·애공哀公14년≫권59에 상세히 전한다. 상대방이 최표의 조상 중에 임금을 시해한 사람을 거론하자, 최표 역시 상대방 조상 중에 임금을 시해한 사람을 거론하여 맞받아친 것이다.

●安成公何勖, 與殷元喜[220]共食. 元喜, 卽淳之子也. 勖曰, "益殷蓴羹!" 元喜徐擧頭曰, "何無忌諱[221]?" 勖乃無忌子.

○(남조南朝 유송劉宋 때) 안성공 하욱이 원희元喜 은부殷孚와 함께 식사를 하게 되었다. 은부는 바로 은순殷淳의 아들이다. 하욱이 말했다. "은선생께 순채국을 더 드려라!" 그러자 은부가 천천히 고개를 들면서 말했다. "어찌 그리도 거리낌이 없으십니까? (그대 부친인 하무기何無忌라면 꺼리셨을 텐데요.)" 하욱은 바로 하무기의 아들이다.

●劉悛勸謝瀹酒曰, "謝莊[222]兒不得道, 不能飮." 對曰, "苟得其人, 自可沈湎[223]." 悛乃沔之子.(原注, "諸如此類, 雖以至諱[224]爲嘲, 而答者爲優.")

○(남조南朝 남제南齊 때) 유전이 사약에게 술을 권하다가 "사장의 아들은 도리를 모르니 술을 마시면 안 되겠구려"라고 하자, 사약이 대답하였다. "만약 그러한 사람을 만난다면, 자연스레 술고래가 될 수 있겠지요." 유전은 바로 유면劉沔의 아들이다.(원주에 "이와 같은 부류들은 비록 피휘자를 가지고 농담을 한 것이지만, 답변이 훨씬 뛰어나다"라고 하였다.)

---

220) 殷元喜(은원희) : 남조南朝 유송劉宋 때 사람 은부殷孚. '원희'는 자. 은순殷淳의 아들로 상서이부랑尙書吏部郞을 지냈다. ≪송서 · 은순전≫권59 참조.

221) 何無忌憚(하무기탄) : 앞서 하욱何勖이 은부殷孚 자신의 부친 이름인 '순淳(chún)'과 발음이 같은 '순채국(蓴羹)'의 '순蓴(chún)'자를 거리낌없이 입에 올림으로써 휘諱를 범한 꼴이 되었기에, 은부도 항의조로 말을 하면서 은근히 하욱의 부친 이름인 '하무기何無忌'를 거론함으로써 중의적重義的인 표현 방법으로 보복하였다는 해학적인 뜻이 담겨 있다.

222) 謝莊(사장) : 남조南朝 유송劉宋 때 사람(421-466). 자는 희일希逸. 용모가 출중하고 문장이 뛰어나 명성을 떨쳤다. ≪송서 · 사장전≫권85 참조.

223) 沈湎(침면) : 술이나 여색을 지나치게 탐닉하는 것을 이르는 말. '면湎'이 유전劉悛의 부친인 유면劉沔의 이름(沔)과 통용자이기에 일부러 이 글자를 거론함으로써 그의 부친이 술고래라고 재치있게 놀려댄 것이다.

224) 至諱(지휘) : 지극히 꺼리다. 즉 피휘자避諱字를 입에 올리는 것을 말한다.

●魏文帝受禪, 郭淮晩到. 帝曰, "防風[225]後至, 便行大戮." 對曰, "五帝[226]敎民以德, 夏后[227]始用刑書. 臣在唐虞[228]之世, 知免防風之戮."

○(삼국) 위나라 문제가 황제의 자리에 오를 때 곽회가 늦게 도착하였다. 문제가 말했다. "방풍(곽회)이 지각하였으니 사형에 처해야 하겠소." 그러자 곽회가 대답하였다. "오제는 덕으로 백성들을 교화하였는데, 하나라 우왕이 처음으로 형벌을 집행하였나이다. 신은 당나라 요왕이나 우나라 순왕이 다스리는 태평성대에 살고 있으니, 방풍처럼 사형당하지 않으리란 것을 잘 알고 있나이다."

●宋武帝登霸陵[229], 乃眺西京[230], 使傅亮等各詠古詩名句. 亮誦王仲宣[231]詩[232]曰, "南登霸陵岸, 回首望長安."

---

225) 防風(방풍) : 하夏나라 우왕禹王 때 제후국인 왕망국汪芒國의 군주. 우왕이 회계산會稽山에서 제후들과 회합을 가질 때 방풍이 지각하자 그를 죽였다는 고사가 ≪국어·노어하魯語下≫권5에 전한다. 여기서는 곽회郭淮를 비유적으로 가리킨다.

226) 五帝(오제) : 전설상의 다섯 황제. 전한 사마천司馬遷(B.C.135-?)은 ≪사기史記·오제본기五帝本紀≫권1에서 황제黃帝·전욱顓頊·제곡帝嚳·요堯·순舜을 가리킨다고 한 반면, 진晉나라 황보밀皇甫謐(215-282)은 ≪제왕세기帝王世紀·오제≫권2에서 소호少昊·전욱顓頊·제곡帝嚳·요堯·순舜을 가리킨다고 하는 등 설에 따라 차이가 있다.

227) 夏后(하후) : 하夏나라 왕조나 건국자인 우왕禹王을 가리키는 말.

228) 唐虞(당우) : 전설상의 황제인 요왕堯王이 세운 당唐나라와 순왕舜王이 세운 우虞나라를 아우르는 말.

229) 霸陵(패릉) : 섬서성 장안長安 동쪽에 마련한 전한 문제文帝의 왕릉 이름. 뒤에는 이를 관리하기 위해 설치한 현명縣名이 되었다. '파릉灞陵'이라고도 하였다.

230) 西京(서경) : 전한前漢 때 도읍지인 섬서성 장안長安의 별칭. 반면 후한 때 도읍지인 하남성 낙양은 '동경東京'이라고 한다.

231) 王仲宣(왕중선) : 후한 말엽 삼국 위魏나라 때 문인인 왕찬王粲(177-217). '중선'은 자. 건안칠자建安七子 가운데 한 사람. ≪삼국지·위지·왕찬전≫권21 참조.

232) 詩(시) : 이는 왕찬王粲의 <칠애시七哀詩> 2수 가운데 제1수의 두 구절을 인용한 것으로 양梁나라 소통蕭統(501-531)이 엮은 ≪문선文選·애상哀傷≫

○(남조南朝) 유송劉宋 무제가 패릉에 올라 서경(섬서성 장안)을 바라보다가, 부양 등에게 각자 고시 가운데 명구를 읊조리게 하였다. 그러자 부양은 (삼국 위魏나라) 중선仲宣 왕찬王粲의 시를 읊조리며 "남쪽으로 패릉 언덕에 올라, 고개 돌려 장안을 바라보네"라고 하였다.

●楊子州[233](案, 藝文類聚作楊氏子. 太平御覽[234]引作梅周, 誤.)年七歲, 甚聰慧. 孔永(案, 藝文類聚·太平御覽俱作孔君平[235].)詣其父, 父不在, 乃呼兒出, 爲設果, 有楊梅[236]. 永指示兒曰, "此眞君家果." 兒答曰, "未聞孔雀是夫子[237]家禽."(原注, "如此之流, 並皆文雅可觀, 不關得失也.)

○'양자주'(살펴보건대 ≪예문류취·과부菓部·양매楊梅≫권87에는 '양씨 가문의 아들'로 되어 있다. ≪태평어람·과목부果木部·양매≫권972에서 이를 인용하며 '매주'라고 한 것은 오류이다)는 나이 일곱 살임에도 무척 총명하였다. 공영(살펴보건대 ≪예문류취≫와 ≪태평어람≫에는 모두 '공군평'으로 되어 있다)이 그의 부친을 예방했을 때 부친이 부재중이어서 그의 아들을 부르자 아들이 나와서 과일을 차려주었는데, 과일 중에

권23에 수록되어 전한다.

233) 楊子州(양자주) : 미상. 위의 예문과 유사한 내용이 ≪세설신어世說新語·언어言語≫권상에도 전하는데, 여기서는 '양씨 집안 아들'에 대해 후한 말엽 조조曹操의 심복인 양수楊修라고 하였다.

234) 太平御覽(태평어람) : 송나라 태평흥국太平興國 2년(977)에 이방李昉(925-996) 등이 태종太宗의 칙명을 받들어 지은 유서류類書類의 책. 모두 55門으로 분류되어 있고, 채록한 서적이 1690종에 달한다. 비록 대부분 다른 유서에서 전사轉寫하여 일일이 원본에서 추출하지는 않았지만, 수집한 것이 해박하여 고증 자료의 보고로 평가받는다. 총 1000권. ≪사고전서간명목록·자부·유서류≫권14 참조. 사고전서본에는 '매주梅周'가 '양주楊周'로 되어 있다.

235) 孔君平(공군평) : 진晉나라 때 사람 공탄孔坦. '군평'은 자. 시호는 간簡. 시중侍中과 정위廷尉 등 고관을 지냈다. ≪진서·공탄전≫권78 참조. 문헌에 따라 양수楊修를 진晉나라 때 사람으로, 공탄孔坦을 후한 사람으로 기록한 예도 있는데, 오랜 세월 전래되는 와중에 혼선이 생긴 데서 비롯된 듯하다..

236) 楊梅(양매) : 소귀나무나 그 열매를 이르는 말.

237) 夫子(부자) : 스승이나 장자長者·고관·부친·남편 등에 대한 존칭. 춘추시대 노魯나라 공자의 제자들이 공자를 '부자'라고 부른 것이 대표적인 예이다.

'양매'(소귀나무 열매)가 있었다. 공영이 그것을 가리켜 그 아들에게 보여주면서 말했다. "이것이야말로 진정 자네 가문의 과일일세 그려." 그러자 그 아들이 대답하였다. "공작이 선생님 가문의 새라는 말을 들어보지 못 했습니다."(원주에 "이와 같은 부류들은 모두 문장이 우아하여 볼 만하지만, 득실과는 아무 상관이 없다"고 하였다.)

●劉道眞[238]常與一人共, 素拌草中食, 見一嫗將二兒過. 並靑衣, 調之曰, "靑羊將二羔." 嫗答曰, "兩猪共一槽."

○(진晉나라) 도진道眞 유보劉寶는 늘 한 사람하고만 함께 하며 평소 채소를 비벼서 식사하곤 하였는데, 한 노파가 두 아이를 데리고 지나가는 것을 보게 되었다. 그들 모두 푸른 옷을 입고 있자, 농담삼아 말했다. "푸른 양이 새끼양 두 마리를 거느렸네." 그러자 그 노파가 대답하였다. "돼지 두 마리가 여물통 하나에서 함께 밥을 먹는구나."

●祖士言[239]與鍾雅相調. 祖語鍾曰, "汝潁川之士, 利如錐." 鍾答曰, "卿燕代[240]之人, 鈍如槌." 祖曰, "以我鈍槌, 打汝利錐." 鍾曰, "吾有神錐." 祖曰, "旣有神錐, 亦有神槌."(案, 太平御覽載此段, 文小異, 今附錄備考. "祖納謂梅陶及鍾雅曰, '君汝潁之士, 利如錐, 我幽冀[241]之士, 鈍如椎. 持鈍椎, 捶君利錐, 皆當摧矣.' 陶雅並稱, '有神錐, 不可得摧.' 納曰, '假有神錐, 必有神椎.' 陶雅無以對.")

---

238) 劉道眞(유도진) : 진晉나라 때 사람 유보劉寶. 자인 '도진'으로 더 알려졌다. 부풍왕扶風王 사마준司馬駿(232-286)의 종사중랑從事中郎을 지냈고, 저서로 ≪전당기錢塘記≫가 있었다. 당나라 우세남虞世南(558-639)의 ≪북당서초北堂書鈔·설관부設官部20·종사중랑≫권68 참조.

239) 祖士言(조사언) : 진晉나라 사람 조납祖納. '사언'은 자. 광록대부光祿大夫를 지냈다. ≪진서·조납전≫권62 참조.

240) 燕代(연대) : 전국시대의 연나라와 대나라 지역을 관습적으로 일컫던 말. 대국代國은 한나라 초기에 9국國의 하나로 설치되기도 하였다. 지금의 하북성 일대를 가리킨다.

241) 幽冀(유기) : 하북성 유주幽州와 기주冀州를 아우르는 말. 앞의 '연대燕代'와 지역적으로 유사하다.

○(진晉나라) 사언士言 조납祖納은 종아와 서로 농담을 즐기곤 하였다. 조납이 종아에게 말했다. "그대는 (하남성) 영천 출신 선비라서 송곳처럼 예리하군요." 종아가 "경은 (하북성) 연나라와 대나라 일대 출신이라서 둔하기가 몽둥이 같군요"라고 대답하자 조납이 말했다. "저의 둔한 몽둥이로 그대의 날카로운 송곳을 부러뜨릴 수 있지요." 종아가 "내게는 신통한 송곳이 있답니다"라고 대답하자 조납이 다시 말했다. "기왕 신통한 송곳이 있다면 역시 신통한 몽둥이도 있답니다."(살펴보건대 ≪태평어람·인사부人事部·변하辯下≫권464에서도 이 단락을 인용하고 있지만 문장이 약간 다르기에, 이제 덧붙여 수록함으로써 고찰의 자료로 삼고자 한다. 내용은 다음과 같다. "조납이 매도와 종아에게 말했다. '그대들은 영천 출신 선비라서 송곳처럼 예리하고, 저는 유주와 기주 일대 출신 선비라서 둔하기가 몽둥이 같답니다. 하지만 둔한 몽둥이로 그대들의 날카로운 송곳을 두드리면 분명 모두 부러질 것입니다.' 매도와 종아가 함께 '신통한 송곳이라서 부러뜨릴 수 없답니다'라고 대답하자 조납이 말했다. '만약 신통한 송곳이 있다면 필시 신통한 몽둥이도 있지요.' 매도와 종아가 아무런 응대를 할 수 없었다.")

●費禕[242]使吳, 孫權饗之逆[243], 勅羣臣, 使至, 伏食勿起. 禕至, 權爲輟食. 禕嘲之曰, "鳳凰來朝, 麒麟(吐哺[244]). 鈍驢無知, 伏食如故." 諸葛瑾輟食, 反嘲之曰, "援植梧桐, 以待鳳凰. 有何燕雀[245],

---

242) 費禕(비의) : 삼국 촉蜀나라 사람(?-253). 자는 문위文偉. 상서령尙書令을 지냈다. ≪삼국지·촉지·비의전≫권44 참조.

243) 逆(역) : 맞이하다, 환영하다. '영迎'의 뜻.

244) 吐哺(토포) : 다른 문헌에 의하면 이 두 글자가 누락되었기에 첨기한다. '토포'는 주周나라 주공周公 희단姬旦이 인재가 찾아오면 머리를 감다가도 수 차례에 걸쳐 물기를 다 쥐어짜고, 음식을 먹다가도 여러 번에 걸쳐 먹던 음식을 다 뱉어내고 나가서 반갑게 맞이했다는 ≪한시외전韓詩外傳≫권3의 '토포악발吐哺握髮'의 고사에서 유래한 말로서 현자나 인재를 극진하게 예우해 주는 것을 비유한다.

245) 燕雀(연작) : 제비와 참새. 진秦나라 말엽에 진섭陳涉(진승陳勝)이 농사를 그만두고 반란을 일으키며 "제비나 참새가 큰기러기나 고니의 포부를 어찌 알리오?(燕雀安知鴻鵠之志)"라고 말했다는 ≪사기·진섭세가陳涉世家≫권48의 고사에서 유래한 말로 소인배나 포부가 없는 사람을 비유한다.

自稱來翔."(原注, "諸如此例, 合曰調, 過爲疏鄙也, 不足多稱.")

○(삼국 촉蜀나라) 비의가 오나라에 사신으로 오자, 손권이 그에게 음식을 차려주며 환영하고는 신하들에게 명을 내려 사신이 도착하면 엎드려 먹으면서 일어나지 말라고 하였다. 비의가 도착하자 손권이 그를 위해 식사를 멈추었다. 그러자 비의가 농담조로 말했다. "봉황(비의)이 내조하자 기린(손권)이 먹던 음식도 뱉어내네. 우둔한 나귀(신하)들은 이를 알지 못 한 채 전처럼 엎드려 음식을 먹고 있네." 제갈근이 식사를 멈추더니 도리어 농담조로 말했다. "오동나무를 심어 봉황을 기다렸건만, 웬 제비나 참새(비의)가 나타나 스스로 높이 날아오른다고 떠드네."(원주에 "이와 같은 사례들을 모두 '농담'이라고 하지만, 지나치게 비루하기에 칭찬할 거리는 못 된다"고 하였다.)

●羊戎[246]好爲雙聲[247]. 江夏王[248]設齋[249], 使戎鋪舒法坐[250]. 戎處分曰, "官教前床, 可開八尺." 江夏曰, "開床小狹." 戎復唱曰, "官家[251]恨狹, 更廣八分." 文帝與戎對, 曰, "金溝[252]淸泚, 銅

246) 羊戎(양융) : 남조南朝 유송劉宋 때 사람. 양현보羊玄保의 아들로 왕승달王僧達과 함께 현실정치를 비판하다가 살해당했다. ≪송서・양융전≫권54 참조.

247) 雙聲(쌍성) : 두 글자의 성모聲母가 같은 것을 이르는 말. 성명 자체가 쌍성인 양융羊戎이 '관교官教' '가개可開' '관가官家' '갱광更廣' '금구金溝' '동지銅池' '극가極佳' '광경光景' '당득當得' '극기劇棊' 등 쌍성으로 된 어휘로써 대구를 만들기 좋아한 것을 가리킨다.

248) 江夏王(강하왕) : 남조南朝 유송劉宋 때 종실 사람 유의공劉義恭의 봉호. 시호는 문헌文獻. 효무제孝武帝의 5남으로 뒤에 폭군인 전폐제前廢帝를 폐위시키려다가 살해당했다. ≪송서・강하문헌왕유의공전≫권61 참조.

249) 設齋(설재) : 재단齋壇을 차리다. 정갈하고 소박한 음식을 차리고 신령에게 제를 올리는 일을 말한다.

250) 法坐(법좌) : 제왕이 정사를 처리하는 곳이나 승려가 설법하는 자리를 이르는 말. 여기서는 후자를 가리키는 것으로 보인다.

251) 官家(관가) : 제왕에 대한 존칭. '천하를 관청으로 여기기도 하고 자기 집처럼 생각하기도 한다'는 의미에서 유래하였다. '폐하陛下' '지존至尊' 등과 뜻이 유사하다. 여기서는 강하왕에 대한 존칭으로 쓰였다.

252) 金溝(금구) : 진晉나라 때 부호인 왕제王濟가 말을 좋아하여 땅을 사들여서 만든 바자울을 일컫던 말. 사치스러운 생활을 상징한다.

池253)漾洩, 極佳光景, 當得劇棊254)."(原注, "此其滑稽255)之雄, 未足以稱辨也.")

○(남조南朝 유송劉宋 때) 양융은 쌍성으로 된 어휘를 입에 올리기 좋아하였다. 강하왕(유의공劉義恭)이 재단을 설치하고 양융에게 법좌를 펼치라고 하였다. 양융이 이를 처리하면서 "앞에 평상을 펼치라는 하명을 하셨는데, 여덟 자로 펼치는 것이 좋을 듯합니다"라고 하자 강하왕이 말했다. "평상을 펼치면 너무 좁을 듯하구려." 그러자 양융이 다시 외쳤다. "전하께서 좁다고 아쉬워하시니, 다시 8푼을 더 넓힐까 하옵니다." 문제가 양융과 대면하였을 때도 양융은 "금구에 맑은 물이 흐르고, 동지에 잔잔한 물이 흘러, 풍경이 너무나도 아름다우니, 응당 바둑 한 판을 두셔야 할 듯하옵니다"라고 하였다.(원주에 "이러한 예들은 우스개소리를 잘 하는 사람들이 칭찬할 거리는 못 될 듯하다"라고 하였다.)

●吳遣張溫聘蜀, 百官皆餞焉. 秦宓未往, 諸葛亮累催之. 溫曰, "彼何人也?" 亮曰, "益州256)學者也." 及至, 溫問宓曰, "君學乎?" 宓曰, "五尺僮子皆學, 何必小人?" 溫復問曰, "天有頭乎?" 宓曰, "有之." 溫曰, "何方?" 宓曰, "詩云, '乃睠西顧.' 以此推之, 頭在西地." 溫曰, "天有耳乎?" 宓曰, "天處高而聽卑. 詩云, '鶴鳴九皐257), 聲聞于天.' 若其無耳, 何以聽之?" 溫曰, "天有足乎?" 宓曰, "'天步艱難258), 之子不猶259).' 若其無足, 何以步之?" 溫曰, "天有姓乎?"

253) 銅池(동지) : 전한 때 섬서성 장안의 궁중에 설치했던 연못 이름. 사치스러운 생활을 상징한다.

254) 劇棊(극기) : 상대방의 바둑을 맹렬하게 공격하거나 바둑에 열중하는 것을 이르는 말.

255) 滑稽(골계) : 우스개소리나 언변이 좋고 익살스런 사람을 지칭하는 말.

256) 益州(익주) : 지금의 사천성 일대. 결국 촉나라를 가리킨다.

257) 九皐(구고) : 깊은 연못. 혹은 굽이가 많은 연못으로 풀이하기도 한다.

258) 天步艱難(천보간난) : 실제 의미는 '하늘이 내게 고난을 겪게 한다'는 뜻이지만, 진복은 구법 그대로 읽어 '하늘이 고난의 길을 걷는다'로 이해한 듯하다.

259) 猶(유) : 그렇다고 생각하다. '도圖'의 뜻.

宓曰, "姓劉." 溫曰, "何以然也?" 答曰, "今天子姓劉[260], 故以此知之." 溫曰, "日生於東乎?" 宓曰, "雖生於東, 而沒於西."(原注, "旣學而又辨, 此其優也.")

○오나라가 장온에게 촉나라를 예방케 할 때 문무백관이 모두 전송해 주었다. (장온이 촉나라에 도착했는데도) 진복이 아직 찾아오지 않자, 제갈량은 누차 그에게 빨리 오라고 재촉하였다. 그러자 장온이 물었다. "그는 어떤 사람입니까?" 제갈량이 대답하였다. "우리 (사천성) 익주(촉나라)의 학자이지요." 도착하고 나자 장온이 진복에게 물었다. "그대는 공부를 하였는가?" 진복이 대답하였다. "오척동자도 모두 공부를 하거늘, 어찌 군이 소인에게 묻습니까?" 장온이 다시 물었다. "하늘에 머리가 있는가?" 진복이 대답하였다. "있습니다." 장온이 말했다. "어느 쪽에 있는가?" 진복이 대답하였다. "≪시경·대아大雅·황의皇矣≫권23에 '이에 서쪽을 향해 고개를 돌리네'라고 하였으니 이로써 추론해 보건대 머리는 서쪽에 있습니다." 장온이 말했다. "하늘에 귀가 있는가?" 진복이 대답하였다. "하늘은 높은 곳에 있으면서 낮은 곳을 듣습니다. ≪시경·소아小雅·학명鶴鳴≫권18에 '학이 깊은 연못에서 우니, 소리가 하늘까지 들리네'라고 하였습니다. 만약 하늘에 귀가 없다면 어떻게 들을 수 있겠습니까?" 장온이 말했다. "하늘에 발이 있는가?" 진복이 대답하였다. "≪시경·소아·백화白華≫권22에 '하늘이 고난의 길을 걸어도, 그 사람은 그렇게 생각지 않네'라고 하였으니, 만약 하늘에 발이 없다면 어떻게 걸을 수 있겠습니까?" 장온이 말했다. "하늘에 성씨가 있는가?" 진복이 대답하였다. "성이 '유劉'씨입니다." 장온이 말했다. "어째서 그런가?" 진복이 대답하였다. "지금 천자(유비劉備)의 성이 '유'씨이니, 그래서 이것을 가지고 아는 것입니다." 장온이 말했다.

---

260) 姓劉(성유) : 촉蜀나라 선주先主 유비劉備만이 유일한 천자라는 말로서 오나라 사신인 장온의 콧대를 꺾기 위한 답변이다.

"해가 동쪽(오나라)에서 뜨지 않는가?" 진복이 말했다. "비록 동쪽에서 뜨지만, 서쪽(촉나라)에서 지지요."(원주에 "이미 공부를 마치고 또 사리분별을 잘 하니, 이것이야말로 우월한 것이다"라고 하였다.)

●吳紀陟使, 魏廷問曰, "吳域幾何?" 曰, "西陵[261]以至京都, 五千七百里, 道里甚遠, 難以堅守." 答曰, "譬如八尺之身, 其護風寒, 不過數處." 裴松[262]謂, "不如[263]金城萬雉[264], 防之者四門而已."

○(삼국) 오나라 기척이 사신으로 오자 위나라 조정에서 물었다. "오나라의 국토는 얼마나 되오?" 기척이 말했다. "서릉협에서 도성까지 5,700리라서 길이 너무 멀어 지키기가 어렵습니다." 또 대답하였다. "비유하자면 키가 8척 장신이면 바람과 추위를 막을 수 있는 데가 몇 군데에 불과한 것과 같지요." 이에 대해 (남조 유송) 배송지裴松之는 "비유하자면 철옹성이 아무리 높고 크다고 해도, 지키는 곳은 네 성문이면 그만인 것과 같다"고 하였다.

●習鑿齒[265]詣釋[266]道安, 值[267]持鉢趨堂. 鑿齒乃翔往衆僧之齋也, 衆皆捨鉢斂衽, 唯道安食不輟, 不之禮也. 習甚恚之, 乃厲聲[268]曰,

---

261) 西陵(서릉) : 장강 삼협三峽 가운데 하나.

262) 裴松(배송) : 남조南朝 유송劉宋 때 ≪삼국지≫에 주를 단 사람의 성명인 '배송지裴松之'에서 '지之'가 누락되었다.

263) 不如(불여) : ≪삼국지≫권48의 배송지裴松之 주 원문에 의하면 '비여譬如'의 오기이다. 문맥상으로도 '不如'는 부적절해 보인다.

264) 萬雉(만치) : 무척 높고 큰 성을 비유하는 말. 1치는 높이가 1장이고 길이가 3장인 성벽을 뜻한다.

265) 習鑿齒(습착치) : 진晉나라 사람(?-383). 자는 언위彦威. 문재로 이름을 떨쳐 환온桓溫(312-373)의 휘하에서 주부主簿와 별가別駕를 지냈고 하남성 형양태수滎陽太守를 역임하였다. 형양이 함락당한 뒤에는 전진前秦의 부견苻堅(338-385)에게 후대를 받았다. ≪진서·습착치전≫권82 참조.

266) 釋(석) : 승려 앞에 부치는 일종의 존칭. 석가모니의 성씨에서 따온 것이다.

267) 值(치) : 만나다, 마주치다.

268) 厲聲(여성) : 목청을 높이다, 언성을 높이다.

"四海[269]習鑿齒, 故故[270]來看爾." 道安應曰, "彌天[271]釋道安, 無暇得相看." 習愈忿曰, "頭有鉢上色, 鉢無頭上毛." 道安曰, "面有匙上色, 匙無面上坳[272]."(習面坳也.) 習又曰, "大鵬从南來, 衆鳥皆戢翼. 何物凍老鴟[273], 腩腩[274]低頭食?" 道安曰, "微風入幽谷, 安能動大才? 猛虎當道[275]食, 不覺蚤宝[276]來." 於是習無以對.(案, 太平御覽載此事曰, "釋道安俊辨, 有高才, 自北至荊州, 與習鑿齒初相見. 道安曰, '彌天釋道安.' 鑿齒曰, '四海習鑿齒.'")

○(진나라) 습착치가 도안 스님을 예방했을 때 도안 스님은 마침 바리때를 들고서 본당에 가 있었다. 습착치가 날 듯이 스님들 재실로 달려가자, 스님들 모두 바리때를 내려놓고 옷깃을 여미어 예를 차렸지만, 오직 도안 스님만은 식사를 멈추지 않은 채 그에게 예를 갖추지 않았다. 습착치가 무척 화가 나서 언성을 높여 말했다. "천하를 주름잡는 습착치가 특별히 그대를 보러 찾아온 것이오." 도안이 응대하였다. "원대한 뜻을 품은 승려 도안은 그대를 볼 시간이 없다오." 습착치가 더욱 화가 나서 말했다. "머리에는 바리때 같은 빛깔이 없고, 바리때에는 머리에 난 털이 없구나." 그러자 도안이 말했다. "얼굴에는 숟가락 같은 빛깔이 없고, 숟가락에는 얼굴처럼 검은 빛이 없구나."(습착치는 낯빛이 검었

---

269) 四海(사해) : 천하를 이르는 말. 고대 중국인들이 사방이 바다였다고 생각한 데서 비롯되었다. 옛날에는 온세상을 '천하天下' '해내海內' '사해四海' '육합六合' '구주九州' '신주神州' '우주宇宙' 등 다양한 어휘로 표현하였다.

270) 故故(고고) : 일부러, 특별히.

271) 彌天(미천) : 하늘 가득한 모양, 크고 원대한 모양.

272) 坳(유) : 검다. '유黝'와 통용자.

273) 老鴟(노치) : 솔개. '노老'는 동물의 이름 앞에 붙이는 일종의 접두사로서 별 뜻이 없다. 장수하는 동물에게 붙이는 말이란 설도 있다. 여기서는 머리카락이 없는 도안 스님을 비유적으로 가리키기 위해 쓴 말인 듯하다.

274) 腩腩(남남) : 고깃국. 육식을 하면 안 되는 도안 스님을 놀리기 위해 하는 말인 듯하다.

275) 當道(당도) : 길을 가로막다.

276) 蚤宝(조맹) : 벼룩과 등에. 하찮은 벌레를 뜻하는 말로 소인배나 무능한 사람을 비유한다. 여기서는 도안道安이 습착치習鑿齒를 놀리기 위해 한 말로 보인다.

다.) 습착치가 또 말했다. "대붕이 남쪽에서 오니, 뭇 새들이 모두 날개를 접건만, 무엇이 솔개를 얼어붙게 만들었기에, 고개를 숙인 채 고깃국만 먹을까?" 그러자 도안이 말했다. "미미한 바람이 깊은 골짜기로 들어왔으니, 어찌 큰 인물을 움직일 수 있으리오? 사나운 호랑이는 길을 가로막고서 식사하고 있기에, 벼룩이나 등에 따위가 찾아온 줄 모른다네." 이에 습착치는 아무런 응대를 할 수 없었다.(살펴보건대 ≪태평어람·인사부人事部·변하辯下≫권464에서는 이 고사에 대해 "도안 스님은 언변이 뛰어나고 고매한 재주가 있었는데, 북방으로부터 형주로 찾아와 습착치와 처음 만났다. 도안이 '원대한 뜻을 품은 승려 도안이라고 합니다'라고 하자, 습착치는 '천하를 주름잡는 습착치라고 합니다'라고 응대하였다"고 기재하고 있다.)

□志怪篇十二(12 지괴편)

●夫耳目之外, 無有怪者, 余以爲不然也. 水至寒而有溫泉[277]之熱, 火至熱而有蕭邱[278]之寒. 重者應沈, 而有浮石之山, 輕者當浮, 而有沈羽之水[279]. 淳于[280]能剖臚以理腦, 元化[281]能刳腹以浣胃, 養由[282]拂蜻蛉之左翅, 燕丹[283]使衆鷄之夜鳴, 皆其例矣. 謂夏必長,

277) 溫泉(온천) : 온천. 이는 진晉나라 갈홍葛洪의 ≪포박자抱朴子·논선論仙≫권1에 의하면 해가 뜨는 곳이라는 전설상의 장소인 '온곡溫谷'의 오기이다. '온곡'은 일명 '양곡暘谷'이라고도 한다.

278) 蕭邱(소구) : 남해에 있다는 전설상의 섬 이름. ≪포박자·논선≫권1에 의하면 차가운 불꽃이 봄에 생겼다가 가을에 꺼진다고 한다. '소구蕭丘'로도 쓴다.

279) 沈羽之水(침우지수) : 깃털조차 가라앉히는 물. 부여夫餘 북쪽에 있다는 전설상의 물인 약수弱水를 가리킨다.

280) 淳于(순우) : 전한 문제文帝 때 명의名醫인 순우의淳于意의 성씨. ≪사기·태창공순우의전太倉公淳于意傳≫권105 참조.

281) 元化(원화) : 후한 말엽 때 명의名醫인 화타華佗의 자. ≪후한서·화타전≫권112 참조. 전국시대 때 편작扁鵲과 함께 중국을 대표하는 명의이다.

282) 養由(양유) : 춘추시대 초楚나라 대부大夫 양유기養由基의 약칭. '양유기養

而蒜麥枯焉, 謂冬必死, 而竹栢茂焉. 謂始必終, 而天地無窮焉, 謂生必死, 而龜蛇長存焉. 若謂受氣者, 皆有一定, 則雉有化蜃284), 雀之爲蛤285), 蠰蟲假翼, 川黿奮蛬, 鼠化爲鴽, 草死爲螢, 人化爲虎, 蛇化爲龍, 其不然乎? 及其乾鵲286)知來, 猩猩287)識往, 太皥288)師蜘蛛而結罟, 金天289)據九扈290)以爲政, 軒轅291)候鳳鳴而調律, 唐堯觀蓂莢292)以候時, 此又未必劣於人也. 逍遙國293)葱, 變而爲韮294), 壯武縣桑, 化而爲栢, 汝南之竹, 變而爲蛇, 茵郁295)之藤,

---

游基'로도 썼다. 활쏘기의 달인으로 백 보 밖에서도 버들잎을 명중시켰다는 고사가 ≪사기·주본기周本紀≫권4에 전한다.

283) 燕丹(연단) : 춘추시대 연燕나라 태자太子 단丹. 진秦나라에 볼모로 잡혀 있다가 탈출하였는데, 관문이 닫혀 있자 닭의 울음소리를 흉내내 다른 닭들도 따라서 울게 해서 통금이 해제돼 관문을 통과하였다는 고사가 당나라 구양순歐陽詢(557-641)의 ≪예문류취藝文類聚·조부중鳥部中·계雞≫권91에 인용된 ≪연단자燕丹子≫에 전한다.

284) 蜃(신) : 대합조개. ≪예기·월령月令≫권17에 "꿩은 바다로 들어가 대합조개가 된다(雉入大水爲蜃)"는 말이 있다. '신蜃'은 '신蜃'의 이체자異體字.

285) 蛤(합) : 바지락. ≪예기·월령≫권16에 "참새는 바다로 들어가 바지락이 된다(爵入大水爲蛤)"는 말이 있다.

286) 乾鵲(건작) : 까치의 별칭. 맑고 건조한 날씨(乾)를 좋아한다는 속설에서 유래하였다. 좋은 소식을 알린다는 의미에서 '희작喜鵲'이라고도 한다.

287) 猩猩(성성) : 원숭이의 일종. 고대 중국인들은 성성이에 대해 체형이 개와 비슷하고 얼굴이 사람처럼 생겼는데, 술을 좋아하고 사람과 대화할 줄 안다고 믿었다.

288) 太皥(태호) : 전설상의 임금인 삼황三皇 가운데 복희伏羲의 별칭. '태호太昊'로도 쓴다.

289) 金天(금천) : 전설상의 임금인 오제五帝 가운데 소호少皥의 별칭.

290) 九扈(구호) : 아홉 종류의 농사를 관장하는 관리를 이르는 말. '구농정九農正'이라고도 한다.

291) 軒轅(헌원) : 전설상의 임금인 황제黃帝의 별칭. ≪사기·오제본기五帝本紀≫에서는 오제五帝의 첫 번째 임금으로 설정한 반면, ≪제왕세기帝王世紀≫에서는 삼황三皇의 마지막 임금으로 설정하는 등 문헌에 따라 차이가 있다.

292) 蓂莢(명협) : 초하루에 한 잎이 생겨서 보름날이 되면 열다섯 장의 잎이 자라고, 16일 뒤로는 한 잎씩 떨어져 그믐날이 되면 다 떨어진다는 전설상의 풀 이름. 당唐나라 요왕堯王이 이를 살펴서 역법曆法을 계산했다는 고사로 인해 '요명堯蓂'이라고도 한다.

293) 逍遙國(소요국) : 전설상의 나라 이름으로 추정되나 불분명하다. 박물군자가 밝혀주기를 기대한다.

294) 變而爲韮(변이위구) : 부추로 변하다. ≪역경≫의 위서緯書인 ≪역계람도易

化而爲䱇[296]. 盧耽[297]爲治中[298], 化爲雙白鵠, 王喬[299]爲鄴令, 變作兩蜚鳧[300]. 諒以多矣. 故作志怪篇.

○무릇 귀로 듣지 않고 눈으로 보지 않으면 괴이한 것이 없다지만, 나는 틀린 말이라고 생각한다. 물은 지극히 차갑지만 온곡溫谷에서는 뜨거운 물이 솟아나고, 불은 지극히 뜨겁지만 소구에서는 차가운 불꽃이 일어난다. 무거운 것은 응당 가라앉지만 물에 뜨는 돌이 있는 산이 있고, 가벼운 것은 응당 뜨지만 깃털조차 가라앉히는 물이 있다. (전한 때) 순우의淳于意가 피부를 갈라서 뇌를 수술하고, (후한 때) 원화(화타華佗)가 배를 갈라서 위장을 씻고, (춘추시대 초楚나라) 양유기養由基가 잠자리의 왼쪽 날개

稽覽圖≫에 "정치 도의가 바로잡히면 음기 왕성한 사물이 양기 왕성한 사물로 변한다(政道得, 則陰物變爲陽物)"고 하였는데, 후한 정현鄭玄이 말한 "파가 부추로 변한다(葱變爲韭)"는 것이 그러한 실례에 해당한다는 기록이 ≪수서隋書·왕소전王邵傳≫권69에 보인다.

295) 茵郁(인욱) : ≪금루자≫ 외에 다른 문헌에는 언급한 예가 없어 어디를 지칭하는지 불분명하다. 박물군자가 밝혀주기를 기대한다.

296) 䱇(선) : 미꾸라지처럼 생긴 물고기 이름. 드렁허리. '선鱓' '선鱔'으로도 쓴다.

297) 盧耽(노탐) : 전설상의 인물. 그가 지방에서 치중治中을 지내다가 도술을 부려 조정으로 날아갔는데 누군가의 돌에 맞아 신발이 하얀 고니를 변했다는 고사가 ≪수경주水經注≫권37에 인용된 등덕명鄧德明의 ≪남강기南康記≫에 전한다.

298) 治中(치중) : 한나라 이래로 일부 부府·주州·군郡에 설치했던 지방 수령의 보좌관인 '치중별가종사사治中別駕從事史'의 약칭. '치중종사治中從事' '별가別駕'로 약칭하기도 한다.

299) 王喬(왕교) : 신선의 대명사. 전한 유향劉向(약 B.C.77-B.C.6)의 ≪열선전列仙傳≫권상에서 도사 부구공浮丘公을 따라 선계에 올랐다고 한 주周나라 영왕靈王의 태자太子 왕자교王子喬를 가리킬 때도 있고, 전한 유안劉安(B.C.179-B.C.122)의 ≪회남자淮南子·제속훈齊俗訓≫권11에서 촉蜀 무양武陽 사람으로 육지肉芝를 먹고 신선이 되었다고 한 왕교王喬를 가리킬 때도 있으며, ≪후한서·방술전方術傳·왕교전≫권112에서 후한 명제明帝 때 하남성 섭현령葉縣令을 지냈다고 한 도사 왕교王喬를 가리킬 때도 있는데, 여기서는 후자를 가리킨다.

300) 兩蜚鳧(양비부) : 오리 한 쌍. '비蜚'는 '비飛'와 통용자. 왕교王喬가 조정을 방문할 때 늘 오리 두 마리가 날아오기에 그물로 잡았더니 바로 그의 신발이었다는 고사가 ≪후한서·왕교전≫권112에 전한다.

를 화살로 맞히고, (춘추시대) 연나라 태자 단丹이 모든 닭들이 밤에 울도록 만든 것이 모두 그러한 사례들이다. 여름에는 반드시 성장한다고 하지만 마늘과 보리는 말라버리고, 겨울에는 반드시 죽는다고 하지만 대나무와 측백나무는 잎이 무성하기만 하다. 시작이 있으면 반드시 끝이 있다고 하지만 천지는 무궁하고, 삶이 있으면 반드시 죽음이 있다고 하지만 거북과 뱀은 장수한다. 이를테면 기운을 받는 것은 모두가 일정한 기한이 있기에 꿩은 대합조개로 변하고, 참새는 바지락이 되고, 뽕나무하늘소는 다른 벌레의 날개를 빌어다 쓰고, 큰 냇물에 사는 개구리는 날개짓을 하고, 쥐는 메추라기로 변하고, 풀은 죽어서 반딧불이가 되고, 사람은 죽어서 호랑이로 변하고, 뱀은 승천하여 용으로 변하는 것들이 다 그런 것이 아니겠는가? 급기야 까치가 미래를 예견하고, 성성이가 기왕지사를 잘 알고, 태호(복희伏羲)가 거미줄을 본받아 그물을 짜고, 금천(소호少皞)이 아홉 명의 농정에 의지하여 정사를 펼치고, 헌원(황제黃帝)이 봉황의 울음소리를 살펴서 음률을 조율하고, 당나라 요왕이 명협을 관찰하여 역법을 제정하였는데, 이 또한 반드시 남보다 뒤떨어지는 것이 아니다. 소요국의 파는 부추로 변하고, (산동성) 장무현의 뽕나무는 측백나무로 변하고, (하남성) 여남현의 대나무는 뱀으로 변하고, 인욱 땅의 등나무는 드렁허리로 변한다. 또 (옛날 도사인) 노탐은 치중을 지내다가 하얀 고니 한 쌍으로 변했고, (후한) 왕교는 (하남성) 업현의 현령을 지내다가 오리 두 마리로 변했다. 이러한 예들은 정말로 많다고 생각한다. 그래서 <지괴편>을 짓는다.

●秦靑[301]謂友人曰, "韓娥[302]東之齊, 至雍門[303], 鬻歌. 旣而餘響繞

301) 秦靑(진청) : 고대에 노래를 잘 했다고 전하는 전설상의 인물. 그에 관한 고사는 진晉나라 장화張華(232-300)의 ≪박물지博物志・사보史補≫권8에 전한다.

302) 韓娥(한아) : ≪열자列子・탕문湯問≫권5에 의하면 전국시대 한韓나라에서

梁, 三日不絶, 遇逆旅[304]人, 辱之. 娥因擧聲哀哭, 一哭, 老少悲愁, 三日不食. 娥復擧聲長歌, 一里抃舞[305], 不能自禁, 忘向[306]之悲也. 乃厚賂之. 雍門人至今善歌."(案, 別卷載金樓子一條, 其事同, 其文互異, 又不著篇名, 附錄於此, 以備考. "薛譚[307]學謳於秦旨[308], 未窮靑之旨. 於一日, 遂辭歸. 秦靑乃餞於郊衢, 撫節[309]悲歌, 聲震林木, 響遏行雲. 薛譚乃謝求返, 終身不敢言歸. 秦靑謂其友曰, '昔韓娥東之齊, 匱粮, 過雍門, 鬻歌假食. 旣去而響繞梁, 三日不絶. 左右以其人弗去. 過逆旅, 逆旅之人辱之. 韓娥因曼聲[310]哀哭, 一里老幼, 悲愁涕泣相對, 三日不食, 遽追而謝之. 娥復曼聲長歌, 一里老幼, 喜歡抃舞, 弗能自禁. 乃厚賂而遣之. 故雍門之人至今善歌善哭, 效娥之遺聲.'")

○진청이 친구에게 말했다. "(전국시대 한韓나라) 한아는 동쪽으로 제나라로 가다가 (도성의) 옹문에 도착해 돈을 받고 노래를 불렀다. 얼마 뒤 잔향이 대들보에 맴돌더니 사흘 동안 끊기지 않는 바람에 여관 주인에게 욕을 당했다. 한아가 그래서 목청을 높여 슬피 울었는데, 한 번 울자 남녀노소 모두 슬픔에 젖어 사흘 동안 밥도 먹지 않았다. 한아가 다시 목청을 높여 길게 노래하자, 고을 사람들이 손뼉을 치며 노래하면서 스스로 억제하지 못 한 채 일전의 슬픔을 잊을 수 있었다. 결국 그에게 후하게 값을 치러주었다. 그래서 옹문 사람들은 지금까지도 노래를 잘 한다."(살펴보건대 다른 문헌에서도 ≪금루자≫의 이 조항을 기재하고 있는데, 그 내용은 같지만 문장이 서로 다르고 또 편명을 밝히지 않았기에, 여기에 덧붙여 기록함으로써 고찰의 자료로 삼고자 한다. 그 내용은 다음과 같다. "설담은 진청에게 노래를 배웠지만, 진청의 가르침을 다 익히지 못 했다. 하루는 결국 인사

노래를 잘 부르던 가기歌妓 이름이다.

303) 雍門(옹문) : 춘추시대 제齊나라 도성의 서쪽 성문 이름. 복성複姓을 가리킬 때도 있다.

304) 逆旅(역려) : 여관, 숙소. '역逆'은 '영迎'의 뜻. '여행객을 맞이하는 곳'이란 뜻에서 비롯되었다.

305) 抃舞(변무) : 손뼉을 치며 춤을 추다.

306) 向(향) : 일전에, 그전에. '향嚮'과 통용자.

307) 薛譚(설담) : 진청秦靑의 제자로 알려진 전설상의 인물.

308) 秦旨(진지) : '진청'의 오기로 보인다.

309) 撫節(무절) : 박자를 맞추다, 장단을 맞추다.

310) 曼聲(만성) : 목소리를 길게 뽑다.

를 하고 집으로 돌아가려고 하였다. 진청이 그래서 교외에서 전송연을 열어주고서 박자에 맞춰 슬피 노래 부르자, 그 소리가 숲을 흔들고 메아리가 흘러가는 구름을 멈춰세웠다. 설담이 이에 집으로 돌아가겠다는 요청을 철회하더니 죽을 때까지 감히 집으로 돌아가겠다는 말을 하지 않았다. 진청이 친구에게 말했다. '옛날에 한아는 동쪽으로 제나라로 가다가 식량이 떨어지자, 옹문에 들러 돈을 받고 노래를 불러서 음식을 얻었다. 그녀가 떠난 뒤에도 잔향이 대들보에 맴돌더니 사흘 동안 끊기지 않았다. 그래서 주변 사람들은 그녀가 떠나지 않았다고 생각하였다. 여관에 묵자 여관 주인이 그녀에게 욕을 하였다. 한아가 그래서 목소리를 길게 뽑아 슬피 울자, 고을의 남녀노소가 모두 비애에 젖어 슬피 울며 서로 마주한 채 사흘 동안 밥도 먹지 않더니 서둘러 그녀를 쫓아와 인사를 하였다. 한아가 다시 목소리를 뽑아 길게 노래하자, 고을의 남녀노소가 모두 기뻐서 손뼉을 치며 노래하면서 스스로 억제하지 못 하였다. 결국 돈을 많이 마련해 그녀에게 주었다. 따라서 옹문 사람들이 지금까지 노래도 잘 하고 통곡도 잘 하는 것은 한아가 남긴 소리를 본받아서이다.'"

●有人以優師[311]獻周穆王, 甚巧, 能作木人, 趍走俯仰如人. 鎮其頤則可語, 捧其手則可舞. 王與盛姬共觀, 木人瞚其目, 招[312]王左右侍者. 王大怒, 欲誅優師. 優師大怖, 乃剖木以示王, 皆附會革木所爲, 五臟完具. 王大悅, 乃廢其肝, 則目不能瞚, 廢其心, 則口不能語, 廢其脾, 則手不能運. 王厚賜之.

○어떤 사람이 광대를 주나라 목왕에게 바쳤는데, 솜씨가 뛰어나 나무 인형을 만들면 사람처럼 빠른 속도로 달리고 고개를 숙였다 들었다 할 수 있었다. 그것의 턱을 누르면 말을 할 줄 알았고, 그것의 손을 들면 춤을 출 수 있었다. 목왕이 성희와 함께 구경하자, 나무 인형이 눈을 깜빡이면서 왕의 주변에서 모시고 있던 후궁들을 유혹하였다. 목왕이 무척 화가 나서 광대를 죽이려고 하였다. 광대가 너무 두려워 나무 인형을 해부하여 왕에게 보여주니, 모두 가죽과 나무를 붙여서 만든 것인데도 오장을 온전히 갖추고 있었다. 목왕이 무척 기뻐하더니, 그것의 간을 없애

311) 優師(우사) : 배우나 광대를 이르는 말.
312) 招(초) : 손짓하다, 즉 유혹하는 것을 말한다.

자 눈을 깜빡이지 못 했고, 심장을 없애자 입으로 말을 하지 못 했고, 비장을 없애자 손을 움직이지 못 했다. 왕이 그에게 후하게 상을 내렸다.

●周穆王時, 西極有化人[313], 能入水火, 貫金石, 反山川, 移城郭. 穆王爲起中天之臺[314], 鄭衛奏承雲[315]之樂, 月月獻玉衣, 日日薦玉食. 幻人[316]猶不肯舍, 乃携王, 至幻人之宮, 構以金銀, 絡以珠玉. 鼻口所納, 皆非人間物也. 由是王心厭宮室, 幻人易之耳. 王大悅, 肆志遠遊.

○주나라 목왕 때 서역 출신의 한 도사가 물이나 불에 들어가고, 쇠나 돌을 뚫고, 산천을 뒤집고, 성곽을 옮길 수 있었다. 그래서 목왕은 그를 위해 중천대를 세워주었고, 정나라와 위나라에서는 승운악을 연주해 주었으며, 달마다 귀한 옷을 바치고, 날마다 귀한 음식을 바쳤다. 그 마술사는 오히려 머물려고 하지 않더니, 결국 왕의 손을 잡고 마술사의 궁전으로 가서 금과 은으로 장식해 주고 진주와 구슬을 달아주었다. 그러나 코와 입으로 받아들이는 것들이 모두 인간세상의 물건이 아니었다. 이 때문에 목왕이 내심 궁실에 싫증을 느끼는 기색을 보이자 마술사가 이를 바꿔주었다. 목왕은 기분이 좋아 마음껏 멀리까지 유람을 즐겼다.

●短人在康居國[317]北, 男女皆長三尺.

○난장이는 강거국 북쪽에 사는데, 남녀 모두 신장이 세 자밖에 안 된다.

---

313) 化人(화인) : 신선이나 도사의 별칭.

314) 中天之臺(중천지대) : 주周나라 목왕穆王이 지었다는 누대 이름.

315) 承雲(승운) : 주周나라 목왕穆王 때의 악곡 이름.

316) 幻人(환인) : 마술사를 이르는 말.

317) 康居國(강거국) : 동쪽으로 오손烏孫, 남동쪽으로 대원大宛, 남쪽으로 대월지大月氏, 서쪽으로 엄채奄蔡에 둘러쌓여 있던 서역의 나라 이름.

●夫餘國有美珠, 大如酸棗.
○부여국에서는 아름다운 진주가 나는데, 크기가 대추 만하다.

●海中得一布褐, 長三丈.
○바닷속에서 베옷이 나는데, 길이가 세 장에 달한다.

●天下之大物, 有北海之蟹, 擧其螯, 能加山焉. 有東海之魚焉, 有海燕焉, 一日逢魚頭, 七日遇魚尾. 魚産, 三百里海水如血.
○천하의 커다란 사물 중에는 북해에 사는 게가 있는데, 집게발을 들면 산도 자를 수 있다. 동해에는 커다란 물고기가 있는데, 바다에 사는 제비가 첫날에는 물고기 머리를 만났다가 일주일 뒤에는 물고기 꼬리와 마주칠 정도로 크다. 그 물고기가 태어나면 300리에 걸쳐 바닷물이 핏빛처럼 변한다.

●大月支[318]及西胡有牛, 名曰白皮. 今日割取其肉, 明日瘡卽愈. 故漢人有至其國者, 西胡以此牛示之. 漢人對曰, “吾國有蟲, 名爲蠶, 如人[319], 食桑葉而吐絲.” 外國人莫不信有蠶.
○대월지 및 서역의 호족 땅에는 ‘백피’라고 불리는 소가 있다. 오늘 그 고기를 잘라서 먹으면, 다음날 욕창을 치유할 수 있다. 그래서 한나라 사람 중에 누군가 그 나라에 도착하자 서호 사람이 이 소를 그에게 보여주었다. 그러자 한나라 사람이 대답하였다. “우리나라에는 누에라는 벌레가 있는데, 크기가 사람 만한 것이 뽕나무잎을 먹고서 실을 뱉어냅니다.” 그래서 외국 사람들은 누

318) 大月支(대월지) : 중국 북서쪽 변방에 살던 이민족인 월지족月支族 가운데 하나. 전한 문제文帝 때 흉노匈奴에 쫓겨 서쪽으로 이주하였는데, 서쪽으로 이주한 월지를 ‘대월지大月支’, 기련산祁連山으로 들어가 강족羌族과 섞인 월지를 ‘소월지小月支’라고 하였다. ‘월지月氏’ ‘월지月氐’로도 쓴다. 적적赤狄・흉노匈奴・선우單于・백적白狄과 함께 ‘오적五狄’이라고 하였다.
319) 如人(여인) : 다른 판본에는 ‘크기가 새끼손가락 만하다(大如小指)’로 되어 있다.

구나 누에가 있다는 것을 믿게 되었다.

●東南有桃都(案, 別卷引此作郁.)山. 山有大桃樹, 上有天鷄. 日初出, 照此桃, 天鷄卽鳴. 天下之鷄感之而鳴. 樹下有兩鬼, 對樹持葦索, 取不祥之鬼, 食之. 今人正旦[320], 作兩桃人, 以索中置雄鷄, 法乎此也.

○동남방에는 도도(살펴보건대 다른 문헌에서는 이를 인용하면서 '도都'를 '욱郁'으로 표기하기도 하였다)산이 있다. 산에는 커다란 복숭아나무가 있고, 그 위로 천계가 산다. 해가 막 떠서 이 복숭아나무를 비추면 천계가 바로 울어댄다. 그러면 천하의 닭들이 거기에 감응해 덩달아 운다. 나무 아래에는 귀신이 두 마리 사는데, 나무를 마주한 채 갈대로 만든 새끼줄을 손에 들고서 상서롭지 않은 귀신을 잡아 먹는다. 오늘날 사람들이 설날에 복숭아나무 인형을 두 개 만들고, 새끼줄에 수탉을 두는 것도 이를 본받은 것이다.

●玉之精爲白虎, 金之精爲車渠[321], 楓脂千歲爲琥珀. 銅之精爲奴, 錫之精爲婢, 松脂千歲爲茯苓[322].

○옥의 정기가 백호가 되고, 금의 정기가 (조개의 일종인) 차거가 되며, 단풍나무의 수액이 천 년 묵으면 호박이 된다. 구리의 정기가 머슴이 되고, 주석의 정기가 하녀가 되며, 송진이 천 년 묵으면 복령이 된다.

●大秦國[323]人長十丈, 小秦國[324]人長八尺, 一足國[325]人長九寸.

---

320) 正旦(정단) : 정월 초하루. 설날. '원단元旦' '원조元朝'라고도 한다.
321) 車渠(차거) : 심해深海에 사는 조개의 일종인 '차거硨磲'와 통용자. 그 껍데기는 칠보七寶 가운데 하나로 꼽힌다.
322) 茯苓(복령) : 소나무 뿌리에 기생하는 구멍장이버섯과의 버섯. 향료와 약재에 쓰인다.
323) 大秦國(대진국) : 한나라 때 로마제국을 일컫던 말. 로마제국이 분열된 뒤에는 동로마제국을 지칭하기도 하였다.

○대진국 사람들은 신장이 열 장이고, 소진국 사람들은 신장이 여덟 자이며, 일족국 사람들은 신장이 아홉 치밖에 안 된다.

●女國有橫(案, 別卷作潢.)池水, 婦人入浴, 出則孕, 若生男子, 三年卽死.

○여국에는 횡(살펴보건대 다른 문헌에는 '황潢'으로 되어 있다)지수가 있어 아녀자들이 목욕하러 들어갔다가 나오면 임신을 하는데, 만약 사내아이를 낳으면 3년만에 사망한다.

●神洲326)之上有不死草, 似菰苗. 人已死, 此草覆之, 卽活. 秦始皇時, 大苑中多枉死者, 有鳥如烏狀, 銜此草, 墜地, 以之覆死人, 卽起坐. 始皇遣問北郭鬼谷先生327), 云, "東海亶州328)上不死之草, 生瓊田329)中." 秦始皇聞鬼谷先生言, 因遣徐福入海, 求金菜·玉蔬330), 幷一寸葚331).(原注, "'金菜玉蔬'四字, 諸本同, 然莫曉何義." 案, 此條又見箴戒篇, 原本多脫誤, 謹據太平御覽校補.)

○신주에는 불사초가 있는데, 줄풀의 새싹처럼 생겼다. 사람이 죽어도 이 풀로 덮으면 즉시 살아난다. 진나라 시황제 때 황제의 동산에서 억울하게 죽은 사람이 많이 생겼는데, 까마귀처럼 생긴 새가 이 풀을 물어와 땅에 떨어뜨려서 그것으로 죽은 사람을 덮어주자 즉시 일어나 앉았다. 시황제가 사람을 시켜 북쪽 성곽에

---

324) 小秦國(소진국) : 서역 국가 가운데 하나. 소재지는 미상.

325) 一足國(일족국) : 다리가 하나뿐인 사람들이 산다는 전설상의 나라 이름.

326) 神洲(신주) : 신선이 산다는 전설상의 물섬 이름.

327) 鬼谷先生(귀곡선생) : 전설상의 인물. 춘추시대 진晉나라 때 사람이라는 설, 전국시대 때 종횡가인 소진蘇秦(?-B.C.284)과 장의張儀(?-B.C.310)의 스승이라는 설, 신괴한 이야기를 모아놓은 ≪관령내전關令內傳≫의 저자라는 설 등 여러 설화가 전한다.

328) 亶州(단주) : 동해에 있다는 전설상의 섬 이름. '단주亶洲'로도 쓴다.

329) 瓊田(경전) : 죽은 사람을 살리는 신령한 풀이 자란다는 전설상의 밭 이름. 미나리 밭을 비유적으로 가리킬 때도 있다.

330) 金菜玉蔬(금채옥소) : 신선이 먹는다는 전설상의 채소 이름.

331) 葚(심) : 뽕나무 열매인 오디를 이르는 말. '심椹'으로도 쓴다.

사는 귀곡선생에게 묻자, "동해의 단주에서 나는 불사초로서 경전에서 자랍니다"라고 대답하였다. 진나라 시황제는 귀곡선생의 말을 듣자, 그참에 서복을 시켜 동해로 들어가서 금채·옥소와 크기가 한 치 가량 되는 오디를 찾게 하였다.(원주에 "'금채옥소' 네 글자는 다른 판본도 동일하지만, 무슨 뜻인지 아무도 모른다"고 하였다. 살펴보건대 이 조항은 <잠계편>에도 보이지만, 원본에 탈자와 오자가 많기에, 삼가 ≪태평어람≫에 근거하여 교감을 통해 보충하였다.)

●秦王遣徐福, 求桑椹於碧海之中. 海中止有扶桑[332]樹, 長數千丈. 樹兩根同生, 更相依倚, 是名扶桑. 仙人食其椹, 而體作金光, 飛騰元宮[333]也.(案, 原本云, "求一寸葚. 尙云, '難得.' 豈知碧海中有扶桑樹"云云. 謹據太平御覽校改.)

○진나라 시황제가 서복을 시켜 벽해(동해)에서 오디를 찾게 하였다. 바다에는 단지 '부상'이라는 뽕나무가 있었는데, 키가 수천 장에 달했다. 이 나무는 두 개의 뿌리가 함께 자라면서 서로 의지하고 있기에, '부상'이란 이름이 생긴 것이다. 신선이 그 오디를 먹으면 몸에서 금빛이 나고 현궁을 날아다닐 수 있다.(살펴보건대 원본에서는 "길이가 한 치 가량 되는 오디를 찾게 하였다. 그러나 '찾을 수 없다'고 하였으니 어찌 벽해에 부상이란 나무가 있다는 것을 알 수 있으리오?"라고 하였기에, 삼가 ≪태평어람≫에 근거하여 교정하였다.)

●豫章[334]有石, 以水灌之, 便熱, 以鼎置其上, 灼食則熟. 張茂先[335], 博物君子也. 雷孔章[336], 亦一時之學士也, 入洛, 賫此石, 以示張.

---

332) 扶桑(부상) : 동쪽 해가 뜨는 곳에 있다는 전설상의 뽕나무 이름.
333) 元宮(원궁) : 신선이 산다는 궁궐인 '현궁玄宮'의 다른 표기. '원元'은 청나라 강희제康熙帝의 휘諱(玄燁) 때문에 고쳐쓴 것이다.
334) 豫章(예장) : 강서성의 속군屬郡 이름. 나무 이름을 가리킬 때도 있다.
335) 張茂先(장무선) : 진晉나라 때 사람 장화張華(232-300). '무선'은 자. 박학다식하고 시문에 뛰어나 진나라 때 헌장憲章이나 조칙詔勅을 대부분 그가 기초하였다. 태자소부太子少傅·우광록대부右光祿大夫 등을 역임하였다. 저서로 ≪박물지博物志≫ 10권이 전한다. ≪진서·장화전≫권36 참조.
336) 雷孔章(뇌공장) : 진나라 때 사람 뇌환雷煥. '공장'은 자. 천문학에 정통하였

張曰, "所謂燃石也. 余從兄勱爲廣州, 嘗致數片, 煮食, 猶須燒之."

○(강서성) 예장군에서 나는 돌은 물을 부으면 바로 뜨거워지고, 세발솥을 그 위에 놓고서 음식을 끓이면 곧 익는다. (진晉나라 때) 무선茂先 장화張華는 세상만물에 대해 박학한 군자였다. 공장孔章 뇌환雷煥 역시 한 시대를 주름잡은 학사로서 (하남성) 낙양으로 들어가 이 돌을 선물로 준비해서 장화에게 보여주었다. 그러자 장화가 말했다. "이른바 '연석'(불타는 돌)이라는 것입니다. 저의 종형인 장매張勱가 (광동성) 광주자사를 지낼 때 일찍이 몇 조각을 보내주었는데, 음식을 끓이고 나서도 여전히 계속해서 음식을 끓여야 한답니다."

●余丙申歲[337]婚. 初婚之日, 風景韶和, 末乃覺異, 妻至門, 而疾風大起, 折木發屋. 無何[338]而飛雪亂下, 帷幔皆白, 翻洒屋內, 莫不縞素, 乃至垂覆闌瓦, 有時飛墮. 此亦怪事也. 至七日之時, 天景恬和, 無何雲翳. 俄而洪濤波流, 井溷俱溢, 昏曉不分. 從叔廣州昌住在西州南門, 新婦將還西州[339], 車至廣州門, 而廣州殞逝, 又怪事也. 喪還之日, 復大雨霔[340], 車軸折壞, 不復得前. 爾日天雷震西州廳事, 兩柱俱時粉碎, 於時莫不戰慄. 此又尤爲怪也.

○나는 (무제武帝 천감天監 15년인) 병신년(516)에 결혼하였다. 처음 결혼하던 날은 바람이 잔잔하고 햇살이 따듯했지만, 끝에 가서는 이상한 느낌이 들더니, 아내가 대문에 도착하자 강풍이 일

다. 별도의 전기는 없고 ≪진서·장화전≫권36에 그에 관한 기록이 병기되어 전한다.

337) 丙申歲(병신세) : 이 책의 저자인 원제元帝 소역蕭繹(508-554)의 생애에 비추어 보았을 때 그의 나이 9살 때인 양梁나라 무제武帝 천감天監 15년(516)을 가리킨다.

338) 無何(무하) : 얼마 안 있어, 이윽고.

339) 西州(서주) : 서방의 여러 주에 대한 범칭. 보통은 사천성 파巴와 촉蜀 일대를 가리키나, 여기서는 광동성 광주廣州의 서쪽에 있는 고을을 가리키는 것으로 보인다.

340) 霔(주) : 비가 내리다. '하下'의 뜻.

어나 나무를 부러뜨리고 지붕을 날렸다. 그리고 얼마 안 있어 눈이 어지러이 날아내려 휘장이 모두 하얗게 변하더니, 집안으로 휘몰아쳐 들어오는 바람에 사방이 온통 명주처럼 새하얗게 되었고, 급기야 난간과 기와를 뒤집어서 수시로 날려 떨어뜨렸다. 이 역시 괴이한 일이 아닐 수 없다. 일주일이 되었을 때는 날씨가 온화하였지만, 얼마 안 있어 구름이 해를 가렸다. 또 얼마 뒤 파도가 넘쳐 우물과 뒷간이 모두 물에 잠겼고, 저녁과 새벽 시간을 분간할 수 없게 되었다. 종숙부인 광주자사 소창蕭昌이 서주의 남문에 머물고 있어 신부를 서주로 돌려보내려고 하였는데, 수레가 광주의 성문에 도착하고서 광주에서 사망하였으니, 이 또한 괴이한 일이 아닐 수 없다. 상여가 돌아가는 날에는 또 다시 큰 비가 내려 차축이 부러지는 바람에 더 이상 앞으로 나아갈 수 없었다. 그날 우레가 서주의 청사를 뒤흔들어 두 기둥이 모두 부러지는 바람에 당시 사람들이 모두 두려움에 떨었다. 이 또한 더욱 괴이한 일이 아닐 수 없다.

●荊州高齋341), 盛夏之月無白鳥342). 余亟寢處於其中, 及移餘齋, 則聚蚊之聲如雷, 數丈之間, 如此之異.

○(호북성) 형주의 서재에서 지낼 때는 한여름에도 모기가 없었다. 그래서 나는 자주 그곳에서 거주하였지만, 다른 서재로 옮기면 모기 소리가 우레처럼 들리더니 몇 장 높이의 방안에서 이와 같은 기이한 일이 자주 일어났다.

●或世見, 或世不見者, 涸澤數百歲. 谷之不徙, 水之不絕者, 生慶忌343). 慶忌狀如人, 其長四寸, 衣黃冠, 乘小馬, 以其名呼之, 可使

341) 高齋(고재) : 서재나 타인의 집에 대한 미칭美稱.
342) 白鳥(백조) : 모기의 별칭. 황새나 해오라기를 가리킬 때도 있다.
343) 慶忌(경기) : 물속에 사는 전설상의 요괴를 이르는 말. 춘추시대 오吳나라 왕의 아들로서 용사로 알려진 인물을 가리킬 때도 있다.

千里外一日反報.

○어떤 때는 세상에 나타나고 어떤 때는 세상에 나타나지 않는 것으로 수백 년 동안 말라버린 늪지가 있는데, 골짜기가 옮겨가지 않고 물이 마르지 않으면 경기가 생긴다. 경기는 생김새가 사람처럼 생겼으면서 몸 길이는 네 치 가량 되고, 황색 갓을 쓰고, 작은 말을 타고 있는 것처럼 보이는데, 그 이름을 부르면 천리 밖에서 하루만에 돌아와 소식을 알리게 할 수 있다.

●北澤之精, 生於蟲者, 一頭兩身, 狀若蛇, 以其名呼之, 可以取魚鱉. 此並涸水之精也.

○북택의 정기가 벌레로 태어나면 머리가 하나에 몸통이 두 개로서 모양새가 뱀과 유사한데, 그 이름을 부르면 물고기나 자라를 잡을 수 있다. 이는 바로 마른 늪지의 정기이다.

●齊桓公北征孤竹[344], 未至卑耳[345]之谿, 見人長一尺, 形具焉.(案, 管子[346]作'人物具焉.') 右袪衣[347]而走馬前, 左右皆不見. 桓公曰, "吾事之不濟也. 豈有人若此乎?" 管仲曰, "臣聞山神有俞, 如小兒(案, 管子作'登山之神有俞兒者.')狀, 長一尺而人形, 見此霸王之君興, 則山神見也. 走馬, 前導之也, 袪衣, 前有水也, 右袪衣, 從右方可涉也." 至卑耳之谿, 有贊水者. 公乃從右方而涉. 既濟水, 公拜管仲於馬前曰, "仲父[348], 聖人也." 管仲曰, "聖人先知無形, 今已有形, 臣非聖人

---

344) 孤竹(고죽) : 전설상의 황제인 신농씨神農氏의 후손이 상商나라와 주周나라 때 세운 제후국 이름.

345) 卑耳(비이) : 산서성 하동군河東郡에 있는 산 이름.

346) 管子(관자) : 춘추시대 제齊나라의 재상 관중管仲(중仲은 관이오管夷吾의 자)의 법가사상을 담은 책 이름. 관중 사후의 일들이 많이 들어 있는 것으로 보아 위작僞作이거나 적어도 후인이 첨서添書를 하였을 것이다. 총 24권. ≪사고전서간명목록・자부・법가류法家類≫권10 참조.

347) 袪衣(거의) : 소매를 걷어부치다. 매우 겸허한 태도를 상징한다.

348) 仲父(중부) : 춘추시대 제나라 환공桓公이 재상인 관중管仲(관이오管夷吾)에게 붙여주었던 존칭.

也, 善承教耳."

○(춘추시대) 제나라 환공이 북쪽으로 고죽국을 정벌하러 가다가 비이산의 계곡에 채 도착하기 전에 키가 한 자밖에 안 되는 사람을 발견하였는데, 사람의 형태를 갖추고 있었다.(살펴보건대 ≪관자・소문小問≫권16에는 '사람의 모양새를 갖추고 있었다'로 되어 있다.) 그 난장이가 오른쪽 소매를 걷어 예를 표하면서 말 앞에서 달리고 있었지만, 좌우의 신하들은 모두 그를 발견하지 못 했다. 환공이 말했다. "내가 벌이는 일이 성사되지 않을 듯 싶구려. 어찌 이러한 사람이 있단 말이오?" 그러자 관중(관이오管夷吾)이 대답하였다. "신이 듣자옵건대 산신령 중에 '유'라는 것이 있어 어린아이처럼 생기고 신장이 한 자밖에 안 되지만 사람의 형상을 하고 있는데, 패왕에 걸맞는 군주가 군대를 일으키는 것을 보면 그 산신령이 나타난다고 합니다. 말 앞에서 달리는 것은 앞에서 길을 인도하겠다는 뜻이고, 소매를 걷는 것은 앞에 물이 있다는 뜻이며, 오른쪽 소매를 걷는 것은 우측 방향으로 물을 건너야 한다는 뜻입니다." 비이산의 계곡에 도착하자 정말로 찬수라는 냇물이 나타났다. 그래서 환공은 우측 방향으로 물을 건넜다. 물을 다 건너고 나자, 환공이 말 앞에서 관중에게 절을 하면서 말했다. "중부님은 성인이시오." 그러자 관중이 대답하였다. "성인은 무형의 것을 먼저 알아채지만 이제 이미 형체가 나타났으니, 신은 성인이 아니라 전대의 가르침을 잘 받든 것일 뿐이옵니다."

●桓公與管仲闔門, 而謀伐莒[349], 未發而已聞於國. 桓公怒, 管仲曰, "國必有聖人[350]." 桓公曰, "然. 有藝席[351],(案, 呂氏春秋作'有執蹠痦[352]而上視者.') 必是人也." 少頃[353]東郭邳(案, 呂氏春秋作牙.)至, 桓

349) 莒(거) : 춘추시대 때 산동성에 있었던 작은 제후국 이름.
350) 聖人(성인) : 여기서는 선견지명이 있는 사람을 가리킨다.
351) 藝席(예석) : 의미하는 바가 불분명하기에 원전을 따른다.
352) 蹠痦(탁리) : 원전에 의하면 농기구의 일종인 쟁기를 뜻하는 말인 '척리蹠

公問曰, "子言伐莒也?" 曰, "然." 公曰, "何以知之?" 曰, "臣視二君之在臺上也, 口開而闔, 是言莒[354]也. 擧手而指, 又當莒也. 君有甲兵之色. 臣是以知之也."

○(춘추시대 제齊나라) 환공이 관중(관이오管夷吾)과 함께 문을 닫고서 거나라 정벌을 논의하였는데, 논의 내용을 발설하지 않았는데도 나라에 이미 소문이 퍼졌다. 환공이 화를 내자 관중이 말했다. "나라 안에 필시 선견지명이 있는 사람이 있나 보옵니다." 환공이 말했다. "그런가 보오. 쟁기를 손에 들고 위를 쳐다보는 사람(살펴보건대 ≪여씨춘추·심응람審應覽·중언重言≫권18에는 '쟁기를 손에 들고 위를 쳐다보는 사람이 있었다'로 되어 있다)이 있었는데, 필시 그 사람일 것이오." 잠시 뒤 동곽임(살펴보건대 ≪여씨춘추≫권18에는 '동곽아東郭牙'로 되어 있다)이 도착하자 환공이 물었다. "그대가 거나라를 정벌한다는 말을 하였소?" 그가 대답하였다. "그렇습니다." 환공이 물었다. "어떻게 알았소?" 그러자 그가 대답하였다. "신은 두 분께서 누대 위에 있으면서 입을 열었다 닫았다가 하는 것을 보았습니다. 이는 '거'자를 말합니다. 손을 들어서 가리킨 곳도 거나라에 해당되었습니다. 또 왕께는 군인으로서의 기색이 보입니다. 신은 그래서 알았습니다."

●山中有寅日稱虞吏[355]者, 虎也, 稱當路[356](案, 抱朴子[357]有'君'字.)者,

瘺'의 오기이다. '리瘺'는 '리犁'의 이체자異體字.

353) 少頃(소경) : 짧은 시간을 뜻하는 말. 잠시, 잠깐.

354) 言莒(언거) : 거나라를 말하다. '거莒'자에 '입 구口'자가 두 개 있기에 하는 말인 듯하다.

355) 虞吏(우리) : 주周나라 때 산림을 관장하는 벼슬을 이르는 말.

356) 當路(당로) : 길을 막다. 권력을 쥐고 있는 사람을 지칭한다.

357) 抱朴子(포박자) : 진晉나라 갈홍葛洪(284-363)이 지은 도가서道家書로서 내편內篇과 외편外篇 도합 8권. 내편은 신선·수련修鍊·부록符籙 등을 다룬 순수한 도가서인 반면, 외편은 시정時政의 득실과 세상사의 선악 등 현실 세계를 황로사상黃老思想에 기반하여 다루었다. ≪사고전서간명목록·자부·도가류≫권14 참조.

狼也. 辰日稱雨師[358]者, 龍也. 知其物,(案, 抱朴子有'名'字.) 則不能爲害矣.

○산속에서 인일에 산림을 관장하는 관리라고 자처하는 것은 호랑이이고, 길을 가로막고 있다(살펴보건대 ≪포박자·등섭登涉≫권4에는 '군君'자가 더 있다)고 말하는 것은 이리이다. 진일에 비를 관장하는 신이라고 자처하는 것은 용이다. 그 사물(살펴보건대 ≪포박자≫권4에는 '명名'자가 더 있다)의 속성을 알면 해가 되지 않는다.

●山精如小兒而獨足, 足(案, 抱朴子作走.)向後, 喜犯人. 名蚑. 呼之, 卽止. 一名熱(案, 抱朴子有'內'字.)六,(案, 抱朴子作亦.) 可兼呼之. 夜在山中見胡人者, 銅鐵精也, 見秦人者, 百歲木也, 中夜見火光者, 亦久枯木也.

○산의 요정은 어린아이처럼 생겼으면서 발이 하나인데, 발은(살펴보건대 ≪포박자·등섭≫권4에는 '발'이 '달리다'로 되어 있다) 뒤쪽을 향해 나 있고, 사람을 범하기 좋아한다. 이름을 '기'라고 하는데, 그 이름을 부르면 즉시 걸음을 멈춘다. 일명 '열(살펴보건대 ≪포박자≫권4에는 '내內'자가 더 있다)육(살펴보건대 ≪포박자≫권4에는 '역亦'으로 되어 있다)'이라고도 하기에 함께 불러도 된다. 밤에 산속에서 호족 사람을 만나면 구리와 철의 정기이고, 진나라 사람을 만나면 백 년 묵은 나무이며, 한밤중에 불빛을 만나면 역시 오래된 고목이다.

●外國方士能咒. 能臨淵禹步[359], 龍浮出, 有物長數十丈. 方士咒之, 卽縮長數寸. 掇取, 著壺中, 輒有四五, 以水養之, 餘國少雨. 患者輒齎此龍, 往賣之, 一龍直[360]金十斤. 取一頭, 置水中, 卽興雲雨.

---

358) 雨師(우사) : 비를 관장하는 신 이름.

359) 禹步(우보) : 절뚝거리는 걸음걸이. 하夏나라 우왕禹王이 치수治水로 인해 병이 생겨서 제대로 걷지 못 한 데서 유래한 말로, 도교道敎에서는 제사 의식의 하나가 되었다.

360) 直(치) : 값어치가 나가다. '치値'와 통용자.

○외국 출신 방사가 주문을 잘 걸었다. 그가 깊은 연못을 굽어보며 우보의 의식을 펼치자 용이 떠올랐는데, 그 물체는 길이가 수십 장에 달했다. 방사가 주문을 걸자 즉시 길이가 몇 치로 줄어들었다. 그것을 잡아다가 병 속에 두면 번번이 네다섯 마리가 생겼는데, 물을 주면 다른 나라에는 비가 적게 내렸다. 환자가 문득 이 용을 선물로 주길래 이를 팔러 갔더니, 한 마리에 금 열 근의 가치가 나갔다. 한 마리를 가져다가 물속에 두었더니, 즉시 구름과 비를 일으켰다.

●巨龜在沙嶼間, 背上生樹木, 如淵島. 嘗有商人, 依其採薪, 及作食, 龜被灼, 熱便還海. 於是死者數十人.

○커다란 거북이 모래섬 사이에 사는데, 등 위로 나무가 자라 있어 마치 연못이 있는 섬처럼 보였다. 일찍이 어느 상인이 그곳에서 땔나무를 해 음식을 만들게 되자, 거북이 불에 대어 열기 때문에 바다로 돌아갔다. 그래서 사망한 사람이 수십 명이나 되었다.

●海鴨大如鵝,(案, 太平御覽作如常鴨.) 班白文, 亦名文(案, 太平御覽作交.)鳥也.

○바다 오리는 크기가 거위 만하고,(살펴보건대 ≪태평어람·우족부羽族部·압鴨≫권919에는 '보통 오리 만하다'로 되어 있다) 얼룩무늬가 있어 '문(살펴보건대 ≪태평어람≫권919에는 '문文'이 '교交'로 되어 있다)조'라고도 한다.

●水鵠大而無尾, 和鳴如鵠, 聲在水底.

○물에 사는 고니는 몸집이 크고 꼬리가 없는데, 고니처럼 짝을 지어 울지만 그 울음소리는 물밑에서 난다.

●鯨鯢361), 一名海鰌, 穴居海底. 鯨入穴, 則水溢爲潮來, 鯨出穴, 則水入爲潮退. 鯨鯢既出入有節, 故潮水有期.

○고래는 일명 '해추'라고도 하는데, 굴을 만들어 해저에서 산다. 고래가 굴 속으로 들어가면 물이 넘쳐 조수가 밀려오고, 고래가 굴 밖으로 나오면 물이 들어가 조수가 물러간다. 고래가 출입할 때 절주가 있기에 조수도 정해진 시기가 있다.

●用紫芝煮石[362], 石美如芋. 食之, 可更調和五味[363], 下橘皮葱豉. 名山之下, 生葱韮者, 是古人食石種也. 故語曰, "寧得一把五茄[364], 不用金玉一車, 寧得一片地榆[365], 不用明月寶珠." 五茄, 一名金鹽, 地榆, 一名玉豉. 唯二物, 可以煮石.

○자색 영지로 흰 돌을 끓이면 돌이 토란처럼 맛있게 된다. 그것을 먹을 때는 다시 다섯 가지 맛을 조율하고, 귤 껍질과 파·간장 등을 넣는다. 명산 기슭에서 파와 부추가 자라는 것은 고인들이 흰 돌을 먹으면서 심은 것이다. 그래서 속담에 "차라리 '오가'(오갈피나무) 한 웅큼을 얻을지언정 한 수레 분량의 금이나 옥이 필요없고, 차라리 '지유'(오이풀) 한 조각을 얻을지언정 명월주 같은 구슬이 필요없다"는 말이 있다. '오가'는 일명 '금염'이라고 하고, '지유'는 일명 '옥시'라고 한다. 오직 두 가지 사물만이 흰 돌을 끓일 수 있다.

●有樹名獨根, 分爲二枝. 其東向一枝, 是木威[366]樹, 南向一枝, 是橄

---

361) 鯨鯢(경예) : 고래에 대한 총칭. 수컷을 '경鯨'이라고 하고, 암컷을 '예鯢'라고 한다.

362) 煮石(자석) : 신선이나 방사가 흰 돌을 끓여서 양식으로 삼는 것을 이르는 말인 '자백석煮白石'의 준말.

363) 五味(오미) : 다섯 가지 맛. 오행五行에 따라 목-신맛(酸), 화-쓴맛(苦), 토-단맛(甘), 금-매운맛(辛), 수-짠맛(鹹)으로 배합되는데, 결국 다양한 맛, 맛좋은 음식을 상징한다.

364) 五茄(오가) : 오갈피나무.

365) 地榆(지유) : 오이풀.

366) 木威(목위) : 중국 남방의 아열대 지역에서 자라는 나무 이름.

欖[367]樹. 扶南[368]國今衆香, 皆共一木, 根是旃檀[369], 節是沈香[370], 花是鷄舌[371], 葉是藿香[372], 膠是薰陸[373].

○'독근'이란 나무는 두 종류로 나뉜다. 그것이 동쪽을 향해 하나의 가지로 뻗으면 '목위수'라고 하고, 남쪽을 향해 하나의 가지를 뻗으면 '감람수'라고 한다. 부남국(크메르)에서 나는 지금의 여러 향들은 모두 하나의 나무에서 난다는 공통점이 있는데, 뿌리는 단향목과 비슷하고, 마디는 침향목과 비슷하고, 꽃은 계설향과 비슷하고, 잎사귀는 곽향과 비슷하고, 수액은 훈륙과 비슷하다.

●地肺, 荊州·濟江西岸, 安船處也. 洪潦常浮不沒, 故云地肺也. 其中有人焉, 居南定縣, 足骨無節解[374], 身有毛, 臥時更相扶, 然後能起.

○대지의 허파는 (호북성) 형주와 제수·장강 서안 일대로서 배가 안전하게 운항할 수 있는 곳이다. 큰 물결이 늘 일어났다가 가라앉지 않기에 대지의 허파라고 한다. 그곳에서 어떤 사람은 (광서성) 남정현에 거주하는데, 발의 뼈에 관절이 없고, 온몸에 털이 났으며, 누웠을 때 다시 부축해 주어야 일어날 수 있다.

---

367) 橄欖(감람) : 중국 남방에서 생산되는 열매인 빈랑檳榔의 별칭. 단맛이 강해 '여감자餘甘子'라고도 하고, 송나라 황정견黃庭堅(1045-1105)이 휘종徽宗이 즉위한 뒤 감람을 즐겨 먹듯이 간언을 달갑게 받아들이기는 바라는 마음에서 '미간味諫'이란 별칭을 붙이기도 하였다.

368) 扶南(부남) : 고대 중국 남부에 크메르족이 세운 나라 이름. 지금의 태국 동쪽 일대를 가리킨다.

369) 旃檀(전단) : 범어梵語 'candana'의 음역音譯으로 단향목檀香木을 뜻한다.

370) 沈香(침향) : 향나무의 일종. 주로 향료나 목재로 쓰인다.

371) 鷄舌(계설) : 정향丁香나무의 꽃봉오리로 만든 향 이름인 계설향鷄舌香의 준말. '정향丁香' 또는 '정자향丁子香'이라고 한다. 상서랑尙書郞이 임금에게 일을 아뢸 때 구취를 없애기 위해 입에 물었다고 한다.

372) 藿香(곽향) : 향초의 일종. 향료와 약재로 쓰였다.

373) 薰陸(훈륙) : 유향乳香의 별칭.

374) 節解(절해) : 마디, 관절을 이르는 말.

●晉寧縣境內出大鼠, 狀如牛. 土人謂之鼴鼠. 天時將災, 則從山出, 遊畎畝[375], 散落其毛, 悉成小鼠, 盡耗五稼[376].

○(호남성) 진녕현 경내에서는 커다란 쥐가 나는데, 생김새가 소와 비슷하다. 주민들은 그것을 '언서'(두더쥐)라고 부른다. 시기적으로 산불이 나려고 하면 산에서 나와 밭두렁을 돌아다니는데, 털을 흩어뜨리면 모두 생쥐가 되어 민가의 곡식들을 몽땅 먹어치우곤 한다.

●利水[377]內有木材. 元嘉[378]中大水, 有千餘段[379]木流出, 斧跡未滅. 俗曰, "漢將攻越築城, 伐木於利水. 未運之前, 一夜忽失數千段, 咸爲鬼所匿. 今所流木, 昔鬼匿之者."

○(호북성을 흐르는) 이수에는 목재가 있다. (남조 유송 문제) 원가(424-453) 연간에 홍수가 나면서 천 토막이 넘는 목재가 흘러나왔는데, 도끼 자국이 선명하였다. 세간에서는 "한나라 때 장수가 월나라를 공격하여 성을 쌓느라 이수에서 벌목을 하였다. 운반하기 전에 어느날 밤 갑자기 수천 토막을 잃어버렸는데, 모두 귀신이 감춘 것이다. 오늘날 강물에 흐르는 목재도 옛날에 귀신이 감춘 것이다"라고 말한다.

●滎陽郡山中有巨龜, 長八九尺, 下有文字, 前後足下, 各躡一龜. 有時, 踰山越水, 咸觀異之.

○(하남성) 형양군 산속에는 길이가 여덟 아홉 자 되는 커다란 거북이 사는데, 배 아래에 문자가 새겨져 있고 앞뒤 발 아래 각기

---

375) 畎畝(견무) : 밭두렁.
376) 五稼(오가) : 다섯 가지 농작물. 결국 여러 가지 곡식을 가리킨다. '오곡五穀'과 같다.
377) 利水(이수) : 호북성을 흐르는 강물 이름.
378) 元嘉(원가) : 남조南朝 유송劉宋 문제文帝의 연호(424-453).
379) 段(단) : 길쭉한 사물을 세는 양사. 토막.

거북을 하나씩 밟고 있다. 어떤 때는 산을 넘고 물을 건너기에, 사람들이 모두들 이를 신기하게 여기며 구경한다.

●晉時營道[380]令何潛之於縣界得一鳥, 犬[381]如白鷺. 膝上自然有銅環, 貫之.

○진나라 때 (호남성) 영도현의 현령을 지낸 하잠지는 영도현 경계에서 새를 한 마리를 잡았는데, 크기가 백로 만하였다. 무릎 위로는 저절로 생긴 구리 고리가 걸려 있었다.

●有淸鹽池[382], 鹽正四方, 廣半寸. 其形扶疏[383]似石. 人耕池旁地, 取池水, 沃種之, 去勿回視, 卽生此鹽.

○깨끗한 소금이 생산되는 염지가 있는데, 소금은 정확히 사각형 형태를 띤 채 너비가 반 치나 된다. 그 모양은 돌처럼 각이 져 있다. 사람이 연못 옆의 땅을 경작하느라 연못물을 끌어다가 물을 대고 곡식을 심은 뒤 내버려둔 채 돌아와 살피지 않으면, 이 소금이 생긴다.

●太極山[384]有采華之草, 服之, 乃通萬里之言.

○태극산에는 채화라는 풀이 있는데, 그것을 복용하면 먼 이역 땅의 언어도 통역할 수 있다.

●孔子冢在魯城[385]北. 塋中樹以百數, 皆異種. 魯人世世無能名者.

380) 營道(영도) : 호남성의 속현屬縣 이름.

381) 犬(견) : 문맥상으로 볼 때 '대大'의 오기인 듯하다. 자형의 유사성으로 인한 필사 과정상의 단순 오기로 보인다.

382) 鹽池(염지) : 소금이 나는 내륙의 염전을 이르는 말.

383) 扶疏(부소) : 보통은 나뭇가지가 무성하게 뻗은 모양을 형용하는 의태어로 쓰이나 여기서는 각이 진 모양을 뜻하는 말로 쓰인 듯하다.

384) 太極山(태극산) : 운남성에 있는 산 이름. 그러나 여기서는 전설상의 산 이름으로 쓰인 듯하다.

傳言, 孔子弟子, 旣皆異國之人, 各持其國樹來, 種之. 孔子塋中, 至今不生荊棘[386]草木.

○(춘추시대 노나라) 공자의 무덤은 (산동성) 노성(곡부) 북쪽에 있다. 무덤의 나무는 백으로 헤아릴 정도로 많은데, 모두 종류가 제각각이다. 그래서 노나라 사람들은 대대로 아무도 이름을 짓지 못 했다. 전해내려오는 말에 의하면, 공자의 제자들이 모두 다른 나라 출신 사람들이라서 각기 자기 나라의 나무를 가지고 와 그곳에 심었다고 한다. 그래서 공자의 무덤에는 지금까지도 가시가 달린 초목들이 자라지 않는다.

●東平思王[387]冢在東平. 民相傳言, '思王歸國後, 思歸京師[388], 後葬, 其冢上松栢, 皆西靡. 是時思王皆生埋所寵幸者, 其號呼之聲, 後數十年, 猶有聞者.'

○(전한) 동평사왕(유우劉宇)의 무덤은 (산동성) 동평군에 있다. 민간에 전해내려오는 말에 의하면, '유우가 봉국으로 돌아온 후 도성인 섬서성 장안으로 돌아가고 싶어하였기에, 뒤에 이곳에 묻히자 무덤의 소나무와 측백나무가 모두 서쪽으로 쏠렸고, 당시 유우가 자신이 총애하던 후궁들을 모두 생매장하였기에, 그들이 울부짖는 소리가 수십 년 뒤에도 사람들 귀에 들렸다'고 한다.

●脩羊公止於華陰山, 以道干[389]漢景帝.(案, 別卷作武帝.) 帝禮遇之, 數

385) 魯城(노성) : 춘추시대 때 노나라 도성이 있었던 산동성 곡부현曲阜縣의 별칭. 한나라 때는 노현魯縣이라고 하다가 수나라 때 곡부현으로 개명하였다.
386) 荊棘(형극) : 싸리나무나 가시나무처럼 가시가 달린 나무에 대한 총칭.
387) 東平思王(동평사왕) : 전한 선제宣帝의 아들 유우劉宇의 별칭. '동평'은 봉호이고, '사'는 시호. ≪한서 · 동평사왕유우전≫권80 참조.
388) 京師(경사) : 서울, 도읍을 이르는 말. 송나라 주희朱熹(1130-1200) 설에 의하면 '경京'은 높은 지대를 뜻하고, '사師'는 많은 사람을 뜻한다. 즉 높은 산에 의지하여 많은 사람이 모여 사는 곳이란 뜻에서 유래하였다. 여기서는 전한 때 도성인 섬서성 장안을 가리킨다.
389) 干(간) : 요구하다, 범하다. '구求'의 뜻.

歲道不可得, 有詔問, "修羊公何能?" 發語未訖, 於床上化爲白羊, 題其脅曰, '脩羊公謝天子.' 後置石羊於通靈臺390)上.

○수양공은 화음산에 머물며 도를 전수하겠다고 전한 경제(살펴보건대 다른 판본에는 '경제'가 '무제'로 되어 있다)에게 요청하였다. 그래서 경제가 그를 예우해 주었지만, 몇 년이 지나도 도를 터득할 수 없자 조서를 내려 물었다. "수양공은 무슨 능력이 있는가?" 말이 끝나기도 전에 평상에서 하얀 양으로 변신하였는데, 그의 옆구리에 '수양공이 천자에게 하직인사를 올리다'라는 글귀가 적혀 있었다. 뒤에 통령대 위에 돌로 만든 양을 설치하였다.

●合浦391)(案, 原本作蒲, 今依別本校改.)有康頭山, 山上有一頭鹿. 額上戴科藤392)一枝, 四條直上, 各長丈許393).

○(광동성) 합포(살펴보건대 원본에 '포浦'가 '포蒲'로 되어 있기에, 이제 다른 판본에 의거하여 바로잡는다)현에는 강두산이 있는데, 산 위에 사슴이 한 마리 산다. 그 사슴은 머리 위로 무성한 등나무 한 줄기를 이고 있는데, 각기 길이가 한 장이나 되는 잔 가지 네 개가 곧장 위로 솟구쳐 있다.

●地鏡394)經, 凡出三家, 有師曠395)地鏡, 有白澤396)地鏡, 有六

---

390) 通靈臺(통령대) : 전한 무제武帝가 구익부인鉤弋夫人을 추모하기 위해 섬서성 장안의 감천궁甘泉宮에 지은 누대 이름.

391) 合浦(합포) : 진주의 산지로 유명한 광동성의 속현屬縣 이름. 후한 때 태수와 현령들이 지나치게 탐욕을 부려 진주조개가 점점 교지交趾 경계로 이주를 하여 더 이상 진주가 생산되지 않다가 맹상孟嘗이 군에 도착해서 이전의 폐해를 혁신하자 1년도 되지 않아 떠났던 진주조개들이 다시 돌아왔다는 ≪후한서·순리열전循吏列傳·맹상전≫권106의 고사로 유명하다.

392) 科藤(과등) : 잎이 무성한 등나무. 여기서는 사슴의 뿔을 비유하는 말로 쓰인 듯하다.

393) 許(허) : 가량, 쯤. 어느 정도를 헤아리는 말.

394) 地鏡(지경) : 대지의 거울, 즉 물을 비유한다.

395) 師曠(사광) : 춘추시대 진晉나라 사람. 자는 자야子野. 악사樂師로서 음률에 조예가 깊었다.

甲[397]地鏡. 三家之經, 但說珍寶光氣. 前金樓先生, 是嵩高[398]道士, 多遊名山, 尋丹砂, 於石壁上見有古文, 見照寶物之秘方, 用以照寶, 遂獲金玉.

○(대지의 거울, 즉 물에 관해 적은 경전인) ≪지경경≫은 도합 세 가지가 출현했는데, ≪사광지경≫ ≪백택지경≫ ≪육갑지경≫이 있다. 세 가지 경전은 단지 진귀한 보물의 광택에 대해서만 설명하였다. 앞에 등장하는 금루선생은 (하남성) 숭고산의 도사로서 여러 명산을 유람하며 단사를 찾다가 석벽에서 고문을 발견하였는데, 보물을 비추는 비방을 보여주었기에, 그것으로 보물을 비춰서 마침내 금옥을 얻었다.

●凡有樹木之變枝柯, 南枝枯折者, 寶在樹南, 西枝枯折者, 寶在樹西也.

○무릇 나무는 가지에 변화를 일으키곤 하는데, 남쪽 가지가 말라서 부러지면 보물은 나무 남쪽에 있고, 서쪽 가지가 말라서 부러지면 보물은 나무 서쪽에 있다.

●凡藏諸寶, 忘不知處者, 以銅盤盛井花水[399], 赴所擬地, 照之, 見人影者, 物在下也.

○무릇 여러 보물을 숨겼다가 까먹어 어디 있는지 모르면, 구리 쟁

---

396) 白澤(백택) : 전설상의 임금인 황제黃帝가 순수巡狩를 나섰다가 전설상의 동물인 백택(사자의 일종)을 얻자 신하에게 명하여 그리게 했다는 도록圖錄인 ≪백택도≫의 준말로 역수曆數에 관한 위서僞書의 일종이다. 총 1권. ≪수서·경적지≫권34 참조.

397) 六甲(육갑) : 갑자甲子·갑인甲寅·갑진甲辰·갑오甲午·갑신甲申·갑술甲戌의 여섯 간지干支를 이용한 역법曆法을 이르는 말. 오행五行에 의한 술법으로 둔갑술遁甲術을 뜻하기도 한다.

398) 嵩高(숭고) : 중국의 오악五嶽 가운데 하남성에 있는 산 이름. '숭산崇山'이라고도 한다.

399) 井花水(정화수) : 새벽에 처음 긷는 우물물을 뜻하는 말로 깨끗한 우물물을 가리킨다. '화花'는 '화華'로도 쓴다.

반에 정화수를 담아 추정한 곳으로 달려가서 그곳을 비추었을 때 사람의 그림자가 나타나면 보물을 그 아래에서 찾을 수 있다.

●入名山, 牽白犬, 抱白鷄, 山神大喜, 芝草及寶玉等自出.(案, 太平御覽引地鏡圖[400])曰, "夫寶物在城郭邱墻之中, 樹木爲之變, 視柯偏有折枯, 是其候也. 視折枯所向, 寶有[401])其方. 凡有金寶, 常變作積虵[402]), 見此輩, 便脫隻履若[403])衣, 以擲之溺之, 卽得. 凡藏寶, 忘不知處, 以大銅盤盛水, 着所疑地, 行照之, 見人影者, 物在下也." 據此, 則凡有'樹木之變'以下三段, 皆地鏡經之文. 因其文互異, 謹錄以備考.)

○명산에 들어갈 때 흰 개를 끌고 흰 학을 안고 가면, 산신령이 무척 기뻐하여 영지와 보옥 등이 저절로 출현한다.(살펴보건대 ≪태평어람·진보부珍寶部·보寶≫802에서는 ≪지경도≫를 인용하여 "무릇 보물이 성곽이나 언덕·담장에 있으면 나무는 그 때문에 변화를 일으키는데, 가지가 유달리 부러지거나 매마르는 것을 보게 되는 것이 그 징후이다. 부러지거나 매마른 가지의 향방을 보면 보물은 그쪽에 있다. 무릇 금은보화는 늘 한 무더기의 뱀처럼 변하는데, 이것들을 발견했을 때 신발 한 짝이나 옷을 벗어서 거기에 던지거나 덮으면 바로 얻을 수 있다. 무릇 보물을 숨겼다가 까먹어 어디 있는지 모르면, 커다란 구리 쟁반에 물을 담아 의심스로운 곳에 뿌리고 찾아가 그곳을 비추었을 때 사람의 그림자가 나타나면 보물을 그 아래에서 찾을 수 있다"고 하였다. 이에 근거하면 '수목지변' 이하 세 단락은 모두 ≪지정경≫의 문장이다. 그러나 그 문장이 상호 다르기에, 삼가 여기에 적어서 고찰의 자료로 제공코자 한다.)

●有石連理[404])生樹, 高一尺五寸, 枝頭葉皆紫. 吳時人獻以爲瑞.

○산호에서 나무가 자라면 높이가 한 자 다섯 치 가량 되는데, 가

---

400) 地鏡圖(지경도) : 도록圖錄 형태의 지리서로 추정되나 사서史書나 서지書誌에 아무런 언급이 없어 누가 언제 지었는지는 알려지지 않았다. 다만 당나라 구양순歐陽詢(557-641)의 ≪예문류취藝文類聚≫에 여러 차례 인용된 것으로 보아 당나라 이전에 나온 서책임은 분명해 보인다.

401) 有(유) : 원문에 의하면 '재在'의 오기이다.

402) 積虵(적사) : 한 무더기의 뱀. 의미하는 바가 모호하나 원문을 따른다.

403) 若(약) : …와. '여與'의 뜻.

404) 石連理(석련리) : 산호의 일종. 석련수石連樹라고도 한다.

지 끝과 잎사귀 모두 자색을 띤다. 오나라 때 누군가 그것을 바치며 상서로운 징조라고 하였다.

●青龍405)元年五月庚辰, 芝產於長平之習陽406). 六月甲子, 許昌407)典農中郎將408)充奉409)以其事聞, "色丹紫, 質光耀, 高尺八寸, 散爲三十六莖, 枝幹似珊瑚之形."

○(삼국 위魏나라 명제明帝) 청룡 원년(233) 5월 경신일에 영지가 (하남성) 장평현의 습양정에서 자랐다. 6월 갑자일에는 (하남성) 허창군의 전농중랑장 장충봉蔣充奉이 그 일에 대해 보고하기를, "빛깔은 붉으면서 자주빛이 돌고, 바탕은 광택이 나며, 높이는 한 자 여덟 치 가량 되는데, 큰 줄기가 36개 펴져 있고, 가지와 줄기가 산호와 흡사합니다"라고 하였다.

●巴蛇410)食象, 三歲而出其骨. 君子服之, 無心腹之疾.

○파사는 코끼리를 잡아먹으면 3년 있다가 그 뼈를 뱉어낸다. 군자가 이를 복용하면 심장병과 위장병에 걸리지 않는다.

●魏明帝時, 京兆人食噉, 兼十許人, 遂大肥, 不能搖動. 其父曾作方, 長史411)官徙, 送彼縣, 令共食之, 一二年中, 一鄉爲之歛412).

---

405) 青龍(청룡) : 위魏 명제明帝의 연호(233-236).

406) 習陽(습양) : 현縣과 향鄉 휘하의 소규모 행정 구역인 습양정習陽亭의 약칭. 아마도 하남성 진군陳郡 장평현長平縣에 속했던 고을인 듯하다.

407) 許昌(허창) : 하남성의 지명. 후한後漢 말엽에 조조曹操가 헌제獻帝를 맞아 이곳에 도읍을 정한 적이 있다. '허도許都' '허경許京'이라고도 한다.

408) 中郎將(중랑장) : 한나라 이후로 삼서三署의 장관인 오관중랑장五官中郎將·좌중랑장左中郎將·우중랑장右中郎將 가운데 하나로 궁중 호위를 관장하던 벼슬 이름. '전농중랑장'은 농토를 관장하는 무관武官을 가리킨다.

409) 充奉(충봉) : 삼국 위魏나라 때 사람인 '장충봉蔣充奉'에서 성씨가 누락된 듯하다.

410) 巴蛇(파사) : 전설상의 큰 뱀 이름. 이 뱀이 코끼리도 잡아먹는다는 ≪산해경山海經·해내남경海內南經≫권10의 고사에서 유래하였다.

411) 長史(장사) : 한나라 이후로 승상부丞相府나 장군부將軍府에서 병마兵馬를

○(삼국) 위나라 명제 때 (섬서성) 경조현 사람이 식사를 하면서 열 명 가량의 식량을 한꺼번에 먹는 바람에, 급기야 몸이 비만해져 움직일 수 없게 되었다. 그의 부친이 결국 처방전을 만들어 장사관이 전근을 갈 때 그쪽 현으로 보내서 함께 먹게 하였더니, 한두 해 안에 고을 사람들 모두가 그덕에 살이 빠졌다.

●東海有牛魚, 形如牛. 剝其皮, 貫之, 潮水至則毛起, 潮水去則毛弭.
○동해에는 우어라는 물고기가 있는데, 생김새가 소를 닮았다. 그 껍질을 벗겨서 꿰어 놓으면, 조수가 밀려올 때는 털이 일어나고, 조수가 떠날 때는 털이 주저앉는다.

●奇肱國[413]民能爲飛車, 從風遠行, 至於亶州, 傷破其車, 不以示民. 十年西風至, 復使給車, 遣歸.
○기굉국의 백성들은 날아다니는 수레를 만들어 바람을 타고 먼 곳까지 갈 수 있는데, 단주에 도착하면 그 수레를 부수어 사람들에게 보여주지 않는다. 10년이 지나 서풍이 불면 다시 수레를 공급해서 돌아오게 한다.

●無腹國[414]人長而無腹.
○무복국 사람은 키가 크고 배가 없다.

관장하던 벼슬. 당나라 이후로는 주로 자사刺史의 속관이었는데, 자사 휘하에는 품계品階의 고하에 따라 별가別駕·장사長史·사마司馬·녹사참군사錄事參軍事·참군사參軍事·녹사錄事·문학文學 등의 속관이 있었다. ≪신당서·백관지≫권49 참조.

412) 歛(염) : 오그라들다. 살이 빠지는 것을 뜻하는 말로 쓰인 듯하다.

413) 奇肱國(기굉국) : 전설상의 나라 이름. 팔이 하나뿐인 사람들이 사는 나라라는 뜻에서 유래하였다.

414) 無腹國(무복국) : 전설상의 나라 이름. 배가 없는 사람들이 사는 나라라는 뜻에서 유래하였다.

●甘水[415]之間有羲和[416]國, 有女子方浴於甘淵.

○감수 일대에 희화국이 있는데, 한 여인이 감연에서 한창 목욕을 하고 있다.

●白鹽山山峰洞澈, 有如水精. 及其映月, 光似琥珀. 胡人和之, 以供國廚, 名爲君王鹽, 亦名玉華(案, 曾慥類說[417]作王傘.)鹽.

○백염산의 산봉우리에는 투명한 것이 수정처럼 생긴 것이 있다. 달빛이 비치면 호박 같은 빛을 낸다. 호족 사람이 그것을 가공해서 국고에 바쳤는데, 이름하여 '군왕염'이라고도 하고, '옥화(살펴보건대 증조의 ≪유설≫에는 '왕산'으로 되어 있다)염'이라고도 한다.

●大月氐國善爲蒲萄花葉酒. 或以根及汁醞之. 其花似杏, 而綠蘂碧鬚. 九春[418]之時, 萬頃競發, 如鸞鳳翼. 八月中風至, 吹葉上傷裂, 有似綾紈[419]. 故風爲蒲萄風, 亦名裂葉風也.

○대월지국 사람들은 포도주를 잘 만든다. 어떤 때는 뿌리와 즙으로도 술을 담근다. 그 꽃은 살구처럼 생겼는데, 꽃술은 푸르고 수염은 파랗다. 봄에 만 경에 걸쳐 경쟁하듯 피면 마치 봉황의 날개처럼 보였다가, 음력 8월 한가을에 바람이 잎사귀에 불어대서 갈라지게 하면 마치 비단처럼 보인다. 그래서 그 바람을 '포도풍'이라고도 하고, '열엽풍'이라고도 한다.

---

415) 甘水(감수) : 전설상의 물 이름. '감천甘泉'으로 표기한 문헌도 있다.

416) 羲和(희화) : 전설상의 여인 이름. ≪산해경山海經≫권15의 기록에 의하면 전설상의 임금인 제곡帝嚳의 아내로 해를 열 개 낳았다고 한다. 해의 운행을 관장하는 신 이름을 가리킬 때도 있다.

417) 類說(유설) : 송나라 증조曾慥가 고서古書 261종의 기록을 발췌하여 전집과 후집으로 나누어 정리한 책. 총 60권. 남송南宋 초까지의 옛 전적들을 많이 보존하고 있어 자료적 가치가 크다. ≪사고전서간명목록·자부·잡가류雜家類≫권13 참조. 그러나 현전하는 ≪유설≫에는 ≪금루자≫가 실리지 않은 것으로 보아 삭제된 듯하다.

418) 九春(구춘) : 봄의 별칭. 90일 동안의 봄을 뜻하는 데서 유래하였다.

419) 綾紈(능환) : 얇고 고운 고급 비단에 대한 총칭.

●巴陵[420]僧房中木，愈翦疾生．終南山有子[421]，伐之，瘡隨合．

○(호남성) 파릉현의 절에 있는 나무는 그것을 벨 때마다 병이 생긴다. 또 (섬서성) 종남산에 있는 나무는 그것을 베면 욕창이 덩달아 생긴다.

●浣紗[422]女死，三蛟至葬所．竇武[423]母窆，蛇擊柩前．羅含[424]之鷄能言．西周之犬解語．合浦桐葉，飛至洛陽．始興鼓木，奔至臨武．樂安胡氏,(案，別卷引作市.) 枯骨吟嘯．遼水浮棺，有人言語．鬼來求助張林[425]，使鬼而致富．神女爲董永[426]織縑而免災．懷德郡石解語．臨川間山能嘯．泗水[427]却流，蓋泉赴節[428]．蟲食葉成字．鵲口畵作書．狐屈指而作簿書．狸羣叫而講經傳[429]．黿頭戴銀釵．猪脾帶金鈴．成皐之魚號慨．華陰[430]之狗涕零．武昌郡閤杖有蓮華．長安城閣斧柯[431]生葉．黃巾[432]將走，草作鳥獸之形．董卓欲誅，葉爲人馬之狀．

420) 巴陵(파릉) : 호남성의 속현屬縣 이름.
421) 子(자) : 다른 판본에 의하면 '목木'의 오기이다.
422) 浣紗(완사) : 위의 예문과 유사한 내용이 진晉나라 도잠陶潛이 지었다고 하는 ≪수신후기搜神後記≫권10에도 전하는데, 이에 의하면 호남성의 속군屬郡인 장사長沙의 오기이다.
423) 竇武(두무) : 후한 때 사람(?-168). 자는 유평游平. 환제桓帝의 장인으로서 진번陳蕃·유숙劉淑과 함께 '삼군三君'으로 칭송받았다. ≪후한서·두무전≫권99 참조.
424) 羅含(나함) : 진晉나라 때 사람. 자는 군장君章. 정서참군征西參軍·정위廷尉 등을 지냈다. ≪진서·나함전≫권92 참조.
425) 張林(장임) : 진晉나라 때 사람. 조왕趙王 사마윤司馬輪에게 살해당했다. ≪진서·예지禮志≫권21 참조.
426) 董永(동영) : 후한 사람. 신녀의 도움으로 부친의 장례를 치렀는데, 뒤에 신녀가 하직인사를 올리고 선계로 돌아갔다는 고사가 진晉나라 간보干寶의 ≪수신기搜神記≫권1에 전한다.
427) 泗水(사수) : 산동성을 흐르는 강물 이름. 춘추시대 노魯나라 공자가 제자들을 가르치던 장소로 학문의 본고장을 상징한다.
428) 赴節(부절) : 장단을 맞추다.
429) 經傳(경전) : 경서經書와 그 해설서를 아우르는 말.
430) 華陰(화음) : 섬서성의 속현屬縣 이름. 화산華山 북쪽(陰)에 위치한 데서 유래하였다.
431) 斧柯(부가) : 도끼자루를 이르는 말.

有莘氏[433]女採兒於空桑之中. 水濱浣嫗得子於流竹之裏. 陸機引軍而牙折[434]. 桓元[435]出遊而蓋飄. 隕石於宋都, 雨玉於薄邑[436]. 取董奉[437]之杏, 去卽值虎. 持歸姜[438]之橘, 還輒遇蛇. 益陽金人, 以杖築地而成井. 豚[439]水竹王, 以劍擊石而出水. 夫差[440]之女死, 以玉壺送葬. 韓重[441]之女亡, 以金罌贈別. 石言於晉國, 石立於泰山. 神降於莘[442]. 蛇鬪於鄭. 子文[443]受於菟[444]之乳. 魏顆[445]獲結草

432) 黃巾(황건) : 후한 말엽 장각張角을 우두머리로 하여 일어난 도적인 황건적黃巾賊의 약칭. 머리에 노란 두건을 두른 데서 유래하였다.

433) 有莘氏(유신씨) : 고대 부족국가 이름. 지금의 하남성 진류현陳留縣 북동쪽 일대에 있었다고 전한다. 유신씨의 여자가 텅빈 뽕나무에서 아이를 얻어 이윤伊尹이라고 이름을 지었는데, 뒤에 상商나라 탕왕湯王의 삼고초려로 벼슬길에 올라 명재상이 되었다는 고사가 ≪여씨춘추·효행람孝行覽·본미本味≫권14에 전한다.

434) 牙折(아절) : 육기가 처음 군영에 들어갔을 때 아기牙旗가 부러져 불길한 느낌을 받더니 뒤에 정말로 전투에서 패하였다는 고사가 ≪진서·육기전≫권54에 전하는 것으로 보아 아기가 부러진 것을 말한다.

435) 桓元(환원) : 진晉나라 때 사람 환현桓玄의 다른 표기. '원元'은 청나라 강희제康熙帝의 휘諱 때문에 고쳐쓴 것이다.

436) 薄(박) : 상商나라 탕왕湯王이 도읍으로 정한 '박亳'과 통용자.

437) 董奉(동봉) : 삼국 오吳나라 때 도사. 도술을 이용하여 무료로 환자들을 치료하면서 살구나무를 심어 주었다는 고사가 진晉나라 갈홍葛洪의 ≪신선전神仙傳≫권10에 전한다.

438) 歸姜(귀강) : 미상. 박물군자가 밝혀주기를 기대한다.

439) 豚(둔) : 미상의 한자. '죽'씨 성을 가진 왕이 둔수遯水에서 나라를 일으켰다는 고사가 진晉나라 상거常璩의 ≪화양국지華陽國志·남중지南中志≫권4에 전하기에 이를 따른다.

440) 夫差(부차) : 춘추시대 오吳나라 왕의 이름. '와신상담臥薪嘗膽'의 고사로 유명하다.

441) 韓重(한중) : 오나라 왕 부차의 딸이 사랑했던 사람 이름.

442) 莘(신) : 상고시대 제후국 이름. 상商나라 탕왕湯王의 왕비가 태어난 곳이라고 전한다.

443) 子文(자문) : 춘추시대 초楚나라 때 대부大夫인 투구오도鬪穀於菟의 자. 투백비鬪伯比의 아들인데 버림을 받아 호랑이(於菟) 젖(穀)을 먹고 자랐다고 해서 이름을 '구오도'로 지었다고 한다. 성왕成王 때 영윤令尹이 되어 선정을 베풀며 많은 업적을 남겼다. 그에 관한 고사는 ≪좌전·희공僖公≫에 산재되어 전한다.

444) 於菟(오도) : 춘추시대 초나라 방언으로 호랑이를 뜻하는 말.

445) 魏顆(위과) : 춘추시대 진晉나라 사람. 위무자魏武子가 자신이 죽으면 첩을

之功. 龍戰於夏庭. 樹生於殷廟. 會稽[446]城門之鼓擊之, 聲聞洛陽, 遂得號爲雷門. 是何怪? 於妖祥之事, 可殫言乎?

○(호남성) 장사군의 한 여인이 죽자 교룡 세 마리가 무덤을 찾아온 적이 있다. (후한 때는) 두무 모친의 시신을 담은 관을 묻으려 할 때 뱀이 관의 전면을 공격한 적이 있다. (진晉나라 때는) 나함이 키우던 닭이 말을 할 줄 알았고, 서주 때는 어떤 개가 말을 할 줄 알았다고 한다. (광동성) 합포군에서는 오동나무 잎사귀가 (하남성) 낙양까지 날아간 적이 있다. (광동성) 시흥군에서는 북을 만드는 재료가 되는 나무가 (호남성) 임무현까지 달려간 적이 있다. (산동성) 낙안군에서는 호씨의 유골이 시를 읊조렸다고 한다. 요수에서는 관이 떠올랐는데, 그속에 있는 시신이 말을 하였다고 한다. (진晉나라 때는) 귀신이 장임을 돕겠다고 청하여 장임이 귀신을 부려서 부자가 되었다고 한다. (후한 때는) 신녀가 동영을 위해 비단을 짜서 화를 면하게 해 준 적이 있다. (강소성) 회덕군에는 말을 할 줄 아는 바위가 있다고 한다. (강서성) 임천군에 있는 산은 휘파람 소리를 낸다고 한다. (산동성의) 사수가 거꾸로 흐른 적이 있는데, 아마도 샘물이 장단에 맞춰 솟구쳤기 때문일 것이다. 어떤 벌레는 잎사귀를 갉아먹으면서 문자를 만들고, 어떤 고니는 부리로 그려서 글씨를 만들고, 어떤 여우는 발가락을 구부려 셈을 해서 장부를 만들고, 이리는 무리지어 울면서 경전을 강독하고, 어떤 자라는 머리에 은비녀를 꽂고,

---

재가시키라고 했다가 병환이 심해지고 나서는 순장하라고 유언을 남기자, 아들인 위과가 정신이 온전했을 때의 유명을 따라 그녀를 재가시켰는데, 뒤에 그녀의 부친이 풀을 묶어 적장의 말을 넘어지게 해서 적장을 사로잡을 수 있게 해 주었다는 '결초보은結草報恩'의 고사가 ≪좌전·선공宣公15년≫권24에 전한다.

446) 會稽(회계) : 절강성의 속군屬郡이자 산 이름. 춘추전국시대 때는 절강성 소흥시紹興市 일대를 '회계'라고 하다가, 진한秦漢 때는 오군吳郡(강소성 소주시蘇州市 일대)으로 이전하였고, 후한後漢 이후로 다시 오군을 복원하면서 회계군 역시 원래 지역(절강성 소흥시 일대)으로 복원시켰다.

어떤 돼지는 지라에 쇠방울을 지니고 있다고 한다. (하남성) 성고현에는 슬프게 울부짖는 물고기가 있고, (섬서성) 화음현에는 눈물을 흘리는 개가 있다고 한다. (호북성) 무창군 관청의 곤장에 연꽃이 피고, (섬서성) 장안성 누각에 세워놓은 도끼자루에서 잎이 자란 적이 있다고 한다. (후한 때) 황건적이 도주하려고 하자 풀에 짐승의 형상이 나타나고, (후한 말엽에) 동탁이 사람을 죽이려고 하자 잎사귀가 인마의 형상을 한 적이 있다고 한다. (상商나라 때는) 유신씨의 여인이 텅빈 뽕나무 속에서 아이를 얻은 적이 있다. 또 물가에서 빨래하던 노파가 물에 흘러내려오던 대나무 안에서 아들을 얻은 일이 있다. (진晉나라 때는) 육기가 군대에 들어갔는데 아기牙旗가 부러지고, 환현이 놀러나가자 수레덮개가 바람에 날아간 일이 있다. (춘추시대 때는) 송나라 도읍에 운석이 떨어지고, (하남성) 박읍에 옥이 비처럼 내린 일이 있다. (삼국 오나라 때는) 동봉이 심은 살구를 가지고 그 자리를 떠나면 호랑이를 만났고, 귀강의 귤을 가지고 돌아가려고 하면 늘 뱀을 만났다고 한다. (호남성) 익양현의 동상은 지팡이로 땅을 파서 우물을 만들 줄 알고, 둔수에서 나라를 일으킨 죽씨 성을 가진 왕은 검으로 돌을 쳐서 물을 낼 수 있었다고 한다. (춘추시대 때 오吳나라 왕) 부차의 여인이 사망했을 때는 옥으로 만든 병으로 장례를 치러주었고, 한중의 딸이 사망했을 때는 금으로 만든 병으로 장례를 치러주었다고 한다. 돌이 진나라에서는 말을 하고, 태산에서는 우뚝 선 적이 있다. 신이 신나라에 강림하고, 뱀이 정나라에서 싸운 일이 있다. (춘추시대 초楚나라 때는) 자문(투구오도鬪穀於菟)이 호랑의 젖을 먹고 자랐고, (춘추시대 진晉나라 때는) 위과가 결초보은 덕에 전공을 세운 적이 있다. 용이 하나라 조정에서 싸우고, 나무가 은나라 사당에서 자란 일이 있다. (절강성) 회계군 성문에 걸린 북을 치면 그 소리가 (하남성) 낙양까지 들렸기에 급기야 뇌문이란 이름이 생겼다고 한다. 이러한 예들은 그 얼마나 괴이하던가? 요상한 일은 일일이 다 거론할 수 없을 정도로 많다.

■金樓子卷五■

■金樓子卷六■

□雜記篇十三上(13 잡기편 상)

▶案, 此篇目錄本分上下. 原本割裂, 有載上下篇名者, 今仍分屬. 其但標雜記篇者, 則附於上篇之後・下篇之前. 又此篇雜引子史, 疑皆有斷語, 因原本割裂失去, 故或有或無. 今悉仍其舊, 謹識於此.

▷살펴보건대 이 편의 목록은 본래 상하로 나뉘어 있었다. 원본을 찢어서 누군가 상편과 하편이란 명칭을 단 사람이 있기에, 이제 여전히 나누어 소속시킨다. 단지 <잡기편>이라고만 표기한 것은 상편의 뒤와 하편의 앞에 덧붙여 기재하였다. 또 이 편에서는 제자백가와 사서를 뒤섞어 인용하면서 아마도 모두 판단하는 말을 두었을 터인데, 원본을 찢으면서 실수로 제거하였기에, 어떤 것은 있고 어떤 것은 없게 되었다. 이제 모두 옛 모습을 그대로 따르면서 삼가 여기에 기록하여 밝힌다.

●成湯[1]誅獨木, 管仲[2]誅史符, 呂望[3]誅任禼, 魏操[4]誅文擧[5], 孫策

---

1) 成湯(성탕) : 상商나라를 세운 자이子履의 시호諡號. 보통은 '탕왕湯王'이라고 한다.
2) 管仲(관중) : 춘추시대 제齊나라 사람 관이오管夷吾(?-B.C.645). '중'은 자. 환공桓公을 여러 차례 암살하려다가 실패하였으나, 포숙아鮑叔牙의 도움으로 환공 밑에서 재상에 올라 부국강병책으로 제나라를 강국으로 만들었다. 이름보다는 자인 '중仲'을 써서 관중管仲으로 흔히 불리며, 변치 않는 우정을 의미하는 '관포지교管鮑之交'라는 고사성어로 유명하다. 저서로 ≪관자管子≫ 24권이 전한다. ≪사기・관중전≫권62 참조.
3) 呂望(여망) : 주周나라 문왕文王의 스승인 여상呂尙의 별칭. 문왕이 여상을 만나 "우리 선친께서 그대를 기다린 지 오래되었소(吾太公望子, 久矣)"라고 말한 데서 '태공망太公望'이란 별칭이 생겼고, 무왕武王이 재상에 임명하고서 '부친처럼 모셨다'는 의미에서 여상의 성인 '강姜'을 붙여 '강태공姜太公'이라고도 불렀으며, '여망'은 '여'씨와 태공망의 '망'을 결합한 별호이다. 제齊나라를 봉토로 받았다. ≪사기・제태공세가≫권32 참조.
4) 魏操(위조) : 삼국 위魏나라 무제武帝 조조曹操의 약칭.
5) 文擧(문거) : 후한 사람인 공융孔融(153-208)의 자. 건안칠자建安七子의 일인으로 헌제獻帝 때 북해상北海相이 되어 유학을 중흥시키고 태중대부大中大夫에 올랐으나 조조曹操(155-220)의 미움을 사 살해되었다. ≪후한서・공융전≫권100 참조.

誅高岱, 黃祖[6]誅禰衡, 晉相[7]誅嵇康, 漢宣誅楊惲. 此豈關大盜者? 深防政術, 腹誹心謗, 不可全也.

○(상商나라) 탕왕은 독목을 살해하였고, (춘추시대 제齊나라) 관중은 사부를 살해하였고, (주周나라) 여망은 임설을 살해하였고, (삼국) 위나라 조조는 문거(공융孔融)를 살해하였고, (삼국 오吳나라) 손책은 고대를 살해하였고, (후한) 황조는 예형을 살해하였고, 위나라 승상(종회鍾會)은 혜강을 살해하였고, 전한 선제는 양운을 살해하였다. 그러나 이러한 사례들이 어찌 도둑놈과 상관있겠는가? 정치를 심하게 훼방놓고 진심으로 비방을 하면 목숨을 보전할 수 없는 법이다.

●龜所以有殼者, 何也? 欲以自衛也. 而人求而鑽灼[8]之, 何也? 爲殼也. 鳥所以可愛者, 爲有羽也, 而人殺之, 何也? 爲毛也. 私家有器甲, 欲以防盜也, 而王法治之. 閭閻[9]間有利口之人者, 欲自進也, 而縣官裁之. 可不戒哉?

○거북이 껍질을 가지고 있는 것은 어째서일까? 자신을 보호하기 위해서이다. 그런데도 사람들이 그것을 구해서 구멍을 뚫고 불로 지져서 점을 치는 것은 어째서일까? 껍질 때문이다. 새가 사랑스러운 이유는 깃털이 있기 때문인데도 사람들이 그것을 죽이는 것은 어째서일까? 깃털 때문이다. 개인 집에서 무기와 갑옷을 소

---

6) 黃祖(황조) : 후한 말엽 사람(?-208). 성격이 급하여 당대의 명사인 예형禰衡(173-198)을 살해하였으나 뒤에 자신은 손권孫權에게 살해당했다. ≪후한서·예형전≫권110 참조.

7) 晉相(진상) : 위상魏相의 오기이다. 혜강의 전기가 비록 ≪진서≫권49에 실려 있기는 하나, 혜강은 삼국 위魏나라 때 종회鍾會의 모함으로 사형당했다.

8) 鑽灼(찬작) : 거북의 껍질을 불에 지져 갈라진 모양을 보고서 길흉을 점치는 일. 결국 점술을 가리킨다.

9) 閭閻(여염) : 평범한 일반 가정집을 이르는 말. 이에 대해 ≪한서·순리열전循吏列傳≫권89의 당나라 안사고顔師古(581-645) 주에서는 "'여'는 마을 입구를 뜻하고, '염'은 마을 안에 있는 대문을 뜻한다(閭, 里門也, 閻, 里中門也)"고 풀이하였다.

유하는 것은 도둑을 막기 위해서이지만 국법으로 이를 다스리고, 일반 가정집에 언변이 뛰어난 사람이 있으면 스스로 추천하려고 하지만 현의 관리가 이를 제재한다. 그러니 조심하지 않을 수 있겠는가?

●有人讀書, 握卷而輒睡者. 梁朝有名士, 呼書卷爲黃妳. 此蓋見其美神養性, 如妳媪[10]也. 夫兩葉蔽目, 不見泰山, 兩豆塞耳, 不聞雷奮, 以其專志[11]也. 專志旣過, 不覺睡也.

○어떤 사람은 독서할 때 책을 손에 들면 번번이 잠이 들곤 한다. (남조) 양나라 때 한 명사가 서책을 '황내'라고 불렀다. 이는 아마도 그것이 유모처럼 정신을 아름답게 만들고 성정을 키워주기 때문일 것이다. 무릇 두 개의 잎사귀로 눈을 가리면 태산도 보이지 않고, 두 개의 콩으로 귀를 가리면 우레 소리도 들리지 않는 것은 그것이 정신을 한쪽으로만 쏠리게 하기 때문이다. 정신이 지나치게 한쪽으로만 쏠리면 잠에서 깨지 않는다.

●趙簡子[12]沈鸞激[13]於河曰, "吾嘗好聲色, 爲吾致之. 吾嘗好宮室, 爲吾致之. 吾嘗好良馬善御, 爲吾致之. 吾好賢士, 而鸞激未嘗進一人. 是長吾過, 而黜吾善也." 夫簡子者能善督責於臣矣.

○(춘추시대 진晉나라) 조간자(조앙趙鞅)는 난요鸞徼를 황하에 빠뜨리며 말했다. "내가 일찍이 음악과 여색을 좋아했던 것은 그가 나를 위해 그렇게 만들었기 때문이고, 내가 일찍이 궁실을 좋아했던 것은 그가 나를 위해 그렇게 지었기 때문이고, 내가 일찍이

10) 妳媪(내온) : 젖을 물리는 여자, 즉 유모를 말한다. '내모妳母' '내자妳子' '내파妳婆'라고도 한다. '내妳'는 '내嬭'의 약자.
11) 專志(전지) : 의지나 정신을 한쪽으로 쓰는 것을 이르는 말.
12) 趙簡子(조간자) : 춘추시대 진晉나라 때 정경正卿을 지냈던 조앙趙鞅. '간'은 시호이고, '자'는 존칭. 일명 '지보志父'라고도 한다. 진나라의 국정을 장악하여 훗날 조趙나라를 건국하는 기초를 다졌다. ≪사기・조세가趙世家≫권43 참조.
13) 鸞激(난격) : 조간자의 가신인 '난요鸞徼'의 오기.

좋은 말과 솜씨 좋은 마부를 좋아했던 것은 그가 나를 위해 그것들을 마련했기 때문이다. 하지만 내가 훌륭한 인재를 좋아하는데도 난요는 한 명도 추천한 적이 없다. 이는 내 과오를 조장하고 내 선행을 막는 행위이다." 따라서 조간자는 신하를 제대로 관리 감독할 줄 아는 사람이었다.

●有人以人物就問司馬徽[14]者, 徽初不辨其高下, 每輒言佳. 其婦諫之曰, "人以君善士, 故質疑問於君, 君宜論辨, 使各得其所, 而一者言佳, 二者言佳, 豈人所咨問君之意耶?" 徽曰, "汝此言亦復佳." 此所以避時[15]也.

○(후한 말엽에) 어떤 사람이 사마휘를 찾아와 인물에 대해 질문하면, 사마휘는 당초 그 우열을 가리지 않고 매양 좋다는 말만 하였다. 그래서 그의 아내가 간언하였다. "사람들은 당신을 훌륭한 선비로 생각하기에, 당신에게 의문나는 것에 대해 질의하는 것이니, 당신은 마땅히 분명하게 논변해서 각자 제자리를 찾게 하셔야 하는데, 첫 번째 사람도 좋다고 하고 두 번째 사람도 좋다고 하시니, 어찌 남들이 당신께 자문을 구하는 의도라 하겠습니까?" 그러자 사마휘가 대답하였다. "당신 말도 역시 좋소." 이것이 바로 사마휘가 어려운 시기를 피하는 방도였다.

●劉穆之居京下, 家貧. 其妻江嗣女. 穆之好往妻兄家, 乞食, 每爲妻兄弟所辱. 穆之不爲恥. 一日往妻家, 食畢, 求檳榔[16]. 江氏弟戲之

---

14) 司馬徽(사마휘) : 후한 말엽 사람. 자는 덕조德操이고, 호는 수경선생水鏡先生. 유비劉備(162-223)에게 제갈양諸葛亮(181-234)과 방통龐統(179-214)을 천거하였는데, 뒤에 조조曹操(155-220)가 등용하려고 하였으나 병사하였다. ≪삼국지・촉지・방통전≫권37 참조.

15) 避時(피시) : 어려운 시기를 피하다. 난처한 입장을 피하다.

16) 檳榔(빈랑) : 남방에서 나는 야자수에 속하는 나무의 열매 이름. 남만족南蠻族이 세운 가라국歌羅國에서는 결혼 예물로 썼다고 한다. '감람橄欖' '여감자餘甘子'라고도 하고, 송나라 황정견黃庭堅(1045-1105)이 휘종徽宗이 즉위한 뒤

曰, "檳榔本以消食, 君常飢, 何忽須此物?" 後穆之來爲宋武[17]佐命[18], 及爲丹陽尹, 乃召妻兄弟, 設盛饌, 勸酒令醉. 言語致歡, 座席將畢, 令廚人, 以金拌[19]貯檳榔一斛曰, "此日以爲口實[20]." 客因此而退.

○유목지는 도성에 거주하였지만 집이 가난하였다. 그의 아내는 강사의 딸이었다. 유목지는 아내의 오빠 집에 가서 음식을 얻어 먹는 것을 좋아하였지만, 매번 아내의 오빠와 남동생들에게 모욕을 당하곤 하였다. 그러나 유목지는 이를 수치스럽게 생각하지 않았다. 하루는 처가에 가서 식사를 마친 뒤 빈랑을 달라고 하자, 아내 강씨의 남동생이 희롱조로 말했다. "빈랑은 본래 음식을 빨리 소화시키기 위한 것인데, 자형은 늘 배가 고프거늘, 어째서 갑자기 이것을 필요로 하십니까?" 뒤에 유목지는 (남조南朝) 유송劉宋 무제를 위해 건국을 도와서 급기야 (강소성) 단양윤에 임명되자, 아내의 오빠와 남동생들을 불러 음식을 성대하게 차리고 술을 권하여 모두 취하게 만들었다. 즐겁게 얘기를 나누고 자리가 거의 끝날 즈음이 되자, 주방 사람을 불러 금쟁반에 빈랑 한 휘를 담아오게 하고는 말했다. "이것을 두고 날마다 이야기거리로 삼았었답니다." 손님들이 그래서 물러가고 말았다.

●顏師伯要倖, 貴臣莫二, 而多納貨賄, 家累千金[21]. 宋世祖[22]常與師

감람을 즐겨 먹듯이 간언을 달갑게 받아들이기는 바라는 마음에서 '미간味諫'이란 별칭을 붙이기도 하였다.

17) 宋武(송무) : 남조南朝 유송劉宋을 세운 무제武帝 유유劉裕의 약칭.

18) 佐命(좌명) : 천명의 완성을 돕다. 즉 건국을 도운 것을 말한다.

19) 金拌(금반) : 문맥상으로 볼 때 금쟁반을 뜻하는 말인 '금반金柈'의 오기인 듯하다. '반柈'은 '반盤'과 통용자.

20) 口實(구실) : 입방아거리, 이야기거리. 먹거리, 식량, 핑계, 정론定論 등 다양한 의미로도 쓰였다.

21) 千金(천금) : 금 천 근斤. '금金'은 '근斤'이나 '일鎰'과 같은 말이고, '천금'은 실수實數라기보다는 많은 양의 금이나 거액을 강조하기 위한 표현이다.

22) 世祖(세조) : 남조南朝 유송劉宋 효무제孝武帝 유준劉駿의 묘호廟號.

伯摴蒱[23]，籌將決，世祖先擲得雉[24]，喜謂必勝．師伯後擲得盧，帝失色．師伯擲，遽斂手，佯曰，“幾作盧爾．”是日師伯一輸百金[25]．

○안사백은 요행으로 둘도 없는 고관에 올랐으나, 뇌물을 많이 받아서 집에 천금을 쌓았다. (남조南朝) 유송劉宋 세조(효무제)는 늘 안사백과 저포희를 즐겼는데, 계산이 거의 끝날 즈음에 세조가 먼저 윷을 던져 '꿩' 패를 얻고서는 기분이 좋아 반드시 이길 것이라고 생각하였다. 그러나 안사백이 뒤에 윷을 던져 '사냥개' 패를 나오자 세조는 아연실색하였다. 그러자 안사백이 윷을 던졌다가 급히 손을 거두며 짐짓 "거의 사냥개 패가 될 뻔 하였나이다"라고 거짓말을 하였다. 그날 안사백은 단숨에 백금을 잃고 말았다.

●宋山陽王休祐[26]屢以言語忤顔色．有庾道敏者，能相手板[27]，休祐以己手板託爲它許[28]，令占之．庾曰，“此板相乃甚貴，然後使人多諐忤[29]．”休祐以褚淵詳密[30]，乃換其板．它日淵得侍帝，自稱下官[31]．

---

23) 摴蒱(저포) : 한나라 이후 생겨서 진晉나라 때 크게 유행한, 윷 모양의 패를 던져서 승부를 가리는 놀이의 일종. 그러나 상세한 내용은 알려지지 않았다. '저摴'는 '저樗'로도 쓴다.

24) 雉(치) : 저포희摴蒱戱에서의 패 이름. 다섯 등급으로 나뉘는데, 가장 좋은 패를 '올빼미(梟)'라고 하고, 그 다음으로 좋은 패를 '사냥개(盧)'라고 하고, 중간급의 패를 각기 '꿩(雉)'과 '송아지(犢)'라고 하고, 가장 나쁜 패를 '물고기(塞)'라고 하였다. '새塞'는 '새簺'와 통용자로 물고기를 잡는 통발을 가리킨다.

25) 百金(백금) : 금 백 근斤. '금金'은 '근斤'이나 '일鎰'과 같은 말로, '백금'은 실수實數라기보다는 '천금千金'이란 말처럼 많은 양의 금이나 거액을 강조하기 위한 표현이다.

26) 山陽王休祐(산양왕휴우) : 남조南朝 유송劉宋 문제文帝의 13남인 유휴우劉休祐(445-471). '산양왕'은 봉호. 뒤에는 진평왕晉平王으로 승격되었다. 시호는 자刺. 산기상시散騎常侍와 형주자사荊州刺史 등을 역임하였는데, 사치스러운 생활을 영위하여 백성들의 원성을 샀다. ≪송서·진평자왕유휴우전≫권72 참조.

27) 手板(수판) : 홀笏의 별칭. 한위漢魏 이전에는 '홀'이라 하다가 진송晉宋 이후로는 주로 '수판'이라고 하였다. '판板'은 '판版'으로도 쓴다.

28) 許(허) : 처소, 장소를 이르는 말. '소所'의 뜻.

29) 諐忤(건오) : 실수, 잘못을 뜻하는 말.

太宗[32]多忌, 甚不悅. 而手板往往入相, 余以爲信然.

○(남조) 유송劉宋 때 산양왕 유휴우劉休祐는 자주 말실수를 하는 바람에 황제의 안색을 거스르곤 하였다. 유도민이란 사람이 수판에 대해 점을 잘 쳤기에, 유휴우는 자신의 수판을 그의 처소에 맡기고는 그에게 점을 치게 하였다. 그러자 유도민이 말했다. "이 수판은 관상이 무척 고귀하기에, 앞으로 누구라도 실수를 범하게 만드는 일이 많을 것입니다." 유휴우는 저연이 주도면밀하고 세심하다고 생각해 결국 그의 수판과 바꿔치기를 하였다. 훗날 저연은 황제를 모시는 지위에 올랐다가 실수로 자칭 '하관'이라고 말하고 말았다. 태종(명제)은 시기심이 많았기에 무척 불쾌해 하였다. 수판에 왕왕 관상이 담긴다고 하는데, 나는 정말로 그렇다고 생각한다.

●南陽劉類[33]好察民間, 聞狗逐猪子聲, 謂吏殺猪, 便曳五官掾[34]. 孫弼時在職, 有三不肯遷之也. 吏題其門曰, "劉府君[35]三不肯." 此戒褊急也, 余豈可不三復斯言哉?

○(하남성) 남양태수 유유는 민간을 시찰하기 좋아하였는데, 개가 돼지새끼를 쫓으면서 짖어대는 소리를 들으면 관리에게 돼지를 죽여서 바로 오관연에게 끌고가라고 하였다. 그래서 손필이 당시 고위직에 있으면서 세 번이나 그를 승진시키려고 하지 않았다. 그러자 관리가 그의 집 대문에다가 "유부군(유유)을 세 번이나

30) 詳密(상밀) : 주도면밀하고 세심하다.

31) 下官(하관) : 제후국의 관료가 제후 앞에서 자신을 낮춰 부르는 말. 따라서 황제 앞에서는 사용해서 안 되는 호칭이라는 말이다.

32) 太宗(태종) : 남조南朝 유송劉宋 명제明帝 유욱劉彧의 묘호.

33) 劉類(유유) : 삼국 위魏나라 때 사람. 하남성 남양태수南陽太守와 홍농태수弘農太守를 지냈다. ≪삼국지·위지魏志·양습전梁習傳≫권15의 남조南朝 유송劉宋 배송지裴松之 주에 인용된 ≪위략魏略·가리전苛吏傳≫ 참조.

34) 五官掾(오관연) : 자사刺史나 태수太守의 휘하에 속한 속관屬官 이름.

35) 府君(부군) : 한나라 이후로 자사나 태수 등 지방 장관에 대한 존칭.

승진시키지 않았네"라고 적었다. 이는 성격이 급한 것을 경고한 것이니, 내 어찌 이 말을 여러 번 곱씹지 않을 수 있으리오?

●荊楚[36]間有人名我者. 此人向父恒稱我, 向子恒稱名[37], 此其異也.

○형초 일대에 '나'라는 이름을 가진 사람이 있었다. 이 사람은 아버지 앞에서는 늘 '나'라고 하고, 자식 앞에서는 늘 자기 이름을 부르는 꼴이 되었으니, 이것이야말로 괴이한 일이다.

●衛人有夫妻祝神者, 使得布百匹. 其夫曰, "何少耶?" 妻曰, "布若多, 子當買妾也."

○(춘추시대 때) 위나라의 어느 부부가 신에게 축원하면서 베를 백 필 가질 수 있게 해 달라고 하였다. 남편이 "어째서 양을 적게 빌었소?"라고 하자 아내가 대답하였다. "베가 만약 많으면 당신은 분명 첩실을 사들일 테니까요."

●韓子[38]曰, "燕人李季, 其妻私通. 還, 見私通者在內, 令解髮[39]出門. 季曰, '是何人?' 妻曰, '無之.' 季曰, '吾見鬼也?' 妻曰, '宜取五姓[40](案, 韓非子作牲.)尿浴.' 季乃許之曰, '此蘭湯也.'"(案, 以上十二條,

---

36) 荊楚(형초) : 춘추전국시대 초楚나라 일대를 이르는 말. 초나라의 수도가 호북성 형주荊州인 데서 비롯되었다.

37) 稱名(칭명) : 이름을 부르다. 고관이나 어른 앞에서는 이름을 부르고, 부하나 연배가 아래인 사람 앞에서는 대명사로 부르는 것이 예법인데, 이름이 '나'라서 거꾸로 받아들일 수 있기에 하는 말이다.

38) 韓子(한자) : 전국시대 한韓나라 사람 한비韓非(약B.C.280-B.C.233)에 대한 존칭. 진秦나라 이사李斯(?-B.C.208)와 함께 순자荀子에게서 학문을 닦은 뒤 법가사상을 정립하였다. 진나라 시황제始皇帝 영정嬴政(B.C.259-B.C.210)의 호감을 얻어 벼슬에 올랐으나 이사의 모함을 받아 옥사獄死하였다. ≪사기·노장신한열전老莊申韓列傳≫권63. 그의 저서로 알려진 ≪한비자韓非子≫가 총 55편 20권으로 전하는데, 일문逸文이 많고 주석은 누구의 것인지 불분명하다.

39) 解髮(해발) : 머리를 풀어헤치다. 귀신처럼 보이게 했다는 말이다.

40) 五姓(오성) : 당시에 가장 번성한 다섯 가문을 이르는 말. 시대마다 차이가 있는데, 이를테면 당나라 때 최崔·노盧·이李·정鄭·왕王씨를 '오성'이라고

原本有雜記上篇標目, 今彙於前. 其無標目者若干條, 則附於上篇之後・下篇之前.)

○≪한비자韓非子・육미六微≫권10에 "연나라 사람 이계는 그의 아내가 간통을 하였다. 이계가 돌아왔을 때 간통 상대가 집안에 있는 것을 보게 되자, 아내가 그에게 머리를 풀어헤치고 문을 나서게 하였다. 이계가 말했다. '이 사람은 누구요?' 아내가 말했다. '아무도 없습니다.' 이계가 말했다. '내가 귀신을 보았나 보오?' 아내가 말했다. '마땅히 오성 사람의 오줌을 가져다가 몸을 씻어야 하겠어요.' 그러나 이계는 도리어 거짓으로 '이것은 난초탕이라는 것이오'라고 말했다"는 일화가 있다.(살펴보건대 이상 12개 조항은 원본에 <잡기상편>이란 제목이 달려 있기에 이제 앞에 모아놓았다. 그 중 제목을 표기하지 않은 약간의 조항은 상편의 뒤와 하편의 앞에 덧붙인다.)

●夫結繩41)之約, 不可治亂秦之緒, 干戚42)之舞, 不可解聊城43)之圍. 且熊經鳥伸44), 非謂傷寒45)之治, 呼吸吐納46), 又非續骨之膏. 故知濟世各有其方也.

○무릇 줄로 매듭을 지어서 하는 간결한 정치로도 혼란에 빠진 진나라의 실마리를 풀 수 없고, 방패와 도끼를 가지고 추는 엄숙한

한 것이 그러한 예이다.

41) 結繩(결승) : 문자가 없던 상고시대에 줄로 매듭을 지어서 기록을 대신한 일을 이르는 말. 간결하고 깨끗한 정치를 상징한다.

42) 干戚(간척) : 방패와 도끼를 아우르는 말. 모두 춤 출 때 사용하는 도구를 가리킨다. 매우 훌륭한 의례를 상징한다.

43) 聊城(요성) : 성 이름. 전국시대 제齊나라 사람 노중련魯仲連이 연燕나라 장수를 설득해서 이 성을 돌려받았다는 ≪사기・노중련전≫권83의 고사로 유명하다.

44) 熊經鳥伸(웅경조신) : 양생을 위한 동작을 이르는 말. ≪장자・각의刻意≫권6의 '곰처럼 숨을 참고 새처럼 몸을 펴다(熊經鳥伸)'에서 유래한 말로 진晉나라 곽상郭象은 주에서 "'웅경'은 곰이 나무를 타면서 숨을 길게 끄는 것과 같이 하는 것을 뜻하고, '조신'은 새가 기지개를 켜듯 몸을 뻗는 것을 뜻한다(熊經, 若熊之攀樹而引氣也. 鳥申, 若鳥之嚬呻也)"고 풀이하였다.

45) 傷寒(상한) : 추위 때문에 걸리는 병인 감기나 폐렴 따위를 이르는 말.

46) 吐納(토납) : 묵은 기운을 뱉어내고 신선한 공기를 들이마시는 호흡법을 이르는 말.

춤으로도 요성의 포위를 풀 수는 없다. 게다가 곰처럼 길게 숨쉬고 새처럼 기지개를 펴는 것도 감기를 치료할 수 있는 방법이 못 되고, 묵은 기운을 뱉어내고 신선한 공기를 들이마시는 호흡법은 부러진 뼈를 잇는 기름이 아니다. 따라서 세상을 구제하는 데 있어서는 각기 방법이 따로 있다는 것을 알겠다.

●晉欒見殺, 士會[47]奔秦, 子糾[48]見誅, 管夷吾方霸. 時乎! 時乎! 事不同也.

○(춘추시대 때) 진晉나라에서 악사가 살해당하자 사회는 진秦나라로 망명하였고, (제齊나라에서) 공자 규가 죽임을 당하자 관이오는 비로소 패자가 되었다. 때가 있는 법이로다! 때가 있는 법이로다! 사정은 서로 다르기 마련이다.

●吉凶在天, 猶影之隨形, 響之應聲也. 形動則影動, 聲出則響應. 此分數乃有所繫, 非身口之進退也.

○길흉이 하늘에 달려 있는 것은 그림자가 몸을 따르고 메아리가 목소리를 따르는 것과 같다. 몸이 움직이면 그림자도 움직이고, 목소리를 내면 메아리가 반응하기 마련이다. 이러한 운명은 옭아매는 것이 있는 것이지, 처신이나 말솜씨로 좌우할 수 있는 것이 아니다.

●蓋聞騏驥[49]長鳴, 伯樂[50]昭其能, 盧狗[51]悲號, 韓國知其壯. 是以

47) 士會(사회) : 춘추시대 진晉나라 대부大夫. 범范 땅에 봉해져 보통 '범사회范士會'로 불렸고, 시호가 무자武子여서 '범무자'로도 불렸으며, 수隨 땅에 봉해져 '수무자'로도 불렸다.

48) 子糾(자규) : 춘추시대 제齊나라 이공釐公의 아들 규糾. 형인 양공襄公 제아諸兒가 죽은 뒤 형제지간인 환공桓公 소백小白과의 권력투쟁에서 패해 살해당했다. 관이오는 처음에 공자 규를 섬기다가 뒤에 환공의 휘하에서 재상을 맡아 제나라를 패자의 위치에 오르게 하였다. ≪사기·제태공세가齊太公世家≫ 권32 참조.

效之齊秦之路, 以逆[52]千里之任.

○대개 천리마의 긴 울음소리를 듣고서 (전국시대) 백락(손양孫陽)은 그 능력을 알았고, 노구가 슬피 울자 한나라 사람들은 그 개가 건강하다는 것을 알았다. 따라서 이를 제나라와 진나라의 길에 적용한다면, 천 리 길을 가는 임무도 감수할 수 있을 것이다.

●夫矢人[53]豈不仁於函人[54]? 矢人惟恐不傷人, 函人惟恐傷人. 故技術不同也. 射使人端, 釣使人恭, 登高而望, 臨深而闚, 事使然也. 出林不得直道, 行險不得履繩[55]. 鬻棺者欲民之死, 蓄穀者欲歲之饑. 船漏水入, 壺漏內虛也. 狂者東走, 逐者亦東走, 溺者入水, 救者亦入水. 事雖同而心異也.

○무릇 화살을 만드는 장인이라고 해서 어찌 갑옷과 투구를 만드는 장인보다 어질지 않으리오? 화살을 만드는 장인은 오로지 사람을 해치지 못 할까 염려하고, 갑옷과 투구를 만드는 장인은 오로지 사람이 다칠까 염려한다. 그래서 기술이 다를 뿐이다. 활쏘기가 사람을 단정하게 만들고 낚시가 사람을 공손하게 만드는 것은, 산에 오르면 멀리 바라보게 되고 물을 굽어보면 상세히 살피기 때문이니, 일이 그렇게 만드는 것이다. 숲을 나서면 곧은 길을 만나지 못 하고, 험지를 걸을 때는 짚신을 신을 수 없는 법이다. 관을 파는 사람은 백성들이 죽기를 바라고, 곡식을 비축한 사람은 흉년이 들기를 바란다. 배가 새면 물이 들어오고, 병이 새면 안이 텅비게 된다. 미친 사람이 동쪽으로 도주하면 뒤를 쫓

49) 騏驥(기기) : 준마, 천리마를 뜻하는 말. '기騏'와 '기驥' 모두 천리마 이름.
50) 伯樂(백락) : 춘추시대 진秦나라 목공穆公 때 사람 손양孫陽. '백락'은 자. 말의 상相을 살피는 데 뛰어난 능력이 있었다.
51) 盧狗(노구) : 전국시대 한나라의 명견 이름. '한로韓盧'라고도 한다.
52) 逆(역) : 맞이하다, 환영하다. '영迎'의 뜻.
53) 矢人(시인) : 화살을 만드는 장인匠人을 이르는 말.
54) 函人(함인) : 갑옷과 투구를 만드는 장인을 이르는 말.
55) 履繩(이승) : 새끼줄로 만든 짚신을 신다. 정도를 걷는 것을 비유한다.

는 사람도 동쪽으로 달리고, 수영을 못 하는 사람이 물에 들어가면 목숨을 구하는 사람도 물에 들어간다. 사안은 비록 같다 해도, 마음 씀씀이가 다르기 마련이다.

●孔子游舍於山, 使子路[56]取水, 逢虎於水, 與戰, 攬尾得之, 內於懷中. 取水還, 問孔子曰, "上士殺虎, 如之何?" 子曰, "上士殺虎, 持虎頭." "中士殺虎, 如之何?" 子曰, "中士殺虎, 持虎耳." 又問, "下士殺虎, 如之何?" 子曰, "下士殺虎, 捉虎尾." 子路出尾棄之, 復懷石盤曰, "夫子[57]知虎在水, 而使我取水, 是欲殺我也." 乃欲殺夫子, 問, "上士殺人, 如之何?" 曰, "用筆端." "中士殺人, 如之何?" 曰, "用語言." "下士殺人, 如之何?" 曰, "用石盤." 子路乃棄石盤而去.

○(춘추시대 노나라) 공자가 산을 유람하다가 한곳에 자리를 잡으며 자로(중유仲由)에게 물을 떠오라고 했는데, 물가에서 호랑이를 만나 맞서 싸우다가 꼬리를 움켜쥐더니 이를 취하여 품속에 넣었다. 물을 떠서 돌아와 공자에게 물었다. "상급의 선비는 호랑이를 죽이면 어찌합니까?" 공자가 대답하였다. "상급의 선비는 호랑이를 죽이면 호랑이 머리를 차지하네." 자로가 물었다. "중급의 선비는 호랑이를 죽이면 어찌합니까?" 공자가 대답하였다. "중급의 선비는 호랑이를 죽이면 호랑이 귀를 차지하네." 자로가 물었다. "하급의 선비가 호랑이를 죽이면 어찌합니까?" 공자가 대답하였다. "하급의 선비는 호랑이를 죽이면 호랑이 꼬리를 차지한다네." 그래서 자로는 호랑이 꼬리를 꺼내어 버리고는 다시 돌쟁반을 품속에 넣으며 중얼거렸다. "선생님은 호랑이가 물가에 있다는 것을 알면서도 내게 물을 뜨라고 하였으니, 이는 나를 죽

---

56) 子路(자로) : 춘추시대 노魯나라 사람으로 공자의 제자인 중유仲由. '자로'는 자. 용맹함으로 이름을 떨쳤다. ≪사기 · 중니제자열전仲尼弟子列傳≫권67 참조.

57) 夫子(부자) : 스승이나 장자長者 · 고관 · 부친 · 남편 등에 대한 존칭. 춘추시대 노魯나라 공자의 제자들이 공자를 '부자'라고 부른 것이 대표적인 예이다.

이려는 것이다.” 이에 공자를 죽이려고 하면서 물었다. “상급의 선비는 사람을 죽일 때 어찌합니까?” 공자가 대답하였다. “붓끝을 이용하네.” 자로가 물었다. “중급의 선비는 사람을 죽일 때 어찌합니까?” 공자가 대답하였다. “말로 하네.” 자로가 물었다. “하급의 선비는 사람을 죽일 때 어찌합니까?” 공자가 대답하였다. “돌쟁반을 사용하네.” 자로가 결국 돌쟁반을 버리고 자리를 떴다.

●昔莊子妻死, 惠子58)弔之, 方箕踞59)鼓盆而歌, 豈非達乎?

○옛날에 (전국시대 송宋나라) 장자(장주莊周)의 아내가 사망하자 혜자(혜시惠施)가 조문하였는데, 장자는 한창 두 다리를 쭉 뻗고 앉아 그릇을 두드리며 노래를 부르고 있었으니, 어찌 달인이라 하지 않을 수 있겠는가?

●夏侯章爲孟嘗君60)所禮, 駕駟馬, 有百人之食, 而章見人, 必毁孟嘗君. 人有問其故, 答曰, “臣無功於孟嘗君. 不爾則無見君之長也?” 余以爲不然

○(전국시대 제齊나라 때) 하후장은 맹상군(전문田文)에게 예우를 받아 네 마리 말을 몰고 백 명 분의 식사를 하였지만, 하후장은 다른 사람을 만나면 늘 맹상군을 험담하였다. 누군가 그 까닭을

---

58) 惠子(혜자) : 전국시대 송宋나라 사람 혜시惠施에 대한 존칭. 명가名家의 대표적 사상가이자 장주莊周의 친구로서 위魏나라 혜왕惠王 밑에서 재상을 지냈다. 저서로 ≪혜자惠子≫가 있었다고 하나 오래 전에 실전되었다.

59) 箕踞(기거) : 양쪽 다리를 쭉 뻗어 마치 키의 형상처럼 앉는 것을 이르는 말로 오만하고 안하무인의 태도를 비유한다.

60) 孟嘗君(맹상군) : 전국시대 제齊나라의 현자 전문田文의 호. ‘설공薛公’이라는 봉호封號로 불리기도 하였다. 진秦나라에 사신으로 갔다가 소왕昭王에게 살해될 뻔하였으나, ‘계명구도鷄鳴狗盜’하는 수하 덕택에 무사히 귀환한 고사로 알려졌다. 조趙나라 평원군平原君・위魏나라 신릉군信陵君・초楚나라 춘신군春申君과 함께 사공자四公子로 유명하다. ≪사기・맹상군전문전孟嘗君田文傳≫ 권75 참조.

묻자 그가 대답하였다. "신은 맹상군에게 아무런 공도 세우지 못했습니다. 그렇지 않다면 맹상군의 장점을 모를 리 있겠습니까?" 하지만 나는 틀린 말이라고 생각한다.

●東方有士曰, '袁旌因[61],' 將有適[62], 而饑於道. 狐丘[63]之盜父見之, 下壺飧以予之. 問, "子誰也?" 曰, "我狐丘之盜父也." 曰, "吾不食也." 兩手據地, 而嘔之不出, 喀喀然[64]伏地而死也.

○동방에 사는 '원족목'이란 선비가 어느 장소로 가다가 길에서 허기를 느꼈다. 호구에 사는 도둑의 부친이 그를 보더니 병에 든 음식을 꺼내 그에게 주었다. 원족목이 "선생은 뉘신지요?"라고 묻자 그 사람이 대답하였다. "저는 호구에 사는 도둑의 아비 되는 사람입니다." 그러자 원족목이 말했다. "저는 먹지 않겠습니다." 양손으로 땅을 짚은 채 토해냈지만, 먹은 음식이 나오지 않아 캑캑거리다가 땅에 엎드린 채 죽고 말았다.

●太史公[65]書有時而謬. 鄭世家云, "子產[66], 鄭成公子," 而實子國[67]

---

61) 袁旌因(원정인) : 위의 예문의 원 출처는 전한 유향劉向의 ≪신서新序·절사節士≫권7의 기록인데, 이에 의하면 '원족목袁族目'의 오기이다. 한편 송나라 증조曾慥의 ≪유설類說≫ 등 다른 문헌에서는 이를 인용하면서 대부분 '원정목袁旌目'으로 표기하기도 하였다. 어느 것이 맞는지 불분명하기에 원전인 ≪신서≫의 기록을 따른다.

62) 適(적) : 가다. '지之'의 뜻. 다른 문헌에는 앞에 '소所'자가 있어 문맥이 보다 분명하다.

63) 狐邱(호구) : 춘추전국시대 때 고을 이름. 위치는 미상. '호구狐丘'로 표기한 문헌도 있다.

64) 喀喀然(객객연) : 목이 막혀 캑캑거리는 소리를 형용하는 말.

65) 太史公(태사공) : ≪사기史記≫의 저자인 전한前漢 사마담司馬談(?-B.C.110)과 그의 아들 사마천司馬遷(B.C.135-?)에 대한 존칭. 그들 모두 태사령太史令을 지낸 데서 유래하였다. 또 ≪한서·예문지≫권30에 의하면 ≪사기≫의 원명이기도 하다.

66) 子產(자산) : 춘추시대 정鄭나라 대부大夫인 공손교公孫僑의 자. 간공簡公 때 경卿에 올라 정사를 주도하며 많은 치적을 남겼다.

67) 子國(자국) : 춘추시대 정鄭나라 목공穆公의 아들.

之子也. 尙書[68]顧命, "衛實侯爵[69]." 衛世家則言伯爵, 斯又乖也. 尙書云, "金滕, 是周公[70]東征之時," 史記是姬旦後, 又紕繆[71]焉. 其餘瑣碎, 亦不爲少.

○(전한) 태사공의 저서인 ≪사기≫는 때로 오류를 범하였다. ≪사기·정세가≫권42에서 "자산(공손교公孫僑)은 (춘추시대) 정나라 성공의 아들이다"라고 하였지만, 실은 (목공穆公의 아들인) 자국의 아들이다. ≪서경·주서周書·고명≫권17에 "위나라는 실상 작위가 후작이다"라고 하였는데, ≪사기·위세가≫권37에서는 백작이라고 하였으니, 이 또한 틀린 말이다. ≪서경·주서·금등≫권12에서 "<금등>은 주공(희단)이 동쪽을 정벌할 때 지은 것이다"라고 하였으나, ≪사기≫에서는 주공 희단 이후의 것이라고 하였으니, 이 또한 오류이다. 나머지 사소한 것도 적지 않다.

●諸葛孔明[72]嘗戰於鳳山.

○(삼국 촉蜀나라) 제갈공명(제갈양諸葛亮)은 일찍이 봉산에서 전투를 벌인 적이 있다.

●諸葛孔明到益州[73], 嘗戰於石室.

○(삼국 촉나라) 제갈공명(제갈양)은 (사천성) 익주에 도착해 석실

---

68) 尙書(상서) : ≪서경≫의 별칭. '상尙'은 '고古'의 뜻이므로 '오래된 역사책'이란 의미에서 유래하였다.

69) 侯爵(후작) : 중국 상고시대 때 제후의 다섯 작위 가운데 하나. '오작五爵'은 공작公爵·후작侯爵·백작伯爵·자작子爵·남작男爵을 가리킨다.

70) 周公(주공) : 주周나라 무왕武王 희발姬發의 동생이자 성왕成王 희송姬誦의 숙부인 희단姬旦에 대한 존칭. 성왕이 나이가 어려 섭정攝政을 하였고, 성왕이 성장한 뒤 물러나 노魯나라를 봉토封土로 받았다. ≪사기·노주공세가魯周公世家≫권33 참조.

71) 紕繆(비류) : 잘못되다, 뒤엉키다. 터무니없거나 황당한 얘기를 비유할 때도 있다.

72) 諸葛孔明(제갈공명) : 삼국시대 촉蜀나라에서 승상을 지낸 제갈양諸葛亮(181-234). '공명'은 자. ≪삼국지·촉지·제갈양전≫권35 참조.

73) 益州(익주) : 지금의 사천성 일대의 옛 이름.

에서 전투를 벌인 적이 있다.

●諸葛孔明戰於石井[74].

○(삼국 촉나라) 제갈공명(제갈양)은 석정에서 전투를 벌인 적이 있다.

●曹植曰, "吾志不果, 吾道不行, 將來采史官之實錄, 時俗之得失, 爲一家之言, 藏之名山. 此外徒虛言耳."

○(삼국 위魏나라) 조식은 "내 뜻을 이루지 못 하고, 내 도를 실천하지 못 했으니, 장차 사관의 실록과 시속의 득실을 모아서 일가의 말을 만들어 이를 명산에 수장하겠다. 이것들 외에는 단지 헛소리에 불과하다"라고 하였다.

●昔洛下有洞穴, 其深不測. 有一婦人, 欲殺其夫, 謂夫未嘗見此穴. 夫自送, 觀此穴, 婦遂推夫下穴, 經多時至底. 婦於後擲飯物, 如欲祭之. 此人良久乃蘇, 得飯食, 徊徨覓路, 仍得一穴, 便匍匐從就, 覺所踐如塵, 而聞粳米[75]香, 噉之芬美. 又齎以去, 食所齎將盡, 便入都, 郛郭[76]修整, 宮觀壯麗, 臺榭房宇, 悉以金銀爲飾. 雖無日月, 明踰三光[77]. 被羽衣[78], 奏歌樂. 長人語令前去, 凡過如此者九. 有人云, "君命不得停, 還問張華[79], 當悉." 此人便隨穴而行, 出交州[80]. 後歸洛, 問張華, 示之二物. 華云, "如塵者是黃河下龍泥, 是

---

74) 石井(석정) : 돌을 쌓아서 만든 우물을 이르는 말.
75) 粳米(갱미) : 멥쌀. '석수石髓'라고도 한다.
76) 郛郭(부곽) : 보호막 역할을 하는 성곽을 이르는 말.
77) 三光(삼광) : 해와 달과 별을 아우르는 말.
78) 羽衣(우의) : 전한 때 방사方士인 난대欒大가 새 깃털로 만든 옷을 입은 데서 유래한 말로 은자나 도사의 옷을 비유한다.
79) 張華(장화) : 진晉나라 때 사람 (232-300). 자는 무선茂先. 박학다식하고 시문에 뛰어나 진나라 때 헌장憲章이나 조칙詔勅을 대부분 그가 기초하였다. 태자소부太子少傅・우광록대부右光祿大夫 등을 역임하였다. 저서로 ≪박물지博物志≫ 10권이 전한다. ≪진서・장화전≫권36 참조.

昆山[81]泥也.” 因訴華云, “爲妻所苦.” 華乃取其妻而煮之.(案, 太平御覽[82]引幽明錄[83]曰, “洛下有洞穴, 婦欲殺夫, 推下. 經多時至底, 仍得一穴, 行數十里, 見人皆長三丈, 披羽衣. 如此九處. 最晩所至, 告饑, 長人指中庭栢樹, 下有一羊, 令跪捋羊. 初捋, 得一珠, 後得始, 令其噉之, 卽得療饑. 復沿穴行, 出交州, 問張華, 云, ‘九處地仙[84], 名九館大夫[85], 羊爲癡龍[86]. 初一珠食之, 天地等壽, 次者延年, 後者充饑而已.’” 與此條當爲一事, 而其文互異, 謹附錄以備考.)

○옛날 (진晉나라 때) 낙수 하류에 동굴이 있었는데, 그 깊이가 헤아릴 수 없을 정도로 깊었다. 한 아녀자가 자신의 남편을 살해하려고 하면서 남편이 이 동굴을 본 적이 없다고 생각하였다. 그래서 남편이 직접 자신을 배웅하다가 이 동굴을 구경하게 되자, 그 아녀자는 결국 남편을 밀어 동굴 속으로 떨어뜨렸는데, 한참이 지나서야 동굴 바닥에 도착하였다. 그 아녀자는 뒤에 음식을 던져서 마치 그에게 제사를 지내주듯이 하였다. 이 사람은 한참이 지나 깨어나서 음식을 먹고는 이리저리 방황하며 길을 찾다가 동굴을 하나 발견해 기어서 그곳을 따라 나왔는데, 먼지 같은 것

80) 交州(교주) : 지금의 광서성 창오현蒼梧縣 일대의 옛 이름.

81) 昆山(곤산) : 서쪽 황하의 발원지에 있다는 산 이름. 서왕모西王母가 산다는 전설상의 산 이름인 곤륜산崑崙山이나 옥 생산지로 유명한 강소성 곤산崑山을 가리킬 때도 있다. ‘곤昆’은 ‘곤崑’으로도 쓴다.

82) 太平御覽(태평어람) : 송나라 태평흥국太平興國 2년(977)에 이방李昉(925-996) 등이 태종太宗의 칙명을 받들어 지은 유서류類書類의 책. 모두 55門으로 분류되어 있고, 채록한 서적이 1690종에 달한다. 비록 대부분 다른 유서에서 전사轉寫하여 일일이 원본에서 추출하지는 않았지만, 수집한 것이 해박하여 고증 자료의 보고로 평가받는다. 총 1000권. ≪사고전서간명목록·자부·유서류≫권14 참조.

83) 幽明錄(유명록) : 남조南朝 유송劉宋 유의경劉義慶(403-444)이 신괴한 이야기를 모아 엮은 책. 총 20권. ≪수서·경적지≫권33 참조. 지금은 송나라 증조曾慥의 ≪유설類說≫권11과 명나라 도종의陶宗儀(1316-약1396)의 ≪설부說郛≫권117상에 잔권殘卷이 전한다.

84) 地仙(지선) : 인간 세계에 머물러 사는 신선을 이르는 말.

85) 大夫(대부) : 주周나라 때 신분 구분인 공公·경卿·대부大夫·사士의 하나. 삼공三公과 구경九卿 아래로 상대부上大夫·중대부中大夫·하대부下大夫가 있고, 그 밑으로 다시 상사上士와 중사中士·하사下士가 있었다. 후대에는 벼슬아치에 대한 범칭汎稱으로 쓰기도 하였다.

86) 癡龍(치룡) : 어리석은 용. 양의 별칭.

이 밟히는 느낌이 들더니 멥쌀 향기를 맡아 그것을 맛있게 먹었다. 다시 그것을 싸들고 그곳을 떠나 지니고 있던 것을 거의 다 먹게 되면서 도성에 도착했는데, 성곽이 잘 정비되어 있고, 궁실이 웅장하고 아름다웠으며, 누대와 정자·집들이 모두 금은으로 장식되어 있었다. 비록 해와 달은 없었지만, 해·달·별이 떴을 때보다 더 밝았다. 그곳 사람들은 신선의 옷을 입고서 음악을 연주하였다. 키가 큰 사람이 그에게 앞으로 나가라고 알려주었기에, 이와 같이 지나친 곳이 아홉 군데나 되었다. 어떤 사람이 말했다. “그대의 운명은 아직 멈추지 않았으니 돌아가거든 장화에게 물어보면 분명 다 알 수 있을 것이오.” 이 사람이 곧 동굴을 따라 걸어서 (광서성) 교주로 나서게 되었다. 뒤에 (하남성) 낙양으로 돌아와 장화에게 물으며 두 가지 물건을 보여주자, 장화가 말했다. “먼지처럼 느껴진 것은 황하 하류의 용이 사는 곳의 진흙이고, 이것은 곤산의 진흙이오.” 그참에 장화에게 하소연하기를 “아내 때문에 고통을 겪은 것입니다”라고 하였다. 장화가 그래서 그의 아내를 체포해서 팽형에 처했다.(살펴보건대 ≪태평어람·진보부珍寶部·주하珠下≫권803에서는 ≪유명록≫을 인용하여 “낙수 하류에 동굴이 있었는데, 한 아녀자가 자신의 남편을 살해하려고 남편을 밀어서 그리로 떨어뜨렸다. 한참이 지나서 동굴 바닥에 도착했다가 다시 동굴을 하나 발견해 수십 리를 걸어갔는데, 사람들을 발견했더니 모두 키가 세 장에 달하고, 신선의 옷을 입고 있었다. 이와 같이 거쳐간 곳이 아홉 군데나 되었다. 가장 늦게 도착한 곳에서 허기지다고 말하자 키가 큰 사람이 마당의 측백나무를 가리켰는데, 그 아래로 양이 한 마리 있어 그에게 무릎을 꿇고 양을 쓰다듬으라고 하였다. 처음 쓰다듬었다가 진주를 하나 얻었고, 뒤에도 처음의 것과 같은 것을 얻었는데, 그에게 그것을 삼키라고 하자 즉시 허기에서 벗어날 수 있었다. 다시 동굴을 따라 걸어서 (광서성) 교주로 나와 장화에게 물었더니, 장화가 ‘아홉 곳의 신선은 구관대부라고 하고, 양은 어리석은 용이라오. 최초의 진주는 그것을 먹으면 천지와 수명이 같아지고, 다음의 것을 먹으면 수명이 늘어나고, 마지막 것은 허기만 없앨 수 있다오’라고 대답하였다”고 하였다. 이 조항과 분명 내용은 같은 고사이지만, 문장이 서로 다르기에, 삼가 덧붙여 기록해서 고증의 자료로 남기고자 한다.)

●馬耽[87]以才學知名, 譙縱文表, 皆耽所製. 會則賦詩, 多箴諫. 蜀土聞王師[88]當至, 耽方檢封儲藏, 爲國防守. 朱齡石具以聞. 耽性軒傲[89], 故猶徙邊. 自發之後, 諸譖日至, 耽越巂[90]界, 謂所親曰, "朱侯不因我下, 而見遣來此, 必惑於衆口, 恐卒不免也." 居無幾[91], 而聞蜀信當至, 遙判知盡, 沐浴席地安臥, 作詩畢, 嘆曰, "所恨生於亂世矣. 我雖不引藥[92], 比於瞑目[93], 信有事, 便隨宜見殺, 勿嘆我狂也." 言訖泯然[94], 若已絶矣. 蜀使繼至, 一遵其言, 戮尸訖, 無所知. 此謂能耿介[95]也.(案, 晉書譙縱傳, "朱齡石徙馬躭於越巂, 追殺之. 耽之徙也, 謂其徒曰, '朱侯不送我京師[96], 滅衆口也, 吾必不免.' 乃盥洗而臥, 引繩而死. 須臾齡石師至, 遂戮尸焉." 史謂'不送我京師, 滅衆口也.' 此謂'朱齡石具以聞,' 與史不同, 一也. 史謂'師至,' 此謂'蜀使繼至,' 與史不同, 二也. 史謂'引繩而死,' 此謂'言訖泯然, 若已絶,' 與史不同, 三也. 又考宋書朱齡石傳, "譙縱奔於涪城, 巴西人王志斬送僞尙書令[97]馬耽, 封府庫, 以待王師," 則封府庫以待宋之師者, 志也. 幷無徙越巂事. 晉書則謂'其尙書令馬耽封倉庫, 以待王師,' 此亦謂'耽方檢封儲藏, 爲國防守,' 各書不同如此.)

---

87) 馬耽(마탐) : 진晉나라 때 사람. 상서령尙書令을 지냈다. 마탐에 대해서는 별도의 전기가 없고, ≪진서·초종전譙縱傳≫권100에 간략한 기록이 병기되어 전한다.
88) 王師(왕사) : 천자의 군대를 이르는 말. 여기서는 유송劉宋 무제武帝 유유劉裕의 군대를 가리킨다. 당시 초종譙縱은 자칭 성도왕成都王이라고 하였다.
89) 軒傲(헌오) : 성격이 매우 거만한 것을 이르는 말.
90) 越巂(월수) : 사천성의 속군屬郡 이름.
91) 居無幾(거무기) : 얼마 안 있어, 이윽고.
92) 引藥(인약) : 독약을 먹고 자살하다.
93) 瞑目(명목) : 눈을 감다. 명상에 잠기거나 사망하는 것을 말한다.
94) 泯然(민연) : 마음이 탁 트인 모양.
95) 耿介(경개) : 강직한 모양, 지조가 굳은 모양.
96) 京師(경사) : 서울, 도읍을 이르는 말. 송나라 주희朱熹(1130-1200) 설에 의하면 '경京'은 높은 지대를 뜻하고, '사師'는 많은 사람을 뜻한다. 즉 높은 산에 의지하여 많은 사람이 모여 사는 곳이란 뜻에서 유래하였다. 여기서는 진나라 때 도성인 하남성 낙양을 가리킨다.
97) 尙書令(상서령) : 한나라 이후로 문서의 수발과 행정을 총괄하던 상서성尙書省의 장관을 이르는 말. 휘하에 육부六部를 설치하였고, 각 부의 장관인 상서尙書, 차관인 시랑侍郞, 실무자인 낭관郎官 등을 거느렸다. 앞의 '위僞'는 정통성을 인정하지 않는 왕조를 가리키는 말로서 성도왕成都王을 자처한 초종譙縱의 왕조를 가리킨다.

○(진晉나라) 마탐은 글재주와 학문으로 명성을 떨쳤는데, 초종의 상소문도 모두 마탐이 지은 것이다. 모임이 있을 때 시를 지으면 대부분 충고나 간언의 뜻을 담았다. (사천성) 촉주에 천자의 군대가 도착할 것이라는 소문이 돌자, 마탐은 창고를 봉하고 나라를 위해 굳건하니 방어태세를 갖추었다. 주영석이 이를 조정에 상세히 보고하였다. 마탐은 성격이 오만하였기에 오히려 변방으로 유배당하고 말았다. 출발한 뒤로 수많은 참언이 날마다 이르렀기에, 마탐은 (사천성) 월수군의 경계에서 친족들에게 말했다. "주영석은 내가 하대했다고 해서 나를 이곳으로 보내는 것이 아니지만, 필시 모든 사람들을 현혹시킬 것이니, 결국 화를 면할 수는 없을 것 같소." 얼마 안 있어 촉주에서 서신이 분명 도착할 것이라는 얘기가 들렸지만, 멀리서 판단해도 다 알 수 있기에, 목욕을 하고 바닥에 자리를 펴고 편안하게 누워서 시를 다 짓고는 탄식을 하며 말했다. "한스러운 것은 난세에 태어난 것이오. 내 비록 독약을 먹고 자살하지 않는다 해도 눈을 감을 때가 가까워졌소. 진실로 사안이 터져 이치에 따라 죽임을 당하는 것이니, 내가 미쳤다고 한탄하지 마시오." 말을 마치고 마음을 비우자 이미 절명한 듯하였다. 촉주에서 사신이 계속 도착하여 한결같이 그의 말대로 부관참시를 마쳤지만, 아무것도 알아내지 못했다. 이야말로 강직한 절조라고 말할 만하다.(≪진서·초종전≫권100에 의하면 "주영석은 마탐을 월수군으로 유배보내고는 그를 쫓아가 살해하였다. 마탐은 유배를 가면서 자신의 일행에게 '주영석은 나를 도성으로 압송하지 않고 사람들 입을 막으려는 것이니, 나는 필시 화를 면할 수 없을 것이오'라고 하였다. 이에 세숫대야에 물을 받아 몸을 씻고 침상에 누웠다가 목을 매 자살하였다. 얼마 뒤 주영석의 군대가 도착하여 급기야 그의 시신을 부관참시하였다"고 하였다. 사서에서는 '나를 도성으로 압송하지 않고 사람들 입을 막으려 한다'고 하였는데, 여기서는 '주영석이 이를 조정에 상세히 보고하였다'고 하였으니, 이것이 사서의 기록과 다른 첫 번째 예이다. 사서에서는 '군대가 도착했다'고 하였는데, 여기서는 '촉주에서 사신이 계속 도착하였다'고 하였으니, 이것이 사서의 기록과 다른 두 번째 예이다. 사서에서는 '목을 매 자살하였다'고 하

였는데, 여기서는 '말을 마치고 마음을 비우자 이미 절명한 듯하였다'고 하였으니, 이것이 사서의 기록과 다른 세 번째 예이다. 또 ≪송서·주영석전≫권48의 기록을 살펴보면 "초종이 부주에 있는 성으로 도망치자, 파서군 사람 왕지가 거짓 왕조의 상서령인 마탐의 목을 베어 보내고 창고를 봉한 채 천자의 군대를 기다렸다"고 한 것으로 보아 창고를 봉하고 유송劉宋의 군대를 기다린 것은 왕지이다. 아울러 월수군으로 유배보냈다는 사안은 실려 있지 않다. ≪진서·초종전≫권100에서 '초종 휘하의 상서령 마탐이 창고를 봉하고 천자의 군대를 기다렸다'고 하고, 여기서도 '마탐이 창고를 봉하고 나라를 위해 굳건하니 방어태세를 갖추었다'고 하였으니, 각 서책마다 이처럼 기록이 다르다.)

●何承天於太祖[98]座戱庾登之曰, "夫因禍爲福, 未必皆智也." 庾答曰, "我亦幾與三豎[99]同戮." 承天爲謝晦作表云, "當浮舟東下, 戮此三豎." 故庾公以此嘲之. 承天失色. 又與林道人[100]同太祖坐, 常令二人棊. 林公指三棊, 謂承天曰, "維當承流, 直[101]戮此三豎." 詠此言, 至於再三. 承天汗浹背, 恍惚蒼茫[102], 遂致失局.

○(남조南朝 유송劉宋) 하승천은 태조(문제文帝)가 마련한 자리에서 유등지를 놀리며 말했다. "무릇 화가 복으로 바뀐다고 해서 반드시 모두가 지혜롭다고 할 수는 없지요." 그러자 유등지가 대답하였다. "저 역시 거의 역신 세 놈과 함께 죽을 뻔했답니다." 하승천이 사회를 위해 상소문을 지으면서 "응당 배를 띄워 동쪽으로 내려가서 이 역신 세 놈을 죽여야 할 것입니다"라고 말한 적이 있기에, 유등지가 이것을 가지고 농담을 한 것이다. 그러자 하승천이 아연실색하였다. 또 임도인(지둔支遁)과 함께 태조가 마련한 자리에 동석하면 태조는 늘 두 사람에게 바둑을 두게 하

98) 太祖(태조) : 남조南朝 유송劉宋 문제文帝 유의륭劉義隆의 묘호廟號.
99) 三豎(삼수) : 세 명의 역신逆臣을 이르는 말. 유송劉宋 문제文帝 때 반역을 도모하였다가 사형당한 서선지徐羨之·부양傅亮·사작謝晦을 가리킨다.
100) 林道人(임도인) : 진晉나라 때 고승 지둔支遁(314-366)의 별칭. 자는 도림道林. '임공任公'으로도 불렸다. 당대의 명사인 사안謝安(320-385)·왕희지王羲之(321-379)와 교분이 두터웠다.
101) 直(직) : 단지. '지只'의 뜻.
102) 恍惚蒼茫(황홀창망) : 멍하니 정신을 차리지 못 하는 모양.

였다. 임도인이 바둑알 세 개를 가리키며 하승천에게 말했다. “의당 흐름을 타서 단지 이 역신 세 놈을 잡아먹어야 하겠습니다 그려.” 그리고 이 말을 두세 번이나 계속해서 읊조렸다. 그러자 하승천은 땀으로 등을 흠뻑 적시며 멍하니 정신을 차리지 못하는 바람에 결국 대국에서 실수를 범하고 말았다.

●孟昶[103]立功, 專由妻也. 昶謂妻曰, “劉邁毁我於桓元[104], 正應作賊耳.” 妻曰, “觀君非謀及婦人, 或由須錢財故也.” 於是下其絳帳[105], 姊妹適人者有帳, 幷縫衣服, 皆方便[106]借取, 密壞爲襖, 得三千餘領[107]. 及平京城, 昶軍容最盛.

○(진晉나라 말엽에) 맹창이 전공을 세운 것은 전적으로 아내 덕분이었다. 맹창이 아내에게 말했다. “유매가 환현桓玄에게 나에 대해 험담을 하였으니, 당연히 적군으로 삼아서 싸워야 하겠소.” 그러자 아내가 말했다. “당신을 보아하니 꾀가 아녀자인 저에게도 미치는 못 하는 것은 어쩌면 재물만 탐하기 때문인 듯합니다.” 그래서 집안의 붉은 색 휘장을 모두 거둔 뒤 남에게 시집간 자매에게도 휘장이 있으면 한꺼번에 의복으로 만들게 하고, 모두 적당한 기회를 틈타 빌려다가 몰래 뜯어서 도포로 만들어 3천여 벌을 마련하였다. 그래서 도성을 평정했을 때 맹창이 이끄는 군

103) 孟昶(맹창) : 진晉나라 말엽 사람. 유송劉宋 무제武帝인 유유劉裕가 거병하자 그의 휘하에서 장사長史와 이부상서吏部尙書 등을 역임하였다. ≪진서·맹창처주씨전孟昶妻周氏傳≫권96 참조.

104) 桓元(환원) : 진晉나라 사람 환현桓玄(369-404)의 다른 표기. ‘원元’은 청나라 강희제康熙帝의 휘諱(玄燁) 때문에 고쳐쓴 것이다. 대사마大司馬 환온桓溫(312-373)의 서자로 태어나 남군공南郡公에 습봉襲封되었다. ≪진서·환현전≫권99 참조.

105) 絳帳(강장) : 붉은 색 휘장. ≪진서·맹창처주씨전≫권96에 의하면 맹창의 아내 주씨周氏가 불길한 꿈을 꾸자 자기 집과 자매 집에 있는 붉은 색 휘장을 모두 거두어 의복으로 만들었다고 한다.

106) 方便(방편) : 적당한 시기나 기회를 이르는 말.

107) 領(영) : 옷깃이 달린 물건, 즉 의복을 세는 양사.

대의 위용이 가장 화려하였다.

●巢尚之[108]求官，執事[109]就其求狀．尚之乃狀云，“尚之始祖父[110]，堯讓天下，不受．仍次魯郡巢尚之年若干所由，以其無三代[111]，疑於序用.” 聞之於孝武帝，武帝拊床，賞嘆曰，“此必不凡，彌宜用之.”

○(남조南朝 유송劉宋 때) 소상지가 관직을 요구하자 담당관이 그를 찾아가 행장을 달라고 하였다. 소상지가 행장을 써서 “저 소상지의 시조부(소보巢父)는 (당나라) 요왕이 천하를 양도해도 받지 않았습니다. 그 뒤를 이어 (산동성) 노군 출신인 저 소상지도 어렸을 때부터 따르던 바인데, 하夏나라·상商나라·주周나라 때에도 벼슬한 이가 없었으니, 순서상 기용할 때가 되지 않았나 싶나이다”라고 하였다. 이를 효무제에게 보고하자 효무제가 평상을 쓰다듬으며 감탄조로 말했다. “이 사람은 필시 평범한 인물이 아니니 더더욱 기용해야 하겠소.”

●世人相與，呼父爲鳳毛，而孝武亦施之祖，便當可得通用．不知此言意何所出．王翼在座，聞孝武此言，逕造[112]謝超宗．向侍御[113]坐天旨云，“弟有鳳毛，吾不曾見此物，暫借一看.” 翼非惟不曉此旨，近

108) 巢尚之(소상지) : 남조南朝 유송劉宋 때 사람. 신안태수新安太守와 중서사인中書舍人을 지냈다. 송나라 나원羅願의 ≪신안지新安志≫권9 참조.

109) 執事(집사) : 모종의 업무를 관장하는 관원을 지칭하는 말.

110) 始祖父(시조부) : 전설상의 인물인 소보巢父를 가리킨다. 당唐나라 요왕堯王이 임금 자리를 넘기려 하자 허유許由는 더러운 얘기를 들었다고 영수潁水에서 귀를 씻고, 소보는 그 물을 자기 소에게 먹일 수 없다며 소를 끌고 상류로 올라갔다는 고사가 진晉나라 황보밀皇甫謐(215-282)의 ≪고사전高士傳≫권상에 전한다.

111) 三代(삼대) : 하夏나라·상商나라·주周나라를 아우르는 말.

112) 造(조) : 찾아가다, 이르다. '지至'의 뜻.

113) 侍御(시어) : 주周나라 때 주하사柱下史에서 유래한 벼슬인 시어사侍御史의 약칭. 위진魏晉 이후로는 주로 관리들의 비리를 규찰하였다. 당송唐宋 때는 어사대御史臺 소속으로 어사대부御史大夫·어사중승御史中丞 다음 가는 고관이었다. 여기서는 사초종을 가리키는 듯하다.

不知超宗是謝鳳之兒. 超宗感觸, 旣深狼狽[114], 起還內裏, 避之. 翼謂超宗還內, 檢取鳳毛, 坐齋中, 待望. 久之, 超宗心懼微歇, 兼冀其已悟. 於是更出對客. 翼又謂之曰, "鳳毛止於此一看, 本不將去, 差無損失, 那得遂不見借?" 超宗又走, 乃令門人密往, 喩之. 翼然後去. 翼卽是於孝武座, 呼羊肉爲蹲鴟[115]者, 乃其人也. 超宗, 字幾卿[116], 中拜率更令[117]. 騶人[118]姓謝, 亦名超宗, 亦便自稱姓名云, "超宗蟲蟻, 就官乞睞." 幾卿旣不容訓此言, 騶人謂爲不許, 而言之不已. 幾卿又走.

○세인들은 서로 함께 있을 때 부친을 '봉황의 깃털'이라고 부르는데, (남조南朝 유송劉宋) 효무제 역시 이를 조부에게 붙여쓰면서 통용될 수 있다고 생각했다. 그러나 이 말의 의미가 어디서 유래했는지는 몰랐다. 왕익이 자리에 있을 때 효무제가 이 말을 하는 것을 듣고서는 곧장 사초종을 찾아갔다. 왕익은 시어사 사초종에게 천자의 교지를 빌어 "아우에게 봉황의 깃털이 있다는데, 나는 이 물건을 본 적이 없으니, 잠시 한번 구경 좀 시켜 주시게"라고 하였다. 왕익은 비단 그 의미를 몰랐을 뿐만 아니라 최근까지도 사초종이 사봉의 아들이란 것을 몰랐다. 사초종은 묘한 느낌이 들어 무척 낭패스러운 입장이 되어서 몸을 일으켜 안방으로 돌아가 그를 피하였다. 왕익은 사초종이 안방으로 돌아가 봉황의

114) 狼狽(낭패) : 곤경에 빠지는 것을 비유하는 말. '낭狼'과 '패狽' 모두 전설상의 동물 이름으로 '낭'은 앞다리가 길고 뒷다리가 짧으며, '패'는 앞다리가 짧고 뒷다리가 길어서 서로 의지하며 함께 다니지 않으면 곤경에 처한다는 말에서 유래하였다.

115) 蹲鴟(준치) : 웅크리고 앉은 솔개처럼 생긴 커다란 토란을 이르는 말.

116) 幾卿(기경) : 남조南朝 유송劉宋 때 유명한 산수시인山水詩人인 사영운謝靈運의 아들이 사봉謝鳳이고, 사봉의 아들이 사초종謝超宗이며, 사초종의 아들이 사기경謝幾卿이므로 '기경'은 사초종의 자가 될 수 없다. 저자의 착오에서 비롯된 듯하다. 다만 사초종의 자가 알려지지 않았기에 여기서는 위의 예문을 따른다.

117) 率更令(율경령) : 태자첨사부太子詹事府의 속관으로 태자의 일정日程를 관리하는 벼슬인 태자율경령太子率更令의 약칭. '동궁율東宮率'이라고도 한다.

118) 騶人(추인) : 고관의 거마를 모는 사람을 이르는 말.

깃털을 찾아서 가져오리라 생각해 서재에 앉아서 기다렸다. 한참이 지나 사초종은 마음 속의 의구심이 다소 가라앉았고, 아울러 왕익이 이미 깨달았기를 바랐다. 그래서 다시 나와 손님을 접대하였다. 그러나 왕익이 다시 그에게 말했다. “봉황의 깃털은 단지 여기서 한 번 구경하기만 하고 본래 가지고 가지 않을 것이기에, 전혀 손상이 가지 않을 터인데, 어찌하여 끝내 빌려주지 않는가?” 그러자 사초종은 다시 도망치며 문인을 시켜 몰래 그에게 가서 넌지시 알리게 하였다. 왕익은 그런 뒤에야 그곳을 떠났다. 왕익은 그전에 효무제가 마련한 자리에서 양고기를 ‘토란’이라고 불렀던 바로 그 당사자이다. 사초종은 자가 기경으로 중도에 율경령에 임명되었다. 마부 역시 성이 사씨이고 이름이 초종이라서 스스로 성명을 입에 올리며 “저 초종은 개미처럼 보잘것없는 존재이지만, 관청을 찾아 한 번 보살펴 주시기를 바랍니다”라고 하였다. 사초종이 이 말에 응대하는 것을 허용하지 않았지만, 그 마부는 허락하지 않는 것으로 생각하면서도 이런 표현을 멈추지 않았다. 그래서 사초종은 또 다시 자리를 피했다.

●劉撝少有豪氣, 家產富厚, 自奉養伎妾, 藝貌當時絶倫. 築館穿池, 雅有佳趣, 飮食珍味, 貴游[119]莫及. 當世之士, 皆願與交. 撝隨方[120]接對, 無不諧款. 齊武帝微時, 撝未之識. 時嘗附人車載, 至撝門. 同乘與撝善, 獨下造焉, 言畢而辭退. 撝怪而問焉, 對曰, “與蕭侍郎[121]同車.” 撝自至車後請焉. 旣而歡飮, 如舊相識. 齊武甚懷之.
○유휘는 어려서부터 기상이 호탕하고 가산이 넉넉해 손수 첩실들

119) 貴游(귀유) : 관직을 맡고 있지 않은 귀족 가문을 일컫는 말.
120) 隨方(수방) : 정세나 상황에 따르다.
121) 侍郎(시랑) : 조정의 각 행정 기관의 버금 장관에 해당하는 벼슬. 즉 중서시랑中書侍郎·문하시랑門下侍郎 및 상서성尙書省의 이부시랑吏部侍郎·호부시랑戶部侍郎 등을 말한다. ‘소시랑’은 남제南齊 무제武帝 소색蕭賾이 즉위하기 전의 신분을 가리키는 듯하다.

을 돌보았는데, 기예나 용모가 당대에 으뜸갔다. 건물을 짓고 연못을 파서 평소 마음껏 흥취를 누렸고, 먹고 마시는 산해진미는 귀족 가문에서도 따라갈 자가 없었다. 그래서 당시의 선비들이 모두 그와 교유하기를 원하였다. 유휘는 상황에 따라 접대하면서도 늘 진심을 다하였다. (남조) 남제南齊 무제武帝(소색蕭賾))가 황제에 오르지 않았을 때 유휘는 그와 일면식이 없었다. 무제는 당시 남의 수레를 얻어타고 유휘의 집에 도착한 적이 있는데, 동승한 사람이 유휘와 친한 사이인데도 혼자 수레에서 내려 방문해서는 대화를 마친 뒤 인사를 하고 물러났다. 유휘가 이상하게 여겨 묻자, 대답하기를 "소시랑(소색)과 수레를 함께 탔습니다"라고 하였다. 그래서 유휘는 손수 수레 뒤로 가서 그를 초청하였다. 얼마 뒤 기분좋게 술을 마시는 바람에 오래 전부터 아는 사람처럼 되었다. 그래서 남제 무제는 그를 무척 좋아하게 되었다.

●何敬容[122]書名, 敬字, 大作苟, 小作文[123], 容字, 大作父[124], 小作口. 陸倕戱之曰, "卿名苟既奇大, 父殊不小." 敬容不能答. 常事衣服, 夏月入朝, 衣裳不整, 乃扶伏床下, 以熨斗[125]熨之, 衣既甚輕, 背便焦灼. 不辨屯毛[126]兩字之異, 答人書曰, "吾比弋[127]弊." 時人

---

122) 何敬容(하경용) : 남조南朝 양梁나라 때 사람. 자는 국례國禮. 남제南齊 무제武帝의 사위로 양나라에서 중서사인中書舍人·비서승祕書丞·산기상시散騎常侍·시중侍中 등을 거쳐 상서령尙書令에 올랐다. ≪양서·하경용전≫권37 참조.

123) 小作文(소작문) : '경敬'자의 부수인 '문攵'자를 작게 썼다는 말이다.

124) 大作父(대작부) : '용容'자에서 '입 구口' 위의 4획을 크게 썼다는 말이다.

125) 熨斗(위두) : 인두나 다리미 같은 물건을 이르는 말. '위두熨斟'로도 쓴다.

126) 不辨屯毛(불변둔모) : '둔屯'자와 '모毛'자도 구분하지 못 하다. 무식하거나 사리분별을 못 하는 것을 비유한다. 하북성을 흐르는 둔지하屯氏河를 모지하毛氏河로 잘못 부른 데서 유래하였다고 한다.

127) 弋(익) : 다른 판본에 의하면 '毛'의 오기이다. 문맥상으로도 '모폐毛弊'라고 하는 것이 적절해 보인다. 그래야 '둔폐屯弊'를 '모폐毛弊'로 잘못 쓴 것이 된다. 즉 하경용이 '둔屯'자와 '모毛'자를 구분할 줄 몰라 "저는 근자에 곤경에 처했습니다(吾比屯弊)"라고 말해야 하는 것을 "저는 근자에 털이 다 빠졌습니

以爲笑也. 不知晉國及晉朝, 人或嘲之曰, "獻公[128]殺賈后[129], 重耳[130]殺懷愍[131], 卿憶此?" 敬容曰, "從來所難此, 故足稱匪人也."

○(남조南朝 양梁나라) 하경용은 서명할 때 '경敬'자의 경우는 '구苟'자를 크게 쓰고 '문攵'자를 작게 썼으며, '용容'자의 경우는 '부父'자를 크게 쓰고 '구口'자를 작게 썼다. 그러자 육수가 농담조로 말했다. "경의 이름은 '구苟'가 기이할 정도로 큰데, '부父'도 전혀 작지 않습니다." 하경용이 대답을 하지 못 했다. 그는 늘 의복에 신경을 써 여름에 입조할 때 의복이 정갈하지 못 하면 평상 아래 엎드려서 다리미로 다림질을 하였는데, 옷이 너무 얇아서 등짝이 타버리곤 하였다. 그는 '둔屯'과 '모毛' 두 글자의 차이를 변별하지 못 할 정도로 무지하여, 누군가에게 답장을 쓰면서 ("저는 근자에 곤경에 빠졌습니다"라고 해야 할 것을) "저는 근자에 털이 다 빠졌습니다"라고 쓰는 바람에 당시 사람들이 웃음거리로 삼았다. 또 (춘추시대) 진나라와 (삼국을 통일한) 진왕조를 알지 못 하였기에 누군가 그를 놀리며 말했다. "(춘추시대 진나라 군주) 헌공이 (진나라 혜제惠帝의 아내인) 가후를 죽였고, (춘추시대 진나라 문공文公인) 중이가 (진나라 혜제의 장남인) 민회태자愍懷太子를 살해했는데, 경은 이를 기억하십니까?" 그러자 허경용이 대답하였다. "여태껏 어려워하던 것이 이

다(吾比毛弊)"라고 잘못 표현했다고 해야 해학적인 고사가 완성된다.

128) 獻公(헌공) : 춘추시대 진晉나라 군주의 시호.

129) 賈后(가후) : 진晉나라 혜제惠帝의 황후 가남풍賈南風. 질투심이 강했으나 아들이 없었다. 뒤에 조왕趙王 사마윤司馬倫에 의해 사약을 받아 죽었다. ≪진서·혜제가황후전≫권31 참조.

130) 重耳(중이) : 춘추시대 진晉나라 헌공獻公의 아들인 문공文公의 이름. 부친인 헌공獻公이 총희인 여희驪姬를 총애하여 태자인 형 신생申生을 죽이자 망명하였다가 뒤에 진秦나라 목공穆公의 힘을 빌어 귀국하였고, 62세에 즉위하여 진나라를 강국으로 만들었다.

131) 懷愍(회민) : 진晉나라 혜제惠帝의 장남 사마휼司馬遹의 시호인 '민회愍懷'의 오기. 황태자에 책봉되었으나 뒤에 환관 손여孫慮에게 살해당했다. ≪진서·민회태자사마휼전≫권53 참조.

런 것들이니, 사람 구실 못 한다는 애기를 들어도 싸지요."

●宋玉[132]戲太宰[133]屢游之談, 後人因此流遷[134], 反語[135]至相習. 至如太宰之言屢游, 鮑照之伐鼓[136], 孝綽[137]步武[138]之談, 韋粲[139]浮柱[140]之說, 是中太甚者, 不可不避耳. 俗士非但文章如此,

---

132) 宋玉(송옥) : 전국시대 초楚나라 사람으로 미남의 대명사. 굴원屈原(약B.C.340-B.C.278)·경차景差와 함께 초사楚辭의 대표적 작가로 꼽힌다.

133) 太宰(태재) : 은殷나라 때는 육태六太의 하나였고, 주周나라 때는 육경六卿의 우두머리인 천관天官 총재冢宰의 별칭. 진秦·한漢·위魏나라 때는 설치하지 않았다가 진晉나라 때 경제景帝 사마사司馬師(209-255)의 이름을 피휘避諱하기 위해 태사太師를 '태재'라고 개칭하기도 하였다. 수당隋唐 때는 폐치廢置가 일정하지 않았고, 송나라 때는 좌복야左僕射를 '태재', 우복야右僕師를 '소재少宰'라고 하였다가 폐지되었다.

134) 流遷(유천) : 영향을 받다, 여파가 미치다.

135) 反語(반어) : 두 음절로 이루어진 어휘의 경우 원어의 반절법反切法으로 얻은 소리와 두 글자를 뒤집은 뒤 반절법으로 얻은 소리를 합쳐서 표기하던 남북조南北朝 때의 은어隱語식 표기법을 이르는 말. 예를 들어 '상락桑落(sāngluò)'의 반절음은 '삭索(suǒ)'이고, 이를 뒤집은 '락상落桑'의 반절음은 '랑郎(lǎng)'이 되는데, 이를 합치면 '삭랑索郎'이 되는 것과 같은 이치이다. 따라서 '뽕잎이 떨어진다'는 말이 '애인을 찾는다'는 말로 의미가 변질되는 것이다. 이를 위의 예문에 적용하면 '루유屢游(lǚyóu)'의 반절음은 '류(lǒu)'이고 이를 뒤집은 '游屢'의 반절음은 '우(yǔ)'이기에 이를 합친 원어가 '류우(lǒuyǔ)'가 되는데, 아마도 당시 태재의 성명을 가지고 '노는 것을 너무 좋아한다'고 반어식으로 농담한 것인 듯하다.

136) 伐鼓(벌고) : 북을 치다. '격고擊鼓'와 같다. 남조南朝 유송劉宋 포조鮑照는 <약 기운을 몸에 퍼뜨리기 위해 산보하다가 성 동쪽 다리에 도착하다(行藥, 至城東橋)>시에서 "북을 쳐서 일찌감치 새벽을 알리네(伐鼓早通晨)"라고 하였는데, 이 시는 양梁나라 소통蕭統(501-531)이 엮은 ≪문선文選·유람≫권22에 전한다. 이(벌고fágǔ)를 반어식으로 표현하면 '보걸(fǔgá)'이 되는데, 무엇을 뜻하는지 불분명하다. 박물군자가 밝혀주기를 기대한다.

137) 孝綽(효작) : 남조南朝 양梁나라 사람 유염劉冉(481-539)의 자. 본명보다는 자로 더 알려졌다. 형제들이 모두 글재주로 이름을 떨쳤다. ≪양서·유효작전≫권33 참조.

138) 步武(보무) : 매우 짧은 거리나 발걸음을 이르는 말. 여섯 자를 '보步'라고 하고, 반보를 '무武'라고 한다. 이(보무bùwǔ)를 반어식으로 표현하면 '부모(bǔwù)'가 되는데, 아마도 '부모父母'를 뜻하는 말인 듯하다.

139) 韋粲(위찬) : 남조南朝 유송劉宋 때 사람 원찬袁粲(420-477)의 오기인 듯하다. 본명은 민손愍孫이고, 자는 경천景倩. 상서복야尙書僕射와 상서령尙書令을 역임하였는데, 후폐제後廢帝를 시해한 소도성蕭道成(427-482)을 토벌하려다

至言論尤事反語. 何僧智者, 嘗於任昉坐賦詩, 而言其詩不類. 任云, "卿詩可謂高厚." 何大怒曰, "遂以我爲狗號[141]?" 任逐後解說, 遂不相領. 任君復云, "經蓄一枕, 不知是何木." 會有委巷之, 謂任君曰, "此枕是標櫧[142]之木." 任託不覺悟, 此人乃以宣誇於衆, 有自得之色. 夫子曰[143], "必也正名乎!" 斯言讜矣.

○(전국시대 초楚나라) 송옥이 태재가 너무 자주 놀러간다고 놀렸다는 이야기가 있는데, 후인들이 이로 인해 영향을 받으면서 '반어'식 표현법이 일반화되었다. 심지어 태재와 관련해 자주 놀러간다고 말한 일, (남조南朝 유송劉宋 때) 포조의 '북을 치다'와 (양梁나라) 유효작劉孝綽(유염劉冉)의 '보무'라는 말, (유송) 원찬袁粲의 '동자기둥'이란 말의 경우, 이는 그중에서도 특히 심한 예이기에 기피하지 않으면 안 될 것이다. 세간의 선비들은 비단 이와 같이 문장을 지을 뿐만 아니라 대화에서도 특히 반어식 표현법을 일삼고 있다. 하승지란 사람이 일찍이 임방이 마련한 자리에서 시를 지은 적이 있는데, 자신의 시가 일반 사람과 다르다고 말했다. 그래서 임방이 "그대의 시는 고상하다고 평할 만하겠습니다"라고 하자, 하승지가 무척 화를 내며 말했다. "결국 나를 개라고 부르겠다는 것입니까?" 임방이 뒤를 이어 해명하고는 급기야 그를 상대하지 않았다. 임방이 또 "일찍이 베개를 하나 소장한 적이 있는데, 무슨 나무로 만든 것인지 모르겠습니다"라고

가 살해당했다. ≪송서・원찬전≫권89 참조.

140) 浮柱(부주) : 대들보 위의 기둥인 동자기둥을 이르는 말. 이(부주fúzhù)를 반어식으로 표현하면 '부주(fùzhú)'가 되는데, 무엇을 뜻하는지 불분명하다. 박물군자가 밝혀주기를 기대한다.

141) 狗號(구호) : '고후高厚(gāohòu)'를 반어식으로 표현하면 '구호狗號(gǒuhào)'가 되기에 결국 '개라고 부른다'는 뜻이 된다.

142) 標櫧(표저) : 반어식 표현이 '표저(biāozhū)'가 되려면 원어가 '퍼조(būzhāo)'여야 하는데, 무슨 말을 가리키는지 불분명하다. 박물군자가 밝혀주기를 기대한다.

143) 曰(왈) : 춘추시대 노魯나라 공자의 이 말은 ≪논어・자로子路≫권13에 전한다.

하였는데, 마침 위항지라는 사람이 임방에게 "이 베개는 '표저' 라는 나무로 만든 것입니다"라고 하였다. 임방이 무슨 말인지 이해하지 못 하였지만, 그 사람은 도리어 이를 사람들에게 자랑하며 득의해 하는 표정을 지었다. (춘추시대 노나라) 공자도 "반드시 명칭을 바로세워야 하리라!"라고 한 적이 있는데, 이 말이 지극히 타당하다.

●孔翁歸解元言[144], 能屬文[145], 好飮酒, 氣韻標達. 嘗語余曰, "翁歸不畏死. 但願仲秋之時, 猶觀美月, 季春之日, 得玩垂楊. 有其二物, 死所歸矣." 余謂斯言雖有過差, 無妨有才也.

○(남조 양나라) 공옹귀는 현언玄言을 잘 알고, 문장을 잘 지으며, 술을 좋아하여 기상이 시원시원하다. 일찍이 내게 "저 옹귀는 죽음이 두렵지 않습니다. 단지 한가을에도 아름다운 달을 구경하고, 늦봄에 수양버들을 감상하기를 바랄 뿐입니다. 이 두 가지가 있다면 죽어도 여한이 없을 것입니다"라고 하였다. 나는 이 말이 비록 과장되기는 했어도 재능이 있는 것은 틀림없다고 생각한다.

●王思微性好潔淨, 每還侍中省[146], 洗浴必乞御水[147]. 水淸濁與他井不異, 且貴水名耳.

○(남조 양나라) 왕사미는 천성적으로 깨끗한 것을 좋아하여 매번 시중성으로 돌아가면 목욕을 하고 반드시 어수를 요청하였다. 물의 청탁은 다른 우물물과 다르지 않지만, 그저 물 이름을 중시하는 것일 뿐이다.

---

144) 元言(원언) : 노자老子나 장자莊子의 도가적 이치가 담긴 말을 이르는 말인 '현언玄言'의 다른 표기. '원元'은 청나라 강희제康熙帝의 휘諱(玄燁) 때문에 고쳐쓴 것일 뿐이다.
145) 屬文(촉문) : 글을 짓다. '屬'의 음은 '촉'.
146) 侍中省(시중성) : 남조 양나라 때 시중이 관장하던 기관을 이르는 말. 당송 때의 문하성門下省에 해당하는 관서로 추정된다.
147) 御水(어수) : 황제가 마시는 궁중의 우물물을 이르는 말.

●廬陵威王[148]之蓄內[149]也, 千門相似, 萬戶如一. 齋前悉施木天[150], 以蔽光景, 春花秋月之時, 暗如深夜撤燭. 內人[151]有不識晦明者, 動[152]經一紀[153]焉. 所以然者, 正以桑中之契[154], 犇[155]則難禁[156]. 柳園之下, 空床多怨. 所以嚴其制, 而峻其網, 家人譬之廷尉[157], 門內同於苫廬[158]. 雖制控堅嚴, 而金玉滿室, 土木[159]緹罽[160], 不可勝云. 及凶寇[161]濟江, 而凴陵[162]京邑, 王之邸第, 邇於路左[163], 重門自啓, 無復擊柝[164]之聲. 春服初成, 遂等閼氏[165]

---

148) 廬陵威王(여릉위왕) : 남조南朝 양梁나라 고조高祖 무제武帝 소연蕭衍의 5남인 소적蕭績의 별칭. '여릉왕'은 봉호이고, '위'는 시호. 이 책의 저자인 원제元帝 소역蕭繹의 형이다. ≪양서·여릉위왕소적전≫권29 참조.

149) 蓄內(축내) : 처첩을 이르는 말.

150) 木天(목천) : 나무로 만든 차양을 이르는 말. 나무가 하늘에 닿을 정도로 높다는 뜻에서 유래하였기에, 비서성祕書省이나 한림원翰林院의 별칭으로도 쓰였다.

151) 內人(내인) : 처첩이나 궁녀를 이르는 말.

152) 動(동) : 걸핏하면, 툭하면, 늘상.

153) 一紀(일기) : 300일이나 25개월, 즉 1년을 뜻하는 말. 12년, 30년, 1500년 등 시대에 따라 여러 가지 의미로 쓰였다.

154) 桑中之契(상중지계) : 남녀가 사랑할 때 나눈 약속을 뜻하는 말. ≪시경·용풍鄘風·상중桑中≫권4의 "상중에서 나와 만나기로 약속하고, 상궁에서 나를 부르기로 했네(期我乎桑中, 要我乎上宮)"라는 구절에서 유래하였다.

155) 犇(분) : '분奔'의 고문자.

156) 難禁(난금) : 감내하지 못 하다, 참지 못 하다.

157) 廷尉(정위) : 진秦나라 이후로 옥사獄事와 형벌을 관장하는 기관이나 그 장관을 이르는 말. 태상太常·광록훈光祿勳·위위衛尉·태복太僕·홍려鴻臚·종정宗正·대사농大司農·소부少府와 함께 그 관서는 '구시九寺'라고 하고, 그 장관은 '구경九卿'이라고 하였는데, 삼공三公 다음 가는 최고위 관직이었다.

158) 苫廬(점려) : 부모님 상을 당했을 때 상주가 거처하는 방을 이르는 말.

159) 土木(토목) : 흙과 나무로 지은 건물이나 교량 따위를 이르는 말. 여기서는 결국 화려한 건축물을 가리킨다.

160) 緹罽(제계) : 화려한 의복을 이르는 말.

161) 凶寇(흉구) : 오랑캐나 반군에 대한 폄칭. 여기서는 북조北朝 국가의 침략을 가리킨다.

162) 凴陵(빙릉) : 핍박하다, 넘보다.

163) 路左(노좌) : 길가, 길옆. '도좌道左'라고도 한다.

164) 擊柝(격탁) : 딱따기를 치다. 야경을 도는 사람이 시간을 알리는 일을 말한다.

165) 閼氏(알지) : 한나라 때 흉노족의 임금인 선우單于의 부인에 대한 호칭.

之飾. 黃金滿匱, 前屬九虎[166], 白璧千雙, 後輸六郡[167]. 向[168]之所閉, 今所開, 向之所聚, 今所散. 屛去三惑[169], 可不戒乎?

○(남조 양나라) 여릉위왕(소적蕭績)의 처첩들은 처소가 다 비슷하게 생겼다. 재실 앞에는 모두 차양을 설치하여 빛을 가렸기에, 봄에 꽃이 피고 가을에 보름달이 뜰 때도 한밤중에 촛불을 껐을 때처럼 어둑어둑하였다. 그래서 처첩들은 밤인지 낮인지도 모른 채 툭하면 1년을 그대로 보내곤 하였다. 그렇게 한 이유는 바로 그녀들에 대한 사랑 때문에 그녀들이 도망치는 일을 감내할 수 없었기 때문이다. 그러나 버드나무 정원 아래 텅빈 침상에는 원망에 젖은 여인만 많아졌다. 그래서 통제를 엄격히 하고 그물을 촘촘이 쳤기에, 집안 사람들은 여릉왕을 (재판관인) 정위에 비유하며 집안이 상주의 처소와 같다고 하였다. 비록 통제가 엄격하였지만 금은보화가 방을 가득 채웠고, 화려한 건물과 의복은 일일이 언급할 수 없을 정도로 많았다. 외적이 장강을 건너 도성을 압박하자, 여릉왕의 저택은 길가에서 가까워 겹문이 저절로 열리면서 더 이상 딱다기 치는 소리를 들을 수 없게 되었다. 봄옷이 막 완성되자 급기야 (흉노왕의 부인인) 알씨의 복식과 같아졌다. 황금이 궤짝에 가득 차면 호랑이 같은 외적에게 귀속되고, 백벽이 수천 쌍 쌓이면 외적이 다스리는 고을로 보내졌다. 일전에 닫혔던 곳이 이제는 열리고, 일전에 모였던 재물들이 이제는 흩어지고 말았다. 그러니 사람을 현혹시키는 술·여색·재물 세 가지

166) 九虎(구호) : 아홉 마리 호랑이나 그들이 내는 우렁찬 포효 소리를 뜻하는 말로 강력한 군대를 비유하는데, 여기서는 이민족을 가리킨다.

167) 六郡(육군) : 한나라 때 장사나 명장이 많이 배출되었던 감숙성의 농서隴西·천수天水·안정安定·북지군北地郡과 섬서성의 상군上郡·산서성의 서하군西河郡 등 북방 여섯 개 군을 아우르는 말인데, 여기서는 북방의 이민족을 가리키는 말로 쓰인 듯하다.

168) 向(향) : 일전에, 그전에. '향嚮'과 통용자.

169) 三惑(삼혹) : 사람의 마음을 현혹시키는 세 가지 요소인 술·여색·재물을 아우르는 말.

를 멀리해야 한다는 말을 새겨듣지 않을 수 있겠는가?

●昔者潘君之慕，虢雨之爲人也．虢雨好學，方夏置金鏤龍盤於側，以洗墨渝[170]焉．潘君慕之，遂無冬夏，置金鏤龍盤於側，而不以洗墨渝也．此豈所謂愛其滯質，而失其實也．廬濛侯[171]之姸也，行必捻其纓．顔氏學之，動足而捻其纓，爲不姸也如舊．此又潘君也．

○옛날에 반군이 흠모했던 것은 괵우의 사람됨이었다. 괵우는 학문을 좋아하여 여름이 되면 금으로 상감한 용 모양의 쟁반을 곁에 놓고서 먹물 찌꺼기를 닦았다. 반군도 이를 흠모하여 급기야 겨울이고 여름이고 할 것 없이 금으로 상감한 용 모양의 쟁반을 곁에 두었지만, 그것으로 먹물 찌꺼기를 닦지 않았으니, 이는 아마도 이른바 오랜 습관을 좋아하여 그 실용적 가치를 놓친다는 격일 것이다. 또 여몽후는 예쁘게 보이는 것을 좋아해 길을 걸을 때도 반드시 갓끈을 꼬았다. 안씨가 이를 본받아 발을 움직일 때마다 갓끈을 꼬았지만, 예뻐 보이지 않는 것은 예전과 마찬가지였다. 이 또한 반군과 같은 경우이다.

●余以九日[172]從上幸樂遊苑[173]，被勅押，伏蒙勅板．軍主[174]新從荊還，人馬器甲，震耀京輦[175]，百姓觀者，如堵墻[176]焉．上諸子之中，

---

170) 墨渝(묵투) : 먹물 찌꺼기를 이르는 말.

171) 廬濛侯(여몽후) : 남조南朝 양梁나라 때 제후 가운데 한 사람을 지칭하는 말인 듯하나 신상은 미상. 앞의 '반군潘君'이나 '괵우虢雨' 역시 신상에 대해서는 알려진 바가 없다.

172) 九日(구일) : 음력 9월 9일 중양절重陽節을 이르는 말. 양수陽數인 9가 중첩되는 날이란 의미에서 유래하였다.

173) 樂遊苑(낙유원) : 남조南朝 때 도읍인 건강建康의 북쪽 3리 되던 곳에 있던 정원으로, 원래는 약초를 재배하던 약원藥園이었다.

174) 軍主(군주) : 군대의 주장主將을 가리키는 말.

175) 京輦(경련) : 서울, 도읍을 뜻하는 말. '경도京都'와 뜻이 같다.

176) 如堵墻(여도장) : 담장과 같다. 수많은 사람들이 담장처럼 빙 둘러선 모양을 뜻한다.

特垂慈愛, 相賚相接, 其日賦詩, 蒙賞其晩. 道義被稱, 左右拭目[177], 朋友改觀. 此時天高氣淸, 炎凉調適, 千載一時矣. 上謂人曰余, "義如荀粲[178], 武如孫策[179]." 余經侍副君[180]講, 時季秋也. 召登含露之閣, 同時奉令者, 定襄侯[181]・祇舍人[182]・庾肩吾而已. 曲蒙恩晏, 自夜至朝, 奉玉裕[183]之溫, 入銅龍[184]之省, 曈曨日色, 還想安仁[185]之賦, 徘徊月影, 懸思子建[186]之文. 此又一生之至樂也. 余後爲江州刺史, 副君賜報曰, "京師有語曰, '議論當如湘東

---

177) 拭目(식목) : 눈을 닦다. 매우 주시하는 것을 비유한다.

178) 荀粲(순찬) : 삼국 위魏나라 때 사람(약 209-238). 자는 봉천奉倩. 순욱荀彧(163-212)의 아들로 도가사상을 좋아하였고, 주로 명사들하고만 교유를 가졌다. 절세미녀인 부인이 죽자 슬픔에 젖어 29세의 나이로 요절하였다. 그에 관한 기록은 사서에 없는 대신, ≪세설신어世說新語≫에 흩어져 전한다.

179) 孫策(손책) : 삼국 오나라를 건국한 손권孫權(182-252)의 형. 전공을 세워 강동江東 지역을 차지하였으나 26세의 젊은 나이에 자객에게 살해당했다. ≪삼국지・오지・손책전≫권46 참조.

180) 副君(부군) : 태자太子의 별칭. 다음으로 임금이 될 사람이란 의미에서 유래하였다.

181) 定襄侯(정양후) : 남조南朝 남제南齊 때 사람 장충張沖의 봉호. ≪남제서・장충전≫권49 참조.

182) 舍人(사인) : 황명의 기초起草와 출납出納을 관장하는 중서성中書省 소속의 벼슬인 중서사인中書舍人의 약칭. 장관인 중서령中書令과 버금 장관인 중서시랑中書侍郞 다음 가는 고관高官이다. 그러나 '기사인'이 누구를 가리키는지는 불분명하다.

183) 玉裕(옥유) : 옥처럼 아름다운 용모라는 뜻에서 유래한 말로 황태자의 별칭.

184) 銅龍(동룡) : 한나라 때 태자궁太子宮(동궁東宮)에 있던 대문 이름. 태자궁을 비유적으로 가리킨다.

185) 安仁(안인) : 진晉나라 때 사람 반악潘岳(247-300)의 자. 미남의 대명사로서 수재과秀才科에 천거되어 무제武帝를 위해 <적전부籍田賦>를 지어서 명성을 떨쳤다. 태부주부太傅主簿・급사황문시랑給事黃門侍郎을 역임하였는데, 가밀賈謐(?-300)에게 아부하다가 손수孫秀의 참소로 살해되었다. 문장에 뛰어났으나 성품이 경박하고 지나치게 실리적이란 평을 받았다. ≪진서・반악전≫권55 참조.

186) 子建(자건) : 삼국시대 위魏나라 때 문인 조식曹植(192-232)의 자. 무제武帝 조조曹操(155-220)의 아들이자, 문제文帝 조비曹丕(187-226)의 동생. 문재文才가 뛰어났으나 그 때문에 형인 조비의 시기를 받아 불행한 삶을 살았다. 봉호가 진왕陳王이고 시호가 사思여서 '진사왕陳思王'으로도 불렸다. 저서로 ≪조자건집曹子建集≫ 10권이 전한다. ≪삼국지・위지・진사왕조식전≫권19 참조.

王[187]), 仕宦當如王克時.'" 始爲僕射[188])領選也.(案, 王克時, 史無此人. 且此二句, 必有韵之語, 時字文義, 當屬下句. 考梁書, '王瑩, 字奉光, 武帝時爲左僕射.' 克與光, 以形相近而訛, 上脫奉字. 光與王音正相協. 今未敢輒改, 姑仍其舊.)

○나는 9월 9일 중양절에 황제를 따라 낙유원에 행차하면서 호위하라는 명을 받아 칙명이 적힌 목판을 받들었다. 군의 주장을 맡으면서 새로 (호북성) 형주로부터 돌아왔기에, 인마와 무기가 도성에서 빛을 발해 구경하는 백성들이 길을 가득 메웠다. 황제는 여러 아들 가운데서도 나를 특별히 총애하여 음식을 준비해 접대하였는데, 그날 시를 짓고서 가장 늦게 상을 받았다. 도의를 지켰다고 칭송을 받았기에, 주변 사람들이 예의주시하고 친구들도 새로운 눈으로 대해 주었다. 당시는 하늘도 높고 공기도 맑아 덥지도 춥지도 않았기에, 천 년에 한 번 있을까 말까 한 날이었다. 황제는 사람들에게 나에 대해 "도의는 (삼국 위魏나라) 순찬을 닮았고, 무공은 (삼국 오吳나라) 손책과 맞먹는다"고 말했다. 나는 당시 태자를 모시고 강론에 참여하였는데, 때는 늦가을이었다. 부름을 받고 함로각에 올랐는데, 같은 시기에 황명을 받은 사람은 정양후(장충張沖)와 기사인·유견오뿐이었다. 황제가 베푼 연회에 참석해 밤부터 아침까지 황태자를 모시다가 태자궁으로 들어가는데, 햇살이 어렴풋이 비추기에 (진晉나라) 안인(반악潘岳)의 부가 다시 생각나고, 달그림자가 어른거리기에 (삼국 위魏나라) 자건(조식曹植)의 글이 또렷이 떠올랐다. 이 또한 일생 동안의 지극한 즐거움이었다. 내가 뒤에 (강서성) 강주자사에 임명되자 황태자가 알려주기를 "도성에 '논변은 응당 상동왕(소역

---

187) 湘東王(상동왕) : 이 책 ≪금루자≫의 저자인 남조南朝 양梁나라 원제元帝 소역蕭繹(508-554)이 즉위하기 전의 봉호封號. ≪양서·원제기≫권5 참조.

188) 僕射(복야) : 진秦나라 때 처음 설치되었고, 한나라 때는 5상서尙書 가운데 한 명을 복야에 임명하여 조정의 핵심 행정 기관인 상서성尙書省의 업무를 총괄하게 하였는데, 뒤에 권한이 막강해지자 좌·우복야를 두면서 당송唐宋 때까지 지속되었다. 보통 승상丞相의 지위를 겸하였다.

蕭繹)처럼 해야 하고, 벼슬살이는 응당 왕극시(왕봉광王奉光)처럼 해야 한다'는 말이 돌고 있소"라고 하였다. 왕극시는 처음에 복야를 맡아 인재의 선발을 관장한 적이 있다.(살펴보건대 사서에 '왕극시'란 사람은 없다. 게다가 앞에서 말한 두 구절은 압운자가 있는 말이고, '시時'자는 문맥상 응당 아래 구절에 속해야 한다. ≪양서・왕영전≫권16을 살펴보면 '왕영은 자가 봉광으로 무제 때 좌복야을 지냈다'는 기록이 있는 것으로 보아, '극克'자와 '광光'자가 자형이 비슷해 잘못 쓰였고, 앞에 '봉奉'자가 누락되었을 것이다. 그래야 '상동왕湘東王'의 '왕王'과 '왕봉광王奉光'의 '광光'이 음운상 서로 협운을 이루게 된다. 하지만 이제 감히 임의대로 고칠 수는 없기에, 잠시 옛 문장을 따른다.)

●余作金樓子, 未竟, 從荊州還都. 時有言是鍛眞金爲樓子[189]者, 來詣余, 三爵[190]之後, 往往乞借金樓子, 玩弄之, 應大奇巧. 此則近可咍[191]也.

○나는 ≪금루자≫를 저술하다가 미처 완성하지 못 하고, (호북성) 형주로부터 도성으로 돌아왔다. 때마침 어떤 사람이 진짜 금을 녹여서 누각 모양의 물건을 만들었다고 하면서 나를 예방하였는데, 술을 석 잔 마신 뒤에 왕왕 금으로 만든 누각 모양의 물건을 빌려 그것을 가지고 놀았더니 기교가 무척 늘었다. 이것이 근자에 기뻐할 만한 거리이다.

●宋岱[192]之鷄, 猶解談說.

○(진나라) 송대의 닭도 말을 할 줄 알았다.

●昔玉池國[193]有民, 壻面大醜, 婦國色鼻齇[194]. 壻乃求媚[195]此婦,

189) 樓子(누자) : 누각처럼 층진 물건을 이르는 말.
190) 三爵(삼작) : 술 석 잔. 즉 술을 마시는 것을 말한다.
191) 咍(해) : 기뻐하다, 즐거워하다.
192) 宋岱(송대) : 진晉나라 때 사람. 청주자사青州刺史・형주자사荊州刺史 등을 역임하였다. ≪진서・이특전李特傳≫권120 참조.
193) 玉池國(옥지국) : 전설상의 나라 이름.

終不肯回, 遂買西域無價[196]名香而熏之, 還入其室. 婦旣齆矣, 豈分香臭哉? 世有不說適物[197], 而變通求進, 盡皆此類也.

○옛날에 옥지국에 어느 백성이 있었는데, 남편은 얼굴이 크면서 못생겼고, 아내는 절세미녀이지만 코가 막혀 있었다. 남편이 부인의 비위를 맞추려 해도 끝내 돌아오려고 하지 않자, 급기야 서역에서 나는 값을 따질 수 없을 정도로 비싼 이름난 향을 구입해서 그것을 몸에 쏘인 뒤 다시 그녀의 방으로 들어갔다. 그러나 아내는 이미 코가 막혀 있었으니, 어찌 향기를 구분할 수 있겠는가? 세상에 환경에 적응하는 방법을 말하지 않고 임시변통으로 진전을 보려고 한다면, 모두가 이와 같은 부류라 하겠다.

●參絲之絞以弦琴, 緩張則撓, 急張則絶.(案, 以下七條, 原本無篇名, 附錄於此.)

○세 가지 실을 꼬아서 만든 줄은 금에 현을 거는 데 사용하는데, 느슨하게 당기며 꼬이고, 급하게 당기면 끊어진다.(살펴보건대 이하 7개 조항은 원본에 편명이 없기에, 여기에 덧붙여 수록한다.)

●王仲宣[198]昔在荊州著書數十篇. 荊州壞, 盡焚其書, 今存者一篇. 知名之士咸重之, 見虎一毛, 不知其斑.(案, 原本僅存末八字, 謹據太平御覽校補.)

○(삼국 위魏나라) 중선仲宣 왕찬王粲은 옛날에 (호북성) 형주에서 글을 수십 편 지었다. 형주가 함락되자 그 글을 다 태워버려 지금 남은 것은 한 편뿐이다. 유명한 선비들은 모두들 이를 소중히

---

194) 鼻齆(비옹) : 코가 막히다.
195) 求媚(구미) : 비위를 맞추다, 구애하다.
196) 無價(무가) : 값이 없다. 값을 따질 수 없을 정도로 비싸다는 말이다.
197) 適物(적물) : 환경에 잘 적응하는 것을 이르는 말.
198) 王仲宣(왕중선) : 후한 말엽 삼국 위魏나라 때 문인인 왕찬王粲(177-217). '중선'은 자. 건안칠자建安七子 가운데 한 사람. ≪삼국지・위지・왕찬전≫권21 참조.

여기지만, 호랑이 털 하나를 보고서 그 무늬를 알 수는 없는 법이다.(살펴보건대 원본에는 단지 마지막 여덟 자만 있기에, 삼가 ≪태평어람・문부文部・저서하著書下≫권602의 기록에 근거하여 교감하고 보충하였다.)

●桂華無實, 玉巵無當.(當, 底也. 今俗猶有'匡當199)'之言也.)

○계수나무 꽃은 열매를 맺지 않고, 옥으로 만든 술잔에는 바닥이 없기 마련이다.('당'은 바닥을 뜻한다. 오늘날 세간에는 '광당'이란 말이 있다.)

●周赧王200)卽位, 負債而逃之, 名爲逃債之宮. 今洛陽南宮201)誃臺202), 是也. 竊民鐵而藏之.

○주나라 난왕은 황제의 자리에 올랐으나, 빚을 지고 도망쳤기에 그의 거처를 '도채궁'이라고 하였다. 오늘날 (하남성) 낙양의 남궁에 있는 이대가 바로 그곳이다. 백성들의 철을 훔쳐서 그곳에 소장하였다.

●專諸203)學炙魚, 香聞數里. 王僚索魚炙, 專諸持利鋼刀, 藏著魚腹中. 持刀戟者於後鉤專諸, 而諸隱刀, 刺王僚乳, 出徹後屛風. 僚子恙忌, 走及犇牛, 手接飛燕. 闔閭204)患之, 石室銅戶, 藏翳備之也.

○(춘추시대 오吳나라) 전저는 생선 굽는 법을 잘 배워 그 냄새가

---

199) 匡當(광당) : 바닥이나 가장자리를 뜻하는 말.

200) 赧王(난왕) : 주나라 마지막 군주의 시호.

201) 南宮(남궁) : 진한秦漢 때 하남성 낙양洛陽에 있었던 궁궐 이름. 주요 행정기관인 상서성尙書省이 남쪽에 위치하였기에 상서성의 별칭을 가리킬 때도 있다.

202) 誃臺(이대) : 옛날에 하남성 낙양에 있었던 누대 이름. '誃'는 '離'의 뜻.

203) 專諸(전저) : 춘추시대 때 오吳나라의 자객. 오자서伍子胥(자서는 오원伍員의 자)의 추천으로 공자公子 광光을 위해 왕 요僚을 암살하려다가 실패하고 그의 부하에게 살해당했다. ≪사기・자객열전・전저전≫권86 참조.

204) 闔閭(합려) : 춘추시대 오나라 왕. 공자公子의 신분이었다가 오나라 왕 요僚가 전저專諸에게 살해당하자 스스로 왕에 올랐다. ≪사기・오태백세가吳太伯世家≫권31 참조.

몇 리 밖까지 나게 하였다. 그래서 오나라 왕 요가 생선구이를 부탁하자, 전저는 날카로운 쇠칼을 가져다가 생선 뱃속에 감추었다. 칼과 창을 들고 있던 호위병이 뒤에서 전저를 낚아챘지만, 전저는 칼을 숨겨두었다가 왕 요의 가슴을 찔러 뒤의 병풍까지 꿰뚫었다. 요의 아들 강기는 달리기를 하면 날뛰는 소를 따라잡고, 맨손으로 날아가는 제비를 잡을 수 있었다. 합려가 이를 염려하여 석실과 쇠문에 숨어서 대비하였다.

●漢張猛·皇甫商, 少而善相[205], 爲狎旣過, 乃至相殺, 爰及出奔. 故君子知愼之, 貌必齋莊[206], 於事爲善.

○전한 때 장맹과 황보상은 어려서부터 서로 친하였지만, 지나치게 가깝게 지내더니 도리어 서로 죽이려고 하다가 도망치는 지경에까지 이르렀다. 그래서 군자는 신중해야 한다는 것을 알기에, 용모는 반드시 엄숙한 표정을 짓고, 선행을 많이 베푼다.

●邱遲[207]出爲永嘉郡, 羣公祖道[208]於東亭. 敬子[209]·沈隱侯[210]俱至, 邱云, "少來搜集書史, 頗得諸遺書, 無復首尾, 或失名. 凡有百餘卷, 皆不得而知, 今倂欲焚之." 二客乃謂主人云, "可皆取出, 共

---

205) 善相(선상) : 관상을 잘 보다. 따라서 문맥상으로 볼 때 서로 친한 사이를 뜻하는 말인 '상선相善'의 오기인 듯하다.

206) 齋莊(재장) : 경건하고 엄숙한 모양.

207) 邱遲(구지) : 남조南朝 양梁나라 때 사람(464-508). 자는 희범希範. 시문을 잘 지었고, 벼슬은 복야僕射에 올랐다. ≪양서·구지전≫권49 참조.

208) 祖道(조도) : 먼 곳으로 떠나는 사람을 위해 길제사를 지내주고 잔치를 베풀어 전송하는 것을 이르는 말.

209) 敬子(경자) : 남조 양나라 때 사람 임방任昉(460-508)의 시호. 자는 언승彦昇. 남제南齊 때 태학박사太學博士를 지내고, 양나라 때 의흥태수義興太守와 신안태수新安太守를 지냈다. 시문에 뛰어난 재주가 있어 ≪문장연기文章緣起≫ ≪술이기述異記≫ 등 많은 저서를 남겼다. ≪양서·임방전≫권14 참조.

210) 沈隱侯(심은후) : 남조 양나라 때 문호文豪인 심약沈約(441-513)의 별칭. '은후'는 봉호. 자는 휴문休文. ≪송서宋書≫ 100권을 지었다. ≪양서·심약전≫권13 참조.

看之." 傅金紫[211]末至, 二客以向諸書示之. 傅乃發擿剖判, 皆究其流, 出所得三分有二. 賓客[212]咸所悅服.

○(남조 양나라 때) 구지가 조정을 나서 (절강성) 영가군의 태수로 내려가게 되자, 여러 사람이 동쪽 정자에서 길제사를 지내고 환송연을 열어주었다. 경자敬子 임방任昉과 은후隱侯 심약沈約이 함께 도착하자, 구지가 말했다. "어려서부터 서책들을 수집하여 실전될 뻔한 서책들을 사뭇 많이 얻었는데, 처음부터 끝까지 온전하지 못 하고, 어떤 것은 서명을 알 수가 없습니다. 도합 백 권이 넘지만 모두 알 수가 없으니, 이제 다 불태우려고 합니다." 그러자 두 사람이 서책의 주인인 구지에게 말했다. "모두 가져다가 함께 살펴보도록 합시다." 금자광록대부金紫光祿大夫를 맡고 있던 부소傅昭가 마지막에 도착하자 두 사람이 방금 전의 서책들을 그에게 보여주었다. 그러자 부소가 그 서책들을 골라 분석해서 그 종류를 밝혀냈는데, 알아낸 것이 3분의 2에 달하자 손님들이 모두 기뻐하며 탄복해 하였다.

□雜記篇十三下(13 잡기편 하)

●殷湯取士於商賈[213], 周武取士於負薪, 齊桓取士於車轅, 大漢取士

---

211) 金紫(금자) : 당나라 이전에는 고관이 허리에 차는 금도장과 자색 인끈을 가리키는 말로 쓰이다가, 당송 때는 3품 이상의 고관이 차던 금으로 만든 물고기 모양의 부절인 금어金魚와 관복官服인 자의紫衣를 가리키는 말로 쓰였다. 공로가 있는 신하에게 특별히 하사하기도 하였다. 여기서는 그러한 관직인 금자광록대부金紫光祿大夫의 약칭으로 쓰였는데, '부금자傅金紫'는 당시 금자광록대부를 맡고 있던 부소傅昭를 가리킨다. ≪양서・부소전≫권26 참조.

212) 賓客(빈객) : 손님에 대한 총칭. '빈賓'은 신분이 높은 손님을 가리키고, '객客'은 수행원과 같이 신분이 낮은 손님을 가리키는 데서 유래하였다.

213) 商賈(상고) : 상인에 대한 총칭. '상商'은 돌아다니며 장사하는 봇짐장사를 뜻하고, '고賈'는 상점을 차리고 장사하는 자본이 있는 상인을 뜻하는 데서 유

於奴僕. 明王聖主, 取士以賢, 不拘卑賤. 故其功德洋溢, 名流竹帛[214]也.

○은나라 탕왕은 상인들 속에서 인재를 구했고, 주나라 무왕은 땔나무꾼들 속에서 인재를 구했고, (춘추시대) 제나라 환공은 마부들 속에서 인재를 구했고, 한나라 고조는 노비들 속에서 인재를 구했다. 훌륭한 군주들은 현명한지 여부를 가지고 인재를 구하지, 신분의 비천에 얽매이지 않는다. 그래서 그 공덕이 한없이 드넓어 이름을 역사책에 남기는 것이다.

●大器不可小用, 小士不可大任.

○큰 인물은 자질구레한 일에 기용해서 안 되고, 보잘것없는 선비에게는 큰 임무를 맡겨서 안 된다.

●周君出獵, 見白鴈爲羣. 周君鼓弩, 欲射道之行者, 其御公孫龍[215]下車, 拊矢曰, "君以鴈射人, 無乃[216]虎狼也?"

○주나라 군주가 사냥을 나서 흰 기러기가 무리지어 나는 것을 발견하였다. 주나라 군주가 쇠뇌를 당겼다가 길을 가는 행인을 맞히게 되자, 마부인 공손용이 수레에서 내려 화살을 만지작거리며 말했다. "군왕께서는 기러기 때문에 사람을 맞혔으니, 호랑이나 이리와 뭐가 다르겠나이까?"

●魏絳[217]請施舍積粟, 自公以下, 有積者盡出之, 國無滯粟, 亦無困

래하였다.

214) 竹帛(죽백) : 죽간과 비단. 종이가 발명되기 전의 필기 도구를 뜻하는 말로 결국 사서史書를 비유적으로 가리킨다.

215) 公孫龍(공손용) : 전국시대 조趙나라 사람. 평원군平原君의 식객食客으로 '견백동이설堅白同異說' '백마비마설白馬非馬說' 등을 주창하였다. 저서로 ≪공손용자公孫龍子≫가 전한다. ≪사기·순경전荀卿傳≫권74 참조.

216) 無乃(무내) : 어찌 …이 아니겠는가? 즉 '바로 …이다'라는 말이다.

217) 魏絳(위강) : 춘추시대 진晉나라 대부大夫. 시호가 장자莊子여서 '위장자'로

人. 公無禁利, 又無貪民. 行之期年[218], 國乃有節. 此蓋邃古[219]之法耳. 今若開府, 併以濟民, 忽值[220]妖賊, 便當束手. 此劉虞[221]惜放火, 所以見誅. 仲堪[222]賑貧民, 於玆竄矣.

○(춘추시대 진晉나라 때) 위강이 창고를 지어 곡식을 저장할 것을 주청하자, 도공悼公 이하 곡식을 비축하고 있던 사람들이 모두 곡식을 내놓았기에, 나라 안에 적체되는 곡식이 없고 빈곤한 백성도 없게 되었다. 도공이 이익 추구를 금하지 않았는데도 탐욕스런 백성이 없었다. 이를 실시한 지 1년이 지나자 나라에 마침내 법도가 있게 되었다. 이것은 아마도 태고 때부터 내려오던 방법일 것이다. 그러나 이제 창고를 열어 백성들을 구제한다면 갑자기 외침을 당했을 때 분명 속수무책이 될 것이다. 이것이 (후한 때) 유우가 불을 놓는 것을 주저하다가 살해당한 이유이다. (진晉나라) 은중감殷仲堪은 빈민을 구제하였다가 이 때문에 유배당하기도 하였다.

●趙簡子出畋, 命鄭龍射埜人[223], 使無驚吾鳥. 龍曰, "吾先君晉文公伐衛, 不僇[224]一人, 今君一畋, 而欲殺良民, 是虎狼也." 簡子曰,

---

도 불렸다. 진나라 도공悼公 때 정경正卿에 올라 선정을 베풀었다.

218) 期年(기년) : 1년. '기期'는 돐을 뜻하는 '기朞'와 통용자.

219) 邃古(수고) : 아득한 옛날. 태고太古. '수고遂古'라고도 한다.

220) 値(치) : 만나다, 마주치다.

221) 劉虞(유우) : 후한 때 사람. 자는 백안伯安. 검소한 생활을 좋아하였고, 하북성 유주자사幽州刺史를 지내며 선정을 베풀어 칭송을 받았다. 뒤에 공손찬公孫瓚의 공격을 받았을 때 민가가 소실될까 염려하여 화공을 펼치지 않는 바람에 전투에 패하여 처형당했다. ≪후한서 · 유우전≫권103 참조.

222) 仲堪(중감) : 진晉나라 때 사람 은중감殷仲堪(?-399)의 이름. 노장사상老莊思想에 정통하고 문장을 잘 지었으며, 태자중서자太子中庶子와 형주자사荊州刺史 · 광주자사廣州刺史 등을 역임하다가 환현桓玄(369-404)에게 패하여 자살하였다. ≪진서 · 은중감전≫권84 참조.

223) 埜人(야인) : 들판에 있는 사람. 즉 농부 같은 사람을 가리킨다. '야埜'는 '야野'의 고문자古文字.

224) 僇(육) : 죽이다, 살육하다. '육戮'과 통용자.

"人畋得獸, 我畋得士. 故緣木[225]愈高者愈懼, 人爵愈貴者愈危, 可不愼乎?"

○(춘추시대 진晉나라) 조간자(조앙趙鞅)가 사냥하러 외출하였다가 정용을 시켜 농부를 화살로 맞히게 하면서 자신의 새를 놀래키지 말라고 하자 정용이 말했다. "저의 선군이신 진나라 문공께서는 위나라를 정벌하면서 한 사람도 함부로 죽이지 않으셨는데, 이제 군주께서는 한 번 사냥을 하면서 양민을 죽이고자 하시니, 이는 호랑이나 승냥이가 벌이는 짓입니다." 그러자 조앙이 대답하였다. "다른 사람은 사냥을 하면서 짐승을 잡지만, 나는 사냥을 하면서 선비를 얻으려는 것이오. 따라서 나무를 탈 때는 높으면 높을수록 무섭고, 사람의 작위는 귀하면 귀할수록 위태롭기 마련이니, 신중을 기하지 않을 수 있겠소?"

●齊桓公飮酒, 醉遺其冠, 恥之, 三日不朝. 管仲曰, "此非有國之恥, 胡不雪之以政?" 公曰, "善." 因發倉粟, 賜貧窮, 論囹圄[226], 出薄罪. 處三日而民歌之曰, "公胡不復遺其冠?"

○(춘추시대) 제나라 환공이 술을 마시고 취해서 갓을 잃어버리자, 이를 부끄럽게 여겨 사흘 동안 조회를 열지 않았다. 그러자 관중(관이오管夷吾)이 말했다. "이는 나라를 가진 군주의 수치가 아니거늘, 어찌하여 정사로 설욕하지 않으십니까?" 환공이 말했다. "옳은 말이오." 그래서 창고의 곡식을 풀어 가난한 사람들에게 나눠주고, 재판을 다시 열어 죄가 가벼운 죄수들을 풀어주었다. 사흘 동안 이렇게 처리하자 백성들이 노래를 부르며 "환공께서 어찌하여 갓을 다시 잃어버리지 않으실까?"라고 하였다.

●齊宣王晝臥(案, 說苑[227]作出獵.)於社山[228]. 父老十三人迎勞王, 王命

---

225) 緣木(연목) : 나무를 올라가다, 나무를 타다.
226) 囹圄(영어) : 감옥. 여기서는 재판을 다시 여는 것을 말한다.

賜父老田不租, 又無徭役. 父老皆拜, 而閭邱[229]先生獨不拜. 王問之, 對曰, "臣願得壽而富貴也." 王曰, "夫生殺有時, 壽非寡人[230]所得許也. 今倉廩以備災荒, 無以富先生, 大官無缺, 無以貴先生." 閭邱曰, "不然. 願大王選良吏以牧之, 臣得壽矣. 春秋振[231]之以時, 無煩擾百姓, 臣得富矣. 大王出令曰, '少者敬老,' 則臣得貴矣." 王曰, "善夫!"

○(전국시대 때) 제나라 선왕이 (산동성) 사산에서 낮에 잠이 들었다.(살펴보건대 ≪설원·선설善說≫권11에는 '사냥을 나갔다'로 되어 있다.) 원로 13명이 왕을 맞아 위로하자, 왕이 명을 내려 원로들의 농토에서 세금을 걷지 말고 요역도 없애라는 특혜를 베풀었다. 원로들이 모두 절을 올렸지만, 여구선생만은 절을 하지 않았다. 선왕이 이유를 묻자 그가 대답하였다. "신은 장수와 부귀를 누리고 싶나이다." 선왕이 말했다. "무릇 살리고 죽이는 것에는 때가 있기 마련이라서 장수는 과인이 어찌할 수 있는 것이 아니오. 이제 곳간은 기근에 대비하기 위한 것이라서 선생을 부자로 만들 수 없고, 고관은 결원이 없기에 선생을 고관에 임명할 수도 없구려." 그러자 여구선생이 말했다. "그렇지 않습니다. 원하옵건대 대왕께서 훌륭한 관리를 뽑아 선정을 베풀게 하면, 신은 장수할 수 있습니다. 또 봄가을로 제때에 구제하고 백성들을 괴롭히지 않는다면, 신은 부자가 될 수 있습니다. 또 대왕께서 명을 내리

227) 說苑(설원) : 전한 때 유향劉向이 춘추시대부터 전한 초까지 교훈이 될 만한 고사들을 모아 놓은 책. 총 20권. ≪사고전서간명목록·자부·유가류≫권9 참조.

228) 社山(사산) : 산동성에 있는 산 이름. '두산杜山'으로 표기한 문헌도 있다.

229) 閭邱(여구) : 춘추시대 제나라의 땅 이름이자 복성複姓.

230) 寡人(과인) : 제왕이 자기 자신을 낮춰 부르는 말. '덕이 부족한 사람'이란 겸허의 뜻에서 유래하였다. 진나라 시황제가 자신을 '짐朕'이라고 하면서 뒤에는 제후국 임금의 겸칭이 되었는데, 당나라 때 학자인 공영달孔穎達(574-648)의 주장에 의하면 평상시에는 '과인寡人'이라고 하다가 나라에 흉사凶事가 있으면 '고孤'라고 하였다고 한다.

231) 振(진) : 구제하다, 진휼賑恤하다. '진賑'과 통용자.

서 '젊은이들은 노인을 공경하라'고 하면, 신은 귀한 몸이 될 수 있습니다." 선왕이 말했다. "옳은 말이오!"

●主有三惡. 不修文德, 而尚武力, 不明教化, 而枉任刑, 是一惡也. 妃妾百數, 黔首[232]多鰥寡, 是二惡也. 男不耕耨, 女不紡績, 杼軸既空, 田疇蕪薉, 是三惡也. 主有三殆. 倍德[233]好色, 親諂諛, 遠忠直, 孽子[234]衆多, 嫡嗣[235]無立, 是一殆也. 嚴刑峻法, 是二殆也. 犬馬啖黍, 民不厭糟糠[236], 是三殆也.

○군주에게는 세 가지 죄악이 있다. 문덕을 닦지 않고 무력을 중시하고, 교화를 밝히지 않고 형벌을 멋대로 집행하는 것이 첫 번째 죄악이다. 첩실을 백으로 헤아릴 정도로 많이 두어 백성들 사이에 홀아비와 과부가 많이 생기게 하는 것이 두 번째 죄악이다. 남자는 농사를 짓지 않고 여자는 길쌈을 하지 않아, 베틀이 텅 비고 농토에 잡초만 무성하도록 만드는 것이 세 번째 죄악이다. 군주에게는 세 가지 위험이 있다. 덕을 저버리고 여색을 좋아하며, 아첨하는 무리를 가까이하고 충직한 신하를 멀리하며, 서자를 많이 낳아 적장자를 후계자로 세우지 않는 것이 첫 번째 위험한 일이다. 형법을 엄하게 실시하는 것이 두 번째 위험한 일이다. 사냥개와 말에게 곡식을 먹이면서 백성들은 술지게미나 쌀겨조차도 배불리 먹지 못 하게 하는 것이 세 번째 위험한 일이다.

●田光・鞠武, 俱往候荊軻[237]. 軻時飲酒醉臥, 光等往視之, 唾其耳

232) 黔首(검수) : 일반 백성을 이르는 말. 갓을 쓰지 않고 검은 머리를 그대로 노출한 데서 유래하였다.
233) 倍德(배덕) : 덕을 저버리다. '배倍'는 '배背'와 통용자.
234) 孽子(폐자) : 서자庶子의 별칭.
235) 嫡嗣(적사) : 적장자嫡長子를 후계자로 세우는 것을 이르는 말.
236) 糟糠(조강) : 술지게미와 쌀겨. 매우 열악한 음식을 비유한다.
237) 荊軻(형가) : 전국시대 위衛나라 사람. 진秦나라에 볼모로 잡혔다가 풀려난 연燕나라 태자 단丹의 복수를 위해 진나라 시황제始皇帝(B.C.259-B.C.210)를

中而去. 軻醉覺, 問曰, "誰唾我耳?" 婦曰, "燕太子師傅向來. 是二人唾之." 軻曰, "出口入耳, 此必大事."

○(전국시대 연燕나라 때) 전광과 국무가 함께 형가에게 인사하러 찾아갔다. 형가가 때마침 술에 취해 누워 있자 전광 등이 다가가 살펴보더니, 그의 귓속에 침을 뱉고서 떠났다. 형가가 술에서 깨어나 물었다. "누가 내 귀에 침을 뱉었소?" 그의 아내가 대답하였다. "연나라 태자의 스승이 방금 전에 찾아왔었습니다. 그 두 사람이 침을 뱉은 것입니다." 그러자 형가가 말했다. "입에서 꺼내 귀에다가 넣었으니, 이는 필시 중대한 일이 있기 때문일 것이오."

●燕田光・鞠武, 俱往候荊軻. 軻在席擊筑[238]而歌, 莫不髮上穿冠.

○(전국시대) 연나라 때 전광과 국무가 함께 형가에게 인사하러 찾아갔다. 형가가 자리에서 축을 두드리며 노래하자, 모두들 머리카락이 위로 솟구쳐 갓을 찌를 정도로 감동하였다.

●昔鄧通從理入口[239], 相者曰, "必餓死." 漢文帝曰, "能富通者我也." 賜以銅山. 其後果餓死.

○옛날에 등통은 입가에 주름이 세로로 나 있어 관상가가 "필시 굶어죽을 것입니다"라고 하였다. 전한 문제가 "등통을 부자로 만들 수 있는 사람은 나로다"라고 말하고는, 그에게 구리 광산을 하사하였다. 그러나 그뒤로 정말 굶어죽고 말았다.

암살하려다가 실패하였다. ≪사기・자객열전・형가전≫권86 참조.

238) 筑(축) : 대나무를 이용해서 소리를 내는 고대 현악기 이름. 줄 수에 대해서는 5현・13현・21현 등 여러 설이 있다.

239) 從理入口(종리입구) : 세로 무늬가 입으로 들어가다. 즉 입가에 세로로 난 주름을 이르는 말로 아사餓死의 관상을 상징한다. '등사입구騰蛇入口'라고도 한다. '종從'은 '세로 종縱'과 통용자.

●枚乘[240]云, "磨礱[241]不見其損, 有時而盡. 種樹不見其長, 有時而大. 積行[242]不知其善, 有時而用. 棄義不知其惡, 有時而亡也."

○(전한) 매승은 "숫돌은 그것이 마모되는 것이 눈에 보이지 않지만 때가 되면 다 소진되고, 나무를 심으면 그것이 자라는 것이 눈에 보이지 않지만 때가 되면 크게 자란다. 마찬가지로 선행을 쌓으면 그것이 좋다는 것을 알지 못 해도 때가 되면 쓰임새가 있게 되고, 도의를 버리면 그것이 나쁘다는 것을 알지 못 해도 때가 되면 망하게 된다"고 하였다.

●楚國龔舍[243], 初隨楚王朝, 宿未央宮[244], 見蜘蛛焉. 有赤蜘蛛, 大如栗, 四面縈羅網. 有蟲觸之而死者, 退而不能得出焉. 舍乃嘆曰, "吾生亦如是矣! 仕宦者, 人之羅網也, 豈可淹歲[245]?" 於是掛冠[246]而退. 時人笑之, 謂舍爲蜘蛛之隱.

○(전한 때) 초국 출신 공사는 처음에 초왕을 따라 입조하여 (섬서성 장안의) 미앙궁에서 묵다가 거미를 발견하였다. 크기가 밤톨

---

240) 枚乘(매승) : 전한 사람(?-B.C.141). 자는 숙叔. 문장에 능했으며 경제景帝 때 오왕吳王 유비劉濞(B.C.215-B.C.154)의 낭중郎中이 되어 모반을 만류하였으나 받아들여지지 않자, 양효왕을 섬겨 상객上客이 되었고 홍농도위弘農都尉를 지냈다. 무제武帝의 초빙을 받았으나 도중에 죽었다. ≪한서·매승전≫권51 참조.

241) 磨礱(마롱) : 숫돌. '롱礱'은 '롱壠' '롱礲'으로도 쓴다.

242) 積行(적행) : 선행을 쌓다.

243) 龔舍(공사) : 전한 말엽 사람(B.C.60-A.D7). 자는 군천君倩. ≪시경≫에 정통하였고, 공승龔勝과 함께 명성을 떨쳐 '초량공楚兩龔'으로 불렸다. ≪한서·공사전≫권72 참조.

244) 未央宮(미앙궁) : 진한秦漢 때 섬서성 장안長安에 세운 궁전 이름. '미앙未央'은 영원함을 뜻한다.

245) 淹歲(엄세) : 세월을 보내다.

246) 掛冠(괘관) : 갓을 걸어놓다. 전한 때 봉맹逢萌이 왕망王莽(B.C.45-A.D.23)의 신하가 되는 것이 싫어서 하남성 낙양洛陽 성문에 갓을 걸어놓고 요동遼東으로 떠났다는 고사에서 유래한 말로 벼슬을 그만두는 것을 비유한다. 반대로 벼슬에 나가는 것은 갓을 쓰기 위해 '갓의 먼지를 턴다'는 뜻의 '탄관彈冠'이라고 한다.

만한 붉은 거미가 사방으로 거미줄을 치고 있었는데, 한 벌레가 거기에 걸려 죽어가면서 뒷걸음질을 쳐도 벗어나지 못 했다. 그러자 공사가 탄식을 하며 말했다. “내 인생도 이와 같이 되겠구나! 벼슬살이는 사람에게 거미줄과 같은 것이니, 어찌 그렇게 세월을 보낼 수 있으리오?” 그래서 갓을 걸어놓고 물러났다. 그러자 당시 사람들이 이를 비웃으며 ‘공사가 거미 때문에 은자가 되었다’고 하였다.

●桓譚有新論[247], 華譚又有新論. 揚雄有太元經[248], 楊泉有太元經. 談者多誤, 動形言也. 或云, “桓譚有新論, 何處復有華譚? 揚子[249]有太元經, 何處復有太元經.” 此皆由不學使之然也.

○(후한) 환담이 ≪신론≫을 남겼고, (진晉나라) 화담도 ≪신론≫을 남겼다. (전한) 양웅이 ≪태현경≫을 남겼고, (진晉나라) 양천도 ≪태현경≫을 남겼다. 담론을 즐기는 이들은 대부분 잘못 알고서 걸핏하면 함부로 말을 해댄다. 심지어 혹자는 “환담에게 ≪신론≫이 있거늘, 어디에 또 화담의 것이 있을 수 있겠습니까? 양웅에게 ≪태현경≫이 있거늘, 어디에 또 ≪태현경≫이 있을 수 있겠습니까?”라고 한다. 이는 모두 공부를 하지 않아서 그리된 것이다.

●諸葛・司馬二相, 誠一國之宗師, 霸王之賢佐也. 孔明[250]起巴蜀[251]

---

247) 新論(신론) : 후한 환담桓譚이 지은 책으로 총 17권. ≪수서・경적지≫권34 참조. 지금은 명나라 도종의陶宗儀(1316-약1396)의 ≪설부說郛≫권59상에 잔문殘文이 전한다.

248) 太元經(태원경) : 전한 말엽 양웅揚雄(B.C.53-A.D.18)이 ≪역경≫을 모방하여 지은 저서인 ≪태현경太玄經≫의 다른 표기. ‘원元’은 청나라 강희제康熙帝의 이름(玄燁)을 피휘避諱하기 위해 고쳐쓴 것이다. ≪사고전서간명목록・자부・술수류≫권11 참조.

249) 揚子(양자) : 양웅揚雄에 대한 존칭.

250) 孔明(공명) : 삼국시대 촉蜀나라에서 승상을 지낸 제갈양諸葛亮(181-234)의 자. ≪삼국지・촉지・제갈양전≫권35 참조.

之地，蹈一州之土，省任刑法，整齊軍伍，步卒數萬，長驅祁山[252]，慨然有河洛飮馬[253]之志. 仲達[254]據天下十倍之地，仗兼幷之衆，據牢城，擁精銳，無擒敵之意. 若此人不已，則雍梁[255]敗矣，方知司馬理大優乎!

○(삼국시대 때 촉蜀나라) 제갈량諸葛亮과 (위魏나라) 사마의司馬懿 두 승상은 진실로 일국의 종사이자 패왕의 현명한 보필자였다. 공명(제갈량)은 (사천성) 파군과 촉주 땅에서 일어나 한 주밖에 안 되는 좁은 땅을 근거지로 삼아, 형법을 잘 살피고 군대를 잘 정비하여 보명 수만 명을 거느리고서 멀리 (감숙성) 기산까지 말을 달려 비분강개해 하며 황하와 낙수에서 말에게 물을 먹이겠다는 의지를 품었다. 중달(사마의)은 천하에 그 열 배나 되는 땅을 할거하고, 겸병한 수많은 군대에 의지한 채 철옹성을 차지하고, 정예부대를 보유하였으면서도, 적을 생포할 생각을 품지 않았다. 만약 이 사람이 멈추지 않았다면 옹주와 양주 일대의 촉나라는 낭패를 보았을 것이니, 사마의가 큰 우환을 잘 다스렸다는 것을 비로소 알겠구나!

●高貴鄕公[256]賦詩，給事中[257]甄歆・陶成嗣各不能著詩，受罰酒. 金

---

251) 巴蜀(파촉) : 파군巴郡과 촉주蜀州, 즉 지금의 사천성 일대를 가리킨다.

252) 祁山(기산) : 감숙성에 있는 산 이름. 제갈량이 수차례 위나라를 공격했던 곳으로 유명하다.

253) 飮馬(음마) : 말에게 물을 먹이다. '음飮'은 타동사이기에 거성去聲(yìn)으로 읽는다.

254) 司馬仲達(사마중달) : 진晉나라를 건국한 무제武帝 사마염司馬炎(236-290)의 조부인 사마의司馬懿(179-251)의 별칭. '중달'은 자. 후한 말엽 조조曹操(155-220) 때 태자중서자太子中庶子를 역임하고, 위魏나라 문제文帝 조비曹丕(187-226)의 고명顧命으로 명제明帝를 보필하여 누차 제갈량諸葛亮(181-234)을 격퇴시키기도 하였다. 뒤에 손자인 사마염이 진나라를 건국한 뒤 선제宣帝에 추존追尊하였다. ≪진서・선제기≫권1 참조.

255) 雍梁(옹량) : 섬서성과 감숙성 일대인 옹주雍州와 섬서성 남부와 사천성 일대인 양주梁州를 아우르는 말. 여기서는 결국 촉蜀나라를 가리키는 것으로 보인다.

谷[258]聚前絳邑令郃榮陽·中牟[259]潘豹·沛國劉邃不能著詩, 並罰酒三斗, 斯無才之甚矣.

○(삼국 위魏나라) 고귀향공(조모曹髦)이 시를 지을 때 급사중 견흠과 도성사는 각기 시를 짓지 못 해 벌주를 받았고, (진晉나라 때) 금곡에서는 전 (산서성) 강읍현령 소형양·(하남성) 중모현 사람 반표·(강소성) 패국 사람 유수가 시를 짓지 못 해 벌주 세 말을 받았으니, 이들은 글재주가 전혀 없는 사람들이라 하겠다.

●畢卓[260]常飮, 廢職[261]. 比舍郎釀熟, 卓因醉, 夜至其甕間, 取酒飮之. 掌酒者不察, 執而縛之. 郞往視之, 乃畢吏部[262]也. 遽釋其縛. 卓遂與主人飮於甕間, 取醉而去. 卓嘗謂人曰, “右手持酒杯, 左手執蟹螯, 拍浮[263]酒池中, 便足了一生也.”

○(진晉나라) 필탁은 늘 술을 마시느라 직무를 소홀히 하였다. 이

---

256) 高貴鄕公(고귀향공) : 삼국 위魏나라 문제文帝 조비曹丕(187-226)의 손자인 조모曹髦의 봉호封號. 조모는 뒤에 황제에 등극했으나 스무 살의 나이에 진晉나라 무제武帝의 부친인 문제文帝 사마소司馬昭(211-265)에게 시해를 당했다. ≪삼국지·위지魏志·고귀향공조모전高貴鄕公曹髦傳≫권4 참조.

257) 給事中(급사중) : 황제의 자문과 정사의 논의에 참여하던 벼슬로, 진한秦漢 이래 열후列侯나 장군將軍의 가관加官이었다가 진晉나라 이후로 정관正官이 되었다. 수당隋唐 이후로는 문하성門下省의 장관인 시중侍中과 버금장관인 문하시랑門下侍郎 다음 가는 요직으로 정령政令에 대한 논의와 시정時政을 담당하였다.

258) 金谷(금곡) : 진晉나라 때 석숭石崇(249-300)이 호북성 형주자사荊州刺史와 위위경衛尉卿을 지내면서 사신과 상인들의 재물을 갈취하여 하남성 낙양洛陽에 만든 정원인 금곡원金谷園의 준말. ≪진서·석숭전≫권33 참조.

259) 中牟(중모) : 하남성의 속현屬縣 이름.

260) 畢卓(필탁) : 진晉나라 때 사람. 자는 세무世茂. 호모보지胡毋輔之·광일光逸·사곤謝鯤·완방阮放·양만羊曼·환이桓彝·완부阮孚 등과 함께 ‘팔달八達’로 불렸다. ≪진서·필탁전≫권49 참조.

261) 廢職(폐직) : 직무를 소홀히 하다, 직분을 망각하다.

262) 吏部(이부) : 상서성尙書省 휘하 육부六部 가운데 하나로 관리의 인선人選과 전형銓衡을 관장하던 기관 이름. 여기서는 필탁의 직책인 이부랑吏部郞의 약칭으로 쓰였다.

263) 拍浮(박부) : 헤엄치다.

웃 숙소의 낭관이 술을 빚어 익히자, 필탁이 술에 취한 김에 밤에 술항아리 틈으로 들어가 술을 훔쳐서 마셨다. 술을 관장하는 사람이 자세히 살피지 않고 그를 잡아서 포박하였다. 낭관이 가서 살펴보니 바로 이부랑 필탁이었기에, 서둘러 그의 포박을 풀어주었다. 그러나 필탁은 급기야 주인과 함께 술항아리 사이에서 술을 마신 뒤 취한 몸을 이끌고 자리를 떴다. 필탁은 늘 사람들에게 이런 말을 하였다. "오른손에 술잔을 들고 왼손에 게의 집게발을 들고서 술 연못 속에서 헤엄칠 수 있다면, 한평생 만족스러울 것이오."

●孔靜居山陰264). 宋武微時, 以靜東豪, 故往候之. 靜時晝寢, 夢人語曰, "天子在門." 覺寤, 卽遣人出看, 而帝亦適至. 靜虛己接對, 仍留帝宿. 夜設粥無鮭265), 新伏鵞卵, 令煮以爲肴. 賊平, 京都以靜爲奮威將軍・會稽266)內史267).

○공정은 (절강성) 산음현에 살았다. (남조) 유송劉宋 무제가 평민이었을 때 공정이 동방의 호걸이라고 생각해 그에게 인사하러 찾아갔다. 공정은 당시 낮잠을 자다가 꿈에 누군가가 "천자께서 대문 앞에 계시오"라고 말하는 소리를 들었다. 잠에서 깬 뒤 사람을 시켜 나가서 살펴보라고 하였는데, 무제가 마침 도착해 있었다. 공정은 허심탄회하게 접대하고는 다시 무제에게 묵고 가라고 하였다. 밤에 죽을 마련했지만 생선요리가 없었기에, 새로 거

264) 山陰(산음) : 절강성의 속현屬縣 이름.
265) 鮭(해) : 생선류의 음식을 이르는 말.
266) 會稽(회계) : 절강성의 속군屬郡이자 산 이름. 춘추전국시대 때는 절강성 소흥시紹興市 일대를 '회계'라고 하다가, 진한秦漢 때는 오군吳郡(강소성 소주시蘇州市 일대)으로 이전하였고, 후한後漢 이후로 다시 오군을 복원하면서 회계군 역시 원래 지역(절강성 소흥시 일대)으로 복원시켰다.
267) 內史(내사) : 한나라 이후로 태수太守에 상당하던 제후국의 지방 장관을 가리키는 말. 한나라 때 행정 구역으로는 천자가 직접 관장하는 군郡과 제후국에서 관장하는 군이 있었는데, 전자의 군수를 '태수'라고 하고, 후자의 군수를 '내사'라고 구분하였다.

위의 알을 꺼내서 사람을 시켜 삶아 안주로 삼았다. 반군이 평정되자 조정에서는 공정을 분위장군과 (절강성) 회계내사에 임명하였다.

●元嘉[268]中, 張永開元武湖[269], 值古冢上有一銅斗, 有柄若酒榜[270]. 太祖[271]訪之朝士, 莫有識者. 何承天曰, “此亡新威斗[272]. 王莽三公[273]亡, 皆以賜之, 一在冢內, 一在冢外.” 俄而又啓冢, 內得一斗, 有銘書稱, ‘大司徒[274]甄邯之墓.’

○(남조南朝 유송劉宋 문제文帝) 원가(424-453) 연간에 장영은 (강소성) 현무호를 개간하다가 오래된 무덤 위에 구리로 만든 구기가 있는 것을 발견하였는데, 자루가 달려 있어 술그릇 같았다. 태조(문제)가 조정의 신하들에게 그것에 대해 물었지만, 아무도 알아보는 사람이 없었다. 그러자 하승천이 말했다. “이것은 망한 신나라 때의 구기인 ‘위두’이옵니다. 왕망은 삼공이 죽으면 모두에게 이것을 하사하였는데, 하나는 무덤 안에 두고, 하나는 무덤 밖에 두었습니다.” 얼마 뒤 다시 무덤을 열자 안에서 구기 한 개

---

268) 元嘉(원가) : 남조南朝 유송劉宋 문제文帝의 연호(424-453).

269) 元武湖(원무호) : 강소성 금릉金陵(남경)에 있는 호수 이름인 현무호玄武湖의 다른 표기. ‘원元’은 청나라 강희제康熙帝의 휘諱(玄燁) 때문에 고쳐쓴 것이다.

270) 酒榜(주고) : 술을 뜰 때 사용하는 구기를 뜻하는 말로 보인다. ‘고榜’는 오자인 듯하다.

271) 太祖(태조) : 남조 유송 문제의 묘호廟號.

272) 威斗(위두) : 신新나라 왕망王莽(B.C.45-A.D.23)이 오색의 약석藥石과 구리를 이용해서 위엄을 보이기 위해 북두성의 형상을 본떠 만든 구기의 일종.

273) 三公(삼공) : 세 명의 재상을 일컫는 말. 시대마다 차이가 있는데, 주周나라 때는 태사太師·태부太傅·태보太保를 삼공이라고 하다가, 진秦나라와 전한 초에는 승상丞相·어사대부御史大夫·태위太尉를 삼공이라고 하였고, 전한 말엽에는 대사마大司馬(태위太尉)·대사도大司徒·대사공大司空을 삼공이라고 하였으며, 후대에는 태위太尉·사도司徒·사공司空을 삼공이라고 하였다.

274) 大司徒(대사도) : 주周나라 때 육경六卿의 하나로서 국가 재정을 관장하는 지관地官의 장관. 전한 애제哀帝와 평제平帝 때는 대사마大司馬·대사공大司空과 함께 삼공三公의 반열에 오르기도 하였다.

를 찾았는데, 거기에는 '대사도 견감의 무덤'이란 글씨가 새겨져 있었다.

●余好爲詩賦. 及著詩, 宣修容[275]勅旨曰, "夫政也者, 生民之本也. 爾其[276]勖之!" 余每留心此處, 恒擧燭理事, 夜分而寢. 余六歲能爲詩. 其後著書之中, 唯玉韜[277]最善.

○나는 시부를 짓는 것을 좋아한다. 막상 시를 짓자 (모친인) 선수용이 칙서를 내려 말했다. "무릇 정치야말로 백성을 살리는 근본이니, 너는 그것에 힘쓰도록 하거라!" 나는 매번 이러한 지적에 신경을 썼기에, 늘 촛불을 들고 정사를 처리하다가 밤시간이 되어서야 잠이 들었다. 나는 여섯 살 때 시를 지을 줄 알았다. 그 뒤로 지은 저서 가운데 오직 ≪옥도≫가 가장 잘 되었다.

●昔孔甲[278]過人家, 主方産子. 占之曰, "子必有殃." 孔甲曰, "以爲余子, 誰爲殃之?" 及長, 果見斫木而傷足.

○옛날에 (하夏나라) 공갑이 민가에 들렀더니 주인이 아들을 낳았다. 그런데 점괘에서는 "아들이 필시 재앙을 당할 것이다"라고 하였다. 그러자 공갑이 말했다. "내 아들로 삼을 것이거늘, 누가 이 아이에게 재앙을 끼칠 수 있겠소?" 그러나 성장한 뒤 정말로 나무 베는 것을 구경하다가 발을 다치고 말았다.

---

275) 宣修容(선수용) : 남조南朝 양梁나라 고조高祖 무제武帝 소연蕭衍의 총희寵姬이자 이 책의 저자인 세조世祖 원제元帝 소역蕭繹의 생모 완영영阮令嬴의 별칭. 본명은 석영영石令嬴이었는데, 뒤에 완阮씨를 하사받았다. '선'은 시호이고, '수용'은 그녀의 신분인 구빈九嬪 가운데 한 직책을 가리킨다. ≪양서·고조완수용전高祖阮修容傳≫권7 참조.

276) 其(기) : 명령 어기조사.

277) 玉韜(옥도) : 이 책의 저자인 원제元帝의 저서 가운데 하나. 앞의 <저서편>에 의하면 총 10권이었으나, 오래 전에 실전되었다.

278) 孔甲(공갑) : 하夏나라 임금인 불강不降의 아들로 음란한 행위를 일삼다가 제후들에게 배척당했다. 전설상의 임금인 황제黃帝의 사관을 가리킬 때도 있다.

●高蒼梧[279]叔能爲風車, 可載三十人, 日行數百里.

○(호남성) 창오현 사람 고숙高叔은 바람처럼 빠른 수레를 잘 만들어 30명을 태우고 하루에 수백 리를 갈 수 있었다.

●梁有富人虞氏, 財資無量. 登高樓, 臨大路, 陳酒, 博奕[280]其上. 樓下俠客, 相隨而行, 樓上博奕者, 爭采[281]而笑. 會飛鳶墜腐鼠, 正中俠客. 俠客聞樓上笑, 謂虞氏以鼠投己, 夜聚, 攻滅虞氏.

○(남조) 양나라 때 부자 우씨는 재물이 헤아릴 수 없을 정도로 많았다. 그는 높은 누각에 올라 대로를 굽어보며 술자리를 마련하고, 그 위에서 도박판을 벌였다. 누각 아래의 협객이 서로 함께 길을 가는데, 누각 위에서 도박을 하는 이들은 좋은 패를 다투느라 웃고 떠들었다. 마침 날아가던 솔개가 썩은 쥐를 떨어뜨려 정확히 협객을 맞혔다. 협객은 누각 위의 웃음소리를 듣고서 우씨가 쥐를 자신한테 던졌다고 생각해, 밤에 동료들을 모아서 우씨를 공격해 멸족시켰다.

●宋邱[282]之鼎以烹鷄, 多潘[283]則淡, 少潘則焦.

○(강서성) 송구현의 세발솥은 닭을 삶는 데 사용하는데, 물을 많이 넣으면 맛이 싱거워지고, 물을 적게 넣으면 타버린다.

●鄭泉[284]願得五百斛船, 貯酒, 四時甘肥, 置兩頭. 謂人言, "死必葬

---

279) 蒼梧(창오) : 호남성의 속군屬郡이자 산 이름. 순왕舜王의 장지葬地가 있는 곳으로 유명하다. 고숙高叔이 누구인지는 미상.

280) 博奕(박혁) : 원래는 바둑이나 장기를 의미하는 말이었으나, 전의되어 노름을 뜻하기도 한다.

281) 爭采(쟁채) : 도박에서 좋은 패를 차지하기 위해 다투는 것을 이르는 말.

282) 宋邱(송구) : 강서성 남여음군南汝陰郡의 속현屬縣 이름.

283) 潘(침) : 그릇에 물을 넣는 것을 이르는 말.

284) 鄭泉(정천) : 삼국 오吳나라 때 사람. 자는 문연文淵. 호주가로 이름을 떨쳤다고 한다. ≪삼국지 · 오지 · 손권전孫權傳≫권47의 남조南朝 유송劉宋 배송지裴松之 주 참조.

我於陶家之側. 百年之後, 形化爲土, 得爲酒器, 豈不美哉?"

○(삼국 오吳나라) 정천은 용적이 오백 휘나 되는 배를 얻어 술을 저장하고, 사계절에 나는 맛있고 기름진 과일을 양쪽 끝에 비치하고 싶어하였다. 그리고는 사람들에게 "죽거든 반드시 나를 도공 가문 옆에 묻어주게. 백 년 뒤에 시신이 진흙으로 변해 술그릇이 될 수 있다면, 어찌 좋은 일이 아니겠는가?"라고 말하곤 하였다.

●李元禮[285]冽冽[286], 如長松下風, 周君[287]颼颼[288], 如小松下風.(案, 此條原本不載篇名. 詳文義, 應屬此篇, 謹附.)

○(후한) 원례元禮 이응李膺은 성품이 냉철하여 마치 키 큰 소나무 아래로 부는 바람 같았다. 반면 주군은 성품이 온화하여 마치 작은 소나무 아래로 부는 바람 같다.(살펴보건대 이 조항은 원본에 편명이 적혀 있지 않다. 문장의 의미를 상세히 살펴보면, 응당 이 편에 소속시켜야 하겠기에 삼가 덧붙인다.)

●魏文侯見宋陵子, 三仕不願. 文侯曰, "何貧乎?" 曰, "王見楚之富者, 牧羊九十九而願百, 嘗訪邑里故人. 其隣人貧有一羊者, 富拜之曰, '吾羊九十九. 今君之一, 盈成我百, 則牧數足矣.' 鄰者與之. 從此觀焉, 富者非貧, 貧者非富[289]也."(案, 此條原本無. 太平御覽引作符

285) 李元禮(이원례) : 후한 말엽 사람 이응李膺(?-169). '원례'는 자. 환제桓帝 때 사례교위司隸校尉를 지내면서 청렴하고 강직한 성품으로 만인의 존경을 받았기에 그에게 인정을 받으면 '등용문登龍門'이란 말이 생겼다. 뒤에 두무竇武와 함께 환관宦官들을 제거하려다가 실패하고 당고黨錮 사건에 연루되어 옥사하였다. ≪후한서·이응전≫권97 참조.

286) 冽冽(열렬) : 원래는 바람이 거세거나 추위가 혹독한 것을 뜻하는 말인데, 여기서는 성품이 냉철한 것을 비유하는 말로 쓰인 듯하다.

287) 周君(주군) : 남조 양나라 때 사람을 가리키는 말인 듯하나 신상은 미상.

288) 颼颼(수수) : 원래는 산들바람이 내는 소리를 형용하는 말인데, 여기서는 온화한 성품을 비유하는 말로 쓰인 듯하다.

289) 富者非貧, 貧者非富(부자비빈, 빈자비부) : ≪태평어람·수부獸部·양羊≫권902에 인용된 ≪부자符子≫에 의하면 '부자라고 해서 부유한 것이 아니고, 가

子290). 明郭偉所輯百子金丹291)引作金樓子, 謹附於此.)

○(전국시대) 위나라 문후가 송릉자를 접견하고서 세 번이나 벼슬을 주었지만 맡으려 하지 않았다. 그래서 문후가 물었다. "어찌하여 가난하게 사시오?" 그러자 송릉자가 대답하였다. "왕께서도 아시다시피 초나라의 한 부자가 양 99마리를 키우면서 100마리가 되기를 원하여 늘 고을 친구들에게 묻곤 하였습니다. 그의 이웃 사람 중에 집이 가난하여 양이 한 마리밖에 없는 사람이 있기에, 부자가 그에게 절을 하며 '내 양이 99마리라오. 이제 그대가 가지고 있는 한 마리로 내 100마리를 채운다면 키우는 수치가 꼭 차게 될 것이오'라고 하였습니다. 그래서 이웃 사람이 그에게 양을 주었습니다. 이로써 살펴보건대 부자라고 해서 부유한 것이 아니고, 가난뱅이라고 해서 가난한 것이 아니옵니다."(살펴보건대 이 조항은 원서에 없다. ≪태평어람·수부獸部·양羊≫권902에서는 이를 인용하면서 ≪부자≫라고 하였다. 그러나 명나라 곽위가 편집한 ≪백자금단≫에서는 이를 인용하면서 ≪금루자≫라고 하였기에, 삼가 여기에 덧붙인다.)

□自序篇十四(14 자서편)

●人間之世, 飃忽292)幾何? 如鑿石見火, 窺隙觀電. 螢覩朝而滅, 露見日而消, 豈可不自序也?

○인간세상을 살아가는 것은 순식간이니, 한평생이 그 얼마나 되

난뱅이라고 해서 가난한 것이 아니다(富者非富, 貧者非貧)'의 오기이다. 문맥상으로도 이렇게 써야 자연스럽다.

290) 符子(부자) : 동진東晉 사람 부낭符朗에 대한 존칭이자 그가 지은 도가류의 저서 이름. 총 20권. ≪수서·경적지≫권34 참조.

291) 百子金丹(백자금단) : 명나라 곽위郭偉가 주周나라로부터 명나라에 이르기까지 서책 속에 등장하는 가공의 인물들에 대한 기록을 편집한 책. 총 10권. ≪사고전서총목제요·자부·잡가류존목雜家類存目≫권132 참조.

292) 飃忽(표홀) : 시간이 짧은 모양. 세월이 빨리 지나가는 모양.

랴? 마치 부싯돌을 비벼서 불을 보고, 문틈으로 번갯불을 보는 것과 같다. 반딧불이는 아침 햇살을 보고서 사라지고, 이슬은 햇살을 보고서 소멸하는 법이거늘, 어찌 나 자신의 삶에 대해 서술하지 않을 수 있으리오?

●余六歲解爲詩. 奉勅爲詩曰, "池萍生已合, 林花發稍稠. 風入花枝動, 日映水光浮." 因爾[293]稍學爲文也.

○나는 여섯 살에 이미 시를 지을 줄 알아 황명을 받들어 다음과 같은 시를 지은 적이 있다. "연못의 부평초는 태어나자마자 이미 하나로 뭉치고, 숲속의 꽃은 피고 나면 점차 무성해지는데, 바람이 불어오니 꽃가지 움직이고, 햇살이 비치니 연못에 빛이 떠다니네." 그참에 글 짓는 법을 더욱 열심히 공부하였다.

●昔葛稚川[294]自序曰, "讀書萬卷, 十五屬文."

○옛날에 (진晉나라) 치천稚川 갈홍葛洪은 자서에서 "만 권의 글을 읽고서 열다섯 살부터 글을 지었다"고 하였다.

●余不閑什一, 憎人治生, 性乃隘急. 刑獄決罪, 多從厚降[295], 大辟[296]之時, 必有不忍之色, 多所捶扑, 左右之間耳. 劉之亨嘗語余曰, "君王明斷不凡, 此皆大寬小急也." 天下萬事, 汎汎[297]犯罪, 余皆寬貰[298]之, 必有不遜者, 多不蒙宏貸[299]也.

293) 因爾(인이) : 그래서, 그참에. '인이因而'와 같다.
294) 葛稚川(갈치천) : 진晉나라 때 도사 갈홍葛洪(284-363). '치천'은 자이고, 호는 '포박자抱朴子'. 진위 여부를 떠나 ≪포박자抱朴子≫ ≪서경잡기西京雜記≫ ≪신선전神仙傳≫의 저자로 유명하다. ≪진서·갈홍전≫권72 참조.
295) 厚降(후강) : 형량을 관대하게 줄이다.
296) 大辟(대벽) : 중국 고대 형벌인 오형五刑 가운데 가장 무거운 형벌인 사형을 이르는 말.
297) 汎汎(범범) : 흔한 모양, 평범한 모양.
298) 寬貰(관세) : 너그럽게 용서하다, 관용을 베풀다.
299) 宏貸(굉대) : 관용을 베푸는 것을 뜻하는 말인 '홍대弘貸'의 다른 표기. '굉

○나는 한가하지 않은 날이 열흘 중 하루 정도밖에 안 되고, 사람들이 생계를 꾸리느라 바삐 사는 것을 싫어하여 천성적으로 다급한 일을 피하였다. 그래서 형옥과 관련해 죄인을 판결할 때는 대부분 형량을 줄였고, 사형을 집행할 때는 반드시 차마 그러지 못 하겠다는 표정을 지었으며, 매질을 할 때는 짧은 시간에 마치는 경우가 많았다. 유지형은 일찍이 내게 "군왕께서는 범상치 않게 명확히 판결을 내리시는데, 이는 모두 관대함을 중시하고 급히 처리하는 것을 경시하기 때문이지요"라고 하였다. 천하 모든 일에 있어서 죄를 짓는 것은 흔한 일이라서 나는 늘 관용을 베풀지만, 불손한 행동을 한 사람이 있으면 대부분 관용의 혜택을 받지 못 하게 한다.

●魏文帝曰[300], "余於彈棊[301]略盡其妙, 能用手巾角拂. 有儒生能以低巾角而拂之. 合鄉侯東方安世[302]·張公子, 並皆一時佳手." 余經蒙儲皇[303]賚彈棊具駁犀子[304]·彭城錦石局·銀鏤香·白檀床. 余遂歸於不解, 未曾一中.

○(삼국) 위나라 문제는 "나는 탄기놀이와 관련해 그 기술을 거의 다 알기에 수건 모퉁이로도 튕길 수가 있다. 그런데 어떤 유생은

宏'은 청 건륭제乾隆帝의 휘諱(弘曆) 때문에 고쳐 쓴 것이다.

300) 曰(왈) : 삼국 위魏나라 문제文帝의 말은 그의 저서인 ≪전론典論≫에서 인용한 것인데, 원전은 오래 전에 실전되고 지금은 당나라 구양순歐陽詢(557-641)의 ≪예문류취藝文類聚·교예부巧藝部·탄기彈棊≫권74에 인용되어 전한다.

301) 彈棊(탄기) : 바둑알을 튕기는 놀이. '기棊'는 '기碁'로도 쓴다.

302) 東方安世(동방안세) : '동방안세'로 표기한 문헌도 있고 '동방세안東方世安'으로 표기한 문헌도 있으며, 사고전서본 ≪유양잡조酉陽雜俎≫속집권4에도 '동방세안'으로 되어 있으나 글자의 조합 원리상 '동방안세'가 적절해 보인다. 신상에 대해서는 뒤의 '장공자'와 마찬가지로 '탄기'를 잘 하던 사람이란 것 외에 알려진 바가 없다.

303) 儲皇(저황) : 황태자의 별칭. '저군儲君' '저량儲兩' '저원儲元' '저위儲位' '부군副君' 등 다양한 별칭이 있다.

304) 駁犀子(박서자) : 얼룩무늬가 있는 무소뿔로 만든 바둑알을 이르는 말.

싸구려 수건 모퉁이로도 튕길 줄 알았다. 합향후 동방안세와 장공자 모두 한 시대의 고수이다"라고 하였다. 나는 일찍이 황태자께서 탄기놀이 기구인 박서자와 (강소성) 팽성에서 만든 아름다운 돌 바둑판·은을 상감한 향초·하얀 박달나무로 만든 평상을 손수 가지고 오시는 은혜를 입은 적이 있다. 그러나 나는 결국 할 줄을 몰라 하나도 제대로 맞히지 못 했다.

●余性不耐奏對.(案, 此下疑有脫文.) 侍姬應有二三百人, 並賜將士.

○나는 천성적으로 상소문에 답서를 쓰는 일에 인내심이 부족하다. (살펴보건대 이 아래로 아마 누락된 문장이 있는 듯하다.) 첩실은 응당 2, 3백 명을 두고, 모두에게 장병을 호위병으로 하사해야 한다.

●余不飮酒, 而又不憎人飮. 每遇醉者, 輒欣欣然[305]而已.

○나는 술을 마시지 않지만, 남이 술을 마시는 것을 싫어하지도 않는다. 그래서 매번 술 취한 사람을 만나면 번번이 즐거운 표정을 지을 뿐이다.

●吾年十三誦百家譜[306]. 雖略上口, 遂感心氣疾, 當時犇走. 及長漸善, 頻喪五男, 銜悲怳惚, 心地[307]荼苦[308]. 居則常若尸存, 行則不知所適. 有時覺神在形外, 不復附身. 及以大兒爲南征不復, 繼奉國諱[309], 隨念灰滅, 萬慮盡矣. 旣感心氣, 累問通人[310], "心氣之名,

---

305) 欣欣然(흔흔연) : 기쁜 모양.

306) 百家譜(백가보) : 남조南朝 남제南齊 때 왕검王儉(452-489)이 엮은 성씨에 관한 저술인 ≪백가집보百家集譜≫ 10권을 양梁나라 무제武帝 때 왕승유王僧孺가 30권으로 증보한 책. ≪수서·경적지≫권33 참조.

307) 心地(심지) : 속마음, 심경을 뜻하는 말.

308) 荼苦(도고) : 고생하다, 고통을 겪다.

309) 國諱(국휘) : 제왕의 죽음을 이르는 말로 결국 국상國喪을 뜻한다. 국가적으로 사용하기 꺼리는 글자를 가리키는 말로 쓸 때도 있다.

310) 通人(통인) : 학식이 깊고 사리에 통달한 사람을 뜻하는 말.

當爲何起?" 多無以對. 余以爲莊子云, "無疾而呼, 其笑若驚." 此心氣也. 曼倩[311]有言, "陰陽爭, 則心氣動, 心氣動, 則精神散." 華譚[312]曰, "肝氣微則面靑, 心氣動則面赤." 左氏[313]云, "周王心疾終." "於童[314]心疾卒[315]." 曹志[316]亦有心疾, 殷師者仲堪之父也, 有此病. 近張思光[317]居喪之後, 感此病. 凉國太史令[318]趙𢾺造乾度曆[319]三十年, 以心疾卒. 晉阮裕[320]謂, "士狂者, 豈其余乎?"

○나는 나이 열세 살 때 ≪백가보≫를 외웠다. 비록 대충 입에 올

---

311) 曼倩(만천) : 전한 무제武帝 때 사람 동방삭東方朔(B.C.154-B.C.93)의 자. ≪한서 · 동방삭전≫권65 참조.

312) 華譚(화담) : 진晉나라 때 사람. 자는 영사令思. 비서감祕書監을 지냈다. ≪신론新論≫을 지었다고 하나 오래 전에 실전되었다. ≪진서 · 화담전≫52 참조.

313) 左氏(좌씨) : 노魯나라 은공隱公 원년元年(B.C.722년)부터 애공哀公 27년(B.C.468년)까지 약 250년 간의 춘추시대 역사를 기록한 ≪춘추경春秋經≫에 해설을 단 전국시대 노魯나라 좌구명左丘明을 이르는 말로서 결국 ≪춘추좌씨전春秋左氏傳≫을 가리킨다.

314) 於童(어동) : 원전에 의하면 초楚나라 장왕莊王의 동생인 '자중子重'의 오기이다.

315) 卒(졸) : 사대부가 죽었을 때 쓰는 말. ≪예기 · 곡례하曲禮下≫권5에 의하면 천자의 죽음은 '붕崩'이라고 하고, 공경公卿의 죽음은 '훙薨'이라고 하며, 대부大夫의 죽음은 '졸卒'이라고 하고, 사士의 죽음은 '불록不祿'이라고 하며, 평민의 죽음은 '사死'라고 하여 신분에 따라 죽음에 대한 표현에도 차이를 두었다.

316) 曹志(조지) : 진晉나라 때 사람. 위魏나라 조식曹植의 서자 출신으로 박학하여 산기상시散騎常侍를 지냈다. ≪진서 · 조지전≫권50 참조.

317) 張思光(장사광) : 남조南朝 남제南齊 때 사람 장융張融(444-497). '사광'은 자. 유송劉宋 때 상서의조랑尙書儀曹郎을 지내다가, 남제에 들어서 고제高帝에게 인정을 받아 사도우장사司徒右長史에 올랐다. 저서로 ≪옥해玉海≫가 있었다고 하나 오래 전에 실전되었다. ≪남제서 · 장융전≫권41 참조.

318) 太史令(태사령) : 진한秦漢 때 사서史書의 편찬과 천문 · 역법을 총괄하던 벼슬. 위진魏晉 이후로 사서 편찬을 저작랑著作郎이 전담하면서부터는 주로 천문과 역법을 관장하게 되었다.

319) 乾度曆(건도력) : 중국 고대 역법 가운데 하나. 상세한 내용은 알려지지 않았다.

320) 阮裕(완유) : 진晉나라 사람. 자는 사광思曠. 완방阮放(280-323)의 동생으로 상서랑尙書郎 · 동양태수東陽太守를 지내다가 속세를 멀리하여 동산東山에 은거하였고, 뒤에 다시 산기상시散騎常侍 · 국자제주國子祭酒 등을 역임하였다. ≪진서 · 완유전≫권49 참조.

리긴 했지만, 결국 심장병에 걸려 당시는 의사를 찾아다니느라 무척 바빴다. 성장해서 점차 호전되었다가 반복해서 다섯 아들을 잃는 바람에 슬픔에 젖고 정신이 혼미해져 심기가 불편해졌다. 집안에 있을 때는 늘 시체처럼 지냈고, 밖으로 나서면 어디로 가야할지 몰랐다. 어떤 때는 정신이 몸 밖으로 빠져나가 더 이상 몸에 붙어 있지 않은 듯하였다. 급기야 큰 아들이 남쪽으로 떠나 돌아오지 않고 계속해서 국상을 치르게 되자, 정신은 재처럼 타버리고 아무런 생각도 할 수 없게 되었다. 이미 심장병을 앓고 있었기에 박학한 사람에게 "심장병이란 이름은 그 유래가 무엇인가?"라고 물었지만, 대부분 대답하지를 못 했다. 나는 (전국시대 송宋나라) 장자가 "병이 없이 큰소리로 외치면 웃음소리도 경기처럼 된다"고 한 말이라 생각한다. 이것이 심장병이다. (전한) 만천(동방삭東方朔)은 "음기와 양기가 다투면 심장병이 생기고, 심장병이 생기면 정신이 혼미해진다"고 하였고, (진晉나라) 화담은 "간의 기운이 약해지면 얼굴이 파래지고, 심장병이 생기면 얼굴이 붉어진다"고 하였다. 또 ≪좌전・소공昭公21년≫권50에 "주나라 왕이 심장병으로 생을 마쳤다"고 하였고, ≪좌전・양공襄公3년≫권29에 "(초楚나라 공자公子) 자중子重이 심장병으로 사망하였다"고 하였다. (진晉나라 때) 조지도 심장병을 앓았고, '은사'라는 사람은 은중감殷仲堪의 부친으로 그 역시 이 병을 앓았다. 근자에 장사광(장융張融)도 상을 치른 뒤 이 병에 걸렸다. 또 (감숙성) 양국 출신 태사령 조비도 30년 동안 ≪건도력≫을 제작하다가 심장병으로 사망하였다. 진나라 완유는 "선비가운데 미친 사람이 어찌 나뿐이겠는가?"라고 말한 적이 있다.

●吾小時夏日夕中，下絳紗蚊綯321)，中有銀甌一枚，貯山陰甜酒．臥讀，有時至曉，率以爲常．又經病瘡，肘膝爛盡，比以來三十餘載，泛

321) 蚊綯(문도) : 모기장.

玩衆書萬餘矣. 曰[322]余年十四, 苦眼疾沈痼[323], 比來轉暗, 不復能自讀書. 三十六年來, 恒令左右唱之. 曾生[324]所謂, "誦詩讀書, 與古人居, 讀書誦詩, 與古人期." 玆言是也!(案, 此段又見別卷, 作金樓子雜記下篇. 但無小字・蚊絢字, 甜作瀋, 讀下無書字. 今詳考其文義, 宜屬此篇, 謹校正.)

○나는 어렸을 때 여름밤에 붉은 깁으로 만든 모기장을 내리면, 안에다가 은병을 하나 두고서 (절강성) 산음현에서 나는 맛좋은 술을 담아놓곤 하였다. 누워서 책을 읽으면 어떤 때는 새벽까지 계속하면서 거의 이를 일상사로 삼았다. 또 일찍이 욕창을 앓아 팔꿈치와 무릎이 다 문드러졌지만, 근자에 이르기까지 30년 넘게 만 권이 넘는 서책들을 두루 읽어왔다. 그러나 내 나이 열네 살 때부터 눈병으로 고생하여 고질병이 되면서, 근자에는 눈이 더욱 침침해져 스스로 독서할 수 없는 지경이 되었다. 그래서 서른여섯 살 이후로는 늘 주변 사람을 시켜 대신 읽게 하였다. (춘추시대 노魯나라) 증선생(증자)이 "≪시경≫을 읊조리고 ≪서경≫을 읽으면 고인과 함께 지낼 수 있고, ≪서경≫을 읽고 ≪시경≫을 읊조리면 고인을 만날 수 있다"고 하였는데, 이 말이야말로 옳도다!(살펴보건대 이 단락은 다른 문헌에도 보이는데, 출처에 대해 ≪금루자・잡기하편≫이라고 하였다. 다만 '소小'자와 '문도蚊絢'자가 없고, '첨甜'자가 '심瀋'자로 되어 있으며, '독讀'자 아래 '서書'자가 없을 뿐이다. 이제 그 문맥을 상세히 살펴보면 마땅히 이 편에 소속시켜야 하기에, 삼가 교감을 통해 바로잡는다.)

●余將冠, 方好易卜. 及至射覆[325], 十中乃至八九. 嘗經至郢州, 從兄

---

322) 曰(왈) : 다른 판본에 의하면 '자自'의 오기이다.
323) 沈痼(침고) : 오래 묵은 고질병을 이르는 말.
324) 曾生(증생) : 증선생. 춘추시대 노魯나라 공자의 제자인 증자曾子(증참曾參)의 별칭.
325) 射覆(석복) : 물건 위에 그릇을 엎어놓고(覆) 그 속에 무엇이 들었는지 맞추는(射) 놀이. '복석覆射'이라고도 한다.

平西326)令吾射金・玉・琥珀三指鐶. 筮遇䷫姤327)之履328), 其辭曰, “上旣爲天, 其體則圜.” 指環之象, 金玉在焉. 寅爻329)帶乎虎, (案, 後周書330)作‘寅爻帶午, 上331)則爲虎.’) 琥珀生光, 在合332)中央. 合中之物, 凡有三種, 按卦而談, 或輕或重. 又有人名褁333)襞紙中, 射之得䷱鼎卦334). 余言曰, “鼎卦上離爲日, 下巽爲木, 日下安木, 杲字也.” 此是典籤335)裴重歡疏潘杲名, 與余射之. 他驗皆如此也.

○나는 약관의 나이가 다 되어서야 비로소 ≪역경≫의 점괘를 좋아하게 되었다. 급기야 석복놀이를 해도 열 번 가운데 적중한 것이 여덟아홉 번이나 되었다. 일찍이 여러 곳을 경유하여 (호북성) 영주에 갔을 때 종형인 평서장군이 내게 금과 옥과 호박으로 만든 반지 세 개를 맞추게 한 적이 있다. 당시 점을 쳐서 구괘姤卦(䷫)에서 이괘履卦(䷉)로 변하는 점괘를 만났더니, 그 괘사에 “상괘가 이미 하늘이므로 그 몸이 둥글다”라고 하였는데, 이는 곧 반지의 형상이기에 금과 옥으로 만든 반지가 거기에 있었

---

326) 平西(평서) : 벼슬 이름인 평서장군平西將軍의 준말.

327) 姤(구) : ≪역경≫ 64괘 가운데 제44괘 이름. 상괘上卦가 건괘乾卦(☰)이고 하괘下卦가 손괘巽卦(☴)로 군왕의 치도治道가 순조로운 것을 상징한다.

328) 履(이) : ≪역경≫ 64괘 가운데 제10괘 이름. 상괘가 건괘(☰)이고 하괘가 태괘兌卦(☱)로 군신간의 질서가 분명한 것을 상징한다.

329) 寅爻(인효) : 64괘를 이루는 6효爻는 각기 음양이 올 수 있으므로 총 12종이 되는데, 인효는 십이지十二支상 세 번째 효를 가리키는 것으로 보인다.

330) 後周書(후주서) : 당나라 영호덕분令狐德芬 등이 편찬한 ≪주서周書≫의 별칭. 여기서 후주는 오대五代 후주가 아니라 북조北朝 북주北周를 가리킨다. 본기本紀 8권, 열전列傳 42권, 도합 총 50권. 송나라 인종仁宗 때 태청루太淸樓 소장본을 꺼내서 사관史館과 비각祕閣의 소장본과 합치고, 다시 하송夏竦(985-1051)과 이손李巽 집안의 소장본을 택해 교정하였다. 그러나 위의 예문은 현전하는 ≪주서≫에 보이지 않는다. 대신 ≪태평어람・방술부方術部・서하筮下≫권728에 인용되어 전한다.

331) 上(상) : 원문에는 ‘인寅’으로 되어 있다.

332) 合(합) : 복석놀이에 사용하는 상자를 뜻하는 말인 ‘합盒’의 통용자.

333) 褁(리) : ‘리裏’의 속자俗字.

334) 鼎卦(정괘) : ≪역경≫ 64괘 가운데 제50괘 이름. 상괘가 이괘離卦(☲)이고 하괘가 손괘巽卦(☴)로 현자를 봉양하여 혁신을 꾀하는 것을 상징한다.

335) 典籤(전첨) : 왕부王府에서 문서를 관장하던 벼슬을 이르는 말.

다. 인효는 호랑이를 나타내기에,(살펴보건대 ≪후주서≫에는 '인효는 십이지十二支 중 오午에 해당하는데, 인효는 곧 호랑이를 의미한다'로 되어 있다) 호박이 빛을 발하며 상자 중앙에 있었다. 상자 중앙에 있는 물건은 도합 세 종류인데, 괘사에 근거해 말한다면 어떤 것은 가볍고, 어떤 것은 무거운 것이었다. 또 주름진 종이 안에 인명이 들어 있어 그것을 맞추자 정괘鼎卦(䷱)를 얻었다. 그래서 나는 "정괘는 상괘인 이괘離卦(☲)가 해를 뜻하고, 하괘인 손괘巽卦(☴)가 나무를 뜻하므로 해 아래에 나무를 안치하면 '고杲'자가 된다"고 하였다. 이에 대해 전첨직을 맡고 있던 배중환은 '반고潘杲'의 이름이라고 해석하고는 나와 함께 맞추었다. 다른 것들도 모두 이처럼 효험을 보았다.

●余初至荊州卜雨. 時孟秋之月, 陽亢日久, 月旦[336]雖雨, 俄而便晴. 有人云, "諺曰, '雨月額[337], 千里赤.' 蓋旱之徵也."(案, 曾慥類說[338], 月額下有'月內多雨之細者, 如織懸絲'十一字.) 吾乃端筴拂蓍[339], 遇復[340]不動. 旣而言曰, "庚子爻爲世, 水出生於金. 七月建申[341], 申子辰又三五合, 必在此月." 五日庚子, 果値甘雨. 余又以十七日筮, 何時雲卷金翹, 日輝合璧, 紅塵暗陌, 丹霞映日. 謂亢陽之勢, 未霑膏澤,

336) 月旦(월단) : 한 달의 초하루. 여기서는 음력 7월 1일을 가리킨다.
337) 月額(월액) : 한 달의 초하루를 이르는 말. 이 날 내리는 비를 '월액우月額雨'라고 한다.
338) 類說(유설) : 송나라 증조曾慥가 고서古書 261종의 기록을 발췌하여 전집과 후집으로 나누어 정리한 책. 총 60권. 남송南宋 초까지의 옛 전적들을 많이 보존하고 있어 자료적 가치가 크다. ≪사고전서간명목록·자부·잡가류雜家類≫권13 참조. 그러나 현전하는 ≪유설≫에는 ≪금루자≫가 실리지 않은 것으로 보아 삭제된 듯하다.
339) 端筴拂蓍(단책불시) : 시초蓍草를 준비해서 점을 치는 것을 이르는 말. '책筴'은 '책策'의 이체자異體字로 '시蓍'의 뜻.
340) 復(복) : ≪역경≫ 64괘 가운데 제24괘 이름. 상괘가 곤괘坤卦(☷)이고 하괘가 진괘震卦(☳)로 모종의 일이 계속해서 반복되는 것을 상징한다.
341) 建申(건신) : 음력 7월의 별칭. 주력周曆에서 음력 11월을 건자월建子月, 12월을 건축월建丑月이라고 하기에 7월은 건신월建申月에 해당한다.

筮(案, '雲卷'以下二十五字, 原本脫去, 又訛爲'當雨'二字, 謹據太平御覽校補.)遇坎[342]之比[343]. 於是輟蓍而嘆曰, "坎者水也, 子爻爲世, 其[344]在今夜三更乎! 地上有水, 坎之爲比, 其方有甘雨乎!" 欣然有自得之志. (案, 末七字原本脫去, 謹據太平御覽校補.)

○나는 처음 (호북성) 형주에 도착했을 때 비를 점친 적이 있다. 당시는 초가을이라 양기가 강한 날이 오래 지속되었기에, 음력 7월 초하루에 비록 비가 내렸지만 얼마 안 있어 바로 날이 갰다. 누군가 "속담에 '월초에 비가 내리면 천 리에 걸쳐 땅이 붉어진다'는 말이 있는데, 아마도 가뭄의 징조를 뜻하는 말일 것입니다"라고 하였다.(살펴보건대 증조의 ≪유설≫에는 '월초'라는 말 아래 '월내에 마치 가느다란 실을 짜듯이 가랑비가 많이 내리면'이라는 열한 자가 있다.) 나는 시초를 준비해 점을 쳤는데, 복괘復卦(䷗)가 나오더니 요지부동이었다. 얼마 뒤에는 다시 "경효와 자효는 세상을 뜻하고, 물은 쇠로부터 나온다. 7월은 건신월이니, 신일·자일·진일이 다시 15일에 모이는 것은 틀림없이 이 달일 것이다"라는 점괘가 나왔다. 그러자 5일 경자일에 정말로 단비가 내렸다. 나는 또 17일에 언제 구름이 금빛 날개를 말아올리고 햇살이 벽옥처럼 빛나 붉은 먼지가 길을 메우고 붉은 노을에 햇살이 비칠지 점을 쳤다. 이는 강한 양기의 기세 때문에 비의 은택을 아직 받지 못하는 것을 말한다. 점괘(살펴보건대 '운권雲卷' 이하 25자는 원본에 누락되어 있고, 또 '당우當雨' 두 글자로 잘못 적혀 있기에, 삼가 ≪태평어람·방술부方術部·서하筮下≫권728의 기록에 근거하여 교정하고 보충하였다)는 감괘坎卦(䷜)에서 비괘比卦(䷇)로 변하는 것이었다. 그래서 시초를 거두고 탄식하며 말했다. "감괘는 물을 뜻하고 자효는 세상을 뜻하

---

342) 坎(감) : ≪역경≫ 64괘 가운데 제29괘 이름. 상괘와 하괘 모두 감괘坎卦(☵)로 위험이 거듭 발생하는 것을 상징한다.

343) 比(비) : ≪역경≫ 64괘 가운데 제8괘 이름. 상괘가 감괘坎卦(☵)이고 하괘가 곤괘坤卦(☷)로 서로 친밀하게 의지하는 것을 상징한다.

344) 其(기) : 추측 어기조사.

니, 아마도 오늘밤 3경이겠구나! 지상에 물이 있고 감괘가 비괘로 변하는 것이니, 아마도 단비가 내리겠구나!" 흔쾌하니 득의한 심정이 들었다.(살펴보건대 마지막 일곱 자가 원본에 누락되어 있기에, 삼가 ≪태평어람≫권728의 기록에 근거하여 교정하고 보충하였다.)

●姚文烈善龜卜, 謂余曰, "此二十一日將雨." 其在虞淵345)之時, 余乃筮之, 遇謙346)之小過347). 旣而言曰, "坤艮二象, 俱在土宮, 非直348)無雨, 乃應開霽." 俄而星如玉李349), 月上金,(原缺) 霧生猶縠, 河垂似帶, 余乃欣然.(案, 原本'俄而'下作'果晴', 無'星如玉李'十字, 據太平御覽校補. 御覽金字下, 又缺二字. 曾慥類說載金樓子, 有云, "霧生猶縠, 河垂似帶," 又有云, "星懸玉李, 雲展金翘," 當卽此二段中語, 謹據此校補, 二字改一字, 仍缺一字. 但'雲展金翘,' 御覽引在上段中, 豈慥以意作對語耶? 今未敢輒改, 附識於此.)

○요문열은 거북점을 잘 쳤는데, 내게 말하길 "이달 21일에 비가 내릴 것입니다"라고 하였다. 해가 질 무렵에 내가 점을 쳤더니 겸괘謙卦(䷎)에서 소과괘小過卦(䷽)로 변하는 점괘가 나왔다. 그리고는 잠시 뒤 말했다. "(겸괘에서의) 곤괘(☷)와 간괘(☶) 두 괘의 형상은 모두 대지에 해당하니, 비단 비가 내리지 않을 뿐만 아니라 분명 날이 화창할 것일세." 얼마 안 있어 옥리성처럼 보이는 별이 뜨고, 달이 (원래 글자가 누락되어 있다) 뜨고, 안개가 비단결처럼 피어오르고, 은하수가 허리띠처럼 하늘에 드리워졌기에, 나는 기분이 좋았다.(살펴보건대 원본에서는 '얼마 안 있어' 아래가 '정말로 날이 갰다'로 되어 있고, '옥리성처럼 생긴 별이 떴다' 이하 열 자가 없는데, ≪태평어람·방술부方術部·서하筮下≫권728의 기록에 근거하여 교정하

---

345) 虞淵(우연) : 해가 지는 곳에 있다는 전설상의 연못 이름. 결국 해가 질 무렵을 가리킨다.
346) 謙(겸) : ≪역경≫ 64괘 가운데 제15괘 이름. 상괘가 곤괘坤卦(☷)이고 하괘가 간괘艮卦(☶)로 겸허한 태도를 유지하는 것을 상징한다.
347) 小過(소과) : ≪역경≫ 64괘 가운데 제62괘 이름. 상괘가 진괘震卦(☳)이고 하괘가 간괘艮卦(☶)로 위험이 임박한 것을 상징한다.
348) 直(직) : 단지. '지只'의 뜻.
349) 玉李(옥리) : 서쪽 하늘에 뜨는 별 이름.

고 보충하였다. 또 ≪태평어람≫권728에서는 '금金'자 아래로 다시 두 글자가 누락되어 있다. 증조의 ≪유설≫에서는 ≪금루자≫를 수록하면서 "안개가 비단결처럼 피어오르고 은하수가 허리띠처럼 하늘에 드리워졌다"고 하고, 또 "별은 옥리성이 뜨고 구름은 금빛 날개를 펼쳤다"고 하였는데, 분명 이상의 두 단락에 있던 말일 것이기에, 삼가 이것에 근거해서 교정하고 보충하되 두 글자를 한 글자로 고치고 여전히 한 글자를 누락시켰다. 다만 '구름이 금빛 날개를 펼쳤다'는 말을 ≪태평어람≫에서는 앞 단락에서 인용하고 있는 것으로 보아, 아마도 증조가 의도적으로 대구를 만든 것이 아닐까? 지금은 감히 임의대로 고칠 수 없기에, 여기에 덧붙여 적어둔다.)

●吾齔年[350]之時，誦咒受道於法朗[351]道人，誦得淨[352]觀世音[353]咒・藥上王[354]咒・孔雀王[355]咒．中尉[356]何登善能解作外典[357]咒癰疽[358]・禹步[359]之法，余就受之．至十歲時，勅旨賜向道士，"黃侯曄[360]・建安侯正立[361]，並是汝年時．汝不學義，余尙幼，未能受!"

---

350) 齔年(츤년) : 젖니를 가는 나이. 즉 나이가 어린 것을 뜻한다. 일곱 살에 젖니를 간다 하여 일곱 살을 가리키는 말로 보기도 한다.

351) 法朗(법랑) : 남조南朝 양梁나라 때 승려인 심승소沈僧昭의 법호. 후경侯景의 난 때 일가족이 몰살당했다. ≪남사・심승소전≫권37 참조.

352) 淨(정) : 번뇌를 멀리할 수 있는 경지를 뜻하는 불교 용어인 '청정淸淨'에서 '청淸'자가 누락된 듯하다. 여기서는 연자衍字로 처리한다.

353) 觀世音(관세음) : 자비로써 중생을 고난에서 구해 준다는 관세음보살觀世音菩薩의 약칭. 당나라 이후로는 태종太宗 이세민李世民의 휘諱 때문에 '세世'자를 생략하여 '관음觀音'이라고 하였다.

354) 藥上王(약상왕) : 중생에게 약을 제공하여 병을 치유해 준다는 보살 이름.

355) 孔雀王(공작왕) : 재앙을 막고 단비를 내려준다는 보살 이름.

356) 中尉(중위) : 천자나 제후를 호위하는 군대를 통솔하던 벼슬 이름. 전한 무제武帝 때는 '집금오集金吾'로 개명한 적이 있고, 북위北魏 때는 벼슬아치들을 감독하기 위해 설치했던 어사중위御史中尉의 약칭으로도 쓰였으며, 당나라 때는 신책군神策軍을 통솔하는 호군중위護軍中尉의 약칭으로도 쓰였다.

357) 外典(외전) : 불경 외의 서적을 이르는 말. 불경을 '내전內典'이라고 하고, 불경 이외의 서적, 특히 유가의 경전을 '외전外典'이라고 한다.

358) 癰疽(옹저) : 악성 종기. 재해를 비유할 때도 있다.

359) 禹步(우보) : 절뚝거리는 걸음걸이. 하夏나라 우왕禹王이 치수治水로 인해 병이 생겨서 제대로 걷지 못 한 데서 유래한 말로, 도교道敎에서 제사 의식의 하나가 되었다.

360) 黃侯曄(황후엽) : 남조南朝 양梁나라 때 종실 사람 소엽蕭曄의 별칭인 '상황후엽上黃侯曄'에서 '상上'자가 누락된 듯하다. '상황'은 호북성의 속현屬縣으로

年十二三, 侍讀[362]臧嚴, 又有此勸. 余答曰, "只誦咒自是佳伎倆, 請守此一隅." 其年末乃頹然[363]改途, 不復說咒也.

○나는 어렸을 때 법랑도인(심승소沈僧昭)에게서 주문을 익히고 도술을 전수받아서, 관세음의 주문・약상왕의 주문・공작왕의 주문을 외울 줄 알았다. 중위직을 맡고 있던 하등선은 외전에 실린 악성 종기와 절름발이에 주문을 거는 방법을 잘 알았기에, 나는 그를 찾아가 전수받았다. 열 살 때는 천자의 칙명이 상도사에게 내려졌는데, "상황후上黃侯 소엽蕭曄과 건안후建安后 소정립蕭正立 모두 너와 같은 나이인데, 너는 경의經義를 공부하지 않았고 나는 아직 나이가 어리니, 아직 전수받을 수가 없겠구나!"라고 말씀하셨다. 나이 열두세 살이 되자 시독 장엄이 다시 이러한 권고를 하였다. 그래서 나는 "그저 주문을 외우는 것은 그 나름대로 좋은 기량이기에 이 일부를 고수하고자 합니다"라고 대답하였다. 그러나 그해 말엽에 기운이 쇠해서 노선을 바꿨기에, 다시는 주문을 입에 올리지 않는다.

●石季倫[364]篤好林藪, 有別廬在河南界金谷澗中. 澗中又有水碓[365]・土窑[366].

소엽의 봉호를 가리킨다. ≪북제서北齊書・소각전蕭愨傳≫권45 참조.

361) 建安侯正立(건안후정립) : 남조 양나라 무제武帝 소연蕭衍의 손자이자 임천왕臨川王 소굉蕭宏의 아들인 소정립蕭正立. '건안'은 복건성의 속현屬縣으로 소정립의 봉호를 가리킨다. ≪양서・임천왕소굉전≫권22 참조.

362) 侍讀(시독) : 황제나 태자, 친왕親王 등에게 경서經書를 강독하는 일을 전담하던 벼슬 이름.

363) 頹然(퇴연) : 기운이 없는 모양, 풀이 죽은 모양.

364) 石季倫(석계륜) : 진晉나라 때 사람 석숭石崇(249-300). '계륜'은 자. 사도司徒를 지낸 석포石苞의 아들로 형주자사荊州刺史・위위경衛尉卿을 지내면서 사신과 상인들의 재물을 갈취하여 하남성 낙양洛陽에 금곡원金谷園을 만들고 사치와 유희를 일삼다가, 조왕趙王 사마윤司馬倫에게 살해당했다. ≪진서・석숭전≫권33 참조.

365) 水碓(수대) : 물레방아. '수마水磨' '수애水磑'라고도 한다.

366) 土窑(토요) : 토기를 만드는 가마를 이르는 말.

○(진晉나라 때) 계륜季倫 석숭石崇은 산수를 무척 좋아하여 (하남성) 하남군 경계에 있는 금곡원 시냇가에다가 별장을 마련하였다. 시냇가에는 물레방아와 가마도 있다.

■金樓子卷六■

역주자 소개

김 만 원(金萬源)

국립서울대학교 중어중문학과 학사 / 석사 / 박사
국립대만대학교 중문과 방문학자
국립강릉대학교 인문과학연구소장
국립강릉원주대학교 인문대학장 겸 교육대학원장
현 국립강릉원주대학교 중어중문학과 교수

≪山堂肆考 譯註≫(20책), 도서출판역락(2014)
≪事物紀原 譯註≫(2책), 도서출판역락(2015)
≪氏族大全 譯註≫(4책), 도서출판역락(2016)
≪四庫全書簡明目錄 譯註≫(4책), 도서출판역락(2017)
≪白虎通義 譯註≫, 도서출판역락(2018)
≪獨斷 · 古今註 · 中華古今註 譯註≫, 도서출판역락(2019)
≪死不休 - 두보의 삶과 문학≫, 공저, 서울대학교출판문화원(2012)
≪두보 고체시 명편≫, 공역, 서울대학교출판문화원(2015)
≪두보 근체시 명편≫, 공역, 서울대학교출판문화원(2018)

文淵閣四庫全書

金樓子 譯註

초판 인쇄 2020년 9월 22일
초판 발행 2020년 9월 30일

역 주 김만원
펴낸이 이대현
편 집 이태곤 권분옥 문선희 임애정
디자인 안혜진 최선주 김주화
영 업 박태훈 안현진
펴낸곳 도서출판 역락 | **등록** 제303-2002-000014호(등록일 1999년 4월 19일)
주 소 서울시 서초구 동광로46길 6-6 문창빌딩 2층
전 화 02-3409-2058(영업부), 2060(편집부) | **팩시밀리** 02-3409-2059
전자우편 youkrack@hanmail.net
홈페이지 www.youkrackbooks.com
ISBN 979-11-6244-584-6 93820

* 정가는 표지에 있습니다.
* 파본은 구입처에서 교환해 드립니다.
* 이 도서의 국립중앙도서관 출판예정도서목록(CIP)은 서지정보유통지원시스템 홈페이지(http://seoji.nl.go.kr)와 국가자료종합목록 구축시스템(http://kolis-net.nl.go.kr)에서 이용하실 수 있습니다. (CIP제어번호:CIP2020039635)